원경

원경

서자영 장편소설

고즈넉
이엔티

여의주를 쥔 왕후

12장

정사
情史

또 딸이었다. 벌써 셋이었다.

열여덟에 방원과 혼인하여 십일 년간 총 여섯 명의 아이를 낳았다. 그중 놓친 셋은 모두 아들이었고 살아남은 셋은 모두 딸이었다. 어떻게 이럴 수 있을까. 참으로 어이없고 기막힌 현실이 아닐 수 없었다.

"벌써부터 이목구비가 또렷한 것이, 이 아이가 가장 어여쁠 것 같소."

딸이라는 것을 확인하자마자 자경은 밥상마저 물린 채 드러누웠다. 화를 낼 힘도 없었다. 욱신거리는 젖가슴과 흠뻑 젖어 눅눅한 아래가 불쾌하기 짝이 없어서 기분이 더 처졌다. 등을 돌리고 누운 자경은 배 아파 낳은 아이를 한 번 쳐다보지도 않았다.

"본래 셋째 딸은 얼굴도 안 보고 데려간다고 하지 않소."

유모가 아이를 데려나가 씻긴 뒤 젖을 먹였다. 뒤늦게 들어온 방원이 유모를 불러 갓난아이를 데려오라고 일렀다. 유모는 자경의 눈치를 살피며 망설였으나 방원이 재촉하여 겨우 잠든 아이가 강보에 싸인 채 안방으로 다시 건너왔다. 방원은 익숙하게 아이를 안고 얼렀다. 칭얼거리던 아이는 제 아비의 품이 편한지 금세 다시 잠이 들었다. 잠든 아이의 얼굴을 보고 또 보면서 방원은 기꺼워했다. 그러는 동안에도 자경은 돌아보지 않았다.

"부인."

이제 더 이상 방원이 태어난 아이를 어여뻐하는 것도 자경은 기쁘지 않았다. 그전엔 방원이 그러는 게 자경에 대한 배려라고 생각했다. 그래서 고마웠다. 하지만 이젠 안다. 자경을 배려하기 위해 방원이 부러 더 어여뻐하는 게 아니었다. 방원은 진심으로 아들 욕심이 없었다. 권력욕이 없는데, 아들 욕심이 있으랴. 그 사실을 깨닫고 나자 방원이 딸을 예뻐하는 것도 꼴 보기 싫었다.

"나는 부인이 대체 왜 그리 아들에 집착하는지 모르겠어요. 나는 상관없대도요. 딸만 열을 낳아도 괜찮아요. 아무 상관없어요. 오히려 아들 낳자고 부인 골병드는 게 더 싫어요. 아들을 낳든 딸을 낳든 내게 부인은 단 하나뿐인 부인이요. 아들 못 낳았다고 해서 조금도 자책할 필요 없단 말이에요. 설마 아들이 없다고 해서 다른 데서 자식을 얻어오는, 그런 끔찍한 일은 절대 없어요. 죽어도 그런 짓은 하지 않을 테니 걱정 말아요."

이런 위로도 더 이상 반갑지 않았다. 방원이 자식의 성별을 상관없어하는 게 더 분했다. 자경이 왜 이리 몸부림치는지 조금도 알아주지 못하는 게 한심했다. 그리고 또 왜 저만 이리 애타야 하는지 신경질이 났다.

"나가세요."

열 달 배부르지 않고 죽을 애를 쓰지 않아도 사내는 바란다면 어느 계집에게서든 아들을 볼 수 있었다. 그런 사내였다면 저 역시도 본부인이 딸을 열 명 낳는다 한들 신경 쓰지 않았을 거다. 지금은 절대 그런 일이 없다고 하지만 훗날을 보장할 수 있는 사람은 아무도 없었다.

"부인."

만약 제가 사내였다면, 저 혼자 얼마든지 잘날 수 있었다면 저 역시 방원처럼 세상 속 편한 소리를 지껄일 수 있었을 거다. 허나 저는 계집이었다. 출사를 할 수도 가문을 이어받을 수도 없어서, 어쩔 수 없이 남편과 자식에게 기대할 수밖에 없는 계집이었다. 계집으로 태어난 게 천추의 한이었으나 타고난 성별을 바꿀 수는 없는 노릇이라 저도 어쩔 수가 없었다.

세상에 태어나 제 뜻대로 하지 못한 일은 아무것도 없는데 자식은 아무리 용을 써도 뜻대로 되지 않았다. 절에 수없이 치성을 올렸다. 송 씨 부인이 알려주는, 듣기만 해도 어이없어 웃음이 나는 비방도 지푸라기라도 잡는 심정으로 모두 다 해보았다. 심지어 무당을 찾아 부적을 쓰기도 했다. 벌써 들인 돈만 해도 수천이었다. 그런데도 소용이 없었다. 어떻게 이럴 수가 있을까. 하늘이 저를 부러 약 올리는 것 같았다. 삼신할미가 세상에서 자신만 버린 것 같았다.

"딸이라도 우리 귀한 자식이에요. 애한테 미안하잖아요."

울컥한 자경이 자리를 박차고 일어나 방원을 노려보았다.

"갓 태어나서 말귀도 못 알아듣는 애한테는 미안하고 내가 속상할 건 그리도 짐작이 안 되십니까?"

세자 자리를 가지고 실랑이할 때 방과를 두둔하던 이들조차도 끝내 반박하지 못한 것이 방과에게 아들이 없다는 거였다. 끝내 아들을 얻지 못하면 방과를 세자로 세웠다가 그다음은 어찌할 거냐고, 방과를 세워봤자 적장자 승계 원칙을 지킬 수 없는 건 똑같지 않냐는 말에 아무도 반박하지 못했다.

"내 말은 그게 아니라."

언제고 방원이 칼을 들어 방석을 쳐낼 때, 그때까지 자경이 아들을 낳지 못한다면 죽 쒀서 개 주는 꼴이 될 게다. 방원이야 그런 것 아무 상관없이 제 어미 신원만 회복되면 그만일 테지만, 자경은 아니었다. 방과와 가까이 지내는 것도 모자라 행아를 보내 쏘삭질까지 하면서 오랫동안 은근히 강 씨의 신경을 건드렸다. 수면 위에 드러나지 않으려 애를 쓰면서 얼마나 많은 일들을 했는데 아들이 없다는 이유만으로 그 모든 공을 다른 이에게 빼앗길 순 없었다. 눈 뜨고 그런 꼴을 당하느니 혀 깨물고 죽는 게 나았다.

"여자에게 자식이 어떤 존재인지 알아요. 나도 압니다. 어머니도 자식들 때문에 늘 종종거리셨지요. 언제나 마음 놓이지 않아 안타까워하시면서 밤을 새운 날은 수도 없고요. 어느 순간 깨달았어요. 집 안에서 어머니의 존재란, 여인 그 자체가 아니라 낳은 자식으로 인정받는 자리라는 것을요. 나는 그게 더할 나위 없이 안타까웠어요. 아버지가 어머니를 어머니로서 존중해주고 대우해주셨다면, 사내로서 지아비로서 아내를 충분히 사랑하셨다면 그랬을 리 없잖습니까. 나는 안 변해요. 내 여자를 뒤에서 홀로 눈물짓게 하는 사내 따윈 안 될 거예요. 부인은 내게 단 한 사람뿐입니다. 그렇게 맹세했어요. 허니 제발 염려하지 말아요. 자식이 무슨 소용이라고, 자식이 대체 뭐라고요. 아들을 못 낳았다고 해서 천하의 민자경이, 민자경이 아닌 게 되지 않아요. 내게 부인은 언제나 처음 본 모습 그대로 민자경 그대로입니다. 제발 속상해 하지 말아요."

만약 자경이 좀 더 소박한 여인이었다면, 방원의 말에 감동하였을 테다. 그는 진심이었고, 이런 말을 진심으로 건넬 정도로 세상에 흔치 않은 좋은 사내였다. 하지만 방원의 진심은 자경의 마음을 돌리진 못했다.

고개를 숙인 채 눈물을 훔치는 자경을 위로하기 위해 방원이 어깨를 감쌌다. 자경이 힘주어 방원을 밀어냈다.

"호박 달인 물을 가져오라고 하세요."

"벌써부터 호박 달인 물을 마시려고요? 본래 해산하고 한 달 정도 지난 뒤에야 마시는 거 아닙니까."

"어차피 젖먹이는 것도 아니니 빨리 마시렵니다."

"부인, 너무 쉬지 않고 아이를 낳아 몸이 상하지나 않을까 걱정이라며 다들 나한테 조심하라던데요. 이번엔 몸조리를 좀 길게 천천히 하도록 해요."

일개 범부의 아내로, 역사에 기록되지 못하는 수많은 여인 중의 하나로 살다 가고 싶지 않았다. 그런 삶이 결코 행복하다고 생각되지 않았다. 그리하여 애써 잘난 사내를 골랐다. 최고의 자리에 올라도 부족하지 않은 사내였다. 그리고 자경 역시도 어느 여인과 겨뤄도 자신 있는 잘난 계집이었다. 잘난 사내와 잘난 계집이 만났으니 그 자식 역시 빼어날 게 당연했다. 그런 자식은 반드시 세상에 태어나야 했다. 그래서 빼어난 가문이 보위를 이어야 했다. 나라를 위해서도 그게 옳았다.

"호박 달인 물이요."

젖은 얼굴을 모두 닦아낸 자경은 언제 울었냐는 듯 평소처럼 단정하고 단호했다. 방원이 말없이 자리에서 일어나 밖으로 나갔다. 문이 닫히고 방에 혼자 남은 뒤 자경이 다시 울음을 터뜨렸다.

그래, 누가 이기나 해보라지. 열이든 스물이든 죽자고 낳으면 그 중 하나 아들이 없을까. 바리데기도 아니고 계속 낳다 보면 하나쯤은 아들이겠지.

강보에 싸인 갓난아이가 몸을 뒤틀며 칭얼거렸다. 저도 모르게 손을 뻗으려던 자경이 독하게 고개를 돌렸다.

"유모!"

버둥거리며 칭얼거려도 안아주는 이가 없자, 아이가 끝내 울음을 터뜨렸다. 자경은 고개를 돌린 채 끝까지 우는 아이를 쳐다보지 않았다.

* * *

"왔느냐."

"그간 별고 없으셨습니까."

곱게 절을 한 행아가 자리에 단정히 앉았다.

"어쩐 입궐한 뒤엔 더 자주 오는 거 같구나. 단오에도 봤는데 달포 만에 또 보다니 말이다."

"마마께서 저를 이리 자주 보내시니까요."

"부러 그리는 겔 거다. 무언가 조금이라도 거슬리는 일이 생기면 너랑 나를 같이 엮어 버리려고 그러는 게지. 제일 어린 아들을 세자로 만들었으니 마음이 편할 리 있겠느냐. 세자에게 해가 가지 않도록 장성한 형들을 모두 어떻게든 처리할 작정으로 기회만 노리고 있을 거야. 안 봐도 뻔하지, 무얼. 그래, 이번엔 또 무슨 핑계로 너를 보낸 게냐?"

"잉어를 좀 가져 왔습니다. 진상된 잉어가 아주 좋은데, 마마보다 마님께 더 필요할 거 같다며 가져가라고 하시더이다. 복중 아기씨 생각해서 잘 고아 먹이라고 당부하셨어요."

"고양이 쥐 생각하는구나."

"생산한 지 얼마 지나지 않았는데 아이를 또 가진 게 용하다고, 그리 연이어 아이를 낳으면 몸 상하기 십상이니 잘 챙겨 먹으라고 하시더이다."

행아가 걱정스러운 눈으로 자경을 보았다.

"저도 걱정이고요. 괜찮으십니까?"

"괜찮다. 마마께 신경 써 주셔서 성은이 망극하다고 전해 드려라. 그 말 외엔 더 안 하시더냐?"

"그냥 걱정된다고요. 이제 곧 마님도 서른인데 아이 낳기 수월한 나이는 지난 거 아니냐며."

"원 별 쓸데없는 말씀을 다 하셨구나. 마마가 세자를 낳을 때 나이는 뭐 이팔청춘이었다더냐?"

발끈한 자경의 말에 행아가 웃음을 터뜨렸다. 자경 역시 어이없다는 듯 피식 웃었다.

"너는 괜찮으냐. 별일 없고?"

"저야 늘 그날이 그날이지요."

"헌데 어째 지난달보다 얼굴이 좀 까칠해진 거 같아. 나야 요즘 막 입덧을 시작해서 그런다지만 너는 어째 그런 게냐? 왜? 누구 괴롭히는 사람이라도 있어? 마마께서 심술을 부리시니?"

"그게 아니라."

둘밖에 없는 것을 뻔히 알면서도 행아가 조심스럽게 눈치를 살피며 주위를 두리번거렸다. 신호를 알아차린 자경이 찻상을 옆으로 물리고 몸을 앞으로 당겨 앉았다. 행아가 바싹 자경의 가까이 다가갔다.

"요 며칠 내전이 한바탕 난리가 났습니다."

"왜?"

"세자빈마마께서…….."

말을 멈춘 행아가 어쩔 줄 모르겠다는 얼굴로 입술을 핥았다. 그러더니 이내 결심한 듯 말을 이었다.

"내시와 간통하였다고 하더이다."

자경이 놀란 얼굴로 숨을 크게 들이켰다. 잠시 둘 사이에 침묵이 감돌았다. 제가 잘못한 것도 아닌데 행아가 엉덩이를 들썩이며 어쩔 줄 몰라 했다.

"절대 함구하라고, 이 이야기가 밖으로 새어나가면 가만있지 않겠다, 엄포를 놓으셨습니다. 세자빈마마는 결국 집으로 쫓겨나셨고 내시는 죽었어요. 사관들에게도 집안일이니 더 묻지 말라 엄히 명하시고 간단히 기록케 하셨다고 합니다. 그 덕분에 아직 바깥으로 새어나가지는 않은 듯한데."

"그런데 너를 심부름 삼아 내게 보냈단 말이지?"

이건 사고다. 설마 세자빈이 내시와 간통할 줄이야 어느 누가 상상이나 했으랴. 허나 예상치 못한 사건이라 할지라도 새로이 문을 연 왕실에는 치명적인 오점이다. 거기다 하필이면 어린 세자에게 일어난 일이라 성계와 강 씨는 더 크게 당황했을 거다.

"똥물을 혼자 뒤집어쓰진 못하겠다, 이거로군."

일어나지 말았어야 하는 일이 일어났다. 이미 사건이 벌어지고야 말았다면, 그 사건을 잘 수습하여 빠져나오는 것도 정치였다. 강 씨는 지금 정치를 하는 중이었다. 그것도 자경을 상대로 말이다.

"그게 무슨, 설마 그럼 제가 이리 말할 것을 알고 말하라고 부러 보낸 거란 말씀이십니까?"

세상에 비밀은 없다. 심지어 세자빈의 불륜이다. 결코 조용히 묻힐 리 없는 일이다. 거기다 세자빈이 집으로 돌아간 이상 아무리 단속한다 한들 이 사건은 밖으로 새어나갈 것이고, 그리되면 가뜩이나 위태로운 세자 자리에까지 불똥이 튀지 않을 리 없다. 사태가 심상치 않게 돌아가게 되면 사건을 반전시킬 만한 희생양이 필요하기 마련이다. 강 씨는 방원과 자경을 그 희생양으로 삼기로 작정한 게 틀림없었다.

"당연하지. 비밀로 할 작정이면 어찌 너를 내게 보냈겠느냐. 아무리 내가 너와 인연을 끊었다고 하고 너 역시 내게 무심한 척한다 해도, 그것을 믿을 사람이더냐. 나라도 안 믿을 터인데, 그 사람인들 믿을까."

이 사실을 알게 된다면 분명 방원은 이것을 핑계 삼아 세자 자리를 흔들려고 할 것이다. 집안 단속도 못 한 사내가 어찌 국가를 다스릴 수 있느냐, 수신제가 치국평천하라고 몰아붙이면 세자 자리는 흔들릴 수밖에 없었다. 방석이가 세자인 게 못마땅한 신료들 역시 이때가 기회다 옳다구나, 하며 신이 나서 몰아갈 거고 한동안 조정은 시끄러울 거다.

일이 그리 돌아가서 매우 불리해졌다 싶을 때, 강 씨는 행아와 자경의 관계를 수면 위로 끌어올릴 작정인 거다. 궁궐에 내통자를 뒀다며 이 문제를 궁의 기밀이 빠져나간 것으로 전환하면서 방원과 자경을 노릴 것이다. 막내아들이 당한 치욕이 애달플 수밖에 없는 성계 역시 강 씨에게 힘을 실어 주려 할 거다. 상황은 순식간에 뒤집힐 거고, 자경과 방원이 위험해질 게 자명했다. 호시탐탐 어떻게든 한 씨의 아들들을 쳐내려는 강 씨에게 오히려 세자빈 간통 사건은 기회가 될 수도 있었다. 강 씨가 그것을 기회로 삼도록 만들어 줄 수는 없었다.

"허면 가만히 있어야겠군요. 저는 좋은 기회라고 생각했는데, 괜히 말씀 올린 모양입니다."

"아니다. 잘했다. 내게 말한 건 잘한 게야. 부끄러운 일이 벌어졌으니 망신은 당해야지. 이런 기회를 나 역시도 놓칠 수는 없거든."

"어찌하실 생각이십니까?"

"그건 내가 알아서 하마. 어쨌거나 이 일이 수면 위로 떠오르게 되면 네가 편치는 않을 게다. 분풀이를 네게 할 수도 있어. 너는 내가 어찌할지 모르는 게 나을 게다. 차라리 모르는 게 네가 대처하기 쉬울 거야."

자경이 행아를 걱정스럽게 보았다.

"물론 그런다고 해서 강 씨가 너를 가만두진 않을 테니, 조만간 궐에서 빼주마. 어떻게든 나오게 해줄 테니 조금만 더 참고 기다리거라."

"이미 마님과 저의 관계를 눈치채고 있다면 저를 쉽게 내주지 않으려 할 거예요. 잘못하면 마님께서 위험해지실 겁니다."

"아무리 그래도 나를 어찌진 못할 거 아니냐."

"세자빈마마가 되어 궐로 돌아오면 저를 다시 가까이 두겠다 하셨잖아요. 저는 그때까지 기다릴 겁니다. 괜찮아요."

자경이 다정스럽게 행아의 손등을 어루만졌다.

"네 마음을 안다. 허나 그렇다고 해서 네가 위험해지는 걸 두고 볼 수는 없어. 상인이더러 널 특히 잘 지켜보라고 일러두마."

"마님."

"조금이라도 심상찮다 싶으면 너를 어떻게든 빼 오라고 할 게다. 몰래 도망치게 하든, 납치를 하든 절대로 네가 상하게 두진 않을 게야. 걱정 말아라."

"네. 걱정하지 않아요. 걱정한 적 한 번도 없는 걸요."

아주 오랜만에 자경이 진심으로 기쁜 얼굴로 벙긋 미소 지었다. 행아 역시 다정히 미소 지으며 고개를 숙였다.

* * *

자경이 초조하게 후원을 서성이며 사랑채 쪽으로 연결된 중문을 기웃거렸다. 에미가 그러면 뱃속의 아이에게 좋지 않다고 잔소리하던 송 씨가 안채로 들어가고 나서도 한참이 더 지나서야, 발자국 소리가 들리더니 중문에서 민제가 모습을 드러냈다.

"어찌 되었습니까?"

자경이 다급히 민제의 가까이 다가갔다. 민제가 자경에게 일단 안으로 들어가자는 듯 손짓하며 안채로 향했다. 민제와 자경이 안방으로 들어오자 송 씨가 밖으로 나가려 했다. 민제가 고개를 저었다.

"부인도 있어요. 부인도 엮인 일이니, 일단 들어 두어요."

자경은 세자빈 유 씨의 간통 사건을 민제에게 알리며 이 사건이 공론되어야 한다고 주장했다. 민제 역시 공식적으로 처리해야 하는 일이라는 자경의 말에 동의했다. 허나 이 사건을 행아를 통해 알았다고는 할 수 없는 노릇이었다. 그리하여 민제와 자경은 송 씨 부인에게 유 대감 댁에 다녀오라 권했다. 송 씨 부인은 지나가다 들른 척 유 대감 댁에 가서 이것저것 물어본 끝에 결국 세자빈 유 씨가 집으로 돌아와 있음을 알아냈다.

"신료들에게는 부인 덕에 알았다고 했어요. 우연히 부인이 유 대감 댁에 들렀다가 알게 되었다고요. 말을 꺼내자마자 쉬쉬하고 있던 사관들이 말을 보탠 덕에 어렵지 않게 이야기가 이어졌습니다만, 혹시 나중에 전하나 마마께서 부인을 불러 책망할 수도 있을 듯하여."

"심려치 마세요. 그건 제가 알아서 하겠습니다. 헌데 아마 아니 부르실 겝니다. 입 밖으로 꺼내기도 차마 낯부끄러운 일인데 저를 불러 상세히 캐물을 리가요. 만약 제가 궐에 들어가서 당하고 온 일을 부풀려 퍼뜨리기라도 하면 더 큰 망신 아닙니까. 그 정도 분별은 있으실 겝니다."

"나도 그리 생각합니다만 혹시나 걱정이 되어서요."

"혹 부르신다고 해도 궐에 들어가 실수하지 않을 터이니 염려하지 마세요."

"그럼 됐어요. 차를 좀 준비해주시겠소?"

"예."

송 씨가 나간 뒤 자경이 무릎을 끌어 민제의 가까이 다가갔다.

"어찌하기로 하였습니까."

"일단 공식적으로 내일 전하께 말씀을 올리기로 했다. 세자빈의 일은 단순히 집안일이라 할 수 없으니 공론하는 게 옳다고 다들 입을 모았다. 사관들 역시 그저 유 씨가 쫓겨났고 이만이 죽었다, 라고 기록한 것에 불만이 많았던 터라, 다들 별다른 이견 없이 그리하기로 뜻을 모을 수 있었다."

"잘 되었군요."

"헌데 이야기가 다 마무리된 후 삼봉이 묻더라."

"무엇을요?"

"혹 부인이 아니라 다른 경로로 알게 된 것은 아니냐고. 내전의 일이니 중궁전에서 말이 샜을 수도 있다면서 의미심장하게 나를 보더구나. 내가 불러 모았으니 아마도 이 서방이나 너를 의심하고 한 말이겠지."

"그래서요?"

"아니라고 했지. 이 서방도 펄쩍 뛰고. 이 서방에게 아무 언질도 안 준 게냐?"

"안 했어요. 행아에게 듣고 곧장 아버지에게 달려온 거예요."

"그래. 전혀 모르는 눈치였어. 삼봉의 말을 듣고 어이없고 황당해하는 게 눈에 보일 정도였거든."

"뭐라고 하던가요?"

"이 서방이 말하기를, 자신이 미리 알았더라면 이리 점잖게 공론화를 아니 하고 다른 수를 썼을 거라고 하더라. 그러니까 삼봉이 엄한 얼굴을 하며 왕가의 일은 그 어떤 일도 가족 간의 일에만 머물 수가 없다고 내게 공론하기를 아주 잘했다고 하더라. 만약 너를 통해서 미리 이 서방과 내가 알고 있었음에도 이런 식으로 문제를 제기한 거라면 아주 잘했다고 말할 참이었다고."

도전은 그리 생각할 줄 알았다. 사실 도전이 이리 나올 줄 알고 이 문제를 신료들 사이에서 터뜨려야겠다고 작정한 거였다.

도전은 정치에 있어 중상모략이나 인신공격을 싫어하는 사내였다. 정치적인 논쟁을 벌일 때조차 상대방의 사적인 문제를 가지고 왈가왈부한 적이 없었다. 저 자신은 수없이 많은 사람에게 출생부터 시작해서 증명할 수도 없는 소문들로 온갖 시비가 다 걸렸음에도 도전은 정치를 할 때 늘 공적인 문제만을 이야기했다. 대신 공적인 것만을 문제 삼기 위해 그는 그 문제를 집요하게 파고들었다. 아주 치열하면서도 동시에 믿기지 않을 만큼 담백한 사내였다.

그러니 도전이 고려 귀족 사회 특유의 자기들끼리 정방에서 모여 쑥덕거리는 질 낮은 정치질이 고려를 망가뜨린 주범이라고 여기는 게 당연했다. 새 나라 조선은 고려보다 나아야 했다. 그래서 나랏일들을 모두에게 공개해 더 많은 사람이 알게 했다. 기록을 남기는 데 집착한 것도 그런 연유였다. 더 많은 사람들이 더 많이 알고, 좀 더 투명하게 모든 일이 처리되는 것, 그게 도전이 생각하는 조선과 고려의 가장 큰 차이점이었다.

그런 도전이었으니 성계가 세자빈의 일을 이런 식으로 쉬쉬하며 처리한 것을 이해할 수 있을 리 없었다. 그는 비록 그것이 왕실에 치명적인 흠이라 할지라도 모두 드러내야 한다고 생각할 게 분명했다. 무엇보다 일개 왕자의 부인도 아니고 세자의 첩도 아니고 무려 세자의 부인이다. 폐출하거나 죽이더라도 절차에 따라야 했다. 첫 시작을 이런 식으로 해 버리면 그다음도 두루뭉술하게 넘어갈 거고, 하나둘 이런 일이 늘어나면 결국 도로 고려가 아니 된다는 보장이 없었다. 도전이 그 꼴을 두고볼 리 없었다.

"그래서 삼봉은 저희가 먼저 알아차린 게 아니라는 걸 믿더이까?"

"글쎄. 말은 믿겠다고 하던데 완전히 믿는 기색은 아니었어. 어쨌거나 신뢰는 얻었다. 삿된 술수를 쓰거나 모략질을 일삼는 무리는 아니라고 여기는 거 같더라."

"호감을 얻었군요."

"그래, 호감을 얻었지. 우리를 경계하는 기색이 없지 않아 있었는데, 싹 사라졌어. 이 서방에 대한 건 아직 정확히 판단을 내리지 못한 모양이지만 일단 나에 대한 염려는 완전히 없앤 것 같더구나."

상대를 안도케 했다니 큰 소득이었다. 후에 도전은 방원에게 가장 큰 걸림돌이 될 수 있는 인물이었다. 그런 인물일수록 방심하게 만들어야 했다.

"좋은 일입니다. 일단 아버지를 향한 의심의 눈길만 거두더라도 훨씬 움직임이 수월해질 테니까요."

도전은 결코 방원의 사람이 되진 않을 거다. 절차를 중시하고 기록에 집착하며 모든 것을 투명하게 처리하길 바라며 사감을 아주 엄격히 통제하는 사내가, 제 어미를 위해 세자를 몰아내겠다는 방원을 이해할 리 없었다.

방석은 유약하긴 하나 사고를 칠만한 인물은 아니었다. 거기다 강씨와 성계가 두 눈 번히 뜨고 있는데, 사고를 치게 내버려둘 리도 없었고. 허니 대단히 이례적으로 방석에게 아주 큰 흠이 발견되지 않는 한, 원리 원칙을 중시하는 도전은 폐세자를 용납지도 않을 게다.

결국 방원이 방석을 밀어내는 유일한 방법은, 칼을 드는 수밖에 없다. 그리고 그 칼에 가장 크게 반발할 이가 도전이다. 그는 절대로 칼에 굴복할 사내가 아니었다. 몽주와 절친했던 만큼 어떤 부분은 무서울 정도로 둘의 결이 같았다.

도전의 반대는 일개 신료의 반대가 아니었다. 그는 성계가 가장 의지하는 신하로 조선의 기틀을 닦은 자, 조선의 시작이었다. 그런 도전의 반대는 방원이 칼을 든 이후 권력을 잡는 데 큰 부담이 될 터였다.

해서 도전 역시 몽주처럼 죽여야 했다. 다만 그는 몽주와 달리 대낮에 죽어선 안 된다. 고려의 마지막인 몽주는 대낮에 죽어 고려가 완전히 끝났음을 만백성들이 알아야 했다. 허나 도전은 조선의 시작이었다. 조선의 시작을 모두가 보는 앞에서 죽일 순 없었다. 그래서 도전은 야밤에 기습해야 했다. 몽주가 대낮의 죽음을 예상하지 못하는 인물이라면 도전은 야밤의 기습을 예측할 수 없는 인물이니 말이다.

왕의 총신을, 왕의 아들이 야밤에 기습해 죽인다는 것을 도전은 감히 상상도 못 할 거다. 그가 밤에 사적인 공간에서 모든 긴장을 풀고 느슨해지는 순간, 죽이는 거다. 쥐도 새도 모르게 아주 깨끗하게.

죽은 뒤도 몽주와 도전은 달라야 했다. 도전은 죽음과 동시에 처음부터 세상에 없었던 사람처럼 모든 흔적이 지워지는 것이다. 마치 조선은 처음부터 한 씨와 그 아들들이 만들어낸 것처럼 말이다. 그저 그는 잠깐동안 성계의 총애를 받았던 신하 그 이상도 이하도 아니어야 한다. 그래야 아비를 향해 칼을 든 방원의 죄가 조금이나마 가벼워질 수 있다. 그래야 조선이 성계와 도전이 아니라 성계와 방원이 만든 나라가 될 수 있을 것이다.

자경이 눈을 내리깐 채 골똘히 생각에 잠겼다. 민제가 걱정스러운 눈으로 자경을 바라보았다.

"헌데 단 하나 걱정되는 것은."

자경이 고개를 들어 민제를 바라보았다.

"혹 나중에 이 서방이 무어라 할까 봐. 아무래도 이 서방은 내가 아닌 저가 먼저 알기를 바랐을 텐데 말이다. 네가 저가 아닌 나한테 달려왔다는 사실을 알게 되면, 서운해하지 않을까.”

“꼭 솔직히 말해야 할까요?”

“응?”

“몰랐다고 하고 싶어요. 왜 그랬는지 설명하면 이해는 하겠지만, 그래도 서운해하긴 서운해할 테니까요. 어차피 일이 이리되어버렸는데 굳이 구구절절 설명해서 감정상하고 싶지 않아요. 피곤해요.”

“행아가 다녀간 것은?”

“행아가 아무 말도 안 했다고 하면 되지요. 그리 알고 있는 게 행아에게도 더 낫고요. 전 그냥 몰랐던 것으로 하겠어요. 아버지와 어머니만 내색하지 않으시면 될 일인 걸요. 행아를 찾아가서 확인할 사람은 아니니까.”

“알았다, 그리 하마.”

문이 열리고 송 씨가 찻상을 들고 들어왔다.

“근데 차 마실 시간이 있는 게냐? 이 서방은 어쩌구?”

“집으로 곧장 올 리 있습니까. 아주버님이나 숙부님 댁에서 들렀다 밤늦게야 들어올걸요. 혹시나 이 사건을 좀 더 유리하게 이용할 방도가 없을까 의논하느라 한창 바쁠 거예요. 뭐 결국은 별 소득 없이 돌아오겠지만요.”

아무리 의논해봤자 이보다 더 나은 수는 찾을 수 없을 거다. 부끄러운 일을 당할수록 그것을 감추기 위해 오히려 사람들은 발끈한다. 성계가 이 사건이 이보다 더 커지도록 내버려 둘리 없었다. 오히려 공론화를 시키는 순간 더 싸고 덮으려 애를 쓸 거다. 사람의 심리가 그랬다. 거기다 세자가 간통을 한 것도 아니고 세자빈의 간통 사건이니 일을 크게 부풀리는 데는 한계가 있었다.

그저 이 사건이 좀 더 자세히 역사에 기록되고, 이로 인해 도전이 적어도 민제에게 좀 더 마음을 놓게 되는 것, 그 정도가 이 사건을 통해 얻을 수 있는 전부였다. 이 정도만으로도 자경은 충분히 만족했다. 바싹 약이 오른 강 씨야 어쩔 줄 몰라 하며 팔짝팔짝 뛰면서 복수하겠노라 이를 갈겠지만, 찾아본들 마땅한 방도가 없을 거다. 그 사실을 깨닫고 나면 더 약 올라 펄쩍 뛸 게 눈앞에 훤히 그려져서 더 통쾌했다.

"그래도 저녁은 집에 가서 먹겠어요. 아이들도 있으니까요."

찻잔을 비운 자경이 가뿐한 얼굴로 자리에서 일어났다. 근래 가장 몸이 가벼웠다.

* * *

강 씨가 분개하며 상을 내리쳤다. 위에 올라와 있던 찻잔이 떨어져서 바닥을 굴렀다.

"대간에서 상언을 해?"

"예. 대간과 형조에서 내시 이만이 참형당하고 현빈 유 씨가 내쫓겨 사저로 돌아갔는데 연유가 무엇이냐며, 대처에서 온갖 소문이 도는데 국문을 하여 의심을 없애 달라 했다고 합니다."

"그게 나라를 위해 일하는 신료들이 감히 할 말이라더냐? 어찌 왕가의 얼굴에 먹칠을 하라고 공개적으로 청할 수 있단 말이냐?"

강 씨가 분을 이기지 못하고 온몸을 부들부들 떨었다.

"그래서? 국문을 한다더냐?"

"아니오. 전하께서 매우 노여워하시며 오히려 상언한 대간과 형조의 신료들을 모두 옥에 가두었다고 하더이다."

국문을 통해 흉측한 이야기가 공개되지 않게 된 것은 그나마 다행이었으나 성계의 일 처리는 성에 차지 않았다. 강 씨가 혀를 끌끌 찼다.

"일단 말이 나온 이상 그냥 넘어가지 않을 게다. 대충 좋은 말로 물리시지 옥에는 왜 가둬? 이젠 또 왜 저들을 옥에 가두었냐고 물고 늘어질 텐데."

"일이 왜 이리 돌아가는지 모르겠습니다."

찻잔을 주우며 박 상궁이 목을 움츠렸다. 강 씨가 어금니를 갈며 씨근덕거렸다.

"왜 신료들 측에서 말이 나와? 왕자들은 무얼 하고?"

"행아가 말할 줄 알았는데 아무 말도 안 한 걸까요? 아니면 정안군 측에서 손을 쓰기 전에 미리 말이 퍼진 걸까요?"

박 상궁이 차를 새로 올렸다. 차를 입에 머금은 강 씨가 눈을 가늘게 뜬 채 생각에 잠겼다. 한참이 지난 후에야 강 씨가 차를 넘겼다.

"어쩌면 정안군이 이리되도록 손을 쓴 것일 수도 있겠지."

"정안군이요? 정안군이 미리 알았다면 어찌 이런 방법을 쓰겠습니까. 더 이롭게 이용할 수도 있었을 텐데요."

"더 이롭게 이용하진 않았지만, 더 잘 이용했지. 큰 이득일수록 큰 위험을 감수해야 하네. 눈앞의 미끼가 먹음직스러울수록 수렁은 깊은 법이거든. 헌데 일을 이리 처리하면 정안군 입장에선 아무런 위험 없이 왕실의 얼굴에 먹칠을 한 게다. 그뿐이냐. 이 사건을 쉬쉬한 나와 전하를 미숙하고 모자란 부모로 보이게 만들지 않았느냐. 신료들이 무어라 입방아를 찧어댈지, 어린 세자를 두고 어떤 말을 지껄여댈지 생각하면 할수록 가슴이 답답하구나."

박 상궁은 무어라 더 묻고 싶은 모양이었으나 강 씨가 말하기 귀찮다는 듯 입을 굳게 다물었다.

　세자비의 폐출에 대해 진상을 밝히자는 신료들의 간언을 성계는 그저 묵살한 것을 넘어서 발끈하여 신료들을 옥에 가두기까지 했다. 내전의 안주인인 강 씨 역시 사건이 알려지지 않도록 쉬쉬했다. 이는 성계와 강 씨가 아직까지 왕실의 주인으로서 자각이 모자랄 뿐 아니라 책임감이 없고 미숙하다는 것을 적나라하게 드러내는 일이 아닐 수 없었다. 이건 세자빈이 간통한 것보다 더 부끄럽고 수치스러운 일이었다.

　왕가의 사람들은 가장 높은 곳에 자리하여 모두에게 군림하는 것처럼 보이지만, 좀 더 그 속을 들여다보자면 그들의 일거수일투족은 일종의 공공재였다. 백성들을 지배하지만 동시에 그들을 위해 일해야 하는 모순적인 입장이었기 때문이다. 그렇기에 그들의 가정사는 단순히 가정사일 수가 없었다. 그러니 국본의 부인 되는 세자빈의 폐출은 누가 뭐래도 국가의 일이었다. 보는 이에 따라서는 아주 중요한 사건이라고 할 수 있었다.

　헌데 성계는 신료들에게 이 사건을 제대로 설명하지 아니하고 분개했다. 스스로 자신이 아직 왕이라는 인지가 부족할 뿐 아니라 한 아비로서의 감정이 더 앞선다는 것을 모두에게 보여준 셈이었다. 어쩌면 이로 인해 성계와 강 씨가 막내인 방석을 무리하여 세자로 만든 것이 나라를 위해 이성적인 판단을 한 게 아니라 사감에 눈이 어두워서 옳지 않은 결론을 내린 걸 수도 있다는 의심을 모두에게 심어줬을지도 모른다. 악수였다. 문제는 첫 발을 이리 내디뎠으니 이제 돌이킬 수 없이 이리 쭉 밀고 갈 수밖에 없다는 것이다.

　이럴 줄 알았다면 차라리 처음 사건이 일어난 그때부터 자초지종을 모두 밝혔어야 했다. 혹 밖에 알려지면 세자에게 흠이 될까 봐 싸고돌며 감춘 것이 더 큰 화살이 되어 돌아올 줄 몰랐다. 뒤늦은 후회에 강 씨가 가슴을 쳤다.

"삼봉 대감이라도 부를까요."

"어림없다. 이런 문제에 있어 삼봉이 절대로 우리 편을 들어줄 리 없어."

도전은 그 누구보다 왕과 신료들은 백성을 위해서 존재하는 자들이라고 확신하는 자였다. 맹자를 읽고 난 뒤부터 나라에 해가 되는 폭군을 내쫓는 것은 옳은 일이라고 믿고 살았고, 자신의 신념을 현실에서 실천하기 위해 성계와 의기투합했다. 그가 방석을 세자로 세우자는 강 씨의 의견에 동의한 이유는 나이가 가장 어린 왕자이므로 가르친다면 제가 원하는 모습의 왕으로 만들 수 있기 때문이었다.

그런 도전이 이 사건을 드러내지 않고 묻으려 하는 성계의 행동에 동의할 리 없었다. 성계의 총신이니 대놓고 반감을 드러내진 못하겠지만, 절대로 두둔하지도 않을 게다. 괜히 편을 들어달라 불렀다가는 일을 왜 이리 만들었냐는 타박만 들을 게 뻔했다. 강 씨가 고개를 저었다.

"역시 머리가 좋아."

"네?"

"정안군 처 말이다."

"그쪽에서 일을 이리 만든 게 맞을까요?"

"개가 아니면 이런 짓을 감히 누가 꾸밀까."

이제 와 증좌를 찾을 수 없겠지만, 강 씨는 이 모든 것이 자경이 꾸민 거라고 확신했다. 눈치 빠르고 영리한 계집애였다. 행아가 가서 하는 말을 듣자마자 함정이라는 것을 알아차렸을 거다. 굳이 무엇을 바라고 그렇게까지 하는지는 짐작하지 못했을 수도 있지만 어쨌거나 행아가 알려준 사실을 곧이듣고 자신들이 유리한 방식으로 이용하려는 순간, 분명 뭔가 문제가 될 거라고, 그럴 작정으로 행아를 보낸 거라고 판단한 게 분명했다. 그래서 신료들을 움직였을 거다. 아마도 제 아비에게 달려갔겠지. 모든 상황이 눈앞에서 훤히 그려졌다. 아들을 못 낳아서 아들 하나 얻는 데 미쳐 있다기에 녹이 슬었을 줄 알고 만만히 봤던 게 실수였다.

"그게 확실하다면 행아 그년의 주리라도 틀까요?"

"그게 무슨 의미가 있어. 그리고 이미 일이 이리 틀어져 버렸는데 뒤늦게 그리해 본들 얻을 게 무엇이더냐. 사후약방문이야."

"분풀이라도 해야지요."

"분풀이? 이게 고작 분풀이로 넘어갈 일이더냐. 받은 만큼 돌려줘야지."

"불러올릴까요?"

"지금? 지금 불러서 무얼해. 명심해라. 절대로 아무 내색도 해선 안 된다. 이상한 낌새를 눈치채고 도망가지 않도록 감시하면서 동시에 아주 잘 대해 줘. 상대의 약점은 터뜨리지 않고 내 손에 쥐고 있을 때 가장 큰 위력을 발하는 법이지. 어쨌거나 행아는 자경이에게 약점이다. 긴요하게 써먹어야지, 가벼운 분풀이로 저리 좋은 먹이를 놓쳐서야 되겠느냐."

절대로 이 일을 잊지 않을 거다. 그리고 반드시 모욕당한 만큼 갚아줄 작정이었다. 어찌해야 저 도도한 계집이 가장 비참해질까, 가장 좋은 방법을 찾으면서 적당한 때를 노리는 거다. 강 씨가 무릎 위에 놓인 주먹을 불끈 쥐었다.

* * *

　성계는 세자빈 유 씨 문제를 거론한 대간의 이황, 민여익 등과 형조의 이서, 박포 등을 국문케 했다. 집안의 사삿일을 외인이 망령되게 간하였다는 게 그들의 죄명이었다. 조준은 성계의 말에 대꾸하지 않고 밖에 나가 도승지 이직에게 대간과 형조가 한 나라의 기강인데 온 관사가 갇혀선 되겠느냐고 말하는 것으로 분명한 반대 의사를 밝혔다. 그런데도 끝내 성계는 대간과 형조들을 모두 귀양 보냈다. 왕으로서 대단히 미숙한 처사가 아닐 수 없었다. 민본 사상으로 무장하여 성계를 도와 고려를 무너뜨리고 조선을 세운 유학자들의 입장에서 보자면 참으로 실망스러운 일 처리였다.

　성계가 펄펄 뛰며 모두를 귀양 보내자 더 이상 그 누구도 유 씨 이야기를 입 밖에 꺼내지 않았다. 성계는 만족했고 겉으로 보기에 사건은 그대로 잘 무마된 것으로 보였다. 허나 신료들은 서서히 성계에게서 멀어져 갔다.

　신료들은 삼삼오오 모이기만 하면 귀양 간 이들이 억울하겠다고 한탄했다. 성계가 강 씨의 치마폭에 싸여서 정신을 못 차리는 모양이라고 혀를 찼다. 강 씨의 자식은 그리 애지중지 싸고돌면서 죽은 한 씨의 자식들에겐 너그럽지 못하다는 말을 하는 이들이 점점 늘어나기 시작했다.

　때마침 그해 십이월 한 씨 소생이자 성계의 장남인 방우가 이른 나이에 죽으면서 그런 억울함을 말하는 목소리가 더 커졌다. 방우의 장례를 치르는 내내 빈소를 찾은 이들은 한 씨 아들들의 처지를 아주 깊이 위로했다. 특히 다들 방원의 과거 행적을 입에 올렸다. 오로지 아버지만을 위해 지지 않아도 될 책임까지 지면서 정몽주를 죽이기까지 했는데 아무 대가를 받지 못했다며 모두 방원을 유독 안쓰러워했다.

방원과 그 형제들 주변을 둘러싼 분위기가 조금씩 달라지고 있었다. 개국 초기에 팽배했던 장성한 왕자들에 대한 경계심은 어느새 사라진 지 오래였다. 성계에게 억울한 내침을 당한 신료들과 왕자들은 같은 처지였다. 그들은 서로를 동정하며 가까워졌다.

자경은 한 씨 때처럼 이번에도 부른 배를 끌어안은 채 장례를 치러야 했지만 우울하지도 슬프지도 힘들지도 않았다. 오히려 마음이 아주 가벼웠고, 적당한 표현은 아니지만 조금 기쁘기까지 했다. 유독 태동이 건강한 아이와 배의 모양을 보고 만나는 이들마다 아들일 거라고 해서 더욱더 그랬다.

"중궁전에서 왔습니다."

강 씨를 대신해 온 행아는 왕자들에게 예를 차렸다. 아무리 그래도 전하의 장남이 죽었는데 상궁도 아니고 고작 나인을 보내느냐고 사람들은 웅성거렸다. 행아를 향해 쏟아지는 사람들의 시선이 매서웠다.

근래 강 씨는 어떻게든 행아의 꼬투리를 잡으려 혈안이 되어있었다. 방우의 장례에 행아를 보낸 것도 행아와 자경을 같이 엮어 보려는 시도라는 것을 모르지 않았다. 허나 그러면 그럴수록 수렁에 빠지는 건 강 씨가 될 뿐이다.

행아가 자경과 맞절했다. 둘은 별다른 인사를 주고받지 않았다. 허나 짧은 눈 마주침만으로도 서로가 불편하긴커녕 마음이 느긋하기까지 하다는 것을 알아차렸다. 자경의 푸근한 얼굴을 확인하자 한겨울임에도 불구하고 행아의 가슴엔 순풍이 불었다. 마음이 느긋해진 행아는 저를 쳐다보는 눈초리가 곱지 않을수록 오히려 보란 듯이 더 등을 꼿꼿이 세웠다. 비난의 시선이 점점 더해지는 것이 나쁘지 않았다.

모두에게 예를 차린 후 행아가 궐에 가기 위해 상갓집을 나섰다. 어두운 밤길엔 호롱을 높게 든 생각시와 행아뿐이었다. 하지만 행아는 그 어둠 속에 누군가 한 사람이 더 있음을 눈치챘다. 천천히 걷던 행아가 걸음을 멈춘 뒤 돌아보아보며 생긋 웃었다. 호롱을 들고 걷던 생각시가 영문을 모르겠다는 듯 고개를 갸웃했다. 이내 표정을 지운 행아가 다시 걸음을 옮겼다.

행아가 자경의 집에 가서 유 씨 이야기를 한 이후로 궐 안팎에서 익숙한 시선이 행아를 따라왔다. 절대로 앞에 드러나지 않았고, 그림자조차 실수로라도 볼 수 없었고, 같이 지내는 상궁 나인 중 그 누구도 알아챈 사람이 없지만 행아는 알 수 있었다. 상인이었다.

요즘 같아선 차라리 강 씨가 빨리 저를 괴롭혔으면 좋겠다 싶기도 했다. 강 씨가 행아를 못살게 굴면 상인이 행아를 데리고 도망쳐 줄 테니 말이다. 행아를 위해서가 아니라 자경이 시켜서겠지만 어쨌든, 상인은 행아가 위험에 빠지는 순간 틀림없이 구해줄 거다.

어쩌면 그 나쁜 일이 행아에겐 다시 없을 기회가 될지도 모른다. 단둘이 도망친다면 당분간은 세상을 피해서 몸을 숨긴 채 살아야 할 테니 말이다. 그리되면 제가 평생 바라던 일이 일어날 수도 있지 않을까. 상인도 멀쩡한 사내고 저도 빠질 것 없는 계집이니, 단둘이 살다보면 남녀로서 서로 마주 보지 못할 이유가 없었다.

찬바람이 귓가를 스치며 지나갔다. 목을 움츠린 행아가 좀 더 걸음을 빨리했다. 추워서 손발을 차갑게 얼었지만 마음만은 그 어느 때보다 노곤한 겨울이 지나가고 있었다.

13장

사행
使行

방원과 자경의 집 대문에 붉은 고추가 달린 금줄이 걸렸다. 아들이었다.

또래보다 크게 태어난 아이는 무서울 만큼 쑥쑥 자랐다. 하루에 한 뼘씩 크는 거 같아서 아침저녁이 낯설 지경이라고 방원이 농을 칠 정도였다. 유모는 아이가 젖 빠는 힘이 항우장사 같다고 했다. 아이는 잘 먹고 잘 잤고 울음소리는 집안을 울릴 정도로 우렁찼다.

호들갑을 떨었다가 또 금세 놓쳤다는 소식을 듣게 되는 거 아닌가 싶어 눈치 보며 조심하던 주변 사람들은 삼칠일이 지나도 아이가 아주 건강하다는 말에 앞다투어 축하를 건넸다. 아이의 이마가 반듯하고 코가 높은 것을 보고 혹자는 죽은 방우와 닮았다고 했고, 혹자는 성계를 쏙 뺐다고 했다. 팔다리가 유독 긴 데다 벌써부터 뼈가 단단하다며 영락없는 장군감이라고 입을 모았다. 아이는 낯선 이의 품에 안겨서도 투정 한 번 부리지 않을 정도로 아주 순해서 더욱더 예쁨을 받았다.

자경은 아직 강보에 싸인 갓난쟁이임에도 또렷하니 상대와 눈을 맞추는 게 마음에 들었다. 역시 누구 자식답게 똘똘하다 싶었다. 헌데 단지 그뿐이었다. 긴 기다림 끝에 얻은 아이였고, 머리끝부터 발끝까지 거슬리는 것 없었는데도, 이상하게 마음이 썩 개운치 않았다.

기쁜 마음으로 온 이들이 칭찬이랍시고 아이의 얼굴에서 성계나 방원의 흔적을 하나씩 찾아낼 때마다 괜히 배알이 꼴렸다. 왜 아이에게서 외가 쪽 흔적보다 친가 쪽 흔적을 하나라도 더 찾아내는 게 칭찬인지 모를 일이었다. 성계 가문에 비해서 민제 가문이 잘났으면 잘났지, 못났다고 할 수도 없는데 말이다. 게다가 계집애들을 낳았을 땐 아무 내색도 하지 않던 이들이 아들을 낳았다고 하자 이런저런 선물을 보내거나 직접 찾아와 축하 인사를 건네는 것도 짜증났다. 저 역시도 딸을 낳았을 때 그토록 실망해놓고는 다른 사람들이 그런 식으로 차별하는 걸 보고 있자니 신경질이 났다.

특히 이제 마음을 놓아도 되겠습니다, 따위의 말을 지껄일 때는 얼굴이 굳는 것을 감추기 위해 애를 써야 할 정도였다. 아들을 못 낳은 여자는 당연히 안심하지 못한 채 살았을 거라고 확신하는 태도가 꼴사나웠다. 아들이 없는 게 뭐라고, 아들이 없다고 해서 천하의 민자경이, 민자경이 아닌 것도 아닌데 대체 뭐가 어떻다고 함부로 안심이니 마니 하는지 어이가 없었다. 아들이나 딸이나 제가 낳은 자식이긴 매한가지고 제 여식들 역시 무엇 하나 부족하거나 빠지는 게 없었다. 근데 단지 딸이라는 이유만으로 태어나자마자 이런 환대를 못 받았다는 것이 뒤늦게 억울했다. 갓 태어난 아들에 대한 환호가 높아질수록 이미 자라고 있는 딸들에 대한 미안함이 커져갔다. 분명 상대는 나름대로 좋은 말을 건네는 건데 그 말들이 하나하나 다 거슬려서 접빈객을 맞이하기 싫어질 정도였다.

하긴 생각해 보면 이 모든 원망이 부질없고 뜬금없었다. 누구보다 아들을 갖고 싶어 한 것은 자경이었다. 아들이 아닌 딸이 태어났다고 태어난 자식을 원망한 것도 자경이었다. 그런데 그런 주제에 정작 아들이 태어나고 나자 이제 와서 딸들에게 미안하고 딸들이 애달파서 어쩔 줄 모르다니 우스운 일이 아닐 수 없었다. 그 누구보다 아들을 원했으면서 막상 아들이 태어났음을 축하하는 손님들을 꼴 보기 싫은 심보란, 이게 참 무슨 마음인지 제가 생각해도 도무지 이해할 수 없는 변덕이었다.

그토록 원하던 아들이었는데, 막상 갓 태어나 강보에 싸인 아이를 보자 스스로가 한심했다. 고작 저 어린 것에게 제 명운을 걸었다는 게, 걸어야 한다는 게 어이없었다. 그토록 몸부림치며 얻고자 한 게 고작 저 어린 애였다는 게 기막혔다. 열 달 배불러 죽을힘을 다해 낳는 것은 어느 자식이나 똑같은데, 하나는 태어나자마자 아들이라고 환호받고 나머지는 천덕꾸러기 신세가 되는 게 서글펐다. 무엇보다 그 천덕꾸러기가 저와 같은 계집이라는 사실이 비참했다.

아들을 낳기 전에는 오로지 아들만을 원하느라 아무것도 보이지 않았더랬다. 그런데 막상 아들을 낳고 나자 그 모든 게 눈에 들어왔다. 그러자 그리 아들을 소원한 스스로가 부끄럽고 민망해서, 그리고 그런 자신의 과거를 손님들을 통해서 자꾸만 확인하는 게 한심해서 감정을 주체할 수가 없었다. 애꿎은 사람을 향한 뜬금없는 원망의 원인은 결국 스스로에게 있었다. 헌데 그것을 인정하기란 참으로 어려웠다.

"마님, 나으리 퇴청하셨습니다."

"알았다."

멍하니 앉아있던 자경이 급히 옷매무새를 다듬으며 자리에서 일어났다. 이내 문이 열리더니 방원이 안으로 들어왔다.

"이거 벌써부터 날이 아주 더워요."

이마에 땀이 송글송글 맺혀 있는 것을 본 자경이 얼른 수건을 건넸다. 이마와 뒷목에 맺힌 땀을 닦아내며 방원이 자경의 안색을 살폈다.

"오늘도 빈객들이 많았소이까?"

"방간 아주버님 댁 형님이랑 친정 언니가 온다는 것을 몸이 안 좋다고 거절했어요."

"어디가 안 좋소?"

"아뇨, 그냥 귀찮아서요."

방원이 별말 없이 자리에 앉았다. 이내 문이 열리고 오미자차가 들어왔다. 환절기마다 유독 기침 때문에 고생하는 방원을 위한 거였다.

"기분은 괜찮아요?"

"내 기분이 왜요?"

갑자기 또 왈칵 신경질이 났다.

"왜요? 방글방글 웃고 있지 않아서요? 남편도 지극히 잘해주고 자식 많아 다복하고 거기에 아들까지 더해져서 세상 부러울 것 없는 팔자인데 부어 있어서요? 아무리 부러운 팔자라고 맨날 쓸개 빠진 년처럼 웃고 있어야 한답니까? 서방님은 밖에 나가서 맨날 그리 허허실실 무골호인처럼 웃고 다녀요?"

"아니, 그런 게 아니라."

"그런 게 아닌데 퇴청할 때마다 내 눈치는 왜 그리 봐요? 오늘 내

기분이 어떤지는 왜 묻고요? 집에 있는 사람이 웃는 낯빛이 아니라 불편하단 거예요?"

"아니, 그냥 늘 이맘때쯤 부인 기분은 별로 안 좋으니까 조심스러워서 그런 거지요."

"늘 이맘때쯤? 이맘때가 언젠데요?"

"아이가 태어나고 두어 달 정도요."

날씨나 계절을 탓할 줄 알았는데 영 뜻밖의 대답이었다.

"제가 아이 낳고 나면 한동안 늘 기분이 안 좋아요? 왜 그리 생각하세요?"

"아, 그거야."

방원이 자경의 눈치를 슬쩍 살피더니 머리를 긁적였다.

"내가 뭐 바보도 아니고 아이 낳은 후엔 늘 한동안 그랬는데 어찌 그걸 몰라요."

그러고 보니 아이를 낳은 뒤 한동안은 감정이 미친년 널뛰듯이 제멋대로긴 했다. 갑자기 울컥 눈물이 나기도 하고 갑갑증이 치솟기도 하고, 속이 뒤집어져 방안에서 손에 잡히는 물건을 다 집어던질 정도로 신경질이 나기도 하고, 어느 날엔 그냥 대들보에 목을 매고 죽고 싶기도 했다. 하지만 그건 그저 제 뜻대로 돌아가지 않는 상황에 대한 분풀이인 줄 알았다. 아무리 애를 써도 제 의지로 아무것도 통제할 수 없는 현실이 짜증나서 그 신경질을 스스로 감당하지 못해서 주리를 트는 거라고 생각했다. 설마 그게 출산 뒤 으레 따라오는 감정조절의 미숙함일 줄은 몰랐다. 매번 다른 상황에 의한 다른 감정이라고 생각했는데, 방원 눈엔 다 같아 보였던 걸까. 무언가 들킨 것 같아 부끄럽기도 하고 당황스럽기도 했다.

"아이 낳고 나서 내가 뭘 어쨌기에 기분이 안 좋다고 생각한 거예요?"

"꼭 집어 안 좋다기보단 좀 변덕스러워진달까. 아니 그게 나쁜 뜻은 아니에요. 표현이 그런 거지 나쁜 의미로 변덕이라고 한 건 아니니까 절대 오해하지 말아요."

혹여나 자경이 맘 상할까 봐 걱정되는지 방원이 급히 두 손을 내저었다.

"아이를 낳고 나면 유독 부인이 자주 울적해 보였어요. 이유도 없이 신경질을 버럭 내기도 하고 말이에요. 처음엔 몸이 안 좋은가, 아이를 잃어서 저러나, 무심히 넘겼지요. 헌데 매번 아이를 낳고 난 뒤 그게 반복되는 걸 보니 아무래도 아이를 낳고 나면 몸이 안 좋으니까, 마음도 부인 뜻대로 움직여주지 않는 모양이구나, 그리 생각했어요. 하긴 입장을 바꿔 보면 그럴 거 같더이다. 열 달, 아주 힘들잖소. 막달엔 깊은 잠도 제대로 못 자고 말이오. 그리 힘들다가 낳을 때도 죽을 고생을 해야 하고요. 그러고 나면 왠지 허탈하기도 하고 기막히기도 하고, 기분이 마냥 산뜻하지만은 않을 거 같았소. 별것 아닌 거에도 크게 동요하고 모든 상황을 심각하게 받아들이는 게 그런 이유가 아닐까 싶었어요. 겪어보지 않아 다 안다고는 할 수 없지만, 영 이해 못 할 것도 아니더이다. 부인도 부인이 지금 어떤지 잘 모른 채 왈칵 증을 내는 거 같아서 그냥 무조건 이해하기로 했어요. 이해하자 마음먹고 나니 또 그 고생을 하면서 매번 부인이 아이를 낳는 게 참 어찌나 미안하던지. 딸이든 아들이든 다 귀하다 생각되기 시작한 것도 그때부터예요. 어느 아이든 어미 고생시키는 건 똑같잖아요. 그런데 단지 딸이라는 이유로 혹은 아들이라는 이유로 애써 고생한 부인을 서운하게 하긴 싫었어요. 용써서 세상에 나온 아이에게도 할 짓이 아니다 싶기도 했고요."

다정한 방원의 말에 금세 자경의 두 눈에 눈물이 그득 찼다. 글썽이는 자경을 본 방원이 당황했다.

"아니, 마음이 상했다면 미안해요. 그럴 의도로 말한 건 아닌데."

가까이 다가간 자경이 방원의 가슴팍에 이마를 기댔다. 잠깐 놀라서 방황하던 방원의 두 손이 이내 자경의 마른 어깨 위로 내려앉았다.

좋은 남자였다. 좋은 지아비였고, 좋은 아비였다. 어쩌면 이런 다정함은 방원의 야망이 크지 않은 덕에 누릴 수 있는 호사였다. 권력욕이 강한 사내였다면 벌써 왜 아들을 못 낳냐, 왜 내조를 제대로 하지 못하냐 들볶았을 테니 말이다. 별다른 욕심이 없는 사람이어서, 좋은 가장, 좋은 아버지가 인생의 가장 큰 목표여서 이리 다정할 수 있는 거다. 어쩌면 이런 사내에게 제가 하는 채찍질이 가혹할지도 모르겠다는 생각이 처음으로 들었다. 언제나 늘 지나치게 소박한 방원을 원망했는데 어쩌면 자경이 말도 안 되는 욕심을 부리고 있는 건지도 몰랐다. 물 좋고 경치 좋은 정자 자리는 없댔는데, 저는 그런 자리를 찾고 있었다. 왜 그런 자리가 되지 못하냐고 엄한 이를 볶았다. 그가 아니라 저가 문제였다.

"미안해요. 미안합니다."

자경이 우는 게 제 탓이라 여기는 건지 방원이 어쩔 줄 몰라하며 거듭 사과했다. 눈물을 훔친 자경이 고개를 저으며 몸을 바로 했다.

"서방님 탓 아니에요."

"울었잖아요."

"고마워서요."

"응?"

"서방님이 고마워서요. 그리 다정히, 저조차도 미처 다 알아차리지 못한 제 마음을 알아준 게 고마워서요. 혼인하길 잘했다, 싶어서요."

잠깐 얼떨떨한 얼굴을 하던 방원이 이내 기쁜 듯 입을 벌리며 크게 웃었다. 입이 귀에 걸릴 것처럼 기뻐하는 모습을 보자니 참 소박한 사내구나 싶었다. 고작 이런 칭찬에 이리 기뻐하다니 말이다.

"늘 나만 복 받은 사람인 거 같아 얼마나 미안했는지 모릅니다. 그리 말해주니 내가 더 고맙습니다."

"이리 좋아하실 줄 알았으면 진작 말할 걸."

"진작? 진작부터 그리 생각했어요?"

"그럼요."

방원의 입이 더 크게 벌어졌다. 정말 쓸개 빠진 사람 같아서 자경이 끝내 참지 못하고 웃음을 터뜨렸다.

* * *

세 명의 딸아이가 아비의 품에 안긴 채 한바탕 애교를 부리고 나간 뒤에야 유모 젖을 배부르게 먹어 배가 불룩해진 아들을 자경이 데려왔다. 세 딸 아이의 재롱에 한껏 기분이 노곤해진 방원이 느긋한 얼굴로 손을 뻗어 갓난아이를 건네받았다. 아이는 기분이 좋은지 팔다리를 힘껏 뻗으며 기운을 과시했다. 방원이 그 모습을 기특하게 보며 아이를 얼렀다.

"아침에 보고 나갔는데 저녁에 돌아와서 보면 또 큰 거 같아요. 이 아이는 어찌 이리 빨리 크는지 하루하루 시간 가는 게 아까울 정도예요."

"아버님을 닮아 강골이라고 하더이다. 장군감이라고요."

"그래요?"

"네. 이마나 높은 콧등이나 다 친가를 택했다고요. 빼도 박도 못하
는 이 씨 집안 핏줄이라던데요."

어쩔 수 없이 약간 감정이 실려서 삐딱한 말투가 나왔다. 내뱉은
뒤에야 아차 싶은 자경이 슬쩍 방원의 눈치를 살폈다. 허나 집중하
여 아이의 얼굴을 찬찬히 들여다보는 방원은 자경의 말투에 숨겨진
가시를 전혀 알아차리지 못한 모양이었다.

"나는 이 아이가 아버지가 아니라 장인어른을 닮았으면 하는데."

"네?"

자경이 화들짝 놀라 되물었다. 방원이 자경을 보며 빙그시 미소
지었다.

"앞으로는 칼을 든 사람보다 붓을 든 사람이 더 필요할 테니까요.
허니 책상 앞에 진득이 붙어 앉아 책 읽는 것을 제일 좋아하는 장인
어른을 닮았으면 좋겠어요."

태어난 아이를 두고 들은 수많은 말 중 가장 기분 좋은 말이었다.

"잘 먹고 잘 자는 순한 성품은 아버지를 닮은 듯하니, 아마 공부를
잘할 겝니다. 벌써부터 사람들과 눈을 마주치는 게 아주 영리해 보
인다고도 하던데요. 그 밭에 그 씨인데, 아둔할 리 있습니까. 딸 아
이들도 손이 맵고 눈썰미가 좋다고 얼마나 칭찬이 자자한데요."

"아무렴요. 특히 어떤 씨를 뿌린들 잘 키워내는 밭이니, 오죽하려
고요."

슬쩍 치는 농에 자경이 밉지 않게 눈을 흘겼다. 그사이 안겨 있던
아이가 졸린지 눈을 부볐다. 자경이 방원에게서 아이를 넘겨받아 밖
에서 기다리고 있던 유모에게 건네주고 돌아왔다.

"이만 주무셔야죠."

"그 전에, 내 부인에게 의논할 게 있어요. 실은 들어오자마자 말하려 했는데……."

방원이 난처한 얼굴로 뒷말을 흐렸다. 아마도 자경이 성질을 부려서 하려던 말을 미처 못한 모양이다. 감정이 정리된 뒤엔 저녁 먹고 아이들을 보느라 또 말할 사이가 없었고 말이다. 방원이 찻상을 옆으로 밀며 가까이 오라 손짓했다. 자경이 바싹 가까이 당겨 앉았다.

"아무래도 명나라에 다녀와야 할 것 같습니다."

"명나라에요? 설마 그 말도 안 되는 왜구 문제 때문에요?"

주원장은 성계가 왕이 된 뒤에도 끊임없이 시비를 걸고 심술을 부렸다. 조선이란 나라를 인정한다면서도 고명과 금인은 내주지 않았고 뻑하면 되지도 않는 이유로 위협을 가하기 일쑤였다. 뿐만 아니라 기껏 보낸 사은사를 쥐어패고 말을 빼앗을 뿐 아니라 사신의 출입을 금지하기까지 했다.

그러다가 최근엔 성계의 지시를 받은 조선 도적들이 명나라에 쳐들어와 행패를 부렸다며 왕자를 보내 직접 해명하라고 했다. 누가봐도 그건 왜구의 침략인데 대체 왜 조선에게 그 죄를 뒤집어씌우는지 이해할 수 없는 노릇이었다.

"장남이나 차남을 보내라고 하였는데 왜 서방님이 가셔야 합니까?"

"그러게요. 나는 장남도 차남도 아닌데 다들 나더러 가라니 내가 갈 수밖에요."

방원이 씁쓸한 미소를 지었다.

"방우 형님은 돌아가셨고, 방과 형님이 그런 외교를 능히 할 수 있는 분이 아니지 않소. 황제께서는 글자 한 자만 마음에 안 들어도 살려 두지 않는 분이라서 내가 가야 한다더군요. 왕자 중 그분을 감당할 자가 나밖에 없다고 아바마마께서 간곡히 부탁하시더이다.”

“그 말을 곧이 믿으십니까?”

“부인은 어찌 생각합니까?”

“황제께서 황태자의 사망 이후 더 이상해졌다고 소문이 자자해요. 그런 황제가 군이 이번에 전하의 아들을 보내라고 꼭 집은 것도 영 수상쩍은데, 그런 자리에 서방님을 밀어 넣다니요. 아바마마께서는 어찌 서방님께만 이리 가혹하시단 말입니까? 열 손 깨물어 안 아픈 손가락이 없다는데 서방님은 아바마마의 손가락이 아니랍니까?”

주원장은 맏아들인 주표를 황태자로 삼은 후 저와 달리 심약한 그가 혹여나 후에 신하들에게 휘둘릴까 봐 대대적인 숙청을 강행했다. 오죽하면 태자가 견디지 못하여 그만하라고 주원장을 말릴 정도였다. 물론 주원장은 듣지 않았다.

모두를 공포 속으로 몰아넣으면서까지 오로지 아들만을 위해 몇만 명의 신료들을 잔혹하게 살육했으나, 그 아들은 끝내 젊은 나이에 세상을 떠났다. 주원장은 아주 오랫동안 고통스러워한 뒤 주표의 아들 주윤문을 황태손으로 삼았다. 그리고 이번엔 황태손을 위한 숙청을 강행했다. 자경이 보기에 그것은 단순한 왕권강화의 명분을 넘어선 피의 살육이었고 광기였다. 쌓인 시체를 다 치우지 못해서 도성 안 여기저기서 나뒹군다는 소문에 한때나마 주원장을 좋게 평가했던 민제조차 고개를 가로저을 정도였다.

“가면 위험하겠지요.”

“당연하지요. 군이 꼭 집어서 왕자를, 그것도 장남이나 안 되면 차남이라도 보내라는 연유가 무에겠습니까? 자신의 큰아들이 죽은 분풀이를 하려는 거 아니겠습니까? 왜구가 한 일을 누명 씌운 것도 모자라서 이젠 아들을 내놓으라니, 수가 뻔히 보이지 않습니까. 사신을 먼저 안 받겠다고 한 건 황제예요. 헌데 자신이 한 말을 뒤집으면서까지 이러는 건 속셈이 있는 거예요. 삼척동자도 눈치챌 일이라고요.”

“헌데 갈 사람이 나밖에 없다니 어쩌겠어요.”

“왜 서방님밖에 없어요! 아바마마 아들이 몇 명인데!”

바르르 떨며 몸을 들썩이는 자경을 보던 방원이 피식 웃었다.

“부인 마음 알아요. 나도 이제 더 이상 바보가 아니에요. 돌아가는 판이 이제야 보입니다.”

그제야 숨을 고르며 자경이 찬찬히 방원을 살폈다. 내도록 보인 풀 죽은 태도가 부모의 요구를 피할 수 없는 효자의 체념이라고 생각했는데 아니었던 모양이다. 이제 보니 평소와는 다른 엷은 분노가 방원의 눈가에 어려 있었다.

“부인 말대로 장남이나 차남을 황제께서 언급하신 건 왕위 계승자를 오라는 게지요. 아무리 그렇다고 해도 아직 어린 세자를 먼 길 보낼 수 없다는 것도 알겠고 방우 형님은 이미 이 세상 사람이 아닌 데다 방과 형님은 갈만한 인물이 안 된다는 것까지도 내 이해하겠어요. 헌데 어차피 왕위 계승자나 첫째 둘째가 안 될 거라면 그 외 아들들은 모두 동등한 입장 아닙니까? 그리고 이 사행에서 가장 득볼 이는 누가 봐도 세자고 말입니다. 허면 누가 가야겠습니까. 의당 방번이가 가야 할 것 아니에요? 왜 왕비의 아들들을 위해서 어머니의 아들들이 희생되어야 하냔 말입니다. 대체 누구 좋으라고요? 사행에서 어머니의 자식들이 혹 상하기라도 하면 제일 기뻐할 게 누구겠냐고요. 헌데 말이에요. 이런 생각을 하는 사람이 나밖에 없어요. 다들 조금도 이런 생각을 못해요. 무심히 하나같이 입을 모아 한단 말이 너밖에 갈 사람이 없지 않냐는 거예요. 아바마마께서 저리 부탁하니 어쩔 수가 있냐고요. 심지어 방간이 형님은 뭐라는 줄 알아요? 아들까지 태어났으니 다녀와도 되는 거 아니냐고. 가서 잘못되어도 제사 지낼 자식을 낳아 뒀으니."

"아니, 어찌 그런 말씀을!"

방원이 범인이었다면 애초에 혼인하지 않았다. 방원이 범인이었다면 아들을 낳으려고 그토록 기를 쓰지도 않았을 것이다. 죽을힘을 다해서 이제 겨우 사내놈을 하나 얻었는데, 아들을 얻자마자 남편을 사지로 보내야 한다니 이 무슨 운명의 장난이란 말인가. 울컥한 자경의 눈에서 닭똥 같은 눈물이 뚝뚝 떨어졌다. 방원이 급히 손수건을 건네며 자경의 어깨를 부드럽게 어루만졌다.

"흥분하지 말아요, 부인. 내 이럴까 봐 아까 말 꺼내지 않은 것인데."

"아주버님 정말 너무 하십니다."

"워낙에 말을 스스럼없이 하는 사람이니, 담아 두지 말아요."

"혹 어마마마께서 서방님을 보내라고 권하신 건 아니랍니까?"

자경의 물음에 방원의 얼굴에 비소가 떠올랐다.

"그런 의심을 아니 해본 것은 아니지만, 증좌가 없으니."

"분명 어마마마께서 손을 쓴 겝니다. 자신의 자식을 세자로 만들고 보니 장성한 다른 왕자들이 경계가 되겠지요. 거기다 서방님은 형제 중 가장 학문이 깊고 혜안이 있는 분입니다. 이번 일을 기회 삼으려는 나쁜 생각을 품었을 수도 있는 일 아닙니까."

"그럴 수도 있지요."

"가지 마세요. 눈에 뻔히 보이는 함정이에요. 서방님도 이미 다 짐작하신다면서요. 서운하시다면서요. 아바마마께 효도, 그만큼 했으면 됐습니다. 이제 돌아가신 어머님께 효도할 차례예요. 가지 마세요."

"하지만 이미 간다고 말씀드렸어요."

꽤 회의적인 말들을 늘어놓기에, 당연히 안 간다고 할 줄 알았다. 죽을 길이란 걸 모르는 것도 아니면서, 부러 저를 골탕 먹이려고 만들어진 판일 수도 있다고 생각하면서도 굳이 왜 그 길을 가려는지 이해할 수 없었다.

"왜요! 서방님이 가시는 건 결국 세자에게 이로울 뿐입니다. 만약 그런 일이 있어선 아니 되겠지만, 혹시나 가서 혹 나쁜 일이라도 당하시면 누가 가장 기뻐하겠습니까? 그런데도 가셔야겠단 겁니까?"

다시 자경의 턱 아래로 눈물이 뚝뚝 떨어졌다. 출산 뒤라 감정조절이 안 되는 게 확실했다. 이성적으로 설득한다거나 대화하겠다고 생각하면서도 그전에 눈물부터 이리 흐르니 말이다. 방원이 다정히 자경의 눈가를 어루만졌다.

"나도 처음 제안을 받았을 땐 당장에 거절하려 했습니다. 내가 왜 가야 하는지 도무지, 이해할 수 없었어요. 경솔히 벌컥 화가 나려는 마음을 가라앉히고 깊이 생각해 보니 이건 그럴만한 가치가 있는 일입니다."

"무슨 가치요?"

"우리는 사대를 할 수밖에 없는 소국의 입장이에요. 자존심의 문제가 아니라 나라를 지키기 위해서 사대는 어쩔 수 없는 현실이에요. 역사적으로 이 땅에 들어선 왕조의 정치가 대국으로부터 자유로웠던 적은 드물지요. 심지어 고려 시대 때는 원나라에 의해 왕이 바뀐 적도 여러 번이고요. 허니 조선에서 정치함에 있어서 대국의 지원을 받는다는 건 그 어떤 것보다 큰 배경이에요. 나는 대국의 힘을 얻으려 합니다. 아들 이방원이 모자라고 부족하여 아버지의 지원을 더 이상 기대할 수 없으니, 조선의 왕자로서 원하는 과업을 이루기 위해 대국의 힘을 구하러 가려는 거예요."

자경의 눈앞에 순간 불이 번쩍했다. 권력욕이었다. 처음으로 방원이 권력욕을 보이고 있었다.

"세자 자리가 넘어간 것을 보면서도 나는 그래도 아바마마에 대한 마지막 끈을 놓지 못했어요. 세자 자리가 넘어갔음에도 아무것도 안 하는 형님들을 보면서도 나는 기대를 다 버리지 못했고요. 그래서 사냥꾼이 되겠다고 했지만 사냥감을 내가 잡을 생각은 차마 못했지요. 하물며 감히 그것을 가질 생각은 할 수도 없었고요. 그저 판을 깔아주는 게 내 역할이라고 여겼으니까요. 헌데 일이 이쯤 되니 알겠습디다. 잘못된 걸 바로잡을 사람은 나밖에 없는데, 위험 속에서 개처럼 던져질 내 목숨이 불쌍해서라도 나도 내 몫은 받아야겠습니다."

내도록 방원이 권력욕이 생겨 성계에게 반격을 하길 바랬던 자경에겐 너무나 반가운 선언이었다. 허나 그 방법이 왜 하필 명나라 사행인지, 받아들이기 어려웠다.

"그래도 저는 걱정됩니다."

"알아요. 세상에서 나를 제일 지극하게 챙기는 사람은 부인이니 걱정하는 마음을 가히 짐작합니다. 허나 본래 위험부담이 클수록 얻게 되는 것도 큰 법이잖소. 가서 황제를 내 편으로 만들고 오겠소이다. 두고 보세요. 반드시 뜻을 이루고 올 겁니다. 그래서 왕비가 이 사행에 제 아들을 보내지 않았다고 안도한 것을 땅을 치고 후회하게 만들어 줄 겁니다."

이제 더 이상 세상에서 가장 착한 아들 노릇은 안 하기로 작정한 것을 보면 확실히 방원은 달라졌다. 허나 너무 위험한 길이었다. 불안한 마음이 도무지 가시지 않았다.

"황제는 변덕스러운 분이에요."

"이건 나 자신에 대한 시험이기도 해요. 그런 분을 내 편으로 만들 수 있다면 앞으로 내가 무엇인들 못 하겠소이까?"

"지난 사행에서도 물이 바뀌어 크게 고생하셨잖아요. 게다가 요즘 같은 때에 기침에 콧물을 달고 사시면서 어찌 그 길을 견디시려고요."

방원은 특별히 아픈 곳은 없었지만 계절을 타는 편이었다. 특히 기관지가 유독 약하여 환절기 때면 늘 고생하곤 했다.

"안 그래도 아바마마께서 체질이 파리하고 허약한데 어쩌느냐고 걱정하시더이다. 그래서 남재 대감께서 같이 가주시기로 하셨어요. 걱정 말아요."

방원이 다정히 달랬으나 자경은 여전히 못마땅한 얼굴이었다.

"황제를 뵐 수 있는 좋은 기회라며 다녀오라고 등 떠밀 때는 언제고."

분위기를 풀려고 슬쩍 건네는 농에 자경이 파르르하며 발끈했다.

"그때랑 지금은 다르잖아요. 다 알면서 어찌 그런 말씀을 하세요?"

"사행에 가려는 또 다른 이유도 있어요."

"또 뭐요?"

"자식에게 부끄럽고 싶지 않아요."

자경이 멍한 얼굴로 방원을 보았다. 방원이 민망한 듯 눈을 비스듬히 피했다.

"웃기지만 딸들이 태어났을 땐 그저 든든한 아비가 되고 싶었어요. 오래 살고 싶었고, 재산이 많았으면 했지요. 튼튼한 울타리를 만들어 아이들을 보호해서 곱게 잘 길러내는 게 내 몫이라고 생각했어요. 헌데 아들이 태어나고 나니, 우습지만 좀 느낌이 달라요. 아들에게는 잘난 아비이고 싶습니다. 자랑스러운 아버지였으면 좋겠어요. 그래서 가려는 겝니다. 내 한 몸 건사하자고 몸을 사린 애비로 기록되고 싶지는 않아요. 부인이 저 아이를 낳기 위해 얼마나 애를 썼습니까. 생각해 보면 부인이 그러는 동안 나는 아무것도 한 게 없어요. 이제는 나도 무언가를 해줘야 하지 않겠습니까. 할 수만 있다면 내가 거름이 되어 그 아이의 훗날에 도움을 주고 싶습니다. 그래서 가려는 거예요. 내 마음을 모르시겠습니까."

세상 소박하던 방원에게 난생처음으로 권력욕과 명예욕이 생겨난 이유가 아들 덕분인 모양이다. 자경이 그토록 원하던 야심의 싹을 방원의 마음속에 틔운 건 정작 태어난 지 백일도 지나지 않은 아들의 존재였던 셈이다. 아들이든 딸이든 세상 상관없는 사람처럼 굴어서 별 차이가 있을까 싶었는데 역시 사내는 사내인 모양이다. 씁쓸한 한편, 아들 낳기를 잘했구나 싶어 뛸 듯이 기쁠 만큼 반가운 변화였다.

"아들이 태어나지 않았다면 절대로 가지 않았을 겝니다. 하지만 아들이 태어난 이상 저 아이의 미래를 위해서라도 이대로 가만있을 수는 없다 싶어요. 오죽하면 내가 복자(卜者)를 다 찾아갔겠어요."

"복자라면, 점을 보셨단 겝니까?"

유학자답게 방원 역시 불교와 무당 모두 꺼렸다. 성계가 무학대사 등을 가까이하는 것과 달리 방원은 불교를 인정하긴 했지만, 딱 거기까지였다. 방원은 석가모니가 출가하여 해탈한 것을 이해하지 못했다. 남은 부인과 자식들은 대체 무슨 죄냐고, 그런 행동은 무책임하다고 했다. 부모와 자식과 부인을 다 내팽개치고 혼자 해탈하는 게 대체 무슨 의미가 있으며, 그럼 버려진 자식과 부인의 삶은 뭐가 되는 거냐며 어이없어했다. 그 해탈의 의미를 모르는 것은 아니지만 가정을 가진 사내가 할 짓은 아니라는 거다. 그래서 그런 지도자를 숭배하는 종교를 믿을 수 없다고 했다. 불교 그 자체를 인정하지 못할 정도는 아니었지만, 좋아하진 않았다.

불교에 대한 감정이 그러할진대 하물며 무당에 호의적일 리 없었다. 사내아이만 연이어 죽어나갈 때, 송 씨 부인은 조심스럽게 굿이라도 해야 하는 거냐고 자경에게 물었다. 자경 역시 한참 힘들 때라 마음이 흔들렸는데 방원이 크게 반대했다. 어린아이가 죽는 것은 어느 집이나 겪는 흔한 일인데 그런 말도 안 되는 짓을 왜 하느냐며 펄펄 뛰었다. 처음엔 무조건 반대하는 방원이 원망스러웠지만, 정신을 차리고 보니 제가 생각해도 한심한 일이라 그리 말려준 게 고마웠더랬다.

"점을 봤지요. 우습죠? 나도 내가 점을 볼 줄은 몰랐습니다."

헌데 그런 사람이 점을 봤다니 천지가 뒤집힐 일이었다.

"무얼 물었습니까?"

"우리 아들이 백일 지나서까지 살 수 있나 물었어요. 아무래도 내가 사행을 다녀오는 사이, 백일을 치를 거 같아서."

가겠다고 결심했지만, 막상 어린 아들을 두고 가려니 마음이 안 놓인 모양이다. 게다가 자식 중 유독 사내아이만 죽어나간 기억이 떠올라 더더욱 걱정되기도 했을 거고.

"뭐라고 하더이까?"

"아주 건강하다고 했어요. 백일은 틀림없이 넘길 터이니 걱정하지 말라고. 만약 제 말이 틀리면 저를 두 동강을 내도 좋다고 호언장담 하더이다."

믿든 안 믿든 좋은 말을 들으면 기분이 좋은 법이다. 신이 난 방원을 보며 자경도 어느새 따라 웃고 있었다.

"헌데 백일이 지나면 외가 근처에서 키우는 게 좋겠다고 했어요. 외가에서 키우면 더 좋고요. 마침 나도 아이가 장인어른 곁에서 학문하는 습관을 들이면 좋겠다 싶었던 차에 그 말을 들으니 더 반갑더이다. 허니 부인, 내가 사행을 떠나고 나면 곧장 아이들 데리고 친정으로 가서 지내요. 응?"

정말로 복자가 그리 말한 건지, 아니면 기약없는 사행에 너른 집을 혼자 지키고 있을 자경이 걱정되어 둘러대는 건지 모를 일이었다. 어느 쪽이냐 굳이 따지고 싶은 생각이 안 들었다. 방원의 마음 씀이 고마워서.

"꼭 친정에 가 있어요. 떠나기 전에 장인어른께 따로 부탁드릴 참이에요. 여기 혼자 있지 말고 아이들과 함께 친정에 가서 지내요."

"그럴게요."

순하게 대답하는 자경이 어여쁜지 방원이 손을 뻗어 자경을 끌어안았다.

"걱정 말아요. 무사히 돌아올 거요. 무슨 일이 있어도 부인과 아이들 곁으로 꼭 돌아올 겁니다. 너무 염려하지 말아요. 기다리면서 너무 애달파 하지도 말고."

"서방님은 믿습니다. 서방님을 못 믿어서가 아니라 황제의 변덕이 걱정되는 걸요."

자경이 저도 모르게 어리광을 부리듯 방원의 품으로 파고들었다. 그러자 다정스레 어깨를 끌어안고 다독이던 방원이 어색하게 몸을 떼어냈다.

"사행 떠나기 전엔, 맙시다."

"왜요?"

먼 길 떠나야 하니 안아 달라고 보채거나 조를 줄 알았지 설마 거절할 줄은 몰랐다. 거절당한 것은 또 처음이라 자경이 얼떨떨한 얼굴로 방원을 보았다.

"부인, 아이 낳은 지 얼마 되지 않았고, 또······."

"우리 벌써 했잖아요. 근래에 몸에 일이 있어 쉬긴 했지만."

"아, 그건 그때고, 이건, 어······."

눈을 이리저리 굴리는 게 여간 당황한 게 아닌 모양이었다. 아무리 애를 써도 별다른 이유가 떠오르지 않는지 방원이 영 낭패한 얼굴로 입을 꾹 다물었다. 그 모습을 가만히 보던 자경이 방원의 손을 꼭 잡았다.

"그래요, 손만 잡고 자요. 따뜻하게 팔베개만 해주세요."

돌아올 거라고 걱정 말라고 큰소리치지만, 누가 봐도 위험한 길을 떠나야 하는 방원이었다. 오랫동안 집을 비운 사이, 자경이 혼자 아이를 낳는 일 같은 건 없기를 바라는 거다. 그래서 동침하고 싶지 않은 게 분명했다. 차마 자경이 걱정할까 봐 그리 솔직하게 털어놓지는 못하지만 말이다.

방원은 아이를 낳을 때 한 번도 옆에 있어 주지 않은 적이 없었다. 아무리 바쁘고 급한 일이 있어도 방원은 늘 만사를 제치고 달려와 자경이 해산이 끝날 때까지 방문 앞을 서성였다. 그리 자식을 많이 낳았어도 자경의 체질상 매양 난산인데도 열 시간이고 스무 시간이고 잠도 자지 않고 먹지도 않고 자경을 기다렸다. 그러다 아이가 태어나면, 곧장 그 핏덩이를 품에 안고 기뻐했다. 그게 방원이었다.

 저가 없는 사이 자경이 혼자 끙끙거리면서 아이를 낳는 것도 싫고, 혹시나 잘못되어 그리 태어난 아이가 유복자가 되는 건 더 싫은 거다. 그런 무책임한 지아비가 되는 건 상상만 해도 견디기 힘든 일이니 자연스레 모든 게 꺼려지는 마음이 이해가 갔다. 같이 산 지 십년이 넘어가자 굳이 설명하지 않아도 방원의 마음이 손에 잡힐 것처럼 생생했다.

 "대신 돌아오시면 자리 비우신 만큼 안아 주셔야 합니다."

 "그건 걱정 마시오. 곱절로 안아줄 터이니."

 방원이 호언장담하며 자경을 세게 껴안았다. 방원의 단단한 등허리를 문지르며 자경이 속에서 치받는 울음을 참기 위해 어금니를 깨물었다.

*　*　*

 방원과 조반, 남재가 명나라로 떠나는 날, 방원은 먼저 교태전에 들러 인사를 올렸다.

 "어의에게 일러 청심환, 공진단, 웅담과 같은 약재를 준비해두었다. 그리고 수라청이 홍삼청과 오미자청, 매실청, 도라지청과 함께 인삼정과와 홍삼정과를 준비해두었으니 빼먹지 말고 모두 챙겨 가거라."

 "집에서도 준비해주었습니다."

 "집에서 마련한 것보다야 궐의 물건이 더 낫지 않겠느냐. 약은 넉

넉히 가져가서 나쁠 게 없다. 많으면 같이 가는 신료들과 나누면 될 거 아니냐. 에미의 마음으로 챙긴 것이니 사양할 것 없다."

"마음 써 주시니 그저 황송할 따름입니다."

"전하께서 걱정이 많으시다. 부디 건강히 잘 다녀오너라."

"제가 자리를 비운 동안 식구들을 잘 부탁드립니다."

"그런 걱정은 조금도 할 필요 없다. 부족함이 없도록 살뜰히 챙길 것이다."

지금까지 강 씨에게서 받은 대우 중 가장 극진했다. 이게 곧 죽을 놈에게 베푸는 마지막 호의일 수도 있다고 생각하자 고맙다기보단 분하고 괘씸했다. 반드시 성공하여, 금의환향할 것이다. 방원이 이를 으드득 갈며 큰절을 올렸다. 본래 사냥을 시작하기 전 몸을 가장 낮추는 법이라고 방원은 절을 올리는 내내 속으로 읊조렸다.

밖에서 방원을 기다리고 있던 상인이 강 씨가 준비해둔 물건들을 건네받았다. 이번 사행길에 장군을 한 명도 딸려 보내지 않는 것이 자경의 불만이었다. 혹여나 황제의 비위를 거스를까 하여 어쩔 수 없다고 달랬지만 자경은 여전히 아무런 보호도 없이 방원을 그 멀리 보내는 것을 내켜 하지 않았다. 그래서 짐꾼으로 위장한 상인이 따라가기로 했다. 정말로 황제가 몹쓸 맘을 먹고 작정하자면 상인 한 명 데려가는 게 뭐 그리 도움이 될까 싶었지만 굳이 말을 꺼내진 않았다. 자경의 걱정을 조금이라도 덜어주고 싶었기 때문이다.

"다 되었느냐?"

"네."

상인과 방원이 대전으로 향했다. 뒤늦게 버선발로 뛰어나온 행아가 방원과 상인의 가는 뒷모습을 애달프게 쳐다보았다. 박 상궁이 그 모습을 유심히 보았다.

　대전에서는 성계가 기다리고 있었다. 방원과 조반, 남재가 함께 들어가 인사를 올렸다. 성계는 방원과 조반에게 분부하여 표문을 올리게 하고, 남재에게 전문을 올리게 하여 그 글로 실록을 갈무리게 했다. 그리고 아버지와 아들로서 방원과 작별 인사를 나누었다.

　"천천히 다녀와도 되니 굳이 멀고 험한 길을 재촉할 것 없다."

　"네."

　"무리하지 말고, 몸이 고되면 쉬어가며 가거라."

　"그리하겠습니다."

　"네 식구들은 잊지 않고 내가 챙겨줄 것이니 타국에서 괜한 걱정은 할 것 없다."

　예전에 사행을 보낼 때는 그래도 이색이 있었다. 이색은 비록 지향점은 달랐으나 인격적으로는 믿을 만한, 존중할 만한 사람이었다. 그래서 이색의 요구대로 방원을 보내면서도 마음이 크게 불안치는 않았다.

　허나 지금은 방원밖에 없다. 거기다 주원장은 이전보다 훨씬 더 믿을 수 없는 사람이 되었다. 무슨 마음으로 굳이 콕 집어서 성계의 자식을 내놓으라고 한 건지 모를 일이었다. 어쩌면 사행(使行)이 아니라 사행(死行)이 되는 건 아닌지 걱정스러워서 요 며칠 밤에 잠이 다 오지 않을 정도였다.

　"부디 돌아올 때까지 강건하십시오."

　허나 어느새 훌쩍 큰 자식은 제가 건네야 할 말을 오히려 대신하며 의연히 큰절을 올리고 있었다. 울컥한 성계가 눈물을 글썽이며 고개를 돌렸다. 성계의 부정에 조반과 남재가 크게 감격했다.

대전에 인사를 올리고 나오자 조정의 신료들이 기다리고 있었다. 대소신료들은 모두 궐 앞까지 나와 세 사람을 배웅했다. 찬성사 성석린은 시를 지어왔다.

"자식을 알고 신하를 아는 예감이 밝고, 하늘을 두려워하는 성의는 백성을 살리기 위함이라, 모두 말하기를 만세의 조선 경사는 이 더위와 장마에 산을 넘고 물을 건너가는 데 있다 하더라."

다들 석린의 마음과 다르지 않아서 나라와 가정을 위해 가는 방원의 공을 앞다투어 치하했다.

그 속에서 두란 만은 유일하게 분통이 터져 하며 왜 방원이 가야 하는 거냐며 애통해했다. 이화가 옆에서 옆구리를 찔러가며 말려도 아무 소용이 없었다.

"이게 말이 되냔 말이지비. 어째 니가 가냔 말이다, 왜 또 니가 가냐고. 몸도 제일 약한 놈아가 그 미치갱이 같은 황제한테 험한 꼴이라도 당하믄 으짤라고."

환갑이 지난 사내의 지나칠 정도로 솔직한 발언에 다들 뜨악한 얼굴로 쳐다보았으나 두란은 아랑곳하지 않았다. 방원이 민망한 미소를 짓자 이화가 얼른 두란을 뒤로 밀치며 앞에 섰다.

"잘 다녀오너라. 집안 걱정은 하지 말고."

"네."

"공이 나라를 구하는 겝니다."

도전의 말에 두란이 눈을 치켜떴다. 울컥한 두란이 무어라 한마디 하려는 걸 이화가 겨우 말렸다.

"부족한 사람이지만 최선을 다하겠습니다."

방원이 꾸벅 인사했다. 뒤이어 마중 나온 모두와 가벼운 작별 인사를 나누던 방원은 민제의 앞에 서자 잠깐 울컥한 얼굴을 했다.

"사부."

그건 방원이 처음으로 내보인 사감이었다.

"사부……."

방원이 차마 뒷말을 잇지 못했다. 민제가 다 알고 있다는 듯 부처 같은 얼굴로 부드럽게 방원의 손등을 두드렸다.

"이따 자경이를 데리러 가기로 했네. 잘 다녀오시게, 이 선달."

그제야 비로소 안도한 방원이 마지막으로 허리를 깊이 숙여 인사한 뒤 돌아섰다.

모두 말 위에 오르자 곧 출발이었다. 방원이 마지막으로 뒤를 돌아보았다. 더듬거리던 시선이 먼 곳을 향했다. 저 멀리 노송 아래 익숙한 얼굴이 보였다. 자경이 유모와 함께 아이들을 데리고 마중 나와 있었다. 강보에 싸인 갓난아이를 안고 있던 유모가 조금이라도 아이를 보여주기 위해 높이 들었다 내렸다를 반복했다. 방원이 크게 손을 흔들어 아는 체를 한 뒤 몸을 돌렸다. 뒤이어 상인이 몸을 돌려 자경을 보았다. 잠깐 망설이던 상인이 인사했다. 자경이 작게 고개를 끄덕였다.

돌아올 거다. 꼭 해를 넘기지 않고 그 전에 돌아올 거다. 고삐를 쥔 손에 힘이 들어갔다. 힘껏 말의 옆구리를 세게 찼다. 허리를 숙여 달리는 말에 몸을 실었다.

갑술년 유월 을해일이었다.

* * *

"금릉으로 가는 길에 연부를 지날 수 있습니까?"

"금릉으로 가는 길에 연부가 있긴 하지요. 허나 굳이 지나려면 조금 둘러 가야 합니다만."

"조금 둘러 가도 좋으니 그곳을 지나갔으면 합니다."

방원의 부탁에 남재가 고개를 갸웃했다.

"왜 굳이 그곳을 지나려 하시오?"

"연왕이 황제의 넷째 아들이라면서요. 거기다 명나라를 세우는 데 가장 공이 많은 아들이라 하니 미리 알아두는 게 나쁘지 않을 성싶어서요."

"그렇긴 하나 현재 연왕은 황제가 가장 경계하는 아들이기도 하지요. 가뜩이나 장남이 죽고 어린 손자를 세워야 해서 황제는 후계 구도에 매우 예민하다고 들었어요. 연왕을 만나고 오는 것을 황제가 곱게 보지 않으면 어쩌오? 괜히 시비나 걸리지 않을까 걱정되오만."

"정말로 눈엣가시고 꼴 보기 싫은 아들이라면, 폐하께서 벌써 그 아들들을 처리하셨겠지요. 얼마나 수많은 사람을 잔인하게 도륙했습니까. 허나 황제는 아들들에겐 절대로 가혹하지 않습니다. 오히려 아들들의 재주를 아끼고 인정하지요. 심지어 황제의 복심은 연왕에 있었는데, 신료들의 반대로 황태손을 세웠다는 소문도 있더이다. 허니 오는 길에 제 아들을 만나고 왔다고 시비를 거는 졸렬한 행동은 절대 하지 않을 겁니다. 그저 우연인 척 연부 근처로 가 주세요. 만약 연왕이 딴마음이 있다면 저를 보러 나올 거고, 아니라면 지나 보내겠지요. 저를 보러 나온다면 이건 절대로 놓쳐선 안 되는 아주 중요한 외교의 기회입니다."

일리 있는 말이었다. 명나라에선 방원이 몇째 아들인지 아직 모른다. 황제가 장남이나 차남을 보내라고 했고 그 답으로 온 아들이니,

장남이나 차남일 거라고 짐작하고 있을 것이다. 만약 연부 근처를 지나는데 연왕이 굳이 나와서 조선 왕의 장남이나 차남을 접견하려는 시도를 한다면, 그건 그가 일개 변방의 왕으로만 머물지 않겠다는 것을 뜻했다. 허니 이 기회에 미리 만나고 돌아간다면 차기 명나라 황제와 안면을 트는 셈이 된다. 연왕 역시 다른 왕들보다 저를 좀더 대우해주는 보이는 조선의 외교에 호감을 가질 게 분명했다. 그리된다면 후에 주원장보다는 훨씬 더 나은 관계를 맺을 수 있을 것이다.

잠깐 고민하던 남재가 이내 고개를 끄덕이더니 곧장 길잡이를 불렀다.

"연부를 지나 금릉으로 갈 것이다. 그리 안내하라."

"헌데 그리 가면 길이 조금 험한 데다 둘러 가는 것이라, 중간에 하루 더 묵어야 할 겁니다."

"상관없다. 미리 사람을 보내 적당한 숙소를 잡아두어라. 조선 왕의 아들이 근처를 지나갈 것이라고 소문을 내도 좋다."

"그리하겠습니다."

길잡이의 인도에 따라 말머리를 돌리고 얼마 지나지 않아 남재가 슬쩍 방원의 눈치를 살폈다.

"후에 정안군과 연왕의 만남이 역사에 어찌 기록될까요."

"글쎄요. 그건 명나라에 가서 제 하기 나름 아니겠습니까. 그리고 그 뒤는 연왕이 어찌하느냐에 따라 달라지겠지요."

"연왕뿐 아니라 정안군께서 어찌하느냐에 따라서도 또 달라질 수도 있지 않겠소이까."

왜인지 뼈 있는 말에 방원이 뜨끔하여 남재를 보았다. 무슨 말이냐고 묻고 싶은데, 그러기엔 남재는 남은처럼 꾸밈없이 솔직하지 않았다. 잘못하면 말리기 십상이었다. 방원이 숨을 들이켜며 입을 꾹 다물었다.

동생 남은이 불같이 괄괄한 성격인 반면 남재는 차분하고 속내를 잘 드러내지 않는 인물이었다. 남은은 도전과 좀 더 가까웠고 남재는 조준과 좀 더 가까이 지낸다는 것도 달랐다. 방원은 둘 중 두란과 성정이 비슷한 남은을 좀 더 좋아했지만, 둘 중 방원을 더 좋아하는 것은 남재였다.

못 들은 척하면서 말고삐만 쥐었다 놨다 하는 방원을 곁눈으로 흘끔 본 남재가 싱긋 웃었다. 아주 영리하면서도 또 어쩔 땐 순박할 정도로 솔직한 방원이, 남재는 좋았다.

성계가 어떤 마음으로 방석을 세자로 세운 건지 이해하지 못하는 건 아니었다. 그게 그르다고 할 순 없었다. 허나 제 윗사람으로 누굴 택할 것인가 하는 것은 또 다른 문제였다. 성계의 많은 아들 중 남재가 기꺼이 머리 숙이고 싶은 아들은 방원뿐이었다. 마음이 자연히 그리 흘러가는 것이 막아지지 않았다.

무엇보다 남재는 남은처럼 온 마음이 움직여 성계를 택한 게 아니었다. 남재가 성계를 택한 것은 그 상황을 조망한 끝에 내린 가장 최선이었기 때문이다. 그래서 남은처럼 무조건 성계의 선택을 지지할 수 없었다. 그리하여 이번에도 남재는 제 판단을 믿기로 했다. 그리고 이번 판단은 성계를 택할 때보단 좀 더 사감이 들어갔음을 인정했다. 방원을 보면 성계를 향한 남은의 그 절대적인 애정의 마음을 이해할 수도 있을 것도 같으므로.

＊＊＊

맨 앞에 있던 길잡이가 허둥거리며 뒤로 왔다.

"연왕이 이쪽으로 오시고 있습니다."

"연왕이?"

"저 앞에 계신 분이 연왕이십니다."

길잡이가 가리키는 곳을 보자 말을 탄 두 사람이 이쪽을 향해 다가오고 있었다.

"둘 중 어느 쪽이냐?"

"오른쪽에 있는 젊은 분이십니다."

"알았다. 여기서 잠깐 쉬었다 가겠다. 말을 멈추고 행장을 푼 뒤 한숨 돌리도록 해라."

"예."

길잡이가 제자리로 돌아갔다. 조반이 눈을 가늘게 떴다.

"호위하는 무사도 없이 어찌 저리 돌아다니는 걸까요?"

"그저 가벼이 마실 나온 척하는 거겠지요. 부러 저를 만나러 나왔다는 소식이 황제의 귀에 들어가길 그 역시 바라지 않을 테니까요."

"어찌하시겠습니까."

"저 역시 가벼이 지나가겠습니다."

방원이 뒤에 선 상인에게 눈짓했다. 상인이 재빨리 방원의 가까이 다가왔다.

"여기 계세요."

남재와 조반에게 당부한 뒤 방원이 상인과 함께 연왕을 향해 말을 몰았다. 이내 네 사람이 벌판 한가운데서 마주쳤다.

"누구냐?"

후덕하고 느긋해 보이는 외양에 비해 눈매는 맹수보다 더 날카로웠다. 말을 멈춘 방원이 공손히 고개를 숙였다.

"저는 조선의 왕자입니다. 혹 연부의 연왕 전하 아니십니까."

"오, 그대가 조선에서 온다던 왕자구려. 반갑소이다. 근데 생각보다 꽤 젊소이다."

"제가 다섯째라 그렇습니다."

"장남이나 차남이 온다고 하던데?"

"저희 큰형님은 돌아가셨고, 둘째 형님은 몸이 편치 못해서, 몇 해 전에 폐하를 뵌 적이 있는 제가 오게 되었습니다."

"몇 해 전에 폐하를 뵈었다?"

"예. 그땐 고려의 사신으로 이곳에 왔지요."

"그랬구려. 내 마침 근처를 지나던 길에 조선의 왕자가 온다기에 와 보았지요."

"이곳이 연부 근처라, 운이 좋아 전하를 뵙게 된다면 좋겠다고 생각하였는데 이리 뵙게 되니 참으로 광영이옵니다."

"갈 길이 바쁘오?"

"아니오, 그렇지 않습니다."

"허면 이리 만난 것도 인연인데, 우리 술 한잔하는 것 어떻소이까?"

"좋지요. 술을 마다하는 사내가 어딨겠습니까."

연왕이 호탕하게 웃으며 말에서 내렸다. 방원이 뒤따라 내리자 연왕이 데려온 이가 이내 바닥에 자리를 만들더니 가져온 술과 안주를 차렸다. 상인이 옆에서 도왔다. 자리가 마련된 후 연왕과 방원이 마주보고 앉았다.

"한 잔 받으시오. 이리 만나게 된 것도 인연이니."

"성은이 망극합니다."

방원이 공손히 예를 갖추어 잔을 받은 뒤 연왕의 잔도 채워주었다. 두 사람이 곧 잔을 비웠다. 꽤 높은 도수의 술인 듯, 목구멍이 금세 홧홧해졌다. 상인이 챙겨온 인삼정과와 육포 등을 안주에 보탰다. 연왕이 아주 반가워하며 인삼정과를 집었다.

"삼은, 고려 삼이 최고지."

"가져온 것을 드리고 가겠습니다."

"아니, 그럴 것 없어요. 폐하께서 받으실 물건인데 그래선 안 되지."

"이것은 진상할 것이 아니라 제가 개인적으로 가져온 것입니다. 제 몫을 드리는 것이니 괜찮습니다."

"그대의 몫도 뺏고 싶지 않소. 남의 물건 뺏는 거 좋아하지 않거든. 내 걸 뺏기는 건 더 싫고. 하도 뺏기면서 살아서 지긋지긋해서 말이오. 그대도 잘 알겠구먼. 다섯째라니까. 형님들에게 치이지 않았소?"

"엄청나게요. 그래도 전하께서는 무예가 빼어나시지 않습니까. 저는 칼보다는 붓을 많이 잡은 지라, 형님들에게 꼼짝달싹할 수가 없었습니다."

"아버지가 장군이시고 형들도 다 전장을 누빈 장수라 들었는데, 그대는 글쟁이라?"

"예. 그래서 어려서부터 형님들에게 놀림도 많이 받았답니다."

"이런, 나라가 달라도 동생들의 설움은 어디나 똑같구만."

연왕이 과장되게 눈썹을 늘어뜨리며 자신과 방원의 잔에 다시 술을 채웠다. 이번엔 둘 다 동생의 설움을 공감하며 잔을 비웠다. 방원이 눈을 찌푸리자 상인이 티 나지 않게 방원의 손에 인삼정과를 쥐어주었다. 연왕이 다른 안주를 뒤적이는 사이, 방원이 얼른 정과를 씹어 어금니 뒤쪽에 숨겼다.

"그래도 그대는 유일한 글쟁이라, 아버님이 예뻐하셨겠소이다. 본데 재주가 특별한 아들은 예쁨받는 법이잖소."

"아버님에게 인정받고 싶어서 더 공부를 열심히 하긴 했으나."

방원이 잠깐 말을 멈추고 쓴웃음을 지었다.

"뭐 나름 예뻐하시긴 하셨지요. 허나, 아시지 않습니까. 부모의 사랑은 늘 그립다는 것을요. 받아도 받아도 또 받고 싶은 게 부모의 애정인지라."

차마 끝맺지 못하는 말이 무엇인지 굳이 다 말하지 않아도 알 수 있었다. 연왕이 다 안다는 얼굴로 고개를 끄덕였다.

"그리고 나는 늘 잘한 것으로 부모에게 칭찬을 받고 싶은데 부모는 언제나 잘한 것보단 자식의 모자란 점을 더 많이 발견하고 지적하기 마련이지. 부모는 자식이 더 잘되길 바라서 그런다고 하는데, 그 마음을 알면서도 모자란 자식은 가끔 서운한 법이거든."

"네."

"사람 사는 건 정말 어디든 똑같구만."

세 번째 잔이 채워졌다가 다시 비워졌다. 방원이 아까 어금니 뒤에 숨겨 두었던 인삼정과를 녹였다.

"그럼 다른 아들이 아닌 그대가 이리 온 것 역시 아버지를 위해서 겠군."

"나라를 위함이지만, 사감이 없다고는 할 수 없지요."

"세자는 그대가 아닐 터인데?"

"예. 가장 어린 동생이 세자가 되었지요."

"어머니도 다르다고 들었소만?"

"맞습니다."

"분하지 않소?"

툭 던져진 물음에 방원이 저도 모르게 움찔했다. 술을 한 잔 더 들이키고 싶은데 잔은 비었고, 연왕은 채워줄 생각이 없는 듯 빤히 방원의 얼굴만을 쳐다볼 뿐이었다. 어금니에 눌러붙은 정과를 좀 더 녹였다. 단물이 섞인 침이 목을 타고 내려갔다.

"아버지 뜻이니까요."

"그 뜻을 따르겠다?"

"그게 자식 된 도리 아니겠습니까."

"효자구만."

피식 웃은 연왕이 잔을 채워주었다. 방원이 급히 잔을 들이켰다. 눈앞에 육포가 불쑥 내밀어졌다 연왕이 건네는 거였다. 방원이 공손히 두 손으로 그것을 받았다.

"부모님의 뜻을 무조건 따르는 게 효도라고 생각하오?"

"그렇지 않습니까?"

"나는 꼭 그리 생각하지 않아서 말이오."

눈을 찡그리며 연왕이 육포를 질겅였다.

"총기는 나이가 들수록 흐려지고 아집은 늙을수록 강해지지. 부모라고 해서 늘 옳은 선택만을 하는 건 아니오."

"하지만 부모만큼 제 자식을 잘 아는 이도 없지 않습니까."

"잘 안다고 착각하는 걸 수도 있지. 나도 가끔 내 속을 다 모르겠는데, 아무리 부모라 해도 어찌 자식의 속을 잘 안다고 할 수 있겠소이까."

"하긴 조선 속담엔 열 길 물속은 알아도 한 길 사람의 속은 모른다는 말이 있지요."

"그래, 내 말이 그 말이오."

"허면 전하께서는 무엇이 효도라고 생각하십니까?"

연왕이 잠깐 말을 멈추었다. 그리고 제 잔만 가득 채운 뒤 단숨에 비우더니 씩 웃으며 방원을 보았다.

"범인이라면 아마 보통의 효도법이 맞을 게요. 나이드신 분들이 다소 고집을 부리고 틀린 판단을 한다 해도 어차피 살날 얼마 남지 아니하였으니 그 비위를 맞춰드리는 게 자식 된 도리겠지. 허나 그대와 나의 아버지는 대업을 이룬 특별한 분들이시지. 그분들의 자식들은 범인처럼 효를 행해선 아니 된다고 생각하오."

"그럼요?"

"우리의 효는 단순히 아버님들의 비위를 맞추는 게 아니라, 그분들의 대업을 완성시키는 것 아니겠소?"

연왕의 두 눈이 불에 탈 것처럼 빛났다. 비스듬히 시선을 피한 방원이 제 잔을 채운 뒤 빠르게 비웠다.

"전하는 황제 폐하의 대업이 무엇인지 확실히 안다고 자신하십니까."

"그걸 확실히 알고 모를 게 무에 있소? 나라가 강건해지는 것, 그게 아바마마께서 바라시는 대업의 완성 아니겠소이까?"

"강건한 나라가 무엇일까요? 사람마다 그런 나라에 대한 생각은 다 다를 수 있지 않겠습니까. 만약 폐하가 완성시키고자 하는 대업이 전하가 생각하는 대업과 다르다면 어찌하시겠습니까?"

연왕이 눈을 찡긋하며 싱긋 웃었다.

"그대는 부모님과 자식이 동시에 물에 빠지면 누굴 구하겠소?"

"그거야."

곧장 대답하려던 방원이 말을 멈추었다. 배운 대로라면 부모님이라고 해야 했다. 허나 눈앞에 삼삼한 자식들과 여기 오기 직전 제가 당했던 설움이 떠올라서 쉬이 입이 떨어지지 않았다. 부모님이라는 답은 그저 옳다고 생각하는 관념일 뿐 방원의 진심은 아니었다. 대답을 망설이는 방원을 보던 연왕이 그럴 줄 알았다는 얼굴로 고개를 끄덕였다.

"바로 그거요. 결국 사람이 세상에 사는 이유는 자식 때문이라오. 부모는 공경하고 고마워해야 하는 존재지만 자식은 내 분신 그 자체거든. 우리의 아버지들이 대업을 완성한 이유도 좀 더 나은 나라에서 자신의 자식들이 살기를 바랐기 때문일 거외다. 그 아버지들이 아버지의 자식을 위해 그리한 것처럼 나도 내 자식을 위해 제대로 된 나라를 만들려고 애를 쓰며 사는 게 진정 아버지의 대업을 완성시키는 길이라고 생각하오. 이게 내가 생각하는 효도외다."

그는 결국 무슨 수를 써서도 황제의 자리에 오르겠구나, 방원의 가슴으로 서늘한 바람이 지나갔다. 주원장이 제 장남과 장손을 위해 한 살육보다 더 큰 피바람이 곧 이 나라에 불게 되리란 확신이 들었다.

권력이 무엇이길래 이리 수없이 많은 목숨들이 죽어 나가야 하는가, 일견 서글펐다. 허나 더 슬픈 것은 연왕의 말을 어느새 완벽하게 이해하고 있는 자신이었다. 만약 방과가 세자가 되었다면 저 말들을 단 하나도 이해하지 못했을 것이다. 방과가 세자가 된 뒤 제가 이 사행에 올랐다면, 마음가짐부터가 달랐을 테니 말이다. 아니 하다못해 이 사행을 이런 식으로 오지 않았더라도 조금은 연왕의 말에 반감이

들었을지도 모르겠다.

허나 이미 방석이 세자가 되었고, 방석을 세자로 세운 성계의 판단을 이해하지 못한 채 사행에 오른 방원의 입장에선 연왕의 말에 어느새 깊이 공감하고 있었다. 그의 말에 처음부터 끝까지 다 동의하고 있다는 것이 한편으론 슬프고 비참했다.

"이런, 우리 너무 오래 앉아 있었구려. 곧 해가 지려 하오."

"네."

"숙소는 정했소이까?"

"길잡이가 미리 가서 알아보고 온 곳이 있습니다."

"없다면 내가 알아봐줘야 하나 했는데, 다행이구려."

"마음 써 주셔서 감사합니다."

"아마 조만간 금릉에 조회하러 가게 될 거요. 볼 수 있다면 그때 또 봅시다."

"다시 만날 날을 기쁘게 기다리겠나이다."

방원이 공손히 인사했다. 연왕이 기쁜 얼굴로 그의 어깨를 두드렸다. 이내 자리가 정리되고 네 사람이 말에 올라탔다.

"그럼, 오늘은 이만 헤어집시다."

"네."

연왕이 고삐를 틀어쥐고 방향을 돌렸다. 가만히 선 채 배웅하던 방원이 급히 연왕을 불렀다.

"전하."

연왕은 아마도 끝내 황제의 자리에 오를 것이다. 주원장이 죽기 전 연왕을 죽이지 않는 한, 주원장이 사후 연왕을 말릴 사람은 아무도 없을 거다. 형이 살아있대도 망설이지 않았을 성정인데 하물며 어린 조카를 신경 쓸 리 없었다. 어차피 곧 그는 황제가 될 거다. 그렇다면 미래의 황제에게 좀 더 확실히 좋은 인상을 남겨야 했다. 단, 현재의 황제에게 거슬리지 않을 정도로 은밀해야 한다. 몸을 반쯤 돌려 왜 부르느냐는 얼굴로 저를 빤히 보는 연왕을 보며 방원이 말을 골랐다.

"전하의 효도가 어떤 것인지 짐작하나이다. 조선의 왕자이기 이전에 네 아이의 아버지로서, 그리고 다섯째 아들로서 그 마음이 어떤지 알겠습니다."

방원의 말에 연왕이 흡족한 미소를 지었다.

"만약 후에 제가 전하의 효도를 온전히 이해하게 되는 날이 제게도 온다면 그땐 진정한 가르침을 전하께 구하겠나이다."

방원의 말에 놀랐는지 연왕의 눈이 잠깐 동안 커졌다. 이내 평소대로 돌아온 연왕이 흔쾌히 고개를 끄덕였다.

"약조하리다. 그리고 고맙소. 그리 말해주어서."

"어찌 전하의 심정을 모르겠나이까. 다른 사람은 몰라도 저는 압니다. 나라가 다르다고 하여 넷째와 다섯째의 설움이 다르지는 않으니까요."

이건 진심이었다. 긴 대화 중 이 한 문장만큼은 조금의 거짓도 없는 방원의 순수한 진심이었다. 연왕이 길게 말하지 않아도 그 속을 다 알겠다는 듯 빙긋 웃었다.

"우리 금릉에서 꼭 다시 만납시다."

"예."

"그럼 금릉까지 무탈하게 잘 가시오."

"전하도 다시 뵙는 날까지 강건하시옵소서."

연왕이 말의 옆구리를 세게 찼다. 목청 높여 운 말이 달리기 시작했다. 연왕이 완전히 눈앞에서 사라질 때까지 방원은 그 자리에서 꼼짝도 하지 않고 가는 뒷모습을 바라보며 서 있었다.

* * *

대단한 홀대를 받으리라는 예상과 달리 주원장은 방원을 매우 환대했다. 장남도 차남도 아닌 다섯째 왕자가 온 것을 가지고 분명 한소리를 할 거라 생각했는데 주원장은 방원에게 왜 네가 온 것이냐 묻지조차 않았다. 게다가 분명 책망하기 위해 부르는 것이라고 했는데, 탓하는 말도 없었다. 황실 사람들부터 시작해서 신료들까지 너무나 깍듯하게 대우해서 오히려 조반이나 남재가 당황할 정도였다.

"아무래도 정안군이 세자인 줄 알고 계신 게 분명해요. 그래서 잘해 주시는 거라니까요."

"무슨 그런, 명나라 사람들이 바본가? 그런 걸 헷갈리게?"

"조선의 세자라고 하는 말도 들었는데요."

"그거야 말실수 한 게지. 정안군께서 아니라고 하니까 곧장 수긍하지 않던가."

"아니 근데 왜 이리 잘해 준 답니까?"

"낸들 아나."

남재와 조반이 목소리를 잔뜩 낮춘 채 소근거렸다. 이미 방원은 황제의 부름에 따라 저 앞에 나아가 술을 받는 중이었다. 최악의 경우 두들겨 맞는 것까지 각오했던 남재로서는 이 모든 상황이 얼떨떨하기만 했다.

"헌데 정안군께서는 두 번째라 그런지 아주 의연하시네."

"그러게 말입니다. 역관이 필요 없을 정도로 말씀도 잘하시고. 아, 혹시 지난번에 정안군께서 오셨을 때 황제께서 눈여겨보신 걸까요?"

"그땐 목은 선생이 폐하를 알현하시고 정안군께선 우리처럼 먼발치에 있었을 뿐이라고 들었는데? 설마 그때 황제의 눈에 들었을라고. 굳이 그때까지 갈 것도 없이 오늘의 이 광영은 모두 정안군 덕분이니 고마운 노릇이지요."

"워낙에 정안군께서 음전하시어 흠잡을 데가 없어서 세자라고 착각하는 거 같기도 합니다."

"거 세자 소리 그만하게. 괜히 소문 잘못 나면 정안군께서 난처해지신다고."

조반이 눈을 부라리자 남재가 뒤늦게 입을 다물었다. 허나 아무리 봐도 앞에 나가서 단정히 앉아 주원장의 술잔을 받는 방원의 모습은 이 큰 명나라 황실에서도 눈에 띄는 인물이라서 그저 보는 것만으로도 매우 뿌듯했다. 인물이 누구에 대도 뒤지지 않는데 세자 못 될 건 또 뭐람. 남재가 조반의 눈을 피해 입을 삐죽였다.

"근데 너무 많이 드시는데."

벌써 넉 잔째였다. 남재가 눈살을 찌푸리는 사이, 주원장이 방원의 잔에 다시 술을 채우고 있었다.

"더 마실 수 있겠느냐?"

"네."

주원장이 제법이라는 듯 눈썹을 치켜올렸다. 성계의 아들 중 제일 얌전하고 제일 몸이 약하다고 들었다. 이전에도 한 번 왔다던데 기억나지 않았다. 소문처럼 그의 첫인상은 조용하고 단정한 선비였다. 본래도 주원장은 반듯한 젊은이들과 토론하는 것을 즐겼는데 마침 성계의 아들 중 유일하게 과거에 급제한 인물이라 하니 여러모로 썩 마음에 들었다.

생길 걸로 봐도 그렇고 풍문도 그래서 백면서생이겠거니 싶어 장난을 좀 치고 싶은 마음에 술을 먹여본 건데 의외로 강단 있었다. 목 아래가 좀 얼룩덜룩해지긴 했지만 여전히 눈은 초롱했다. 정말로 술이 센 건지, 애써서 정신을 차리고 있는 건지 모르겠지만 어느 쪽이든 마음에 들었다. 술을 따를 것처럼 하던 주원장이 웃으며 병을 거뒀다.

"더 마시면 대화를 나누기 힘들 것 같으니, 이만하지."

"취하지 않았습니다."

"취하지 않은 것은 알아. 근데 더 먹이고 싶지 않아졌어."

잔을 높이 들고 있던 방원이 순하게 손을 내렸다. 주원장이 손짓하자 이내 술상이 치워지고 찻상이 들어왔다.

"내 듣기로는 그대가 조선 왕의 아들 중 제일 똑똑하다고 하던데."

"과찬이십니다. 과거에 급제했기에 책을 좀 더 읽었다고 할 순 있지만, 소신이 아바마마의 자식 중 가장 빼어나다고 하긴 어렵습니다."

"공이 가장 많은 아들이 그대가 아닌가?"

"공은 저보다 형님들이 더 많지요. 아바마마와 함께 전장을 누빈 건 형님들이니까요."

"전장은 형님들이 누비고, 학문은 그대가 깊은데 세자는 영 엉뚱한 사람이 되었다지?"

주원장이 눈을 가늘게 뜨고 방원을 살폈다. 방원이 찻잔을 들어 입술을 축인 뒤 내려놓은 후 빙긋 웃으며 천천히 답했다.

"아버님의 자식 중 하나가 세자가 되었으니 영 엉뚱한 사람이라고 하긴 어렵지요."

"전장을 누빈 공이 있는 아들도 아니고 과거에 합격한 똑똑한 아들도 아니지 않는가? 그렇다고 해서 장남도 아니고 말이야."

주원장은 장자 계승을 위해 온갖 짓을 다 한 황제였다. 가장 공이 많고 스스로도 아끼는 넷째 아들인 연왕을 멀리하고 최측근조차도 내치면서 지켜낸 장자였다. 그런 주원장의 입장에서 성계의 처사는 이해하기 어려운 게 당연했다.

"어느 공 많은 신하가 나이가 들어 사직하려 하자 왕이 지금껏 열심히 일한 대가로 자식들에게 벼슬을 하사하겠다고 했답니다."

방원이 갑자기 뜬금없는 이야기를 시작했다. 갑자기 무슨 말을 하는가 의아하여 주원장이 미간을 찌푸렸으나 말리진 않았다.

"그러자 신하는 큰아들에게는 도를 관리하는 직을, 둘째 아들에게는 군을 관리하는 직을, 막내아들에게는 읍을 관리하는 직을 달라했다 합니다. 그리하여 세 아들이 벼슬을 차등하여 받았는데, 셋째 아들이 아무리 생각해도 제가 너무 억울하더랍니다. 저는 이리 재주가 많은데 고작 읍이나 다스려야 하는 게 짜증이 난 게지요. 그때 마침 그 셋째 아들에게 한 백성이 달려와 제가 잃어버린 돈을 찾아 달라고 하더랍니다. 그는 돈을 벌면 산속 깊은 데 아무도 몰래 묻어두곤 했는데, 그 묻어둔 돈이 몽땅 사라졌다는 게지요. 셋째 아들은 일단 그 산속 근처 절에 기거하는 스님 중 범인이 있으리라 생각하고 모두 잡아들였는데 아무리 해도 범인을 찾을 수가 없었답니다. 근처를 지나는 보부상을 잡아들여 봤지만 역시 허탕이었고요. 그러다 삼일째 되던 날, 갑자기 그런 생각이 들더랍니다. 우연히 발견한 게 아니라 누군가가 처음부터 알고 훔쳐간 게 아닐까, 라는 생각이요. 그래서 그 백성을 불러 물었답니다. 혹시 돈 있는 장소를 알고 있는 이가 너 말고 누가 있냐고요. 그러니 그놈이 답하기를 마누라는 안다고 하더이다. 마누라에겐 말을 했다고요. 그제야 그놈 마누라를 불러서 족쳤더니, 그 마누라가 뒤늦게 실토하더랍니다. 친정에 급히 돈 쓸 데가 있어서 건드렸다고요. 그 사건을 해결한 뒤 셋째 아들은 제가 생각해도 너무 뿌듯하고 스스로가 기특해서 견딜 수가 없었지요. 그래서 단걸음에 둘째 형님에게 달려갔더랍니다. 가서 둘째 형님께 자기가 다스리는 읍 백성이 이런저런 일을 당했다고 해결해 달라는데 어떡하지요, 라고 물었지요. 그 둘째 형님이 가만 듣고 있더니 내일 오라고 하더랍니다. 설마 하면서 다음날 셋째가 둘째를 찾아가니, 둘째 형님이 그러더랍니다. 그 마누라를 족쳐봐라. 마누라가 범인이다, 라고요. 어찌 알았냐고 놀라서 물으니 그 막내가 사흘 동한 한 짓을 그 둘째 형님은 하루 동안 머릿속에서 그려보며 결론을 내린 게지요. 놀란 막내가 이번엔 첫째 형님께 달려갔답니다. 가서 또 이러이러한 사건이 생겼으니 해결해 달라, 했지요. 허니 첫째 형님이 가만 듣고 있다가 곰방대에 불을 붙이더랍니다. 불을 붙인 뒤 뻐끔, 뻐끔, 뻐끔, 세 번을 빨고 난 뒤 그러더랍니다. 그 마누라를 족쳐라. 마누라가 범인이다.”

어느새 집중하여 방원의 이야기를 듣고 있던 주원장이 통쾌한 웃음을 터뜨렸다.

“그때 막내가 하는 말이, 우리 아버지가 귀신이구나. 귀신같이 자식을 잘 알아보고 제 자리에 꽂아 넣으셨구나, 했답니다. 그 뒤 군소리 없이 가서 읍을 아주 잘 다스렸다고 하더이다. 저는 아버님의 선택이 옳다고 생각합니다. 자식들로선 감히 짐작할 수 없는, 어떤 깊은 뜻이 있어 그리하셨겠지요. 그게 당장 이해가 가지 아니한다면 모자란 제 잘못이지요. 어찌 나라를 세우는 큰일을 하신 아버님이 실수하셨겠습니까."

덧붙이 마지막 말조차도 아주 기특했다. 어쩌면 이건 주원장이 다른 아들들에게 듣고 싶었던 이야기였다. 자신들을 멀리 내친 것을 서운해하던 아들들의 얼굴이 순간 주원장의 머릿속을 스쳐 지나갔다. 제 자식들에게도 저런 혜안이 있으면 얼마나 좋을까, 순간 얼굴도 본 적 없는 성계가 진심으로 부러웠다.

"그대는 그저 단순히 영리한 자가 아니라, 현명한 이로구나."

"망극합니다."

"가끔 제 머리를 과신하는 자들은 젊은 혈기에 실수를 하기 쉽지. 나는 영리한 젊은이들과 대화하는 것을 즐기지만, 현명한 이들은 사랑하고 아낀다네. 기특해, 정말 기특해."

주원장이 거듭 감탄했다. 방원이 허리를 깊이 숙여 감사를 표했다.

"자네 같은 사람은 아버지 가까이서 벼슬을 해도 큰 도움이 될 터인데. 왜 자네를 두고 조선의 왕은 정도전 같은 발칙한 신하를 아끼시는 겐가."

갑자기 이 대목에서 정도전이 튀어나오는 건 정말 난데없었고 의아한 일이었다.

"명나라에 왔다 가면서 그자가 아주 건방진 말을 지껄였다더군. 마음에 안 들어. 그리 발칙한 자를 가까이 둬서 좋을 게 없을 텐데 조선 왕은 대체 무슨 생각을 하는 겐가."

아마도 도전이 몽주를 따라 사행을 왔을 때 요동을 지나면서 언제든 원하면 되찾을 수 있다는 식으로 말한 것을 두고 하는 말인 모양이었다. 헌데 소국의 신하가 젊은 혈기에 호기롭게 지껄인 말을 황제가 두고두고 곱씹는다는 것이 어울리지 않았다. 도전을 경계하는 좀 더 근본적인 이유가 있을 거다. 방원이 빠르게 머리를 굴렸다. 그 순간 자경에게 들었던 유기에 대한 이야기가 떠올랐다.

유기는 유학자이자 주원장의 장자방이었다. 무학에 가까운 주원장에게 국가의 기틀을 마련케 도운 것이 유기였다. 허나 유기는 일찍이 세상을 떠났다. 유기에다가 조강지처인 황후 마 씨를 잃은 후부터 주원장이 더 난폭해졌다고들 했다.

이건 경계다. 자신의 장자방은 이미 세상을 떠났는데 성계의 장자방은 살아 있는 게 마땅찮은 거다. 주원장은 자신 역시 도전과 같은 자를 가까이 둬봤기에 똑똑한 신하가 얼마나 큰 힘을 발휘하는지, 머리와 몸이 합쳐졌을 때의 위력이 얼마나 큰지 누구보다 잘 알고 있었다. 그래서 유독 다른 이보다 도전이 싫은 거다. 성계에게 있어 도전의 필요성과 중요성을 누구보다 정확히 알고 있기 때문이다.

"삼봉은."

황제의 속내를 짐작한 방원이 느긋하게 입을 열었다.

"그저 아버님의 총신에 불과합니다. 권신이 아니라, 총신이요. 그리고 아버님의 주위엔 많은 신하가 있지요. 총애받는 신하란 언제든 바뀌기 마련이라, 저는 조금도 걱정하지 않습니다."

주원장은 한 번 자신의 마음에 들지 않으면 어떻게든 그것을 찍어 내는 사람이니, 정도전이 비위에 거슬린 이상 무슨 수를 써서든 그를 내치려 할 것이다. 허나 인정 깊은 성계는 도전을 버릴 리 없다. 그리고 주원장은 성계가 끝내 도전을 버리지 못하리라는 것마저도 이미 짐작하고 있는 게 분명했다.

"본디 권력자의 마음은 갈대와 같아서 잔바람에도 쉬이 흔들리는 법 아닙니까. 신하를 향한 총애를 어찌 감히 자식을 향한 부정에 비할 수 있겠나이까."

"허면 그대와 정도전의 관계는 어떠한가."

그리하여 주원장은 최악의 상황이 올 경우를 대비하여 대안을 찾는 중인 거다. 굳이 왕자를 명나라로 부른 이유가 거기 있었다. 그렇다면 그 대안이 저라는 것을 알려주는 게 지금 방원이 할 일이었다.

"저는 그와는 가깝게 지내지 않습니다."

조금의 망설임도 없는 단호함에 주원장이 썩 만족스러운 미소를 지었다.

"아버님을 위해 대업을 함께 했을 뿐, 그 이상도 이하도 아닙니다. 제가 가깝게 지내는 이들은 삼봉과는 거리가 먼 인물들입니다."

"왜 그와 가깝게 지내는 것을 경계하는가? 그 역시도 꽤 뛰어난 학자라던데."

주원장은 이미 황제의 자리에 오른 이상 빼앗기보단 지키는 게 더 중요하다는 것을 알고 있었다. 무리를 해서라도 장자 계승의 원칙을 지키려 애를 쓰는 것만 봐도 그랬다. 그런 주원장에게 도전은 예측할 수 없는, 마치 홍수에 범람한 강물과 같은 인물이었다. 주원장은 그 물이 흘러 저에게까지 이를까 봐 극도로 경계하고 있었다.

"그는 영리하지만, 너무 과격하고 무모하지요. 시대에 따라 필요성이 달라질 수밖에 없는 인물이라 사료되옵니다. 제가 추구하는 삶은 그와 달리 순리에 거스르지 않는 삶입니다. 타고난 그릇대로 정해진 역할에 최선을 다할 따름입니다. 제 몫이 아닌 것을 욕심내는 마음을 언제나 삼갑니다. 선비란 본디 그래야 하는 법이라고 배웠습니다. 허나 삼봉은 그렇지 못합니다. 그는 늘 주제보다 과한 것을 욕망하지요. 그러한 욕심이 새 나라를 세울 때 도움이 아니 되었다고는 할 수 없지만, 이미 기틀이 닦인 나라에선 더 이상 필요없는 게 아닌가 사료되옵니다."

비단 정도전뿐 아니라 정도전으로 대표되는 그러한 성향과 특징을 경계하는 주원장에겐 이보다 더 훌륭한 대답이 또 없었다. 아니나 다를까 방원의 말이 끝나기 무섭게 주원장이 크게 반색하며 칭찬했다.

"기특하도다. 조선의 왕에게 이리 훌륭한 아들이 있는 줄은 몰랐어."

"망극합니다."

"내 좀 더 많은 대화를 나누고 싶으나 오늘 밤이 너무 늦었구나. 조만간 다시 부를 터이니, 또 좋은 이야기를 많이 나누도록 하자."

"예."

방원이 허리를 깊이 숙여 절한 뒤 뒤로 물러났다. 뒤에서 기다리던 조반과 남재와 방원이 나란히 서서 한 번 더 절한 뒤 뒷걸음질 쳐 밖으로 나갔다. 문이 닫히자 주원장이 멀찍이 떨어져 서 있던 내관을 손짓하여 가까이 불렀다.

"저자는 세자가 될 가능성이 아예 없다더냐?"

"그리하려면 칼을 들어야 할 것인데, 지극한 효자라 감히 아비에게 칼을 들까 싶습니다. 혹 아비가 일찍 죽고 의붓 형제만 남으면 또 모르겠지만."

"조선 왕의 가문은 대대로 장수한다던데 일찍 죽을 리 없겠지."

"예. 거기다 조선 왕 자체도 아주 강건하답니다."

주원장이 아쉬운 얼굴로 입맛을 다셨다.

"순리를 거스르는 것은 질색이지만, 저자는 마음에 든다. 하긴 먼저 순리를 거스른 게 조선의 왕이니 저 아이가 왕이 되겠다고 칼을 들어도 뭐라 할 수 없겠지."

섬뜩한 말에 내관이 움찔하며 주원장이 눈치를 살폈다.

"주제도 모르고 건방진 정도전 같은 놈이 좌지우지할 수 있는 애가 왕이 되는 것보다 저리 생각이 깊고 현명한 이가 왕이 되는 게 우리 입장에선 훨씬 좋아. 저 이가 왕이 되게 하려면 어째야 좋을까."

"아무래도 폐하게 다른 이보다 정안군에게 호의를 갖고 있다고 조선에 보여주면, 조선의 신하들이 흔들리지 않겠습니까? 설마 조선의 신하들이 모두 왕이 택한 세자를 지지하진 않았을 테니까요."

"하긴, 원나라도 그런 식으로 고려를 주물렀지."

"조선의 신하 중 상당수는 고려의 신하 노릇을 했던 이들이니 폐하께서 정안군에게 마음을 드러내는 순간, 분명 흔들릴 겝니다. 과거에 그리했듯이요."

"그럼 오래 데리고 있는 것보단 빨리 보내는 게 낫겠군."

"그렇겠지요. 인질로 부른 게 아니라는 건 증명해주는 셈이 되니까요."

"하지만 좀 더 관찰은 해봐야겠어. 사상이 괜찮은 학자들과 정안군을 서로 교류케 하고 서로 나눈 대화들을 모두 보고하도록 하라."

"그리하겠나이다."

"그리고 조선에서 정안군과 가까이 지내는 신하들이 누군지도 조사토록 하고."

"예."

장남도 아니고 그렇다고 해서 공이 많은 자식도 아니고 하다못해 똑똑하다고 보장된 것도 아닌 가장 어린 아들을 군이 세자로 세운 성계를 주원장은 이해할 수 없었다. 부인의 치마폭에 싸였다는 말이 있긴 하지만 그것보단 정도전이 손을 쓴 게 아닐까 여러모로 의심스러웠다. 방원은 총신이니 걱정할 필요가 없다고 하지만, 저 역시도 그런 신하를 데리고 있어 봤기에 안다. 가끔 그 총신에 의해 왕이 꼭두각시가 되기도 한다는 것을 말이다.

차라리 왕실이면 압박이나 가능하지, 일개 신하가 왕실을 쥐고 흔든다면 명나라 입장에선 대응하기도 쉽지 않았다. 그래서 여러모로 정도전이란 인물은 거슬렸다. 무엇보다 제겐 그처럼 간할 수 있는 영악한 신하가 더 이상 없기에 더 그랬다.

크게 욕심부리지 않으면서도 현명하여 집안 단속을 깔끔히 할 수 있는 인물이 조선의 왕이 되어야 했다. 조선은 군이 쳐들어가서 정복할 정도로 이득이 있는 영토도 아니고 그렇다고 해서 쳐들어가기가 만만한 나라도 아니었다. 허니 그저 곱게 가만히 있어 주는 게 도와주는 거였다. 사고를 치지 않고 얌전히만 있어 준다면 군이 건드릴 생각도 없었다.

딱 봐도 방원은 순종적이었다. 거기다 방원은 아주 지극한 효자라고 소문이 자자했다. 효자는 곧 아버지에게 순종하는 아들을 뜻했다. 그런 아들은 아버지가 아닌 다른 큰 힘 앞에서도 쉬이 굴복했다. 그래서 주원장은 방원이 마음에 들었다.

* * *

금릉에 오고 넉 달 정도 되었을 때 주원장은 방원에게 귀국을 허락했다. 빨라도 반년은 잡혀 있을 거라 생각했던 남재와 조반은 뜻밖의 호의에 화들짝 놀랐다. 방원은 황제의 은혜에 깊이 감사했다.

"내일 떠난다고?"

"네. 마지막 인사를 올리러 왔나이다."

방원이 큰절을 올려 주원장에게 인사했다. 주원장이 손짓하여 그를 가까이 불렀다.

"짐이 지켜본 결과 정안군은 그 어떤 행동도 예에서 어긋나는 게 없고 순리를 거스르는 게 없었다. 행동거지가 단정하고 발라서 모든 선비가 앞다투어 그대를 칭찬하더라. 그래서 나는 그대를 믿기로 하였다."

방원의 뒤에 얌전히 서 있던 남재와 조반이 화들짝 놀라 서로 눈짓을 주고받았다. 의례적인 인사나 주고받고 끝날 줄 알았지, 이런 엄청난 말을 듣게 될 줄은 몰랐기 때문이다. 방원 역시 크게 놀란 듯 저도 모르게 멍하니 주원장의 얼굴을 보다 뒤늦게 정신을 차리고 몸을 떨며 고개를 숙였다.

"폐하."

"허니 무슨 일이든 그대가 하고 싶은 일을 하라. 정안군이 하려는 일은 그게 무엇이든, 믿고 지지해주겠노라."

"망극하나이다. 폐하."

절로 무릎이 꺾이고 고개가 숙여지는 선언이 아닐 수 없었다. 조반과 남재, 방원이 어쩔 줄 몰라했다. 그러는 사이, 인사를 마친 주원장이 자리에서 일어나 안으로 들어갔다. 덩그러니 남은 셋이 덜덜 떨면서 자리에서 일어났다.

"이게 어찌."

"황제께서 왜 저런 말씀을 하신 걸까요?"

"무슨 의민지 도통 모르겠소이다."

얼떨떨해하는 조반과 남재를 보던 방원이 조심히 입을 열었다.

"우리 폐하의 이 말씀은 우리끼리만 알고 있었으면 합니다."

"왜요? 얼마나 대단한 선언인데 가서 자랑해야지요."

남재가 펄쩍 뛰며 고개를 저었다. 그에 반해 조반은 굳이 말하지 않아도 방원을 이해한다는 얼굴로 고개를 끄덕였다.

"괜한 오해를 살까 두렵습니다. 아바마마께서 명나라에서 대체 행실거지를 어찌하고 돌아다녔기에 폐하께서 저런 말씀을 하시냐, 그러면 어찌합니까."

"아니, 그게 무슨!"

펄쩍 뛰려는 남재를 조반이 저지했다.

"정안군의 말씀이 옳소이다. 소신은 마마의 뜻을 이해하나이다."

"감사합니다, 조 대감."

"아니 그럼 명나라에서 있었던 일을 다 함구하자는 겝니까?"

"그럴 수야 없지요. 다른 일들이야 떠들어도 아무 상관없지 않습니까. 허나 방금 하신 황제의 말씀은 잘못하면 오해를 살 수도 있으니 조심하자는 겝니다. 조심해서 나쁠 건 없지 않습니까."

잠깐 동안 조선에 가서 온갖 말로 부풀려 자랑할 생각에 들떴던 남재는 시무룩해졌지만 이내 고개를 끄덕이며 동의했다. 생각해 보면 굳이 하지 않아도 될 말을 해서 괜한 경계를 사는 것은 지금 상황에선 그 누구에게도 좋을 게 없었다. 이미 명나라에서 받은 환대만으로도 충분했다. 그저 황제의 말씀은 방원과 가까운 이들에게 훗날 큰 힘이 될 수 있다면 그걸로 족했다.

"예상보다 빠른 귀국만으로도 다들 놀랄 겝니다."

"아무렴. 아예 못 돌아올지도 모른다고 걱정하는 이들도 얼마나 많았습니까."

"마누라가 울며불며 난리를 쳤는데, 원 그 눈물이 채 마르기도 전에 가니 황당해 할 겁니다."

"아직도 마누라가 울어주다니, 복 받았네. 내 마누라는 거기서 죽어오면 고맙지, 이런 얼굴이었는데."

"에이, 설마요."

곧 집으로 돌아간단 생각에 마음이 느긋해진 남재와 조반이 금세 얼굴을 풀고 웃으며 농을 주고받았다. 방원 역시 둘의 수다에 마음이 풀려 저도 모르게 싱긋 웃었다. 얼어있던 방원이 이야기를 들으며 미소 짓는 것을 보자 남재의 마음이 좀 더 푸근해졌다. 여러모로 사행에 따라오길 잘했다. 그리고 이 사행을 다른 왕자가 아닌 방원이 온 것은 참으로 잘한 일이었다. 아마도 이 사행은 오랫동안 인구에 회자할 것이다. 배 아플 몇몇 사람들의 얼굴을 떠올리자 좀 더 기분이 좋아져서 남재가 목젖이 보이도록 크게 웃었다.

* * *

"그래서?"

"명나라에서 지극한 환대를 받고 왔다고 다녀온 두 대감이 어찌나 자랑하는지 조정이 다 들썩일 정도라고 합니다. 전하께서도 몇 번이나 치하의 말씀을 내리시고, 아주 기세가 등등하다고 들었습니다. 조정의 분위기가 순식간에 그쪽으로 쏠리는 것이 심상치가 않다고 하옵니다."

박 상궁의 말에 강 씨가 주먹을 꽉 쥔 채 온몸을 부들부들 떨었다.

"정안군은 어쩌고 있다더냐?"

"아내를 오랫동안 보지 못했다며 전하께 인사를 올린 후 곧장 집으로 달려갔다고 하더이다. 아이들은 처가에 맡겨두고 두 사람만 집으로 돌아와 하루 넘게 꼼짝도 하지 않고 방에서 나오지도 않았다 하옵니다. 망측스럽게, 둘 다 나이가 벌써 몇인데."

"또 자식을 보겠구나. 토끼 새끼도 아니고 그리 낳아 제끼는 게 부끄럽지도 않은지, 원."

"그러게나 말입니다."

"그 집 아들은 아직도 건강하다더냐?"

"예. 찬바람이 부는데 잔기침 한 번 안 한다고 들었습니다."

"이번엔 좀 오래 살 모양이구나."

"하는 말이 아주 강골이라 전하를 닮았다며."

"쓸데없는 소리! 독한 게 자경이년을 닮았겠지, 거기서 전하가 왜 나와?"

방원이 죽기를 바라지는 않았다. 그리 모진 마음을 먹은 적은 맹세코 단 한 번도 없었다. 자진하여 어려운 길을 가겠다고 나섰을 땐 고마운 마음이 더 컸다. 방원의 희생으로 인해 제 아들이 제일 큰 덕을 보는 것이 한편으론 미안하기도 했다.

방원은 왕자 중에서도 가장 받은 게 없는 왕자였다. 그가 책임지고 몽주를 죽이지 않았다면 조선의 개국은 더 늦어졌거나 최악의 경우 불가했을지도 모른다. 허나 큰일을 했음에도 불구하고, 고려의 거목을 대낮에 살해한 방원을 치하하기는 어려웠다. 그래서 그는 늘 뒤에 물러나 있어야 했다. 하물며 사위인 이제마저도 친위군절제사 자리를 얻었는데 방원은 그마저도 얻지 못했다. 그럼에도 그는 그 어떤 불만도 내색하지 않았다. 그러면서도 제가 필요하다고 하니 선뜻 위험한 일을 맡겠다 나섰다. 그런 방원에게 미안하고 고맙지 않았다면 인두껍을 쓴 짐승이지 사람이랄 수 없었다.

"황제의 변덕을 도무지 이해할 수가 없구나. 대체 일이 왜 이리된 게야?"

허나 설마 이런 결과를 가져오리라곤 예상치 못했다. 대체 주원장이 왜 유독 방원에게만 호의적인지 이해하기 어려웠다. 본래 대국의 영향을 많이 받는 나라였다. 고려도 그랬는데, 나라 이름이 바뀌었다고 해서 사람은 그대로인데 조선이 그러지 않으리란 법이 없었다. 명나라 황제의 마음이 쏠리는 대로 사람들의 시선이 향하게 될 것이다. 가뜩이나 아직 어리고 세력이 크지 못한 세자에겐 악재였다.

"이럴 줄 알았다면 정안군을 보내지 말았어야 했어."

뒤늦은 후회였다. 설마 처음부터 이걸 노리고 흔쾌히 간다고 한 건 아닐까 의심마저 들 지경이었다. 작정한다면 아 중 가장 무서운 건 방원이었다. 방과는 순박한 무인이었다. 방의는 큰일을 하기엔 심약했다. 방간은 성질은 난폭했으나 머리가 모자랐다. 방원은 개중 제일 영리했다. 병력이 형들보다 부족한 게 유일한 단점인데 그건 방원이라고 하면 숨이 넘어가는 숙부들이 기꺼이 내줄 테니 문제될 게 없었다. 그리된다면 방원은 완벽했다. 그나마 믿는 것은 효심이 지극하여 아버지의 뜻을 거스를 리 없다는 거였지만, 권력 앞에선 제일 무의미한 게 천륜이었다.

"민제 대감 댁엔 사람이 몰려들어서 사랑채에 다 들이지 못할 지경이라고 하더이다."

"무어라? 민 대감 댁으로 사람들이 밀려들어?"

"예, 그렇다고 합니다."

거기다 방원은 든든한 처가의 배경까지 가지고 있었다. 방원이 뜻을 세운다면 민제를 봐서라도 그 발아래 무릎 꿇는 이들이 수두룩할 거다. 민제는 흠잡을 데 없는 사람이었다. 뜻이 같든 같지 않든, 그에 대해 나쁜 말을 하는 사람은 단 한 명도 없었고, 본인 역시 처신이 깔끔하여 남의 입에 오르내린 적이 없었다. 허니 마음에 안 든다고 해서 쉬이 날려버릴 수도 없는 인물이었다. 하필이면 그런 이가 방원의 장인이라니, 아무리 생각해도 불길한 조합이 아닐 수 없었다.

"민 대감만 정안군에게서 떼어놓아도 한결 나을 텐데."

사위가 넷이나 되는데 그중에서도 가장 인연이 깊은 이가 방원이라, 민제가 유독 아꼈다. 사위 중 제일 아내에게 잘하는 것도 방원이니 팔이 안으로 굽어 더 그럴 게다. 성계의 아들들이 성계를 닮아 하나같이 여색을 탐하기로 유명한데 방원만이 유일하게 그런 쪽으로도 아주 담백했다. 왕자 중 첩실을 두지 않은 것도 방원뿐이었다. 심지어 방간이도 첩이 있는데 말이다.

"부부 금실이 저리 좋은데, 어찌 장인이 사위에게서 등을 돌리겠습니까."

"독한 년, 사내를 대체 어찌 구워삶았기에 십 년이 지났는데 저리 빠져 있는 게야?"

강 씨조차도 성계의 계집질을 완전히 단속하진 못했는데, 자경이 어찌 그리 방원을 휘어잡고 사는 건지 도무지 모를 일이었다.

"황제까지 저리 나서면 적토마에 날개를 달아준 격이라, 이대로 있을 순 없어. 날개를 자를 수 없다면 다리를 부러뜨려서라도 날지 못하게 해야 해. 눈 뜨고 당할 수는 없음이야."

"마땅한 방도가."

박 상궁이 강 씨의 눈치를 보며 목을 오그라뜨렸다. 강 씨가 미간을 찌푸린 채 한숨을 내쉬었다. 정처 없는 두 눈동자가 허공을 어지러이 떠돌았다. 그러다 문득 방문 밖에 서 있는 나인의 그림자에 멈췄다.

"밖에 있는 아이가 행아더냐?"

"아니오, 오늘 행아는 쉬는 날입니다."

"그 아이, 나이는 좀 먹었지만 아직 태가 괜찮지?"

"아직 자태가 아주 곱지요. 거기다 보통 미색입니까. 나이가 열 살 넘게 차이 나는 나인들이랑 있어도 행아만 눈에 띄는걸요."

무심히 대꾸하던 박 상궁이 갑자기 무언가 깨달은 듯 눈을 커다랗게 떴다. 강 씨가 고개를 끄덕이며 서늘한 미소를 지었다.

돌부처도 돌아앉는 게 씨앗이라고 했다. 본디 자존심이 강한 계집일수록 저 아닌 다른 계집의 존재를 못 견디는 법이다. 게다가 그 계집이 제가 데리고 있던 몸종이라면 그 도도한 자존심에 보통 상처를 입는 게 아닐 거다.

"딸 자식 내외의 사이가 벌어지면 사위와 장인도 소원해질밖에."

"그러고 보니 사행을 떠나기 전 정안군이 인사를 드리러 왔다갈 때, 행아가 버선발로 뛰어나와 마중하더이다. 그때 좀 수상쩍긴 했는데."

"그래?"

"헌데 정안군이 행아를 품을까요?"

자경은 질투가 나네 어쩌네 하면서 행아를 강 씨에게 보냈으나 처음부터 자경의 말이 진실일 거라 믿지 않았다. 진정으로 질투가 났다거나 정안군이 조금이라도 흘끔거렸다면 자경은 행아를 죽여 버렸지, 강 씨에게 보냈을 리 없다.

"게다가 교태전의 나인인데 정안군이 미치지 않은 한 그럴 리가."

"그럼 미치게 만들면 될 게 아니더냐?"

"네?"

"지금부터 행아를 세심히 관찰하여 달거리 날짜가 언제인지 기록해 두어라. 그래서 어의를 통해 가장 수태하기 좋은 날짜를 받아 두도록 해. 아이가 쉽게 생기는 한약도 지어 먹여라. 물론 행아는 이모든 일을 몰라야겠지."

"예."

"사내를 받기 쉬운 몸이 되도록 미리 준비 시켜 두어라. 노곤노곤하고 낭창낭창하게 만들어두란 게야. 상궁들 사이에 은밀히 떠도는 비책 같은 거 많지 않은가."

"허나 그것을 본인 몰래 하기엔."

"아, 몰래 할 수 있는 일들만 하면 될 게 아닌가. 아님 적당히 둘러대던가. 대신 절대로 행아가 수상한 눈치를 채선 아니 돼. 곧장 자경이년에게 달려가 미주알고주알 꼬아 바치면 모든 게 끝이야."

"명심하겠나이다. 헌데 그러고 나선 어쩝니까? 손뼉도 마주쳐야 소리가 나는 법인데, 행아만 준비시킨다고 해서 무슨 수가 생기는 게 아니지 않습니까."

"일단은 계집애를 먼저 준비시켜 두려는 게야. 그러고 나서 기다리는 게지. 미친 정안군이 행아를 안을 날을 말이다."

"미친 정안군이요?"

"정안군이 미쳐야 행아를 안을 거라며? 허니 행아를 안게 하려면 정안군을 미치게 만들어야겠지. 정안군을 미치게 만들어서라도 행아를 반드시 안게 만들 게다. 나는 꼭 행아에게서 정안군의 자식을 볼 생각이거든."

　말을 마친 강 씨가 씩 웃었다. 등 뒤로 소름이 돋은 박 상궁이 차마 더 보지 못하고 급히 고개를 숙였다.

14장

서장자
庶長子

자경이 단정한 자세로 교태전 앞에 섰다. 박 상궁이 소리 높여 자경이 왔음을 안에 알렸다. 그러는 사이 자경의 당황스러운 시선이 문 앞에선 나인에게 잠시 머물렀다. 아무리 곁눈질해보아도 익숙한 얼굴은 거기 없었다. 꼿꼿한 자세를 흐트러뜨리지 않으려 애를 쓰면서 자경이 크게 심호흡했다.

"드시랍니다."

박 상궁의 말이 채 떨어지기도 전에 눈앞의 문이 열렸다. 도도히 턱을 치켜든 자경이 안으로 들어섰다. 이내 등 뒤로 문이 닫혔다.

"그간 강녕하셨습니까."

부러 과장된 몸짓을 하여 자경이 크게 인사했다. 온몸을 크게 들썩이며 빠르게 방안을 훑었으나 거기도 제가 찾는 익숙한 얼굴은 없었다.

"별일 없었다네. 댁네 평안하지? 아이는 잘 크고?"

강 씨가 환히 웃으며 자경을 맞았다. 요즘 별걱정 없이 느긋한 덕분인지 아님 나잇살인지 강 씨는 이전보다 좀 후덕했다.

"예. 기침 한 번 하지 않고 어찌나 잘 크는지, 어머니께서 농으로 미나리 같다고 하실 정도예요."

"미나리라니, 아이가 얼마나 튼튼한지 알겠구면. 얼굴 본 지도 오래되어 궁금한데 데려오지 그랬나."

"요즘 한창 별나서 잠시도 눈을 뗄 수가 없어요. 아마 데려왔다면 궐 안을 엉망으로 휘젓고 다녔을 겝니다. 이제 막 발걸음을 뗀 주제에 어찌나 빠른지 쫓아다니다 진이 빠질 정도예요. 외삼촌 넷이 어린애 하나를 감당 못 하는 걸요."

"그 아이, 삼촌 많은 덕을 톡톡히 보는구면."

"네. 덕분에 제가 편하게 됐지요."

잠깐 말을 멈춘 사이, 문이 열리고 찻상이 들어왔다. 차를 나르는 나인 역시 처음 보는 얼굴이었다. 잔뜩 곤두서려는 신경을 애써 내리누르며 자경이 제가 가져온 보퉁이를 강 씨의 앞으로 내밀었다.

"부탁하신 거 가져왔습니다."

"그래, 내 아까 자네가 들어올 때부터 거기에만 눈이 갔다네."

강 씨가 반색하며 자경이 건넨 보퉁이를 건네받아 매듭지어진 보자기를 풀었다.

"세답하지 아니하였지?"

"속곳까지도 입었던 것 그대로 달라 하셔서 그리하였습니다."

"잘했네. 이거 자네가 제일 잘 입던 옷 맞는가?"

"네. 부러 어제도 입었습니다. 부탁하셔서."

"고맙네, 정말 고마워."

"간곡히 말씀하시어 드립니다만, 정녕 그대로 공주님께 입으라 하실 작정이십니까?"

"당연하지."

"깨끗하지 않은데."

"아, 그래야 효험이 있다질 않나."

"아무리 그렇다고 해도 그걸 그대로 입는 것은."

"그대로 입힐 작정이라 부러 세답하지 말라고 내가 신신당부한 게 아닌가. 내 오죽하면 자네에게 이런 부탁까지 하겠나. 자식 키우는 입장에서 자네도 어미의 마음을 이해해주게."

경순공주는 혼인한 지 십 년이 지나도록 자식이 없었다. 강 씨에겐 고명딸인 데다 첫째라 특별한 자식이었다. 그런 딸이 금실이 나쁘다고 할 수도 없는데 자식이 없어 십 년 넘게 고생하니 강 씨 입장에선 애가 닳을 수밖에 없었다.

"어찌 마마의 마음을 제가 모르겠나이까. 이해하니 민망함을 무릅쓰고 이리 가져온 것이지요. 만약 정말 효험이 있어 공주께서 아이를 가지게 되면 얼마나 좋겠습니까."

아들을 많이 낳은 여자의 속곳을 입으면 그 기운을 물려받아 아들을 낳는다, 와 같은 민가에 떠도는 비방들이 있었다. 자경의 아들만 줄줄이 죽어나갈 때 지나가는 말처럼 송 씨 역시 그런 이야기를 했더랬다. 마침 가뜩이나 예민할 때여서 자경은 엄한 송 씨에게 쌓였던 분풀이를 했었다. 아들을 못 낳는 게 아니라 애 명이 짧은 걸 나더러 어쩌란 거냐며, 그런 근거도 없는 소리 두 번 다시 내 앞에서 하지 말라며 펄펄 뛰다가 끝내 대성통곡하여 송 씨가 달래느라 진땀을 뽑은 일이 있었다.

"암만, 그럼 내가 두 발을 쭉 뻗고 자게 될 게야. 자식은 언제든 한

번은 부모 애간장을 닳게 한다더니, 키울 때는 입 한 번 댈 것 없이 순하던 아이가 시집가서 이런 속을 썩일 줄이야 누가 짐작이나 했겠나."

얼마 전에 박 상궁이 직접 집으로 찾아와 자경에게 아주 간곡히 부탁했다. 강 씨가 자경이 즐겨 입는 옷과 속곳을 주길 바란다고 말이다. 깜짝 놀라 왜냐고 물으니 경순공주의 이야기를 꺼내며 절에 불공드리는 것도 이제 지쳤다며 지푸라기라도 잡는 심정으로 이런 비방이라도 써보려 한다고 했다. 누군가 강 씨에게 금실 좋고 자식 많이 낳은 집 부인의 옷과 속곳을 받아 입으면 애가 생길 수도 있다는 말을 했다는 것이다. 처음에 자경은 말도 안 되는 소리라고 펄쩍 뛰었으나 박 상궁이 아주 간곡하게, 눈에 눈물까지 글썽이며 부탁하여 한 발 물러날 수밖에 없었다.

"효험을 보게 되면 내 자네에게 크게 보답하겠네."

"어찌 그게 그 옷 덕이겠습니까. 마마와 공주님의 은덕 덕분이지요."

효과가 있으리라 기대되지 않았지만 그 말도 안 되는 이야기조차 듣고 그대로 하려는 애달픈 마음은 누구보다 이해했다. 강 씨가 새로이 아들을 낳으려 한다거나 세자나 하다못해 무안군이 아들을 낳으려 한다고 제게 부탁했다면 절대로 들어주지 않았을 것이다. 허나 공주가 아들을 낳기 위함이라니 별 스스럼없이 호의가 베풀어졌다. 강 씨와 달리 유순하고 음전한 경순공주에겐 별다른 유감이 없기도 했다.

"참 자네도 내일 한양에 가는가?"

"아니오. 저는 따라가지 않습니다. 아이들을 데리고 가면 하루 안에 다녀올 수가 없으니 어쩔 수 없이 하루를 묵어야 하는데 지낼 곳이 마땅찮아서요. 그렇다고 해서 아직 손 많이 가는 어린 애들을 떼

놓고 먼 길 다녀오기도 불편하고요."

성계는 개국하고 얼마 지나지 않아 천도하고 싶어 했다. 도전을 비롯한 신료들이 그러기엔 국고가 넉넉지 못할 뿐 아니라 개국한 지 얼마 지나지 않아 고된 국역에 백성들을 동원하면 민심이 흉흉해진 다고 말리자 그 말에 수긍하여 잠시 잠잠해졌으나 오래 참지 못하고 이내 도당에 한양으로 천도할 것을 기습적으로 명했다.

그럴 수밖에 없는 것이 고려의 수도 개경의 백성들이라는 뿌리 깊 은 자부심으로 인해 다른 지역보다 유독 개경의 민심이 성계에게 좋 지 않았다. 거기다 오랜 세월 뿌리박고 살아온 개경 귀족들의 눈치를 봐야 하는 것이 성계에겐 여간 고된 일이 아니었다. 거기다 고려 왕 씨를 쫓아낸 궐에서 생활한다는 것이 영 찝찝하기도 했을 것이고.

사람이야 원하는 대로 몽땅 다 바꿀 수는 없다손 치더라도 새 나 라를 연 이상, 새로운 곳에서 조금이나마 새롭게 시작하고 싶은 것 이 당연지사였다. 그러기 위해서는 반드시 천도해야만 했다.

처음 도당에서 의논 끝에 올라온 후보지는 계룡산이었다. 성계는 두란과 남은, 무학대사 등과 함께 직접 가서 풍수를 살핀 뒤 그곳에 새 도읍의 역사를 세울 것을 명했다. 허나 열 달쯤 지났을 때 하륜이 계룡산의 풍수가 좋지 않다고 고한 것을 듣고 실제 길흉을 조사한 결과 그 말이 맞아 결국 계룡산의 천도는 좌절되었다.

계룡산 천도가 좌절되자 신료들은 천도하지 아니하고 개경에 머 물 것을 성계에게 간하였다. 도전 역시 백성들의 노역을 염려하여 의견에 보탰다. 허나 성계는 단호히 천도에 대한 의지를 꺾지 않았 다. 그리하여 다음으로 성계가 찾은 곳이 무악이었다. 모두가 반대 하는 와중에 하륜만이 유일하게 찬성의 뜻을 보여 성계를 기쁘게 했다. 허나 도전이 그 어느 때보다 강경하게 반대하고 나섰다. 하륜이 잡학에 관심이 많았다면 도전은 풍수나 지기 따위를 믿지 않는 정통 유학자였다. 오로지 풍수 때문에 천도할 수는 없다며 도전이 매우 강하게 반대하자 성계는 결국 무악을 포기했다. 그러나 천도를 포기하지는 않았다. 그리하여 마지막으로 찾은 곳이 한양이었다.

한양은 과거 고려 숙종 때를 비롯해 여러 번 천도하려고 잡아둔 터였다. 그리하여 무악과 달리 기반이 어느 정도 갖추어져 있었다. 그러자 이번엔 하륜만이 반대하고 모두가 찬성했다. 도전도 한양이라면 천도해도 괜찮겠다며 한 발 물러섰다. 하륜은 끝까지 풍수가 좋지 못하다고 뜻을 꺾지 않았으나 모두가 입을 모아 개중 여기가 제일 낫다고 하자 밀릴 수밖에 없었다.

그리하여 작년 겨울 신께 왕도 공사를 하는 사유를 고하게 한 후부터 일을 재촉하여 단 석 달여 만에 새 궁궐의 기틀이 어느 정도 마련되었다. 그리하여 내일 그것을 축하하기 위해 새 궁궐의 양청에서 주연을 베풀기로 되어있었다.

"이제 곧 한양부 객사에서 머무시는 것도 끝이겠습니다."

"그렇지. 이제 짐 싸들고 여기랑 한양을 왔다 갔다 하는 일도 더 이상하지 않아도 되겠지. 정말 힘들었거든."

"아무렴요. 지난겨울이 또 오죽 추웠습니까."

"그러니 말일세. 꽤 고생스러웠어."

"이사 가시려면 슬슬 짐 정리를 하셔야겠어요."

"아직 여유 있으니까. 찬찬히 할 참이야. 자네도 준비해야지?"

"꼭 그래야 할지."

"무슨 말을 하는 게야. 의당 옮겨와야지. 이제 조선의 도읍지는 한양인데 뭐 하러 개경에 있으려고?"

"이곳이 더 익숙하니까요. 또 서방님이 매일 입궐하는 사람도 아니니 굳이 한양으로 옮길 필요가 있을까 싶습니다."

방원은 명나라 사행에서 돌아온 후 더 이상 관직에 나가지 않고 집에서 소일거리하며 보내는 중이었다. 조정에서 부르지도 않았고 방원 역시 굳이 나서지도 않았다. 이전이었다면 왜 가만있느냐 닦달했을 터인데 방원이 달라졌다는 것을 안 이후로 자경은 아무 말 없이 내버려 두었다. 난제를 만났을 때 민제가 끊임없이 바둑을 뒀던 것처럼 아무것도 안 하고 고요히 책만 읽는 지금 방원의 속이 그 어느 때보다 뜨겁게 타오르고 있음을 능히 짐작하기 때문이었다.

"무슨 그런 말씀을 하시는가. 큰일이 생기면 전하께서 가장 의지하는 아들이 정안군인데."

펄쩍 뛰며 강 씨가 정색했다. 달래기 위해 둘러대는 말이 분명한데 의외로 꽤 진심처럼 보여서 놀라웠다. 자경 역시 부러 과장되게 활짝 웃으며 반가운 티를 냈다.

"그리 생각하십니까?"

"암, 내 언제나 그 누구보다 정안군에게 고마워하고 있다네."

"마마께서 그리 생각해주시니 참으로 황공합니다."

"부디 자주 드나들며 가까이 지내 주시게. 허면 우리 세자가 얼마나 든든하겠나."

"원하신다면 그리 해드려야지요. 애써보겠나이다."

자경이 강 씨를 보며 활짝 핀 모란꽃마냥 해사한 미소를 지었다. 강 씨 역시 흐뭇한 미소로 화답했다.

"마마, 점심을 올릴까요."

"벌써 점심이라니, 제가 너무 오래 앉아 있었습니다."

"왜 들고 가지?"

"집에 아이들도 있고 서방님도 있는데요. 돌아가야지요. 부탁하신 옷가지만 전해드리고 금방 일어난다는 것이 마마와 함께 이야기를 나누다 보니 시간 가는 줄을 모르고 퍼져 있었습니다."

"나 역시도 오랜만에 만나 너무나 즐거웠다네."

자경이 절을 올린 뒤 자리에서 일어났다.

"부디 다음에 뵐 때까지 강건하시옵소서."

"그래, 오늘 여러 가지로 고마웠네."

자경이 다소곳하게 뒷걸음질 쳐 밖으로 나갔다. 문이 닫히자마자 언제 웃었냐는 듯 강 씨의 얼굴이 서늘하게 변했다. 잠시 후 기척이 들리더니 문이 열리고 조용히 박 상궁이 들어왔다.

"갔느냐?"

"예. 크게 내색하지는 않았지만 자꾸만 흘깃거리는 것이 아무래도 행아를 찾는 듯했습니다."

"묻지는 않고?"

"어찌 감히 묻겠나이까."

고개를 끄덕인 강 씨가 자경이 가져온 보퉁이를 박 상궁을 향해 툭 던졌다.

"가져가라. 시킨대로 빨지도 않고 고대로 가져왔다더라."

"예."

"행아는?"

"내일 있을 주연을 준비하고 있지요."

"의심하지는 않지?"

"벌써 몇 번째인데요. 이제 으레 그러려니 합니다."

"내일 한양에 도착하자마자 시작하는 게다."

"아무렴요. 벌써 다 마련해 놓았습니다."

"일이 벌어진 뒤 저년의 얼굴이 어찌 변하는지 참으로 궁금하고 나. 내 두 눈 똑바로 뜨고 지켜볼 것이야."

처음부터 자경은 그리 만만한 계집이 아니었다. 허나 그럼에도 크게 신경쓰지 않은 것은 방원이 지극한 효자라 감히 성계가 살아있는 동안은 딴생각을 하지 못하리라 믿었기 때문이다. 이제 와 돌이켜보면 너무 안일했다. 필요하다면 그래야만 한다면 대낮에 정몽주도 때려죽인 방원이었다. 아비가 살아 있다고 해서 눈치 보느라 할 일을 못할 인물이 아니었다. 방원이 결심하고 자경이 돕고 민제와 숙부들이 뒤를 받쳐준다면 결과는 감당키 어려웠다. 일이 벌어지기 전에 무슨 수를 써서라도 일단 둘부터 갈라놔야 했다.

"조금의 실수도 없도록 잘 살피도록 하라."

"예. 명심하겠나이다."

긴장했는지 박 상궁의 목이 메였다. 딱딱하게 굳은 강 씨의 얼굴에서 오로지 눈만이 뱀처럼 가늘어졌다.

***

"주연이라니? 기녀도 아닌데 행아가 거길 왜 가?"

"실제 주연 자리에 나가 앉아 있는 것은 아니옵고 연습하는 데만 참여한다고 들었습니다."

"주연을 나가는 게 아니면 더 이상하지. 주연에 나가는 것도 아닌데 왜 기녀들과 함께한단 말이냐?"

아무래도 궐에서 행아를 보지 못한 것이 마음에 걸린 자경이 상인을 시켜 행아가 어디 갔는지 알아오도록 했다. 혹 미움을 받아 어디 한직으로 내쳐진 게 아닌가 초조해하며 잔뜩 걱정했는데, 영 엉뚱하게도 돌아온 대답은 기녀들과 함께 내일 있을 주연 준비를 하고 있다는 거였다.

"그게 아직 제대로 된 교방이 갖추어지지 않아 기예가 좋은 기생들과 궐에서 인물이 좋은 나인들을 차출하여 행사를 준비하는 모양입니다. 중궁전에서도 머릿수를 채우기 위해 누군가를 보내야 하는데 마땅한 사람이 없어 행아가 갈 수밖에 없었답니다. 그저 머릿수를 채워주기 위한 형식이라고 주연엔 절대로 나가지 않게 해주겠노라 약조를 하고 달래더랍니다. 처음엔 저도 의심스러워하면서 나갔는데 정말 딱 연습만 하고 주연엔 나가지 않도록 박 상궁이 손을 써줬답니다. 그래서 그 후론 일이 있으면 저도 별말 없이 나간다고 했습니다."

주연 준비를 하고 있다는 대답이 어디 한직으로 쫓겨나 고생스러운 일을 하고 있다는 답보다 훨씬 더 찝찝했다. 예감이 썩 좋지 못했다.

"너는 그게 말이 된다고 생각하느냐?"

"네?"

"중궁전 나인이다. 궐에서 가장 지엄한 곳이 왕이 머무는 대전과 왕비가 머무는 내전이야. 누가 감히 필요하다 하여 함부로 내전과 대전 나인들을 차출해갈 수 있다더냐? 왕비가 대체 누구 눈치를 보느라 자신들의 식구를 어쩔 수 없이 보내야 한단 말이냐? 변명이다. 둘러대기 위한 핑계에 불과해."

듣고 보니 자경의 지적엔 그른 것이 없었다.

"그리 차출되어 나가기 시작한 게 언제부터라더냐?"

"설날 즈음이 처음이었다고 했으니 이제 석 달 정도 된 듯싶습니다."

"설날부터?"

"예."

"허면 서방님이 명나라 사행을 다녀온 이후가 아니더냐?"

"그런 셈이지요."

보복이다. 명나라 사행에 대한 앙심을 품고 행아에게 몹쓸 짓을 하려는 게 틀림없었다.

"아무래도 행아를 빼내야겠다."

"다른 꿍꿍이가 있는 거라 생각하시는 겝니까?"

"아니면? 왕의 여자인 나인이다. 게다가 다른 곳도 아니고 중궁전 나인이야. 그런 애를 어찌 기녀들 속에 섞여 교육받게 한다더냐? 분명 다른 속셈이 있는 게야."

"허나 아직 증좌가 없는데."

"증좌를 찾으려고 기다리다간 망가진 행아가 증좌로 우리 눈앞에 떨어질 게다."

더 이상 무어라 반박할 수 없게 하는 서늘한 일갈이었다.

"언제가 좋을까요. 당장이라도 움직일까요?"

초조한지 자경이 입술을 짓씹었다. 상인이 안쓰러운 시선으로 자경을 쳐다보았다.

"얼마 뒤 개경에서 한양으로 옮기느라 온 궐이 시끌벅적할 때가 올 게다. 그때 혼란스러운 틈을 타서 도망치게 만들어라."

"몇 달 뒤인데 그때까지 괜찮겠습니까."

"아마 이곳에 있는 동안은 일을 벌이지 못할 게야. 내가 있으니까.

한양으로 옮기고 정신없는 틈을 타서 수를 쓰려할 게 분명해. 또 거기선 내가 빨리 알아차리고 움직일 수도 없을 테고 말이야. 허니 그 전에 빼내면 될 게야."

"예."

"안전한 곳으로 행아를 옮기고 난 뒤 한동안 같이 머물러 주어라."

자경의 말에 상인이 곧장 대답하지 못하고 잠시 망설였다.

"응?"

"그리 하겠습니다."

상인이 단정히 대답하며 고개를 숙였다. 그 바람에 어떤 얼굴을 하고 있는지 더 이상 볼 수 없었다. 대답엔 안도하면서도 못내 무언가 불안했다. 기우이기를 바라며 자경이 애써 고개를 돌렸다.

＊ ＊ ＊

아침부터 바쁜 날이었다. 이른 새벽에 일어나 정신없이 짐을 싸서 한양으로 출발했고, 한양에 도착해서도 이리저리 불려 다니느라 물 한 모금 제대로 마시지도 못했다. 그러다 갑자기 누군가의 손에 끌려갔고, 바닥에 팽개쳐졌다. 그러더니 눈앞에 바늘이 수없이 꽂힌 인형과 피 묻은 수건이 던져졌다. 누군가를 저주하기 위해 만든 요사스러운 물건이 분명했다. 하나같이 아주 흉측하여 차마 보기가 힘들 정도였다.

"이게 네 것이더냐?"

묻는 목소리엔 퍼렇게 날이 서 있었다. 행아가 놀라 고개를 들었다. 강 씨가 찢어 죽일 기세로 행아를 노려보고 있었다. 그 눈을 보는 순간, 행아는 사태를 파악하길 포기했다. 음모였다. 혹여나 올까 염려했던 그날이 오늘인 모양이다.

"아니옵니다. 저는 모르는 일이옵니다."

처음 자경에게서 강 씨에게 보내질 때부터 이런 날이 언제고 오리라 상상했다. 어떤 방식일까, 어떤 함정에 빠질까, 어떤 누명을 쓰게 될까 수없이 생각하고 또 생각했다. 그리고 그날이 닥치면 무슨 대답을 어찌해야 할지 고민하고 또 고민했다. 헌데 막상 눈앞에 일이 닥치자 머릿속이 새하얗게 변하면서 아무것도 생각나지 않았다. 행아를 가운데 두고 내시와 상궁 나인들이 엄하게 둘러 서 있었고 앞에 선 강 씨는 당장이라도 숨통을 끊어놓을 기세였다. 저를 둘러싼 기운에 눌려서 온몸이 오한이라도 든 것처럼 벌벌 떨렸다.

"박 상궁! 이게 이년의 방에서 나온 게 분명하더냐?"

"분명합니다. 여기 증인이 여럿이옵니다."

"이거와 함께 있던 게 무엇이더냐?"

"이것이옵니다."

이번에 박 상궁이 행아에게 보여준 것은 눈에 익은 노리개였다. 그것을 보자 순간 찬물을 뒤집어쓴 것처럼 정신이 번쩍 들었다. 그건 자경의 노리개였다.

"무녀에게 이 물건들이 무어냐고 물어보았더냐?"

"예. 이 모든 것들이 한 사람을 향한 저주라고 하더이다."

"누구를 향한, 어떤 저주라더냐."

"세자 저하를 단명케 하는 저주라고 하더이다."

주변을 둘러싼 이들이 순간 크게 놀라며 일순 모두 숨을 멈추었다. 주위를 둘러싼 공기가 팽팽하게 긴장하는 것이 온몸으로 느껴졌다. 행아가 필사적으로 고개를 저으며 강 씨의 발아래 매달렸다.

"모함이옵니다. 음모이옵니다. 아니옵니다. 절대 아니옵니다."

"네게서 나온 물건이다. 증인이 있어. 네 것이 아니란 것을 어찌 증명하겠느냐?"

맥이 탁 풀렸다. 상대는 사실로 만들기 위해 정교하게 판을 짰다. 헌데 아니란 증거를 대체 어찌 대냔 말이다.

"분명 네 방에서 나온 물건이라고 같은 방을 쓰는 나인들도 모두 증언하였는데, 어디서 감히 거짓을 고하는 게야! 너, 이리 나와서 말해보아라! 이게 김 나인의 물건이 맞느냐?"

"예. 김 나인이 방을 자꾸 비우는 바람에 어쩔 수 없이 청소를 언제나 제가 했사온데, 그러다 발견한 것이옵니다. 우리 중 누구의 것도 아니었고, 이런 것을 밖에서 들고 들어올 사람이라곤 없어서 하도 이상하여 박 상궁님께 고한 것입니다. 우리 방에서 이 물건을 가지고 있을 만한 사람은 김 나인밖에 없사옵니다."

이러려고 저를 자꾸 다른 데로 보냈구나. 몇 번이나 상인으로부터 주의를 받고 자경의 경고를 들었음에도 순진하게도 그들이 제게 보이는 모든 행동을 호의라고 믿어버린 스스로가 한심했다.

"세자에게 이런 위해를 가했을 정도라면 폐빈 유 씨의 일에도 관여했을 터! 혹시 그것도 모두 네년이 꾸민 일이더냐?"

"아닙니다."

"그리 입단속을 시켰는데 말이 새어 나가 신료들이 모두 알고 있는 게 수상쩍다 했어. 솔직히 자백하라. 내 직접 모든 사실을 밝히고 나면 죄를 더 엄히 물을 것이니!"

어디까지 알고 있고 어디서부터 꾸민 걸까. 거짓과 진실이 뒤섞인 채 몰아치자 정신이 하나도 없었다. 일단은 무조건 고개를 저으며 행아는 모른다는 말만 반복했다. 온 얼굴이 땀으로 젖은 채 정신없이 빌고 또 비는 행아를 강 씨가 빤히 쳐다보다 목소리를 누그러뜨렸다.

"정안군 부인이 시키더냐?"

"네?"

"괜찮다. 사실대로 모두 털어놓으면 너는 살려주마. 보아하니 너야 끄나풀에 불과한데 윗전이 시킨 대로 한 것을 어찌 죄라고만 할 수 있겠느냐."

달콤한 유혹이었다. 허나 아무리 모자라도 그 정도로 사리분별이 없지는 않았다. 사실대로 털어놓으면 오히려 더 큰 화를 입을 거다. 어차피 목표는 행아가 아니라 자경이었으니, 어쩌면 자백만 받고 나면 오히려 증거를 없애기 위해 행아는 빠르게 죽여버릴 수도 있었다. 귀족들이 아랫것들을 어떤 식으로 다루는지 신물 나게 봐 왔다. 유일하게 거기서 벗어난 인간적인 호의를 보여준 사람이 자경이었다. 자경은 제게 단순한 윗전이 아니었다. 누이이고 어머니였다. 제가 살자고 피붙이와 다를 바 없는 자경을 배신할 순 없었다.

"모든 것을 솔직히 고하면 너는 내가 보호해줄 수도 있어."

행아가 두려운 눈으로 강 씨를 올려다보았다. 그러고 보니 주변이 영 낯설었다. 그렇다. 여긴 한양이었다. 행아에게 무슨 일이 생겼는지 자경이 절대로 알 리 없는 장소다. 부러 여기까지 끌고 와서 터뜨린 게 분명했다. 허니 우선은 자경과 저를 떨어뜨려야 했다. 그리고 시간을 벌어야 했다. 오늘 주연엔 방원이 참석한다. 그 말인즉슨 상인도 따라 온다는 거다. 적어도 밤까지라도 살아서 버텨야 했다. 밤에 상인이 와서 제가 위기에 처해 있다는 것을 알게 되면 반드시 구해줄 거다. 무슨 수를 써서든 도와줄 거다.

"처음부터 너를 내쳤다는 부부인의 말을 믿지 않았거든. 네가 얼굴이 예뻐서 혹 정안군이 너를 탐할까 염려하여 쫓아냈다고 하더라. 그게 아니란 걸 알면서도 너를 받아줬지. 아마 너를 내게 보내서 이리 쓸 속셈이었던 게지. 어찌 보면 너도 불쌍한 신세지. 네가 무슨 죄가 있겠느냐? 그저 시킨 대로 한 것뿐인데."

"그게 맞습니다."

"뭐가? 부부인이 시킨 게 맞아?"

"아뇨. 그게 아니라 저를 부부인께서 내치신 게 맞습니다."

"나더러 그 말을 믿으란 게냐?"

"제가, 제가 정안군께 딴맘을 품어, 그것을 부부인께서 눈치채시어 내치신 겝니다."

강 씨의 말을 듣고 급히 떠오른 변명이었다. 이리 긴박한 상황에서 아주 잘 둘러댔다 싶어서 스스로가 기특할 지경이었다.

"그 말을 믿으란 게냐?"

"진정입니다. 아니면 제가 왜 혼인도 아니하고 거기 붙어 있었겠습니까. 정안군 마마를 연모하였습니다. 연모하다 부부인께 들켰습니다. 허나 차마 옛정을 생각하여 죽이진 못하고 마마께 내치신 겝니다. 그게 답니다. 그뿐입니다. 저 물건은 제 것이 아닙니다. 마마께서 시킨 것도 아닙니다. 이건 음모입니다. 모함입니다."

행아가 강 씨의 발아래 엎드린 채 오열했다. 강 씨가 고개를 들어 박 상궁과 눈을 마주쳤다. 두 사람이 슬쩍 눈짓을 주고받았다.

"네가 정안군을 연모한단 말이지?"

"예. 연모하였습니다. 지금도 연모합니다."

"정안군과 하룻밤을 보내고 싶은 티를 내다 부부인에게 쫓겨났고?"

"네, 그리된 것입니다. 그런 것입니다."

"그래. 그럼 너는 지금도 정안군과 하룻밤을 보내고 싶겠구나."

내도록 쏘아붙이며 몰아대던 것과는 묘하게 다른 어투였다. 행아가 멍하니 강 씨를 보았다.

"왜 대답을 못 해? 설마 거짓으로 지어낸 이야기더냐?"

"아닙니다. 맞습니다. 지금도 정안군 마마를 연모합니다. 함께 밤을 지내길 소원하나이다."

"그래. 그렇단 말이지."

강 씨가 입꼬리를 끌어당기며 싸늘한 미소를 지었다.

"박 상궁, 이 아이를 데려가 가두어라. 곧 연회가 있으니 그 준비를 해야지. 죄는 이따 더 자세히 묻도록 하자."

"예."

박 상궁이 고갯짓하자 건장한 내시들이 와서 행아를 붙들었다.

"마마, 마마."

"데려가라."

"마마, 살려주시옵소서! 살려주시옵소서! 저는 억울합니다. 억울합니다!"

질질 끌려가며 행아가 울부짖었다. 무심히 그 모습을 보던 강 씨가 박 상궁에게 가까이 오라 손짓했다.

"방은?"

"아까부터 향을 피워두었습니다. 들어가면 이미 연기가 자욱할 것입니다."

"정안군 술상도 준비해두었겠지?"

"아무렴요."

"의원이 틀림없이 오늘이라고 했지?"

"예. 오늘 밤 합방을 하면 틀림없다고 했습니다. 거기다 혹시나 해서 밥에 약을 타서 먹이기까지 하지 않았습니까. 틀림없을 겝니다."

박 상궁이 호언장담했다.

"조선 개국 이후 중궁전의 나인을 건드린 첫 번째 왕자로 역사에 기록될 것이옵니다. 이보다 더 큰 수치가 어디 있겠나이까."

그제야 강 씨의 얼굴에 흐뭇한 미소가 떠올랐다. 어느새 해가 떨어져 하늘이 온통 붉게 타오르고 있었다. 오늘처럼 노을이 아름다워 보인 적이 없었다.

* * *

천도는 그 누구보다 성계의 강력한 의지로 이루어진 일이었다. 덕분의 역사(役事) 역시 그 어느 때보다 빠르게 이루어져 작년 말에 시작한 일이 벌써 삼분지 일 정도 진행되었을 정도였다. 이대로라면 올해 말, 그러니까 천도가 정해진 지 일 년 정도 만에 궁궐이 모두 완성될 예정이었다. 참으로 놀라운 속도가 아닐 수 없었다.

오늘 주연은 새 궁궐의 기틀이 벌써 다 잡힌 것과 첫 번째 전각의 완성을 축하하기 위함이었다. 백성들의 고혈을 짜내선 안 된다는 도전의 주장에 성계 역시 동의한 까닭에 크기로 보나 전각의 개수나 그 화려함으로 보나 고려의 궁궐과는 비교할 수 없을 정도로 소박했다. 다행인 것은 워낙에 주변 산세가 좋은 덕에 소박한 궁궐이 자연 속에 폭 안긴 모양새가 되어 꽤 운치 있어 보인다는 거였다.

"터가 참으로 좋사옵니다."

"배산임수지요. 풍수를 잘 모르는 사람이 봐도 이곳이 좋다는 건 한눈에 알아보겠습니다, 그려."

"산세의 모양과 전각들의 어울림이 한 폭의 그림처럼 아름답습니다."

"과거 천도 논의가 있을 때마다 왜 이곳이 인구에 회자 되었는지 알겠습니다. 참으로 고풍스럽고 우아하지 않습니까."

"화려하진 않지만 음전한 맛이 있지요."

"그것이야말로 우리 조선을 표현하는 말 아닙니까? 소박하고 실속있는 궐이라니, 여러모로 우리 조선과 참으로 어울립니다."

양청에서 벌어진 주연에서 신료들은 앞다투어 한양과 새 궁궐의 아름다움에 대해 고하였다. 천도를 고집한 성계의 마음을 풀어주기 위함도 물론 있었지만, 실제로도 와보니 생각보다 나쁘지 않고 그들의 마음에 드는 까닭이기도 했다. 신료들의 칭찬에 성계는 기분이 좋아 연거푸 술을 내렸고 스스로도 흥이 오를 정도로 한껏 취했다. 덕분에 신료들 옆에 앉은 기녀들 역시 신료들의 잔을 채우기 바빴다. 어느새 모두 불쾌해질 정도로 취기가 올랐다.

"이리 기쁜 날 시 한 수 지어 올릴 사람 누구 없는가?"

성계의 말에 사람들의 시선이 두 갈래로 나뉘었다. 도전과 방원이었다.

성계가 사저에 있으면서 신료들과 교류하던 시절 시를 지어 올리며 그 분위기를 이끈 이는 방원이었고, 현재 성계의 총신 중 시를 잘 짓기로 유명한 이는 도전이었기 때문이다.

"헌데 오늘 어찌 정안군께서 평소와 달리 많이 취한 듯합니다."

방원에게 시선을 돌렸던 이들이 모두 고개를 갸웃하며 걱정스러운 시선을 교환했다. 그럴 것이 방원이 몸을 가누지 못할 정도로 흠뻑 취해 있었던 것이다. 술을 잘 마시기도 했지만 누군가의 앞에서 취한 모습을 보여주는 것을 극도로 꺼려 언제나 주량을 조절하는 방원이었기에 저리 흐트러진 모습은 모두 처음 보는 것이었다. 민제와 조준이 걱정스러운 시선을 주고 받았다. 이화와 두란 역시 슬쩍 성계의 눈치를 살피며 어쩔 줄 몰라 했다. 이화가 고개를 길게 빼고 밖을 두리번거리며 상인을 찾았다.

"제가 한 수 지어 올리겠습니다."

"오, 역시 삼봉이로군. 해보시게나."

도전이 자리에서 일어나 좌중을 둘러보며 반듯이 섰다. 이리저리 흔들리던 방원의 고개가 툭, 하고 옆에 앉은 기녀의 어깨 위로 내려앉았다.

"금원춘심화정번(禁院春深花正繁)이라 위초기구치금준(爲招耆舊置金樽)하니, 천공홀방지시우(天工忽放知時雨)하여 편각혼신우로은(便覺渾身雨露恩)이로다. 금원에 봄빛 깊고 꽃이 한창이라 옛 친구 불러서 술잔을 드니, 하늘마저 때에 맞는 비를 내리어, 이 몸 또한 우로의 은택을 깨달았도다."

성계가 잠저의 벗인 남양백 홍영통과 창녕 부원군 성여완까지 불러 주연에 참여케 한 것을 절묘하게 표현한 것이었다. 성계가 크게 웃으며 매우 흡족해했다.

"과연 삼봉이오. 어찌 즉석에서 이리 아름다운 시를 지을 수 있단 말이오? 참으로 놀랍소이다."

"망극하옵니다, 전하."

"내 술 한 잔 내릴 터이니 가까이 오세요."

공손히 절한 삼봉이 성계의 앞으로 다가가 앞에 섰다. 술을 내리며 성계는 다시 한번 도전의 시가 훌륭함을 치하했다. 그사이 이화의 부름에 따라 코앞에서 기다리고 있던 상인이 얼른 들어와 방원을 떼 메고 밖으로 나갔다.

"마마, 마마."

신을 신기면서 몇 번이나 몸을 흔들자 그제야 방원이 눈을 게슴츠레 떴다. 이리 취한 모습은 상인조차 처음 보는 거였다. 특히 이런 주연에서 방원은 혹시라도 꼬투리가 잡히거나 실수할까 봐 술잔을 받아도 입술만 축이는 정도에 그쳤는데 대체 무슨 생각으로 오늘 이리 취한 건지 도무지 모를 일이었다.

"마마, 정신이 드십니까?"

"어⋯⋯."

상인의 부축에 따라 일어나려던 방원이 몸을 가누지 못하고 다시 주르륵 바닥에 주저앉았다. 개경이면 집에 사람을 보내기라도 할 텐데 한양에서 이러니 어찌해야 좋을지 몰라 당황스러웠다.

"이런, 정안군께서 많이 취하셨나 봅니다."

바닥에 주저앉은 방원을 일으켜 세우기 위해 상인이 애를 쓰고 있는데 위에서 익숙한 목소리가 들려왔다. 고개를 들어보자 어둠 속에서도 낯익은 얼굴이 보였다. 중궁전의 박 상궁이었다.

"안 그래도 마마께서 오늘 주연에서 취한 분들을 위해 묵을 곳을 마련해 두라고 하셨지요."

박 상궁이 인자하게 웃으며 손짓했다. 기다리고 있었다는 듯 건장한 내시들 여러 명이 와서 방원을 부축하여 일으켜 세웠다.

"제가 모시겠습니다."

"보시다시피 궐이 다 완성되지 못하여 마련한 거처가 내궁 깊숙한 곳에 위치하여 아무나 갈 수 없습니다. 저희가 모시지요."

"아닙니다, 제가."

"감히 중궁의 명을 거역하겠다는 것이냐?"

박 상궁이 눈을 부라리며 호통을 쳤다. 아주 잠깐 동안 상인은 여기서 깽판을 치는 한이 있더라도 그 명을 거역해야 하는 거 아닐까 고민했다. 허나 그러기엔 지금 한창 주연 중이었고, 그것을 방해하게 될 경우 벌어질 일들이 이보다 더 나쁘면 나빴지, 나을 것 같지 않았다. 일단은 물러난 뒤 다른 수를 찾아야 했다.

"용서해주십시오. 마마를 잘 부탁드리겠습니다."

짧게 계산을 끝낸 상인이 금세 공손히 고개를 숙이며 뒤로 물러났다. 박 상궁이 만족한 미소를 지으며 돌아섰다.

"저기 근데."

"또 무엇이냐?"

"측간이 어디입니까?"

또 무언가 딴소리를 할 줄 알고 날카롭게 반응했던 박 상궁은 예상치 못한 말이 나오자 순간 당황하여 말문이 막혔다.

"죄송합니다. 당장 물을 분이 아니 계셔서."

꽤 난처해 보이는 상인의 태도에 박 상궁이 잠깐 멸시하듯 상인을 노려보았다.

"저쪽으로 쭉 가보거라."

그리고 제가 가려는 쪽과 정 반대 방향을 가리켰다. 상인이 고개를 꾸벅 숙이며 돌아섰다. 박 상궁이 코웃음 치며 내시들에게 고갯짓했다. 방원을 단단히 붙잡은 내시들이 박 상궁과 함께 궐 안쪽으로 들어갔다.

그리고 어둠 속에 몸을 숨긴 상인이 소리 없이 박 상궁의 뒤를 쫓기 시작했다.

***

내시들에게 질질 끌려온 행아는 먹지로 창이 모두 가려진 어두운 골방에 갇혔다.

"살려주세요, 살려주세요!"

아무리 문을 두드리며 울부짖어도 아무도 오지 않았다. 아무리 애를 써도 닫힌 문은 꼼짝도 하지 않았다. 그러다 갑자기 정신을 잃었다. 제가 너무 기력이 빠져서 쓰러진 줄 알았다. 헌데 돌이켜보면 코끝에서 묘한 단내가 났다. 무언가에 취해서 쓰러진 게 분명했다.

얼마나 지났는지 모를 시간이 지난 후 정신이 든 건 따뜻한 물에 담궈지고 난 뒤였다. 그리고 누군가가 제 몸을 만지고 있었다. 놀라서 눈을 뜨려는데 이상하게 누가 바닥에서 끌어당기는 것 마냥 온몸에 기운이 하나도 없이 가라앉기만 해서 눈꺼풀을 들어 올리는 것조차 쉽지 않았다. 겨우 눈을 뜨고 쉼 없이 눈을 깜빡여 흐린 시야를 개어내자 박 상궁이 서 있는게 보였다. 그리고 저는 목간통 안에 담긴 채 다른 나인들이 제 몸을 마구 씻고 있었다.

"마마!"

"소란 피우지 마라."

"이게 무슨, 무슨 일입니까."

"마마께서 감읍하게도 네게 은혜를 베풀어주신단다."

"은혜라니요?"

"오늘 밤 정안군 마마의 시중을 들어라."

"마마!"

예상치 못한 말에 행아가 경악했다. 놀라는 행아의 얼굴을 보고 박 상궁이 싸늘한 미소를 지었다.

"왜? 네가 바라던 일 아니냐? 바란다고 마마께 말씀드리지 않았더냐. 네 오랜 소원을 풀어준다는데 왜 그리 놀래?"

"그것은, 그것은."

"설마 상황을 모면하려 거짓말을 한 것이더냐?"

"아니오, 그것은 아니지만."

"허면 군말 없이 준비하라."

어느새 목욕이 끝났다. 깨끗한 무명천으로 행아의 몸을 감싸 물기를 닦아냈다. 정신이 하나도 없어서 멍하니 제 몸을 다른 이들이 이리저리 만지는 것을 가만히 내버려 두고 있었다. 목간통에서 끌려나와 맨몸으로 선 행아의 앞으로 익숙한 옷가지가 던져졌다. 은은한 쪽빛이 도는 치마에 흰 저고리, 자경의 옷이었다. 자경이 즐겨 입는 옷이었다. 대체 이게 어디서 난 것인지 도무지 모를 일이었다.

"이런다고 해서 정안군께서 소첩을 안지 않으실 겁니다. 이 옷을 입고 앉아 있다고 해서 모르실 리 없습니다."

"안지 않으신다면 안게 해야지. 그게 오늘 네가 할 일이니까. 기녀들과 함께 수업받지 않았더냐? 사내를 끌어들이는 방법쯤은 이제 알겠지?"

그제야 처음부터 이럴 작정으로 짜여진 판이라는 것을 알 수 있었다. 그들은 아주 오래전부터 아주 철저히 준비했다. 바보같이 저는 그들이 판 함정에 순순히 걸어 들어와 누운 꼴이었다. 행아가 박 상궁이 발아래 매달렸다.

"마마, 제발 제발요."

"왜 이러는 게야? 네 원대로 해주신다는데?"

"마마!"

"아니면 너랑 부부인이 세자 저하를 음해했다고 전하께 고할까?"

외통수였다. 빠져나갈 구멍이 없었다.

"옷을 입혀라."

넋을 잃은 행아에게로 나인들이 다가왔다. 기운 없는 팔과 다리를 제멋대로 움직여가며 순식간에 행아의 몸에 자경의 옷을 입혔다. 거기다 쪽진 머리까지 하자 얼핏 보면 자경과 제법 비슷해 보였다.

"업어라. 데려가자."

내관이 행아를 업었다. 도망칠 수조차 없었다. 유일하게 기대할 수 있는 것은 상인이 저를 발견하는 것뿐이었다.

허나 아까 제가 갇혀 있던 방으로 다시 돌아온 뒤 그것 매우 헛된 기대라는 것을 깨달았다. 이곳은 전각에서도 가장 안에 자리한 방이었던 데다가 창을 모두 막아 무슨 수를 써도 밖에선 보이지 않았다. 제가 이 방에 들어앉아 있다는 것을, 밖에 있는 상인이 알 도리가 없었다.

방은 아까보다 좀 더 달큰한 향내가 났다. 감시자들을 남겨둔 채 박 상궁은 어디론가 사라졌다. 건장한 내관 네 명이 행아를 노려보며 서 있었다. 도망치거나 죽을 시도 같은 건 할 수가 없었다. 방 가운데 주저앉은 채 행아가 발발 떨었다.

한참이 지난 후 시끄러운 소리와 함께 문이 열리더니 내관이 술에 취해 정신을 잃은 방원을 부축해 데리고 들어왔다. 미리 깔아둔 보료 위에 내관이 방원을 눕혔다. 더운지 방원이 몸을 뒤척였다.

"벗겨라."

"예?"

"더워하시지 않느냐. 옷을 벗겨드리란 게다."

손이 덜덜 떨려서 손끝이 자꾸만 어긋났다. 몇 번의 실패 끝에 겨우 속곳만 남길 수 있었다. 그러고 멍하니 앉아있는 사이, 나인들이 달려들어 행아의 옷을 벗겼다.

"이건, 무슨, 왜 이리."

"동침을 할 것인데, 옷을 입은 채 할 작정이더냐?"

순식간에 속곳 차림이 되었다. 박 상궁이 보료 위에 자경의 옷을 깔더니 그 위로 방원을 옮겼다. 그리고 행아를 옆자리에 눕게 했다.

"자시가 지나기 전에 깨워서 동침하여야 한다. 밖에서 기다리고 있을 게다. 오늘 밤 아무 일도 일어나지 않으면 경을 칠 게야."

엄히 당부한 뒤 박 상궁이 모두를 데리고 방을 나갔다. 나가기 전 불을 끈 덕분에 금새 아무것도 보이지 않았다. 아무것도 보이지 않게 되자 옆에 누운 이의 숨소리와 움직임에 온몸이 예민해졌다. 방원이 뒤척이다 무심결에 행아의 몸을 더듬었다. 잔뜩 긴장한 행아가 숨 쉬는 것조차 잊은 채 얼었다.

잠버릇인 듯 방원이 행아를 제품으로 끌어당겼다. 그러더니 이내 목에 코를 박고 킁킁거렸다. 익숙한 향이 기분 좋은지 방원이 흐응, 콧소리를 내었다.

"부인."

긴장한 행아가 숨을 토해냈다. 그 순간 방원의 손이 행아의 젖가슴으로 파고들었다.

"언제 왔소이까."

방원이 능숙하게 행아의 가슴을 주물렀다. 방원에겐 행아가 자경일 테니 조금의 망설임도 없었고 거침도 없었다. 허나 행아는 처음이었다. 잔뜩 긴장한 몸은 사내의 손길을 받아들이기엔 무리였다. 아팠다. 불쾌했다. 허나 내색할 수 없었다. 행아가 숨을 크게 들이켰다.

이내 방원의 손이 아래로 향했다. 몇 번 더듬거리던 방원은 몸이 동했는지 행아의 손을 끌어 제 사타구니를 만지게 했다. 눈을 질끈 감은 행아가 다리를 벌리고 허리를 올렸다. 박 상궁의 말대로 기녀들과 함께 있으면서 배운 거였다.

이내 방원이 행아의 안으로 파고들었다. 아팠다. 허나 소리를 내면 안 될 일이었다. 눈을 질끈 감은 행아가 어금니를 깨물었다. 튀어나오려던 울음이 목 뒤로 사그라들었다. 이건 고작 긴 밤의 시작에 불과했다.

***

왜 그리 술이 쉽게 취했을까.

참으로 이상한 일이었다. 본디 그런 자리에서 방원은 몸가짐을 극도로 자제하는 편이었기 때문이다. 오늘 제가 한 행동은 저답지 않았다.

기녀의 몸에서 죽향과 먹향이 나서였나.

오늘 방원의 옆에 앉은 기녀에게서는 다른 기녀와는 낯선 향이 났다. 은은히 풍기는 죽향과 난향에 은근한 먹향까지 섞여 있었다. 그건 기녀의 향이 아니라 선비들의 향이었다. 그리고 자경이 즐겨쓰는 향이었다.

"기녀가 어찌 난향과 죽향을 쓰는가."

"왜요. 기녀는 난향과 죽향을 쓰면 안 되는 법이라도 있답니까? 먹향은 아니 납니까."

"나는군."

"어찌 보면 선비들과 가장 가까이 지내는 여인이 기녀들이지요. 선비들을 가장 좋아하는 여인들도 기녀들이고요. 허니 선비들의 향을 좋아하고 즐기는 겝니다. 붓을 가까이 하니 먹향도 나는 게고요."

"당돌한 계집이로구나."

"그래서 싫으십니까?"

자경과 혼인한 후 그런 가벼운 농짓거리를 계집과 주고받은 것은 처음이었다. 기분이 묘했다. 솔직히 말하자면 그리 나쁘지 않았다. 그래서였을까. 잔이 빌 때마다 기다렸다는 듯이 채워주는 계집에게 맞추어 방원 역시 평소보다 빨리 술을 마셨다. 덕분에 평소답지 않게 빨리 취했다.

흔들리던 고개가 가녀린 어깨에 닿아 기대게 되었을 때 방원은 저도 모르게 몸을 가까이 붙였다. 이상하게 몸이 동했다. 자경이 아닌 다른 계집에게 그런 것은 처음이었다.

"이런, 이제 들어가 쉬셔야겠습니다."

"허면 네가 동무해주는 것이냐."

"글쎄요. 오늘 정안군 마마의 잠자리 시중은 저 아닌 다른 계집으로 정해져 있는 듯합니다만."

나는 네가 좋다, 라고 말하려는 순간 상인이 다가와 방원을 일으켜 세웠다. 그에게 일으켜 세워지면서 방원은 실없이 웃었다. 하긴 상인이 있는 이상 자경이 아닌 다른 여인과의 동침은 절대로 안 될 일이었다. 어쩌면 가벼운 일탈조차 쉬이 할 수 없었던 것은 상인이 늘 지켜보고 있기 때문인지도 모르겠다. 저 단정한 사내가 늘 반보쯤 뒤에 서 있는 게 신경 쓰였다. 행실에 있어 방원보다 더 깔끔한 것이 상인이었다. 그리고 상인은 자경의 사람이었다. 그에게 흠잡히기 싫었다.

"마마, 정신이 드십니까."

상인의 그 말을 마지막으로 방원은 마지막까지 잡고 있던 이성의 끈을 완전히 놓아버렸다. 상인은 저를 긴장시키는 사람이기도 했지만 동시에 이 궐 안에서 가장 믿을 수 있는 사내기도 했다. 그가 저를 맡았으니 이제 괜찮았다. 긴장이 풀리자 마음이 놓였고 그대로 정신을 잃었다.

다시 정신이 든 건 코끝에 익숙한 향이 났기 때문이다.

"부인."

기생과 같은 향이지만 미묘하게 달랐다. 자경의 향이었다. 아마도 아까 기생이 말한 그 계집은 자경이었던 모양이다.

"언제 왔소이까."

방원이 어둠 속에 손을 뻗어 더듬었다. 젖가슴이 만져졌다. 자경은 속곳만 입은 채였다. 순식간에 몸에 열이 올랐다. 방원이 급히 자경을 제 쪽으로 끌어당겼다.

"부인."

자경은 늘 잠자리에서 적극적이었다. 헌데 오늘은 유난히 부끄러워하며 서툴렀다. 꼭 첫날밤 같았다. 그 낯선 느낌이 새로운 자극으로 다가와 방원을 더 흥분케 했다. 이상하게 평소보다 더 몸이 들떴다. 자경은 아무 소리 내지 않고 방원에게 순종했다. 그것도 평소와 달랐다. 싫다 좋다 제 의견을 적극 말하는 자경이었는데 오늘은 방원이 이끄는 대로 따라왔다. 마음대로 휘둘려지는 자경이라니, 이런 건 처음이었다.

그래서인지 한 번으로 만족할 수 없었다. 한창 혈기 왕성하여 자경을 지치게 몰아가던 약관의 그때처럼 오늘 밤 방원은 쉬지 않았다. 서너 번을 연이어 하고 나서야 겨우 기력이 쇠했다.

"오늘 밤, 우리 새 아이가 생기겠소이다."

흡족한 방원이 껄껄 웃었다. 끝난 뒤 젖은 수건으로 몸을 닦지 않으면 자경에게 한 소리 듣는다는 것을 알고 있었지만 몸이 노곤하여 손가락 하나 까딱할 힘도 없었다. 그러고 보니 세 번째쯤엔 영 낯선 신음이 귓가에 들린 것도 같았는데, 왜 그랬냐고 물을 기운도 없었다. 방원이 그대로 잠에 빠져들었다.

＊ ＊ ＊

치열하게 고민했으나 끝내 상인은 방안으로 뛰어들지 못했다. 별궁을 에워싼 내시와 상궁 나인들은 모두 강 씨의 사람들이었다. 싸워서 이기지 못할 자신이 없어서가 아니라 과연 저들과 싸우고 소란을 피우면서 꼭 방원을 데리고 나와야 하는가, 확신하기 어려웠기 때문이다. 혹 잘못하여 저들을 상하게라도 하면 그게 더 큰 문제가 아닐까 염려스럽기도 했다.

방원이 자경이 아닌 다른 계집과 하룻밤을 보내는 것은 처음이었다. 자경이 알면 좋아하지 않을 일이었다. 강 씨가 자경과 방원의 사이를 갈라놓기 위해서 짠 술수인 게 분명했다. 허나 고작 하룻밤이었다. 그 하룻밤으로 설마 무슨 큰일이 나려고. 당연히 자존심은 상해하겠지만, 강 씨의 술수에 넘어갈 만큼 자경이 어리석지는 않았다. 자경의 분풀이를 방원이나 제가 좀 당해야 하긴 하겠지만, 저는 상관없었고 방원 역시 그 마음을 이해해줄 만한 그릇의 사내였다. 자경이 아닌 다른 계집과의 하룻밤을 지켜볼 수가 없어 제가 난동을 부리면서 방원을 빼낸다면, 오히려 그게 더 큰 흠이 될 수도 있었다. 어쩌면 강 씨는 그걸 노리는 걸지도 몰랐다.

그래서 상인은 밤새 그 앞을 지키기만 했다. 그게 제 할 일의 전부라고 여겼다. 날이 밝으면 방원을 깨워서 데리고 나올 참이었다. 그럼 된다고 생각했다.

동이 틀 무렵이 되자 별궁을 삼엄하게 에워싸고 있던 이들이 모두 사라졌다. 그들이 물러가는 기척에 잠깐 졸던 상인이 눈을 부비며 정신을 차렸다. 슬슬 들어가서 깨워야 하나 어쩌나 고민하는 사이, 별궁의 문이 열리더니 여인이 모습을 드러냈다. 방원과 동침한 계집인 모양이었다. 방원이 별궁에 들기 전에 미리 들어가 있던 여인이라 어제는 누군지 미처 확인하지 못했다. 대체 강 씨가 어떤 계집애를 넣어둔 건가 잠깐 호기심이 일었다.

비척거리며 걸어 나오는 여인의 얼굴을 확인한 상인의 눈이 튀어나올 것처럼 커졌다. 행아였다. 하룻밤 새 몰라보게 수척해졌고, 몰라보게 상하긴 했지만 분명 행아였다.

이럴 줄 알았다면 어젯밤 난동을 부리더라도 뛰어들어서 방원을 빼 왔어야 했다. 뒤늦은 후회가 상인을 덮쳤다.

몇 번의 실패 끝에 신을 겨우 꿰신은 행아가 멍한 얼굴로 하늘을 쳐다보았다. 그러더니 무언가 결심한 듯 달리기 시작했다. 뒤늦게 정신을 차린 상인이 얼른 행아의 뒤를 쫓아갔다. 행아가 향한 곳은 우물이었다. 눈을 질끈 감은 행아가 몸을 아래로 숙이며 손을 놓았다. 금세라도 빠질 것처럼 몸이 기우뚱 기울어졌다.

"안 된다!"

막 몸이 떨어지려는 순간, 익숙한 음성이 행아를 붙잡더니 이내 온몸을 감싸 우물에서부터 떼어놓았다. 행아가 천천히 고개를 돌려 저를 막은 이를 확인했다. 상인이었다. 어제 그토록 저를 구해주길 바랐던 그 사람이었다. 밤새 몹쓸 짓을 당하는 내내 떠올린 사람이었다. 그 사람이 세상이 다 무너진 것 같은 얼굴로 행아를 보고 있었다. 정작 세상이 무너지고 하늘과 땅이 맞붙은 건 저인데 왜 상인이 그런 얼굴을 하고 있는지 이해할 수 없었다.

"놔!"

"안 된다!"

"놔!"

"행아야!"

"놔아!"

행아가 몸부림치며 울부짖었다. 상인이 행아를 감싸 안았다. 이제야 저를 안아주는 게 억울했다. 분했다. 견딜 수가 없었다. 닥치는 대로 손을 휘저으며 행아가 상인을 때렸다. 상인은 묵묵히 맞아 주었다. 한참을 울며불며 분풀이하던 행아가 기운이 떨어졌는지 몸을 축 늘어뜨렸다.

"행아야."

"죽게 해줘요."

"행아야."

"죽고 싶어."

"이대로 죽으면 너는 정안군에게 욕보인 뒤 수치심에 자결한 나인이 된다. 그리되고 싶으냐?"

행아가 기막힌 얼굴로 상인을 노려보았다.

"되고 싶다고 해서 그대로 될 수 있기나 하답니까? 종년의 팔자는 죽고 싶을 때 죽을 수도 없는데!"

"행아야."

"어제 구하러 와주지, 어제 와주지!"

행아가 다시 울음을 터뜨렸다.

"미안하다. 잘못했다. 잘못했다."

상인이 조심스레 행아를 감싸 안았다.

"넌 줄 몰랐다. 넌 줄 알았으면 뛰어 들어가 무슨 수를 써서라도 끌어냈을 것을. 넌 줄 몰랐어. 몰랐다. 미안하다, 행아야."

상인의 품에 안긴 행아가 목 놓아 오열했다. 행아를 끌어안은 채 상인이 눈을 질끈 감았다. 어느새 환하게 날이 밝아 있었다.

* * *

소식을 들은 자경이 단걸음에 한양으로 달려왔다. 자경이 궐에 도착하여 본 것은, 여전히 반쯤 넋이 나간 행아와 기막힌 얼굴을 감추지 못하는 방원과 그들을 보며 기세등등한 강 씨였다.

"부부인 오셨는가. 이런 일로 불러서 참으로 미안하네."

자경을 본 방원은 더욱더 당황하여 어쩔 줄 몰라했고 행아는 울음을 터뜨렸다. 그리고 강 씨는 꽤 흥미로운 얼굴로 그들을 보고 있었다.

성큼성큼 들어온 자경이 강 씨에게 인사조차 하지 아니하고 행아에게 달려들어 뺨을 후려쳤다. 행아가 어미 잃은 새끼 고양이마냥 몸을 떨었다.

"네년이, 네년이 감히!"

자경이 다시 한 번 손을 들어 크게 후려치려는 것을 방원이 급히 막았다. 그 순간 자경의 눈이 뒤집혔다. 그대로 방원을 치받은 것이다.

"부인, 부인."

당황한 방원이 말리거나 말거나 자경이 방원을 때리기 시작했다. 방원은 속수무책으로 자경의 패악질을 당했다. 놀란 박 상궁이 밖으로 달려나가 상인을 데려왔다. 급히 들어온 상인이 방원과 행아를 챙겨 데리고 나갔다. 강 씨가 상궁 나인들도 모두 물러가라 손짓했다. 방엔 강 씨와 자경, 둘만 남았다. 흐트러진 머리와 옷매무새를 정리한 자경이 그제야 강 씨를 노려보았다.

"왜 일을 이리 만드신 겝니까?"

"뭐?"

첫 문장이 저런 말일 줄은 몰랐다. 강 씨가 진심으로 당황하여 얼떨떨한 얼굴로 자경을 보았다.

"어찌 일이 이리되도록 보고만 계셨냐고 묻는 겝니다."

"감히 궁궐의 나인을 건드린 건 자네 서방인데 누구한테 책임을 돌리는 게야."

"제가 행아를 왜 마마께 보냈는지 이미 말씀드렸지 않습니까. 헌데 어찌 책임져 주시지 않으신 겝니까? 어찌 제가 이런 꼴을 보게 만들어요?"

다리를 뻗고 주저앉은 자경이 소리내어 울기 시작했다. 강 씨가 크게 당황했다. 자경의 이런 모습은 처음이었다. 이리 반응할 줄은 꿈에도 몰랐다. 자경이 오면 하려 했던 말들이 순식간에 모두 사라지고 강 씨의 머릿속이 새하얗게 변했다.

"이보게."

"마마도 여자면서, 여자면서 어찌 이런 참혹한 꼴을 제게 보게 하십니까! 일이 이리되었으면 차라리 연놈들을 죽여서라도 제가 모르게 해주시지, 어찌, 어찌 이런."

마치 부모라도 죽은 양 자경이 땅을 치며 통곡했다. 강 씨가 엉덩이를 들썩이며 어쩔 줄 몰랐다.

"전하께 가서 다 고하고 저 연놈들을 작살내고 말겠습니다. 이대로 저만 당할 수 없어요. 저것들을 죽이고 저도 죽으렵니다. 망신스러워서 이대론 못 살아요!"

씩씩거리며 되는대로 지껄이는 자경의 말에 강 씨가 기함했다. 성계가 사실을 알고 진노한다면 방원도 곱게 당하고 있지만은 않을 게다. 만약 방원이 억울하다며 작정하고 진상을 파헤치기 시작한다면, 결코 강 씨가 온전할 리 없었다.

"이보게 진정하시게. 진정해. 나도 아침에 눈을 떠보니 일이 이리되었더란 말일세. 일을 크게 벌여 좋을 건 없다 싶어 내 딴엔 생각해서 자네를 부른 건데 이러면 어쩌나."

강 씨가 당황스러운 속내를 숨기려 애를 쓰며 자경을 달랬다.

"전하께 고할까 하다가 자네 생각을 해서 내 그리하지 않은 게야. 내 마음을 어찌 이리 몰라주는가."

"분이 풀리지 않아요. 저 꼴을 어찌 두고 봅니까."

"두고 볼 수 없지. 암만 어찌 두고 보나."

"제가 당한 만큼 저것들도 가만두지 않을 겝니다."

"암, 그래야지. 자네가 정안군께 얼마나 지극했는데, 가만둘 수 없지."

"저년을 죽여버릴 겝니다."

"암, 그래야지. 살려둘 수야 있나."

"제게 권리가 있는 게지요? 제가 작살내는 게 맞는 게지요?"

"그래야지. 제일 자격 있는 게 자네지."

"저 사람도 가만 안 둘 겝니다. 제가 저 사람한테 어찌 했는데요!"

"그럼, 가만두면 안 되지. 저런 건 초장에 아주 혼꾸녕을 내야 해. 절대로 가만둬선 안 돼."

"마마 말씀대로 전하께 갈 일이 아닙니다. 제가 할 일이에요. 제가 제 손으로 해야 할 일이에요."

"그렇다니까. 내가 그래서 생각해서 자네를 부른 게라니까?"

"허면 두 연놈들을 제게 맡겨 주시는 게지요?"

"그래야지, 자네가."

당했다, 라는 생각이 든 건 그때였다. 강 씨가 차마 뒷말을 잇지 못하고 멍하니 자경을 보았다.

"허면 둘을 데리고 저는 이만 가보겠습니다."

어느새 언제 울었냐는 듯 말끔한 얼굴을 한 채 자경이 자리에서 일어났다.

"이 일은 묻어주시리라 믿겠습니다. 더 파헤쳐봤자 마마께도 좋을 게 없겠지요."

"너……."

"몸종을 건드린 서방, 만으로도 이 민자경에겐 충분히 치욕스럽습니다. 이 정도 욕을 보이셨음 됐습니다. 여기서 그만 하세요."

단호히 말한 뒤 자경이 돌아섰다. 등 뒤로 무언가 부서지는 소리가 났지만 돌아보지 않았다. 방 앞에 서 있던 박 상궁이 자경을 보며 목을 움츠렸다.

"또 봅세."

서늘한 말이었다. 박 상궁이 저도 모르게 몸을 떨었다.

"박 상궁!"

강 씨의 고함이 안에서 들려왔다. 박 상궁이 놀라 방 안으로 뛰어들어갔다. 자경이 꼿꼿하게 몸을 세운 채 걷기 시작했다.

발끝에 힘을 준 채 천천히 한 걸음씩 걸었다. 흐트러지는 모습을 죽어도 보이기 싫었다. 어금니를 꽉 깨물고 두 주먹을 불끈 쥐었다. 평소와 같다. 다를 게 없다. 마음속으로 수없이 읊조리며 궐을 나섰다.

궐 밖에서 행아와 상인, 방원이 초조하게 기다리고 있었다. 자경이 궐 밖으로 나오자 방원이 얼른 다가갔다.

"어찌 되었소이까?"

허나 자경은 방원을 본체만체하며 행아에게로 향했다. 자경을 차마 볼 수 없어 몸을 돌린 행아가 고개를 푹 숙인 채 죄인처럼 서 있었다.

"어디 보자. 뺨이 많이 부었느냐."

자경이 조심스럽게 행아의 얼굴을 감싸 들어올렸다. 자경에게 맞은 한쪽 뺨이 보기 흉할 정도로 붉게 부풀어 올라 있었다.

"미안하다. 너를 아무 문제 없이 빼 오려면 그리할 수밖에 없었어. 많이 아팠겠구나. 정말 미안하다."

"괜찮……."

행아가 말을 채 끝내지 못하고 울음을 터뜨렸다. 자경이 행아를 끌어안았다.

"미안하다. 다 내 탓이야. 내가 잘못했다."

세 살배기 어린아이처럼 행아가 서러운 울음을 터뜨렸다. 상인에게 안겨 울부짖던 것과는 전혀 다른 울음이었다. 자경이 품 넓게 행아를 안아 달래 주었다.

"미안하다, 미안해. 너를 그리 보내지 말았어야 했는데, 진작 빼냈어야 했는데."

뒤늦은 후회였다. 아마도 일생 사무칠 것이다. 자경이 눈물을 참기 위해 어금니를 악물었다. 울어선 안 된다. 울 자격도 없었다.

* * *

"죽고 싶습니다."

"네가 죽으면 나는 어쩌라고. 나는 어이 살라고."

다정한 자경의 위로에 행아의 눈에 다시 눈물이 차올랐다.

"마님을 뵐 면목이 없어요."

"나야말로 네게 면목이 없는 사람이다."

"거처가 마련되면 곧 나가겠습니다."

"어딜 나가? 못 간다. 여기 있어. 다시는 널 다른 데로 보내지 않을 게다."

"어찌 얼굴을 들고 여기서 살 수 있단 말입니까."

"나랑 예전에 함께 지냈던 대로 그리 지내면 되지."

"예전과 같을 수 없지 않습니까."

"그 사람이 다시는 너를 건드리지 못하게 하마."

자경이 행아의 어깨를 부드럽게 쓰다듬었다.

"몸가짐을 단정히 하고 허튼 생각하지 말아라. 어쩌면 너는 아이를 가졌을 수도 있어."

전혀 예상치 못한 듯 행아가 멍한 얼굴을 했다. 하긴 행아는 모르는 게 당연했다.

"아닐 수도 있지만 내 생각엔 아마 그럴 게다. 네가 수태되기 좋은 날에 맞추어 일을 꾸몄을 게야. 나라도 그랬을 거거든."

"어찌 그런, 그럼 저는 어찌."

"어쩌긴. 낳아야지."

"마님!"

"언젠가는 나 아닌 누군가에게서 자식을 볼 사람이다. 어차피 태어나야 하는 서장자라면 네가 어미가 되는 게 나아. 건강한 아이를 낳아다오. 낳아서 키워줘. 여인에게 자식은 사내랑은 달라. 아이를 낳으면 이 모든 게 훨씬 견디기 쉬워질 게다. 너를 닮은 아이는 인물도 좋고 성품도 반듯할 게야. 보고 싶구나."

행아가 다시 오열했다. 가늘게 떨리는 행아의 등허리를 자경이 쉼 없이 쓰다듬으며 달랬다.

"그만 울어라. 네가 자꾸 이리 비관하면 나야말로 죽고 싶어져. 딱 그만 살고 싶단 말이다."

자경이 달래고 또 달랬음에도 행아는 한참을 더 울었고, 끝내 울다 지쳐 잠들었다. 쓰러진 행아의 양 볼엔 눈물이 달라붙어 있었다. 자경이 젖은 수건으로 조심스럽게 행아의 얼굴을 닦아준 뒤 이불까지 덮어준 후 밖으로 나왔다. 밖에선 상인이 기다리고 있었다.

"……너를."

신을 신으며 비틀거리는 자경을 상인이 급히 붙잡았다. 자경이 도리질하며 상인을 밀어냈다.

"너를 진즉 행아랑 묶어서 멀리 보내 버릴 것을."

상인이 놀란 눈으로 자경을 보았다. 자경이 쓰게 웃었다.

"행아가 널 좋아하는 걸 알면서도 네가 원하지 않는다고 변명하면서 원하는 대로 해주지 않았어. 네가 필요해서. 행아의 행복보다 내가 더 중해서."

자경이 비척거리며 자리에서 일어났다. 처음이었다. 자경이 이리 기운 없는 모습은.

"네가 싫다고 해도 억지로라도 묶어 보낼 것을. 그럼 이리 가슴 치며 후회할 날은 없었을 텐데. 세상, 다 안다고 자신했지. 인간이란 얼마나 어리석냐는 말이다. 어제와 오늘이, 단 하루 상관인데 이리 달라질 줄 누가 알았을까."

신을 끌며 자경이 느리게 걸었다. 가슴이 답답한지 쾅쾅 두드리던 자경이 끝내 울음을 터뜨렸다. 애끊는 여린 울음소리가 새어나왔다.

"행아를 잘 지켜보아라. 저 아이가 더 잘못되는 꼴을 차마 볼 수 없다."

가까이 다가가려는 상인을 자경이 손을 뻗어 저지했다.

"마마께서 오해하십니다."

몇 번을 망설이던 상인이 겨우 입을 뗐다. 자경이 천천히 몸을 돌려 상인을 보았다.

"행아를 왜 저리 챙기고 미안해하시냐고. 저럴 거면 왕비께 왜 보냈냐고."

"허."

자경이 헛웃음을 터뜨렸다. 그 와중에 그런 생각을 할 수 있다는 게 기막혔다. 사내란 어찌 저리 뻔뻔할까. 미안하다고 골백번 사죄해도 용서해주고 싶지 않은데 저런 걸 따지고 앉았으니 말이다.

"또 옷고름이나 풀어주면 풀릴 게다. 단순하여 그럼 다 끝난 줄 알거든."

이를 갈며 자경이 돌아섰다. 어느새 눈물이 쏙 들어갔다. 감상에
젖는 건 사치였다. 저런 사내랑 일생을 도모해야 하다니, 생각할수
록 한심했다.

"언제나 계집들이 슬프고 비참하게 망가지는 건 사내 탓이지. 그
런데 나는 왜 계집으로 태어났을까. 차라리 이럴 거면 동네 개로 태
어나지, 왜 계집일까."

방원에게로 향하는 길이 이토록 끔찍했던 것은 오늘이 처음이었
다. 곱씹어보면 좋은 날들이 더 많았는데 이상하게 하나도 기억나지
않았다. 어떤 얼굴로 방원을 봐야 할지 아직 정리되지도 않았는데,
이런 상태로 오늘 함께 밤을 보내야 했다. 정말 끔찍했다. 새삼 어젯
밤 행아가 겪었을 고통이 실감났다.

비척비척 힘없이 걸어가는 자경의 뒷모습을 보던 상인이 괴롭게
고개를 돌렸다. 저리 완전히 무너진 자경을 보게 될 줄 몰랐다. 두
번 다시 보고 싶지 않은 모습이었다.

* * *

을해년 구월 새 궁궐이 완성되었다. 시월, 도전이 새 궁궐의 여러
전각들 이름을 지어 바쳤다. 궁궐의 이름은 경복궁이었다. 성계는 매
우 흡족했다. 종묘에 고한 후 성계와 강 씨는 경복궁으로 이어했다.

십일월 방원의 집 앞엔 고추가 매달린 금줄이 두 개나 걸렸다. 하
나는 자경과 방원의 둘째 아들이었고, 하나는 방원의 서장자가 탄생
했음을 알리는 거였다.

자경이 아이를 낳고 다음 날 행아가 진통을 느끼기 시작하여 그다

음 날 아이를 낳았다. 단 이틀 차이로 방원은 두 아들을 얻었다. 단, 이틀 차이였다.

15장

장자방

張子房

병자년이 되면서 강 씨의 병색이 짙어졌다. 조정 신료들이 바빠졌다. 강 씨는 본래 타고나길 강건하지 않아 몸이 약해서 자주 아팠다. 기가 허하고 몸이 냉해 계절도 많이 탔다. 딸 하나를 낳은 뒤 오랫동안 자식이 없어 애를 태운 것에는 이런 체질 탓도 있었다. 그래도 지금까지는 자주 골골하긴 했어도 큰 문제랄 건 없었는데, 계유년부터 몸이 점점 약해져서 앓아눕는 일이 잦았다. 작년 칠월 경 발병하였을 때는 꽤 심각하여 중들을 불러 기도케 하고 나라의 죄수를 석방할 정도였다. 한 달여 만에 떨치고 일어나긴 했으나, 조금 나아졌을 뿐 완전히 회복한 것은 아니었다. 만약 한 번 더 앓아눕게 된다면 다시는 일어나지 못하리라, 차마 입 밖으로 꺼내어 말하지는 못하지만, 모두가 그리 생각하고 있었다. 볼품없이 바싹 마른 몸이나 안색이 죽은 얼굴을 보면 누구라도 그리 짐작할 수밖에 없었다.

강 씨의 병환에 성계는 크게 당황했다. 설마 스무 살이나 어린 아내가 저보다 먼저 세상을 뜨리라곤 생각해 보지 못한 까닭이었다. 어의를 닦달하고 좋다고 소문난 온갖 것들을 다 먹이고 그것도 모자라 사찰마다 돌아다니며 불공을 올렸다. 뿐만 아니라 한양의 터가 강 씨에게 좋지 못하다는 소문에 천도를 그리 고집했던 성계가 애써 지은 새 궁궐을 포기하고 개경에 머무를 정도였다. 허나 그런 성계의 마음 씀에도 불구하고 강 씨는 이전만큼 기운을 회복하지 못했다.

세자의 나이 이제 고작 열넷, 아직 재가하지 않아 세자빈 자리는 여전히 공석이었다. 이런 상황에서 강 씨마저 사망하면 내전은 텅 비게 될 것이다. 비록 성계는 겨울에 기침 한 번 하지 않을 정도로 아주 강건하다고는 하나, 벌써 환갑의 노인이었다. 그리고 노인의 건강이란 바람 앞의 등불이라 누구도 장담할 수 없었다. 최악의 경우 궐에 남는 것은 어린 세자뿐이다. 만약 섭정이 필요한 나이에 성계와 강 씨가 모두 세상을 떠나게 된다면 그 권력이 고스란히 누구에게 넘어갈 것인가. 신료들이 관심을 가지는 것은 향후 권력의 향방이었다. 그리고 그 문제를 어떻게 받아들이냐에 따라서 조정 신료들의 발걸음이 향하는 곳이 달라졌다.

"조준 대감께서 오늘 밤 주연에 참석해주셨으면 한답니다."

개국 공신들은 단지 개국만을 한 이들이 아니었다. 개국을 했다는 건 그 전에 폐국을 해야 했다는 것을 의미했다. 그들은 자신들이 태어난 나라가 마음에 들지 않는다며 없앤 후, 자신들이 살 나라를 스스로 만든 이들이었다. 나라는 만들었고 왕은 선택했다. 즉 그들은 역사상 가장 능동적으로 자신들이 원하는 정치지형을 만들어낸 인물들이라 할 수 있었다. 허니 이런 상황에서 그들이 각자 나름대로 자신의 마음에 드는 대체제를 찾기 위해 애쓰는 것은 당연지사였다.

"오늘 밤에?"

"예."

상인에게 다시 한 번 확인한 방원이 난처한 얼굴을 했다.

"오늘은 좀."

"왜요. 오늘 무슨 일이 있어서요."

대답을 머뭇거리는 방원이 답답하여 참지 못하고 자경이 끼어들었다.

"이따 처남들이 온다고 했잖소."

"그 아이들 오는 게 무슨 큰일이라고 조 대감의 초대를 마다한단 말입니까."

"허나 오늘은."

"괜찮다니까요."

오늘 무구와 무질이 방문하는 것은 며칠 뒤 있을 방원과 자경의 둘째 아들 백일을 기념하여 송 씨가 손수 마련한 수수팥떡과 백일떡을 전해주기 위함이었다. 돌잔치 못지않게 성대하게 치뤘던 첫 아들의 백일과 달리 자경은 이번엔 백일상을 차리지 않겠다고 선언했고 아무리 그래도 떡까지 안 할 수 있냐며 송 씨가 대신 준비해준 거였다.

"내가 처남들 볼 면목이 없잖아요."

둘째 아들 백일을 하지 않는 이유는 누가 봐도 이틀 차이 나는 행아의 아들 때문이었다. 따지자면 행아의 아들도 나름 방원의 서장자인 데다 날짜도 별로 차이나지 않으니 챙기자면 같이 챙겨야 했는데, 돌도 아닌 백일부터 제 아들과 같이 챙기고 싶은 마음은 아니 드는 게 당연한 일이었다. 굳이 말하지 않았음에도 방원은 그 마음을 누구보다 잘 알고 있었고 또 이해했다. 그래서 미안했다. 행아의 문제에 있어서 방원은 입이 열 개라도 할 말이 없는 죄인이었다.

"그러실 거 없대도요."

일이 터진 그날 밤, 당황스러운 얼굴로 대체 이 모든 게 어찌 된 일인지 궁금해하는 방원을 앞에 두고 할 말이 없어서, 생각할수록 모든 게 기막히기만 해서 자경은 그저 울었다. 아무 말 없이 서럽게 우는 자경의 모습에 방원은 어쩔 줄 몰라했다. 우는 자경을 달래고 달래던 방원이 마지막에 겨우 물은 말은 이 모든 게 강 씨가 나를 곤란에 빠뜨리고 그대를 괴롭히려고 꾸민 일이냐는 거였다. 자경은 고개를 끄덕였다. 정확하진 않았으나 일정 부분 사실이긴 했으니 말이다. 그 말에 방원은 분개했고 반드시 복수하겠다고 다짐했다. 그제야 자경은 겨우 울음을 그쳤다.

어머니에 자경까지, 반드시 갚아줘야 하는 대상이 늘어나면서 방원의 권력욕은 이전보다 한층 더 무섭게 불타올랐다. 이제 더 거리낄 것도 머뭇거릴 이유도 없을 뿐 아니라 더 이상 아버지 눈치를 살피느라 제가 아끼던 사람들을 상처를 주고 싶지 않다고 했다. 자경이 바라던 꼭 그 모습으로 완전히 변한 것이다. 이런 것도 전화위복이랄 수 있을까, 결과적으로 자경에겐 좋은 일이 되었으니 그리 표현한대도 꼭 틀린 말은 아닐 것이다.

"조 대감의 초대입니다. 신료 중 제일 먼저 움직인 게 조 대감이라는 것이, 얼마나 큰 의미인지 모르시겠습니까."

다음 권력의 향배에 예민하게 촉을 곤두세우고 있던 신료들은 방원의 변화를 기민하게 알아차렸다. 관직에서 물러나 아무것도 하지아니하고 아이들이나 돌보며 소일하고 있는 것이 방원의 현재였다. 허나 내면의 변화는 무섭도록 방원 전체의 분위기를 바꿔서 관직 생활을 할 때나, 결단하여 몽주를 정리할 때보다 지금이 한층 더 날카롭고 위엄있어 보였다. 격동의 시대를 겪으며 살아남은 노련한 신료들은 그저 스쳐 지나가는 것만으로도 방원의 분위기가 달라진 것을 알아차렸다. 덕분에 다시 민제의 사랑채는 만원이었다. 허나 다들 그저 민제의 사랑채를 드나들며 눈치만 볼 뿐 직접적으로 방원에게 만나자고 한 이는 없었는데, 드디어 조준이 가장 먼저 칼을 뽑아든 것이다.

"댁으로 오라고 하시더냐?"

"예."

"가겠다고 말씀드려라."

"부인."

"가세요, 가셔야 합니다."

"부인."

"제가 당한 치욕을 갚아주시려면 가셔야 합니다."

자경의 말에 방원이 입을 꾹 다물었다. 본래도 자경이 원하는 건 뭐든 다 해주려 애를 쓰는 착한 남편이었으나, 행아의 일 이후 방원이 자경에게 미안한 감정을 품게 되면서 한층 다루기 쉬워졌다. 과거 한 씨에게 그랬던 것처럼 자경도 그리 대해서, 이젠 굳이 한 씨를 들먹이지 않아도 자경이 원한다는 이유만으로도 방원은 쉬이 움직여주었다.

"허면 처남들에게 말 잘해줘요."

처가에서 더할 수 없게 예쁨을 받던 사위는 그날 이후로 천하의 죽일 놈이 되었다. 송 씨조차도 얼굴을 찌푸리며 고개를 돌릴 정도였고, 무구와 무질은 펄펄 뛰며 행아를 쫓아내야 한다고 난리를 쳤다. 그나마 자경이 행아의 아이도 방원의 핏줄이라며 막아선 덕분에 겨우 무마할 수 있었다.

"잘 다녀오세요."

방원이 사행길에 오를 때 자경은 진심으로 그를 걱정했다. 황제를 만나고 오는 게 오히려 기회라는 방원의 말이 일리가 있었지만 혹 방원이 잘못되지 않을까, 오롯이 그를 걱정했다. 그리고 방원이 황제에게 좋은 인상을 줬다는 것보다 그가 무사히 돌아왔다는 사실이 더욱 기뻤더랬다. 그것은 여인으로서 방원에게 가지는 연심이었다.

헌데 행아의 사건 이후, 자경이 가지고 있었던 연심은 완전히 깨지고 말았다. 변덕스러운 사내의 애정에 마음을 기댄 자신이 한심스러웠다. 방원이 다른 계집에게서도 자식을 볼 수도 있다는, 그저 막연했던 상상이 현실이 되자 허탈함이 이루 말로 다 할 수 없을 정도로 크게 밀려왔다. 머리로는 이번 일이 강 씨의 함정에 빠진 거라 이해했다. 문제는 이 일로 사내란 언제든 다른 계집에게서 아이를 얻어올 수 있는 존재라는 사실을 깨달았다는 것이다. 사내에게 여인은 중요치 않았다. 누가 낳았든, 태어난 자식들 중 잘난 자식에게 후계를 잇게 하면 그만이었다. 허나 계집에게 자식은 제가 낳은 자식 뿐이었다. 그래서 제가 목숨 걸고 낳은 아이가 모자라면 전전긍긍할 수밖에 없었다.

방원이 얼마든지 저 말고 다른 여인에게서 자식을 볼 수 있다는 현실을 자각하자, 방원의 애정은 참으로 덧없어졌다. 그저 하루라도 빨리 방원이 왕위에 오르고 제가 낳은 아들이 세자가 되어 자신이 왕비가 되는 것만이 자신의 미래를 보장해 줄 수 있었다.

자경에게 방원은 권력을 얻기 위해 이용하거나 손을 잡아야 하는 동지 그 이상도 이하도 아니었다.

* * *

　강 씨의 발병을 계기로 성계를 왕으로 세운 개국 공신들의 각자 다른 욕망이 날 선 이빨을 드러내며 서로 부딪히기 시작했다. 성계와 도전은 개국 공신들이 성계를 택한 것처럼 다음 왕 역시 자신들의 의지로 충분히 고를 수도 있다는 것을 간과했다. 스스로 나라를 세우고 왕도 세웠고, 새 나라의 규율 역시 자신들의 손으로 만든 그들이, 자신들이 세운 인물이 왕이 되었다고 호락호락하니 그 왕의 명을 곱게 따를 리 만무하다는 것을 미처 생각하지 못하고 방심했다.

　고려 귀족에서 조선의 사대부가 된 이들은 비록 왕은 성계가 되었지만, 그 왕의 자리는 자신들이 만든 거라고 자신했다. 허니 그 자리에 또다시 자신들이 원하는 인물을 앉히고 싶은 것은 게 당연지사였다. 다만 도전은 제가 원하는 인물을 가르쳐서 왕으로 만들고 싶어 했고, 다른 개국 공신들은 자신들이 원하는 그릇의 인물을 왕으로 세우고 싶어 한다는 게 차이점이었다.

　"정안군 오셨소이까."

　"주연이라더니, 어찌 저밖에 없습니까."

　"나와 정안군 둘만 해도 주연은 주연이지요. 왜요, 이 늙은이와의 술자리가 내키지 않으시오? 고운 기생이라도 몇 명 불러올까요?"

　"무슨 그런 말씀을 하십니까. 대감과 단둘이라니, 저는 오붓하니 오히려 더 좋습니다. 다만 이리 미천한 사람이 대감의 귀한 시간을 오롯이 뺏어도 되나, 민망하여 그러지요."

　"미천하다니요. 당치도 않은 말씀이외다."

조준은 개국 이후 최초로 가장 높은 벼슬인 문화좌시중의 자리에 올랐던 인물이었다. 남은, 정도전, 조준 이렇게 셋을 성계가 가장 아껴 개국 이후 그들에게 병권 및 정권을 집중하여 주었다. 성계는 셋을 좋아했으나, 셋은 서로 가깝게 교류하지 않았다. 남은과 정도전이 사적으로도 공적으로도 매우 친하게 지낸 반면 조준은 그들과 거리가 있었다. 아마도 그것은 타고난 배경의 차이 때문일 것이다.

조준은 대대로 재상을 지낸 고려 최고의 권문세족 가문인 평양 조씨 집안 출신이었다. 부유한 귀족 가문에서 나고 자랐음에도 불구하고 고려 말 토지제도의 문제점을 인식하고 그것을 개혁하고자 한 그의 뜻을 높이 산 성계가 가까이 불러 대화를 나눈 뒤 크게 감화되면서 가까워졌다. 그 후 적극적인 토지개혁을 추진하여 최영의 죽음 이후로 성계 측으로부터 이반하던 민심을 되돌리는데 결정적인 기여를 하였을 뿐 아니라 경제 부분이 취약한 성계 측에게 여러 가지로 큰 도움을 주었다. 그래서 셋 중 가장 늦게 성계 측에 합류하였음에도 불구하고 가장 빨리 가장 높은 자리에 오를 수 있었다.

"오래 알고 지낸 심마니가 삼십 년 묵은 산삼을 보내왔기에 술을 담궜지요. 개국하던 해에 담궜으니 올해로 꼭 오 년째구려. 오 년 정도면 이제 열어도 되겠다 싶은데, 첫술을 누구랑 마셔야 하나 고민하던 중에 마침 정안군이 떠올라 뵙자고 청한 거외다. 따지자면 오늘 주연의 주인공은 산삼주인 셈이에요."

조준은 단 한 번도 권력의 중심에서 밀려난 적이 없었다. 권문세족 출신에 과거급제까지 하였을 뿐 아니라 심지어 과거를 치르기 전에도 총명하다며 공민왕이 가까이 두고 아꼈다. 정치가 혼탁하다며 스스로 사직하고 물러난 적이 있긴 하나 늘 조정에서 먼저 원하여 복직되었고, 마지막에 몽주에 의해 귀양가긴 했으나 금세 풀려났다. 태어나면서부터 정치의 한복판에서 살았고 지금도 그랬다.

그런 인물이 감히 도전조차 손대지 못한 과감한 토지개혁을 주장하고 실천한 것은 놀라운 일이었다. 조준의 토지개혁은 당시 땅을 가진 권문세족이라면 너나할 것 없이 모두 반대했다. 재산이 걸린 문제였으니 당연했다. 공양왕조차도 조준을 미워할 정도였다. 허나 조준은 역대 그 누구도 하지 못할 과감한 개혁을 추진했고, 제 뜻을 관철시키기 위해 수없이 상소를 올렸다. 안타깝게도 너무 많은 이들이 결사적으로 반대하는 바람에 꽤 많이 수정된 안을 실행할 수밖에 없었으나 그마저도 너무 파격적이라 백성들이 모두 놀랄 정도였다.

"그리 귀한 술을 저랑 마셔도 되는 것입니까?"

"술이 아무리 귀하다 한들, 사람보다 더 귀하겠소이까?"

그는 일생 공익 앞에 사익을 두지 않았다. 그렇다고 해서 지나치게 꼿꼿하여 주변을 쳐내지도 않았다. 성품은 둥글었으나 사사롭지 않았고, 학문은 깊었으나 현실적이었다. 혜안은 도전에 버금갔고, 뜻하는 바를 실천하는 과감함은 남은 못지않았다. 허나 그의 성정은 셋 중 가장 무난하다는 평을 받았다. 권문세족 출신답게 인맥이 좋고, 알고 지내는 이들이 많은데 적을 두지 않아서 성계가 가장 정치적으로 신뢰하는 인물이기도 했다. 개국하자마자 가장 높은 자리에 오를 수 있었던 이유에는 이런 그의 성품 덕도 있었다. 조준이 높은 벼슬을 하사받는 것을 불만스럽게 생각하는 이들은 없으니까, 성계 입장에서도 남은이나 도전보다 조준을 앞세우는 게 여러모로 부담이 덜했다.

"안주는 도다리 쑥국이오. 봄에만 맛볼 수 있는 제철 음식이지요."

"미식가신 줄은 몰랐습니다."

"하하, 아버지께서 입맛이 아주 까다로운 분이셨지요. 집안사람들이 온통 거기에 길들여져서 아버지가 돌아가신 뒤에도 오랜 습관을 버리지 못하고 상차림에 이리 주의를 기울인다오."

조준이 산삼주를 방원의 잔에 채웠다. 향긋한 쑥의 향에 산삼의 쌉쌀하고 은은한 향이 더해지자 술을 마시지 않았는데도 벌써 취한 듯 기분이 좋아졌다. 두 사람이 술이 가득 찬 잔을 들어 가벼이 부딪힌 뒤 곧 비웠다. 정말 귀한 삼이었는지 목을 타고 넘어가는 향과 맛이 지극했다. 코로 숨을 내쉬며 방원이 감탄했다.

"너무 훌륭합니다. 대감."

"오래 묵은 삼을 또다시 오래 술통에 묵혔으니 좋을 수밖에요. 오래 묵은 것일수록 귀한 법이니까요."

흔히들 정도전, 남은, 조준을 묶어서 이야기하곤 했지만 총신이라는 점을 제외하면 도전과 조준 사이엔 특별한 공통점도 별다른 교류도 없었다. 조정에서 만나는 신료, 그뿐이었다. 조준은 여전히 과거 권문세족 출신들과 가까이 지내는 편이었다. 하긴 태어난 배경도 자란 환경도 그로 인해 보고 배운 정치도 전혀 다른데 도전과 조준이 진심으로 의기투합하긴 어려울 것이다.

"허나 무조건 묵힌다고 하여 다 귀해지는 것은 아니지요. 모든 것엔 적당한 때가 있는 법입니다. 때를 놓치면 삭기 십상이니 말이오. 때를 놓쳐 귀한 것을 삭혀 버리는 자야 말로 세상에서 가장 어리석은 인물이라 할 수 있을 거외다."

조준이 방원을 왜 불렀는지 이미 그 뜻은 능히 짐작하고 남음이었다. 집에 틀어박힌 채 아이들의 재롱을 즐기며 세월을 보내고 있다고 하지만 세상 돌아가는 소식엔 누구보다 환했다. 숙부들과 처남들, 그리고 그 외 수많은 이들이 하루가 멀다 하고 온갖 이야기를 다 전해줬으니 말이다. 덕분에 조정의 한복판에 있는 것처럼 방원은 지금 상황을 아주 잘 알고 있었다.

"그럼요. 제철 음식이란 말이 왜 있겠습니까. 그 철을 지나면 똑같은 것도 맛이 못하지요. 무엇이든 시기를 놓치면 아니 되는 법입니다."

성계를 왕으로 추대한 세력 중 과반수는 고려 전통 권문세족 출신들이었다. 유학을 공부했고 개혁적이라는 공통점이 있긴 했지만 태어나서 자란 가문의 힘은 무시할 수 없는 거여서 태생적으로 도전 같은 무리와는 물과 기름처럼 섞이기 어려웠다. 자연히 점점 고려 귀족 출신들은 조준을 중심으로 모여들었다.

조준과 같은 이들은 남부럽지 않은 배경을 타고났음에도 불구하고 자신들은 부패하지 아니하고 새 나라를 세웠다는, 그 나름의 자부심이 있었다. 도전 같은 이들은 권력을 쟁취하기 위해 애쓴 것이지만, 조준을 비롯한 귀족들은 백성들을 시혜하는 마음으로 권력을 놓기 위해 애를 쓴 것이기 때문에 은근히 자신들이 더 대단하다고 생각하는 것도 사실이었다. 그래서 그들은 누구보다 떳떳하고 꼿꼿했다. 우리가 각성하고 작정하지 않았다면 결코 성계가 왕이 될 수 없었고 도전 같은 이들이 재상이 되는 일 같은 것은 불가능했다고, 차마 입 밖으로 꺼내어 말하지는 않았지만 다들 하나같이 그리 생각했다.

"척하면 척이로고, 역시 정안군이외다. 자, 한 잔 더 받으시오."

그러니 그들은 성계가 일방적으로 정한 세자를 받아들이기 어려웠다. 성계는 아래에서부터 추대되어 왕의 자리에 오른 인물이었지

하늘에서 준 권력이 아니었다. 헌데 세자를 정할 때 성계는 마치 태어나면서부터 제가 왕이었던 것처럼 굴었다. 왕이 된지 고작 한 달도 지나지 않은 때였는데 말이다. 고작 한 달 전만 해도 같은 위치에서 함께 나라 걱정을 하던 입장에선 황당할 수밖에 없었다. 무엇보다 그들을 불쾌하게 한 것은 성계가 세자를 간택함에 있어 자신이 가진 권력에 대한 자신의 인식과 욕망이 너무 적나라하게 드러났다는 점이었다.

"술이 아주 꿀처럼 달디 답니다."

"아주 큰 항아리에 담근 덕에 술은 많이 있소이다. 몇 병이고 내어드릴 터이니, 많이 드세요."

"이런 호사를 누리다니, 이 은혜를 어찌 갚지요?"

"고작 술 몇 병에 은혜라니요. 그리 말하면 섭하오. 우리가 고작 이것밖에 안 되는 사이였소이까?"

베갯머리송사를 핑계 삼아 막내를 세자로 세울 때부터 미심쩍었는데, 세자빈 간택하는 것을 보고 의심은 확신으로 변했다. 세자빈 유 씨의 가문이 개경 귀족 출신이 아니었기 때문이다. 잘난 자식과 사돈들마저 마다한 그 속내가 무엇인지, 정치라면 닳을 대로 닳은 그들이 모를 리 없었다. 거기다 한양 천도까지 한다고 하니, 누가 봐도 이건 자신들을 내치는 거였다.

"도다리 쑥국을 더 내어올까요?"

"아닙니다. 다른 안주도 이리 많은데요. 두릅도 향긋하니 아주 잘 어울립니다."

"산삼주 역시 향이 강한데, 강한 것과 강한 것이 만나 오히려 합이 맞는 자연의 이치란 참으로 오묘하지 않소이까."

"사람도 그렇지요. 약자와 강자의 만남은 일방적으로 한쪽의 뜻이 꺾이기 쉬우나, 강자와 강자가 만나 의기투합하면 뜻을 이루지 않습니까."

조준은 자신들이 과거 그토록 싫어하던 부패한 권력자들과 같은 취급을 받는 것이 매우 언짢았다. 좀 더 좋은 세상을 만들어보자고 뜻을 함께 한 동지였는데, 정작 그런 세상이 오자 이제 더 이상 필요 없으니 물러나야 하는 존재가 되어버린 건지 도무지 모를 일이었다. 그 좋은 배경을 가지고도 세상을 바꾸겠다니 기특하다고 할 땐 언제고 이제 와서 그 배경이 문제니까 이만 사라져 달라고 하는 게 기막혔다.

이미 한 번 놓아본 적 있기에 손에 쥔 것을 놓는 일은 겁나지 않았다. 앞으로도 필요하다면 과거에 그랬듯이 언제든지 놓을 수도 있었다. 허나 단지 손에 쥔 게 좀 더 많다는 이유만으로 한순간에 구시대의 화신이 되는 게 싫었다. 아직까지 이 세상을 위해서 좀 더 할 일이 있었다. 여전히 만들고 싶은 그림이 있었다. 물러나는 건 스스로가 정할 일이었다. 주제도 모르고 과한 욕심을 부릴 정도로 모자라지 않았다. 다만 억지로 등 떠밀려 버려지기는 싫었다. 그런 취급은 사양이었다.

"이런, 어느새 병이 비었소이다. 술을 좀 더 가져오라 할까요?"

"이만하면 됐습니다. 충분히 마셨습니다."

"그럼 술상을 치우고 다과를 내어오라 이르겠소이다."

조준이 손짓하자 기다렸다는 듯이 술상이 나가고 다과상이 들어왔다. 미리 언지해 두었는지 다과상을 가져온 시종이 책 한 권을 조준의 옆에 놓아두고 나갔다. 조준이 책을 집어 방원에게 내밀었다.

대학연의였다.

"이 책을 아시지요?"

"학문하는 이 중 대학연의를 모르는 이가 어딨겠습니까."

"허면 읽어 보셨습니까?"

갑자기 떠오른 옛 기억에 방원이 피식 웃었다.

"십여 년 전, 아바마마께서 이 책을 읽는 것을 보고 아내가 아바마마께 장자방이 필요하다고 했지요."

"허허, 역시 자경이로……, 아 미안하오. 부부인의 이름을 이리 함부로 부르면 아니 되는 법인데 나도 모르게 그만."

"어려서부터 알고 지낸 사이인데 어찌 허물이 되겠습니까. 괘념치 마세요."

"그래, 그래서요?"

"그 책에 대해 말하면서 장자방 이야기를 하다 포은 선생을 잠깐 언급했어요. 아바마마와 가까운 사이고 학문도 깊으니 괜찮지 않냐고 했지요. 허나 깊이 생각해 보니 아무래도 적절치 않은 것 같아 그만두었고요."

"그 판단도 옳았군요."

"그런 대화를 나눈 뒤 얼마 지나지 않아 삼봉께서 아바마마를 뵙기 위해 함주까지 찾아가셨다는 말씀을 들었어요. 그 후로 삼봉 선생과 아바마마께서 뜻을 함께 하셨고요."

천천히 지난날을 곱씹던 방원이 말을 잠깐 마치고 쓸쓸한 미소를 지었다.

"어떤 책인지, 어떤 내용이 담겨 있는지 대충 압니다. 허나 자세히 보지는 아니하였습니다. 제가 자세히 볼 필요가 없다고 생각하였고 또 혹 이 책에 심취하여 제가 허튼 생각을 할까 두렵기도 하여서요."

"부인께서 마마께 권하지 않더이까?"

"아마 읽은 줄 알 겝니다. 언급하는 서책들은 꼭 챙겨 본다고 알고 있으니. 이 책 역시 제가 이미 읽었으리라 그리 짐작하고 있을 거예요. 굳이 읽지 않았다는 말을 하지 않았거든요."

"이제라도 읽으실 생각이 없으시오?"

성계가 보위에 오른 뒤 몽주와 이색 편에 선 이들의 처리를 가지고 문제가 된 일이 있었다. 뜻을 달리했다고는 하나 한때 다 알고 지내던 사이로 다들 누군가의 아들이고 누군가의 제자였고 누군가의 벗이었다. 성계 역시 그 관계를 중히 여겨 차마 심한 벌은 내리지 못하고 곤장형으로 끝내려 했다. 허나 그들은 곤장형을 받았음에도 모두 죽었다. 정확히는 맞아 죽었다. 성계가 내린 평범한 곤장형을 도전이 곤장을 허리 위로 내리치는 곤장형으로 살짝 바꿨기 때문이었다.

한때 몽주가 조준과 남재 등을 귀양 보내고 벌을 내릴 때 똑같이 그런 명을 내렸다고는 하나, 조준과 남재 등은 살았고 도전이 벌준 이들은 하나같이 다 죽었다. 참극이었다. 성계조차 큰 충격을 받아 말을 잇지 못했을 정도니 다른 이들은 말할 것도 없었다.

그 후 귀족 출신들은 도전과 멀어졌다. 그들에게 도전은 절대로 믿을 수 없는, 아주 잔혹한 인물이었다. 뜻이 달랐다고는 하나 그게 맞아 죽을 죄는 아니었다. 태어나면서부터 한동네에서 자라 함께 수학한 이들끼리 쌓은 정을 도전은 간과했다. 정치적으로 날을 세울 수도 있고 지향점이 달라질 수도 있다. 그래서 때론 상대를 귀양을 보내거나 벌을 내릴 수도 있다. 허나 아무리 그렇다고 해도 끝까지 갈 수는 없었다. 끝까지 가서는 안 되었다. 최영이 차마 이인임을 벌주지 못한 것, 그게 태어나면서부터 개경에서 자란 귀족들과 도전의 차이였다.

그래서 그들은 성계가 죽은 뒤 섭정을 도전이 하길 바라지 않았다. 도전의 이상이 지나치게 높고 현실성이 없는 건 둘째치고 일단 그의 성정이 잔혹하고 비인간적인 까닭이었다. 상대와 뜻이 다르다는 이유만으로 언제든지 죽일 수 있는 도전을, 그들은 도무지 믿을 수 없었다.

"이제는 그래도 될 거 같기도 하고."

방원은 제게 향하는 기대가 도전에 대한 불신에서 비롯된 것임을 알고 있었다. 고려 귀족 출신들이 보기에 방원은 도전보다는 훨씬 믿을만한 인물이었다. 그는 민제의 사위이자 제자였고 자경의 남편이었다. 방원은 자신들만큼이나 누구의 무엇으로 수식되는 게 많았다. 뿐만 아니라 방원은 그들과 비슷한 구석도 많았다. 어려서부터 개경에서 수학했고, 과거에 소년등과 했으며 말단에서부터 시작해 위로 올라오면서 많은 관리들과 교류한 점이 특히 그러했다.

비록 몽주를 대낮에 죽였다고는 하나, 그로 인해 오히려 몽주는 명예를 얻었다. 도전 손에 맞아죽은 이숭인보다는 차라리 대낮에 방원 측에 베인 정몽주가 나았다. 어차피 죽을 거라면 뚜렷이 기억되고 정확히 기록되어야 이름이라도 남길 수 있는 법이다.

"이제는 읽을 때가 되지 않았나 싶습니다."

"읽으시오, 부디 읽고 대업을 완성해주시오."

도전은 외골수였다. 자신이 목표로 하는 일이 있으면 주변을 살피지 않았다. 그로 인해 타인이 피해를 입어도 큰일을 위해서라면 어쩔 수 없지 않냐는 태도였다. 정작 토지개혁은 조준이 했음에도 적은 도전이 더 많은 것만 봐도 그가 얼마나 정치에 대한 감각이 없는지 알 수 있었다. 도전은 자신이 원하는 목표를 위해 무조건 나아가기만 할 뿐 대화와 타협이 통하지 않는 인물이었다. 무엇보다 도전은 고려 귀족 출신들을 국정을 함께 운영하는 동지가 아닌 결국은 청산되어야 하는 과거 잔재로 보고 있었다. 당하는 입장에선 영 불쾌할 수밖에 없었다. 훗날 어린 세자를 앞세워 도전이 전횡을 휘두르게 되면 자신들 역시 이숭인처럼 맞아죽지 않으리라는 보장이 없었다. 누구라도 생의 마지막을 그런 식으로 맞고 싶진 않을 것이다.

"헌데 제가 그런 그릇이 될지 아직은 두렵습니다."

"한 번 나라가 세워지면 오백 년은 가야 하오. 그래야 국가라고 역사에 기록될 만하지요. 그러기 위해선 처음 권좌에 앉은 인물도 중요하지만, 그 뒤를 누가 잇느냐 역시 매우 중요한 일이에요. 삼봉은 신료들이 모든 일을 다 하면 되니, 신료들이 제대로 가르치기만 하면 그게 누구든 왕이 될 수 있다고 하지만, 말도 안 되는 소리! 가르쳐서 될 일이면 어린 창왕을 가르치고 우리가 권력을 잡았으면 됐지, 뭐 하러 개국까지 했단 말이오? 혈통을 무시할 순 없어요. 그 혈통이 이어져 내려와 한 국가의 기틀이 되는 것인데 가르침만이 능사는 아니지요. 전하의 혈통 중 가장 우수한 인물이 정안군이시오. 정안군은 이미 과거에 급제하여 그 우수함을 몸소 증명하셨고, 학식 높고 덕망을 갖춘 부인까지 두었으니, 그 자식들이 우수할 것은 당연지사라. 신들은 전하를 보위에 올린 마음으로 다음이 정안군이 되셨으면 하는 겝니다. 오로지 이 나라 조선을 위해서 말이우다."

이화와 두란 역시 강 씨가 자리보전한 이후로 은근히 방원이 결심해줬으면 하는 마음을 드러냈다. 그들에게 있어 강 씨는 후처고 한

148

씨가 정실이라 정실의 자식들이 성계의 다음을 잇는 게 이치에 합당
했기 때문이다. 그리고 한 씨의 자식 중 방원이 제일 나으니 방원이
해야 한다고 했다. 조준과 비슷하지만 다른 바람이었다.

이화와 두란도 도전을 믿지 않는다는 점에선 조준과 같았다. 조영
무 등의 무사들도 마찬가지였다. 허나 조준처럼 막내를 세자로 앉힌
성계의 결정에 분노하진 않았다. 그들은 진심으로 온전히 그 모든
게 도전과 강 씨의 계략이라고 생각했다. 그래서 그들은 도전과 강
씨를 미워했다. 성계를 향한 충성과 신뢰가 매우 두터웠던 만큼 성
계를 향해야 하는 분노마저도 모두 강 씨와 도전을 향했다. 이제 강
씨가 죽고 나면 모든 분노는 도전에게 갈 것이다. 도전은 성계의 측
근이지만 이화나 두란과 같이 전장을 굴렀던 전우애가 없었다. 당연
히 한 씨에 대한 기억도 없었다. 그들의 눈에 도전은 성계의 비위를
맞추어 권력을 잡은 뒤 제 마음대로 휘두르는 신료 그 이상도 이하
도 아니었다. 방원은 그런 그들의 생각을 굳이 정정해주지 않았다.

"책 감사합니다. 열심히 읽어보겠습니다."

"마음이 정해지면 언제든 알려주시오."

"이미 마음은 정했습니다. 허니 대감께 이 책을 받은 게지요."

"허면 때가 정해지면 알려주시오. 너무 묵으면 좋지 않으니 말이오."

"그러지요."

아버지의 사람들이 방원을 주목하는 것은 고마운 일이었다. 든든
했다. 허나 무언가 부족했다. 이 사람들은 모두 아버지의 사람들이
었다. 방원의 사람들은 아니었다. 그들이 오로지 방원만을 위해 전
부를 던질 수 있느냐, 자신할 수 없었다. 절체절명의 순간 방원과 성
계 중 누군가를 택해야 한다면, 이화와 두란은 끝까지 성계를 외면

할 수 없을 거다. 조준을 비롯한 신료들은 머리를 굴려 계산하기 바쁠 거다. 그런 이들과 큰일을 도모할 순 없었다. 심지어 칼끝이 성계를 향할 것인데, 아버지의 사람들로만 아버지를 치는 건 너무 비겁하고 비열했다.

방원의 사람들이랄 수 있는 상인이나 처남들은 아직 무게감이 없었다. 조준과 같은 나이에 그와 비슷한 학식을 갖췄으면서 동시에 성계의 사람이 아닌 인물, 성계에게 도전이 있었던 것처럼 방원에게도 방원만의 장자방이 필요한 순간이 점점 다가오고 있었다.

* * *

자경이 찻상을 든 채 가벼운 발걸음으로 민제의 사랑채에 들어섰다. 바둑을 두던 민제가 고개를 들었다가 자경인 것을 확인하고 반가움에 눈이 휘었다. 오랜만이었다.

"어인 일이더냐?"

"아버지를 뵙고 싶어 들렀지요."

행아의 일이 알려진 이후 친정은 말 그대로 발칵 뒤집어졌다. 사내가 첩을 두는 것이 흉이랄 순 없었지만, 하필 상대가 행아인 것이 문제였다. 모두가 입을 모아 행아를 내보내라고 했지만 자경이 거절했다. 이 사달이 났음에도 행아를 끼고도는 자경을 다들 이해하지 못했다. 서로의 사정을 다 알지 못하고 자기 말만 하다 보니 얼굴을 마주할 때마다 큰 소리가 날 뿐이라 자경은 한동안 친정에 드나드는 것을 그만뒀더랬다.

"아이들은 잘 자라고?"

유일하게 민제만이 아무런 내색을 하지 않았다. 그리고 자경과 행아가 해산했단 소식에 평소보다 훨씬 많은 양의 미역을 보내주는 것으로 자경의 마음을 달래주었다. 아끼던 딸네에게서 들린 청천벽력 같은 소식에 저 역시도 속상할 게 분명한데 민제는 제 마음보다는 딸 내외의 마음을 더 살펴주었다. 그 마음 씀에 자경은 그 어느 때보다 고마워했지만 방원은 처남들이나 장모를 대할 때보다 훨씬 더 면목 없어 했다.

"아주 건강합니다."

"데려오지."

"안 그래도 큰아들을 데려왔어요. 지금 어머니랑 같이 있어요."

"다른 녀석들은?"

"이젠 아이들이 한둘도 아니라서 우르르 다 데려오기가 힘들어서요."

아이들마다 유모도 다 따로 있으니, 데려오기 힘들 건 굳이 없었다. 핑계를 그리 댈 뿐 아마 행아의 아이도 있는데 제 아이들만 모두 데리고 친정에 오기가 무안했기 때문일 거다. 그 속을 짐작한 민제가 별말 없이 고개를 끄덕였다.

"데려온 큰 녀석은 당분간 여기 둘까 봐요."

"왜?"

"동생이 생겼다고 보통 심통을 부리는 게 아니에요. 옆에서 끼고 돌면서 말리던 아비마저 나가떨어질 정도라니까요. 가뜩이나 기승이던 애가 더 심해져서는 쫓아다니던 유모가 결국은 몸살이 났어요. 유모 몸이 좀 나을 때까지 여기 두려고요."

몇 번 놓친 끝에 겨우 건진 첫아들이라 친가 외가 할 것 없이 정을 듬뿍 받고 자란 탓인지 저 외의 다른 아이가 그것도 하나도 아닌 둘이나 생긴 것을 견 자경의 큰아들은 도무지 견디지 못했다.

"그나마 둘째가 순해서 다행이지 둘 다 똑같았다면 정말 힘들었을 거예요."

"생긴 건 둘이 쌍둥이마냥 똑같다면서 성격은 딴판인 모양이지?"

"네. 신기하게 생긴 건 같은 틀에서 찍어낸 것마냥 똑같은데 성격은 영 달라요. 둘째는 기저귀가 흠뻑 젖어도 우는 법이 없어요. 유모가 보살이라고, 부처가 환생한 모양이라고 놀랄 정도라니까요."

"큰 녀석은 조금만 젖어도 갈아 달라 울음을 터뜨렸지."

"네. 젖 줄 때만 조금 놓쳐도 분을 못 이겨 씩씩거리며 젖꼭지를 부러 뱉어내곤 했고요. 낯가림은 없었지만 자기 비위에 거슬리는 건 절대로 못 참았는데 신기하게도 둘째는 전혀 그런 게 없어요. 배도 안 고픈지 늦어도 군소리가 없어요. 제가 봐도 정말 신기해요."

"같은 배에서 나왔는데 어찌 그리 다를꼬. 어디 아픈 건 아니고?"

"다행히 건강은 또 첫째랑 판박이라 잔병치레도 없어요. 아주 잘 먹고 잘 자요. 어찌 낳을수록 점점 나은 아이가 나오는 걸 보니 셋째는 아주 훌륭한 애가 나올 건가 봐요."

자경의 농에 민제가 유쾌한 웃음을 터뜨렸다. 자경이 적당히 우러난 차를 민제에게 건넸다.

"허면 오늘은 큰아이를 데려다 놓으려고 들른 게냐?"

"그것도 그거지만 아버지께 부탁드릴 게 있어서요."

"무언데?"

"하륜 대감께서 서방님을 뵙고 긴히 할 말이 있다며 자리를 마련해 달라 하셨다면서요?"

찻잔을 들던 민제의 손이 잠시 멈칫했다. 누구에게 들었냐 캐묻지 않아도 알 만했다. 사내 녀석들이 어찌 그리 입이 쌀꼬, 민제가 속으

152

로 혀를 끌끌 찼다.

"헌데 거절하셨다고 하더이다."

"왜 거절했다고는 안 전하더냐?"

"무구 말로는 하륜 대감의 사람됨이 별로라 하셨다고요."

"맞다."

"내일 하륜 대감을 저희 집으로 초대하려 합니다."

"자경아."

"그 사람 얼마 전부터 자신에게도 삼봉 선생과 같은 장자방이 있으면 좋겠다고 그랬어요. 이미 마음은 섰으나 받쳐줄 사람이 마땅찮아서 움직임이 수월치 않은 모양이에요. 누가 없을까 하던 차에 마침 무구가 하륜 대감이 찾아왔단 소식을 전하더이다. 그 말을 듣고 곰곰이 생각해 보니, 하륜 대감이 적격이에요. 자리를 마련해 주세요."

"삼봉과 호정은 인물됨이 전혀 달라."

"압니다. 그래서 아바마마께는 삼봉 대감이 적역이고 서방님께는 호정 대감이 맞춤인 게지요."

미간을 찌푸린 민제가 천천히 차를 들이키며 잠시 마음을 가라앉히고 할 말들을 조심스레 골랐다.

"이 서방이 왕이 되길 바라느냐?"

민제가 대놓고 물을 줄은 몰라서, 순간 말문이 막힌 자경이 곧장 대답하지 못하고 잠깐 망설였다.

"무구와 무질이 그러더구나. 사내로 태어났으니 할 수 있다면 가장 높은 자리에 올라야 하는 거 아니냐고. 자신들은 이미 기회를 놓쳤지만 매형이 하겠다고 나선다면 도와주는 게 가족으로서 의당 해야 할 일이라고 말이다. 매형이 높은 자리에 오르고 누이가 그 옆에

선다면 우리 가문 역시 광영이 아니냐고 하던데, 너도 그리 생각하
느냐?"

"할 수 있다면 제가 왕이 되고 싶지요. 그럴 수 없으니 서방이라도
왕을 만들어야지 어쩌겠습니까."

"왜 그리되고 싶으냐?"

전혀 뜻밖의 물음이었다.

"그게 무슨 의미가 있어서?"

누구도 그런 질문을 던지는 이는 없었다. 자경 스스로도 던져본
적 없는 질문이었다.

"왜 꼭 가장 높은 자리에 올라야 하느냐?"

당연히 세상 단 하나뿐인 자리인데 누구냐 다 원하는 거 아니냐고
하려다 자경이 입을 다물었다. 아마도 민제는 원치 않을 것이다. 애
써 그런 것을 탐하는 성품이 아니었으니 말이다. 허나 그리 생각하
자 이젠 자경이 도리어 궁금해졌다. 세상 사람들이 다 원하는 자리
인데 왜 민제는 원하지 않는 걸까.

"아버지는 왜 그 자리가 탐나지 않으세요?"

"나는 행복한 왕을 본 적이 없다. 왕과 그 가족이 행복하게 해로
했단 이야기도 들은 적이 없어. 요순 시대조차 요순이 행복했다고는
하지 않더라. 그 시대를 산 백성들이 평화로웠다는 말만 하지. 왕은
코끝에 칼을 두고 사는 사람이야. 절대 평안할 수 없어. 그런 건 포
기해야 해. 왕이 편안해서도 아니 되지. 왕이 편안하다는 말은 백성
들이 괴롭단 뜻인데 그런 왕은 존재할 필요가 없으니까."

가만히 민제의 말을 듣던 자경이 쓴웃음을 지었다.

"그런 이야기는 무구나 무질이에게 하세요."

"뭐?"

"저도 사내였다면 이리 욕심내지 않았을 겝니다. 아버지는 왕이 되지 않아도 이름을 남길 수 있으니 이 정도에서 만족하실 수 있겠지요. 허나 저는 계집이라 아버지가 말씀하시는 대로 편히 살면, 그저 어느 집안 민 씨, 로만 남을 뿐입니다. 이자천의 부인 민 씨, 이방간의 부인 민 씨, 이방원의 부인 민 씨, 그런 수많은 민 씨 중 하나가 되고 싶지 않습니다. 저만의 이름으로 분명히 기록되고 싶습니다. 움치고 뛰어봤자 제가 왕이 될 순 없으니 서방이라도 그리 만들려는 겝니다. 허면 제 배로 나은 제 자식들이 왕이 되고, 저는 왕의 부인이자 왕의 모후로 남을 테니까요. 더 이상 어느 부인 민 씨, 가 아니게 될 테니까요."

민제가 미간을 찌푸린 채 남은 차를 마저 들이켰다.

"한비자가 말하기를 임금은 자기와 가장 가까운 아내와 가장 치애하는 아들도 믿을 수 없다고 하였다. 왕이 된 뒤 이 서방이 네게 지금과 같을 리 없어. 그럼에도 이 서방이 그 자리에 가도록 돕고 싶으냐?"

"어차피 나이들면 사내란 변하는 법, 날씨보다 더 변덕스러운 사내의 마음에 일생을 걸 수야 없지요. 쉬이 오가는 사내의 마음이 아니라 함부로 움직일 수 없는 자리를 원합니다."

"권력은 불이야. 불은 모든 것을 다 태우지. 권력의 속성도 같아. 왕이 될 때까지는 권문세족의 힘이 필요했지만, 왕이 되는 순간 그것들을 귀찮아하는 전하를 보아라. 이 서방은 그보다 더하면 더했지 덜할 인물이 아니다. 성정은 차갑고 냉정한데 권력에 있어서는 전하보다 더 뜨거울 게다. 누군가와 나눌 리 없어. 감히 저와 겨룰만한 누군가를 두고 볼 리도 없어. 너도 예외는 아니다. 우리 집안 역시 마찬가지고."

마지막 말은 덧붙이지 말았어야 했다. 민제가 마지막 문장을 더하는 순간, 딸 걱정을 하는 아비에서 가문을 중시하는 가장으로 뒤바뀌고 말았다. 그리고 자경의 존재는 순식간에 출가외인으로 밀려났다.

"결국 아들이 우선이니 딸더러 희생하라는 거군요. 여흥 민 씨 가문에 해가 올까 두려우니 이 씨 집안에 출가한 민 씨 계집에게 욕심부리지 말란 거예요. 입장을 바꿔서 무구나 무질이가 높은 자리에 오르고 싶어 한다며 제게 뭐라 하셨겠습니까. 이 서방을 시켜 돕게하라고 하지 않으셨겠습니까? 훗날 무구가 권세를 잡은 뒤 이 서방을 내칠지도 모르니 돕게 하지도 마라, 그리 말씀하셨을까요? 아닐 겝니다. 아닐 거예요. 딸보다 아들이 우선이니, 사위보다도 더 중한 게 아들이니 일단 아들부터 잘되게 도우라 하셨겠지요. 전주 이 씨보단 여흥 민 씨가 우선이니까요. 전주 이 씨 가문에 시집간 딸년보단 여흥 민 씨 성을 이어받을 아들이 더 중요하니까요! 출가외인이라더니 이럴 땐 친정을 생각하라 이겁니까. 호적에 이름조차 올라가지 못하는 계집인데 왜 그래야 합니까?"

울컥 지금까지 쌓였던 설움이 한꺼번에 터져 나왔다. 그래도 아버지는 저를 진심으로 걱정하고 이해해줄 줄 알았다. 헌데 아니었다. 결국 아버지도 사내였다. 민 씨 가문의 가장에 불과했다. 그가 진정으로 걱정하는 건 대를 이을 아들들이지 남의 집에 시집간 딸이 아니었다.

"시집갈 땐 출가외인이라더니 민 씨 집안일이 되니 민 씨 집안 딸이 되는 겁니까? 그게 사내들이 같은 성을 나누어 가진 계집을 대하는 법입니까? 참 덧없군요. 이리 보니 저는 더욱더 왕비가 되어야겠습니다. 민 씨가 아닌 저만의 존호를 받아 기록되어야겠어요. 무구와 무질이가 그리 걱정되시면 더 이상 이 서방의 일 돕지 않아도 됩니다. 도와달라 간청한 적도 없어요!"

"그런 뜻이 아니야. 어찌 아비의 걱정을 그리 생각한단 말이냐? 내가 무구와 무질이만 걱정하는 거 같아?"

"딸과 아들이 똑같다면, 사위가 높은 자리에 올라가는 것도, 높은 자리에 오른 사위를 위해 다른 자식들이 희생하는 것도 똑같이 이해하셔야지요. 아바마마 하나 왕을 만들려고 온 자식들이 매달려 희생한 것처럼 그 사람 하나 왕을 만들려면 수없이 많은 사람이 그만큼 희생해야 할 겝니다. 가문에서 잘난 자식 하나 나오려면 그 정도하는 거야 당연한 일 아닙니까. 정말로 저와 무구를 똑같은 자식으로 보신다면 가문에서 왕비가 나오는 것을 광영으로 생각해야 합니다. 왕비 하나를 배출하기 위해서 남동생들이 희생하는 것도 당연히여겨야지요. 그 사람이 후에 처가가 부담스럽다고 한 대도 이해하셔야 하고요. 만약 입장을 바꿔 무구가 잘 된 뒤 처가를 내친데도 사돈께 이해하라고 하시지 않겠습니까. 제게 너는 민 씨 계집이니 못난동생들을 위해 희생하란 말씀 같은 건 두 번 다시 하지 마세요. 잘난누나를 위해 남동생들이 희생하는 게 당연한 겝니다. 딸과 아들이똑같다면 말입니다."

있는 대로 쏘아붙인 자경이 자리에서 벌떡 일어났다.

"앉아라."

"이만 가보겠습니다."

"앉아! 내가 할 말이 아직 남았어."

씩씩거리며 자경이 자리에 앉았다. 민제가 다 식은 차를 마저 따

157

랐다.

"네가 가슴에 그런 한을 가지고 사는 줄 미처 몰랐다. 똑같이 키웠다고 생각했는데 세상이 차별하는 것은 내 탓이 아니라 여겼는데 생각이 모자랐어. 좀 더 나은 세상을 위해 일한다고 자신하면서 네 가슴의 한을 가늠하지 못했다니, 부족한 아비다."

자경이 입술을 깨물었다.

"허나 오해 말아라. 가문을 염려한 것이 아니다. 만약 내 아들 넷이 다 죽는다 해도 민 씨가 사라지겠느냐. 권력을 견제하여 처남들을 다 죽인다 하더라도 이 서방이 처조카들까지 모두 죽여 씨를 말릴 인물이더냐. 그런 걱정은 애초에 하지 않았다. 나는 다만 너를 염려한 게야. 왕은 계집을 하나만 두지 않는다. 행아까지는 네가 어찌 버텼지만, 계속해서 그 꼴을 네가 어찌 볼까 싶어서 그걸 걱정하는 게야."

"군주가 계집을 여럿 두는 게 무에 문제 되겠습니까. 그런다고 해서 그 사람이 정실부인을 내칠 사람도 아니고 제 자식을 모른 척할 사람은 더더욱 아닌데요. 지존이 이불 데울 계집아이 몇 두는 것쯤은 저도 각오한 일입니다."

"사랑하지 않느냐?"

쿵, 가슴이 발아래로 떨어졌다. 순간 말문이 막힌 자경이 멍하니 민제를 보았다.

"이 서방을 사랑하지 않느냔 말이다. 사랑하는데 과연 그리 쉽게 사내의 계집을 두고 볼 수 있을 거 같아? 씨앗을 보면 돌부처도 돌아앉는다고 했다. 마음이 상하면 몸이 아프고, 그리되면 권력이란 가장 덧없는 물건이야."

158

"사랑하지, 않습니다."

단호히 답하는 자경의 목소리가 서늘했다.

"언니에 이어 저까지, 아바마마의 가문과 사돈을 맺으신 연유가 무엇입니까. 아버지 역시 아바마마께서 단지 일국의 장군에만 그칠 인물이 아니라 판단하셨기에 혼약을 맺으신 것 아닙니까. 저 역시 그렇습니다. 아바마마께서 단지 일국의 장군에만 머무르지 않는다면, 의당 그다음은 아바마마의 아 중 가장 총명한 사람의 몫이라 생각했습니다. 그런 판단으로 서방님을 택한 거예요. 저를 가장 높은 자리로 데려다줄 사람이라 생각했으니까요. 허니 그 사람은 반드시 높은 자리에 올라가야 합니다. 그래야 제가 혼인한 보람이 있지요."

"언니와 너는 달라. 다르다고 생각했다."

"다르다면 다르지요. 언니는 아버지께서 선택하신 거고 저는 제가 택한 거니까요."

"그런 뜻이 아니라."

"사랑하지 않아요. 사랑하지 않습니다. 거래였어요. 그 사람은 어떨지 모르지만, 제게 그 사람과의 혼인은 제 미래를 위해 가장 좋은 패를 택한 것일 뿐 그 이상도 이하도 아니에요."

한참 동안 안타까운 시선으로 자경을 보던 민제가 한숨을 내쉬었다.

"나는 무구가 제 출세를 위해 그 처와 처가를 홀대한대도 그리하지 마라고 했을 게다. 진심이야. 그건 오해하지 말아라. 아비로서 딸자식이 행복하기를 바랐을 뿐이다. 허나 내가 바라는 행복이 네가 바라는 행복과 이리 다를 줄은 몰랐구나."

잠깐 말을 멈추고 호흡을 고른 민제가 다시 입을 열었다.

"미안하다. 좀 더 나은 세상은 만들었으나 너 같이 똑똑한 계집이 출사할 수 있는 세상까지는 만들지 못했어. 존호를 받아서라도 이름을 남기겠다는 네 뜻을 존중하마. 오늘 이후로 다시는 이 문제를 꺼내지 않겠다. 무구와 무질이에게도 아무 말도 안 할 게야."

피가 날 정도로 입술을 잘근잘근 씹었으나 눈물이 떨어지는 것을 막을 순 없었다. 자경이 급히 젖은 볼을 훔쳤다.

"하륜은 이 시중과 가까이 지낸 인물이다. 그릇이 작은데 욕심은 차고 넘치지. 잡기엔 능하나 성품은 그것을 따르지 못해."

"그런 소인배도 품을 줄 알아야 하는 법이지요."

다 식은 차를 입에 머금은 채 민제는 한동안 아무 말이 없었다.

"정말로 너는 괜찮단 말이지."

"그렇대도요."

"후회하지 않을 자신이 있느냐."

"왕이 될 만한 그릇이 아니었다면 고작 이성계 장군의 다섯째 아들에게 절대로 시집가지 않았을 거예요. 그 나이까지 버티면서 얼마나 재고 따졌는데, 설마 고작 사랑 때문에 이 혼인을 했으리라 생각하시는 겝니까?"

코웃음을 치는 자경을 아련히 보던 민제가 힘들게 고개를 끄덕였다.

"하 대감에게 오늘 밤 너희 집으로 가보라 이르마."

"허면 그리 알고 준비하겠습니다."

자경이 자리에서 일어나 인사도 없이 곧장 밖으로 나갔다. 자경이 앉았던 자리를 민제가 아주 오랫동안 시린 눈으로 더듬고 또 더듬었다.

160

***

신료들이 각자 자신의 안위를 도모하기 위해 애를 쓰는 와중에도 오롯이 방원만을 기대하는 이는 드물었다. 아직까지 방원은 여러 대안 중 하나에 불과해서 대부분 여러 곳에 줄을 대는 와중에 방원 쪽도 기웃거리는 정도였다.

"조준 대감에 이어 하륜 대감이라."

"두 분 다 학식이 높고 혜안이 밝은 분들이에요. 그런 분들이 서방님에게 기대를 걸고 있다는 것은 좋은 징조입니다."

"나도 그리 생각해요. 숙부님들을 제외하고는 내게 직접 제안을 해온 건 처음이니까, 시작이 나쁘지는 않다고요."

"헌데 왜 별로 기쁜 기색이 아니세요?"

자경의 물음에 방원이 무안한 얼굴을 했다.

"내게 책임이 막중하단 걸 알아요. 그리고 이젠 돌아가신 어머니를 위해서만이 아니라 당장 부인을 위해서라도 꼭 원하는 바를 이루고 싶고요."

"그런데요?"

"두 분 다 무척 훌륭한 분이고 그런 분들의 주목을 받음으로써 앞으로 내게 더 많은 시선이 쏠릴 거라는 게, 무척 고마운 일이긴 하지만."

"하지만."

"장자방이 하륜 대감인 건 좀 그렇지 않소? 아바마마는 삼봉 선생이었는데 나는 하륜 대감인 것이 말이에요."

하륜은 목은 이색의 제자이나 늘 시류에서 한발 비켜나서 제 일신의 안위를 도모하다 개국 이후 성계의 회유 정책에 따라 흡수된 인물이었다. 그 후 어떻게든 성계의 눈에 들고 싶어 천도를 할 때 제 의견을 강하게 내기도 했으나 이내 삼봉에게 무시당한 뒤 내쳐졌다. 더 이상 성계의 눈에 들 수 없어 고민하던 중 찾은 인물이 저였을 거라고 생각하자 방원은 정말인지 영 마뜩잖았다.

"철 따라 따뜻하게 볕드는 자리 찾아 옮기는 새 같은 사람이지요."

"그러니까요. 물론 재주가 없는 사람은 아니지만, 줏대도 없이 이리저리 옮기며 몸을 보신해 살아남은 분이잖습니까. 대체 그가 어떤 세상을 꿈꾸는지 도무지 모르겠는데, 그런 분을 장자방 삼아 일을 도모해야 한다는 게, 마음에 걸려요."

"그런 분이니 일을 도모하란 겝니다."

단호한 자경의 말에 방원이 놀란 얼굴을 했다.

"서방님은 아바마마의 뜻에 반발하여 칼을 드는 게 아닙니다. 아바마마의 뜻을 바르게 세우기 위해, 간특한 자들의 삿된 술수를 벌하기 위해 칼을 드는 겝니다. 허니 조준 대감이나 이화 아주버님 같은 아바마마의 측근들이 서방님을 돕는 게고요. 아니 그렇습니까."

"그렇지요."

"하륜 대감은, 아바마마의 뜻을 이해하지 못한 분이지요. 헌데 그런 분조차도 서방님께는 감화된 겝니다. 그리고 아바마마의 뜻을 이해하지 못한 분이기 때문에, 혹시나 서방님께서 하시는 실수는 모자란 하륜 대감의 탓이 되는 겝니다."

그제야 방원이 무언가 깨달은 얼굴을 했다.

"아바마마께 삼봉 대감이 필요했던 까닭은 고려 귀족들을 흙발로 짓밟으며 나아갈 수 있는 인물이었기 때문입니다. 견고한 귀족 사회를 아무렇지도 않게 비웃으며 감히 예법에 어긋난 일이라도 능히 행할 수 있는 인물이 아바마마께는 필요했어요. 허나 서방님은 아닙니다. 서방님은 예를 바로 세우기 위해 칼을 드는 거예요. 헌데 그 예를 세우는 과정에서 본의 아니게 예를 그르칠 수 있어요. 그때 책임 져줄 사람이 필요합니다. 그게 서방님께 필요한 장자방이에요. 올곧은 사람, 자기의 명성을 챙기느라 구정물에 손 담그는 것을 주저하는 사람, 학식이 높고 교양있는 사람은 이미 서방님 주위에 차고 넘치게 많아요. 술수를 쓰는 데 주저함이 없고 그로 인해 제 이름이 더러워지더라도 능히 스스로 감당하여 서방님만큼은 깨끗하게 권좌로 이르게 해줄 수 있는 사람이 필요해요. 하륜 대감은 가장 적절한 인물입니다. 심지어 본인이 제 발로 걸어와 주었어요. 얼마나 좋은 기회입니까."

하긴 생각해 보면 조준처럼 이미 모든 것을 다 가지고 더 이상 제가 가진 것을 놓치기 싫어서 방원을 택한 이들이 방원만을 위해 모든 것을 걸고 헌신할 리 없었다. 이화나 두란 역시 성계에게 그러했듯이 방원을 위해 끝까지 싸워주리라 기대하긴 어려웠다. 허나 하륜이라면 그럴 수 있었다. 하륜에게 방원은 마지막 기회이자 유일한 기회일 테니, 다른 누구보다 헌신적으로 방원을 위해 목숨이라도 걸고 일을 도모해줄 것이다. 자경의 말대로 올바르지 않아서 올곧지 않아서 더욱더 방원에게 필요한 비책들을 내놓을 인물이었다.

"하륜 대감이 잡학에 능한 것을 아십니까?"

"알지요. 그래서 풍수도 잘 아는 거 아니오?"

하륜은 일찍이 과거에 급제할 정도로 총명하고 명망 높은 유학자인 동시에 한의학, 천문학, 명리학을 비롯해 풍수나 관상 등에도 아주 능했다. 그런 것만 보더라도 그가 보통의 다른 유학자와는 전혀 결이 다른 인물임을 알 수 있었다.

"어쩌면 서방님의 사주를 보고 달려든 건지도 몰라요."

방원이 솔깃하여 자경을 보았다.

"사주를 기가 막히게 잘 본다고 하니까요. 서방님의 사주가 제왕의 사주라서 찾아온 걸 수도 있어요."

"설마."

"모를 일이지요. 헌데 만약 그러하다면 더욱이 그의 손을 잡아야 하지 않겠습니까. 귀신같이 사주를 보는 이가 설마 저 죽을 자리를 찾아 왔으리라고는 생각되지 않으니까요. 하나쯤은 잡기에 능한 사람을 가까이 두는 것도 나쁘지 않을 겝니다. 서방님이 일을 도모해야 할 때, 의외로 하륜 대감의 잡학이 큰 도움을 줄지도 모르는 일 아닙니까."

명나라에 갔을 때 변덕스러운 주원장 밑에서 살아남기 위해서 입궐하기 전에 매일 주역을 본다는 관리를 만난 적이 있었다. 그는 운세가 나쁜 날엔 하루 종일 한 마디도 하지 않을 뿐만 아니라 되도록 황제의 눈에 띄지 않도록 피해 다닌다며, 주역 덕분에 지금까지 무탈하게 살아남을 수 있었다고 방원에게 자랑했었다.

"뿐만 아니라 그는 평판을 두려워하지 않는 인물이니 다소 미흡한 부분들을 모두 그의 탓으로 돌린다 해도 불평하지 않을 겝니다. 오히려 제 흠을 알기에 더 기꺼이 서방님께 충성할 거예요. 때론 적당한 약점이 있는 이가 아랫사람으로 두고 부리기엔 편한 법이에요."

어느새 자경의 말에 설득된 방원이 열심히 고개를 끄덕이며 동의를 표했다.

"일단 만나보겠어요. 만나서 여러 이야기를 나눠보겠습니다."

"그러셔야지요. 잘 생각하셨습니다."

자경이 뿌듯한 미소를 지었다. 그때 발걸음 소리가 들리더니 상인이 방원을 찾았다.

"하륜 대감께서 오셨습니다."

"후원으로 모시세요. 꽃이 흐드러지게 피었답니다."

자경의 말에 방원이 고개를 끄덕였다.

"후원으로 모셔라. 곧 나가겠다고 전해라."

"예."

"술은."

"안동 소주로 준비해두었습니다."

"아주 독하잖소?"

"독한 만남이니까요. 그리고 궁금하지 않습니까. 하륜 대감이 어느 정도로 각오하고 왔는지 말입니다."

제 발로 걸어왔더라도 시험은 필요하단 의미였다. 수긍한 방원이 자리에서 일어났다. 막 방을 나서려던 방원이 몸을 반쯤 돌려 자경을 보았다.

"고맙소."

"네?"

"부인이 없었다면 절대로 여기까지 오지 못했을 거예요. 정말 고마워요."

자경이 흐뭇한 미소를 지으며 고개를 숙였다.

"내 결코 부인의 은덕을 잊지 않으리다. 이제부터 나는 모든 일에 대해 내가 받은 것의 배로 돌려주려고 마음먹었답니다. 복수도, 감사도 말이에요."

다정히 자경의 어깨를 두어 번 쓰다듬어준 방원이 방을 나섰다. 늠름한 방원의 뒷모습을 자경이 묘한 표정으로 바라보았다.

* * *

병자년 팔월 열셋째날, 현비 강 씨가 이득분의 집에서 훙하였다. 병세가 심각해진 지 한 달여 만이었다. 어린 세자가 여전히 혼인하지 못한 까닭에 내전은 텅 비고 말았다. 성계는 지극히 슬퍼하여 어쩔 줄 몰랐는데 그 모습을 본 몇몇 신료들은 혹 성계가 공민왕처럼 망가질까 걱정했다.

허나 나이 들고 노련한 성계는 젊고 치기 어린 공민왕과는 여러모로 달랐다. 그는 슬퍼하였으나 비관하진 않았고 죽은 부인을 기리기 위해 절에 돈을 쏟아부을 정도로 무모하지도 않았다. 대신 성계가 유일하게 욕심낸 것은 부인을 저와 가까운 곳에 두는 거였다. 천도할 곳을 몸소 둘러봤던 것처럼 강 씨의 묘소 역시 성계가 직접 돌아다니며 살펴본 뒤 도성과 가까워 제가 자주 들를 수 있는 정릉으로 정했다.

어린 세자에겐 성계의 그러한 모습이 큰 위로가 되었을 거다. 도성 가까이 있는 어머니의 묘소 역시 보기만 해도 든든했을 거다. 허나 그 꼴을 지켜보는 한 씨 소생의 왕자들의 속은 말 그대로 뒤집어졌다. 제 어머니 묘소는 여전히 개경에 있는데, 그것을 이장하자는 말은 입도 뻥긋 안 하면서 강 씨의 묘소는 도성 코앞에 아주 성대하게 조성해주는 꼴이 보기 좋았을 리 없었다. 두란과 이화조차도 성계의 두 처에 대한 처우가 너무 차이나는 것이 민망하여 한 씨 소생 왕자들의 눈치를 볼 정도였다.

"내래 형님 돌아가실 때까진 그래도 좀 기다리라고 할라 그랬는데, 그럴 것 없겠다야. 내가 봐도 너무한데 저 아들 마음은 어떻간디. 지네 어머니 묘소는 저 멀리 두고 코앞에 계모 묘소 보고 살라고 하믄 누구라도 속이 디비지지. 나도 손들었다. 암말 안 할 테니 하고 싶은 대로 하라고 해라."

두란이 혀를 끌끌 차며 술을 들이켰다.

"방원이 보고 가시렵니까?"

"전하 앞에서 숨길 재주 없으이 일 치르기 전에만 알리라. 내래 미리 알아서 뭐 좋을 거 있간디. 상황 봐서 도와 주갔어."

육포를 질경이며 두란이 자리에서 일어났다. 배웅한 후 자리에 앉고 얼마 지나지 않아 엇갈리듯 방원이 방에 들어섰다.

"두란 형님 방금 가셨는데."

"그래요? 못 뵈었습니다."

"아깝게 스쳐 지나갔나 보구나."

어쩌면 가다가 부딪히기 직전에 두란이 몸을 피했을지도 모르겠다는 생각이 잠깐 들었다.

"급한 일이 있으시답니까? 그러고 보니 두란 숙부 뵌 지도 오래되었어요."

"너 볼 면목이 없단다."

"네?"

"돌아가신 형수님 뵐 면목도 없다는 거겠지."

길게 말하지 않아도 뜻하는 바를 알 거 같아서 방원이 묵묵히 술잔을 채운 뒤 단숨에 들이켰다.

"뜻하는 바대로 하라고 하더라. 필요하면 도와주겠노라고."

네가 나서야 하지 않겠냐는 권유를 두란이 은근히 하긴 했어도 대놓고 도와주겠다는 말을 한 적은 없었다. 도와준다는 것은 곧 성계에게 칼을 드는 일이라 두란의 입장에선 차마 그 말까진 할 수 없으리라 여겼다. 일이 터지고 난 뒤 성계를 달래주는 것만 해도 큰 역할을 해주는 거라고 생각했는데 직접 도와주겠다니, 참으로 고마웠다.

"고맙다고 인사드리러 가야겠습니다."

"그럴 것 없다. 많이 알면 알수록 부담스럽다더라. 날이 정해지면 알려달라고 했어."

"네."

"일단은 명나라 사신들이 돌아오기를, 기다려야겠지."

강 씨의 건강이 나빠지기 시작하던 작년 초, 주원장은 갑자기 조선에서 보낸 표문과 전문이 방자하다며 작성자를 잡아 보내라고 통보했다. 처음엔 또 으레 하던 트집이 다시 시작되었구나 생각하고 전문을 쓴 김약항만 명나라로 보냈다. 표문을 쓴 정탁은 중풍으로 쓰러져 거동이 힘들었기 때문이다.

"그래야지요. 황제의 심중을 거슬러선 아니 되니까요. 눈치를 좀 봐야 하지 않겠습니까."

"황제가 작정하고 정도전을 쥐고 흔드는 것은, 너를 돕겠다는 뜻을 은연중에 드러낸 것 아닐까 싶은데."

유월, 황제가 꼭 집어서 정도전을 압송하라고 하자 조정은 발칵 뒤집어졌다. 그제야 이게 으레 하던 시비가 아니라는 것을 알 수 있었다. 그리고 이미 방원으로부터 명나라에서 있었던 일을 들어 익히 알고 있던 하륜은 이것이 황제가 방원을 돕기 위해 신호를 보내는 것이라 주장했다. 그간 가만있다 강 씨가 아프기 시작하자 갑자기 정도전을 트집 잡는 이유가 무어겠냐는 거였다. 강 씨도 없는 판에 도전까지 흔들면 세자는 고립무원이었다. 그리되면 신료들의 마음 역시 세자로부터 멀어질 수밖에 없었다. 호시탐탐 적당한 때를 노리던 방원에겐 매우 좋은 기회였다.

"그것도 모를 일이지요. 워낙에 변덕스러운 분입니다. 저를 시험해보는 걸 수도 있어요."

하긴 도무지 어디로 튈지 알 수 없는 황제의 성정을 떠올려보면 방원의 걱정이 과하달 순 없었다. 이화가 고개를 끄덕였다.

"하륜 대감이 갔으니 알아서 처신하고 오기를 기대할 수밖에요. 눈치 빠른 사람이니 분위기도 잘 살피고 우리 뜻도 넌지시 전달하고 오겠지요. 그 뒤 황제의 반응을 보면 우릴 돕겠다는 건지 우릴 시험하겠다는 건지 알 수 있을 것이고요."

하륜은 이번 일을 기회 삼아 황제가 방원의 편임을 모두에게 보여줌으로써 신료들의 마음이 세자로부터 확실히 멀어지도록 만들어야 한다고 주장했다. 하륜은 권근을 찔러 도전을 대신 해서 제가 명나라에 가겠다고 전하께 고하도록 시켰다. 도전을 보내기 싫었던 성계는 권근의 자원에 무척이나 고마워했다. 그리하여 하륜의 인솔하에 권근, 정탁, 노인도가 명나라로 떠났다. 강 씨가 죽기 불과 한 달여 전의 일이었다. 황제께 도전은 아파서 갈 수 없다고 변명했다. 떠난 사신들이 어떤 대답을 듣고 오냐에 따라서 방원의 다음 행보가 정해질 예정이었다.

"헌데 황제가 도와준다 해도 한계가 있지 않을까? 황제가 대놓고 너한테 왕이 되라고 하진 않을 거 아니냐."

"그렇지요. 제가 고민인 것도 그겁니다. 돌아가신 어머니를 위해 칼을 든다고 하기엔 좀 늦은감이 있지요. 그렇다고 해서 세자가 특별히 잘못한 것도 없는데 몇 년 전 유 씨의 일로 시비를 걸 수도 없는 노릇이고요. 아무 트집거리 없이 난데없이 칼을 들면 그건 반군이라, 그런 모양새로 보이는 것을 가장 경계해야 할 겝니다. 하다못해 황제도 글자가 맘에 안 든다든지, 문구가 불경하다든지 하는 트집을 잡아서 벌을 내리는데, 우리도 뭔가 핑계가 있어야 하지 않겠습니까. 미친놈이 제 성질에 못 이겨 추는 칼춤이 되지 않으려면 무언가, 그럴듯한 근거가 있어야 합니다. 납득이 가든 가지 않든, 역사에 한 줄이라도 적을 분명한 까닭이 있어야 합니다.”

“없는 핑계를 만들 수도 없는 노릇이고.”

“네. 그렇다고 해서 마냥 핑계가 주어지기만을 기다릴 수도 없는 일이고요.”

“어쩔 수 없이 칼을 든 것처럼 보이는 게 여러모로 낫지. 모양새도 그렇고 후에 전하의 마음을 누그러뜨리기도 쉬울 거고.”

당장 내일이라도 작정하면 일은 치를 수도 있었다. 방원이 직접 움직일 수 있는 군사는 거의 없었지만 이화에 두란만 해도 사실 궐내 군사들을 제압하기는 충분했다. 다들 백전노장이었으니 밤에 기습한다면, 패할 리 없었다. 문제는 그런 식으로 이기는 것을 누구도 바라지 않는다는 거였다.

“감나무에서 감 떨어지는 거 기다리는 것도 아니고, 실수하길 기다려야 하는 건가.”

이화가 헛웃음을 지었다. 방원이 고개를 저었다.

“실수하게끔 만들어야지요. 감나무를 흔들어야 감이 쉬이 떨어지는 법이니까요.”

"생각해둔 방법이 있느냐?"

잠깐 이화를 빤히 보던 방원이 이내 웃으며 고개를 저었다.

"그저, 황제께서 그의 신경줄을 팽팽하게 만들면 예민해진 삼봉이 저도 모르게 무언가 허점을 드러내지 않을까, 그 정도 생각해두었습니다."

"그게 그나마 가장 가능성 있는 일이구나."

이미 하륜이 떠나기 전에 황제와 도전 사이를 어찌 긁을지 의논을 마쳤다. 허나 아직 그 이야기를 이화에게 꺼낼 수는 없었다. 이화에게도 예민한 문제라 이 일을 어찌 받아들일지 짐작하기 어려웠기 때문이다.

하륜이 생각해낸 것은 바로 군사 문제였다. 황제는 조선이 얌전히 있기를 바랐다. 조선이 혹시나 제 분수를 모르고 날뛸 것을 경계했다. 그리고 조선의 신료들 역시 더 이상의 전쟁은 원치 않았다. 유학자들은 기본적으로 사대를 추구하니 더 그랬다.

만약 황제와 도전이 서로 신경전을 벌이다 과거 최영이 그러했듯이 도전이 요동 정벌을 하겠다고 나선다면 신료들은 모두 도전에게 등을 돌릴 거라는 게 하륜의 주장이었다. 도전에게서 등을 돌리면 황제가 호의를 드러내는 게 방원이라는 것을 깨닫게 될 거고, 자연히 이쪽 편에 서리라는 거였다. 특히 요동 정벌을 위해선 군권을 하나로 모아야 하니 사병을 내놔야 하는 이화나 두란과 같은 종친의 입장에선 성계에게서 등 돌리는 것을 정당화할 수도 있어 핑계 삼기에는 아주 제격이었다.

방원의 입장에선 더할 나위 없이 좋은 생각이었지만 정작 군권을 쥔 이들 입장에선 이런 일들은 반갑지 않은 긴장 관계일 게 분명했다. 사병 문제가 불거지는 것을 두란과 이화는 좋아할 리 만무했다. 허니 만약 원하는 대로 되더라도 그것이 우연히 벌어진 일인 척해야지, 작정하고 꾸민 일이라는 게 들켜선 안 될 일이었다.

"그나저나 또 아이를 가졌다면서?"

"네."

"이젠 네가 절륜하다고 해야 할지 자경이가 대단하다고 해야 할지 모르겠다. 어찌 그리 쉬지 않고 애가 태어나?"

혀를 내두르는 이화를 보며 방원이 무안한 듯 웃었다. 이화가 슬쩍 방원의 눈치를 살피다 어렵게 입을 뗐다.

"헌데 그 아이는 아직 데리고 있는 게냐?"

"누구."

"그, 시종 아이 말이다."

"아."

행아를 말하는 모양이었다. 방원이 고개를 끄덕였다.

"데리고 있습니다."

"아들아이 세 녀석을 세워두면 한 배에서 태어난 것처럼 꼭 같다며? 그리 닮았니?"

"네. 셋 다 아주 찍어낸 것처럼 꼭 같습니다."

"어미가 다른데도 참 희한하구나. 그래서 씨도둑질은 못한다고 하는 모양이다."

"그런가 봅니다."

세 아이의 모습을 떠올리며 저도 모르게 미소 짓는 방원의 얼굴을 이화가 물끄러미 바라보았다.

"너는 첩 같은 거 두지 않을 줄 알았는데."

"네?"

"두지도 않을 거고, 자경이 성격을 보건대 둘 수도 없겠거니 했었다."

첩이라고 할 수 있는 걸까, 무어라 대답해야 좋을지 몰라 방원이 어색한 웃음으로 대신했다. 속내를 모르는 이들은 모두 행아가 워낙 미색이라 벼르고 벼르다 방원이 건드린 줄 알았다. 그리고 다들 하나같이 자경이 행아를 두고 보는 걸 용하다고 했다. 그리고 부인에 이어 첩까지 저리 미인이니 얼마나 좋으냐고 그랬다. 그럴 때마다 방원은 대체 어찌 반응해야 좋을지 알 수 없었다. 함께 밤을 지냈고 자식을 낳았고 같은 집에서 살고 있는데 부인은 아니었으니, 그런 걸 첩이라고 한다면 첩일 거다. 그런 것도 첩이라고 한다면 말이다.

* * *

함박눈이 내렸다. 태어나 처음 눈을 본 어린 아들들은 새하얀 것이 하늘에서 흩날리는 것을 보며 좋아 어쩔 줄 몰라했다. 솜으로 누빈 옷을 든든히 입혀 후원에 내려놓자 손이 시린 줄도 모르고 바닥을 기어다니며 잠시도 쉬지 않고 소리 내어 웃었다. 그 모습을 보고 자경과 행아가 기뻐했다.

사랑채에 앉아 뒷문을 연 채 그 모습을 물끄러미 보던 방원의 시선이 차례로 행아와 자경에게 닿았다.

내년 사월에 몸을 풀 예정인지라 자경의 배는 이제 제법 티가 났다. 이전엔 아이를 가졌을 때는 잠자리 하는 것을 꺼리지 않더니 이번엔 몸이 편치 않다며 자경은 방원을 안채에 오지 못하게 했다. 덕분에 두어 달째 방원은 독수공방 중이었다. 사행이나 시묘살이로 인해 억지로 떨어져 있어야 했던 때를 제외하면 이리 오래 함께 밤을

173

보내지 않는 것은 처음 있는 일이었다. 젊을 때였다면 참지 못하고 어느 날 새벽에 안채로 쳐들어가고야 말았을 것이다. 허나 저도 벌써 서른이라 그 정도의 혈기는 사라진 지 오래여서 허전하긴 했지만 못 견딜 정도는 아니었다.

그날 이후 단 한 번도 행아와 동침한 적은 없었다. 모두 방원이 처첩을 거느리고 사는 줄 알지만 전혀 아니었다. 자경과 같은 지붕을 이고 살면서 차마 그럴 수는 없는 일이었고, 무엇보다 저가 그다지 내키지 않았다. 그래서 자경이 안방 금지령을 내렸음에도 불구하고 독수공방은 할지언정 행아를 찾지는 않았다. 그런데 이런 것도 첩이랄 수 있을까, 의아할 때가 종종 있었다. 허나 깊은 고민을 하기 이전에 저와 자경이 한순간에 조롱거리가 되고 말았다는 사실이 먼저 떠올랐고, 일을 이리 만들어버린 강 씨에 대한 분노가 치솟아 모든 감정을 압도했다. 저 때문에 제 어미를 슬프게 하더니 이젠 행아를 이용하여 자경을 비참하게 만들었다는 생각을 할 때마다 화가 나서 견딜 수가 없었다.

헌데 오늘은 이상하게 흩날리던 눈발이 차곡차곡 쌓이는 것마냥 분노는 가슴 저 아래로 차분히 가라앉고 의아함이 아주 오랫동안 방원의 머릿속을 맴돌았다. 자경이 너무나 깊이 슬퍼하는 바람에 차마 내어놓지 못하고 깊숙이 묻어두었던 의문이 오늘따라 두둥실 머리에 떠오르더니 도저히 떠나질 않았다. 어느새 방원의 미간에 깊은 주름이 졌다.

사실 곱씹으면 곱씹을수록 모든 게 정말인지 이상했다. 왜 미처 이상한 것을 깨닫지 못하고 지나갔던 건지, 왜 그냥 이리 뭉갠 채 살고 있는지 스스로가 이해가지 않을 정도였다. 거슬러 올라가자면 그날보다도 더 이전으로, 행아가 강 씨에게 간 것부터가 사실 의아한 일이었다.

행아를 강 씨에게 보낼 때 자경은 그를 통해 방과가 세자가 되도록 돕기 위함이라고 했다. 허나 정작 행아를 통해 어떤 정보를 얻거나 도움을 받은 적은 없었다. 혹 필요한 일이 생겨 행아를 좀 써먹으려 해도 자경은 잘못해서 들키면 혹시나 행아가 다칠지도 모른다며 반대했다. 그러다 정신을 차려보니 어느새 방석이 세자가 되어 있었다. 이제 더 이상 행아가 강 씨의 나인으로 있을 필요가 없어졌는데도 자경은 굳이 행아를 돌려달라 하지 않았다. 그리 아끼던 아이였는데 굳이 강 씨에게 보낸 것도, 보낸 뒤 딱히 써먹은 것도 없는 데다 심지어 쓰임이 다 했는데도 돌려달라 하지 않은 것도 하나같이 다 이상한 일이었다. 행아가 돌아온 뒤 여전히 사이좋게 잘 지내는 것을 보면 정이 떨어진 것도 아닌데 대체 뭐 때문에 강 씨에게 두고 그리 오래 내버려 둔 건지 모를 일이었다. 이건 자경이 제 사람을 다루는 방식도 아니었을 뿐만 아니라 화근이 될 수도 있는 아이를 강 씨 옆에 계속 둔 것은 자경답지 않은 허술한 일 처리였다.

얼결에 행아와 하룻밤을 보내고 아침에 일어나 멍한 방원에게 강 씨는 행아가 방원을 좋아하여 자경에 강 씨에게 떠맡기듯 보낸 애라고 했다. 그래서 행아가 방원이 잠든 방에 몰래 들어간 건데, 아무리 그렇다고 해도 어찌 왕비의 나인을 건들 수가 있는 일이냐고 펄펄 뛰었다. 술에 취해 정신이 없는 사이 벌어진 일이었고 상황 파악도 제대로 하지 못한지라 방원은 일단 무조건 제 잘못이라 빌 수밖에 없었다.

제정신을 차린 후엔 묻고 싶은 게 여러 가지 떠올랐지만, 답해줘야 하는 자경이 세상이 무너진 사람처럼 울기만 하는 바람에 아무것도 물을 수가 없었다. 하염없이 우는 자경에게 자초지종을 묻는 건 너무 잔인한 일이었기에 방원은 혼란스러운 머릿속을 저 혼자 정리해야 했다. 그리하여 결론 내린 것이 강 씨가 방원에게 흠집을 내고 자경에게 수치감을 주기 위해 행아를 이용했다는 거였다. 그리 생각하는 게 그나마 가장 명쾌했기 때문이다. 그러자 자경이 가장 아끼는 아이인 줄 뻔히 알면서 그런 식으로 이용한 강 씨가 사람 같지 않았다. 더 이상 절대로 참지 않겠다, 결심한 것은 그런 이유였다. 세상에서 가장 상처받은 사람인 양 울고 또 우는 자경을 보고 있자니 가슴이 너무 아파서 다른 것을 생각할 틈도 없었다.

헌데 이런 방원의 확신에 조금씩 틈이 벌어지기 시작한 것은 자경이 행아를 내보내지 않으면서부터였다. 의당 자경이 행아를 내보낼 줄 알았다. 송 씨도 무구와 무질도 그럴 줄 알았다. 헌데 자경은 행아를 내보내지 않았다. 방원이야 술에 취했다지만 행아는 맨정신으로 방원의 방에 들어와 하룻밤을 보낸 거였다. 협박을 받았든 어쨌든 그것을 받아들인 것은 누가 봐도 자경에 대한 배신이랄 수밖에 없었다. 헌데 자경은 행아에게 조금도 분노하지 않았다. 양쪽 집안이 모두 난리가 났고 무구와 무질은 대놓고 싫은 소리를 퍼붓고 사람 좋은 장모마저도 인상을 찌푸릴 정도였는데 그들 앞에서 자경은 행아를 감싸기 급급했다. 도무지 이해할 수 없는 처사였다.

그보다 더 놀라운 것은 행아가 아이를 가진 것을 알았을 때였다. 방원은 행아가 아이를 가졌다는 것을 안 뒤 기함했다. 하룻밤의 사건으로 끝날 수도 있었던 일이, 아이가 생김으로써 일생 감출 수 없는 증좌를 남기고 만 것이다. 씨앗을 보면 부처도 돌아앉는다는데,

애써 의연한 척하던 자경도 더 이상은 견디지 못하리라 여겼다. 방원 자신도 자경에게 면목이 없어 차마 얼굴을 들 수조차 없었다. 만약 자경이 행아의 아이를 억지로 떼어내게 만든대도 어쩔 수 없다고 생각했다. 저 역시도 이런 식으로 다른 계집에게서 아이를 보고 싶지 않았다.

헌데 자경은 여전히 행아를 내치지 않았다. 행아를 구박하지도 않았다. 오히려 어쩔 줄 몰라하는 행아를 위로하고 달랬다. 심지어 아이가 태어난 후에는 행아의 아이를 제 아이들과 조금의 차별 없이 대했다. 무구와 무질조차 제 누이가 아닌 것 같다고 믿기지 않아 할 정도였다. 방원 역시 자경이 그럴 줄은 몰라서 크게 당황했다. 자경은 행아가 원치 않게 강 씨의 꾐에 빠져 그런 꼴을 당하게 됐으니, 강 씨에게 보낸 제 책임이라고 했다. 하지만 단순히 책임을 진다기엔 이 모든 게 너무 과했다. 곱씹어볼수록 모든 일 처리가 처음부터 끝까지 다 아귀가 맞지 않아 덜그럭거렸다.

무언가 있다. 불현듯 그런 생각이 머리를 스치고 지나갔다. 자경이 방원에게 차마 다 털어놓지 못한 뭔가가 행아와 자경 사이에 있는 게 분명했다. 일단 방원에게 말한 것처럼 방과를 위해서 행아를 강 씨에게 보낸 것만은 아닌 게 분명했다. 방과만을 위해서 보냈다면 보낸 목적이 확실하게 행아를 써먹었을 것이다. 그게 자경이었다. 허나 행아는 제가 아는 한 아무런 일을 하지 않았다. 무엇보다 방과를 위해서 보냈다면 세자 책봉이 끝난 뒤 행아를 빼냈어야 했다. 거기 더 두고 있었다는 건 비단 방과 문제뿐 아니라 행아가 거기 있어야 했던 다른 연유가 있었기 때문이라고 밖엔 설명할 수 없는 일이었다.

강 씨는 무언가 행아가 마뜩잖은 이유로 제게 왔다는 것을 알고 다른 나인도 아닌 행아를 이용한 거다. 강 씨도 개경 귀족 가문의 여인이었다. 행아를 이용했다가 잘못되면 자신에게 더 크게 되돌아올지도 모른다는 것을 알면서도 행아를 이용할 수밖에 없었던 분명한 이유가 있었을 것이다. 자경이나 행아가 방원을 좋아한다고 말했다고 해서 그것을 순순히 믿었을 리 없다. 순순히 믿었을 리 없으니, 설마 그 말에 따라서 방원의 방에 행아를 밀어 넣은 건 절대 아닐 거다.

이제 와 생각해 보면 단순히 방원과 자경에게 망신을 주기 위해서였다면 행아가 아닌 다른 나인이었어도 충분했다. 왜 하필 그리 이용한 계집이 행아란 말인가. 궐에 여인은 수도 없이 많았다. 작정하고 방원을 자빠뜨리고자 했다면 굳이 행아가 아니어도 될 일이었다. 하다못해 그날 기생과 함께 내버려 뒀어도 방원은 술에 취해 하룻밤쯤 함께 지냈을 것이다. 후에 그게 기생이 아니라 나인이었다고 덮어씌웠어도 꼼짝없이 당했을 거다.

누가 봐도 자경은 첩실을 두고 볼 여인이 아니었다. 허니 행아가 아니라 누구든, 저 아닌 다른 여인과 방원이 하룻밤을 보냈다고 한다면 자경은 충격을 받았을 거다. 오히려 행아여서 의연한 척이라도 하는 거지, 다른 계집이었다면 더 심하게 무너졌을지도 모른다. 강 씨가 그런 계산을 하지 않았을 리 없다. 강 씨가 행아를 이용한 것은 다른 나인보다 행아를 이용하는 것이 가장 효과적이리라 생각했기 때문일 거다. 굳이 방원을 취하게 만들면서까지 행아와 하룻밤을 보내도록 한 까닭이 궁금했다. 강 씨가 제게 말한 것 이상의 다른 이유, 자경이 차마 말하지 못한 다른 이유가 있었다. 그게 아니라면 이런 기이한 현실을 도무지 설명할 방도가 없었다.

문제는 아무리 애를 써서 이런저런 이유를 끌어와 생각해 봐도 방원이 아는 한도 내에선 도무지 딱 떨어지는 대답이 떠오르지 않는다는 거였다. 무엇을 갖다 대도 명쾌하지 않았다. 방원이 한숨을 내쉬며 미간을 찌푸렸다.

눈발이 다시 흩날리기 시작했다. 이틀 차이로 태어난 데다 얼굴마저 꼭 닮은 두 아이가 흩날리는 눈발을 보며 다시 한번 꺄르르 웃음을 터뜨렸다. 그 모습을 보던 행아와 자경이 눈을 마주치며 웃었다. 방원이 눈을 가늘게 뜬 채 그 둘을 유심히 보았다. 두어 걸음 떨어진 곳에서 상인이 걱정스러운 얼굴로 그 모습을 조심스럽게 살피며 서 있었다.

16장

왕자일난

王子―亂

병자년에 정도전을 대신하여 명나라로 갔던 사신 중 권근만이 황
제로부터 융숭한 대접을 받은 후 다음 해 사월 귀국했다. 권근은 황
제들이 사신들을 모두 다 돌려보내 주겠다고 했는데 마지막 인사를
할 때 권근만 황제가 내려준 옷을 입고 나머지는 강 씨의 죽음을 애
도하는 의미를 담은 흰 옷을 입은 바람에 노여움을 사 나머지는 돌
아오지 못하였다고 했다. 허나 달포 뒤 설장수 등이 가져온 자문에
는 정총과 노인도, 김약항을 돌려보내지 못하는 이유가 그들이 조선
에 있었다면 정도전의 우익이 되어 화근이 되었을 거라고 적혀 있었
다. 신료들은 술렁였다.

권근은 민제와 가까운 데다 방원과도 오래 알고 지내 그 측근으로
분류되는 인물이었다. 권근은 좋은 대접을 받고 돌아왔는데 나머지
는 차별할 뿐 아니라 억류 중이었다. 주원장은 그러는 까닭을 도전
때문이라고 했다. 그 말인즉슨, 주원장의 심중엔 방원이 있다는 것
을 뜻했다.

주원장이 제 속내를 노골적으로 드러내자 여태껏 눈치만 살피며 머뭇거리던 이들마저 방원에게로 고개를 돌리기 시작했다. 벌써 조준이 방원을 집으로 여러 번 초대하였다는 소문이 파다했다. 하륜은 제가 방원의 사람임을 조금도 숨기려 하지 않았다. 민제의 집에 드나드는 빈객들은 더 많아졌다. 쉬쉬하지 않고 대놓고 방원의 집으로 찾아가는 신료들의 수도 나날이 늘어났다.

방원은 여전히 겸손했고 여전히 앞에 나서지 않았으나, 이제 더 이상 방원이 어떤 생각을 가시고 어떤 행동을 하느냐 하는 것은 중요치 않았다. 수많은 대안 중 하나가 아니라 단 하나의 희망이 되는 순간, 방원이 무엇을 하려느냐 보다 방원에게 무엇을 바라고 있으며 방원을 어찌 보고 있느냐가 더 중요해지기 때문이다. 그리고 하륜은 가운데서 그 모두의 욕망을 하나로 묶어내는 데에 아주 탁월한 재주를 발휘하고 있었다.

"이게 얼마 만이오, 삼봉."

"잘 지내셨소이까?"

함경도에 머물다가 오랜만에 한양으로 온 도전과 만난 남은이 아주 반가운 얼굴로 서로의 손을 맞잡았다. 간간이 안부를 주고받긴 했으나 서로 마주 앉은 것은 몇 달 만이었다. 든 자리는 몰라도 난 자리는 안다고 하루가 멀다고 보던 사이였으니 서로 떨어져 있던 몇 달간이 무척이나 허전할 만도 했다.

"좀 더 일찍 도착할 줄 알았더니만."

"김약항 집에 들렀다 오느라 좀 늦었소이다."

남은이 차마 대꾸하지 못하고 물끄러미 도전을 쳐다보았다. 도전이 쓸쓸한 미소를 지었다.

"어찌 지내나 안부도 물을 겸, 쌀과 콩도 좀 가져다줄 겸 들렀다오."

주원장이 부러 권근만을 돌려보냈다는 것을 알게 된 후 도전은 권근이 수상쩍다며 그를 탄핵했다. 방원으로 향하는 조정 신료들의 관심을 멈춰야 했기 때문이다. 권근을 희생양 삼아서라도 주원장의 뜻대로 조정이 갈라서서 싸우는 일은 없도록 하기 위함이었다.

허나 성계가 그 탄핵을 받아주지 않았다. 도전을 어서 내어놓으라는 주원장으로부터 도전을 보호하기도 쉽지 않은 일인데 거기다 주원장이 총애하는 권근을 굳이 내치기까지 하면서 그 비위를 더 뒤집을 필요는 없다고 판단한 듯했다. 성계 나름으로는 최선을 다해서 내린 결론이었으나 결과적으로는 악수였다.

주원장이 도전을 목표로 한다고 노골적으로 드러내면서 대놓고 방원을 지지하는 까닭은 조정을 쥐고 흔들려는 의도가 다분했다. 여우 같은 주원장이 뜻한 바대로 신료들은 누구를 따를 것이냐, 각자 뜻을 달리하고 있던 차에 성계가 차마 황제에게 맞서지 못하는 모습을 보여주니 분열은 더 가속화되고 말았다.

"정총과 노인도의 댁에는 내가 하리다. 내가 준비해 두겠소."

"그럼 내일 같이 갑시다."

"거기도 직접 갈 참이요?"

"그래야지. 미안하잖소."

모래 알갱이처럼 흩어지려는 신료들을 다시 하나로 뭉쳐야 했다. 아직 세자가 어린데 조정의 신료들이 사분오열된다면 나라의 미래를 장담할 수 없었다. 고려 시대 원나라가 내정간섭을 하던 악몽 같은 기억들이 떠올랐다. 막아야 했다. 내분을 막기 위해선 공동의 목표가 필요했다. 공동의 목표를 설정하는 가장 쉬운 방법은 외부의 적을 두는 것이다. 외부의 적이 있으면 내부는 그 적을 막기 위해서라도 서로 손을 잡을 수밖에 없었다. 그리하여 도전은 요동 정벌이라는 패를 던졌다.

"삼봉이 미안할 게 무에 있소. 미친 황제놈의 죽 끓는 변덕 탓인 것을."

도전은 과거 최영이 꺼낸 요동 정벌과 이번에 꺼낸 요동 정벌은 전혀 다르다고 생각했다. 허나 다른 신료들은 그리 받아들여 주지 않았다. 다들 최영의 요동 정벌을 반대하여 위화도 회군으로 권력을 쟁취한 이들이 이제 와 요동 정벌을 주장하는 것에 대해 명분이 없다고 여겼다. 무엇보다 조준이 크게 반대하고 나서자 우정승 김사형까지 거기 두둔하면서 신료들의 의견은 한쪽으로 쏠렸고 결국 솔깃하던 성계조차 수그러들 수밖에 없었다.

"나 대신 가지 않았다면 죽지 않았을 사람들이오. 황제가 변덕 부릴 것을 몰랐던 것도 아니고, 알면서도 보냈으니 그 역시 내 탓이라면 내 탓이지요."

조준이 왜 반대하는지 그 속내를 짐작하지 못하는 바는 아니었으나 차마 대놓고 그리 물을 수는 없었다. 결사적으로 요동 정벌을 반대하는 조준과 김사형을 보고 남은은 양곡이나 들이고 낼 줄 아는 인물들에 불과하다며 그릇이 간장 종지만 하다고 힐난했으나 그것도 남은이니 할 수 있는 말이었지, 도전이 그럴 수는 없는 노릇이었다.

결국 조준의 반대로 진법을 가르치는 일은 중단되었다. 그러자 대신 도전은 세자의 혼례를 서둘렀다. 강 씨가 죽고 일 년도 지나지 않았는데 세자의 혼례를 준비하는 것은 유교적 예법에 어긋나는 일이 아니냐는 반발이 있긴 했으나 내전을 비워둘 순 없다는 핑계를 댔다. 결국 심효생의 딸을 세자빈으로 삼았다. 나란히 선 세자 내외를 보자 그제야 겨우 맘이 놓였다. 허나 평화도 잠깐, 곧 부고가 도착했다. 명나라에 억류되어 있던 정총, 노인도, 김약항이 끝내 사형당했다는 소식이었다.

인생사 새옹지마라, 결과적으로 그들의 죽음 덕분에 요동 정벌을 반대하던 신료들이 입도 뻥긋 못하게 되었다. 동료의 억울한 죽음은 곧 약국의 설움이었다. 백성과 나라를 지키기 위해 사대를 하는 것인데, 오히려 사대를 하려다 신료들의 목숨을 잃고 말았으니 이런 모순이 또 없었다. 결국 사대는 힘을 잃었다.

"그래 함경도 지역은 다 정리하고 올라온 것이오?"

"한두 달 더 필요하긴 한데, 늦어도 여름이 되기 전에는 대충 마무리될 것 같소이다."

지난 십이월 도전은 동북면 도선무순찰사로 임명되었다. 함경도 지방의 주군을 구획하고 성보를 수리하며 호구와 군관을 점검하기 위함이었다. 혹시나 있을 전쟁을 대비한 것이었다.

분열하는 신료들을 하나로 묶기 위해 던진 패이기는 하지만, 말이 나온 이상 진짜 전쟁이라도 치를 각오로 모든 대비를 해야 했다. 그래야 염탐을 하는 황제가 긴장할 것이고, 신료들 역시 딴생각을 멈출 것이기 때문이다. 도전 스스로도 진심으로 전쟁을 대비한다는 각오로 임하고 있었다. 무슨 일이 생기든 안 생기든 만약을 대비하여 철저히 준비하는 건 좋은 일이었다. 꼭 요동 정벌이 아니더라도 병력을 한데 모으고 진법훈련을 제대로 시키는 일은 나라의 기반을 튼튼히 하기 위해 마땅히 해야 할 일이기도 했다.

"전하는 언제 뵐 참이오?"

"이따 저녁에 뵙기로 했소이다."

"오자마자 곧장 뵙지 아니하고 어째서? 아마 날 먼저 본 줄 알면 송헌 거사께서 아주 서운해하실 터인데."

도전이 함주로 떠난 이후 성계는 무척이나 허전해했다. 강 씨의 죽음 이후 신료들이 점점 딴생각을 하는 게 눈에 보이는데 도전마저 자리를 비웠으니 더더욱 썰렁했을 게다. 남은이 나름대로 열심히 위로해주었으나 그걸로는 영 부족한 듯했다. 그리하여 성계는 스스로를 송헌 거사라 청하며 봉화백 도전에게 서찰을 보내 자신의 애틋한 마음을 표했다. 왕과 신하가 아니라 뜻을 함께 한 동지에게 보내는 마음이었다. 도전 역시 크게 감격하여 답신하였다.

"내 특별히 부탁할 게 있어서 대감을 먼저 뵙자고 한 거외다."

"무슨 일이오?"

"함경도 지방을 정리하고 나면 곧장 진법훈련을 시작할 거외다."

"본격적인 전쟁 준비를 할 참이구려."

"그렇소."

"진짜 전쟁을 일으킬 건."

"진짜 전쟁을 일으킬 것처럼 모두가 알아야 하오. 우리가 설마 위화도에서 회군할 것을 아무도 몰랐던 것처럼 말이오. 이번에도 위화도에서 돌아오는 한이 있더라도 일단 준비는 그리해야 하오."

"알겠소이다."

"헌데 그리기 위해선 종친들이 가진 군대를 모두 한데 모아야 하오."

도전의 선언에 남은이 화들짝 놀랐다.

"그들이 가진 군대를 합치면 중앙군에 맞먹소이다. 그들의 군대를 빼놓고 어찌 전쟁준비를 한다 할 수가 있겠소이까?"

"허나 그들이 그걸 내놓으려 하겠소?"

"어차피 내놓아야 하는 병력 아니오?"

"아무리 그렇다 해도 그것을 지금 당장 달라 하기엔."

"오히려 지금 달라 하기에 좋지요. 전시 중이잖소? 보통 때 내놓으라 하면 그것은 싸움이 되겠지요. 허나 나라를 지키는 데 필요하니 달라는데 안 내놓으면 그것 불충 아니오?"

목이 타는 듯 남은이 뜨거운 차를 마치 찬물 들이키듯 벌컥벌컥 마셨다.

"가만 생각해 보면 황제가 나를 도움이에요. 황제를 핑계삼아 군사훈련을 할 수 있고 또 그것을 핑계 삼아 종친들이 가진 사병을 국가로 환속시킬 수 있으니 말이에요. 어떤 부분은 오히려 고맙기까지 해요."

"그리 생각하면 또 그렇기도 하지만."

"남 대감이 운을 띄워 주오."

"어찌하면 좋겠소?"

"내일 저녁에 이두란 대감을 불러 술자리를 마련해주시오. 그 자리에서 사병을 혁파해야 함을 말해주시오."

"하여튼 어려운 건 꼭 나더러 하라고 한다니까."

남은이 입을 내민 채 툴툴거렸다. 남은은 직설적인 데다 해야 할 말은 담아두는 것 없이 모두 쏟아내야 직성이 풀리는 성미였다. 성질도 울뚝불 같고 입도 걸은데, 또 의리 있고 사내다워서 이상하게 미워하는 사람은 또 없었다. 똑같은 말을 해도 도전이 할 때와 남은이 할 때 분위기가 전혀 달랐다. 그것을 깨달은 후부터 도전은 제가 해야 하는 말을 은근히 남은에게 시키곤 했는데, 그럼 남은은 툴툴거리면서도 제 일마냥 나서서 대신 해주곤 했다.

"이 대감이 대신 나서준다면 훨씬 일이 수월하게 돌아갈 거외다. 전하를 제외하고 나면 그 집안에선 제일 어른 대접을 받는 분이니 말이오."

"그리고 전하의 뜻이라면 가장 잘 따라주는 분이기도 하지요. 설마 싫다고 하진 않겠지요."

"이 대감이 싫다고 하면 진짜 안 되는 일인 거요. 어떻게 구워삶아서라도 알았다는 말이 나오게 해야 하오."

"그쪽을 다리 삼아 다른 종친들의 분위기도 살펴야 하니, 어떻게든 내일 이 대감을 잘 설득해야겠구려."

"그러니까 그러니 내가 이리로 먼저 온 거외다."

"아주 알뜰히 부려먹는구려."

남은이 도전을 향해 밉지 않게 눈을 흘겼다. 도전이 호쾌한 웃음을 터뜨렸다. 오랜만에 한양에 훈풍이 불고 있었다.

* * *

"그래서 두란 숙부는 뭐라고 하셨답니까?"

자경이 눈을 반짝이며 재촉했다.

"아주 잘 대처하셨어요. 요동 정벌 이야기가 처음 나왔을 때 우리가 삼봉의 실제 목적은 종친들의 사병을 빼앗으려는 거라고 운을 띄워 놓았잖소. 그 덕에 이야기를 듣고 별로 안 놀랬다고 하시더이다. 역시나, 싫으셨던 모양이오. 이미 각오한 바가 있는 터라 별다른 내색하지 아니하시고 나라에 필요하면 그래야지 어쩌겠나, 라고 하고 돌아오셨다고 했어요."

"정말 잘 대처하셨네요. 아주 잘하셨어요."

도전이 요동 정벌을 해야 한다며 내민 근거들은 과거 최영이 요동 정벌을 강행할 때와 꼭 같았다. 과거 분노한 최영과 같은 모양새를 하고 같은 말을 내뱉으며 도전은 최영처럼 요동 정벌을 주장하고 있었다. 아무리 옳은 주장 옳은 말이라 해도 그것을 도전이 하는 것은 엄청난 모순이 아닐 수 없었다.

최영의 요동 정벌이 국가에 해가 되는, 옳지 않은 일이라며 위화도 회군을 강행하여 권력을 잡아 끝내 왕의 자리까지 오른 성계였다. 그리고 도전은 성계의 총신이었다. 위화도 회군으로 권력을 잡아 개국을 하였는데 이제 와서 요동 정벌을 하겠다고 나서는 건 곧 자신들이 과거에 했던 위화도 회군의 정당성을 제 손으로 시궁창에 처박는 것과 다를 바 없었다.

위화도 회군은 고작 십여 년 전 일이었다. 나라와 백성들에게 아주 위험하여 절대 해서는 안 되는 일이 단 십 년 만에 해서 승리할 수도 있는 일로 변하는 건 누가봐도 우스웠다. 그것은 곧 위화도 회군이 반란을 위한 군사돌림 그 이상도 이하도 아니었다는 것을 스스로 증명하는 꼴과 다를 게 없었다.

조선의 개국 공신이라면 누구라도 요동 정벌을 입에 올리는 건 모순이었다. 자기 존재를 부정하는 것과 다를 바 없었다. 하물며 성계의 최측근인 도전이었다. 이런 상황이니 누가 봐도 도전이 진심으로 요동 정벌에 뜻이 있다고 보기 어려웠다. 분명 내세우긴 요동 정벌을 내세웠지만 다른 속셈이 있다고 밖엔 생각되지 않았다.

"그분 아주 정치인 다 되셨습니다."

맞은편에 앉아 있던 하륜 역시 맞장구치며 흐뭇한 미소를 지었다.

처음 도전이 요동 정벌을 입에 올리자마자 하륜은 이건 방원에게 향하는 신료들의 관심을 돌리고 종친들의 군사를 빼앗기 위한 목적이라고 주장했다. 그리하여 도전이 바라는 대로 말려들지 않기 위해 하륜은 여러 가지 수를 썼다.

일단 하륜은 조준으로 하여금 요동 정벌을 크게 반대하도록 권했다. 허나 절대로 도전의 진짜 목적을 조금이라도 눈치챈 것처럼 보여선 안 되었다. 순수하게 요동 정벌만을 반대해야 했다. 모든 신료들은 도전의 주장을 진심으로 '믿어야' 했다. 과거 위화도 회군 때 주장했던 사불가론처럼 다른 뜻 없이 순수하게 요동 정벌이 불가한 이유만을 들었다. 그리하여 성계와 도전이 대꾸할 말이 없도록 만들었다.

백성들의 곤궁함을 내세운 조준의 반대에 성계는 주춤할 수밖에 없었다. 무엇보다 조준의 반대는 과거 성계가 내세웠던 사불가론과 일맥상통하여 더욱이 싫은 기색을 내비치기 어려웠다. 성계가 머뭇거리자 잠깐이나마 솔깃했던 신료들조차 뿔뿔이 흩어졌다. 결국 조준이 나섬으로 인해 신료들을 하나로 묶으려던 도전의 가장 큰 목적이 희석되고 말았다.

"다른 말은 또 한 게 없답니까?"

"두란 숙부께서 종친들에게 전하의 뜻을 부디 잘 전해달라 부탁했다고 하더이다. 이런 부탁을 받았으니 난처하다며 내게 먼저 의논하신 거였어요."

"그래서 뭐라고 하셨습니까?"

신료들에게는 절대로 도전의 속내를 눈치챈 척하지 말라고 신신당부했지만, 반대로 종친들에게는 도전의 진짜 속내를 넌지시 흘리라고 하륜은 권했다. 그래서 방원은 술 마시는 도중 슬쩍 저는 아무래도 요동 정벌의 목적이 종친들의 사병을 뺏으려는 것처럼 생각되어 찝찝하다며 운을 띄웠다.

"삼봉은 전하의 뜻이라고 하나 그건 전하의 뜻이 아니라 삼봉이 하는 말임을 분명히 밝혀야 한다고요. 그리고 모레 자리를 마련할 테니 그때 말씀하시라구 했습니다."

처음 방원이 취기에 갑자기 떠오른 생각인냥 사병에 관한 생각을 툭 던지자 다들 하나같이 언짢은 기색을 비치며 펄쩍 뛰었다. 성계가 직접 내놓으라고 해도 싫을 판에 도전이 그것도 다른 이유를 핑계대며 사병을 뺏아갈 거라는 말에 종친들은 더욱이 분노했다. 하나같이 만약 그리 된다면 가만 있지 않겠다고 하면서도 설마 방원이 너무 깊이 생각하는 거지 그럴 리 있겠냐고 그랬는데 그 일이 진짜로 일어났으니 다들 난리를 칠 게 분명했다.

"잘하셨습니다. 아주 잘하셨어요."

"이리 빨리 기회가 올 줄은 몰랐어요. 설마 삼봉이 노골적인 속내를 드러내리라곤 미처 생각지 못해서 두란 숙부께 말을 들으면서도 놀랐습니다."

"본래도 목적하는 바가 있으면 주변을 살피지 않는 성정이지 않습니까. 하는 행동을 보면 영락없이 가리개로 눈 양옆을 가린 말과 같아요."

신료들의 뜻은 방원으로 모아진지 오래였다. 허나 문제는 종친들이었다. 집안의 어른들은 내심 방원에게 기대를 걸고 있었으나 다른 아들들의 눈치가 보여 차마 내색할 수가 없었다. 방원은 무려 다섯째였다. 한 씨의 아들로만 따지자면 막내였다. 강 씨의 아 중 막내가 세자가 된 것에 반기를 들었으면서 한 씨의 아 중 막내를 밀 수는 없는 노릇이었다. 잘못했다가 다른 형님들의 비위를 건드리면 끝장이라 방원 역시 대놓고 저를 추대해달라 할 수가 없었다.

이쯤 되자 이젠 아들들이 너무 많은 게 문제였다. 친척들은 그 아들들의 눈치를 보느라, 아들들끼리는 서로 조심하느라 머뭇거리는 바람에 종친들의 의견은 도통 하나로 모이지 않고 지지부진했다. 이들을 하나로 묶을 무언가가 필요했다.

그리하여 도전이 조선 외부의 적을 찾았던 것처럼 하륜 역시 종친 외부의 적을 찾았다. 도전에게 적은 명나라였고 하륜에게 적은 도전이었다. 그리고 명나라보다 훨씬 더 완벽하게 도전은 적의 역할을 훌륭히 수행했다. 하륜이 예상하고 기대한 딱 그대로 움직여줬으니 말이다.

"예상했던 것보다도 훨씬 빨라요."

"마음이 급하니까요. 마음이 급하니 실수를 한 거고요."

방원이 넌지시 처음 이야기를 꺼냈을 때 다들 말도 안 된다고 웃어넘겼지만 그러는 한편, 이게 만약 사실이면 가만있지 않겠다고 하나같이 이를 갈았다. 성계도 차마 달라고 못하는 것을 도전이, 그것도 다른 핑계를 대어가며 억지로 가져가는 것을 묵과할 수는 없다는 거였다.

종친들에게 군사는 단지, 군사가 아니었다. 그건 일종의 가문의 재산이자 기반이었고 성계를 왕으로 만든 자부심이었다. 내어놓는대도 그건 성계 뒤를 이을 이 씨 가문의 아들에게 내어놓아야지 고작 정도전 따위에겐 뺏길 수 없는 거였다. 그래서 성계조차도 쉬이 말을 꺼내놓지 못하고 머뭇거리는 거였다. 방석이를 위해 달라기엔 성계가 생각해도 너무 염치없었으니 말이다. 성계조차 염치없어서 못하는 짓을 도전이 하겠다고 나서니 종친들 입장에선 기가 막히고 코가 막히는 일이었다.

"모레 술자리는 저희 집보다는 다른 곳에서 하는 게 좋겠습니다."

"제 생각도 그렇습니다. 영안군의 댁이 어떨까요?"

"알겠습니다. 형님께 말씀드려놓지요."

"무슨 일이 있어도 군사를 내어줄 순 없다, 라는 결론이 나오도록 몰아가세요."

"어차피 굳이 애쓰지 않아도 그런 분위기가 될 겝니다. 혹시나 삼봉이 재촉하거든 말은 던져 놓았다, 곧 정리될 거다, 정도의 이야기만 전하라고, 일단 두란 숙부에게 그리 당부해두었습니다."

"아주 잘하셨습니다. 아마 도전은 곧이 믿을 겝니다."

"곧이 믿으면, 내놓으라고 하겠지요. 내놓으라고 할 때 안 내놓으면 어찌 될까요?"

"어떤 식으로 내어놓으라고 하냐에 따라 달라질 겝니다."

옆에 있던 자경이 둘의 대화에 끼어들었다.

"삼봉 선생은 아주 엄격한 원칙주의자예요. 본인이 한 번도 어떤 자격으로 특혜를 받아본 적이 없기 때문에 타인에게 주어지는 특혜 역시 이해하지 못할 뿐만 아니라 민감하게 굴지요. 허니 모두가 공평해야 하는 상황에서 종친들만이 종친이라는 이유로 빠진다면, 결단코 견디지 못할 겝니다. 그리고 삼봉 선생이 견디지 못하고 종친임에도 불구하고 모두 똑같이 대우하려 든다면, 종친들 역시 참지 않을 거고요. 허니 양측 다 견디지 못하는 일이 벌어지도록 우리가 판을 짜야겠지요."

"그런 일이 무어가 있을까."

모두 잔뜩 인상을 찌푸린 채 한참 동안 말이 없었다. 그때 방원이 무릎을 쳤다.

"두란 숙부 편으로 삼봉에게 이리 전하라 하겠어요. 만약 전시를 앞두고 모든 군대가 동원되어 진법훈련을 해야 하는 상황이 온다면, 국가 중대사이니 사병을 내어줄 수밖에 없지 않겠냐고요."

방원의 말에 하륜 역시 크게 고개를 끄덕였다.

"좋은 방법입니다. 허면 도전은 사병을 뺏기 위해서라도 당장 전시 체제를 조성해 진법훈련을 실시할 겝니다."

"그리고 종친들에게는 무슨 일이 생겨도 절대로 사병을 내놓아선 안 된다고 당부하세요. 삼봉은 진법훈련에 종친들만 빠지는 것을 보고 분개할 것이고, 일반 군사들과 똑같이 종친들에게 벌을 내리려 할 겝니다. 벌을 받은 종친들은 가만있지 않겠지요."

"그리되면 군사를 일으킬 명분이 마련될 터이니, 기회만 노리면 되겠습니다."

하륜이 껄껄 웃으며 무릎을 쳤다. 자경 역시 흐뭇한 미소를 지었다. 허나 방원은 여전히 개운치 못했다. 자경이 조심스레 방원의 안색을 살폈다.

"아직 맘에 걸리는 문제라도 있으십니까."

"나는 군사가 없지 않습니까. 다른 종친들에게는 그 일이 명분이라 해도 내게는 명분이 되지 못합니다. 다른 종친들의 군사를 이용하여 난을 일으킨다면 후에 자격이 없다는 비난을 받을 수도 있음이에요. 다섯째 아들인데 군사조차 없으면서 어찌 권력을 잡고 떳떳하다 할 수 있겠습니까."

"자금이나 무기는 다 저희가 댈 텐데요."

"그래도 결국 싸움은 사람이 하는 겝니다. 게다가 그것들도 삼봉의 눈을 피해서 모아둔 것들이라 그리 넉넉한 것도 아니지 않습니까."

"어차피 도성을 지키는 것도 가별초를 기반으로 한 군사들이고, 밖에서 치고 들어가는 것도 가별초를 기반으로 한 군사들이 될 터이니, 가별초를 제외한 군사들을 정안군께서 쥐고 있는 게 여러모로 모양새가 좋긴 할 겝니다."

"허나 갑자기 어디서 그런 군사들을 구한단 말입니까. 가뜩이나 삼봉이 전국의 병사들을 다 끌어모으고 있는 이 와중에."

방원은 종친 중 가장 군사가 적었다. 과거에 급제한 문신이었기에 애초에 가문에서 물려받은 군사 자체가 없었기 때문이다. 그나마 지금 있는 적은 수의 군사들도 무구와 무질이 민 씨 가문을 위한 거라고 핑계대며 마련한 거였다. 수로 보나 실력으로 보나 가별초를 물려받은 종친들의 군사에 비할 것이 못 되었다. 어쩔 수 없이 자금과 무기를 대는 것으로 제 몫을 하려 했는데 아무래도 그것만으론 부족하다는 생각이 자꾸만 들었다.

"걱정 마세요. 제가 해결하겠습니다."

"하 대감이 어찌."

"이런 문제를 해결하는 게 저 같은 사람이 할 일이지요. 염려 마세요. 의안군 못지않은 군사들을 제가 가져다드리겠습니다."

믿어도 되는 걸까, 자경과 방원이 걱정스러운 시선을 교환했다. 하륜이 자신만만한 표정으로 껄껄 웃었다.

***

　오월이 되자 도전은 군사를 끌어모아 진법훈련에 박차를 가했다. 거기다 창고를 뒤져 무기까지 모두 가져갔다. 눈치 빠른 자경이 미리 준비해놓은 무기들을 재빨리 친정으로 옮겨 숨긴 덕에 방원은 하나도 뺏기지 않았지만 다른 종친들은 몽땅 다 창고를 털리고 말았다. 뿐만 아니라 사병들을 모두 중앙군에 편입시켜 진법훈련을 받으라고 하니 종친들의 불만은 극에 달했다.

　"애초에 두란 숙부가 말씀을 잘못하신 겝니다. 왜 협조하겠다고 해요! 죽어도 우린 못 내놓는다 했으면 군사가 모자라서라도 요동 정벌이니 뭐니 하는 말은 쏙 들어갔을 거란 말이우다! 숙부가 거기 가서 내놓을 수도 있다, 고 하는 바람에 일이 이 지경이 된 거라니까요!"

　"간나 새끼, 너 이럴 거이가? 이럴 거이야?"

　두란과 방간이 목에 핏대를 세우며 서로를 향해 삿대질했다. 이화와 방원이 그런 둘을 급히 말렸다.

　"이러지 마세요. 이런다고 해서 일이 해결되는 게 아니지 않습니까."

　"일이 이미 이 지경이 되었는데 과거지사를 꺼내 잘잘못을 따지는 게 무슨 의미가 있습니까."

　"너는 숙부께 그게 대체 무슨 말버릇이야! 잘못했다고 해라. 어서!"

　방과까지 나서서 혼을 내자 방간이 불퉁한 얼굴로 두란을 향해 꾸벅 고개를 숙였다.

　"잘못했습니다."

　"엎드려 절받기다, 새끼야."

　"숙부!"

"내래 열통 터지는 건 너 못지않단 말이다. 가마니 있으니 가마니로 안다고 양쪽 다 나한테만 지랄이니 내래 돌겠다. 야. 저쪽에서는 나한테 와 너네가 군사를 안 내놓는 거냐고 닦달이고 여기서는 내한테 왜 군사를 내준다 했냐고 닦달이니 나더러 어카란 말이가? 여기서 제일 환장하겠는 건 나다, 나야!"

두란이 씩씩거리며 분통을 터뜨렸다.

"우리만 군사를 내놓지 않는 것도 좋은 모양새는 아닐 겝니다. 한데 섞여 진법훈련 좀 같이 받는다고 해서 우리 병사들이 저쪽 병사들이 되는 것도 아니니까."

"허면 형님은 군사를 내어주잔 겝니까?"

"어쩔 수 없지 않느냐? 아바마마께서도 협조하라고 하셨으니 따르는 것이 자식된 도리야."

제일 효성이 지극한 방과 다운 말이었다. 가별초를 물려받아 종친 중 이화와 함께 가장 군사가 많은 방과가 이리 나오면 안 될 일이었다. 방원이 급히 방간을 쳐다보았다.

"형님 생각은 어떠십니까?"

"말도 안 되는 소리! 한데 섞어 놓으면 젠장 그놈이 그놈이라, 나중엔 어느 놈이 내 병사인지 헷갈릴 게 뻔하지. 이건 아바마마에 대한 효성의 문제가 아니에요. 삼봉이 제 맘대로 권력을 휘두르기 위해서 종친들의 기운을 빼자는 일인데, 형님은 어찌 거기 넘어가려 하십니까."

"요동 정벌을 한다고 하니."

"아 중앙군으로 다 모여서 훈련 안 해도, 우리 군사들만 가지고도 작정하면 요동 정벌은 너끈히 하고도 남습니다. 삼봉이 뭘 안다고 지가 군사훈련을 시킨다는 겝니까? 막말로 지가 적장 대가리 한 번 베어본 일이 있어요? 전쟁에 발끝도 안 담가 본 주제에 무슨 군사 훈련! 군사훈련을 시키자고 들면, 자격으로 보나 경력으로 보나 방과 형님이 할 일인데, 형님을 제쳐놓고 지가 나서는 거 자체가 딴맘이 있단 거예요. 아바마마야 막내놈 때문에 눈 가리고 아웅으로 거기 넘어가 준다 쳐도 우리가 왜 그래야 합니까? 누구 좋으라고요!"

"제 생각에도 요동 정벌은 핑계인 것 같습니다."

방원이 방간의 말에 동조하자 이화마저도 고개를 끄덕이며 동의했다.

"내 생각도 그래. 방간이 말대로 정말로 요동 정벌을 할 작정이었으면 나나 방과 너에게 도움을 청했어야지. 왜 군사부터 모은단 말이냐?"

"아, 그렇다니까요! 제 말이 그 말이라니까요! 절대로 단 한 놈도 내어주면 안 됩니다. 아마 군사를 내어주고 나면 그다음은 우리 목일 겝니다."

"설마."

"그리되면 어머니는 영영 추존되지 못하시겠지요."

방간의 말에 기함하며 눈살을 찌푸렸던 두란은 뒤이어 방원이 한 씨의 이야기를 꺼내자 입을 꾹 다물었다. 내도록 다른 의견을 제시하던 방과 역시 마찬가지였다.

"일단은 다들 버팁시다. 버티면서 상황을 좀 보자고요. 아, 내일모레 전쟁할 것도 아닌데 벌써부터 내줄 필요가 무에 있습니까? 그 훈련 안 시킨다고 우리 군사들이 싸움을 못한답니까? 그딴 훈련 안 해도 조선에서 제일 잘 싸우는 게 우리 군사들일 거외다. 훈련이 필요하지도 않은 군사들을 내놓으라고 하는 것 자체가 다른 속셈이 있는 거라니까요."

"맞아. 내 생각에도 벌써부터 굳이 내놓을 필요 없을 거 같다."

"알겠습니다. 모두의 뜻이 그러하다면 저도 따르겠습니다."

"야, 나한테 뭐라 그럼 어카냐?"

"숙부는 그냥 했던 말 또 하고, 했던 말 또 하고 그러시면 됩니다."

"응?"

"말했다, 알았다고 했다, 말했다, 알았다고 했다, 그 말들만 계속 반복하세요. 숙부께서는 분명 말했는데 저희가 그 말을 먹어버린 걸로 만드세요. 그리 말하면 그쪽에서도 더 이상 숙부에게 어쩌지 못할 겁니다."

"이게 뭐이가. 나만 처지가 곤궁하게 된 거 아이가."

"상황이 어쩔 수 없잖습니까. 형님께서 애써 주세요."

이화까지 나서서 달래자 두란이 겨우 시무룩한 얼굴로 고개를 끄덕였다. 분위기가 정리된 이후 방원이 천천히 입을 열었다.

"만약 삼봉이 물러나지 않고 끝까지 간다면, 그땐 어쩌시겠습니까?"

"끝까지 가다니?"

"다른 신료들에게 하듯이 우리에게 벌을 내린다거나 하면."

"설마 그렇게까지야 하겠느냐."

"모르지요. 방간 형님 말씀대로 아예 우리에게서 모든 것을 빼앗을 작정이라면 오히려 우리가 내놓지 않는 것을 기회 삼을지도요."

방원이 부러 슬쩍 방간을 끼워 넣어 이야기를 이었다.

"방간 형님 말씀을 듣고 있자니 아무래도 이 일이, 쉬이 정리될 거 같지 않아서 말입니다."

"그리되면 앉아서 당할 수야 없지."

"허면 어쩌잔 게야?"

"의당 종친들이 힘을 모아서 대응해야지. 아니 그렇습니까, 숙부님들?"

이화와 두란의 불안한 시선이 마주쳤다. 방과가 펄쩍 뛰며 고개를 저었다.

"대응하다니, 무슨 말을 그리하는 게야? 만약 삼봉이 그렇게까지 나온다면 그건 아바마마의 뜻이다. 거스를 수 없어."

"형님."

"부모님이 죽으라면 죽는 시늉이라도 하는 게 자식 된 도리야."

방과는 단호했다. 허나 방안에 있는 그 누구도 방과의 말에 동의하지 않았다. 내도록 조용히 듣고만 있던 방의조차도 고개를 돌리며 외면할 정도였다. 방과와 같은 마음을 가진 자식은 방과뿐인 모양이었다. 방원에겐 참으로 다행한 일이었다. 좌중을 둘러보며 마음을 쓸어내리던 방원이 이화와 눈이 마주쳤다. 방원을 빤히 보던 이화가 고개를 끄덕였다. 무엇이든 네 뜻대로 해도 좋다는 의미였다. 아무리 가까운 사이라 해도 두란은 의형제에 불과하니 엄밀히 따지자면 성계를 제외한 집안의 어른은 이화였다. 그런 이화의 허락이 떨어진 것이다. 이제 거사일만 정하는 것만 남은 것이나 진배없었다. 방원의 가슴이 세차게 뛰기 시작했다.

* * *

양주목장에서 오진도에 따른 군사훈련을 실시하면서 도전은 계속 종친들에게 군사를 내놓으라 했으나 하나같이 뻗대면서 보내주지 않았다. 도전은 그들의 구심점이 방원이라고 생각했다. 겉으로 보기엔 제일 날뛰고 있는 것이 방간처럼 보였지만, 아무리 봐도 방간이 그 모든 것을 획책할 인물은 아니었다. 결국 머리는 방원일 거다. 그렇다면 방원의 힘을 와해시키는 게 우선이었다.

그리하여 도전은 하륜을 충청도 도관찰출척사로 발령냈다. 과거 성계의 힘을 빼기 위해서 그 측근들을 탄핵하던 몽주의 수법, 그대로였다. 딱히 트집 잡을 거리가 없는데 둘이 붙어 있는 꼴을 두고 볼수는 없으니 멀리 떨어뜨려 놓을 작정으로 충청도로 보내버리려는 거다. 시간이 얼마나 지났는데 정말 단 하나도 달라진 게 없다며 방원은 어이없어했다. 하륜 역시 그런다고 뭐가 달라지냐며 비웃었다.

"참 어리석달지, 순진하달지 모르겠어요. 지금이 공양왕 같은 허수아비 하나 앉혀두고선 힘겨루기하던 때도 아니고 소신을 충청도로 보내봤자 무어가 달라진다고요."

"그러게나 말입니다. 위화도 회군 당시 본인은 남양부사였다는 걸 까맣게 잊어버린 모양입니다."

"남양보다야 충청도가 가깝습니다, 그려."

송별회 자리에서 티 안 나게 슬그머니 빠져나온 하륜과 방원이 방원의 집 후원 누각에서 다시 만났다. 누각엔 자경이 특별히 마련한 술상이 차려져 있었다. 술잔을 주고받으며 방원과 하륜이 그제야 차마 다른 이들 앞에서 털어놓을 수 없던 속내를 이야기하며 툴툴거렸다.

"그래도 어쨌거나 멀리 가시는 게 마음이 썩 좋지는 않습니다."

빈 잔에 술을 채우며 자경이 걱정스러운 기색을 내비쳤다.

"위화도 회군 때와는 또 다르지 않습니까."

"걱정 마세요, 부부인. 제가 다 마련해 두었으니까요."

자경이 채워준 술잔을 단번에 비워내며 하륜이 기세등등했다. 왜 이리 자신 있어 하나 의아해하는데, 잠깐 자리를 비웠던 상인이 누군가를 후원으로 데려왔다. 낯선 이라 방원과 자경이 당황하는데 하륜이 아주 반가워하며 자리에서 일어났다.

"오, 제대로 데려왔구만. 이보게, 인사를 올리시게. 정안군과 부부인이시네."

네모난 턱에 덩치가 좋고 인상이 서글서글한 사내는 하륜이 시키자마자 넙죽 땅바닥에 이마를 대고 절을 올렸다. 그 모습을 보고 누각으로 오르란 말을 미처 하지 못한 방원은 미안해했으나 그런 것을 조금도 꺼리는 기색이 아니었다.

"인사 올리옵니다. 신은 안산군지사 이숙번이라 하옵니다."

"일전에 제가 말씀드렸던 군사를 해결해줄 자이옵니다."

이어진 하륜의 설명에 방원이 눈썹을 치켜떴다.

"이리 누각으로 올라오시게."

"예."

자리에서 일어난 숙번이 누각으로 올랐다. 일을 마친 상인이 인사한 뒤 돌아가려 하자 하륜이 급히 불렀다.

"자네도 같이 올라오시게. 숙번이 군사를 끌고 올 때 자네도 같이 있어야 해. 그래야 숙번의 군사가 누가 봐도 정안군의 군사처럼 보이지 않겠나. 허니 같이 앉아 이야기를 들으시게."

상인이 고개를 들어 자경과 방원의 눈치를 살폈다. 방원과 자경이 허락의 뜻으로 고개를 끄덕이자 상인이 조심스러운 태도로 누각에 올라 뒤쪽에 자리했다.

"안산군지사가 어찌 군사를 가지고 있는가?"

"정릉 조성의 마무리 작업을 위해서 군사들을 더 늘리기로 했다는 소식을 들으셨지요?"

"들었소이다. 게다가 수상한 놈들이 근처를 얼쩡거리기까지 해서 보초병들의 수도 늘리기로 했다고 하더군요."

"헌데 도성 안에 있는 군사란 군사는 몽땅 다 삼봉이 훈련을 시킨다고 데려가는 바람에 정릉에 추가로 배치할 병사가 없어 어쩔 수 없이 지방에 배치된 군졸들을 끌고 올라올 수밖에 없게 되었어요. 숙번은 바로 군사들을 끌고 정릉으로 와 일을 하기로 내정된 사람입니다."

"어찌 이 사람이 그 일을 맡게 되었소이까?"

"이 사람이 그 일을 맡을 수밖에 없도록 만들었으니까요."

"어떻게요?"

"어디서부터라고 해야 할까요. 난데없이 정릉에 군사가 예상보다 훨씬 더 많이 필요하게 되었을 때부터라고 해야 할까요."

하륜이 의미심장한 미소를 지으며 고개를 갸웃했다. 이내 속뜻을 알아챈 자경과 방원이 놀란 눈빛을 교환했다.

"대체 어찌하신 겝니까?"

"삼봉의 눈을 피해 도성으로 군사들을 끌어들여야 하는데 어떡하면 좋을까 고민하다가 생각해낸 묘수입니다. 전하께서 최근에 가장 공들이고 있는 것이 바로 정릉 아닙니까. 그 공들인 정릉에 병사들이 필요하다고 하면 특별히 예외적으로 군사를 허락해주시리라 생각하였지요. 정릉에 군사를 들이는 문제를 가지고는 감히 삼봉도 무어라 트집잡지 못할 거라 여겼고요. 그 생각이 맞았어요. 다른 곳도 아니고 정릉을 지키도록 마련된 군사들로 뜻을 바로 세우는 게, 모양새가 참으로 재밌지 않습니까. 다른 군사가 아니라 정릉의 군사를 이용하는 게 왠지 마마의 마음에도 흡족할 듯하였습니다만."

강 씨의 능을 지키고자 동원한 군사로 한 씨의 아들들이 설욕전을 벌여 강 씨의 아들들을 끌어내린다면 하륜의 말대로 흥미로운 모양새긴 했다. 방원이 긍정도 부정도 않는 묘한 표정으로 술잔을 비웠다. 슬쩍 방원의 눈치를 살핀 자경이 대신 입을 뗐다.

"정릉에 군사가 더 많이 필요하도록 어찌 손을 쓰신 겝니까?"

"부러 정릉 근처에 건달패들을 몇 보냈지요. 얼마 지나지 않아 곧장 정릉에 일손도 부족하고 보초병도 모자라니 추가로 병사를 배치해달라는 소가 들어오더이다. 허나 지금으로선 도성 내에선 그쪽으로 돌릴 군사가 마땅찮아 지방에서 끌어와야 하는데, 누가 좋을까 하기에 조준 대감에게 이숙번을 추천했어요. 그리하여 이 자가 뽑힌 겝니다."

"기가 막힌 수를 쓰셨습니다."

자경의 칭찬에 하륜의 어깨가 한껏 으쓱해졌다.

"아귀가 잘 맞아떨어진 게지요."

"아귀가 맞아떨어지도록 한 게 하 대감의 능력인 게지요. 참으로 훌륭하십니다."

"부부인께서 그리 칭찬해주시니 몸둘 바를 모르겠습니다."

자경과 하륜이 서로 자화자찬하는 사이 술잔을 내려놓은 방원이 그제야 입을 열었다.

"이 사람이 계속 정릉에 머물 수는 없는 노릇이니 거사일을 빨리 잡아야겠습니다. 언제가 좋겠소이까?"

"거사일은 당장 특정한 날을 정해두지 마시고 상황을 보아 택일하도록 하세요."

"그게 무슨 말씀이오?"

"이건 내전입니다. 개경에서 최영 장군과 싸울 때랑도 달라요. 같은 고려인이라쳐도 최영의 군사들과 전하의 군사들은 근본부터 달랐으니까요. 허나 이번은 아니에요. 궐을 지키는 것도 가별초고 궐 밖의 군사들도 가별초예요. 집안싸움이란 말입니다."

"그래서요?"

"아무리 궐을 지키는 이들이라 쳐도 가별초의 출신의 군사들이 왕자님들을 향해 활을 쏘고 칼을 겨누지는 못할 겝니다. 전하께서 나오지만 않으신다면 의외로 아주 싱겁게 일이 끝날 수도 있어요. 이 싸움은 그날 전하가 칼을 차고 나오느냐 아니 나오느냐에 모든 것이 걸린 겝니다. 그게 제일 중요한 문제예요. 거기에 하나 더 하자면, 영안군께서 발이 묶여 있어야겠지요. 영안군께서 아신다면 분명 못하게 말리실 테니까요. 만약 말리지 아니하고 참여하신다면 더더욱 큰 문제지요. 영안군은 빼도 박도 못하는 적장자인 데다 공도 제일 큰아들이라, 본인이 권리를 주장하고 나선다면 우리에게도 좋을 게 없어요. 비록 영안군께 대 이을 적통이 없긴 하나 서자는 십여 명이 넘으니, 영안군이 나서면 그다음 자리를 놓고 또다시 칼을 들어야 할 겝니다. 형제끼리 두 번이나 이런 짓을 할 순 없지 않습니까."

"당연하지요. 특히 형님과 나는 어머님도 아버님도 같은 친형제예요. 고작 자리를 놓고 형님과 내가 싸울 수는 없음이에요."

"허니 날짜를 정할 게 아니라 상황을 보고 유연히 움직여야 한단 겝니다. 전하께서 나설 수 없으면서 영안군께서도 발이 묶여 있을 때를 노려 기습해야 합니다. 그런 날 재빨리 군사를 움직여서 해치

워버려야 해요."

아래에 앉아 가만히 듣고 있는 숙번과 상인을 향해 하륜이 당부했다.

"자네들 잘 들었지? 자네들은 지금부터 바싹 긴장한 채 하루하루를 보내야 해. 연락이 오면 누구보다 재빨리 움직이는 게야. 늘 대기 상태여야 한다고. 알겠는가?"

"네. 명심하겠나이다."

상인과 숙번이 나란히 고개를 숙여 답했다.

"헌데 그런 때가 대체 언제란 말입니까. 때를 정할 수 없는데 날은 기약할 수 있답니까."

방원이 미간을 찌푸린 채 생각에 잠겼다. 하륜이 제시한 조건은 훌륭했다. 문제는 조건에 맞는 날이 대체 언제인지 딱 떠오르지 않는다는 거였다. 그건 하륜도 마찬가지인지 한쪽 눈을 잔뜩 찡그린 채 고민에 빠진 얼굴이었다. 그때 고개를 이리저리 갸웃하던 자경이 갑자기 무릎을 쳤다.

"아바마마께서 아프셔야겠네요."

"그게 무슨 말씀이오?"

"아바마마께서 위독하지 않을 만큼 아프시면 이 모든 일이 해결될 게 아닙니까. 가벼운 몸살을 좀 길게 앓으시면 딱 떨어지겠습니다. 노인이시니 가벼운 몸살이라고 해도 효자인 아주버님은 걱정이 크실 겁니다. 분명 소격서로 들어가 제를 올리려고 하실 거예요. 아바마마께서 자리보전하고 누워 계셔서 궐 밖으로 나올 수 없으면서 아주버님이 제를 올리는 날, 그날을 거사일로 하면 적당하지 않겠습니까?"

자경의 말에 방원이 어이없다는 듯 웃음을 터뜨렸다.

"부인의 말이 그럴싸하긴 합니다만, 대체 그게 언제란 말입니까?

그건 감나무에서 감 떨어지길 기다리는 것보다 더 기약 없어요. 언제 아프실지 알고요. 그리고 아버님이 아프길 바라자니, 너무 큰 불효예요. 다른 형님들이나 숙부님들께 대체 뭐라 말씀드린단 말입니까. 아버님이 자리보전하길 기다리자고 해요? 그 말을 어찌 제 입으로 할 수 있단 말입니까. 너무 하지 않습니까."

"형님들이나 숙부님들껜 대충 날짜를 말씀드리면 되지요."

"어떻게요?"

"제 생각엔 아마도 하륜 대감께서 전하가 언제 아프실지, 알 수 있을 거 같은데요."

자경이 싱긋 웃으며 하륜을 보았다.

"전하의 사주를 보면 언제 아프실지 나오지 않습니까? 적당한 날을 뽑아볼 수 없으신가요?"

방원의 눈이 휘둥그레졌다. 잠깐 당황한 낯빛을 보이던 하륜이 이내 호쾌한 웃음을 터뜨렸다.

"역시 부부인이십니다. 저도 미처 거기까진 생각지 못했는데."

"아니 사주에 그런 것도 나온단 말입니까?"

"나오지요. 잠깐 기다려주시면 제가 대략 날을 뽑아보겠습니다."

호언장담한 하륜이 이내 품에서 만세력을 꺼냈다. 누각에 오른 모두가 벙찐 얼굴인데 오로지 자경만이 만족스러운 미소를 짓고 있었다.

"부인은 대체 어찌 이런 걸 알고 있으신 겁니까?"

"어렸을 때 자주 가던 노의원 댁이 있었어요. 지금은 돌아가신 분인데, 그분이 아주 명의로 개경에서 유명했지요. 그분은 맥을 짚기 전에 사주를 뽑아보곤 했어요. 타고난 명식을 보면 맥을 짚는 것보다 더 정확히 그 사람의 건강 상태를 알 수 있다고 하더이다."

"사주로 그런 것도 볼 수 있을 줄은 몰랐구려."

"사주나 관상이나 풍수나 의술이나 천문이나 결국 뿌리는 다 같아요. 하 대감께서 잡학에 능하다고 하시니 의당 이런 일도 잘 아시리라 생각했지요."

방원과 자경이 이야기 나누는 사이 택일이 끝난 듯 하륜이 만족스러운 미소를 지으며 붓을 내려놓았다.

"부부인의 말씀대로 전하의 병환이 가족들이 걱정할 정도이긴 하나 신료들은 크게 염려하지 않을 정도면서 동시에 갑옷에 칼을 차고 자리에서 일어날 수는 없는, 정도의 약한 몸살기운이 지속되는 날이 가장 적당한 때로 생각되옵니다. 온 아들들이 아비의 병환에 매달려 있는 것처럼 보여서 삼봉의 측근들이 마음 놓고 느슨히 풀어졌을 때, 야밤에 기습을 강행하면 단숨에 성공할 수 있을 거예요."

"그래서 그날이 언제란 말이오?"

"전하는 을해년 병술월에 기미일에 태어나신지라 시까지 따져보지 않아도 조후가 매우 치우친 것을 보건데 화기신자(火氣神者)이옵니다. 화기운이 강할 때, 전하의 건강이 좋지 못하다는 뜻이에요. 마침 다가오는 팔월이 임술월이라 전하의 월간(月干)과 크게 충하니 아마 팔월 한 달 내내 썩 청명치 못할 겝니다. 팔월이 시작하면 곧 자리보전하실 듯합니다."

"큰 병일까?"

"아니오. 걱정하진 않으셔도 됩니다. 전하는 장수하실 사주예요. 팔월에 아픈 것은 그저 노환으로 잠깐동안 개운치 못할 뿐이에요. 자식된 도리로는 심려하지만 신하들은 염려하지 않아도 되는, 그 정도일 겝니다."

"저희가 바라는 바군요."

"그렇지요."

"허면 팔월하고도 언제가 좋겠습니까?"

"제가 택일하기엔 스물엿새 경이 적당할 듯합니다. 팔월 내내 말씀드린 것처럼 전하는 자리에 누웠다 일어났다를 반복하실 겁니다. 그러다 보름 전후로 특히 나빠지실 거예요. 상황을 지켜보다 이십일 경에 조준 대감께 소격전에 들어가 전하의 건강을 기원하는 제를 올리도록 권하세요. 그때쯤 되면 마침 수 기운이 강해지는 시기라 아주 조금 나아지실 터인데, 조준 대감의 제에 때맞추어 쾌차하시면 소격전에 정성을 들인 덕에 나아지신 것으로 모두가 그리 이해하겠지요. 그러다 다시 이십삼일을 전후하면 잠깐 나아졌던 안색이 다시 나빠지실 터이니, 그때 자연스레 영안군께 소격전에 들어가 제를 올리는 게 어떻겠느냐 권하면 감히 아니하겠다고 할 리 없지요. 어느 아들이든 그러마, 할 거예요. 그리되면 우리가 바라는 그림이 나오지 않겠습니까."

"아주버님은 소격전에 들어가 제를 올리느라 발이 묶여 있고, 아바마마는 자리보전하여 누워 있으니 모든 게 맞춤이군요."

"영안군이 소격전으로 들어가고 나면 전하는 다른 형제들과 종친들을 설득하여 궐 내에서 대기하세요. 제일 큰 형님이 아바마마의 건강을 기원하기 위해 제를 올리는 중이니 자식들은 아바마마 가까이서 병수발을 하는 것이 옳다고요. 그래서 한 며칠 삼봉을 비롯한 신료들의 마음이 한껏 느슨해지도록 만들어두는 겁니다."

"경계심을 완전히 풀고 안도케 하라?"

"그렇지요. 스물엿새날은 마침 기사일이고 그다음 날은 경오일이라 땅의 화기가 가장 강할 때이니 전하의 기력은 가장 약할 때지만 마마에게는 더할 나위 없는 길일이라, 거사는 이십육일 저녁에 시작하여 다음날 새벽에 정리하면 좋을 듯합니다."

"화기가 내겐 좋은 모양이지요?"

"예. 전하는 화 기운이 강할수록 권좌와 가까워지십니다."

성계의 건강엔 좋지 못하다는 불기운이 제겐 권력이라니, 참으로 모든 게 운명의 장난 같았다.

"애초에 아버지와는 잘 지내지 못할 팔자인가 보군."

방원이 쓸쓸히 혼잣말을 중얼거렸다. 그 모습을 물끄러미 보던 자경이 부러 발랄한 목소리로 하륜에게 다시 말을 걸었다.

"하 대감, 허면 그날 신첩이 도울 일은 없을까요?"

"도우실 일이 있지요. 그날 부부인께서 제일 큰일을 해주셔야 합니다."

"제일 큰일? 그게 무엡니까?"

"삼봉의 동태를 살피다가 적당한 때에 궐에 있는 마마께 연통을 넣어주셔야 합니다. 거사의 정확한 시각은 부부인께 달려있는 거예요. 궐 안에 들어가 있는 이들은 밖에서 무슨 일이 벌어지는지 알 길이 없으니 바깥에서 필요한 모든 준비를 부부인께서 끝내주셔야 해요. 부부인의 연통을 받은 마마께서 다른 왕자님들과 함께 밖으로 나와 대열을 정비하여 궐로 향하시게 될 겁니다. 소란을 크게 벌이거나 시간을 길게 끌면 삼봉이 눈치챌 거예요. 삼봉이 눈치채지 못하게 조용히, 그리고 빠르게 부인께서 준비해주셔야 해요. 하실 수 있으시겠지요?"

실상 따지자면 가장 큰일이 자경에게 부여된 것이다. 방원이 걱정스러운 시선으로 자경을 보았다. 허나 자경은 조금도 망설이는 기색 없이 흔쾌히 고개를 끄덕였다.

"그게 무에 어려운 일이라고요. 본래 그런 눈치 빠른 일들은 사내 보다는 계집이 훨씬 더 잘하는 법이에요. 걱정 말고 맡겨 주세요. 제가 다 알아서 해놓겠습니다."

"다른 분이라면 어림도 없지요. 부부인이니 믿고 이런 큰일을 부탁드리는 겝니다."

"예, 염려 마시어요."

꺄르르 소녀처럼 웃던 자경의 눈이 방원과 마주쳤다. 무어라 단 한마디로 표현할 수 없는 얼굴로 자경을 물끄러미 보던 방원이 상 아래로 무릎 위에 놓인 자경의 손을 다정히 감쌌다. 자경이 안심하라는 듯 좀 더 환하게 미소 지었다.

* * *

불을 끄고 자리에 누운 지 한참이 지났는데 옆에서 들리는 숨소리가 여전히 얕았다. 자경이 고개를 돌렸다. 방원이 모로 누운 채 잠들지 않고 눈을 뜨고 있었다.

"아니 주무십니까?"

방원이 대답대신 자경의 손을 붙잡아 제 볼로 가져간 뒤 어리광을 부리듯 손에 입술을 부볐다. 자경이 다른 손으로 다정스럽게 방원의 얼굴 곳곳을 매만졌다. 그제야 안도한 듯 긴 한숨을 내쉬며 방원이 느리게 눈을 감았다.

"나는 잠이 많은 아이는 아니었어요. 밤늦도록 쉬이 잠들지 못했지. 그럼 어머니가 어서 자라며 손으로 두 눈을 감겨주곤 했어요. 잠이 하나도 오지 않았지만 고집을 부리면 어머니가 슬퍼할까 봐 그럴 때마다 나는 잠든 척 눈을 감았어요. 하지만 눈만 감고 있었을 뿐 잠들지는 않았어요. 하지만 어머니는 내가 잠이 든 줄 알고 혼자 하고 싶은 말을 중얼거리곤 하셨어요. 나중엔 그 말이 듣고 싶어서 졸려도 억지로 허벅지를 꼬집어가며 잠을 참았더랬지요."

눈을 감고 있던 방원이 눈을 떴다. 어둠 속에서도 보이는 눈이 물기에 젖어있었다.

"어머니는 너무너무 착하고 어진 분이었어요. 여름에 방에 들어온 모기조차 쉬이 못 죽이실만큼. 날벌레들도 다 살려고 태어난 거라고 하시며 쫓아버리셨지, 죽이진 않으셨어요. 아버지가 전쟁에 나가시는 걸 너무 가슴 아파하셨어요. 아버지를 위해서 절에 더 자주 다니셨지요. 보살님, 정말 보살님이셨어요. 그래서 어머니는 쉽게 개경 어머니를 질투조차 못하셨어요. 질투하는 스스로를 못났다고 자책하셨지요. 아이를 가졌다는 소식을 듣고 난 뒤 잠시나마 그 아이가 딸이었으면 하고 바랐던 것조차도 스스로 못 견뎌하셨어요. 그렇게 말도 안 되게 착하셨어요."

방원이 눈을 감았다가 떴다. 관자놀이를 타고 흐른 눈물이 베갯잇에 스며들었다.

"어머니는 어쩌면 내가 이러는 걸 싫어하실지도 모른다는 생각이 들어요. 아니, 싫어하실 거야. 그러지 말라고 하실 거예요. 본인 때문에 누군가를 죽이고 아버지 뜻에 반하는 일을 하는 걸, 못 견디실 거예요. 살아계셨다면 나를 말리셨을 겝니다. 나는 알아요. 알면서도 나는 왜 이럴까요. 어머니도 안 좋아하고 아버지에겐 죽일 놈이 될 게 뻔한 일을 나는 왜 해야 하는 걸까요, 누굴 위해 해야 하는 걸까요."

거사일을 정한 뒤엔 누구를 죽이고 누구를 살려둘 것이냐, 를 가지고 하륜과 방원은 언쟁을 벌였다. 고려 시대엔 권력이 바뀔 때마다 승자가 패자의 일가를 모두 강에 던져 수장하는 게 당연했다. 일종의 관습이라면 관습이었다. 성계 역시 보위에 오른 뒤 왕 씨들을 모두 배에 태워 바다 한가운데서 수장시켰다.

하륜은 의당 이번에도 그런 식으로 해야 한다고 했고 방원은 절대로 그럴 수 없다고 했다. 형제나 자식이라 해도 뜻이 다를 수 있으니 살려두고 기회를 줘야 하는 게 당연한데 심지어 죄 없는 어린아이나 부인을 죽이기까지 하는 건 사람이 할 짓이 아니라는 거였다. 후환을 없애자는 하륜과 후환은 권력자가 하기 나름이라는 방원이 팽팽하게 부딪혔다. 결국 방원의 뜻대로 하기로 했지만, 그런 이야기를 나누는 것 자체가 방원에겐 결코 유쾌하지 않았다.

"어머니는 내 머리를 쓰다듬으면서 그저 내가 순하게 살기만을 바랐어요. 눈을 감은 채 그리 살겠다고 마음속으로 수없이 다짐했지요. 좋은 아버지 좋은 남편이 되어서 누구에게도 상처 주지 않고 누구도 슬프게 만들지 않고 그저 순리대로 편안하게 살다가 조용히 죽겠다고요. 근데 내가 왜 이렇게 됐단 말이오? 난 한 번도 이런 걸 바란 적이 없는데, 난 그저 아주 평범하기만을 원했는데 말이에요. 애초에 방과 형님이 세자만 됐어도, 이런 일은 없었을 텐데. 아니, 어머니만 좀 더 사셨어도 이렇게까진 되지 않았을 텐데."

"그리 거슬러 올라가자면 한도 끝도 없지요. 그저 이게 서방님의 운명이라고 생각하세요. 같은 일을 겪어도 형님들이 아닌 서방님에게 모두의 기대가 모이는 건, 아바마마의 아 중 서방님이 가장 빼어나기 때문입니다. 낭중지추라 원치 않아도 드러나는 것을 어쩌겠습니까. 그러니 타고난 팔자인 게지요."

"이럴 거였으면 아버지가 그저 평범한 사람이었으면 좋을 뻔했어요. 그럼 나도 이런 몹쓸 짓을 어디까지 해야 하나 고민 따윈 안 해도 됐을 텐데 말이에요. 정말 생각할수록 기가 막혀요. 아무리 어머니가 달라도 같은 아버지인데, 같은 피를 이어받은 형제들을 어찌 죽여야 할지 계획이나 세우고 앉아있는 꼴이라니, 끔찍하지 않습니까. 내가 이리 끔찍한데 아버지는 내가 얼마나 끔찍하겠어요. 그저 나는 아버지에게 인정받고 어머니가 기뻐하는 그런 행복한 가정을 꿈꿨을 뿐인데, 모두에겐 너무나 당연한 일이 나한테는 왜 이리 힘든 건지."

울먹이는 방원을 물끄러미 보던 자경이 애써 쾌활한 목소리로 말을 건넸다.

"아버님이 평범한 사람이었다면, 우린 혼인하지 못했을 걸요?"

눈물을 닦아내던 방원이 놀란 얼굴로 자경을 보다 피식 웃음을 터뜨렸다.

"서방님이 그저 평범하게 함주에서 살았다면 우린 만나지도 못했을 테니까요."

"그렇게 되는 건가."

"그렇게 되는 거죠."

"만약 그랬다면 지금 부인은 무얼하고 있을까요?"

"어떤 사내랑 이리 똑같이 누워서 똑같은 넋두리를 듣고 있었겠지요."

자경의 말을 이해하지 못한 방원이 눈을 찡그렸다. 자경이 방원의 이마에 잡힌 주름을 손가락으로 펴주며 조잘거렸다.

"누구랑 혼인했든 저랑 혼인하는 사내는 결국 최고의 자리에 올랐을 테니까요. 최고의 자리에 오르기 전에 어느 사내든 살아온 날과 살아갈 날에 대한 회한이 생길 테니, 이리 똑같이 누워서 똑같은 넋두리를 들으면서 똑같이 이마의 주름을 펴줬을 거예요."

"하하하."

방원이 웃음을 터뜨렸다.

"그러니 이게 서방님의 운명인 게지요. 민자경의 남편이 되었으니 천하를 잡는 거라고 생각하세요. 혼인할 때부터 정해진 팔자라고요."

호쾌하게 웃으며 방원이 자경을 껴안았다.

"고마워요. 위로가 되었소."

"진심인데."

"고마워요."

아마도 방원은 저를 팔아 자신을 위로해주는 거라고 생각하는 모양이었다. 애써 정정해줘 봤자 믿을 거 같지도 않아서 자경은 방원의 품에 안긴 채 눈만 깜빡거렸다. 하긴 방원이 어떻게 알든 상관없는 일이었다. 결국은 모든 것이 자경의 뜻대로 되었으니 말이다.

* * *

팔월이 되면서 도전은 진법훈련에 박차를 가했으나 여전히 종친들은 조금도 협조하지 않았다. 몇 번이나 사람을 보내 독촉해도 소용없었다. 그들의 고집 앞에서는 성계도 속수무책이라, 도전을 두둔하면서도 대놓고 강한 어조로 그들을 질타하지 못했다.

상황이 이쯤 되자 이젠 방번이나 이제까지도 도전의 말을 우습게 여기고 슬슬 제 병사들을 따로 빼기 시작했다. 종친들의 기세에 조영무와 같은 장군들도 이젠 말을 듣지 않았다. 군령이 어지러워지는 것은 한순간이었다. 도전은 도저히 더 이상은 참을 수 없다고 여겼다.

진도를 익히지 않은 군관들은 처벌하라고 대사헌을 시켜 간언케 했다. 그리하여 진법훈련에 참여하지 않은 왕자들과 종친들에게 도전은 벌을 내렸다. 차마 직접 종친들과 왕자들을 혼낼 수가 없어 대신 그 휘하 사람들에게 곤장을 쳤다. 이무는 관직을 잃었다. 그저 막연하던 분노와 불만은 직접적으로 제게 위해를 가하자 금방이라도 넘칠 기세로 끓어오르기 시작했다.

"매질이라니, 감히 누가 누구에게 손을 대!"

"이번엔 매로 끝나지만 다음번엔 가만두지 않겠다는 협박이에요. 제 말을 안 들으면 죽이기라도 할 작정인 거라고요!"

"이리 당하기만 해야 한단 겁니까? 방법이 없어요?"

"다 내놓으라는 건데."

"다 내놓으면 그다음엔 우리 목을 내놓으라고 할 거라니까요!"

특히 방간이 가장 펄펄 뛰며 반대했다. 제가 봐도 무언가 한 자리씩 차지하고 있는 형들이나 동생에 비해 제가 가장 부족하다 여겨졌기 때문일 거다. 이 와중에 군사조차 없으면, 가장 아무것도 아닌 꼴이 되는 게 바로 방간이었다. 그러니 그 누구보다 방간은 더더욱 군사를 내놓을 수가 없었다.

"이 나라는 우리의 군사들로 세운 나라입니다. 나라를 위해 군사를 쓰는 일? 당연해요. 그걸 못하겠다는 게 아니지 않습니까. 왜 그걸 삼봉에게 내놔야 하난 말입니다. 왜 그걸 삼봉이 가져가야 하냐고요. 삼봉이 대체 뭐라고 우리가 애써 몇십 년 동안 만들어놓은 군사를 낼름 다 차지하냐고요."

"그래서 너는 어쩌자는 게냐?"

"이대로 당할 순 없어요, 손을 써야 합니다."

"무슨 손을 어찌 쓰자고? 삼봉 뒤엔 아바마마가 계시다. 삼봉을 쓰러뜨리려면 아바마마를 겨눠야 해. 아바마마께 칼을 겨눌 작정이야? 그 정도로 미친놈인 게야?"

"누가 아바마마께 불효를 저지르잡니까?"

"그게 아니면 어찌 삼봉을 처리하잔 게야?"

방과와 방간이 서로 언성을 높이며 다투기 시작했다. 방원이 이화에게 눈짓했다. 이화가 급히 자리에서 일어나 둘 사이에 끼어들었다.

"그만해라. 여기서 너희 둘이 이러는 것도 보기 좋은 모양새가 아니야."

이화가 방과를 달래며 밖으로 데리고 나갔다. 방과가 자리를 비우자 방간이 더 기세등등해졌다.

"아니 그럼 무슨 대책이 있어? 아바마마 살피다가 우리 다 죽게 생겼는데 앉아서 떼죽음을 당하잔 게야, 뭐야!"

방간의 말에 두란이 눈살을 찌푸렸다. 방원이 슬쩍 두란의 무릎을 위로하듯 어루만져 마음을 위로한 뒤 방간을 달랬다.

"그만 하세요. 형님의 뜻을 저희 모두 다 압니다. 다 똑같이 당한 일이에요. 차마 모두 다 꺼내 말하지 못할 뿐 마음은 다 같아요."

"그래, 네 생각은 어쩌냐? 넌 똑똑한 놈이니 네 생각 좀 들어보자. 너도 방과 형님처럼 앉아서 죽는 한이 있어도 아바마마 뜻을 받들어야 한다고 보느냐? 그래야 해?"

방에 앉은 모두의 시선이 방원에게 향했다. 두란 역시 큰 눈을 끔

삑이며 긴장된 얼굴로 방원을 빤히 쳐다보았다.

"아바마마께서 강건하시고 그 뜻이 확실하시다면 그것을 따르는 것이 효겠지요."

"야."

"허나."

무어라 반발하려는 방간을 방원이 단호히 가로막았다.

"아바마마께서 건강이 좋지 못하신데 그 틈을 타 저들이 그릇된 생각을 한다면 의당 이 나라 조선을 위해서 종친들이 한마음으로 뜻을 모아야 하지 않겠습니까."

무어라 말할 기세로 입을 열었던 방간이 차마 말을 내뱉지 못하고 그대로 멈췄다. 팔월 들어 성계의 건강이 흐린 때가 더 많아졌기 때문이다.

"아바마마가 위독하신 틈을 타 저들이 딴생각을 한다면, 형세가 그리되면 도리가 없지 않습니까. 그 전에 막을 밖에요."

모두의 머릿속엔 앞의 말들은 다 날아가고 그 전에 막는다, 에만 방점이 찍혔다. 다들 마른 침을 삼키며 서로 눈치만 살폈다. 두란이 뚱한 얼굴로 자리에서 일어났다.

"내래 너거들 뜻을 따르마. 도와줘야지 어이 하겠나. 팔은 안으로 굽는다고 삼봉보다는 너희인 것을. 대신 단 하나만 약조하라."

"무슨."

"전하는 자연히 아프신 게다. 아프게 만들어선 아이 된다."

"숙부, 무슨 그런 말씀을."

"약조하라!"

두란의 일갈에 방간이 움찔했다. 방원이 단호한 얼굴로 고개를 끄

217

덕였다.

"절대로 그런 일은 없습니다. 저를 그런 사람으로 보셨다면 오히려 숙부님께 실망입니다."

뚫어져라 방원을 쳐다보던 두란이 고개를 주억거렸다.

"됐다. 나중에 연통이나 넣으라. 빼먹지 말구."

성큼성큼 걸어 두란이 밖으로 나갔다. 긴장해 있던 방간이 얼른 방원의 가까이 다가갔다.

"만약 아바마마께서 일찍 쾌차하시면."

"빨리 회복하시면 좋은 게지요. 우리는 일단 군사훈련이고 뭐고 간에 아바마마의 병환이 얼른 낫길 바라며 꼼짝 말고 궐내에서 머물러야 할 겝니다. 그게 종친들의 마땅히 해야 할 일입니다. 조정의 일은 신료들에게 맡겨놓고 저희는 가족으로서, 자식으로서 아바마마의 병환에만 주의를 기울이도록 합시다. 그래야지 않겠습니까."

"그리고?"

"자식들과 일가친척들이 모두 아바마마의 병환만 걱정하는 틈을 타서 못된 생각을 하는 자들이 생긴다면, 그땐 의당 칼을 들어야지요. 전하의 환후가 맑지 못한 틈을 타서 허튼 짓을 벌이는 자들은 역적일진데, 역적을 살려둘 수야 있겠습니까. 형세가 그리되면 우리도 어쩔 수 없는 노릇 아니겠습니까."

느리지만 단호한 말투였고, 낮았지만 분명한 목소리였다. 사랑채 안에 있던 모든 이들이 일순 숨을 멈춘 채 서로 조심스레 눈치를 살폈다. 방원이 엄한 얼굴로 그들을 둘러 보았다. 모두 어느새 고개를 숙여 방원에게 절을 하고 있었다. 방간이 얼떨떨한 얼굴로 방원을 보았다. 방원이 싱긋, 미소 지었다.

＊＊＊

좋아졌다 나빠졌다를 반복하면서 쉬이 자리에서 일어나지 못하는 성계를 위해 좌정승 조준이 목숨을 비는 초례를 소격전에서 베풀었다. 팔월 스물하루날이었다.

기도 덕분인지 성계는 그리고 한 이틀, 괜찮았다가 다시 누웠다. 이상하게 영 맥을 못 추겠다고 했다. 어의들이 각종 보약을 지어 올리고 소주방에서도 온갖 진기한 보양식들이 다 올라왔지만 모두 별 소용이 없었다.

결국 스물셋째날, 방과가 초례를 베풀어 임금의 목숨을 빌고자 소격전에서 재계했다. 그나마 기도가 제일 효험이 있었던 것 같다는 방원과 방간의 권유였다. 방과는 하루로 그치지 않고 성계가 쾌차할 때까지 소격전에 머물겠다고 했다. 방원은 자신들은 궐내에서 머물며 성계의 건강을 아침저녁으로 살피겠노라 약조했다.

종친들은 등과 사정문 밖 서쪽 행랑에서 머무르며 틈틈이 성계를 살폈다. 사병가지고 실랑이를 하던 도전은 성계의 병환이 모두 나을 때까지는 군사훈련도 그만두는 게 어떻겠느냐는 이화의 제안을 받아들이며 잠시 수그러들었다. 결국 추석 전후로 농사 일손이 필요하단 건의 때문에 잠깐 멈췄던 진법훈련은 방과가 소격전으로 들어가면서부터 흐지부지되고 말았다.

길어지는 성계의 병환에 도전 역시 신경이 곤두섰다. 조정의 다른 신료들도 마찬가지였다. 허나 딱 떨어지는 병명 없이 달포에 가깝게 누웠다 일어났다를 반복하자 점점 관심이 처음보다 덜해졌다. 처음엔 아들들이 너나 할 것 없이 궐을 하루에도 몇 번씩 드나들며 성계를 살피는 것을 의심스럽게 생각하던 도전도 그 일이 매일같이 반복되자 무뎌졌다. 호들갑 떠는 아들들을 보면서도 원래 저 집안이 효심이 지극했더랬지, 라는 생각밖에 들지 않게 된 어느 날, 남은이 오랜만에 특별한 일 없이 느긋하니 이런 때 술이나 한 잔 하자고 도전에게 권했다. 도전은 그 제안을 흔쾌히 받아들였다. 팔월 스물엿새날이었다.

상인이 나르듯이 달려와 안채로 향했다. 후원에서 화초를 가꾸고 있던 자경이 발걸음 소리에 얼른 고개를 돌렸다. 상인이었다. 자경의 눈이 번쩍했다.

"남은 대갑의 첩 집입니다."

"누구 누구더냐?"

"정도전과 심효생, 장지화와 그리고 미리 와 있던 두셋이 더 있는데 미처 얼굴을 확인하지는 못하였나이다."

"무장은?"

"전혀. 수행하는 하인들 몇이 전부입니다."

"됐다. 너는 이 길로 곧장 이숙번에게 가 그와 함께 와라. 나머지는 내가 알아서 하마."

꾸벅 인사한 상인이 돌아섰다. 자경이 곧장 소근을 불렀다. 소근이 쏜살같이 달려왔다.

"너는 서방님께 가서 내가 뱃병이 났으니 급히 집으로 와주셔야겠다고 해라."

"뱃병이요?"

"그래. 다른 말은 할 거 없다. 딱 그 말만 하면 돼."

"알겠습니다."

"서둘러라."

"예."

소근까지 보낸 뒤 손을 씻은 자경이 별채로 향했다. 팔월 들어서 행아와 유모와 아이들은 모두 별채에 머물고 있었다. 단, 첫아들만 친정에 가 있었다.

"행아야."

어미의 목소리가 들리자 행아보다 더 빨리 어린아이들이 뛰어나왔다. 버선발로 자경에게 달려드는 아이들의 얼굴을 한 번씩 쓰다듬어 어른 후 다시 들여보냈다. 아이들에겐 오늘 밤만 지나면 다시 봐주겠노라 약조했다. 거의 한 달째 어미와 시간을 제대로 보내지 못한 아이들이 칭얼거렸지만 자경이 엄한 얼굴을 하자 금세 그쳤다. 유모에게 아이들을 잘 돌보라 이른 후 눈짓하여 행아를 따로 불러냈다.

"아이들과 함께 친정에 가 있어라."

자경의 말에 행아의 눈이 커졌다. 그 일 이후 행아가 민 씨 집안에 죽일년이 되었다는 것을 누구보다 잘 아는 자경이었다. 그런 제게 그곳에 가 있으라고 말하는 건 죽으라는 것과 같았다.

"나도 이런 부탁을 하고 싶지는 않은데, 오늘 밤 큰일이 있을 게야. 별 탈 없을 테지만 혹시 모를 일이니 아이들과 함께 친정에 가 있어."

"저와 제 아들은 여기 있겠습니다. 도련님들과 아가씨들만 친정으로 보내세요."

"행아야."

"혹 마님이 잘못되면 저 역시 더 살고 싶지 않을 거예요. 허니 여기 있겠어요."

"어찌 그런 약해빠진 소리를 해! 넌 에미야. 아이가 있지 않느냐."

아이 소리가 나오자 금세 행아의 두 눈에 눈물이 그득찼다.

"이따 무구에게 말해둘 테니 아이들을 따라 가. 일이 끝나면 곧장 데리러 가마. 응?"

행아가 대답하지 못하고 눈물만 뚝뚝 흘렸다. 더 달래주려는데, 등 뒤로 급한 발자국 소리가 들렸다. 저를 찾는 모양이었다. 어쩔 수 없이 자경이 돌아섰다.

"시킨 대로 하거라. 오늘은 중요한 날이야. 속 썩이지 마라."

별채로 막 들어서려던 시종이 돌아 나오는 자경을 보고 멈췄다.

"민무구 대감께서 오셨습니다."

연통도 안했는데 어찌 벌써 왔을꼬, 자경이 신기해하며 걸음을 재촉했다. 안채 후원에는 무구가 초조한 기색을 숨기지 못한 채 제자리걸음을 하고 있었다.

"어찌 알고 온 게야?"

"상인이가요."

따로 일러두지 않았음에도 기특하게도 가는 길에 들른 모양이다.

"이제 곧 매형이 오실 게다."

"오늘인 거요?"

"오늘이다."

긴장한 무구가 마른침을 삼켰다.

"숨겨둔 무기들을 모두 찾아놓고 너와 무질이도 군사들과 함께 무장하라."

"알겠소이다."

"매형과 일을 의논하고 돌아가는 길에, 행아와 아이들도 친정으로 데려가다오."

"행아까지요?"

무구가 인상을 찌푸렸다. 자경이 눈을 치켜떴다.

"싫은 기색을 내비쳤다가는 가만 안 둘 게다. 행아도 불편하게 하지 마. 네 일도 아닌데 속 좁게 왜 이러는 게야? 내가 괜찮다는데 왜 네가 난리냐고. 쏘가지 좁은 계집애도 너보단 낫겠다!"

대답도 하지 않고 무구가 입술을 삐죽였다. 무어라 대거리하고 싶은 말이 한가득이긴 한데 날이날이니 만큼 참는 모양이었다. 그때 방원이 급한 걸음으로 안채에 들어섰다.

"오셨습니까."

"어찌 되었소?"

"남은 대감 첩의 집에 모여서 술자리를 벌였다 합니다."

"병사는?"

"한 명도 없답니다. 상인이가 이숙번을 부르러 갔습니다. 준비하셔요."

방원이 덤덤히 고개를 끄덕였다. 별로 긴장된 기색이 없어서 무구가 의아하여 고개를 갸웃했다.

"어찌 이리 담담하십니까?"

"수없이 생각하고 생각하고 또 생각한 일이니까."

피식 웃으며 대꾸하던 방원이 자경과 눈이 마주쳤다.

"만약 변고가 있으면 내가 마땅히 나와서 군사를 일으켜 나라 사람들의 마음을 살펴보아야 될 것이니, 형님들에게 이 사실을 알리고 돌아오리다."

가라앉은 두 눈 저편에 빛이 반짝이고 있는 것이 자경에겐 보였다.

223

"조심하고 또 조심하세요."

애틋한 맘을 담아 자경이 방원의 소매 끝을 매만졌다. 방원이 한참 동안 아무 말 없이 물끄러미 그 모습을 쳐다보았다.

* * *

궐 앞을 서성이던 이화가 돌아오는 방원을 발견하고 얼른 붙잡아 구석으로 끌고갔다.

"어찌 되었느냐?"

"숙부님은 이제와 같이 궐에 들어가 아바마마 곁에 계세요. 이제가 꼼짝 못하도록 붙잡아 주세요."

방번이나 방석은 모두 어리고 경험이 미천하였으나 경순공주의 남편 이제는 아니었다. 이인임의 조카로 나이도 방원보다 두 살이나 많은 데다 개국 후엔 의흥친군위절제사와 우군절제사에 오른 인물이었으니 병사들을 다루는 데 아주 능숙했다. 게다가 성계의 사위이니, 성계가 자리에 누워 있다 하더라도 이제가 나선다면 가별초가 그 명을 어기긴 어려울 거였다.

"알겠다."

"아바마마는 화내실 겝니다. 용서, 하지 않으실 거예요. 숙부님께서 부디."

"걱정 말아라. 아무리 그래도 부모는 부모, 자식은 자식이야. 겪을 일은 어쩔 수 없이 네가 겪어야겠지만 네 진심이 통한다면 결국엔 화를 풀어주실 게다. 작정한 일이나 제대로 해. 칼은 든 이상 끝까지 제대로 마무리 지어야 한다."

"네."

224

이화가 어깨를 두드려 방원을 격려했다. 두 사람이 함께 들어가자 방 안에 있던 이들이 긴장된 눈빛을 주고받았다.

"어째 돌아왔느냐?"

"괜찮아 지는 것을 보고 왔습니다. 아바마마께 인사 올려야지요."

"그래, 곧 해가 질 터이니 우리 다 같이 들어가 인사드리고 나오도록 하자."

이화가 서둘러 방에 있는 이들을 모두 일어나게 했다. 눈치를 살피며 엉거주춤 모두 자리에서 일어났다. 이화가 할 말이 있는 것처럼 이제를 데리고 앞서 걸었다.

"저는 측간에 좀 다녀오겠습니다. 먼저 가세요."

방원이 문 밖으로 나와 측간에 들어갔다. 눈치를 살피던 방간과 방의가 그 자리에서 멈추었다.

"기다릴까요?"

"기다려야지."

주춤거리며 앞서 걷던 이백경이 눈치를 보더니 슬그머니 다가왔다.

"왜 아니 가십니까?"

이백경은 이거이의 아들로 태조의 장녀인 경신공주 남편이었다. 한 씨 소생인 딸의 남편이라 이백경은 같은 성계의 사위라도 이제와는 달랐다.

"기다려 보게."

"오늘."

"입은 다물고."

눈치를 보던 백경이 입을 다물었다. 갑갑증이 난 방간이 참지 못하고 측간으로 향했다.

"야, 안 나오냐! 이방원!"

버럭거리는 방간을 보고 방의가 혀를 끌끌 찼다. 잠시 후 굳은 얼굴의 방원이 측간에서 나왔다.

"아까 지게문 밖에 서서 보니 옛 제도에 궁중의 여러 문에서는 밤에는 반드시 등불을 밝혔는데, 지금 보니 궁문에 등불이 없어요."

시각은 밤이긴 했어도 아직 해가 긴 때라 날이 훤했으니, 아까 방원이 들어올 때 등불을 켜지 않은 게 당연했다. 허나 누구도 방원의 말에 반박하지 않았다.

"형세가 하는 수없이 되었어요."

신호였다. 어느새 소근이 가져온 말 위에 방원이 올라탔다. 그 모습을 본 방의와 방간 그리고 이백경이 뛰기 시작했다. 그때 궐 근처에서 어정거리던 방번과 마주쳤다. 이화를 따라 안에 들어가지 않고 미적거린 모양이다.

방번은 방석과 한 살 차이라 어려서는 저 아닌 방석이 세자로 정해진 게 좋은 건지 나쁜 건지 세자 자리에서 밀려난 게 어떤 의미인지 몰랐다. 허나 크면서 점점 제 처지를 알게 되면서부터 방간은 엇나가기 시작했다. 대놓고 탈선이나 비행을 하진 않았지만 매사에 부정적이었고 모든 일에 의욕이 없었다. 차라리 작정하고 속을 썩이면 혼을 내거나 붙잡고 타이르기라도 해볼 텐데 그런 건 아니면서 삐뚜름해서 성계의 근심을 샀다. 친위군을 맡기는 것으로 마음을 달래려 했으나 방번은 군사들을 훈련시키는 데도 게을러서 개발에 편자라, 좋은 군사들을 맡겨도 내팽개쳐둬서는 세상 쓸모없는 놈들로 만들어둔다고 두란이나 이화가 툴툴거리기 일쑤였다.

"따르겠느냐?"

방번이 물끄러미 방원을 보았다. 왜인지 방원은 방번이 방석보다는 믿지 않았다. 아마도 안쓰러움 때문일 거다.

"종국에는 너를 보존해주지 않을 게다. 어찌하겠느냐?"

그래도 아버지가 살아있는데 방석이 사라지고 나면 그다음은 저이지 않을까, 나름 방번의 계산은 그랬다. 방번이 아무 대꾸 없이 다시 방으로 들어갔다.

"거기 계속 있을 것이냐?"

방문을 닫는 것으로 방번은 대답을 대신했다. 아무래도 난이 끝날 때까지 나오지 않을 모양이다. 그나마 궐로 가서 알리지 않는 것이 다행이라면 다행이었다. 방원이 말을 돌려 달리기 시작했다.

집에 도착하자 이미 모든 준비가 다 끝나 있었다. 방번과 이야기를 나누는 사이 달려가 말을 잡아타고 나간 방간 등은 벌써 집에 들렀다 온 건지 갑옷까지 갖춰 입은 채였다.

"형님, 빠르십니다."

"네가 느린 거지."

자경이 갑옷을 가지고 나와 방원에게 입혀 주었다. 옷을 갖춰 입은 방원이 다시 말 위에 올라탔다.

"형님들은 궐로 가서 정리하세요. 궐 내 군사들과 내통하기로 약조되었으니 어렵지 않을 겁니다."

"너는?"

"저는 남은과 정도전에게 가겠습니다."

"혼자?"

"이 놈 손엔 이미 많은 피가 묻었어요. 허니 이번 일도 제가 해야지요. 그래야 아바마마의 마음을 그나마 위로해줄 수 있지 않겠습니까. 저 하나 죽일 놈 되는 게 일을 마무리 짓기 더 좋을 겝니다."

방과가 자리를 비운 상황에서 지금 공을 누가 세우느냐에 따라 다음 자리가 정해지게 마련이었다. 그리고 어디로 가는 것을 공으로 생각하느냐를 보면 제 그릇을 알 수 있었다.

"그래. 우리가 궐로 가마. 우리가 궐로 가야지."

방간은 그저 자신들이 궐로 가는 것을 좋아했다. 궐에 먼저 입성하는 사람이 더 큰 일을 한 사람처럼 보이리라 생각했기 때문이었다. 허나 방의는 아니었다. 방의는 대꾸하지 않고 물끄러미 방원을 쳐다보았다. 한참 동안 방원을 보던 방의가 고개를 끄덕이며 뒤로 물러났다.

"그래, 네 뜻이 그러하다면 그러도록 하지."

방원이 그제야 마음을 쓸어 내렸다.

"마무리 잘 하거라. 이따 보자."

"네."

어찌할까 망설이는 무구와 무질에게 궐로 가라고 자경이 눈짓했다. 숙번과 상인만 남았다. 고요해지자 방원이 말 위에 올랐다.

"가자."

달려 나가는 방원을 자경이 허리를 깊이 숙여 배웅했다.

* * *

이건 사냥이다. 방원은 그리 생각했다. 저는 지금 사람이 아니라 사냥감을 쫓을 뿐이라고 말이다. 도전은 몽주와는 달랐다. 다르게 대우하고 싶었다.

도전은 몽주처럼 고려를 지탱하던 충절있는 신하가 아니었다. 그

228

저 아버지의 총신에 불과했다. 그렇게 격하시켜야 했다. 그렇게 격하시키기 위해서 그의 죽음은, 죽음의 과정은 사냥처럼 아주 가벼워야 했다. 그래야 제가 저지르는 일이 큰 죄가 아닌 게 되니까, 그래야 그가 너무나 잔혹무도하여 왕위에 오르지 못할 정도로 결격 사유가 있는 인간이 아닌 게 되니까 말이다.

토끼몰이 하듯이 그들이 머무는 집 주변에 불을 질렀다. 연기에 못 이겨 사람들이 뛰쳐 나왔다. 여기저기로 도망치는 이들을 쫓게 한 뒤 매케한 연기 사이로 방원은 도전을 찾았다. 매운 기침을 콜록이며 도전이 벽을 붙잡고 서서 숨을 고르고 있었다. 방원이 천천히 그 앞에 가 섰다. 기침을 멈춘 도전이 고개를 들어 방원을 보았다. 무장한 방원을 잠시 멍하니 보던 도전이 이내 호쾌한 웃음을 터뜨렸다.

"결국 이리되고 말았구려. 내게 이리될 거라고 경고한 이들이 많았는데."

"결국 이리될 걸 알았고 경고하는 목소리까지 들었으면서 왜 무시하셨습니까."

"글쎄, 왜 그랬을까. 아마 오만해서일 거요. 설마 정안군은 효자인데, 설마 현명한 사람인데, 그랬지. 인간이란 늘 믿고 싶은 대로 믿는 법이니까."

"어리석으셨습니다. 효자니까 오히려 끝내 이런 짓을 벌이리라 생각하셨어야지요."

무슨 말이냐는 듯 고개를 갸웃하던 도전이 이내 놀라운 얼굴을 했다.

"사이가 좋은 줄 알았는데."

"그리 보인 게지요."

"그대에게 어머니가 아니었던가."

"제게 어머니는 한 분뿐입니다."

전혀 예상치 못한 말이었다. 방원과 강 씨는 겉으로 보기엔 더할 나위 없었다. 가끔 강 씨는 방원에게 날카롭게 굴었지만, 방원은 단 한 번도 거슬린 적이 없었다. 늘 순종했다. 때론 방원을 향한 강 씨의 경계가 지나치다 여겨질 정도였다. 보이는 겉과 속이 저리 다를 줄은 꿈에도 몰랐다.

"몰랐소이다. 효자인 줄만 알았어."

"효자입니다. 지금도 저는 효자입니다. 효자라서 이런 일을 하는 거예요."

차분히 말을 내뱉던 방원의 얼굴이 일그러졌다.

"효자에게, 어찌 효자에게 이런 일을 하게 하십니까? 왜 이런 일까지 하게 만들어요? 아바마마께 죽일 자식이 되고 싶지 않았습니다. 왕좌에 욕심따윈 없었어요. 헌데 왜 제가 이런 짓까지 하게 만드는 겝니까. 대체 그 자리가 뭐라고!"

얼떨떨하게 방원을 보던 도전이 천천히 입을 열었다.

"처음부터 이럴 작정은 아니었단 겐가?"

"아니었어요."

"허면 의안군이 아니라 영안군이 세자가 되었다면."

"형님이 세자 자리에 올랐다면 두말없이 복종했을 겝니다. 칼을 들 이유가 없지요. 전 효자이니 말입니다."

단호했다. 조금의 거짓도 없어 보였다. 진심으로 그는 억울하고 한스러운 얼굴을 하고 있었다. 그럴 줄은 몰랐다. 놀라운 일이었다.

"이두란과 이화는."

"모두 저와 함께 합니다."

그리된 거구나, 그런 거였어. 도전이 고개를 들어 하늘을 보았다. 그리고 호쾌한 웃음을 터뜨렸다. 그 모습을 보던 방원의 이마에 파랗게 핏줄이 섰다. 한참을 배를 잡고 웃던 도전이 웃음을 그친 뒤 방원을 빤히 보았다.

"과정이 어찌 되었든 결과적으로는 제일 이득 본 것은 정안군인데 왜 그리 화를 내는 게요?"

"이득을 봐요? 무슨 이득이요! 평생 인정받고 싶던 아바마마께 더이상 할 수 없을 정도로 불효를 저지르는 죽일놈이 되었는데, 무슨 이득이요!"

"결국 왕좌에 오르실 거 아닙니까."

"삼봉!"

"아, 그럼 정정 하리다. 정안군을 왕좌에 올리고 싶은 이들이 제일 큰 이득을 봤다고 말이에요. 그러고 보니 난 오히려 그 사람들에게 감사를 받아야겠어요. 나와 왕비마마께서 의안군을 세자로 만든 덕분에 정작 왕은 정안군이 되게 생겼으니 말이에요. 정안군을 왕으로 만들고 싶었던 사람들에겐 내가 은인 아닙니까?"

"자신이 저지른 일을 그런 식으로 변명하지 마세요. 본인이 권력을 휘두르기 위해 작정하고 방석이를 세자 자리에 앉혀 놓고선 이제 와서 그런 식으로 책임을 회피하시려는 겝니까?"

"책임을 피하려는 게 아니라 결과적으로 일이 그리되었다는 거예요."

"결과지요. 어쩔 수 없이 이리된 게지, 처음부터."

"처음부터 이리될 걸 예상했다고 해도 이상하지 않은데 무얼 그리 발끈하십니까. 정안군은 그럴 작정이 아니었다지만, 누군가는 작정하고 움직였을 수도 있어요. 어찌 모든 일의 결과가 단지 우연일 수 있겠습니까. 만에 하나 우연이었다면 정안군에게는 참으로 절묘한 일이군요. 이런 게 운명인 걸까요. 그래요, 어쩌면 끝내는 정안군이 왕이 되고 말 운명이라 이리된 걸지도 모르겠소이다."

딱 꼬집어 말할 수는 없지만, 무언가 느낌이 묘했다. 방원이 미간을 찌푸렸다.

"어쩐지 모든 일이 너무 순조롭더라니, 하하, 하하하."

도전이 다시 크게 웃음을 터뜨렸다.

"조존성찰우가공(操存省察雨加功)하고, 불부성현황권중(不負聖賢黃卷中)이라. 삼십년래근고업(三十年來勤苦業)이 송정일취경성공(松亭一醉竟成空)이로다. 조심하고 또 조심하여 공을 다해 살면서 책 속에 담긴 성현의 말씀 저버리지 않았네. 삼십 년 긴 세월 고난 속에 쌓아 놓은 업적이 송현방 술 한 잔에 헛것이 되었구나."

"삼봉."

방원이 도전에게 좀 더 가까이 가기 위해 한 걸음 내디뎠을 때였다.

"윽."

방원의 얼굴로 더운 피가 훅 끼쳤다. 도전이 입으로 피를 토하며 앞으로 고꾸라졌다. 뒤에서 피 묻은 칼을 든 상인이 걸어 나왔다.

"남은 대감도 죽었습니다. 얼른 마무리하고 궐로 오라는 전갈입니다. 서두르셔야 합니다."

수건을 꺼낸 방원이 거칠게 제 얼굴을 닦아냈다. 왜 하필 아까 불을 지피러 간 뒤부터 보이지 않던 상인이 갑자기 나타나 도전을 죽인 건지 모를 일이었다. 무언가 말할 수 없이 찝찝한데 딱 집어 따지기도 애매했다.

상인이 말을 가져왔다. 말 위에 올라탄 방원이 궐과 반대 방향으로 말 머리를 돌렸다.

"궐에⋯⋯."

"순서가 그게 아니다. 조준 대감께 갈 게다. 너는 가서 김사형 대감을 모셔 오너라."

"예."

상인이 빠르게 달려 나가 이내 어둠 속으로 사라졌다. 그 모습을 물끄러미 보다 고개를 돌리면 고꾸라진 도전의 시체가 눈에 들어왔다. 방원이 눈을 질끈 감으며 말의 옆구리를 세게 걷어찼다.

* * *

심효생, 장지화는 불길에서 뛰쳐나오다 기다리던 병졸들의 칼에 맞아 죽었다. 궁궐 수비대 중 이미 내통하기로 된 조온은 살아남았으나 박위는 살해되었다. 소문을 들은 이제는 밖에 나가 싸우려 했으나 이화가 말리는 바람에 주저앉았다가 뒤에 방번과 함께 죽임을 당했다. 별일 없으리라 이화가 다독거려 내보낸 세자 역시 궐 밖을 나서자마자 칼을 맞아 죽었다. 그리고 끝내 그들은 성계를 압박하여 도전과 남은 등이 역모를 꾀했다는 교지를 받아낸 후 방과를 세자로 세우기로 했다. 팔월 스물일곱날 동이 트기 전, 그렇게 모든 일이 끝났다.

모든 일이 뜻대로 되었으나 방원의 기분은 그리 좋지 않았다. 다들 기뻐 날뛰었으나 묘하게 방원은 내내 가라앉아 있었다.

"피곤한 게냐?"

이화가 슬쩍 눈치를 살폈다.

"아닙니다."

"전하가 신경 쓰여 그러는 게냐?"

"네. 너무 큰 불효를 저지른 것 같아 마음이 편치 않습니다."

"그럴 거 없다. 끝이 좋으면 다 좋은 게야. 네가 앞으로 진정 전하의 뜻을 잘 받드는 일은, 이 나라 조선의 기틀을 제대로 세우는 게다. 그럼 돼. 너라면 할 수 있을 게다. 그래서 내가 널 도운 게야."

이화의 격려에 방원이 애써 웃음을 지었다.

정도전의 측근 중 방원은 처음 작정한 대로 할 수 있는 한 많은 이들을 살려주었다. 대부분은 귀양이나 관직의 박탈 정도로 마무리했고 아들이나 형제라 해도 관계되어 있지 않으면 벌을 내리지 않았다. 그리하여 정도전의 아들 정진이나 남은의 형 남재 등 여럿이 목숨을 부지할 수 있었다.

어느 정도 일이 마무리된 뒤 일단 해산하기로 하고 모두 집으로 돌아가 하루 정도 쉬기로 했다. 자리를 파하고 나온 방원이 상인을 가까이 불렀다.

"뒷 처리가 제대로 되고 있는지 도성 안을 한 바퀴 둘러보고 오너라."

"네?"

"시체 같은 게 여기저기 굴러다니면 백성들이 보고 놀라지 않겠느냐. 숙번에게 시키긴 했으나 미덥지 않아. 꼼꼼히 둘러보고 혹 깔끔하지 못한 부분이 있으면 네가 마무리 짓도록 해라."

"그리하겠습니다."

"빼먹은 곳 없도록 잘 살펴야 한다."

"예."

인사를 한 상인이 돌아섰다. 가만히 선 채 방원은 상인이 저 멀리 가는 것을 보고만 있었다. 그리고 상인이 시야에서 완전히 사라지고 나서야 말의 옆구리를 세게 찼다. 확인해야만 할 게 있었다.

이상하게 도전의 마지막 말이 걸려서 도무지 넘어가지 않았다. 이 모든 게 우연인 줄 알았다. 운명의 장난이라 생각했다. 그리고 제 욕심에 눈이 어두워 이런 식으로 일을 꼬아버린, 그래서 저를 천하의 불효자로 만든 강 씨와 도전을 원망했다. 헌데 이 모든 일이 우연이 아니었단 말인가. 제가 이리되도록 만들어진 판이란 건가. 그렇다면 우연처럼 보이도록 모든 일을 계획한 이가 누구인가. 그럴 수 있는 사람이 누구란 말인가.

그러면 안 되는데, 그래선 안 되는데 이상하게 머릿속에 떠오르는 사람이 한 사람밖에 없었다. 말도 안 되는 생각이라고 스스로를 자책하는 와중에도 도무지 생각을 떨칠 수가 없었다. 아닐 테지만, 아니어야 하지만 아니라는 말이라도 들어야 했다.

생각해 보면 결국 이 모든 건 방과가 세자가 되지 않았던 것에서부터 시작된 일이었다. 방과가 세자가 되었다면 벌어지지 않았을 일이었다. 방과는 세자가 되어야만 했다. 헌데 세자가 되지 않았다. 왜 방과가 세자가 되지 않았을까. 왜 세자가 방석이 되고 만 것일까. 거기서부터 풀어야 하는 문제였다.

말을 재촉하여 달린 방원은 집이 멀리 보이는 곳에 이르자 멈춰 섰다. 그리고 말을 근처 나무에 묶어둔 후 몸을 숙여 집 뒤 편으로 빙 돌아가 담을 넘었다. 행아가 제 아들과 함께 머무는 별채였다.

갑옷을 입고 칼을 찬 채 방원이 별채의 문을 벌컥 열었다. 자리에 앉아 꾸벅꾸벅 졸고 있던 행아가 화들짝 놀랐다. 밤새 자리에 들지 않은 모양인지 바닥에 행아의 이불을 펴져 있지 않았고 어린 것만 아랫목에 누워 쌕쌕 자고 있었다.

"무슨."

방원이 긴 칼을 꺼내 행아의 목에 들이댔다. 칼엔 아직 닦아내지 못한 핏자국이 선명했다. 겁에 질려 숨조차 제대로 내쉬지 못하는 행아를 방원이 노려보았다.

"마님이 너를 왜 강 씨에게 보냈던 것이냐? 말하라."

"네? 그, 그건, 도, 도우라고."

"뭘 도우라고?"

"그, 그냥 비 마마를, 성, 성실히, 모, 모시라고."

칼이 좀 더 행아의 목 가까이 다가왔다. 금방이라도 찌를 것 같았다. 행아가 눈을 질끈 감았다.

"무엇을 위해 거기 간 것이냐? 너를 보내면서 분명 마님이 한 말이 있을 거다. 바른대로 말하라."

행아가 어금니를 꽉 물었다. 날카로운 칼끝이 목에 닿는 느낌이 선연했다. 이대로 죽는구나. 온몸이 딱딱하게 굳은 행아가 두 주먹을 불끈 쥐었다.

"어서 말하지 못할까!"

어차피 죽고 싶었던 인생이었다. 이대로 죽는대도 어쩔 수 없었다. 행아가 눈을 더 꼭 감았다. 그 순간 칼끝이 물러났다. 행아가 참았던 숨을 토해내며 눈을 떴다. 그러자 방원의 칼끝이 누워 있는 아이를 겨누고 있는 것이 보였다.

"마마!"

"너를 죽이면 듣고 싶은 말을 못 들을 거 아니냐."

"마마!"

"이 칼엔 어차피 내 형제들의 피가 묻었다. 자식을 못 죽일 것도 없지."

방원이 칼을 높게 쳐들었다.

"심지어 이 아이는 내가 얻고 싶어서 얻은 아이도 아니지 않느냐."

금방이라도 방원의 칼이 누워 있는 아이의 가슴 위로 내리꽂힐 것 같았다. 행아가 벌벌 떨며 방원의 발아래 매달렸다.

"살려주세요. 살려주세요, 마마!"

"바른대로 고하면 살려주겠다."

"마마!"

"애가 죽어도 너는 네 상전이 더 중요한 모양이지!"

방원의 칼이 아래로 떨어지는 순간, 행아가 고함을 질렀다.

"방석이가, 방석이가 세자가 될 수 있게 도와라, 그리 말씀하셨습니다."

아래로 향하던 칼이 아이의 가슴 바로 위에서 멈추었다. 행아가 울음을 터뜨렸다.

"방석이가 세자 자리에 올라야 마마께서 왕좌에 오르실 수 있다고……."

툭, 방원의 손에서 칼이 떨어졌다. 행아가 울며불며 누워 있는 아이를 제품으로 끌어안았다. 방 한가운데 우두커니 선 방원이 황망한 얼굴로 행아를 쳐다보았다.

"그 말이 진정이더냐?"

잘 자던 아이가 소란에 잠에서 깨고 말았다. 저를 깨운 게 분한 모양인지 아이는 어미의 품에서 요동쳤다. 행아가 아이를 제품으로 숨기듯 끌어안으며 끅끅거렸다.

"그 말이 진정이야!"

방원의 고함에 아이가 결국 울음을 터뜨렸다. 행아 역시 숨쉬기 어려울 정도로 울음을 토해냈다. 둘을 물끄러미 보던 방원이 방을 박차고 나왔다.

* * *

'세자가 의당 방과 아주버님이라니, 그러기로 다들 뜻을 모으신 겝니까?'

'뜻을 모으고 말고 할 게 무에 있습니까. 방과 형님이 세자가 되시는 게 당연하지요.'

'어째서요? 그게 그리 당연합니까. 단 한 번 의구심조차 가지신 적이 없으십니까. 혹시 방과 형님이 아니라면,'

그저 무심히 넘어갔던 모든 대화들이 하나하나 다 떠올랐다. 이제 와 돌이켜보니 자경이 한 말이 모두 다 걸렸다.

'방과 형님이 세자가 못 될 수도 있다니요? 그게 무슨 말입니까?'

'아들이 없잖습니까.'

왜 그저 염려나 걱정에 불과하다고 생각했을까.

'본래 즉위 초에는 장자 상속이 아니라 택현하는 경우가 많습니다. 아버님 마음에 드는 게 제일 우선이니.'

'방과 형님이 무슨 흠이 있어 아버지 마음에 안 든다는 말입니까. 괜한 걱정이에요.'

염려나 걱정을 가장했을 뿐, 진짜 하고 싶은 말은 따로 있다는 것을 왜 알아차리지 못했을까.

'방석 도련님은 혼인을 안 하셨지요.'

'응?'

238

'만약 아버님이 방석 도련님을 세자로 삼으신다면 어찌시겠습니까?'

그 말을 했을 때 자경의 표정, 말투, 앉아 있던 모습과 입고 있던 옷까지도 기억에 선명했다. 어쩜 자경은 그런 것을 미리 예상할 수 있었을까, 참으로 영리하고 남다르다고 감탄하면서 그날 나누었던 대화를 수없이 곱씹었기 때문이다. 그게 예상이 아니라 계획이었을 줄은 몰랐다. 정말 꿈에도 생각지 못한 일이었다.

'만약 그 참혹한 일이 일어난다면, 일어난다면 어찌하시겠습니까.'

'바로 잡기 위해 칼이라도 들어야지 어쩌겠습니까.'

방원의 몸이 순간 휘청했다. 눈앞이 아득해지더니 온몸의 기운이 발아래로 모두 다 빠져나갔다. 순식간에 속이 텅 비었다.

'서방님이 사냥꾼이 되시어요. 어머님은 죽기 직전 서방님을 쳐다보시던 눈빛을 기억하신다면 이대로 가만 있는 것은 너무나 큰 불효니까요.'

중문에 몸을 기댄 방원이 숨을 몰아쉬었다. 한참의 시간이 흐른 후 겨우 정신이 들었다. 온몸에 식은땀이 흘러 오한이 들 정도였다. 천천히 몸을 바로 세운 방원이 중문을 지나 안채로 향했다.

안채 마당을 서성이며 방원을 기다리고 있던 자경은 방원을 보고 놀란 얼굴을 했다.

"어째서 거기서 오시는 겝니까?"

자경을 노려보는 방원의 낯빛이 어두웠다.

"뭐 잘못된 게 있습니까? 모든 일이 잘 끝났다고 무구가 그러던데."

"왕비가…… 왕비가 그리되고 싶었소?"

방원의 얼굴이 절망과 좌절을 숨기지 못하고 일그러졌다.

"줄줄이 있는 형들을 내몰고 나를 왕좌로 올리기 위해 이런 짓을 할 정도로?"

"무슨 말씀을 하시는 겝니까?"

"모른 척 마세요! 다 알고 왔어요! 부러 방석이를 세자로 세웠다면서요? 형님이 세자가 되면 내가 욕심 없이 물러날까 봐 부러 방석이를 세자로 세워 이 난리를 피우게 만든 거라면서요!"

대체 어찌 알았는지, 어떻게 알았는지 하는 것은 중요치 않았다. 별채 쪽에서 오는 것을 보면 분명 무언가 눈치챈 뒤 행아에게 확인까지 마치고 오는 길일 거다. 모든 것을 다 알고서 따져 묻는 사람 앞에선 발뺌도 소용없었다. 똑똑한 남자였다. 쉬이 넘어가 줄 리 없었다. 무엇보다 죄지은 것도 아닌데, 빌고 싶지도 변명하고 싶지도 않았다. 자경이 냉한 얼굴로 고개를 돌렸다.

"맞아요. 그랬습니다."

"왜 그랬어요, 왜!"

"아시는 대로예요. 서방님께서 보위에 오르길 바라서 그리한 것입니다. 보위에 오르게 하려면 어쩔 수 없었어요."

그 순간 갑자기 달포 전 자경과 함께 나누었던 대화가 떠올랐다.

'누구랑 혼인했든 저랑 혼인하는 사내는 결국 최고의 자리에 올랐을 테니까요. 최고의 자리에 오르기 전에 어느 사내든 살아온 날과 살아갈 날에 대한 회한이 생길 테니, 이리 똑같이 누워서 똑같은 넋두리를 들으면서 똑같이 이마의 주름을 펴줬을 거예요.'

"하하하."

'그러니 이게 서방님의 운명인 게지요. 민자경의 남편이 되었으니 천하를 잡는 거라고 생각하세요. 혼인할 때부터 정해진 팔자라고요.'

자경을 노려보던 방원의 얼굴이 천천히 경악으로 물들기 시작했다.

"설마 처음부터 전부 다 계획한 거요? 혼인조차도?"

이 사내는 왜 이런 부분에선 이리 유약한 것일까. 그게 고작 무어라고. 자경은 세상이 무너진 얼굴로 자신을 보는 방원을 이해할 수 없었다. 이 문제가 이렇게까지 상처받을 일이란 말인가.

"그대를 중전으로 만들어줄 가능성이 가장 큰 남자여서 나랑 혼인했던 거요? 처음부터? 그럼 그대에겐 단 한 번도 진심 같은 건 없었소?"

이 남자에게 대체 어디서부터 무엇을 어찌 설명해야 할지 아득했다.

"내가 그저 이성계의 아들 이방원이어서 그대의 눈에 들었던 거로군. 바보같이 나는 그걸 사랑이라고 착각한 거였고. 어리석은 날 보며 참으로 재밌었겠구려."

비아냥거리고자 내뱉는 말인데, 그 이야기를 내뱉는 방원의 얼굴이 그 어느 때보다 괴로워 보였다.

"나와 보낸 시간들은 결국 왕비가 되기 위한 과정에 불과했겠구려. 내게 했던 조언들이나, 도움 주었던 것들, 충고나 권유도 다 이날을 위한 포석에 불과했던 거였어. 지어미로서 지아비를 걱정한 것도 아니었고, 사모한 건 더더욱 아니었던 거야."

방원이 하나하나 곱씹으며 기막혀했다.

"설마 포은을 죽이라고 권한 것도 이런 이유였소? 아니, 물을 것도 없겠지. 혼인부터가 계획인데 진심이 어디 있으려고. 하하, 난 당신 꼭두각시였구려. 시키는 대로 하라는 대로 아주 잘했으니 지켜보기가 참으로 흐뭇했겠소이다."

생각할수록 모든 게 기막히기만 했다. 방원이 거칠게 마른세수를 했다.

"왕비가 대체 뭐길래! 그게 뭐라고 이런 짓까지 한단 말이오? 이렇게까지 한단 말이오? 우리 집을 다 박살내고 나를 천하제일의 불효자에 패륜아로 만들면서까지 그 자리가 그리 탐났소? 그리 갖고 싶었소? 내가 어떤 생각을 하면서 자랐는지 알면서, 아버지와 어머니가 내게 어떤 의미인지 누구보다 잘 알면서 어떻게 당신이, 당신이 내게 이럴 수 있단 말이오! 어떻게 사람이 이리 잔인할 수가 있어!"

"제가 단지 권력을 탐해서 그리했다고 생각하시는 겝니까?"

"아니란 거요?"

"이 나라 조선을 위해 그리한 것입니다."

자경의 일갈에 방원이 기가 막히다는 듯 웃기 시작했다. 눈꼬리에 눈물을 그렁그렁 매단 채 배를 붙잡고 한참을 껄껄 웃는 방원을 원망스럽게 보던 자경이 천천히 입을 열었다.

"이 나라가 어찌 세운 나라입니까. 아바마마께서 이 나라를 어찌 세우셨는지 잊으셨습니까? 그리 힘들게 세운 나라를, 천년의 기틀을 닦아야 하는 이때 권신들의 손에 넘어가게 할 순 없지 않습니까! 본데 왕이 다스리는 나라에서는 왕이 가장 똑똑해야 하는 법입니다. 왕이 멍청한데 현명한 이를 등용하면 그는 자기의 현명함을 이용하여 왕을 위협할 것이니 위험하고, 멍청한 이를 등용하면 정상적인 정치를 시행할 수 없어 더 위험하다고요. 그래서 나라를 잘 다스리기 위해선 그 누구보다 왕이 똑똑해야 한다고, 한비자도 그리 말하지 않았습니까! 아바마마의 자식 중 누가 가장 뛰어납니까. 아바마마의 며느리 중 누가 가장 빼어납니까. 그럼 누구의 씨로 보위를 이어야, 이 나라가 반석 위에 서겠습니까! 조준 대감과 하륜 대감이 어찌 허고 많은 아바마마의 아 중 서방님을 택했겠습니까! 그 대감들이 서방님을 택한 마음과 제 마음이 다르지 않아요. 저는 이 나라 조선을 위해 그리한 것입니다. 단지 비의 자리를 바란 것이 아니에요."

"내 형님들이 그리 모자라지 않고 나 역시 형님들보다 그리 뛰어나지 않소! 우린 같은 아버지와 같은 어머니의 자식들이오. 서로 각자 장점이 다를 뿐이오. 모자란 것은 서로 채워주면 될 일이었소. 배다른 형제의 피를 묻히면서까지, 아버지에게 돌이킬 수 없는 불효를 저지르면서까지 이럴 일이 아니었단 말이오!"

"어리석은 소리! 임금은 자기와 가장 가까운 아내와 가장 친애하는 아들도 믿을 수 없다고 했습니다. 헌데 형제요? 저보다 뛰어난 형제를 눈앞에 두고 그 형제를 경계하지 않을 왕이 있다고 생각하십니까? 만약 이런 일 없이 형님 중 누군가가 보위를 이었다면 서방님은 방심하다가 서방님이 그토록 사랑하는 형님의 손에 죽었을 수도 있었습니다. 그나마 제 덕분에 친형제들끼리 피를 보는 일은 막을 수 있었던 거예요. 이복형제로 그쳤음을 제게 고마워하셔야 합니다."

"뭐라? 고마워하라?"

"어찌 그리 단순하십니까? 아바마마께서 보위에 오르신 순간 우리 가족은 그때부터 사가의 범인이 아닙니다. 공인이란 말입니다. 아바마마가 보위에 오르셨는데, 그저 돌아가신 어머니를 위해 아 중 누가 세자가 되기만 하면 되지, 라고 생각하는 서방님이 어리석으셨던 거란 걸 어찌 아직도 모르십니까. 저는 서방님의 오판을 바로잡고 더 큰 문제가 일어나기 전에 예방한 것이에요. 제가 잘못했다고 탓할 게 아니라 잘했다고 고마워하셔야 한단 말입니다."

당당한, 너무나 당당한 자경의 말에 방원의 말문이 막혔다. 낯설었다. 눈앞에 서 있는 이 여인이 십 년 넘게 자신과 한 이불을 덮고 잤던 그 여인이라고 믿기지 않았다.

"차라리, 미안하다고 해."

방원이 쥐어짜듯이 중얼거렸다.

"그저 왕비 자리가 탐이 났다고. 여인으로서 지존의 자리에 오르고 싶었다고 해. 내가 이리 속상해할 줄은 몰랐다고, 미안하다고."

턱이 덜덜 떨리더니 이내 눈물이 후두둑 떨어졌다.

"처음부터 계획한 건 아니었다고, 그저 상황이 이리 돌아가다 보니 욕심이 났다고. 너무너무 탐이 나서 자기도 모르게 그만 저지르고 말았다고, 잘못했다고 해. 그럼 이해해줄 테니까. 용서할 테니까. 이렇게까지는 될 줄 몰랐다고 미안하다고 해. 제발."

방원이 아이처럼 팔로 눈을 가린 채 엉엉 울기 시작했다. 그 모습을 아프게 보던 자경이 고개를 저으며 눈을 질끈 감았다.

"잘못한 게 없는데, 무어가 미안하단 말입니까."

이리 설명했는데도 이해하지 못하는 방원의 아둔함이 자경은 답답했다. 이 모든 것을 그저 사욕으로 했다고 생각할 정도로 저를 모자란 여자로 생각하는 방원에게 도리어 자경은 서운했다.

권력이 얼마나 무서운 것인데, 그것을 어찌 아직도 모른단 말인가. 어찌 여전히 바라는 것이 불쌍한 우리 어머니, 행복한 우리 집, 완벽한 가정이 전부란 말인가. 왜 그 어린 시절의 기억에서 떨쳐 나오지 못하고 저리 아이처럼 구는 것인가. 자경은 이해할 수 없었다. 오히려 모든 사실을 알고 나면 방원이 제게 고마워할 줄 알았다. 조금 서운해할 수 있겠다는 생각을 하지 않은 것은 아니지만 저렇게까지 속상해하고 서러워할 줄은 몰랐다.

"그래, 그대 말이 맞아. 군주란 그런 자리지."

한참을 울던 방원이 눈물을 그치더니 젖은 얼굴을 두 손으로 닦아내며 자경을 보았다.

"나라가 반석 위에 서지도 않았는데 권신들이 날뛰게 둘 순 없지."

내용은 자경이 했던 말에 동의하는 것인데 어투가 날이 서 있었다.

"부인의 머릿속엔 이 나라 조선이 반석 위에 서는 것, 그게 제일 중요한 일이었구려."

자경을 노려보던 방원이 갑자기 빙긋 웃었다.

"그러니 내가 외척의 발호를 막기 위해 처가를 경계해도 부인은 이해하겠구려. 벼슬길에 나온 처남 네 명은 언제든지 권신이 될 위험이 있는 자들 아니오? 거기다가 장인어른도 대단한 권력자이시니 왕실의 입장에선 경계하는 것이 당연한 일이지."

아버지가 경고했던 게 이런 것이었던가. 자경이 당황한 티를 내지 않으려 애를 쓰며 마른침을 삼켰다.

"모함하지 마세요. 아버님은 언제나 권력을 경계하시어 소박하시고, 동생들 역시 서방님을 도왔을 뿐, 오만방자한 성품이 아닌."

"외척은! 왕실에 가장 위협이 되는 존재이지요. 똑똑한 부인이 그것을 모르지 않을 텐데요. 거기다 그 외척 가문에서 우리 아이가 자라기까지 했으니 우리 아이가 보위에 올랐을 때 삼촌들에게 좌지우지되지나 않을까 나는 충분히 염려스러워요. 넷이나 되는 처남들이 무척이나 거슬린단 말이오."

"동생들이나 아버님이 왕실에 위협이 될 행동을 할 만큼 어리석지 않으나, 만약 위협이 된다면 정리하셔야겠지요. 허나 아무 일도 없는데 권력을 휘둘러 애꿎은 신하들을 도륙하신다면, 그것은 폭군이나 할 일 아니겠습니까."

"모르시나 봅니다. 나는 이미 정몽주를 때려죽였고, 정도전을 죽였고, 배다른 동생 두 명과 매제까지 죽였어요. 이미 나는 양손에 피가 그득한 폭군이자 도살자예요. 그 피에 처가의 피가 더해진다 한들, 뭐 그리 큰 문제겠습니까."

방원이 자경을 노려보며 천천히 다가왔다.

"부인께서 이 나라 조선을 그리 걱정하시니, 나 역시 이제부터 공적으로 모든 일을 처리하겠습니다. 그 과정에서 어쩔 수 없는 희생이 일어난다 해도 대의를 위함이니 부인은 이해하시겠지요. 권력을 탐하기보단 공리를 추구하시는 분이 내 부인이라니, 참으로 듬직합니다."

일갈한 방원이 그대로 몸을 돌려 밖으로 나갔다. 그제야 자경이 주르륵, 바닥에 주저앉았다. 어느새 등 뒤가 땀으로 흠뻑 젖어 있었다.

17장

왕자이난
王子二難

무인년 구월 닷샛날, 성계가 상왕으로 물러나고 영안대군 이방과가 보위에 올랐다. 방원은 의흥삼군부 우군절제사와 판상서사사를 겸하게 됐다. 신권과 병권을 방원이 모두 가짐으로써 왕이라 이름 붙은 두 사람이 가진 권력보다 방원 한 사람이 가진 권력이 훨씬 더 커졌다. 그리하여 방원은 세자도 아니고 왕도 아니고 상황도 아니었음에도 불구하고 조선에서 가장 높은 인물이 되었다.

방과는 제가 소격전에 들어간 사이 벌어진 일을 뒤늦게 알고 나서 크게 당황했다. 그것은 그가 바라던 일도 아니었고 예상한 일도 아니었으나, 전쟁터에서 오랜 시간 보내면서 살아남은 뛰어난 생존력으로 그는 자신이 어떤 자세를 취해야 할지 재빨리 알아차렸다. 썩 내키지 않았고 제게 적절하다고 생각되지 않았음에도 불구하고 방과는 방원이 원하는 대로 왕의 자리에 올랐다. 성계는 왕의 자리에 오른 방과에게는 차마 화를 내지 못했다. 방과는 누가 봐도 지극한 효자였고, 유일하게 무인정사에 관계하지 않은 아들이었던 데다 성계 역시 적장자인 방과에게 여러모로 미안한 마음을 가지고 있었기 때문이다. 덕분에 방원을 비롯한 종친들은 잠시나마 성계의 분노로부터 몸을 피할 수 있었다.

방간은 난이 끝나자마자 모든 관심이 방원에게 향하는 것을 보고 크게 당황하면서 동시에 분노했다. 하지만 처음부터 모든 판이 이리 되도록 짜여져 있었다는 것을 저만 몰랐다고 하기엔 너무 아둔해 보일 거 같아서 차마 본심을 드러내진 못했다. 방간은 자신도 처음부터 이리될 줄 알았던 것처럼 아무렇지도 않은 척했지만, 이마에 핏줄이 서고 양 볼이 가늘게 떨리는 것을 이화와 두란은 놓치지 않았다.

십일월 열하루날, 한 씨가 신의왕후로 추존되었다. 그리고 그날 밤, 취기가 머리끝까지 오른 방원이 비틀거리며 안방으로 들어섰다. 석 달 만의 방문이었다.

대체 얼마나 마신 건지 방원은 꼭 술독에 빠졌다 나온 사람 같았다. 왜인지 잠이 오지 않아 책을 읽고 있던 자경이 그런 방원을 물끄러미 올려다보았다. 한동안 방 한가운데 장승처럼 우두커니 서 있었던 방원이 자리에 털썩 주저 앉았다.

"어머니를 추존했어요."

이미 상인으로부터 이야기 들어 알고 있던 바였다. 정신을 차리려는지 방원이 얼굴을 거칠게 문질렀다.

"기쁜데, 기쁜 날인데, 맘 편히 기뻐할 수가 없는 게 너무 괴로워."

방원이 앓듯이 머리를 감싸 쥐었다.

"당신에게 고마워해야 하는 건지, 당신을 미워해야 하는 건지 아무리 생각해도 도무지 모르겠어."

가장 바라던 일을 이룬 날이었다. 기쁜 날이었다. 오랜만에 형제들과 숙부들이 한 마음 한 뜻으로 술잔을 나누며 즐거워했다. 헌데 방원은 마냥 마음이 맑지 못했다.

아무것도 몰랐다면 아마도 방원은 오늘 자경에게 와서 당신 덕에 어머니가 추존되었다며 신나했을 거다. 하지만 이미 모든 사실을 안 이상 그럴 수가 없었다. 이렇게 일을 꼬아버린 자경이 원망스러웠다. 헌데 어머니가 추존되기까지 자경이 큰 역할을 하긴 한지라 또 마냥 원망만 할 수도 없었다. 괴로웠다. 그리고 이런 식으로 자경을 향한 마음이 복잡하다는 것 역시 방원을 힘들게 했다.

"모든 기억이 다 지워졌으면, 자고 깨면 아무것도 생각나지 않았으면 하고 내가 얼마나 바라는지 모르겠지. 당신은 관심 없겠지."

자경이 방원의 앞에 마주 앉았다. 방원이 고개만 들어 물끄러미 자경을 쳐다보았다.

"서방님."

마음을 다 잡으라고 대체 별 것도 아닌 일을 가지고 왜 이리 길게 아파하느냐고 한 소리 하려 했는데, 막상 물기에 젖어 맨들거리는 두 눈을 보자 말문이 막혔다. 어디서부터 어떻게 설명해야 이 남자의 들끓는 마음을 가라앉힐 수 있을까, 막막하긴 자경 역시 마찬가지였다.

"당신, 미워하고 싶지 않아. 아니, 미워지지 않아. 그런데 예전 같은 마음으로 볼 수가 없어. 당신을 어떻게 봐야 할지 모르겠어. 그게 너무 괴로워. 어떡하지. 어떡하면 좋지."

자경이 하는 말이라면 팥으로 메주를 쑨대도 믿을 수 있었다. 태어나 처음으로 가진 유일하고 온전한 내 편이었다. 세상에서 가장 자신을 잘 이해해주고 인정해주는 사람이라고 생각했다. 그건 방원이 너무나 원했음에도 부모로부터 받지 못한 애정이었다. 그런 애정을 자경이 준 것이다. 여자로서 사랑하기 이전에 인간적으로 신뢰하고 좋아했다. 그 모든 게 허상이었다는 것을 납득하기 어려웠다. 이제 앞으로는 자경이 하는 말이나 행동을 이전처럼 올곧게 받아들이지 못할 거라는 사실이 슬펐다.

방과를 세자로 만들어달라는 저에게 그러겠노라고 분명히 약조했었다. 헌데 뒤로는 부러 방석이를 세자로 올렸고, 원치 않은 일이 벌어진 것에 대한 분노한 방원이 끝내 권력을 잡게 만들었다. 곱씹으면 곱씹을수록 자경은 무서울 정도로 완벽하게 모든 판을 짰고 방원은 아무것도 모른 채 거기 놀아났다. 그리고 그 결과 아버지에게는 죽일 놈이 되었고, 형제들 사이는 갈라졌다. 평생 동안 바랐던 꿈은 화목한 가정이었는데, 그게 이어붙일 수조차 없게 산산조각 난 것이다. 그것도 가장 사랑하는 여자에 의해서 그리되었다. 도무지 그것을, 방원은 견딜 수가 없었다.

고개 숙인 방원의 머리꼭지를 가만히 쳐다보던 자경이 팔을 뻗어 방원을 끌어안았다. 그리고 아주 느리게 방원의 등허리를 쓰다듬었다. 우는 어린 아들을 안아 달랠 때 하던 몸짓이었다.

자경 역시도 할 말을 쉬이 찾을 수가 없었다. 미안하다고 하면 제가 지금까지 한 모든 행동을 부정하는 거라서 하고 싶지 않았다. 하지만 아파하는 것을 보니 뭐라 말할 수 없을만큼 속상했다. 한 이불을 덮고 십 년 넘게 살았는데 왜 서로 마음을 설명하기도, 이해하기도 이토록 어려운 걸까. 답답한 자경이 저도 모르게 긴 한숨을 내쉬었다. 힘을 뺀 채 자경에게 안겨 있던 방원이 순간 움찔하더니 몸을 떼어냈다.

다시, 두 눈이 마주쳤다. 헌데 이번엔 방금 전과는 조금 달랐다. 여전히 물기어린 두 눈은 맨들거렸지만 아까와는 달리 낯익은 열기가 거기 더해져 있었다. 자경이 놀라는 순간, 방원이 손을 뻗어 자경을 제 쪽으로 바싹 끌어당겼다. 이내 입술이 부딪히더니 곧장 방원의 손이 자경의 치맛 속으로 파고들었다. 당황하여 허공을 오가던 자경의 두 손이 방원의 어깨 위로 내려앉자, 방원의 몸짓이 좀 더 급해졌다.

부부란, 참으로 편하고나. 순식간에 이리되어버린 상황이 어이없어서 자경이 저도 모르게 헛웃음을 지었다. 시작과 끝을 찾을 수가 없을만큼 엉켜버린 실타래라고 생각했는데 이런 식으로 댕강, 끝날 수도 있는 모양이다. 아마 부부만이 가능한 일일 거다. 좋은 건지 나쁜 건지 머리로 판단되기 이전에 방원이 몸을 밀고 들어왔다. 자경이 신음을 내뱉으며 다리로 방원의 허리를 감쌌다. 굳이 애쓰지 않아도 이미 서로에게 너무 익숙한 몸이었다.

* * *

기묘년, 방원과 자경의 넷째 아들이 태어났다. 자경은 아이를 쉽게 가지는데 반해서 낳는 데는 어려움을 겪곤 했다. 다른 여자들은 초산이 지나 둘째나 셋째쯤 되면 진통이 오고 두세 시간정도 만에 낳는다는데 자경은 둘째든 셋째든 넷째든 늘 초산 때처럼 진통 시간이 길고 산도가 열리는데 오래 걸렸다. 다산임에도 불구하고 이상하리만치 매양 난산이었다.

이번에는 유독 더 심해서 진통이 시작되고 하루가 지난 후에야 겨우 아이 머리가 보이더니 그러고도 반나절이 더 지나서야 아이가 나왔다. 아이를 낳자마자 지친 자경이 혼절해 버리는 바람에 갓 씻어낸 아이를 제일 먼저 품에 안은 것은 이틀 내내 밖에서 초조하게 기다렸던 방원이었다.

아이는 아주 작았다. 거기다 긴 시간 나오느라 저도 고생한 탓인지 여기저기 주름진 것이 영 볼품 없었다. 어미를 오래 고생시킨 아이가 예쁠 리 없어서 시큰둥한 얼굴로 아이를 내려다보던 방원이 갑자기 웃음을 터뜨렸다. 새빨갛고 주름진 얼굴 사이로 보이는 오종종한 이목구비가 자경을 빼다 박았던 것이다.

태어나는 아이들마다 친탁을 하는 바람에 자경은 은근히 서운해했다. 특히 클수록 방원과 그 형제들의 특성이 두드러지는 첫째 아들을 볼 때마다 자경은 저처럼 저를 꼭 닮은 자식을 하나쯤은 낳고 싶다고 했었다. 그나마 셋째 아들이 외탁을 하긴 했는데, 문제는 외탁하여 택한 게 민제였다는 거다. 자경의 외양은 송 씨를 닮았지 민제를 닮진 않았기 때문이다.

헌데 넷째는 영판 자경이었다. 인상을 쓰며 눈을 부비는 아이를 보며 방원의 입이 좀 더 크게 벌어졌다. 자경이 큰아들을 볼 때 이런 기분일까. 자경을 닮은 아이를 보는 건 또 다른 느낌으로 벅찼다. 방원이 기쁜 얼굴로 품에 안은 아이를 얼렀다.

"울음 소리가 약해요."

젖을 달라는 듯 칭얼거리는 아이를 방원에게 건네받으며 유모가 걱정스럽게 중얼거렸다.

"어미 몸에서 나오느라 오래 걸렸으니 저도 지쳐 그런 것 아니겠는가."

"그렇다 쳐도 약하니 드리는 말씀입니다."

안 그래도 유독 아들만 많이 잃은 방원과 자경이었다. 첫 아들 이후로 세 아들을 연이어 건강하게 본 지라 잠시 방심하고 있었는데 유모로부터 그런 이야기를 듣자 갑자기 걱정이 밀려왔다.

"잘 부탁하네."

방원이 유모에게 당부했다. 아무리 마음써 본들 떠날 아이는 떠나고야 만다는 것을 경험으로 알고 있었지만 매양 알면서도 지푸라기라도 잡아보는 게 부모의 마음이었다.

* * *

유모의 걱정대로 아이는 작게 태어난 만큼이나 몸이 약해서 잔병이 끝이 없었다. 태어나고 며칠 지나지 않아 아구창이 생기는 바람에 젖을 빨지 못해 짜낸 유모의 젖을 한 방울씩 입에 흘려줘야 했다. 가뜩이나 약하고 작게 태어났는데 제대로 먹지를 못하니 지켜보는 이들의 속이 까맣게 타들어갔다. 갓난쟁이 하나 먹이겠다고 어른 두셋이 하루 종일 붙어있기 일쑤였는데 그렇게 안달복달을 해도 젖을 빠는 보통의 다른 아이들의 양만큼 먹일 수가 없었다.

우여곡절 끝에 겨우 아구창이 나아 한숨 돌리나 싶었더니, 그다음엔 변비였다. 원하는 대로 변을 누지 못하자 아이는 신경질이 나서 하루 종일 울었고 그 바람에 얼굴로 열이 오르더니 황달까지 오고 말았다. 몸이 괴로운 아이는 제대로 자지도 먹지도 않고 하루 종일 울어댔다. 오죽하면 자경이 산후 조리도 채 끝내지 못한 채 자리를 걷고 일어나야 할 정도였다.

약을 써서 황달과 변비를 겨우 가라앉히고 나자 그다음엔 피부에 진물이 생겨서 기저귀를 채울 수가 없었다. 아이는 또다시 울었다. 눈물 자국 때문에 이젠 얼굴이 시뻘겋게 텄다. 이젠 눈물을 닦아주려고 하면 아프다고 자지러졌다. 대체 어찌해야 좋을지 도무지 알 수 없었다.

운이 나빠 자식을 여럿 잃기는 했지만 이런 식으로 부모 진을 빼는 애는 처음이었다. 몸조리조차 제대로 하지 못한 채 갓 태어난 아이에게 매달렸던 자경이 끝내 병이 나고 말았다. 잠시도 쉬지 않고 울리는 아이의 울음소리에 가뜩이나 예민해져 있던 방원은 자경이 아프단 말에 참았던 분통을 터뜨렸다.

"이러다가 쟤보다 부인이 먼저 죽겠어요. 자식이 없는 것도 아니고 아들이 없는 것도 아닌데, 하나쯤 더 잃는다고 해서 세상이 무너질 일도 아니에요. 한 번도 겪어보지 못한 일도 아니잖아요. 그만하고 부인 몸이나 추슬러요. 유모에게 보내고 그만 신경 끄라고요. 애면글면 해봤자 인명은 제천이라 결국 하늘 뜻에 달린 거 아닙디까? 이런다고 해서 죽을 애가 사는 것도 아니고 애초에 약하게 태어난 걸 뭐 어쩌겠어요."

저를 생각해서 하는 말이라는 걸 아는데도 몸과 마음이 지쳐있는 자경에게 방원의 말은 위로라기 보단 타박처럼 들렸다. 얼레벌레 넘어가긴 했으나 앙금이 완전히 사라진 건 아니어서 방원의 말투 역시 예전처럼 마냥 부드럽진 않아서 더 그랬다.

"지금까지 자식을 잃은 게 제 탓입니까?"

발끈한 자경이 날카롭게 외쳤다.

"아니면 지금까지 잃은 자식이 제 자식이기만 하답니까? 어찌 그리 남일 얘기하듯이 하실 수 있습니까?"

생트집이었다. 방원이 어이없다는 듯 헛웃음을 지었다. 자경의 눈이 좀 더 위로 치켜 올라갔다. 아이를 낳고 한동안은 이런 식으로 별

거 아닌 일을 꼬투리 잡고 트집 잡는다는 것을 알고 있었다. 그럴 때마다 방원은 늘 너그러이 자경을 달랬다. 허나 이제부터는 그러고 싶지 않았다.

"원래 애가 잘못되면 어미 탓 아닌가?"

"뭐라고요?"

충격에 자경의 턱 아래가 덜덜 떨렸다. 허나 방원은 눈 하나 깜짝하지 않고 무심한 얼굴로 자경을 빤히 쳐다보았다.

"우리 어머니는 혹여나 자식들에게 해가 갈까 봐 늘 행동거지를 조심하고 말을 삼가셨소. 자신이 업보를 쌓으면 그게 자식들에게 갈지도 모른다고 염려하신 까닭이지요. 어미가 은덕을 쌓아야 자식에게 좋다고도 하시더이다. 그런 게 어미라는 사람들 아니오? 우리 집에서 유독 아들만 많이 죽어나가는 것에 어찌 부인 탓이 없다고 할 수 있겠소이까?"

자경이 아이를 잃고 얼마나 고통스러워했는지 누구보다 잘 알면서 어떻게 낯빛 하나 변하지 않고 저런 말을 내뱉을 수 있는지 모를 일이었다. 자식의 죽음을 슬퍼하며 몸부림치던 자경을 달래주던 사내와 지금 눈앞에서 너 때문에 애가 죽은 거 아니냐고 하는 사내가 같은 사람이라고 도무지 믿기지 않았다. 온몸을 부들부들 떨던 자경이 어금니를 물었다.

"그게 자식 잃은 어미에게 할 소립니까? 자식을 가슴에 묻고 사는 어미에게, 다른 사람도 아니고 아비란 작자가 그게 할 말이란 말입니까?"

"부인이 먼저 시작하셨소이다."

대꾸하는 말투가 얼음장처럼 차가웠다. 아무리 감정이 안 좋다 한들 자식들을 두고 저런 태도를 보이는 것을 용서할 수 없었다. 자경이 치맛단을 움켜쥐었다.

"업보가 쌓여서 자식이 잘못되는 걸로 치자면 서방님의 집안만 하겠습니까? 아버님뿐 아니라 숙부님에 아주버님에 서방님까지 그 칼끝에 묻은 피가 얼마입니까. 그 피들을 생각해 보면 자식들이 잘되는 게 이상한 일 아니겠습니까?"

"뭐요?"

"업보라면서요? 업보라니 말씀드리는 겝니다. 가문의 업보로 치자면, 의당 서방님 가문이 문제지요. 서방님이 제게 미안해하셔야 하는 거 아닙니까? 서방님이 아니었다면 제가 왜 아들을 잃었겠습니까!"

쿵, 분에 못 이긴 방원이 세게 바닥을 내리쳤다. 그 모습을 보며 자경이 코웃음 쳤다.

"그리해서 바닥이 내려 앉겠습니까."

"그만합시다."

"서방님이 먼저 시작하셨어요."

싸늘하게 되받아치는 자경의 말에 방원이 쓴웃음을 지었다.

"그래, 당신은 하나도 잘못한 게 없지. 언제나 늘, 당신은 항상 옳지."

낮게 중얼거리던 방원이 고개를 저었다.

"아니 만났으면 서로 좋을 뻔하였소이다."

순간 깜짝 놀랐으나 애써 아닌 척하며 자경이 방원을 보았다.

"그랬으면 그대도 나도 자식을 잃을 일이 없었을 테니 말이야. 아니 그렇소? 업보가 많은 둘이 만나서 애를 낳는 바람에 애꿎은 애들만 고통받는구려. 좋아요. 우리 사이에서 자식, 더 보지 맙시다."

자경이 눈을 가늘게 뜬 채 턱을 치켜들었다.

"듣던 중 반가운 소립니다."

한참 동안 물끄러미 방원이 자경을 쳐다보았다. 미우면서도 슬펐고 얄궂으면서도 비참했다. 대체 이 마음을 무어라 표현하면 좋을지 알 수 없었다. 아마도 자경은 방원의 말을 협박이라 이해한 모양이었다. 그래, 그런 마음이 아예 없다면 거짓말일 거다. 허나 그것만은 아니었다. 협박이라기보단 자조와 한탄, 견딜 수 없는 씁쓸함과 쓸쓸함이 섞인 넋두리였다. 헌데 그런 방원의 속내를 자경은 알아차리진 못한 것 같았다. 아니, 알아차릴 마음이 없는 건지도 모르겠다.

자리에서 일어난 방원이 밖으로 나왔다. 서늘한 바람이 불어왔다. 그러고 보니 어느새 가을이었다. 가뜩이나 몸이 약한 아이가 여름에 태어나서 더더욱 고생스러웠을 거다. 그리고 자경 역시 삼복더위에 배불러 몸 푸느라 꽤 힘들었다. 그런 걸 뻔히 알고 있으면서 또다시 모진 말을 내뱉고 말았다. 한심했다. 부끄러움과 자괴감이 밀물처럼 방원을 덮쳐왔다.

그때 어린아이와 눈이 마주쳤다. 셋째 아들이었다. 방원과 눈이 마주치자 화들짝 놀란 아이는 얼른 뒷걸음질 쳐 도망갔다.

대체 저 아이가 언제부터 이 근처에 있었는지 모를 일이었다. 아이가 있는 줄은 꿈에도 몰랐다. 어찌나 놀랐던지 눈이 마주치자마자 방원의 온몸이 그대로 얼어붙어서 아무것도 할 수 없었다. 뒤늦게 정신을 차려보니 이미 아이는 사라지고 마당엔 방원 혼자였다. 그리고 방에선 억눌린 울음소리가 새어 나왔다.

남자의 등 뒤에서 몰래 우는 여자를 보면서 자랐다. 그래서 절대로 그런 여자는 안 만들겠다고 맹세했다. 정답지 못한 아비와 우는 어미를 보고 자라는 아이가 어떤 마음인지, 얼마나 불안한지 누구보다 잘 알고 있었다. 절대로 그런 아비는 되고 싶지 않았다. 자식들이 저와 같은 걱정과 염려를 하며 자라기를 바라지 않았다.

방원이 괴로운 신음을 토해내며 손으로 얼굴을 감쌌다. 눈이 마주쳤을 때 놀라던 아이의 얼굴이 생생했다. 외모만 외탁을 한 게 아니라 성정도 민제를 빼닮아서 어리지만 제일 영리한 놈이었다. 가르쳐주지 않았는데 형들이 하는 것을 보고 어깨너머로 글을 깨친 아이였다. 하필 그런 아들에게 이런 꼴을 보였다는 게 더 속상했다. 저 어린 게 어떤 생각을 하며 오늘 밤 잠이 들까 생각하니, 가슴이 미어지는 것 같았다.

한참을 가만히 서 있던 방원이 돌아서서 다시 안방으로 들어갔다. 자경이 이불을 덮어쓴 채 울고 있었다. 방원이 이불을 걷어낸 뒤 자경을 일으켰다. 자경이 방원을 밀어냈다. 울며불며 되는대로 손을 내젓는 바람에 방원은 몇 대나 자경에게 얻어맞았다. 싫다고 밀어내고 또 밀어내도 방원은 묵묵히 자경에게 손을 뻗어 제 쪽으로 끌어당겼다. 그렇게 십수 번의 실랑이 끝에 몸에 힘이 풀린 자경이 방원의 품에 축 늘어졌다. 흐느끼는 자경을 방원이 다독였다.

"미안해요. 잘못했어요. 정말 잘못했어요. 미안해요. 아이가 잘못되는 거 부인 탓이라고 생각한 적 한 번도 없어요. 실수예요. 정말 너무 미안해요. 미안해요."

자경의 울음이 좀 더 커졌다. 방원이 자경을 품으로 좀 더 끌어안았다.

***

성계가 손수 머리를 깎아 경순공주를 절로 보내던 구월 초열흘,

방원과 자경의 넷째 아들은 끝내 숨을 거뒀다. 백일을 며칠 앞둔 날이었다. 자경도 방원도 울지 않았다. 고개 돌려 외면하는 둘을 대신해 행아와 상인이 시신을 수습하여 장사를 치렀다.

자경은 안방 문을 걸어 잠궜고, 방원 역시 굳이 열어 달라 청하지 않았다. 간간이 방원이 기생집을 드나든다는 풍문이 들려왔다. 그러는 동안 기묘년이 지나갔다. 경진년이 되고 나서야 자경이 빗장을 풀었다. 방원은 다시 안방을 드나들기 시작했다. 바싹 말랐던 자경의 몸에 다시 살이 오르기 시작한 것도 그때쯤이었다. 허나 평화는 길지 않았다.

＊＊

공신이란 나라를 위해 특별한 공을 세운 신하를 뜻했다. 특별한 공을 세우기 위해서는 나라에 평소와 다른 일이 벌어져야 한다. 매일매일이 똑같은데 특별한 공을 세울 수는 없는 노릇이니 말이다. 그래서 대부분은 난이 일어난 뒤 그 난을 평정하는데 기여한 이들을 공신으로 책봉하곤 했다.

허나 공신책봉이 반드시 공의 크기에 따라 정해지는 것은 아니었다. 성계가 개국 공신을 책봉할 때 가장 기여를 많이 한 아들들은 정작 다 빼놓았던 것처럼 공이 있다 해도 정치적 상황에 따라 책봉되지 못하거나 책봉되어도 낮은 순위가 되는 경우도 허다했다. 대부분의 정치인들은 그러한 사정을 다 알았기에 크게 불만을 품지 않았다. 허나 단순한 무인들은 그런 정치적 계산을 쉬이 받아들이지 못하는 경우가 왕왕 있었다.

박포가 그런 경우였다. 부관출신이었던 박포는 세자빈 유 씨 사건으로 억울하게 국문을 당한 뒤부터 변심하였다가 도전 등이 병권을 장악하는 것을 보고 완전히 돌아서서 방원의 사람이 되었다. 당연히 무인정사에도 참여하여 그 공으로 공신으로 책봉되었는데 자신이 이등공신이라는 것에 불만을 품었다.

방원은 사실 이번 정사를 가지고는 공신책봉을 하고 싶지 않았다. 무인정사는 집안 싸움이었다. 이 싸움에서 공이 많은 사람이란 곧 성계의 가슴에 비수를 꽂은 사람을 뜻했다. 성계가 세운 나라인데, 성계를 비참하게 만들 이들을 '공신'이란 이름으로 치하하는 것이 영 내키지 않았다.

허나 공신책봉은 매우 정치적인 일이어서 방원이 내키지 않는다고 해서 안 할 수 있는 일이 아니었다. 그래서 어쩔 수 없이 공신책봉을 시행한 거였다. 헌데 박포가 제가 받은 대우가 부족하다며 불평불만을 늘어놓자 견딜 수 없이 화가 났다. 다른 것도 아니고 이번 일을 가지고 제 공을 더 쳐달라고 항의하다니, 정신이 있는 놈인가 싶기까지 했다.

그래서 정신 좀 차리고 오라는 의미로 귀양을 보냈다. 애초에 길게 보낼 생각은 없었다. 조정에서 떨어져서 보면 뭔가를 깨달으리라 기대했기에 일 년도 지나지 않아 풀어 주었다. 그리고 잊었다. 조용한 것을 보니 정신을 차렸겠거니 했다.

일이 제가 기대했던 것과 전혀 다르게 돌아가고 있다는 것을 깨달은 건 우현보가 이래에게 들었다며 박포가 방간의 집에 드나든다는 소식을 전해오고 난 뒤였다.

"아무래도 움직임이 심상찮으니 대책을 세우심이 옳을 것 같아서."

"알겠소이다."

우현보 역시 하륜과 별 다를 바 없는 인물이었다. 다만 그는 하륜보다 머리가 나쁜 데다 심지어 운도 좋지 못해서 제 나름대로 애써서 수를 놓아본들 놓는 족족 악수였다. 성계 편에 서야 하는데 몽주 편에 섰고, 도전과 가까이 지내도 부족한 판에 척을 지는 식이었다. 그 탓으로 그는 아들을 잃었다. 아들을 잃은 데 제 잘못이 없다고는 할 수 없을진데 그는 아주 가볍게 그 모든 것을 도전의 탓으로 돌렸다. 그리고는 지금 방원의 편으로 줄을 대려는 것이다. 어쩌면 이게 그가 지금까지 놓은 수 중 그나마 제일 나은 건지도 모르겠다.

"큰일이 생길까 걱정이 되어 어젯밤 이래에게 듣자마자 날을 샌 뒤 곧장 온 것입니다."

이래가 알았다면 어차피 방원이 알게 되는 건 시간문제였다. 이래는 무구 무질과도 가까운 사이였기 때문이다. 헌데 이래에게 듣자마자 이리 온 것은 방원이 모를까 봐 걱정이 돼서가 아니라 다른 누구보다 제가 먼저 방원에게 알리고 싶어서였을 거다. 방원이 고개를 끄덕였다.

"알려줘서 고맙소. 은혜를 잊지 않겠소이다."

방원이 다정히 대꾸하자 현보가 감격한 얼굴로 고개를 숙이자 하얗게 샌 정수리가 눈에 들어왔다. 저보다 한참 나이가 많은 이에게 깍듯한 대우를 받는 게 어느덧 익숙해지고 있었다. 절을 한 현보가 일어났다. 방원은 자리에 앉은 채 그를 배웅했다.

"그럼 이만 저는 돌아가겠습니다."

"살펴 가세요. 가까운 시일 내에 또 볼 수 있으면 좋겠습니다."

"늙은이야 무슨 일이 있습니까. 불러주신다면 언제든지 좋습니다."

"네. 조만간 사람을 보내겠습니다."

현보와 인사를 나눌 때만 해도 웃는 낯이었지만, 방에 혼자 남자 금세 방원의 얼굴은 얼음장처럼 차갑게 굳었다. 마음이 복잡했다.

방간이 욕심이 크다는 것은 누구보다 제가 제일 잘 알았다. 형제 많은 집에서는 셋째부턴 제 몫은 제가 찾지 않으면 챙겨주는 이가 드물었다. 방원이 엄마의 치마꼬리에 매달려서 살았다면 방간은 기승스럽게 굴어 제 존재를 드러냈다. 방과보다 무예가 뛰어난 것도 아니고 방원보다 머리가 좋은 것도 아니었다. 방우처럼 무골호인도 아니었고 방의처럼 인품이 좋지도 못했다. 성계의 아들 중 일찍 죽은 방연까지 다 합쳐봐도 제일 쳐진다는 평을 들었던 방간이었다. 자존심에 차마 내색하진 않았지만 상처도 많이 입었을 거다. 무시당한 만큼 한 번쯤은 어떻게든 저를 드러내고 싶은 욕망이 있는 게 당연했다. 어쩌면 방간에겐 이것이 마지막 기회이자 유일한 기회일지도 몰랐다.

자연스레 방과 다음을 방원이 하는 것으로 의견이 모였을 때 방간은 당황했다. 후에 이화나 두란이 따로 방원에게 언질을 주지 않았어도 이미 알고 있었다. 멍청하게 놀아났다는 것을 인정하기 싫어서 방의처럼 점잖은 척했을 뿐, 방간은 당황했고 분개했다. 호시탐탐 기회를 노리고 있던 차였을 거다. 거기다 박포가 기름을 들이부은 거다.

아마 방간에게 좀 더 영리한 책사가 있었다면, 박포에게 넘어가다 들통날 게 뻔한 이런 어리석은 일을 꾀하진 않았을 거다. 방간의 부인이 자경이었다면, 그래 자경의 말대로 그땐 방간이 보위에 올랐을 거다. 죽임을 당하는 건 방원 쪽이었고 말이다.

"안에 계십니까."

때마침 자경이 했던 말을 곱씹던 방원이 바깥에서 들리는 목소리에 놀라서 움찔했다. 미처 대답도 하지 못했는데 방문이 열리더니 자경이 들어왔다. 무언가 다급한 모양새였다.

"무슨 일이오?"

"이래가 희안군께서 역모를 꾀하신다고 했답니다."

처남들에게 들은 모양이다. 이리될 줄 알았다. 방원이 별로 놀란 기색 없이 물끄러미 자경을 쳐다보았다.

"알고 계셨습니까?"

"방금 나간 단양백이 알려주더이다. 이래에게 들었다고."

"헌데 어찌 이리 담담하십니까?"

"담담하지 않으면 어이할까요?"

"역모잖습니까."

"왜 역모예요, 나를 치는 건데. 내가 세자도 왕도 아니잖소?"

"서방님."

"그냥 져줄까 생각 중이에요. 그리 원하시면 내가 져주고 물러나는 게 화평하지 않겠소?"

방금 전까지만 해도 물러나는 일 같은 건 생각하지 않았었는데, 초조해하는 자경의 얼굴을 보자 저도 모르게 튀어나왔다. 저 애타하는 얼굴이 저를 걱정해서가 아니라 자리를 지키기 위함이라고 생각하자 갑자기 모든 게 덧없이 느껴진 까닭이었다. 이 자리에 계속 머문다면 앞으로 자경의 얼굴을 보면서 결코 예전처럼 가슴 따뜻한 기분을 느낄 수 없을 것이다. 그렇다면 대체 무엇을 위해 이 자리를 지켜야 한단 말인가.

"숙부님들께 알리겠어요."

"형님과 싸우지 않을 겝니다."

"하 대감에게도 말하겠어요."

자리에서 일어나는 자경을 방원이 노려보았다.

"억지로 나가게 하기만 해요. 죽어서 돌아올 테니까."

"뭐라고요?"

"생각해 보니 내가 죽는 게 당신에게 가장 큰 복수일 거 같아. 얼마나 기막힐까. 그토록 갖고 싶어서 몸부림치던 왕비 자리가 코앞에 왔는데, 내가 죽어버리면 말이에요. 줄줄이 낳은 자식들을 끌어안고 당신 참 분하겠지."

"그게 자식을 둔 애비가 할 소리란 말입니까!"

자경이 발을 구르며 호통을 쳤다.

"차라리 저를 죽이세요. 저를 죽이면 모든 게 다 깨끗해지겠네요. 자식을 두고 애비란 사람이 어찌 그런 무책임한 말을 한단 말입니까? 장남이 아직 열 살도 되지 않았어요. 아직 부모 손이 필요한 아이들인데 낳아놓기만 하고 무책임하게 죽겠다고요? 자식들이 애비를 대체 뭐라 생각하겠어요? 그런 애비가 되고 싶으세요? 그게 서방님이 바라는 거란 말입니까?"

"무책임한 애비도 되고 싶지 않고 무자비한 형제도 되고 싶지 않아요! 그러니 날 내버려 둬요. 결코 칼을 들지 않을 겝니다. 그리 아세요."

팽팽히 날 선 두 시선이 허공에서 부딪혔다. 자경이 이를 갈며 돌아섰다.

"숙부님들께 말씀드리겠어요."

"내 뜻은 변하지 않아요."

"하륜 대감과 조영무 장군도 부르지요."

자경이 방을 박차고 나갔다. 혼자 남은 방원이 괴롭게 두 눈을 감았다.

* * *

제대로 된 책사 한 사람 없는 방간의 계획은 참으로 무모하고 허술했다. 그나마 방간의 아들인 맹종이 영리하여 어찌저찌 일이 진행되었으나 조금도 철두철미하지 못하여, 그들의 일거수일투족이 방원 측에 고스란히 새어 들어올 정도였다. 이화와 두란은 한심해하며 혀를 찼고, 조영무 등 무신들은 기막혀했다. 그리하여 방원 측은 정작 방원이 손을 놓고 아무것도 하지 않았음에도 불구하고 너무나 완벽하게 대비할 수 있었다. 숙번이 동네 꼬마들이 하는 전쟁놀이도 이보다는 낫겠다고 농을 던졌다가 이화에게 행실이 경박하다며 한소리를 들었다.

경진년 섣달 스물여드렛날, 삼군부에서는 공과 후들로 하여금 제사에 쓸 날짐승을 사냥하도록 했다. 때문에 핑계 삼아 병사들을 모으기 아주 좋았다. 아니나 다를까 방간은 이날을 거사일로 하였다. 어째 이리 하나부터 열까지 손바닥 안이냐며 두란은 기막혀했다.

이른 아침부터 방원의 집에 사람들이 모여들었다. 방원은 사랑채 문을 닫은 채 밖으로 나오지 않았으나 마당엔 이미 무장한 장성들로 그득했다.

"저 아새끼래, 여기 뭔 일이가?"

마당을 서성이던 두란이 담장 안을 기웃거리는 맹종을 발견하고 인상을 찌푸렸다. 두란과 이화가 얼른 밖으로 나왔다. 달아나려던 맹종이 두 사람과 마주치자 뻔뻔한 얼굴로 씩 웃었다.

"너래 뭐하나, 여기서?"

"그냥요, 사냥 가시나 봅니다?"

"그래서?"

"저희도 간다고요. 만나서 같이 갈까요?"

"썩 꺼져라!"

이화가 옆에서 호통을 치자 맹종이 꽁지가 빠져라 달아났다.

"염탐하러 온 겝니다."

"염탐하는 실력도 저 따위여서는 뭔 일을 한다고, 쯧쯧."

혀를 차던 이화와 두란이 주변을 서성이던 상인을 불렀다.

"너는 따라오지 말고 집에 머물도록 해라."

"네?"

"이맹종이 와서 집 안을 살피고 간 것이 불안해 그런다. 너는 이곳에 있으면서 부부인과 아이들을 지키도록 해라."

이화의 지시에 잠깐 머뭇거리던 상인이 이내 고개를 숙여 복종하더니 아이들이 있는 별채로 달려갔다.

"방원인 어째 안 나오고 버티는 거이가?"

"안 싸우겠다질 않습니까."

"거 말이 되는 소리를 해야지. 일이 이 지경인데 아이 싸우면 어케? 저 천지도 모르는 알라들한테 넘겨주잔 말이가? 나라가 국밥이가? 말아먹게?"

두란이 툴툴거리며 닫힌 사랑채를 노려보았다. 그럼에도 당장 뛰어 들어가지 못하는 것은 저러고 들어앉은 방원의 마음이 편치 못하다는 것을 누구보다 잘 알기 때문이었다.

무인정사 이후 모든 권력은 방원에게 향했다. 왕의 자리엔 방과가 앉았으나 방과는 격구나 하며 놀러 다닐 뿐 실제로 일을 하는 건 방원이었다. 그리고 방원은 마치 한 번 왕 노릇을 해봤던 사람처럼 아주 능숙했다. 노련한 신료들조차 감탄할 정도였다.

모두가 이제야 제대로 일이 돌아가는 거 같다고 하는데, 정작 방원은 행복해 보이지 않았다. 방원이 가장 인정받고 싶은 상대였던 성계는 여전히 방원의 인사를 받지 않았고, 얼굴만 마주치면 백정 놈의 자식이라고 욕을 퍼부으니 맘이 편할 리 없었다. 그런 와중에 또다시 형제끼리 칼을 들어야 하는 상황이 닥쳤으니 괴로운 게 당연했다. 이화나 두란은 방간을 보고 혀를 찼지만, 방원은 애초에 그 모든 걸 제 탓이라 여기며 자조할 따름이었다.

"너라도 들어가보라. 이리 한정 없이 기다려서 될 일인가?"

그때 상황을 보러 궐에 들어갔던 조영무가 급히 달려왔다.

"어이 나왔네? 궐에 있으라니까."

"아니 왜 아직 이러고 계시는 겝니까?"

"정안군이 안 나와서."

"벌써 궐에 회안군이 오셔서 거병하였음을 전하와 상왕 전하께 고하셨습니다."

"뭐라?"

"이런 미친놈, 거기까지 갔다고?"

두란과 이화가 펄쩍 뛰었다. 되도록 조용히 해결하고 싶었는데 뭐 자랑이라고 궐에 먼저 가서 고하기까지 한 건지 모를 일이었다.

"전하께서는 뭐라시던가?"

"전하는 형제끼리 어찌 싸울 수가 있냐며 이제라도 다 그만두면

책임지고 목숨은 보전해주겠다며 회안군을 말리셨고 상왕 전하께서
는 둘이 에미 애비가 다른 것도 아닌데 미련하게 뭐 하는 짓이냐고."

차마 망극하여 조영무가 말을 더 잇지 못하고 고개를 떨구었다.
두란이 이마를 짚으며 돌아서는 사이, 이화가 사랑채 안으로 뛰어
들어갔다.

"어서 일어나거라."

"숙부."

"나와서 군사들을 지휘해."

"골육을 해치는 일이에요."

"종묘와 사직을 생각하거라. 방자하게 먼저 일을 그르친 건 회안
군이야. 일이 더 커지기 전에 수습할 생각을 해야지, 일이 여기서 더
벌어지면 전하와 태상왕 전하께 참으로 망극하지 않느냐. 백성들이
이 꼴을 보면 대체 무어라 하겠냔 말이다!"

이화가 방원을 억지로 끌어당겨 일으켜 세웠다. 거무죽죽하니 안
색이 죽은 방원을 이화가 밖으로 데리고 나오자 마당에 가득 차 있
던 군사들이 창칼을 두드리며 기뻐했다. 기다리고 있던 자경이 갑옷
을 가져왔다. 방원이 자경을 쏘아보았다.

"아이들을 잘 부탁하오."

꼭 유언 같았다. 옷을 입히려던 자경이 잠깐 멈칫했다가 이내 모
르는 척했다.

"잘 다녀오세요."

자경의 인사를 받으며 방원이 말 위에 올랐다. 자욱이 늘어선 군
사들을 보자 기쁘기보단 한숨이 먼저 나왔다. 이들을 데리고 기껏
제 형과 싸우러 간다는 사실이 끔찍했다. 울컥한 방원이 소매로 얼

굴을 가렸다. 군사들이 더 목청을 높였다.

"정녕 피할 길이 없구나."

하늘을 올려다보며 탄식한 방원이 말의 옆구리를 걷어차고 앞으로 나갔다. 이화와 두란, 조영무, 이숙번, 이천우 등이 그 뒤를 따랐다. 흙먼지를 자욱이 일으키며 병사들이 쫓아갔다. 썰물 때처럼 사람들이 빠져나가자 순식간에 집은 고요해졌다.

"너는 왜 가지 않고 여기 있느냐?"

배웅하고 돌아서던 자경이 머물러 있는 상인을 보고 놀랐다.

"마님과 아이들을 지키라고 하셨습니다. 아까 이맹종이 와서 염탐하고 간 것을 불안하니 여기 있으라고 하셨습니다."

모두가 입을 모아 시시하게 끝날 거라고 했다. 하다못해 충동질한 박포가 합류하지 않고 집에 있다는 것만 봐도 방간이 얼마나 허술하게 일을 꾸몄는지 알 만했다. 어째선지 자경은 지난 거사보다 이번이 훨씬 불안하게 느껴졌다. 방원이 달라졌기 때문이었다. 설마 그런 일은 없겠지만, 함께 거병한 장군들이 절대로 그러지 못하도록 지켜줄 테지만, 그럼에도 마음이 영 편치 않았다.

"어찌 그러십니까?"

"여긴 내가 있을 테니 너는 가보는 게 나을성싶다."

"쥐도 궁지에 몰리면 고양이를 문다고 했습니다. 군사로 맞설 수 없으면 간악한 자들이 사특한 술수를 쓸 수도 있지 않겠습니까. 저는 의안대군의 염려가 과한 것이 아니라 생각됩니다."

틀린 말이 아니라 딱히 반박할 수도 없었다. 자경이 한숨을 쉬며 돌아섰다.

"안으로 들어가심이."

"기다리겠다. 돌아오실 때까지."

느리게 자경이 마당을 서성이기 시작했다. 상인이 그런 자경을 걱정스럽게 쳐다보았다.

* * *

싸움은 시시하게 끝났다. 군사들의 숫자에서 이미 질려버린 방간의 군대는 별다른 저항조차 하지 못하고 와해되었다. 죽거나 다친 병사의 수도 손에 꼽을 정도였다. 방원이 방간에게 활을 쏘는 자는 극형에 처하겠다고 하여 서로 활조차 별로 쏘지 않았음에도 승패는 쉬이 갈렸다.

"그 자식 아주 몹쓸 짓을 했구나."

헌데 운수 나쁘게 방원의 말이 큰 부상을 입고 말았다. 방원이 잠시 말에서 내려 뒷수습을 하고 궐에서 보낸 병사들에게 방간을 압송하는 사이, 맹종이 방원의 말에 마지막 분풀이를 하고 간 까닭이었다. 피 흘리는 말을 보자 순간 속이 뒤집어졌으나 이미 포줄에 묶여 끌려가고 있는 아이를 쥐어팰 수도 없는 노릇이라 방원은 화를 눌렀다.

"소근이를 불러."

소근이를 불러 말을 데리고 가라고 하려던 방원이 말을 멈추었다. 갑자기 묘한 생각이 떠오른 까닭이었다.

"고삐를 풀어주어라."

"네?"

"말 고삐를 풀어주란 말이다."

병사가 머뭇거리며 말 고삐를 풀었다. 자유로워진 말이 긴 울음을 토해내며 고통스러워했다.

"내보내라."

"예?"

"저 알아서 집에 찾아갈 녀석이니 그냥 내보내란 말이다."

"하지만 피 흘리는 말이 돌아다니는 것을 보면 백성들이……."

"시키는 대로 하라!"

방원의 호통에 병사가 말을 바깥으로 몰았다. 말은 곧장 몸을 뒤틀며 달려가기 시작했다.

"잠깐 어디 좀 갔다 올 터이니, 혹 날 찾거든 측간에 갔다고 해라. 오래 걸리진 않을 게다."

"예."

이미 박포까지 잡아 궐로 보냈으니 거의 모든 일은 마무리된 셈이라 굳이 방원을 찾을 리 없었다. 다른 장군들은 모여 술을 마신다는데 그 자리에는 가지 않겠다고 벌써 말해두었으니 없다고 해도 다들 그러려니 할 것이다. 궐에 간 이들의 뒷 처리는 방과가 알아서 잘해줄 거라 걱정되지 않았다. 방간과 그 가족은 추방 정도에 그칠 것이고 모든 벌은 박포가 받게 될 거다. 그리고 그보다 더 뒷일은 이제 하륜 소관이었다.

정작 방원이 진짜로 확인하고 정리해야 하는 일은 따로 있었다. 사람들의 눈을 피하기 위해 좁은 골목을 택한 방원이 아주 천천히 걷기 시작했다.

***

"놔라."

"마님."

"놓으래두."

"마님마저 이러시면 어쩝니까!"

자경은 긴 칼을 들고 금세라도 뛰쳐나갈 기세였다. 상인이 앞을 막아서고 행아가 자경의 팔에 매달렸다.

"놓으래도! 가서 나도 싸우겠다. 이럴 수는 없음이야!"

"아이들을 부탁한다고 하셨지 않습니까."

상인의 말에 손에 힘이 풀린 자경이 칼을 놓치고 말았다. 행아가 얼른 칼을 저 멀리 던졌다. 생각할수록 결국 그 말이 유언이었다는 게 기가 막혔다. 처음부터 죽을 작정으로 나간 거다. 아니면 피 흘리는 말이 집으로 돌아왔을 리 없었다.

"나쁜 생각을 하실 건 없습니다. 그저 말이 돌아왔을 뿐이에요."

"말을 얼마나 아끼는 사람인데, 자신의 말이 저리 피 흘리며 돌아다니도록 둘 리 없어."

"다른 데 신경을 쏟으시느라 오늘은 말을 돌보지 못했을 수도 있어요. 염려하지 마세요. 이러실 일이 아니에요. 침착하세요. 사람을 보내 알아보겠습니다. 허니 차분히 기다리세요. 아직 아무 일도 일어나지 않았습니다."

상인의 달래는 말에 그제야 자경이 바닥에 주저앉았다.

"제가 다녀올 터이니."

"제가 다녀오겠습니다."

행아가 상인의 말허리를 자르며 끼어들었다.

"마님께서 또 나가겠다고 고집부리시면 저는 감당하지 못합니다. 허니 오라버니가 여기 계세요. 제가 다녀오겠습니다. 제가 다녀올게요."

"그래도."

"오라버니는 누군지 알아볼 사람들이 많지만 저는 아무도 모르니까 눈을 피해 빨리 다녀올 수 있어요. 제가 다녀올게요."

자경이 어렵게 고개를 끄덕였다. 행아가 쏜살같이 밖으로 달려 나갔다.

"괜찮을 겁니다."

"죽을 작정을 하고 나간 사람이야."

"마님."

"그 사람은 죽을 작정을 하고 오늘 나간 사람이야. 나한테 복수하려고."

"누구에게 복수하려고 죽는 사람은 없습니다. 그런 식으로 자기 목숨을 이용하는 어리석은 자는 세상에 없어요. 정안군께서는 그리 아둔한 분도 아니지 않습니까. 과한 걱정이세요."

"그럴 수도 있어, 그 사람은."

"마님."

"너는 몰라. 아무도 모르지. 근데 나는 알아. 나는 알아."

자경이 이마를 감싸며 신음했다. 상인이 안쓰럽게 자경을 바라보았다.

"잠깐 누우세요. 어제도 제대로 못 주무신 모양입니다. 눈 아래 그늘이 짙어요."

"잠이 오게 생기질 않았잖느냐."

"눕기라도 하셔요."

"서방이 어찌 됐는지 모르는데 어찌 누워 있어!"

"마님께서 일어나 있으시든 누워 있으시든 일어날 일은 일어나게 마련이고 일어난 일은 벌써 막을 수 없습니다. 허니 잠깐 누우세요."

상인이 담요를 가져와 자경의 무릎 위에 덮어주었다.

"아이들을 보고 오렴."

"이따가요."

"여기 가만있을게. 너 몰래 나가는 짓 같은 건 안 할 테니 아이들을 보고 와. 불안할 게다. 행아도 없지 않으냐."

상인이 대답 대신 물끄러미 자경을 보았다. 자경이 보료에 등을 기대며 사방침에 팔을 괴었다.

"갔다 와."

그제야 안도한 상인이 방을 나갔다. 홀로 남은 자경이 긴 한숨을 내쉬며 눈을 감았다.

정말 죽은 걸까. 말이 피투성이가 된 채 돌아온 것을 보면 심상치 않은 일이 벌어진 것만은 확실했다. 돌아온 말을 보자 순간 머리가 새하얘질 정도로 놀라서 앞뒤 안 가리고 칼을 들고 나올 때만 해도 방원에게 돌이킬 수 없을 정도로 큰일이 생겼다고 믿었다. 헌데 한숨 가라앉히고 곱씹어보면 무언가 석연찮았다.

일단 양측 군사 차이가 압도적이었고, 방원이 전면에 나설 싸움도 아니었다. 형제들끼리의 싸움이라 이화나 두란도 상대 측 병사들을 와해시키는 게 주목적이었지 혈투를 할 마음은 없었기 때문에 일부러 더 무리해서 군사들을 끌어모아 수를 늘렸더랬다. 방간의 군사들은 정규군이랄 수 없으니 군사들의 수가 압도적이면 보는 것만으로도 질려서 겁을 먹고 도망갈 거라는 거였다. 따라서 방원은 물론이거니와 방간조차도 죽기 쉽지 않은 싸움이었다. 아무리 작정을 했다 해도 지켜보는 이들이 얼마나 많은데 방원이 죽도록 내버려 둘 리 없었다.

헌데 대체 왜 말이 그 모양이 되어서 돌아온 걸까. 불현듯 불길한 예감이 머리를 스치고 지나간 자경이 번뜩 눈을 떴을 때였다.

"느긋하시군."

무장을 한 방원이 선 채 자경을 내려다보며 비웃고 있었다.

"피투성이가 된 말이 마당을 서성이는데, 안방에 들어앉아 잠을 주무신다? 마치 서방이 죽기를 기다린 사람 같구려."

이럴 작정이었구나. 뒤늦게 방원이 저를 시험했음을 깨달았다. 어이가 없으면서도 동시에 분노가 치솟았다. 이게 이리 가볍게 장난할 문제란 말인가. 잠시나마 저 사내를 걱정한 시간이 아까웠다.

"마님, 정안군께서는."

급히 뛰어 들어오던 행아가 방 안에 선 방원을 보고 귀신이라도 본 듯 소스라치게 놀랐다. 숨을 헐떡이며 눈을 크게 뜬 행아를 보던 방원이 피식 웃었다.

"하룻밤 몸을 섞은 계집도 걱정이 되어 날 살피러 갔다 오는데 십년 넘게 같이 산 부인은 이리 화평하다니."

"그것이 아니라……."

"유언하고 가신 거 아닙니까?"

무어라 끼어들려는 행아의 말을 자경이 가로막았다.

"유언인 줄 알아서요."

"그래서?"

"그래서 이다음은 어찌해야 하나 생각하고 있었습니다. 무책임하게 제 감정을 못 이겨 죽어버린 아비를 자식들에겐 무어라 설명하면 좋을까 고민스러워서요."

자경이 자리에서 일어났다.

"다행이네요. 자식들에게 그 정도로 최악은 아닌 아비여서."

휙 스쳐 지나가려는 자경을 방원이 붙잡았다.

"할 말이 그거밖에 없소?"

"무슨 말을 바라십니까?"

"피투성이가 된 말을 보고도 고작 그런 생각밖엔 안 했단 말이요?"

"왜요? 제가 울며불며 걱정이라도 하리라 기대하셨습니까?"

"부부면, 부부라면."

자경이 신경질적으로 방원의 팔을 뿌리쳤다.

"대체 서방님이 말씀하시는 부부가 무엔지 저는 도무지 모르겠습니다. 울며불며 서방님만을 바라보며 발아래 매달리는 계집을 원하세요? 저는 그리 못합니다. 그런 계집이 아니라서 택해놓고선 이제와서 그리되란 겁니까? 지금이라도 원하는 계집으로 새로 찾아보세요. 안 말릴 테니까."

하고 싶은 말이 있어 망설이는 행아를 끌고 자경이 밖으로 나갔다. 방에 혼자 남은 방원이 헛웃음을 지었다.

"내가 사랑한 계집은 어떤 여자였던 걸까. 나도 모르겠소이다."

주르륵, 어느새 눈물이 흘러내렸다. 방원이 급히 눈물을 훔쳐냈다.

* * *

방간의 일이 마무리되자마자 하륜은 제 일을 시작했다. 이월이 되고 하륜은 방과에게 방원을 세자로 세우기를 청했다. 방과는 그 제안을 받아들여 다음 날, 종묘에 방원을 세자로 세운다고 고했다. 형제인데 어찌 세제가 아니라 세자일 수 있냐고 하는 신료들이 있긴 했으나 방과는 그럼 앞으로 방원을 제 자식으로 삼으면 될 거 아니냐고 대꾸하며 강행했다. 세제보다는 세자가, 좀 더 정통성이 있기에 그런다는 것을 대부분은 눈치챘기에 더는 반발하지 않았다.

이월 사일 방원은 세자가 되었다. 신료들은 이제 방원이 세자가 되었으니 다 끝난 일이라고 한숨을 돌렸는데 정작 측근들은 새로 당면한 문제에 당황했다. 방원이 세자가 되었으니 자경 역시 세자빈이 되어야 마땅한데 방원이 그 문제를 해결하지 않고 미적거렸기 때문이다.

"마마, 어찌 부부인을 빈으로 책봉하지 않으시는 겝니까?"

보름이 지나도 도통 일을 처리할 기색이 없자 슬슬 무구와 무질의 볼이 부어올랐다. 결국 눈치를 보다 못한 하륜이 나섰다.

"그리 급한 일은 아니잖소?"

"내명부가 휑하잖습니까. 뿐만 아니라 사직이 튼튼하려면 후사가 바로 서야 하는데, 그러기 위해선 마마의 장남을 세손으로 하루빨리 책봉해야지요."

"궐로 들어오기가 껄끄러워서 그래요."

"네?"

"빈으로 책봉하고 나면 꼼짝없이 둘 다 궐에 들어와서 살아야 하는데, 아바마마께서 아직 내게 화를 내고 계시잖습니까. 그래서 그럽니다."

"아무리 그렇다 쳐도 빈 책봉은 해야지 않겠습니까. 궐에 들어오는 거야 미루면 될 일이지요."

방원이 입을 꾹 다물었다. 더 이상 말하고 싶지 않다는 거였다. 방원은 간언을 꺼리는 이는 아니었다. 의외로 제 고집만 부리거나 억지를 쓰는 일도 드물었다. 하고 싶은 일을 모두가 말린다면 할 수 있는 한 설득하고 그래도 안 되면 한 발 물러났다. 원하는 일은 모두가 반대해도 일갈하여 밀어붙이는 성격의 성계와 비교하자면 방원은 유순한 편이었다.

허나 이런 식으로 입을 꾹 다물면 그건 지금은 더 말하고 싶지 않다는, 방원이 할 수 있는 최대한의 의사 표현이었다. 하지만 오늘은 아무리 그래도 결판을 낼 작정이었다. 이제 곧 방원이 세자가 된 지 달포가 될 참이었다. 헌데 여전히 빈의 자리는 비어 있으니 참으로 송구한 일이 아닐 수 없었다.

"보기 좋은 모양새가 아닙니다. 아시지 않습니까."

물론 방원도 어차피 해야 할 일을 길게 미적거려봤자 구설수만 불거질 뿐이라는 것을 알고 있었다. 이건 아무도 이해 못 할, 그리고 누구에게도 털어놓을 수 없는 개인적인 분풀이에 불과했다. 이런다고 해서 자경을 빈으로 삼지 않을 방도도 없었다. 다 알면서도 이러는 게 꼭 울음 끝이 질기고 긴 어린아이 같았다.

"민 대감이나 그 아들들 보기도 송구한 것은 차치하고서라도 소신이 참으로 부부인 뵙기 민망하여 어쩔 줄을 모르겠습니다. 강건하신 분이라 내색은 못하시지만 제가 갈 때마다 인사를 나오시는데, 누가 봐도 새 소식을 기다리는 얼굴인지라, 참."

"알겠소이다."

"네."

"준비하라고 하세요. 다음 달 기사일이 좋겠습니다."

하륜이 아니라 다른 사람에게서 같은 말이 또 나오게 된다면 그땐 정말 제 얼굴에도 침 뱉기였다. 방원이 한 발 물러났다. 비로소 하륜이 기쁜 얼굴로 자리에서 일어났다.

"허면 예조에 일러 준비하라고 하겠습니다."

신이 난 하륜이 밖으로 나가고 나서도 한참이 지난 후에야 방원이 자리에서 일어나 퇴청할 준비를 마친 뒤 밖으로 나왔다.

"걸어가겠다. 너는 말을 끌고 먼저 집으로 가 있어라."

"어찌."

"생각할 게 있어. 걸어가고 싶다."

"모시고 가겠습니다. 말은 이따 가지러 오면 됩니다."

"먼저 가. 시키는 대로 해라."

하륜이 나가면서 아마도 상인에게 말했을 것이다. 그렇다면 상인이 먼저 집에 가면 자경에게 언지를 줄 것이다. 그럼 제가 말하지 않아도 된다. 그래서 부러 걷겠다고 하고 상인을 먼저 보낸 거다. 제 입으로 말하고 싶지 않아서 낸 수였다.

제 입으로 알려주고 싶지 않았다. 자경이 바라는 뜻대로 모든 것이 되었다는 게 분했다. 그럼에도 마냥 분해할 수 없는 현실이 비참했다. 무엇보다 이 와중에도 여전히 자경을 미워하지 못하는 스스로가 서글펐다.

생각할수록 모든 게 참으로 덧없었다. 부모에 이어 부인까지, 마음 쏟아 보았으나 조금도 되돌아오지 않은 애정이었다. 살면서 그리 큰 것을 바란 것도 아닌데, 그 소박한 원을 이루기가 이리 어려운 것을 보면 아무래도 팔자가 사나운 게 분명했다.

느리게 걸은 방원이 집에 도착했을 땐 벌써 해가 뉘엿뉘엿 질 무렵이었다. 대문 가에 누군가가 서성이고 있었다. 눈을 가늘게 뜨고 보니 행아였다. 방원을 본 행아가 얼른 달려왔다.

"오셨습니까."

"어찌 그러고 있느냐. 집에 무슨 일이 있어?"

"마마께 긴히 드릴 말씀이 있어 기다리고 있었습니다."

"나를? 왜?"

행아가 주위를 둘러보며 머뭇거렸다. 방원이 행아를 인적이 드문 담장 아래로 데려갔다.

"왜?"

"마님이 아이를 가지셨습니다. 벌써 석 달이 지났습니다."

뱃속의 아이가 석 달이 지났다는 것은 자경도 안 지 적어도 달포는 지났단 거다.

"마님께서 말씀 안 하셨지요?"

"안 했다. 왜 마님이 내게 말을 안 한 게냐? 이유가 뭐야?"

행아가 방원의 눈치를 보며 머뭇거렸다.

"궐에 마님을 아니 데리고 들어가실 겁니까?"

쿵, 누군가 뒤통수를 내리치는 것 같았다. 방원이 담장에 몸을 기대며 숨을 내쉬었다.

"저는 아니라고 했는데, 마님께서 마마께서 마음이 변하신 거 같다며."

울컥 속에서 무언가 치받은 방원이 행아를 내버려 둔 채 잰걸음으로 집에 들어서서는 곧장 안방으로 뛰어 들어갔다. 책을 읽고 있던 자경이 놀란 얼굴을 했다.

"아이를 내릴 생각이었소?"

"네?"

"내가 궐에 당신을 안 데려가면 우리 애를 없앨 생각이었냐고 묻는 게요."

방원의 물음에 잠깐 당황하던 자경이 헛웃음을 지었다.

"누가 말하던가요?"

"그게 중요한 게 아니잖소! 당신, 어떻게."

"태어나려고 생긴 아이를 어찌 지웁니까. 애비가 누구든, 제가 품은 이상 제 아이인데 그럴 생각은 추호도 없어요."

"헌데 왜 아이를 가진 것을 내게 말 하지 않은 거요? 아이가 생긴 것과 궐이 무슨 상관이라고!"

"아이 때문에 빈궁이 되고 싶진 않아서요."

자경이 단호히 대답했다.

"빈궁은 곧 비가 될 사람입니다. 내명부의 수장이자 한 나라의 모후이지요. 제가 그 자리에 앉을 자격 있는 여인이라서 빈으로 책봉받고 싶었습니다. 자격이 없는데, 마마의 애정도 사라졌는데 자식을 많이 낳은 여자라는 이유만으로 그 자리에 앉고 싶지 않았어요. 자식이 필요하면 마마는 어디서든 볼 수 있지요. 언제든 왕의 자식이라면 열이라도 낳겠다고 손들고 나설 소 같은 계집들이 수없이 드글거리는 곳이 궐이니까요. 그런 수많은 계집 중 하나가 되고 싶지 않았어요. 마마께 제가 필요한 사람이라서 함께 궐에 가잔 소리를 듣고 싶었습니다. 말씀해 보세요. 제가 필요하십니까?"

졌다. 징그러울 정도로 영리한 여자였다. 거기다 참으로 몹쓸 계집이었다. 애초에 방원이 아무리 애를 써본들 이길 수 없는 싸움이었다. 허탈했다.

"과정이 어찌 되었든 저는 마마를 보위에 올리기 위해 최선을 다했어요. 그 업적을 인정받아 제 몫으로 당당히 제 자리를 받고 싶습니다. 말씀해 보세요. 제가 필요하십니까?"

"당신······."

방원이 잠깐 말을 멈춘 뒤 숨을 들이켰다.

"필요해. 필요해요."

인정할 수밖에 없었다. 그 어떤 여자를 데려온들 자경과 비교할 순 없을 거다. 어떤 여자에게서 자식을 본들 자경이 낳은 아이들보다 빼어날 리 없었다. 선택됐다는 사실만으로도 자신을 기뻐 날뛰게 만들었던 여자였다. 위기에 빠졌던 순간마다 자경보다 더 좋은 수를 낸 이는 없었다. 필요했다. 분했지만 분함에도 불구하고 인정할 수밖에 없는 현실이었다.

"벌써 오늘 하 대감에게 말해두었소. 다음 달 초에 궐에 들어갈 것이니, 준비해요."

씁쓸하게 말을 내뱉은 방원이 돌아섰다. 자경이 방원의 손을 붙잡아 제 배 위로 가져왔다.

"아이는 건강합니다."

자경의 배를 쓰다듬던 방원이 물끄러미 자경을 보았다. 마치 용이 승천하는 것같이 모양 좋은 얇고 짙은 눈썹과 그 아래 총명하게 반짝이는 두 눈, 반듯한 이마에 오똑한 코, 작은 입술과 흰 피부까지 여전히 예뻤다. 여전히 예뻐 보이는 것을 보면 이 와중에도 여전히 사랑하는 게 분명했다.

"아들이든 딸이든 이번에 태어나는 아이는 부인을 많이 닮으면 좋겠구려."

말을 마친 방원이 방을 나섰다. 자경이 배를 어루만지며 오랜만에 아주 기분 좋은 미소를 지었다.

＊＊＊

삼월 사일, 민 씨를 봉하여 세자 정빈으로 삼았다. 책문에는 여러 번 그 아름다움을 칭송했다. 조금 더 제 능력을 언급해주길 바랐던 자경은 조금 서운해했다. 궐로 떠나는 자경을 전송하며 시종들이 눈물지었다. 행아와 상인이 아들을 데리고 멀리까지 따라 나와 인사했다.

행아는 궐로 따라가지 않고 남겠다고 했다. 자경은 여러 번 권했으나 고집을 꺾을 수 없었다. 아이 역시 일단은 행아가 데리고 있기로 했다. 애초에 행아의 아들에게 별 관심이 없던 방원은 쉬이 그리라고 했다. 하여 결국 행아는 사가에 아들과 함께 남았다. 자경의 부탁으로 상인이 종종 들러 행아와 그 아들을 돌봐주기로 했다.

아이들은 무구와 무질이 먼저 데리고 들어간 까닭에 자경은 홀로 궐에 들어섰다. 수십 번도 더 왔던 궐이지만 오늘은 기분이 남달랐다. 주변을 둘러보며 자경이 천천히 걸었다. 한양에 새로 지은 궐이었다면 기분이 좀 더 남달랐을 터인데, 방원의 고집으로 이어하여 개경인 것이 유일하게 아쉬운 점이었다. 그럼에도 가슴이 벅차올라 자경이 크게 숨을 들이마셨다.

"기쁜 모양이군."

언제 온 건지 어느새 방원이 자경의 옆에 서 있었다.

"그토록 바라 마지않던 자리에 드디어 오르게 되었으니, 기쁘겠지. 기쁠 거요."

비꼬는 말투가 역력했다. 자경이 코웃음을 쳤다.

"소감이 어떻소? 그토록 원하던 자리에 온 소감이?"

"그토록 원치 않던 자리에 오른 소감은 어떻습니까?"

자경이 싸늘이 되받아쳤다.

"저는 원하던 자리라 상관없지만 마마는 그토록 원치도 않았는데 감히 이런 큰 자리에 앉았으니 어쩜 좋습니까. 같이 울어라도 드려야 하나요?"

자리에 멈춰선 방원이 자경을 노려보았다. 자경 역시 지지 않았다.

"궐로 들어왔다고 다 끝났다고 생각하면 오산이에요. 진짜 시작은 지금부터 일지도 모르지."

그래봤자, 저는 이제 입궐하였고 왕비가 될 거였다. 그리고 곧 첫째 아들에게 이름이 내려질 참이었다. 무슨 일이 생긴다 한들 변할 수 없는 일들이 앞으로 예정되어 있었다. 더 이상 겁날 것도 두려울 것도 없었다. 방원이 옴치고 뛰어봤자 어쩔 수 없는 일들이었다.

"비웃는군."

"언제까지 이러실 거예요?"

고작 그릇이 이것밖에 되지 않는 사내라는 것에 싫증이 나려 했다. 듣기 좋은 꽃노래도 삼세번인데 대체 저한테 어쩌라는 건지 모를 일이었다.

"당신이 단 한 번이라도 진심으로 나한테 미안해했다면, 이렇게까지 되지 않았을 거요."

자경은 조금도 숙이지 않을 뿐 아니라 인간적인 이해조차 하려고 들지 않았다. 그리고 서운해하는 그를 어이없어했다. 그게 얼마나 큰 상처인지 자경은 조금도 몰랐다. 자경이 모른다는 사실이 순간순간 방원을 얼마나 절망케 하는지조차 알 리 없었다.

"또 제 탓이군요."

탓을 하자면 자경 역시 방원에게 하고 싶은 말이 많았다. 한비자의 말을 비웃는 멋진 동지로 길이 남고 싶었다. 역사에 왕의 단 하나 뿐인 여자이자 단 하나뿐인 지음이었노라 기록되고 싶었다. 자경의 입장에선 모든 걸 망친 건 방원이었다. 그런데도 자경은 원망하지 않는데, 방원의 원망은 지난했다.

"전하께서 기다리세요. 어서 움직입시다."

방원이 체념한 얼굴로 먼저 돌아섰다. 결국 오늘도 좁혀질 수 없는 사이라는 것만 확인했다는 사실에 입이 씁쓸했다.

앞서 걷는 방원의 뒷모습을 보며 자경이 치마를 움켜쥐었다. 어쨌거나 궐에 들어왔다. 이제부턴 빈궁이다. 곧 왕비가 될 거다. 이름 석 자를 남길 수 없다면 존호라도 받고 말겠다는 꿈을 끝내 이룬 것이 감격스러워서 스쳐가는 바람마저도 달았다.

18장

왕위

王位

경진년, 궐에서 태어난 자경과 방원의 아이는 아들이었다. 허나 열흘을 넘기지 못하고 숨을 거두고 말았다. 벌써 다섯 번째 죽음이 었다. 업보라고 수군거리는 이들이 생겨나기 시작했다. 아니, 업보라고 뒤에서 수군거리는 이들이 있을 거라고 지레짐작하게 됐다. 부러 자경은 이전보다 빨리 자리를 털고 일어났으나, 방원은 그 후로도 오랫동안 자경의 처소를 방문하지 않았다.

그해 십일월 열셋째날, 방과가 방원에게 양위하여 방원이 왕위에 올랐다. 이번에도 역시, 방원은 자경을 비로 책봉하는 일을 미적거렸다. 허나 지난번과 달리 이번엔 다들 방원을 재촉하지 않았다. 아마도 아이를 잃은 지 얼마 지나지 않아 자경의 몸이 아직 불편하니 책봉식을 하기 마땅찮을 거라고 짐작한 까닭이었다. 허나 아무리 그렇다고 해도 한 달이 넘어가자 신료들은 눈치를 살피며 어쩔 줄 몰라 했다.

방과는 보위에 오른 날 곧장 부인을 덕비로 책봉하였고, 개국 초라 여러 가지 일로 바쁘기도 했던 데다 장성한 아들들의 눈치를 살펴야 했던 성계조차도 강 씨를 책봉하는데 달포를 넘기지 않았는데, 유독 방원만 일을 미적거리니 다들 의아할 수밖에 없었다. 게다가 자식을 낳지 못한 덕비나 후처인 강 씨에 비하자면 자경은 무엇으로 보든 가장 자격이 있는 왕비였기에 더 그랬다.

결국 참다 못한 하륜이 넌지시 자경의 이제 몸이 회복되지 않았냐며 물었던 날, 방원은 자경의 처소로 향했다. 아이가 죽고 처음이었다.

"술 한 잔 합시다. 주안상을 가져 오라고 하세요."

자리에 털썩 주저앉으며 방원이 중얼거렸다. 눈치 빠른 나인이 자경이 명을 내리기도 전에 재게 움직여 금세 전과 포에 시원한 동치미가 올라간 상을 가져왔다. 자경이 방원의 잔에 술을 채워주었다. 술잔을 받으며 방원이 흘깃 자경을 살폈다.

"몸은 괜찮소?"

"이미 회복한 지 오래입니다."

새치름한 대꾸에 방원이 피식 웃었다. 어떤 뜻을 함의한 대답인지 알고 있었다.

"안 그래도 하륜 대감이 당신 몸이 이제 어떻냐고 묻더군. 이제 책봉식을 할 정도는 되지 않았느냐면서."

순간 자경의 눈이 반짝 했다. 저리 좋을까, 방원이 단숨에 잔을 비웠다. 자경이 육전을 내밀었다. 묵묵히 전을 받아 씹는 사이, 다시 잔이 채워졌다. 이번엔 마시지 아니하고 방원이 대신 자경의 잔을 채워주었다. 그리고 자경에게 마시라 눈짓으로 권했다. 자경이 잔을 비웠다.

"책봉 전에, 하나 묻고 싶어서 왔소."

"무엇을요?"

"왜 그랬소? 이 나라를 위해 그랬다, 그런 말 다 집어치우고 솔직히 말해주오. 왜 그리 그 자리가 탐이 났던 거요? 그저 단지 제일 높은 자리여서라는 대답 같은 건 당신과 어울리지 않아요. 분명 이유가 있을 거요. 꼭 이 자리에 올라야 했던 이유가 무엇이오? 내가 원치 않았음에도, 나를 속이는 수를 쓰면서까지 그토록 이 자리를 탐했던 까닭을 말해봐요. 도무지 나는 그게 해결이 안 나서 견딜 수가 없어. 아무리 생각을 하고 또 해봐도 모르겠어요."

아무리 생각해도 모르겠다는 말은 그만큼이나 방원이 사는 세상과 자경이 사는 세상이 다름을 뜻했다. 방원은 사내로 태어난 덕분에 원하면 출사를 할 수 있고 노력하면 출세할 수 있었다. 허니 여인에게 이름을 얻는다는 게 어떤 의미인지, 얼마나 힘든 일인지 죽었다 깨어나도 모를 것이다. 사내라서 그 모든 게 너무나 당연했던 방원은 아무리 생각하고 생각해 봐도 자경이 처한 현실을 짐작조차 하지 못하는 거다. 헛웃음을 지으며 자경이 스스로 제 잔에 술을 따른 뒤 그것을 비웠다. 감히 상상조차 하지 못하는 남자에게 설명해본들 무슨 의미가 있으랴 싶었지만, 듣겠다고 왔으니 말해주는 게 도리인 성 싶었다.

"이름을 얻고 싶어서요."

"이름을 얻어?"

"어느 사내의 부인 민 씨, 로 기록되고 싶지 않았습니다. 역사에 남고 싶었어요. 계집이 역사에 남는 방법은 존호를 받는 거밖엔 없어요. 존호를 받으려면 서방님을 왕으로 만들어야 하더이다. 그래서 그랬어요."

"단지 그게, 이유요?"

역시나 방원에겐 단지, 에 불과했다. 자경이 일생 동안 몸부림쳐 바란 일이 이 남자에겐 단지, 일 뿐인 거다. 다시 한번 자경은 방원과 저의 차이를 실감했다.

"전하께는 단지, 겠지요. 노력하지 않아도 사내라는 이유만으로 이름이 호적에 오르고 노력하면 출사하고, 좀 더 애쓰면 출세까지 할 수 있으니까요. 태어나면서 얻는 것이 이름이었으니, 너무 당연해서 그게 중요한 것인지조차 모르셨을 겝니다. 허나 여자인 저는 이런 수라도 써야 이름이 남더이다. 아니면 저는 수없이 많은 민 씨 계집 중 하나가 될 뿐이에요. 이왕 세상에 태어난 이상 제가 어떤 사람이었는지 남기고 싶었어요. 저는 보통의 여느 사내보다 훨씬 더 이름을 남길 만한 사람이라고 생각했으니까요."

"그게 그리 중요했소? 당신이 이미 갖고 있는 것들이 아무것도 아닐만큼? 사실을 알고 난 뒤 내가 당신에게서 멀어진 데도 상관없을 만큼? 당신이 살고 있는 현실보다 누가 볼지도 모르는 그 기록이 그리 당신한테는 소중했단 말이오? 매일 얼굴을 마주보는 나보다 후대 얼굴도 모를 이들의 평가가 그리 얻고 싶었단 거요? 정녕 단지 그 이유뿐이란 말이오?"

한 씨는 성계에게 더할 나위 없이 성실했고 해마다 건강한 아들까지 낳아 주었다. 한 때 성계가 한 씨에게 고마워할 때만 해도 방원의 가정은 아무런 부족함이 없었다고 했다. 젊은 성계는 종종 어린 아들들을 무등 태운 뒤 네 눈에 보이는 데까지가 우리 집안의 영토라고 말을 하며 아무 걱정 없이 건강하게만 자라면 된다고 했단다. 먹고 사는 데 부족함이 없었고, 부부 사이의 금실도 좋았으며 남들은 하나도 얻기 힘들다는 아들들이 줄줄이 태어났고, 아이들마다 팔다리가 굵고 건강하여 잔병치레도 없었다. 아무런 걱정이 없던 시절이었다. 하지만 성계가 대체 무엇인지 실체를 알 수 없는 권력을 잡겠다고 나서면서부터 그런 꿈같은 행복은 산산조각나고 말았다.

방원이 기억하는 순간부터 어머니는 울고 있었기 때문에 그런 과거는 어머니가 들려주던 옛 이야기 속에만 존재했다. 그 시절 이야기를 할 때면 어머니는 너무나 행복하고 아련한 표정을 짓곤 했다. 그런 어머니의 모습을 볼 때마다 괜히 눈물이 날 거 같아서 눈을 감고 자는 척을 해야 했다.

단 한 번, 꿈속에서라도 그 시절을 경험해 보고 싶었지만 방원의 소원은 야속하게도 이루어지지 않았다. 젊고 다정한 아버지와 걱정 없이 뛰어노는 아이들과 다정하게 미소 짓는 어머니가 있는 따뜻한 가정은 꿈속에서조차 본 적이 없어서 그게 어떤 모습인지 감히 상상하지도 못했다. 다 큰 뒤 민제의 집에 머물 때, 무구나 무질이 민제와 웃으며 편하고 다정히 이야기 나눌 때, 자경이 스스럼없이 민제에게 매달릴 때 어렴풋이 저것과 비슷하지 않을까 했을 따름이었다.

겪어본 적은 없지만 꿈조차 꾸지 못했지만 그래도 저는 옛 이야기 속에 나오는 가정의 아버지가 되고 싶었다. 실체도 없는, 과연 얻었을 때 어떤 행복이 주어질지 알 수도 없는 허상을 쫓느라 제 가까이 있는 사람들을 슬프거나 아프게 하고 싶지 않았다. 아버지의 권력이 어머니에게 행복이었던 적은 한 번도 없었다. 어머니가 그리워하던 것은 언제나 아무 욕심도 없이 함흥에서 머물던 아버지였다. 방원 역시 어머니와 자신들이 있음에도 불구하고 강 씨와 혼인하는 아버지를 이해할 수 없었다. 자신은 절대 그런 사내는 되지 않으리라 결심했다. 그리고 그 결심을 이루기 위해 최선을 다해 살았다. 제법 제가 머릿속으로만 그렸던 그 가정과 비슷한 가정을 꾸렸다고 자신했다. 헌데 정작 제 가장 가까이 있었던 사람이 저와 정반대의 꿈을 꾸고 있을 줄은 몰랐다. 당연히 저와 같을 줄 알았다. 한 씨는 늘 여인의 행복이란 사내의 사랑을 받으며 자식들은 편안히 키워내는 거라고 했기 때문에 의당 자경도 그러리라 여겼다.

"혹 내가 지아비로나 아이들의 아버지로서 부족한 게 있었소? 그럴 생각을 할 정도로 내가 성에 차지 않고 불만족스러워서."

"그런 게 아니에요."

자경이 인상을 찌푸리며 고개를 저었다. 갑자기 이야기가 왜 그리 튀는건지 답답했다. 이 정도로 이해하지 못할 줄은 몰랐다.

"전하께 불만족스러워서가 한 생각이 아니에요. 저는 쭉 그랬어요. 여느 사내보다 부족할 것도 없는데 계집이란 이유만으로 살았는지 죽었는지도 모르게 죽고 싶지는 않았어요. 호랑이는 죽어 가죽을 남기고 사람은 죽어 이름을 남긴다고 했습니다. 저도 사람이니 이름을 남기고 싶었을 뿐이에요."

"내가 실망하고 속상할 걸 알면서도 그리할 정도로 그게 당신에겐 그리 중요했던 거요?"

"네. 중요했습니다."

"나를 잃어도 상관없을 만큼?"

방원의 물음에 자경이 잠깐 멈칫했다. 하지만 이내 단호히 고개를 끄덕였다.

"지아비로서 아이들의 아버지로서 전하는 부족하지 않았습니다. 다만 제가 아내로서 어머니로서만 머물고 싶지 않았어요. 그뿐이에요."

자경의 대꾸에 방원이 헛웃음을 지었다. 천생연분이라 여겼다. 헌데 열 길 물속은 알아도 한 길 사람 속은 모른다더니, 이리 다를 줄은 몰랐다.

"왜, 왜 하필 나였소? 나는 이런 거 바라지 않았는데, 그런 걸 원했으면 다른 사내를 택하지 왜 나를 택한 거요, 대체?"

한 번도 바란 적 없는 삶이었다. 자경이 아니었다면 전혀 다른 모습으로 살고 있을 거다. 자경의 이방원이어서 여기까지 왔다. 헌데 왜 하필 저였을까.

"삶의 목표가 그리 뚜렷했으면서 왜 나를 택한 거요?"

원망 섞인 한탄을 하는 와중에도 바보처럼 비죽이 기대라는 게 고개를 디밀었다. 자경은 당시 어떤 사내든 택할 수 있었다. 방원보다 훨씬 더 기대되는 사내들도 많았다. 자경 말대로 어느 사내든 자경이 택해서 그리 만들자 마음먹었다면, 그리 만들었을 거다. 그런데 자경은 방원을 택했다. 그 많은 사내 중에서, 하필 방원을 고른 것은 자경이었다.

"나를, 혹시 나를."

사랑해서라면 만약 이유가 그거라면, 사랑해서 방원을 택했고 그럼에도 꿈을 포기할 수 없어서 여기까지 온 거라면 용서할 수 있다. 이해할 수도 있다. 방원이 그리던 꿈이 산산조각난 것이 여전히 원망스럽고 미울 테지만, 그럼에도 사랑이라면 괜찮다. 괜찮아질 수 있었다.

"사랑하여서였소?"

물어보며 쳐다보는 두 눈이 그 어느 때보다 애절했다. 그리 대답하라, 제발 그리 대답해달라 부탁하고 있었다. 허나 그리 답해줄 수 없었다. 그리 답해주고 싶지 않았다. 고작 사랑 때문에, 그 실체도 없고 정확히 무어라 설명할 수도 없는 감정 때문에 천하의 민자경이 평생을 함께할 배필을 택했다는 건 말도 안 되는 일이었다. 여전히 저를 고작 그런 여자로 보는 게, 그런 여자라고 기대하는 게 화가 났다.

"이성계 장군의 제일 잘난 아들이었잖습니까. 권력을 잡기 위해선 무신들의 힘이 반드시 필요했어요. 허나 무신들은 단지 권력을 잡기만 할 뿐, 유지시키지는 못합니다. 권력을 잡는 데는 무신의 힘이, 유지시키는 데는 문신의 힘이 필요하지요. 해서 전하를 택한 겝니다. 무신인 아버지 아래 가장 똑똑한 문신 아들, 이라서 제가 원하는 것을 이뤄줄 가장 적당한 사람이라고 생각했거든요."

마지막까지 방원이 붙들고 있던 동아줄이 댕강 잘려 나갔다. 형편없는 몰골로 방원은 바닥에 내팽개쳐졌다. 멍하니 있던 방원이 헛웃음을 지었다.

"그래, 당신한텐 그런 것들이 더 중요하단 말이지. 한 번도 나 같은 건 내가 애썼던 그 모든 시간들은 중요하지 않았다는 거지. 그런 건 아무 의미 없단 거지."

허탈하게 중얼거리던 방원이 살기어린 눈으로 자경을 노려보았다.

"그래요. 왕비 책봉을 해드리지요. 왕비가 되면 그토록 원하던 존호도 받게 되겠지요. 허나 분명히 알아두세요. 이제부터 당연히 누렸던 그 행복을 더 이상은 누리지 못할 겝니다. 당신이 바라는 것을 얻기 위해 무엇을 잃었는지 똑똑히 보여 줄 테니 어디 그래도 얼마나 괜찮을지 두고 봅시다."

이를 갈며 방원이 자리에서 일어났다. 방원이 나오는 때에 맞추어 문이 열렸다. 나가려던 방원이 발을 멈추고 문 앞에 서 있는 어린 나

인을 물끄러미 쳐다보았다. 열대여섯쯤 되었을까, 아직 솜털이 보송
했지만 앙팡진 입매가 치켜 올라간 눈꼬리가 꽤 봐줄 만했다. 방원
이 덥석 나인의 손목을 잡았다. 손목이 잡힌 나인뿐 아니라 주변에
서 있던 상궁과 내시들까지도 놀라서 눈이 휘둥그레졌다. 방원이 나
인의 손목을 잡아 끌고 안으로 들어갔다.

"내 오늘 이 아이와 동침하려하니, 내게 주시오."

무엇을 잃었는지 보여준다더니 고작 이런 거였던 모양이다. 기가
막힌 자경이 코웃음을 쳤다. 비웃는 기색이 역력한 얼굴을 보고 있
자니 방원의 얼굴로 순간 열이 올랐다.

"허면 이 아이는 내가 데려가겠소이다."

대답도 듣지도 않은 채 방원은 어쩔 줄 몰라하는 나인을 끌고 밖
으로 나왔다.

"경연청에 자리를 봐라. 오늘 이 아이와 함께 자리에 들 것이다."

"전하."

데려 나온 나인을 상궁들을 향해 던지듯이 밀어낸 후 방원이 돌아
섰다.

"채비시켜 데리고 오너라."

석녀가 아니라면 저 아이에게서 자식을 볼 작정이었다. 중궁전 나
인 출신의 아이가 저를 위협하는 계집이 된다면 자경은 기막혀할 게
다. 더불어 기록되는 게 그리 중요하다면, 기록되게 만들어주겠다.
단, 어찌 기록되느냐는 결국 방원의 마음에 달린 거였다.

"중궁이 투기가 심해 도무지 함께 있을 수 없어 그런다! 당분간 경
연청에서 거처할 것이니 그런 줄 알라!"

아무것도 모른 채 속아서 놀아난 것, 용서할 수 없었다. 언제든 소

실될 수도 조작될 수도 있는 빌어먹을 기록 따위에 남고 싶다는 이유만으로 눈앞에 살아 있는 자신을 무시한 것 역시 이해할 수 없었다. 사랑하고 믿었던 만큼 그래서 자경을 위해 애쓰며 살아온 시간만큼 배신감이 컸다. 미안하다거나 잘못했다고 하기는커녕 적반하장으로 뭐가 문제냐는 태도에 마음이 더 상했다. 반드시 되갚아줄 작정이었다. 방원이 꿈꾸던 모든 것을 걸레조각을 만들면서까지 자경은 제 꿈을 이뤘다. 이번엔 자경의 꿈을 방원이 짓밟아줄 차례였다.

* * *

"그래서?"

"아이를 낳기 전에 직첩을 내려주셨으면 해서요."

궁인 신 씨가 생긋 웃으면서 자랑스럽게 부풀어 오른 배를 쓰다듬었다.

"아이를 낳기 전에 직첩을 내려 달라?"

방원은 경진년이 지나도록 자경의 왕비 책봉을 미적거렸다. 해가 바뀌어 신사년이 되고도 열흘이나 지나서야 자경은 왕비로 책봉되어 '정비'의 칭호를 얻을 수 있었다. 그날 오랜만에 아주 기쁜 얼굴로 자경의 책봉식에 참석하여 왕비가 된 자경에게 내명부의 수장으로서 할 일이 생겼다며 자신의 아이를 가진 궁인에게 직첩을 내려주라고 했다. 그게 드디어 왕비가 된 자경에게 방원이 축하인사보다도 먼저 건넨 이야기였다.

"아무 지위도 없이 전하의 아이를 생산하는 것은 아이에게도 못할 짓이고 전하께도 면목이 없지 않습니까."

방원의 아이를 가진 궁인 신 씨는 자경의 나인으로 있던 그 아이

295

였다. 데리고 나간 그날부터 내내 동침하더니 결국 아이를 가진 모양이다. 고작 이게 방원이 생각해낸 복수라는 게 기막혔다. 자경보다 훨씬 못한, 자경의 시중을 들던 계집에게서 자식을 보면 자경의 속이 매우 상하리라 기대한 모양이다. 우스운 일이었다.

더 우스운 것은 고작 아이를 가졌다고 제가 자경과 별 다를 바 없다고 생각하는 계집의 행태였다. 사내의 씨를 받아 아이를 품어 낳는 것은 너나 나나 똑같으니 무어가 다르냐는 식이었다. 아마 방자하게 굴도록 부러 방원이 종용했을 것이다. 정작 방원조차도 저 계집과 자경이 똑같다고 생각하지 않으면서 말이다. 저 하나를 놓고 계집 둘이 싸우는 그림을 원하는 방원의 바람이 괘씸했다. 속이 빤히 보이는 그 술수에 넘어가고 싶지 않아 내도록 모른 척 했는데, 작정하고 찾아와 속을 긁어대는 신 씨를 보고 있자니 한심하고 기막혔다.

"직첩은 내려주기는 내가 내려주는 것이지만, 실제로는 네 뱃속의 아이가 정하는 게지."

"그게 무슨 말씀이신지."

"태어나는 애가 계집인지 사내인지를 봐야 어떤 직첩을 내릴지 정할 수 있다는 게다."

어떤 자식을 낳던 그게 딸이건 아들이건 심지어 잘났건 못났건 간에 자경은 자경이었다. 방원이 아무리 자경을 미워한다 한들 그건 변하지 않았다. 거기다 방원은 자식 욕심이 많고 끔찍한 사람이었다. 자경이 아닌 다른 계집에게서 본 자식을 제 자식이라고 인정할 리 없었다. 어떤 계집이 어떤 아이를 낳아도 자경이 낳은 아이와 비교할 수 없다는 것은 그 누구보다 방원이 제일 잘 알았다.

그냥 내버려 두어도 그러할진데 심지어 방원은 지금 왕이었다. 그가 보위에 오르면서 내걸었던 가치는 적장자 우선 승계 원칙이었다. 방원은 무인정사 이후로 납작 엎드려서 어떻게든 성계의 비위를 맞추려 노력했으나 유일하게 강 씨에 대한 일을 처리함에 있어서는 성계에게 욕을 먹고 미움받는 것을 두려워하지 않았다. 물론 대부분은 개인적인 감정으로 그러는 거지만, 영리하게도 방원은 개인적인 감정을 정치적으로 바꿔서 처리할 줄 알았다. 방원은 자신이 강 씨를 홀대하고 미워하는 이유를 고작 잉첩인 주제에 감히 정사에 관여하여 성계의 성정을 어지럽혔다고 했다. 그런 방원이 심지어 후궁, 그것도 출생도 불분명한 계집에게서 얻은 자식에게 특별한 애정을 쏟거나 지위를 부여할 리 없었다. 저도 모르게 애정이 가는 것조차 경계할진데 아마 방원의 성격상 애정조차 품지 않을 것이다. 저 계집은 방원에게 그저 외로운 밤 몸을 덥혀주는 그 이상도 이하도 아니었다. 아이는 그저 그러다 보니 생긴 어쩔 수 없는 결과물에 불과했다. 그조차도 눈치채지 못한 채 감히 제 앞에 와서 까부는 꼴이 우습기 짝이 없었다.

"어찌 그리 말씀하십니까. 전하께서 보위에 오르신 뒤 궐에서 처음 태어나는 아이인데요."

궐에 들어온 이후 자경이 아이를 낳았다는 것을 알고 있음에도 저리 지껄이는 게 괘씸했다. 따져 물으면 궐에 들어온 이후가 아니라 보위에 오르신 뒤라고 변명할 거다. 머리가 나쁜 와중에 주제를 모르고 영악했다. 자경이 속에서 치솟는 화를 내리 눌렀다.

"산달이 언제더냐?"

"다음 달입니다."

"그럼 이왕 기다린 거 조금만 더 기다리면 될 일이구나. 기다려라."

"마마."

신 씨가 무어라 말하려는데 문이 열리더니 오 상궁이 찻상을 가지고 들어왔다. 한때 제 아래서 부리던 사람에게 찻상을 날라야 하는 오 상궁의 마음이 좋을 리가 없어서인지 유독 찻잔을 대하는 손이 거칠다 싶더니 아니나 다를까, 신 씨의 치마에 찻물을 쏟고 말았다.

"이런."

저도 모르게 벌어진 일에 오 상궁이 당황하여 수습하려는 순간, 신 씨가 오 상궁의 뺨을 내리쳤다.

"감히, 용종을 품은 몸에 무슨 짓을 하는 게야?"

너무 순식간에 벌어진 일이라 볼을 부여잡은 오 상궁이 멍한 얼굴로 눈만 꿈뻑거렸다. 분을 못이긴 신 씨가 다시 한 번 손을 크게 들어 내리치려는 순간, 급히 자리에서 일어난 자경이 그 손을 붙잡았다.

"뭐하는 게냐?"

"이 계집이."

"어디다 대고 이 계집이라는 게야? 엄연히 직책 없는 너보다는 오 상궁이 더 웃전인데! 어디 감히 행패를 부리는 게야?"

"마마, 소첩은 용종을."

"기껏 그거 하나 가져 놓고서는 이러는 게야? 그 애가 태어나서 살아주길 한다더냐? 살아준다는 보장이 있어?"

"마마!"

"나는 전하의 아이를 열도 넘게 낳았다. 그중 절반 정도는 죽었지. 제대로 살아줄지도 모르는 애 하나를 품고서는 네 세상이라도 된 줄 아느냐? 뱃속의 아이가 계집이면 어쩔 게냐? 왕실의 계집은 권력을 공고히 하기 위해 혼인으로 팔려가는 물건일 뿐, 아무것도 아니다.

아들이라 쳐도! 서자로 따지면 전하의 서장자는 따로 있음이야! 네가 낳은 애는 그저 수없이 많은 왕실의 아이 중 하나일 뿐이야. 전하가 네게서만 자식을 볼 줄 아느냐? 네가 전하를 길게 붙들어놓을 수 있으리라 생각해? 어디 감히 한철도 지나지 않은 총애를 가지고 내 앞에서 까부는 게야!"

자경의 호통에 신 씨가 온몸을 부들부들 떨었다. 자경이 싸늘히 신 씨를 내려다 보았다.

"썩 물러가거라. 꼴도 보기 싫으니까. 부를 때까지 다시는 오지 말라."

"마마."

"어서!"

자경의 호통에 밖에서 있던 신 씨의 나인이 달려 들어와 신 씨를 부축해 데리고 나갔다. 한바탕 난리가 지나간 뒤 자경이 오 상궁을 돌아보았다.

"괜찮으냐? 마음이 산란하니 몸이 실수한 게지."

"저는 괜찮습니다. 헌데 어쩌시려고 그러셨습니까. 가만 있을 계집이 아닌데."

"가만 안 있으면 무어? 나를 이 자리에서 끌어내리기라도 한다더냐?"

"마마."

"더 이상 당할 모욕도 없다. 더 잘 보일 것도 없고 잘 봐줬으면 하는 마음도 없어. 비위를 맞추자고 내 하고 싶은 말도 못하고 살아야 한단 말이야? 그럴 거였으면 그리 애를 써서 이 자리에 오르지도 않았어."

"그래도."

"저 계집이 저렇게까지 건방지게 구는 걸 전하께서 아신다면 오히려 잘했다고 하실지도 모르지. 내규를 엄격히 하는 것을 좋아하시는 분 아니시더냐. 내전의 법도를 바로 세운 것뿐이야."

자경은 당당했으나 오 상궁은 아무래도 염려를 떨칠 수가 없었다. 제가 데리고 있었기에 더더욱 신 씨의 성정을 잘 알았다. 그리 곱게 넘어갈 계집이 아니었다. 한바탕 난리가 날게다. 고개를 돌린 오 상궁이 한숨을 내쉬었다.

* * *

일이 터진 것은 다음 날 해가 진 뒤였다. 당일 아무 일 없이 지나가기에 별일 없으려나 오 상궁이 마음을 쓸어내리고 있을 때쯤 난데없이 성중관들이 중궁전으로 들이닥치더니 중궁전의 상궁과 나인들을 마구 끌어내기 시작했다.

"이게 뭐하는 짓거리냐?"

밖에서 들리는 비명에 나온 자경이 발을 구르며 호통을 치자 그제야 군사들이 하던 일을 멈추었다.

"궐의 숙위를 담당하고 지키는 성중관이 왜 중궁전에 와서 행패는 부리는 것이야?"

"전하께서 중궁전의 상궁 나인들과 내시들을 모두 내쫓으라는 명을 내리셨습니다."

"무어라? 전하께서?"

"예."

어제 그 계집이 동티가 난 게 분명했다. 고작 그런 물건을 혼냈다고 이런 식의 모욕을 주다니 치가 떨렸다. 두 주먹을 불끈 쥔 자경이 온몸을 떨었다.

"송구합니다만 저희는 명을 따르는 것뿐이니."

"그 손 놔라!"

"마마."

"그 손 놓지 못할까! 감히 어느 안전이라고 함부로 손을 대는 게 야? 내 사람들이다. 전하를 뵙고 올 테니 꼼짝 말고 기다리거라."

"송구하옵니다만 전하께서는 마마를 뵙고 싶지 않다며, 중전마마 께서 움직이려 하시면 그것도 말리라고 하셨습니다."

순간 눈앞이 빙 돌았다. 비틀거리려는 몸을 애써 붙잡으며 자경이 두 주먹을 쥐었다.

"어제 중궁전에 들렀던 궁인 신 씨가 몹쓸 꼴을 당했다며 앓아누 웠다가 끝내 하혈하였습니다. 감히 용종을 가진 궁인을 함부로 대했 다며 전하께서 용서할 수 없다 하셨습니다."

어찌하면 좋을까. 머리가 돌아가지 않았다. 여기서 패악을 부리면 흉한 꼴을 보게 될 게다. 분에 못 이겨 방원을 만나러 쫓아가면 투기 에 미친 성격 나쁜 여편네라고 수군거릴 거다. 어찌해야 좋을까. 평 소에 그리 좋던 머리가 돌아가지 않았다. 그저 눈앞이 캄캄했다.

"마마, 저희의 잘못이니 내쳐 주시옵소서."

오 상궁이 바닥에 이마를 댄 채 울음을 터뜨렸다. 다른 상궁들과 나인들, 내시들이 그 뒤를 따랐다. 중궁전 앞마당이 울음소리로 그 득 찼다.

"웃전을 잘못 뫼신 저희의 죄입니다. 죄를 물으시고 내치시옵소서."

"내치시옵소서, 마마."

"저희 잘못이옵니다."

자경이 천천히 오 상궁의 앞으로 걸어가 엎드린 오 상궁의 어깨를 어루만졌다.

"곧, 다시 부를 날이 있을 게다. 잠시 자중하고 있거라."

"부디 옥체 강령하셔야 합니다, 마마."

고개를 끄덕인 자경이 돌아섰다. 성중관들이 상궁과 나인들, 내시들을 끌고 나갔다. 울음소리가 점점 멀어지더니 이내 중궁전이 텅비었다. 그제야 다리에 힘이 풀린 자경이 그대로 주저 앉았다. 뒤늦게 눈물이 터졌다.

그토록 갖고 싶었던 권력이었다. 그 권력을 위해서 원치도 않는 남편을 왕의 자리에 올렸다. 저는 갖고 싶었고 남편은 갖고 싶지 않은 권력이었다. 권력을 원치 않던 방원이 권력을 쥘 수 있었던 것은 권력을 갖고 싶던 자경이 노력한 덕분이었다. 허나 원하던 계집이 끝내 손에 쥔 권력보다 원치 않던 사내가 얻은 권력의 힘이 더 강했다. 단지 계집이란 이유로 이리 차이가 났다. 비참했다. 방원의 마음이 변한 것이 비참한 게 아니라 계집이라서 이런 대우를 받아야 하는 현실이 견딜 수가 없었다.

두 손으로 입을 틀어막은 채 자경이 어깨를 들썩였다. 멀리서 그 모습을 지켜보던 상인이 나무 그늘 아래로 몸을 숨겼다. 다가가서 위로해주고 싶지만, 자경은 그 위로를 받으면 더 수치스러워 할 거다. 자존심이 목숨보다 더 중요한 여자였다. 누구에게도 이 모습을 들키고 싶어하지 않을 게 분명했다. 자경을 위해서 상인이 해줄 수 있는 일이라곤 멀리서 보초를 서주며 누구도 가까이 가지 못하게 지켜주는 것밖에 없었다.

자경이 더 이상 울지않게 할 수만 있다면 그것을 위해 제 목숨이라도 내어줄 수 있었다. 하지만 자신은 아무런 힘이 없었다. 하찮은 제 목숨을 아무리 내어줘 본들 자경을 웃게 할 수 없었다. 할 수 있는 일이라곤 그저 고작 이런 것뿐이었다. 상인이 칼을 고쳐 잡으며 먼 산을 바라보았다.

* * *

자경을 무참히 만드는 가장 좋은 방법이 계집질이라고 방원은 확신한 모양이었다. 이후 무슨 걸신들린 사람처럼 방원은 계집을 찾는 데 몰두했다. 그것을 단지 몸이 달아서라고 하기엔 과거 방원의 행실과 너무 다른 모습이었다. 신료들조차 방원이 저리 계집을 좋아했었나 놀랄 정도였다. 신료들은 의아해하면서도 지금까지 드센 자경의 손에 잡혀 살다가 이제야 자유를 만끽하는 거 아니냐고 웃어넘겼다. 그중 방원의 행동 속내에 담긴 의미까지 짐작하는 이는 아무도 없었다.

임오년 정월 여드레날, 방원은 역대 비빈의 수와 시녀들의 수를 보고 받았다. 그 기준에 맞추어 후궁을 들이겠다는 의지를 보인 거였다. 그쯤 되자 신료들은 슬슬 민제와 그 아들들의 눈치를 보기 시작했다. 아무리 권력과 계집이 비례한다 한들, 딸 보낸 아비 입장에서 사위가 제 딸을 홀대하고 다른 계집을 탐하는 것이 탐탁지 않을 리 없었기 때문이다. 허나 다소 얼굴이 굳은 무구나 무질과 달리 민제는 아무런 내색을 하지 않았다.

자경 역시 아무런 반응을 보이지 않았다. 그러자 방원은 성균악정 권홍의 딸을 후궁으로 맞아 들이겠다고 선언했다. 신료들은 복종했고 민제는 무심했으며 무구와 무질은 고개를 돌렸다. 그리고 자경은 여전히 침묵했다.

결국 기다리다 못해 먼저 움직인 것은 방원이었다.

"오셨습니까? 안 그래도 오늘쯤 뵙자고 할 참이었어요."

"나를?"

"네. 이제 곧 큰 아이 생일 아닙니까? 생일에 맞추어 이름을 내려주실 거라고 하셨는데, 이름을 이미 지으셨나 궁금해서요."

눈을 반짝이는 자경을 보자 갑자기 맥이 탁 풀렸다. 제가 어떤 계집을 얼마나 후궁으로 맞아들이던 아무런 관심이 없어 보이는 얼굴이었다. 자경에게 방원은 밀려난 지 오래고 이제 아들만이 중요한 모양이다. 속을 긁겠다고 왔는데, 말도 꺼내기 전에 벌써부터 상처입고 있었다.

"권홍의 딸을 후궁으로 맞으려고 해요."

"네, 그건 전하 마음대로 하실 일이지요. 그건 알아서 하시구 아이 이름이요."

"그게 다요?"

"네?"

"이번엔 후궁을 맞아들이면 제대로 절차를 갖추어서 맞아들일 거예요. 어지간한 가문의 여식이고요. 헌데 당신은 아무렇지도 않은 거요?"

"제가 어째야 합니까?"

자경은 정말 모르겠단 얼굴로 고개를 갸웃하기까지 했다. 방원은 갑자기 숨이 탁 막혔다.

"내가 후궁을 들여도 아무렇지도 않단 거요?"

"왕이 계집을 취하는 게 뭐 그리 대단한 일이라고요. 들이세요. 뭐 지금까지는 안 들이셨습니까? 이미 많이 들이셨잖아요. 거기에 몇 더 한다고 해서 뭐가 큰일이라고요."

"그리 아무렇지도 않소? 투기도 안 날만큼?"

부러 무심한 척하는 게 아니라 자경은 진심으로 관심이 없어 보였다. 애써 자경에게로 향하는 발걸음을 돌려 다른 계집을 찾았던 그 시간과 노력들이 무색해지는 순간이었다.

"내가 더 이상 당신한테는 사내도 아닌 거요?"

방원의 물음에 자경이 웃음을 터뜨렸다. 그런 온갖 일을 다 겪고도 아직 사내로 보이고 싶어하고 애정받길 원하다니 기가 찼다. 사내로 대접받길 바란다는 건 계집으로서 자경이 숙이길 원하는 거다. 뜻하는 대로 해주고 싶지 않았다.

"사내가 계집을 들이는 게 아니라 왕이 후궁을 들이는 게지요. 그런 걸로 고작 투기나 할 여인으로 보셨습니까. 그런 것에 투기를 할 거였다면 전하를 왕으로 만들지도 않았겠지요. 왜요? 후궁을 들이면 내가 전하의 소매 끝이라도 붙들고 앙앙불락할 줄 알았습니까. 상감께서는 어찌하여 예전의 뜻을 잊으셨습니까? 제가 상감과 더불어 함께 어려움을 지키고 같이 화란을 겪어 국가를 차지하였사온데, 이제 나를 잊음이 어찌 여기에 이르셨습니까? 그리 울고불고 하리라 기대하셨어요? 나는 중전입니다. 여염집 아낙이 아니라 내명부의 안주인이에요. 고작 후궁이 무에라고요. 말이 좋아 후궁이지 밤에 전하의 이불이나 덥히는 곤로에 불과한 거 아닙니까. 그네들이 무얼 할 수 있답니까. 실컷 들이세요. 열이든 백이든 들이고 재미를 보세요. 그거라도 하셔야 왕이 된 기분이 나시지 않겠습니까. 본래 왕 따윈 관심 없으셨던 분이 내 노력으로 보위에 오르셨는데, 후궁이라도 들이셔야 왕이 된 재미를 느끼시겠지요. 원하는 만큼, 얼마든지 들이세요, 후궁."

계집이어서, 아무리 움치고 뛰어봤자 자경 역시 계집이어서 당연히 방원이 다른 계집을 품는 것을 생각하면 열이 났다. 유달리 잠이 오지 않는 밤, 뒤척이다 문득 방원이 저를 안아주던 때가 떠오르면, 이제 그 자리에 다른 계집이 안긴 채 그런 짓을 한다고 생각하면 갑자기 홧증이 돋아서 이불을 걷어차고 자리에서 일어난 적도 여러 번이었다. 단 한 번 실수인 걸 아는데도 행아의 배가 불러오는 것을 보고 고개를 돌리며 눈을 질끈 감은 적도 여러 번이었다. 저 아이가 어찌 생겼는지 곱씹어 보면 손이 발발 떨렸다. 신 씨를 볼 때도 마찬가지였다. 저보다 훨씬 어린 저 계집애가 방원의 품에 안겨 어떤 짓을 할지 생각하는 것만으로도 온몸이 부들거렸다.

당연히 화가 났다. 씨앗을 보면 부처도 돌아 앉는다고 했으니 화가 나는 게 부끄럽지 않았다. 다만 방원이 바라는 게 자경이 화를 내주는 거라는 것을 알기 때문에 그대로 해주고 싶지 않을 뿐이었다.

"이불 데워주는 화로에 불과하다?"

"네."

참으로 자경다운 표현이었다. 그런 여인들과 저는 전혀 다르다는 자존심으로 버티고 있는 모양이었다. 방원이 눈썹을 치켜올렸다.

"잊어버린 모양인데, 여인들은 이불만 데워주지 않지. 이불 데워주는 짓을 반복하다 보면 자식이 생기는 법이거든 후궁이 낳는다 해도 그건 내 씨지."

방원의 반박에 자경이 피식 웃었다.

"누가 전하의 자식이 아니랍니까?"

"그런데도 아무렇지 않다?"

306

"후궁들이 돼지 새끼마냥 전하의 자식을 열을 낳든 백을 낳든 무슨 상관입니까. 그래봤자 서얼인데."

"무어라?"

"전하께서 보위에 오르기 위해 전하는 신덕왕후를 첩으로 격하시키셨습니다. 잊으셨습니까? 허니 전하는 자신의 행동을 정당화하기 위해서라도 후궁의 자식에겐 보위를 못 물려주십니다."

자경이 낳은 아들들은 어려서부터 하나같이 인물이 좋고 영리해서 모두가 입을 모아 칭찬했다. 그게 단지 아첨만은 아니라는 것을 방원도 잘 알고 있었다. 민제 역시 자식 중 자경이 제일 빼어나서인지 친손자들보다 외손자들이 가르치는 재미가 있다고 할 정도였으니 말이다. 허니 자경이 다른 후궁들이 낳는 자식들을 보고 비웃을 만 했다. 어느 자식인들 자경의 아들들보다 잘나긴 어려울 것이다. 자질만 봐도 그러할진대 정치적인 자격까지 완벽했다. 미치지 않는 한 방원이 자경의 아들들을 제치고 다른 후궁의 아들로 후사를 잇기는 어려웠다. 자경의 콧대엔 이유가 있었다.

결국 자식에 의해 밀려나는 구나. 이제 더 이상 자경은 방원이 어느 계집을 들이던 어떤 자식을 보던 관심 없었다. 벌써부터 자경은 그다음으로 제 권력을 공고히 해줄 수 있는 자식에게 공을 들이고 있었다. 죽은 아들 불알 만지기처럼 다 깨진 조각이라도 붙들고 있는 것은 방원뿐, 자경은 아니었다. 벌써 자경은 모두 버린 지 오래였다. 그래서 자경은 산뜻해 보였다. 방원만이 여전히 구질했다.

"물려줄 수도 있지."

욱하고 발끈하는 마음에 마음에도 없는 말이 튀어 나갔다.

"사내가 계집에게 눈이 멀면 무슨 짓이든 하지 않소? 아바마마께서는 뭐 처음부터 장성한 아들들 다 내팽개치고 방석이를 세자로 책봉할 마음이셨겠소? 베갯머리송사란 무서운 법이거든. 아, 그거야 중전도 잘 알겠구려. 그리 만든 장본인이시니까. 그래, 누군가 중전이 쓴 수를 내게 쓸 수도 있지 않겠소? 그럼 나도 우리 아버지처럼 실수할 수도 있지 않겠소이까?"

한껏 비아냥거리자 자경이 미간을 찌푸렸다. 고운 얼굴이 구겨지는 것을 보자 그제야 마음이 좀 좋았다.

"그 실수를 똑같이 하시려고요?"

"못할 것도 없지."

싸늘한 눈빛은 진심이었다. 사적인 복수심에 공적인 일을 그르칠 사람은 아니라고 생각하지만, 그가 강 씨에게 보인 적개심을 떠올려 보면 마냥 안심할 수만은 없는 일이었다. 유독 가문 좋은 집의 딸들로 후궁 자리를 채우는 것 역시 그런 이유일지도 모른다. 그제야 비로소 자경의 등골이 서늘해졌다.

"역사에 대체 어찌 기록되시려고!"

"좀 모자란 왕으로 기록되겠지. 난 그냥 좀 모자란, 여자나 좋아한 왕으로 기록될 테지만 그리되면 중전은 어찌 기록될 거 같소? 애써 남편을 왕으로 만들었는데 후궁 따위에게 밀려나서 자식을 세자 자리에도 못 올린 멍청한 여자로 기록될 거외다. 닭 쫓던 개 지붕 쳐다보는 꼴이 되겠어요. 재밌겠는데, 그 재미를 위해서라도 열심히 좋은 가문의 계집을 후궁으로 들여 자손을 많이 봐야겠어요. 그럼 개중 하나둘은 중전이 낳은 아들보다 잘난 아들이 나올 수도 있지 않겠소? 그리고 제일 잘난 아들로 보위를 잇도록 하는 게 옳은 일이라는 건 중전도 동의하시겠지요. 이 나라 조선을 그리 생각하는 분이

시니 말이오."

분을 이기지 못해 자경의 얼굴이 벌겋게 달아올랐다. 그제야 흡족한 마음으로 방원이 돌아섰다.

"아이 이름은."

"내 알아서 할 거요. 착각하지 마시오. 내 성을 이어받은 내 아들이오. 중전의 아들이 아니라."

일갈한 방원이 밖으로 나왔다. 잠깐의 후련함이 지나가고 나자 무어라 설명할 수 없는 갑갑함과 찝찝함이 방원을 뒤덮었다. 안에서 자경과 나누었던 모든 대화가 떠올라서 얼굴이 화끈거렸다. 너무 유치했다. 이럴 일은 아니었다. 뒤늦은 후회가 밀려왔다. 다시 가서 제대로 된 이야기를 나누어야 하나 망설이는데 작년부터 방원의 뒤를 쫓아다니는 홍사관이 근처를 서성이는 것이 보였다.

"네가 여기까지 어인 일이더냐?"

"아, 그것이 기록하려고."

"기록은 대전이나 정전 같은 데서 하는 게지 어찌 내전의 일까지 다 기록하려는 게야? 이런 내밀한 일까지 공문서로 남기는 것이 온당하단 말이냐?"

"중전마마와의 일이니 내전이랄 수가."

"중전과 왕은 사내와 계집이 아니라더냐? 선대에도 설마 이리했더냐? 형님 때도 이랬느냔 말이다."

"아니, 그러진 않았습니다."

"허면 과인에겐 왜 이러는 게야? 왜 여기까지 따라왔냔 말이다."

"그것이."

홍사관이 쉬이 대꾸하지 못하고 우물거렸다. 가만히 홍사관을 노려

보던 방원의 머릿속에 갑자기 그가 차마 하지 못하는 답이 떠올랐다.

"혹 정비라면 정치 얘기를 했을 수도 있다고 생각되어 이리 온 게냐?"

방원의 물음에 홍사관이 움찔했다. 맞았던 모양이다.

그제야 다른 여자가 아니라 자경이어서 자경과 방원 단둘이 있는 자리임에도 사관이 쫓아온 것이라는 걸 깨달았다. 둘이 나누는 것이 단지 정사(情事)가 아니라 정사(政事)일 수도 있다고 생각한 게 분명했다. 민제를 아버지로 두고 남동생들로 하여금 방원을 보좌하게 하여 끝내 왕의 자리에 올린 자경이었기에 단지 궐의 안주인에 그칠 수가 없는 거다. 아무리 방원이 다른 데서 계집질을 한다 한들 자경의 존재감은 여전했다. 아무리 나서지 않는다해도 사관들은 자경을 쫓아다니고 있었다. 이미 자경은 그토록 갖길 원했던 권력과 지위, 그리고 '이름'을 가진 것이다. 그것을 깨닫자 갑자기 온몸에 힘이 쭉 빠졌다. 벌써 자경이 꿈꾸던 모든 게 다 이루어지고 말았으니 이제와 무슨 수를 써본들 소용이 없었다. 잘못하면 저만 심사 꼬인 속 좁은 왕으로 기록되고 말 거다. 그리 남고 싶진 않았다. 그리 남지 않으려면 자경에게 졌다는 것을 인정해야 했다. 이런 식으로 패배를 인정하게 될 줄은 몰랐다. 기운이 빠진 방원이 자포자기한 심정으로 홍사관에게 질문했다.

"그래서 다 받아 적었더냐?"

"제대로 받아적지 못했습니다."

"왜?"

"잘 들리지 않아서요."

"무엇을 들었더냐? 들은 것을 고해 보아라."

"투기, 어쩌고 하는 말을 들었습니다만, 정확치가 않아서요. 혹 중전마마께서 투기하시는 것입니까? 후궁 때문에요?"

아마도 멀리 있어 자세히 듣지는 못한 모양이다. 호기심에 눈을 반짝이는 홍사관을 물끄러미 보던 방원의 머릿속에 순간 좋은 생각이 떠올랐다.

성계의 실록 편찬 작업은 하륜이 했다. 하륜은 모든 사건을 조작하진 못했지만 중요한 일이 일어난 날은 방원에게 유리하도록 조작하여 기술했다. 어차피 이 긴 실록을 처음부터 끝까지 다 들여다 볼 사람은 몇 없으니 중요한 날짜의 중요한 사건만 손댄다면 아주 간단히 바라는 대로 만들 수 있다는 거였다. 사관들이 반발했으나 끝내는 하륜의 뜻대로 실록이 만들어졌다.

아무리 잘난 사람도 백 년을 살진 못한다. 결국 남는 것은 기록과 문자다. 그래서 자경은 존호를 받기를 바랐고 역사에 남기를 원했다. 하지만 천하의 민자경이 간과한 게 있다. 역사를 기술하는 자들이 사내라는 사실이었다. 그리고 그 조선의 사내들은 고려의 잘난 계집 민자경을 경계했다. 방원은 누구보다 그것을 잘 알고 있었다.

"맞다. 투기다."

방원의 대답에 홍사관의 눈이 기쁘게 빛났다. 아마도 투기이기를 누구보다 바랐을 것이다. 방원과 다른 이유로 이들은 자경을 깎아내리는데 거리낌이 없었다. 그들을 조금 도와준다 한들 큰 잘못은 아닐 거다. 방원은 그리 변명했다.

"중전이 말하기를 상감께서는 어찌하여 예전의 뜻을 잊으셨습니까? 제가 상감과 더불어 함께 어려움을 지키고 같이 화란을 겪어 국가를 차지하였사온데, 이제 나를 잊음이 어찌 여기에 이르셨습니까? 라더라. 그러면서 내 후궁 들이는 것을 반대하여 소맷자락을 붙잡고 엉엉 울더라. 그리 기록하라."

"그리 하겠나이다, 전하."

방원이 일생동안 그리던 꿈을 산산조각 내면서 자경은 끝내 제가 원하는 것을 얻었다. 하지만 여기까지였다. 자경이 바라는 존호를 얻겠지만, 자경이 바라는 명성은 얻지 못할 거다. 그리 만들 작정이었다. 자경만 바라고 원하는 것을 다 얻으리란 법은 없었다. 급히 기록하는 홍사관을 물끄러미 보던 방원이 서늘한 미소를 지으며 돌아섰다.

* * *

임오년 삼월 칠일 방원은 권홍의 딸을 후궁으로 맞아들였다. 예식은 본래 계획했던 것보다 많이 축소했다. 방원은 그것을 자경의 투기 탓으로 돌렸다. 자경이 투기하고 방과가 그것을 걱정해서 어쩔 수 없다는 식이었다. 자경은 아무 말도 하지 않았다.

다음날, 방원과 자경의 장남은 '제'라는 이름을 하사받았다. 그리고 한 달이 지난 후, 이제는 원자에 책봉되었다.

이제가 원자로 책봉되던 사월 열여드레날, 자경은 아주 오랜만에 활짝 웃었다. 제의 절을 받으면서 소녀처럼 기뻐하는 자경의 옆모습을 방원은 물끄러미 쳐다보았다. 그러고 보니 저리 웃는 모습은 참으로 오랜만이구나 싶었다. 매일 저리 웃는 얼굴을 보고 살던 때가 있었다. 그것을 깨닫자 새삼 둘의 관계가 얼마나 망가졌는지 실감나서 방원은 가슴이 아팠다.

이런저런 생각에 빠져 어느새 멍하니 넋을 빼놓고 자경을 보고 있던 방원이 고개를 돌리던 자경과 눈이 마주쳤다. 도둑질이라도 하다가 들킨 사람마냥 방원이 화들짝 놀라며 급히 고개를 돌렸다. 미우면서도 그리웠다. 한없이 서운한 와중에도 가까이 가고 싶었다. 하지만 오랫동안 굳어진 분위기를 어찌 풀어야 좋을지 방원은 알지 못했다. 금실이 너무 좋았던 부부사이였던 것이 이런 식으로 문제가될 줄 몰랐다. 도통 싸운 적이 없어서, 싸우고 화해한 적도 없어서둘 다 갈등을 해결하는 데는 서투르고 미숙했다.

"부원군을 뵈러 갈까."

한동안 방원이 기갈 들린 사람처럼 후궁을 미친 듯이 만드는 모습을 보고 대부인 송 씨가 자경에게 후궁이 너무 많아 두렵다고 했다는 말을 전해 들었다. 송 씨가 그러할진대 자경이라면 끔찍한 민제의 속은 더 말이 아닐 거라는 생각이 그제야 들었다.

"아버지를요?"

자경이 화들짝 놀라 반문했다.

"제가 저리 잘 큰 것은 외가의 공 아니오. 허니 찾아뵙고 감사 인사를 올리는 게 도리일 것 같아서 말이오."

예전엔 무심히 듣고 넘겼던 말이 뒤늦게 사무쳤다. 벽에도 귀가있는 궐인데 자경과 방원이 합방하지 아니한다는 것을 민제가 모를리 없었다. 아마 내색하진 않아도 속으로는 매우 슬퍼하고 있을 것이다. 그 누구에게보다 민제에게 민망하고 미안했다.

"우리가 가면 부원군께서도 좋아하시지 않겠소?"

슬쩍 자경의 눈치를 살폈다. 아무런 대답이 없자 초조해진 방원이무어라 재촉하려는데 자경이 입을 열었다.

"좋아하실 겝니다."

"중궁은?"

313

"저도."

잠깐 말을 멈춘 자경이 방원을 보고 싱긋 웃었다. 방원을 보고 웃어준 것은 참으로 오랜만이었다.

"좋습니다."

"그럼 그리합시다."

오랜만에 기꺼웠다. 방원 역시 자경을 보고 활짝 웃었다.

* * *

팔월 스물엿새날, 방원과 자경이 함께 민제의 집에 거둥하여 잔치를 베풀었다. 흥이 오른 방원이 술에 취해 춤까지 추었다. 자경은 여러 택주를 거느리고 대부인 송 씨에게 안에서 연향을 베풀었는데 안 팎으로 모두 성악을 연주하여 온 집안에 흥이 그득했다.

술자리가 파한 후 방원은 술이 깰 겸 민제와 사랑채에서 차를 마셨다. 이젠 방원이 상석에 앉았고 민제가 내려앉았다. 늘 민제가 앉던 자리에 앉아서 민제를 쳐다보자니 왠지 기분이 이상했다.

"이리 앉으니 이상합니다, 사부."

"전하, 말씀을 낮추시옵소서."

"궐이 아니라 이곳에 오니, 이 말투가 편합니다. 괘념치 마세요."

"소신이 송구해서 그러나이다."

"편히 대해 주세요. 잠시나마 편하고 싶어 궐로 초청하지 아니하고 여기서 뵌 겝니다. 사부의 은덕이 아니었다면 어찌 오늘날의 제가 있었겠나이까."

임금의 감사에는 의례 망극하다는 신하의 대답이 따르기 마련이었다. 헌데 민제는 대답대신 물끄러미 방원을 쳐다보기만 했다.

"왜 그러십니까? 제 얼굴에 뭐가 묻었습니까?"

"제가 전하를 제자로 받지 않았다면 오늘날의 전하가 좀 더 행복했을까요?"

쿵, 민제의 말에 방원이 마음 한켠이 저 아래로 떨어졌다.

"그런 생각이 듭니다. 늙은이의 욕심이 너무 과해서 많은 일을 그르친 것은 아닌가 하는."

"그렇지 않습니다. 그게 아니라, 그게 아니오라."

찻잔을 내려놓으며 방원이 괴롭게 얼굴을 쓸었다.

"제가 꿈꾼 것은 그저 사부의 집과 같은 소박한 가정이었습니다. 단지 그뿐이었어요. 헌데 정신을 차려보니 일이 이리 풀려 있더이다. 그 사람이 원해서 이리된 거라고 했어요. 나는 원치 않았는데 그 사람이 원한대로 된 것이 화가 납니다. 내가 무엇을 원했는지 알면서도 끝까지 자기가 원한 대로 이루고 만 그 사람이 원망스러워요. 사랑한만큼, 아니 사랑하기 때문에 이해되지 않아요. 나를 어찌 이리 만드는 건지, 왜 이렇게 만들어버린 건지 정말 속이 상합니다."

"전하."

"미안합니다. 사부가 얼마나 속상할지 알아요. 좋은 모습 잘 사는 모습을 보여드리고 싶었는데 속상하게 해서 정말 면목이 없어요. 미안하여 오늘 마련한 자리입니다. 조금이나마 마음이 풀리셨으면 해서."

"사위도 자식입니다."

민제가 느리게 말을 이어갔다.

"딸자식이 불행한 것만 눈에 밟히는 게 아니라 사위가 괴로운 것 역시 제겐 사무칩니다. 그 불행이 제 딸 때문이라면 더욱더 가슴이 아프고요. 저 역시 미안합니다. 일이 이리되기 전에 말렸더라면, 말릴 수 있었더라면 좋았을 텐데."

거짓이라고 생각되지 않았다. 민제는 입에 발린 말을 하는 사람이 아니었으니 말이다. 그저 그런 말을 듣는 것만으로도 꽁꽁 얼렸던 방원의 마음이 조금씩 녹기 시작했다. 누구에게도 할 수 없던 이야기를 털어놓고 이해받는 것만으로도 마음이 훨씬 누그러졌다.

"그리 말씀해주시니 감사합니다."

"진심이에요."

"압니다."

방원이 웃으며 고개를 끄덕였다. 그 모습을 가만히 보던 민제가 괴롭게 눈을 감으며 어렵게 입을 열었다.

"중전마마께도 이전에 이런 말씀을 건넨 적이 있었습니다."

방원의 눈이 휘둥그레졌다. 자경과 민제가 벌써 이런 이야기를 나눈 적이 있을 줄은 꿈에도 몰랐기 때문이다.

"군주는 외로운 자리이니, 네가 이 서방을 그 자리에 올리는 순간부터 둘 다 행복할 수 없을 거라고 했어요."

벌써부터 경고했었구나, 새삼 민제의 혜안이 놀라웠다.

"중전께서 그러시더이다. 자신 있다고. 한비자의 말을 비웃을만큼 잘 살 자신이 있다고요. 헌데 결국 이리되고 말았습니다. 좀 더 말릴 것을 그랬지요. 허나 자식 앞에서 부모는 늘 약자라, 고집부리는 자식의 뜻을 차마 꺾을 수가 없었습니다."

뒤에 이어지는 말은 꼭 신음과 같았다. 아비로서 진심으로 사무친 한이었던 거다. 찻상을 물린 방원이 민제의 가까이 다가가 손을 붙잡았다.

"사부."

"전하. 부디 용서해 주세요."

"나야말로, 나 역시도 그렇습니다. 사부."

서로의 손을 붙든 두 사람이 아주 오랫동안 마주 앉아 서로를 위로했다.

* * *

사랑채에서 나와 별채로 향하는 길에 방원은 뒤따르는 이들을 모두 물리쳤다. 그리고 아주 느리고 천천히 걸어 집안 곳곳을 둘러보았다. 걸음이 닿는 곳마다 자경과의 추억이 서려 있었다. 손을 잡았던 곳, 안았던 곳, 입을 맞추었던 곳들을 지날 때마다 그때의 추억이 바로 어제 일처럼 생생히 떠올랐다. 자경을 처음 만났을 때의 기억 아주 선명했다. 자경이 어떤 표정을 지었는지, 어떤 옷을 입었는지, 어떻게 웃었는지, 마치 그림으로 그려두기라도 한 것처럼 또렷하게 방원의 머릿속에 남아있었다.

그때 자경은 개경 바닥을 들썩이게 할 정도로 아름다워서 어느 사내든 탐을 냈다. 그리고 방원 역시 그 수많은 사내 중 하나에 불과했다. 매일 밤 자경과 함께하는 꿈을 꾸었다. 그래, 당시 자경은 방원에겐 꿈이었다. 과거에 급제한 것보다 자경이 저를 선택해준 것이 더 좋았으니까.

느리게 걸어 별채에 도착하자 자경이 앞마당을 서성이며 서 있었다. 어슴프레한 달빛 아래 선 자경은 여전히 눈이 부시게 고왔다. 십여 년 넘게 한 이불을 덮고 살았음에도, 수없이 많은 자식을 낳고 또 잃었음에도 여전히 가슴 뛰고 설레게 하는 여자는 자경밖에 없었다. 자경보다 더 화려한 꽃은 있을지 몰라도 자경보다 더 탐나는 꽃은 세상에 없을 것이다. 눈앞에 저리 보이는데도 갖고 싶으니 말이다. 하긴 생각해 보면 결국은 갖지 못해 안달이 난 거다. 내 거인 줄 알았는데 끝내 내 것이 아니어서 화가 났던 거다.

"수행하는 이도 없이, 어딜 다녀오시는 겁니까?"

놀라서 다가오는 것인데도 몸짓이 우아하고 기품 있었다. 가만히 선 채 방원이 물끄러미 자경을 바라보았다. 다가오던 자경이 두어 걸음 남긴 채 자리에 멈췄다.

"왜 그러십니까?"

"당신은 지금 봐도 그저 후원에만 피어 있기에는 아까울 만큼 화려한 꽃이구려."

자경이 왜 존호라도 남겨야 성이 풀리겠다고 생각했는지 이해할 수 있었다. 그저 한철 피었다 지기에는, 방원만 보고 말기에는 지나치게 화려하고 아름다운 꽃이었다. 이런 꽃이 제 정원에만 곱게 머물러 주리라 생각한 것이 애초부터 잘못이었다.

"당신이 나를 이해해주지 못한다고 생각했는데, 나 역시 당신에 대해 절반도 이해하지 못하고 있었던 거였어요."

소박한 정원을 꿈꿨다면 소박한 꽃을 바랐어야 했다. 자경을 욕심냈다면 저 역시도 자경에게 맞는 무언가를 내줄 각오를 해야 했다. 하지만 그러지 않았다. 당연히 저에 맞추어 자경이 소박해지길 바랐다. 일방적인 이해만을 바란 건 오히려 방원이었다.

"내 욕심이 너무 과했어. 분수에 맞지 않았어요."

취중에 나온 진심이었다. 방원이 씁쓸한 미소를 지었다. 가만히 그 모습을 보던 자경이 가까이 다가섰다. 훅, 자경 특유의 난향이 방원의 코끝을 스쳤다.

"그래서, 저와 혼인한 걸 후회하십니까?"

자경이 빤히 방원을 쳐다보았다. 맨들거리는 두 눈동자에 방원의 얼굴이 비쳤다.

"다시 돌아간다면 제가 아닌 다른 여자와 혼인하시겠습니까?"

손 안에 두고도 욕심나고, 품 안에 두고도 끊임없이 갈증났던 여자는 자경밖에 없었다. 다른 계집은 이불을 데우는 화로에 불과하다는 자경의 말은 사실이었다. 자경을 제외한 다른 여인과는 관계가 끝난 뒤 허무했다. 그래서 때론 방금 전까지 몸을 섞었던 여자를 부러 내보내고 혼자 잠들 때도 있었다. 허나 자경은 아니었다. 자경과는 관계가 끝나면 허무하기보단 충만했다. 모든 것을 비워낼수록 오히려 모든 것이 채워졌다. 자경처럼 처음부터 끝까지, 마치 잃어버린 반쪽인 냥 꼭 맞았던 여자는 없었다.

"다시 돌아간 데도 당신을 놓지는 못할 거요. 어리석게 후회할 걸 알면서도 잡게 되겠지. 욕심 나니까. 여전히 당신이 나를 택해준 게 나한테는 내 인생에서 가장 기쁜 일이니까."

십여 년 넘게 함께 산 지금도 이러한데 과거로 돌아간 데도 탐내지 않을 자신 같은 건 없었다. 결국 다시 욕심내게 될 거다. 심지어 이런 파국을 이미 알고 있대도 포기하지 못할 거다. 자경을 포기할 수 있는 일 같은 건 방원에겐 상상조차 할 수 없었다.

자경이 방원의 손을 붙잡더니 먼저 입술을 맞대었다. 순간 머리끝까지 열이 치솟았다. 방원이 급히 자경을 끌어당겨 안은 후 기갈난 사람처럼 입을 맞추었다. 방원의 힘에 밀린 자경이 뒷걸음질 쳤다. 조금이라도 떨어지는 것을 견딜 수 없어서 방언이 자경을 안은 채 안으로 들어갔다. 방바닥에 등을 대기 무섭게 방원의 손이 치마 속으로 들어왔다. 환한 불빛 아래 금세 자경의 맨다리가 드러났다. 자경이 부끄러움도 잊은 채 방원의 옷고름을 풀고 날가슴에 입을 맞추었다. 방원이 크게 신음하며 자경의 젖가슴에 얼굴을 묻었다. 비로소 숨이 쉬어지는 기분이었다.

19장

조사의란
趙思義亂

생각해 보면 누군가 한 사람이 간절히 바랐다고 해서 이리되었다고 주장하는 건 억지였다. 결국 누구의 탓도 아닌 운명이고 팔자였다. 그리 생각하면 간단했다. 원망이 사라진 것은 아니지만 원망만을 껴안고 살고 싶진 않았다. 그렇게 살 수 없었다. 그러기엔 방원이 아직 여전히 자경을 사랑했다.

방원은 곱씹을수록 복잡해지는 마음을 내려놓기 위해 애를 쓰면서 부러 자주 자경을 찾았다. 자경 역시 같은 마음인지 이전보다 방원에게 상냥하게 대했다. 하긴 돌이켜 보면 늘 금실은 좋았다. 그게 모두 다 거짓이라고 생각되진 않았다. 방원이 좋은 남편으로 살려고 애쓰는 동안 자경 역시 흠잡을 데 없는 좋은 아내 노릇을 해주었다. 누가 봐도 사이좋은 부부에 다복한 가정이었다. 자식들을 위해서라도 그 모습을 지키고 싶었다. 방원은 제 자식들이 저처럼 미래를 불안해하며 자라는 것을 바라지 않았다. 그러기 위해서라도 자경과 잘 지내야 했다.

행아가 아들을 데리고 궐에 들어온 것은 그쯤이었다. 왕의 자식과 그 여자를 더 이상 사가에 내버려 둘 수 없다는 자경의 뜻이었다. 방원은 자경의 원하는 대로 하라며 뒤로 물러났다. 다른 계집을 그리 많이 봐놓고도 행아의 문제에 있어서만큼은 여전히 방원은 소극적이었다. 사가에서 살겠다고 우기던 행아는 상인으로부터 자경이 외로워한다는 말을 들은 후 결국 뜻을 접고 아들과 함께 궐로 들어왔다.

행아의 아들은 '비'라는 이름을 받고 경녕군에 봉해졌다. 아이는 행아를 닮아 아주 순했고 방원을 닮아 영특했다. 자경은 사가에서 그러했던 것처럼 이비와 제 아들들을 똑같이 교육시켰다. 행아와 상인이 사가에서 틈틈이 가르쳤던 덕에 이미 배움이 깊은 아이는 금세 자경의 셋째 아들에게 글을 가르칠 정도로 성장했다. 자경은 이비를 제 자식들 보듯이 예뻐했다.

궐에서 행아는 효빈이 되었다. 가뜩이나 여러 계집들과 금상의 총애를 다투느라 신경이 날카로운 후궁들은 난데없는 행아의 등장에 신경을 곤두세웠다. 방원과는 사가에서부터 알고 지낸 깊은 인연인데다 서장자를 낳았고 자경까지 특히 예뻐하니 속내를 잘 모르는 이들은 행아의 존재를 매우 경계했다. 그나마 귀족 가문 출신의 후궁들은 체면이 있으니 차마 내놓고 투기하지 못했으나 나인 출신인 궁인 신 씨는 거리낌이 없었다. 특히 첫딸을 낳은 후 얼마 전에 둘째로 아들을 낳고 나서 신빈이란 직첩을 받은 신 씨는 제 아들이 방원의 서장자라고 우기다가 행아와 이비가 나타나 그 모든 게 물거품이 되자 행아를 아주 눈엣가시처럼 여기며 미워했다.

마주칠 때마다 눈을 내리깔고 적당히 무시하거나 뒤로 돌아선 뒤 다 들리라는 식으로 뒷말을 하며 성질을 야금야금 긁는 신 씨를 행아는 애써 무시했다. 허나 신 씨는 그것이 행아가 참는 줄은 모르고 행아가 감히 제게 대거리하지 못하는 유약한 성정이라고 혼자 착각한 모양인지 점점 행패가 심해졌다.

"아니, 전하를 모시지도 않는 사람이 몸을 왜 저리 챙겨?"

요즘 도통 입맛이 없는 자경을 위해 행아가 소주방에 특별히 말해 마련한 특식을 가지고 중궁전으로 가던 길이었다. 차려진 음식을 보며 신 씨가 한껏 비아냥거리자 행아의 눈이 날카롭게 위로 올라갔다.

"궐에 들어와서 하는 일이 무에 있다고."

"네 이년! 어디 함부로 지껄이는 게야?"

발을 굴리며 행아가 엄하게 소리쳤다. 예상치 못한 행아의 반격에 신 씨가 움찔했다.

"전하를 뫼신 걸로 봐도 내가 너보다 위고, 궐에 들어와 일한 년수로 봐도 선대마마를 뫼셨던 내가 너보다 웃전이거늘 어디서 감히 위아래도 몰라보고 이따위로 행동하는 게야? 미친 것이냐?"

"어디, 어디 뉘 앞이라고 함부로."

"왜? 전하한테 가서 울며불며 드러눕기라도 하려고? 그래, 꼭 가서 그리 해보아라. 가서 효빈이 너를 혼냈다고 꼭 말씀 올려 보거라. 어디 전하께서 네 편을 들어주시나 보자!"

방원이 행아의 문제에 있어서만큼은 행아와 자경 모두에게 매우 미안해 한다는 것을 알고 있었다. 자경과는 부부이기 때문에 때론 거칠게 싸우기도 하지만 행아에게 방원은 그럴 수 없었다. 신 씨가 아무리 행아의 험담을 한다 한들 방원이 행아에게 와서 모진 행패를 부릴 사람은 아니었다. 방원의 성품을 행아는 믿었다. 때론 자경이 왜 다 믿어주지 않는지 안타까울 정도로 한 치 떨어진 행아에게는 방원이 잘 보였다.

"감히 여태까지 방자하게 굴었던 행실을 보자면 종아리라도 내리쳐야 하거늘, 내 오늘 일이 있어 이쯤에서 물러가나니, 다음부터 함부로 굴지 말아라. 한 번 만 더 내 앞에서 까불었다가는 가만 두지 않을 것이다!"

보통이 아닌 행아의 기세에 신 씨의 나인과 상궁들조차 고개를 숙이며 뒤로 물러났다. 신 씨 역시 꿀 먹은 벙어리가 되어 덜덜 떨며 아무 말도 하지 못했다. 마지막까지 싸늘히 노려본 후 행아가 중궁전으로 향했다.

"마마, 효빈 드셨사옵니다."

"들라."

요 며칠 자경이 거의 입대는 것 없이 상을 물리고 있다고 중궁전 상궁이 행아에게 넋두리를 늘어놓았더랬다. 그래서 행아는 특별히 송 씨에게 사람을 보내 자경이 즐겨먹는 장아찌 몇 종류를 달라고 한 뒤 누룽지를 끓여냈다. 어렸을 적부터 유독 입맛이 없거나 아파서 누울 때마다 자경이 즐겨 먹던 상이었다.

"왠 것이냐?"

"요즘 통 못 드신다고 하여서."

"무얼, 이런 것까지 신경을 써."

"궐에 와서 제가 할 일이 무에 있겠습니까. 이런 거 하라고 들어온 사람인 것을요."

며칠 제대로 먹지 못한 까닭인지 자경의 안색이 파리했다. 행아가 급히 수저를 자경이 손에 쥐어 주었다.

"어서 드세요."

"고맙다."

누룽지를 뜨던 자경이 급히 헛구역질하며 수저를 내려놓고 수건으로 입을 막았다.

"마마."

"조용히 하여라."

"어의를 부르겠습니다."

"그럴 거 없다."

"마마."

"병이 아니야. 허니 어의를 부를 거 없어."

"물 한 모금 제대로 넘기지 못하시는데 어찌 가만있으라 하십니까."

"아이다."

자경의 말에 행아의 눈이 휘둥그레졌다.

"달거리가 벌써 두 달 넘게 없었어."

"헌데 어찌 이러고 계십니까? 어의를 불러 확인하시고 전하께도 말씀 올리셔야."

"전하가 요즘 심란하지 않으시냐. 이런 이야기를 건넬 상황이 아니야. 일이 진정되면 말씀드릴 것이니, 신경쓸 거 없다."

태상왕이 된 성계가 조상의 묘를 참배한다는 명목으로 지난 십일월 일일, 동북면으로 떠났다. 그리고 나서 곧장 안변도의 분위기가 심상찮다는 소식이 전해지더니 지난 오일엔 끝내 안변부사 조사의가 군사를 일으켰다는 소문이 돌았다. 소문이 사실로 확인되기까지는 얼마 걸리지 않았다. 조사의는 성계의 사람이었다. 말이 조사의의 난이지, 이건 성계가 일으킨 군사라고밖에 볼 수 없었다.

애초에 성계가 동북면으로 간다고 할 때부터 하륜을 비롯한 몇몇 신료들과 자경은 불안해서 말려야 한다고 했다. 굳이 그 나이에 거기까지 가는 이유가 무에겠냐는 거였다. 동북면엔 여전히 성계의 사람들로 가득했고 그때의 영광을 다들 그리워해서 여전히 거기서 성계는 왕이지 태상왕이 아니었다. 작정한다면 성계는 동북면의 사람들을 데리고 무슨 짓이든 할 수 있었다.

허나 방원은 그런 조언을 듣지 않았다. 아니 들을 수가 없었다. 방원의 면전에다 대놓고 내 부인과 자식이 너 때문에 구천을 떠돌거라고 하는 성계였다. 방원은 성계 앞에선 고양이 앞의 쥐와 다를 바가 없었다. 어떻게든 비위를 맞추려 애쓰는 방원은 성계가 하려는 행동을 말릴 수가 없었다. 그게 이 모든 불행의 시작이었다.

"설마 두 분, 정말 싸우실까요?"

"아마도 그리될 게다. 애초에 가시지 못하게 어떻게든 말렸어야 했어. 보아라, 호미로 막을 걸 가래로 막게 생기지 않니."

혹시나 하는 마음에 방원은 성계가 개경을 떠나자마자 환관을 보내 성계의 안부를 살폈다. 말이 안부를 살피는 거지, 실제로는 감시였다. 조사의가 군사를 일으킨 것이 확인된 뒤에는 연이어 신료들을 보내 돌아오시라 청했다. 허나 성계는 조상의 묘를 참배해야 한다고 고집을 부리며 말을 듣지 않았다.

"마음 써주었을 텐데, 정말 미안하다. 못 먹겠어."

결국 자경이 상을 물렸다.

"이리 아무것도 못 드시면 어쩝니까. 여름이라 과일이 나는 것도 아닌데."

"그때 그때 당기는 게 있어 조금씩이나마 먹고는 있으니 걱정할 거 없다. 한두 번 겪는 일도 아니잖느냐. 걱정 마라. 애 낳다 죽는 여자는 수도 없이 많이 봤지만, 입덧 때문에 굶어죽었다는 여자는 소문으로조차 듣지 못했느니라."

농을 던지며 웃는데도 안색이 어두운 것이 눈에 먼저 들어왔다. 행아가 한숨을 내쉬었다.

"어머니께는 잘 먹었다고 전해주렴."

"그리하겠습니다."

"댁은 별일 없이 평안하지? 지난 팔월에 다녀온 이후 정신없어 제대로 챙기지 못하였구나."

자경과 방원이 궐에 들어가고 행아가 남아 사가에 머무는 동안 행아에 대해 가지고 있던 송 씨 부인이나 무구 무질의 앙금은 자연스레 풀렸다. 긴 세월 봐온 정이 있어 오래 미워할 수 없기도 했고 그 뒤 행아나 방원의 행실을 보면 누가 봐도 하룻밤의 실수였기 때문이다. 거기다 방원이 작정하고 계집질을 시작하자 다들 행아나 자경을 딱하게 여겼다. 그래서 궐 내 다른 투기 많은 여인들에게 자경이 둘러싸여 있느니 행아가 있는 게 낫지 않겠냐며 궐에 들어가지 않겠다는 행아를 설득하는 데 송 씨가 돕기도 했다.

"대감마님께서는 걱정하시지요. 도련님들에게 여러 번이나 행동거지를 조심하라고 당부하신다고 하시더이다. 마님께서 사위가 기껏 왕 되어 봤자 좋은 거 하나 없다고 농하셨어요. 대감마님께서 몸을 너무 사리신다면서요."

"아버님은 원래 그런 분이시지 않느냐."

"두 분 사이가 예전만 못하다는 것도 염려하시고요."

조심스레 건네는 행아의 말에 자경이 쓰게 웃었다.

"그래도 이리 아이를 가지는 걸? 부부란 참으로 끈질긴 인연이지 않느냐. 그리 싸워도 돌아오고, 또 돌아오고, 자식은 계속 태어나고. 사이가 좋다, 나쁘다 그리 가벼이 말할 수 있는 관계가 아닌 거 같아. 살면 살수록 왜 부처님이 부부의 인연이 팔천겁이라 했는지 알 듯하고나."

"궐에 여인이 이리 많은데, 너무 많다고 마님께서 걱정하실 정도인데 전하의 안색도 예전만 못하신 듯합니다."

"그거야, 일이 많으시니 그런 거 아니겠느냐. 왕의 자리가 무거워서 그런 게지."

"아무리 일이 많으셔도 마마와 사이가 좋을 때는 용안에서 빛이 나시더이다. 어찌 계속 편안하시도록 만들어 주시지 않으시는 겝니까."

처음엔 자경과 방원 사이가 어긋난 것이 제 탓인 줄 알았다. 그래서 죄인처럼 살았다. 헌데 아니었다. 정작 두 사람 사이에서 저 같은 건 아무 문제도 되지 않았다. 아무 문제도 되지 않으리란 것을 깨닫고나자 궐로 들어오겠다 마음먹을 수 있었다.

"여전히 전하는 마마를 제일 아끼십니다. 헌데 어찌 마마는 마음을 다 보여주시지 않으십니까. 왜 두 분 모두 편히 지낼 수 있는 방법을 모른 척하십니까."

궐에 들어와서 아주 가까이서 두 사람을 제대로 들여다본 뒤에야 알았다. 두 사람 사이에서 문제 되는 것은 두 사람뿐이었다. 문제를 풀 수 있는 것도 두 사람뿐이었다. 헌데 둘 다 지독히도 모른 척했다. 이해할 수 없었다. 짧은 인생, 진정으로 사랑하는 사람과 마음 맞기가 얼마나 어려운 일인데 왜 눈앞에 두고도 그리 돌아가는지 짧은 행아의 소견으로는 도무지 모를 일이었다.

"사랑하지 않아."

"마마."

"나는 단지 그 사람이 왕이 될 사람이라 택한 것뿐이야. 헌데 그 사람은 내게 여인의 사랑을 요구하더라. 사랑하지 않으니 내가 해줄 일이 없지 않느냐."

무어라 말을 하려던 행아가 입을 다물었다. 마마는 전하를 사랑한 다고 말해본들, 자경은 아니라고 고집 부릴 거다. 자경이 한번 고집 을 부리기 시작하면 꺾을 수 있는 사람은 세상에 아무도 없었다.

자경은 방원을 사랑했다. 행아는 알고 있었다. 민제도 알고 있을 거다. 아니 어쩌면 방원과 자경, 단 두 사람만 빼놓고 모두가 알고 있을지도 모르겠다. 헌데 세상사람 모두가 다 아는 일을 왜 둘은 몰 라서, 자식을 열을 넘게 낳아놓고도 왜 서로의 마음 한 자락을 못 믿 어서 이리 괴로워 하는걸까. 세상 사람 모두가 몰라도 행아는 알 수 있었다. 사랑했다. 풋내나던 그 어린 시절부터 지금까지 한결같은 마음이었다. 마음이 없었다면 아무리 이득이 된다 한들 자경은 절대 로 움직이지 않았을 거다. 먼저 마음이 가서 움직여 놓고는 그 마음 이 아니었다고 고집을 부리고 있었다.

행아가 안타까운 한숨을 속으로 삼키며 눈을 아래로 떨구었다.

* * *

성계가 돌아오지 않고 계속 위로 향하자, 반란군은 더더욱 기승을 부렸다. 일단 조정은 근처 수령들의 이탈을 막기 위해 박순을 보냈 다. 허나 박순은 도리어 반란군에게 살해당했다.

회양부사가 와서 성계가 철령을 막 지나갔다고 전해주었다. 성계 가 함주로 향하는 것이 명백해지자 방원은 곧장 무학대사를 보내 성계에게 돌아오기를 청했다. 허나 성계는 듣지 않았다.

조정에 들어오는 소식은 하나같이 나쁜 것들뿐이었다. 사태를 파악하라고 보낸 호군은 반란군에게 막혀 도망쳐 오거나 죽어서 돌아왔고, 반란군에게 협조하지 않은 신료들은 개경으로 쫓겨 왔다.

방원은 최선을 다해 일을 크게 만들지 않고 조용히 수습하려 했으나 점점 전면전을 준비할 수밖에 없는 상황으로 몰려갔다. 유학의 기치 아래 세워진 나라인지라 차마 아비에게 칼을 들라고 권할 수 없는 신료들은 조심스레 방원의 눈치만 살피느라 제대로 된 대책을 내어놓지 못해서 내어놓는 안들이 하나같이 마땅찮았다. 결국 참다 못한 자경이 나섰다.

"전하께서 직접 군사를 몰고 나가세요."

"이젠 나한테 아바마마께도 칼을 들라고 말씀하시는 겝니까?"

"아바마마께 칼을 드는 게 아닙니다. 조사의의 난을 평정하는 게지요. 형님께 칼을 든 게 아니라 간악한 박포를 처단한 것처럼요."

"눈 가리고 아웅이에요! 그 말을 누가 믿어줄 성싶습니까? 아바마마께서 어찌 저러실 수 있는지 몰라서 하는 말이에요? 민심이 내게서 등을 돌렸단 말입니다. 그러니 아바마마께서 저러실 수 있으신 거예요. 헌데 이 상황에서 아바마마에게 칼을 들라고요? 기어이 쫓겨나는 왕이 되는 꼴을 보고 싶으신 겝니까? 아니면 쫓겨나는 왕비로라도 기록에 남고 싶으세요?"

"저는 쫓겨나지 않습니다."

방원이 몸을 돌려 자경을 바라보았다. 자경이 그 어느 때보다 단단한 시선으로 방원을 바라보았다.

"그리고 지아비를 쫓겨나는 왕으로 만들지도 않을 겝니다. 전하는 선대 왕보다 더 빛나는 왕이 되실 거예요. 그리고 전하의 뒤를 이은 왕은 전하보다 더 훌륭할 거고요. 민자경의 남편이고, 민자경의 자식이니까요. 허니 믿으세요. 전하는 절대로 쫓겨나지 않으실 게고, 불효자로도 기록되지 않으실 겁니다. 제가 그리 두지 않아요."

대단히 자신감 넘치는 말투와 표정이었다. 우스운 건 그 모습을 보며 묘하게 안정되는 자신이었다. 무에 그리 자신만만하냐 쏘아붙이고 싶은 생각 같은 건 조금도 들지 않았다. 누구에게도 위로받을 수 없고 터놓고 의논할 수 없어 갈피를 잡지 못하고 흔들리던 마음이 드디어 기댈 곳을 찾은 느낌이었다.

"묘수가 있는 게요?"

가라앉은 목소리로 방원이 물었다. 자경이 자리에 앉았다. 방원이 슬그머니 따라 앉았다.

"무인정사 때를 잊으셨습니까? 가별초의 군사들은 왕자님들께는 감히 화살 하나 날리지 못했습니다. 전하가 나서신다면, 군사들은 이내 흩어질 겁니다."

"허나 그때는 아바마마께서 병중이셨고 지금은 아바마마께서 나서실 거예요."

"못 나서시게 하면 될 일이지요."

"못 나서시게 한다?"

"일단 약한 군대부터 먼저 보내세요. 그리하여 지고 돌아오도록 만드는 겁니다. 너무 약하면 속이 보이니 믿을 만한 이들 두엇도 함께 보내 그 뒤를 받치도록 하되 같이 싸우지는 않고 퇴로를 뚫어 쉬이 도망칠 수 있도록 하라고 은밀히 명하세요. 그리하여 모두 패하였다는 소식이 들려오면 어쩔 수 없다는 듯 전하께서 출병하시는 겁니다.”

“왜적이 끓어 개경을 완전히 비우기엔 편치 않소이다.”

“궐은 군사를 많이 두기보단 상징적인 인물에게 맡기세요. 절대로 배신하지 않을 거라고 모두가 믿을만한 그런 사람에게요. 그럼 어느 누구도 감히 딴생각을 하지 않을 겝니다.”

“그런 다음에요?”

“그런 다음에 일단 매우 대규모의 군사라고 크게 소문을 내세요. 군사들이 겁을 먹도록 말입니다. 그리고 난 뒤 소수 정예의 군사들만 추려서 몰래 아바마마를 모시고 오세요. 무학대사가 아직 함께 머물고 계시니 연락하기는 어렵지 않을 겝니다. 설득은 무학대사에게 맡기세요. 잘 해주실 겝니다. 부자간의 싸움을 용서하실 분이 아니잖습니까. 무학대사께서 도와주시면 아바마마께서도 더 고집 부리지 못하실 겝니다. 아바마마가 뜻을 꺾으시면 조사의의 군사들은 쉬이 사라질 겝니다. 그럼 아주 화려하게 아바마마를 모시고 돌아오세요. 마치 군사를 일으킨 것이 아니라 아바마마의 환가를 축하하기 위한 것처럼 보이게 말입니다.”

왜 군이 방원더러 직접 나가라고 하는지 이제야 알 것 같았다. 허나 납득은 했지만 여전히 마음이 움직이지는 않아서 방원의 낯빛이 어두워졌다.

“아바마마께서 믿어주실까.”

“싸워도 이길 판인데, 싸우지 아니하고 수습하려 했다는 것을 진심으로 보여드린다면 아바마마께서도 전하의 마음을 알아주실 겝니다.”

하긴 모든 군사를 다 동원하여 나간다면 아무리 함주의 가별초라 해도 이기지 못할 리 없었다. 단 한 번도 싸움에서 진 적이 없는 성계라지만 이미 노인이었다. 한창 때와 같을 리 없었다. 그에 반해 방원의 군사들은 젊고 혈기에 넘쳤을 뿐 아니라 노련한 조영무나 이두란, 이화 등도 함께 있었다. 어떻게 봐도 질 싸움이 아니었다. 단지 싸우고 싶지 않을 뿐이었다.

대충 뜻을 이해한 방원이 고개를 끄덕였다. 허나 그러다 문득 화가 치솟았다. 애초부터 탐하지 않았던 자리다. 이 자리에 오르지 않았다면 없었을 일이다. 이게 다 누구 때문에 벌어진 일인데 또 그 사람에게 조언을 받고 힘을 얻는 꼴이라니 스스로가 우습기 짝이 없었다. 방원이 신경질을 와락 내며 자리에서 일어났다.

"궐은 부원군께 맡기지요. 그럼 중궁께서 좋지 않으시겠소이까? 시아버지랑 남편이 죽어도 친정이랑 자식만 있으면 되는 사람이니까."

"전하!"

"정말 징글징글해요. 결국 이게 다 누구 때문에 벌어진 일입니까? 누구 한 사람의 욕심 때문에 왜 우리 가족이 이렇게 갈기갈기 다 찢어져야 한단 말입니까? 혼인하지 말았어야 했어요. 그랬으면 함주에서 조용히 평화롭게 늙어갈 수 있었을 텐데."

"스스로에게 그리 자신 없으십니까?"

자경이 방원을 노려보며 자리에서 일어났다.

"제가 아니었어도 함주에서 조용히 늙어갈 수는 없었다는 걸, 그 정도 그릇은 아니었다는 걸 아직도 모르십니까? 그리 자신이 없으세요?"

"함주에서 조용히 늙어가진 않았어도 이런 일은."

"이미 벌어진 일이에요. 누가 원인인지, 어디서부터 잘못된 것인지 이제 와 따져본들 무슨 소용이 있습니까. 과거로 돌아갈 수도 없는데 뭐 어쩌란 거예요? 자리를 맡았으면 그 자리에 걸맞게 행동하세요. 아랫것들 보기 부끄럽습니다."

야멸차게 말하며 자경이 돌아섰다.

"후발대는 처남들로 보내지요. 그리고 내가 나갈 때 중전이나 아이들은 배웅 나올 필요 없어요. 꼴도 보기 싫으니까."

대꾸 없이 자경이 밖으로 나갔다. 방원이 이마를 짚으며 자리에 주저앉았다. 벌써 싸우고 돌아온 사람마냥 온몸이 욱신거리며 아팠다.

* * *

신극례와 민무질이 군사를 이끌고 함주로 향했고, 이천우의 기마 유격대가 우선 선발대로 조사의의 군대를 향해 뛰어들었다. 대패한 이천우는 천신만고 끝에 포위망을 뚫고 도망쳐왔다.

"민 장군이 상황이 매우 급박하다고 전해 왔습니다."

"경박하지 않은 사람이 그리 말할 정도면 위급한 게 맞사옵니다."

"아무래도 이대로 있을 일이 아닌 성싶습니다."

무구가 출병하기 전 미리 말을 맞춰놨던 하륜과 이숙번이 들썩이며 여론을 이끌었다. 그러자 머뭇거리며 망설이던 신료들도 하나둘, 동조하기 시작했다.

"허면 내게 어쩌란 말이냐?"

"일이 이리되었으니 일단 전하께서 출병하는 모양새라도 보이셔야 저들이 두려워하지 않겠나이까?"

"이 일은 모두 간악한 조사의가 감히 태상왕 전하의 명성을 팔아 가벼이 몸을 움직인 겝니다. 허니 조사의를 붙잡아 극형에 처해야 합니다."

"과인이 아바마마께 불효를 행하는 것처럼 보일까 매우 두렵다."

334

"그렇지 않습니다. 태상왕 전하께서 오히려 사실을 아시면 크게 염려하실 겁니다. 반란군이 태상왕 전하의 눈과 귀를 막기 전에 전하께서 먼저 움직이셔야 합니다."

"출병하셔야 합니다."

"전하, 마음을 정하시옵소서."

그리하여 신료들에게 등을 떠밀린 방원이 어쩔 수 없이 출병을 결심했다. 도성은 민제에게 맡겨두고 나아간 방원은 금교에 이르러 멈추었다. 그리고 조영무와 신극례로 하여금 철령으로 움직이도록 명했다.

방원은 금교에 머무르면서 조영무를 비롯한 성계의 옛 신하들로 하여금 성계 측과 은밀히 접촉하도록 하는 한편 무학대사와 끊임없이 연락을 취했다. 대규모의 군사들은 무질과 무구 등을 비롯한 믿을만한 신료들에게 맡겨 반란군을 상대케 하고 본인은 앞으로 나서지 않았다. 허나 반란군에게는 금방이라도 방원이 나타날 것처럼 소문을 냈다.

드디어 십일월 스물엿새날, 성계의 거가가 원중포에서 돌아왔다. 가는 길을 멈추고 말머리를 돌린 것이다. 성계가 행차를 멈추자 자연스레 반란군은 흩어졌다. 방원은 내관과 설오대사, 그리고 이서를 연이어 성계에게 보내 안부를 묻고 마음을 달래려 애를 썼다.

정성이 갸륵했던 덕분인지 뒤늦게 성계는 자신이 아들을 상대로 싸우려 했다는 것을 부끄럽게 여기기 시작했다. 철없는 자식은 감히 방자하게 부모에게 그럴 수 있어도 부모는 그래선 안 되는 사람들이었다. 미웠지만 방원은 자식이었고, 자신의 명성을 위해서라도 조선은 지켜져야만 하는 나라였다. 그리고 그 나라를 지키기 위해선 방원이 정치를 잘하길 바라는 것이 최선이었다. 지금 성계가 거병하여 방원을 이겨본들, 그것은 분풀이일 뿐 길게 봐서 조선에도 성계에게 도 좋을 게 없었다. 일순 치솟았던 화가 가라앉고 이성이 돌아오자 성계는 스스로 반성했다.

성계의 화가 누그러졌다는 것을 확인하자마자 방원은 재빨리 움 직여 순식간에 반란군을 제압했다. 스물아흐레날, 조사의의 측근들 은 모두 붙잡혀 개경으로 압송되었다. 방원은 태상왕의 의대를 전한 뒤 금교에서 바쁘게 그를 맞을 준비를 했다. 준비를 하는 와중에도 이동하는 태상왕의 안부를 살뜰히 살피기를 그치지 않았다. 무학대 사와 설오대사가 옆에서 열심히 태상왕의 심기가 어지러워지지 않 게 애를 썼다.

십이월 여드레날, 방원은 금교에서 성계를 맞이했다. 구름차일을 치고 사방을 휘장으로 둘러막은 뒤 그 가운데 높게 자리를 만든 장 전의 모양새가 어찌나 화려한지 꼭 잔칫날 같았다. 날씨 역시 꼭 봄 처럼 따뜻했다. 누가 봐도 그건 묘를 참배하고 돌아오는 아비를 지 극히 맞이하는 아들의 모습이었다. 신료들 역시 그리 대했다.

"추운 겨울날 조상님들께 인사를 드리시느라 고생하신 아바마마 를 마중 나왔사옵니다. 자식 된 도리라면 따라가는 것이 당연한 일 이오나 그러지 못한 것이 마음에 걸려서 이렇게나마 성의를 표하노 니 부디 노여워 마시고 받아주시옵소서."

"주상의 마음을 조상님들이 어찌 모르시겠소이까? 국사가 바쁘신 데도 이리 나와 마음을 표하는 것만으로도 장하다 하실 거외다."

방원은 성계에게 따뜻하게 데운 술을 올렸다. 성계는 기쁘게 그것 을 받아 달게 마셨다.

"여독이 심할 터인데 이곳에서 하루 머물며 쉬었다가 돌아가시겠습니까?"

"아니오. 그럴 거 무에 있소이까. 여독은 집에 가서 푸는 게 제일이지요. 이 잔을 비우면 곧장 출발합시다. 주상이 도성을 오래 비워 둘 수는 없음이에요."

"망극하옵니다, 아바마마."

주위에 늘어선 신료들이 비로소 마음을 쓸어내렸다. 성계가 술잔을 비우는 사이, 방원의 눈짓을 받은 신료들이 먼저 나와서 주변을 정리했다.

"아니, 자네가 여기 어쩐 일인가? 궐에 무슨 변고라도 생긴 게야?"

멀리서 급히 달려오는 상인을 제일 먼저 발견한 무구가 놀란 얼굴을 했다. 상인은 궐에 남아 내전을 지키기로 되어 있었기 때문이다.

"전하께서는 안에 계십니까?"

"안에 계시지. 이제 곧 출발할 걸세. 근데 무슨 일인가?"

"따로 뵙고 드릴 말씀이 있사옵니다."

"무슨 일이야?"

"전하께 드려야 하는 말씀입니다. 부탁드립니다."

상인의 입매가 굳게 다물렸다. 행동거지는 물론이거니와 입도 가볍지 않은 자였다. 그래서 출생을 알 수 없음에도 불구하고 방원이 가장 가까이서 두고 쓰는 자였고, 무구나 무질 역시 상인이라면 뭐든 믿을 수 있다고 여겼다. 단호한 대답에 무구는 두 번 묻지 아니하고 조용히 몸을 움직여 차일 안으로 들어갔다. 잠시 후 방원이 차일 밖으로 나왔다. 상일이 얼른 가까이 다가간 뒤 고개 숙여 인사했다.

"무슨 일이더냐?"

"주위에 사람을 물려주십시오."

방원이 눈짓하여 멀리 사람을 모두 물렸다. 상인이 좀 더 가까이 다가갔다.

"중전마마께서 위독하십니다."

방원이 순간 너무 놀라 숨 쉬는 것조차 잊은 채 멍하니 상인을 쳐다보았다.

"그게 무슨 말이냐? 왜 위독하단 게야?"

한참이 지난 뒤에야 정신을 차린 방원이 숨을 토해내며 동시에 상인을 재촉했다.

"전하께서 출병하신 뒤 내도록 종종거리시며 안팎을 살피시다 결국 쓰러지셨습니다. 부원군께서 곁을 떠나지 않으시며 돌보시고 계시나 아직 자리를 떨치고 일어나진 못하셨나이다. 부원군께서는 전하께 절대로 알리지 말라고 하셨지만, 아무래도 곧 환궁하실 듯한데 중전마마께서 나오지 못하실 거 같아서, 중전마마께서 나오지 못한 것을 보면 전하께서 혹여나 오해하실까 봐 그것이 두려워 제가 감히 명을 어기고 이리 달려온 것입니다."

위태로운 둘의 관계를 누구보다 잘 아는 상인이니 당연한 걱정이었다. 민제야 어쩔 수 없이 정치를 두 사람보다 앞에 두겠지만 상인은 아니었다. 부원군이나 중전이나 왕이라는 직책보다 민자경이라는 사람이 우선이었다. 자경이 방원의 오해를 받고 눈물짓는 모습을 보기 싫었다. 제가 욕을 먹고 항명했다는 누명을 쓰더라도 막을 수 있다면 막고 싶었다. 그래서 민제 몰래 빠져나와 이리 달려온 거였다.

"어디가 아픈 게야? 어디가 아파서 위독하단 게야?"

"하혈 하셨습니다."

"뭐?"

"복중에 애기씨가."

순간 비틀하는 방원을 상인이 급히 부축하며 말을 이었다.

"아직 잘못된 것은 아닙니다. 어의 말로는 위험하긴 하지만 아직은 괜찮다고, 잘 조리하시면 된다고 하셨습니다. 다만 그동안 입덧이 심하신 탓에 거의 드신 게 없어서 기가 많이 떨어져 있는 바람에 쉬이 떨치고 일어나지 못하시는 거라고 하옵니다."

"중전은 복중에 아이가 있는 줄도 모르고 그리 움직였다더냐?"

"벌써 네댓 달은 되었다고 합니다. 이미 중전마마께서는 알고 계셨다고 하더이다. 다만 마마의 어심을 어지럽히지 않으려고 말씀을 안 하셨다고 효빈이 전해주었습니다."

상인에게서 몸을 반쯤 돌린 채 방원이 한참을 씨근덕거리며 숨을 골랐다. 호흡이 진정된 뒤에야 방원이 상인을 보았다.

"기다려라. 기다렸다가 네가 날 호위해라. 궐로 간다."

"태상왕 전하와 같이 움직이지 않으시고요?"

"태상왕 전하께 말씀드리고 곧장 빠져나올 것이니 좋은 말 한 필을 구해서 대기하고 있어라. 나랑 너만 조용히 움직이는 거다."

"예."

상인에게 당부한 뒤 방원이 급히 차일 안으로 들어갔다. 멀리서 초조하게 지켜보고 있는 무구를 향해 상인이 달려갔다.

* * *

뒷일은 무구와 무질, 조영무 등에게 맡겨둔 뒤 방원이 급히 말을 달려 궐로 돌아왔다. 호위는 상인뿐이었다. 단출하게 돌아온 방원을 보고 궐의 사람들은 모두 놀랐으나, 방원은 곧 성계가 돌아올 것이니 맞을 준비를 하라는 명으로 뒤따르는 말을 막았다. 그리고 곧장 내전으로 향했다.

"전하, 연통도 없이 어찌 된 일입니까?"

자경의 머리맡에 앉아 있던 민제는 갑자기 나타난 방원을 보고 혼비백산했다. 방원이 원망스럽게 민제를 쳐다보았다.

"어찌 제게 알리시지 않으신 겝니까?"

민제는 빠르게 상황을 파악했다. 누가 알린 거냐 물으려다 이내 입을 다물고는 고개를 숙였다. 알릴만한 사람은 한 사람밖에 없으니 물으나 마나였다.

"송구하옵니다."

"말씀하셨어야지요. 어찌해서."

"중궁께서 알리지 마라고 당부하셨습니다. 어심을 어지럽히고 싶지 않다고, 정신이 혼미한 와중에도 몇 번이나 당부하시어 명을 어길 수 없었나이다. 송구하옵니다, 전하."

울컥하여 눈물이 나오려는 것을 방원이 입을 꾹 다문 채 참았다.

"다행히 방금 어의가 다녀갔는데 맥이 많이 안정되어 회복하고 있다고 합니다. 복중 태아도 다시 올라붙을 거 같다고 했습니다."

"어의가요?"

"예. 위험한 고비는 넘겼답니다."

백짓장처럼 새하얀 얼굴로 누워 있는 자경을 방원이 물끄러미 바라보다 민제가 앉았던 자리에 자리 잡았다.

"부원군께서는 나가셔서 아바마마를 맞을 준비를 해 주세요."

"전하는."

"아바마마께 이미 말씀드리고 왔습니다. 이 사람이 깰 때까지는 제가 여기 있겠습니다."

"전하."

"부탁드립니다. 부족함 없이 준비해 주세요."

굽은 등이 한없이 외로워보였다. 방원이 선달이던 시절이었다면, 기운 내라고 어깨라도 한 번 두드려주었을 텐데 이제 그럴 수도 없었다. 한참을 안타까운 시선으로 방원과 자경을 번갈아 보던 민제가 허리를 깊이 숙여 인사한 뒤 조용히 밖으로 나갔다.

민제가 나간 뒤 방원이 조심히 손을 뻗어 자경의 이마를 짚었다. 열은 없었다. 고개를 숙여 자경의 코끝에 제 이마를 댔다. 나오는 숨이 골랐다. 그제야 안도하며 방원이 몸을 바로 했다. 두근대면서 터질 것처럼 뛰던 심장이 조금 가라앉았다. 상인이 위독하다고 하는 순간부터 방원은 제정신이 아니었다. 이제야 비로소 내쉬는 숨에 흩어졌던 정신이 돌아왔다.

방원이 자주 찾자 늘 그랬듯이 자경은 곧 아이를 가진 거다. 왜 몰랐을까. 둘 사이의 관계에서 아이가 빠졌던 적이 없었다. 자경이 아무리 나이가 많아졌다 한들 지금쯤 아이를 가졌을 수 있다는 것을 눈치챘어야 했다. 자경의 이마를 쓸어내리며 방원이 자책했다.

자경과 사이에서 얻는 자식의 존재는 언제나 처음처럼 방원을 기쁘게 했다. 자식이 이미 많았지만 또 그만큼 많이 잃었기에 자경과 방원에게 새끼란 언제나 뭐라 할 수 없을 정도로 애틋한 존재들이었다. 다른 후궁들은 아이를 가졌다고 전하는 순간 발을 끊었다. 애쓰지 않아도 그리되었다. 허나 자경이 아이를 가졌을 때는 그런 식으로 멀리한 적이 없었다. 마음이 상해서 잠시 떨어져 있더라도 뱃속의 아이가 잘 크고 있는지는 늘 확인하곤 했다. 사이가 좋을 때는 복중의 아이가 커나가는 이야기를 듣는 것만으로도 가슴이 터질 것처럼 행복했다.

본래 계집에게 마음이 가는 만큼 자식에게도 애정이 생기는 게 사내였다. 노력할 생각도 안했지만 노력했다 해도 자경에게서 얻은 자식 외의 다른 이에게서 본 자식에겐 별 관심이 생기지 않았을 것이다. 자연스러운 방원의 마음이 그랬다.

그런데 그런 귀한 자식을 생긴 줄도 모른 채 잃을 뻔했다. 생각만 해도 아찔해서 등골이 서늘했다. 떠나기 전 자경에게 퍼부었던 폭언들을 떠올리자 뱃속의 아이에게 참으로 면목이 없었다. 세상에서 제일 좋은 아버지가 되고 싶었는데, 세상에서 제일 한심한 아비가 될 뻔했다.

"으음."

누워 있던 자경이 신음소리를 내며 몸을 뒤척였다. 방원이 화들짝 놀라 자경의 손을 붙잡았다.

"괜찮소? 어의를 부를까요?"

익숙한 음성에 자경이 눈을 떴다. 천천히 흐린 시야를 선명히 하기 위해 눈을 깜빡이던 자경이 방원을 확인하고는 놀란 얼굴을 했다.

"전하, 어찌 여기에."

"어찌 나를 이리 나쁜 사람을 만드는 게요? 아비가 자식이 생긴 줄도 모르고 잃을 뻔했잖소?"

원망하는 듯한 말이었지만, 표정은 자경의 탓을 하기 보단 자책하고 있었다. 가만히 보던 자경이 손을 뻗어 방원의 손을 맞잡았다.

"이제 괜찮아졌습니다. 전하가 돌아오실 때까지 쾌차하여 아무 일도 없었던 것처럼 맞이하고 싶었는데, 이리 들키고 말았습니다."

"바보 같은 소리! 아이를 건강히 낳을 때까지 누워서만 있어요. 일어나 움직이지 말고요. 알겠습니까? 이제 중전도 그리 어리지 않아요."

"원래도 전하보다는 나이가 많았습니다."

조금 화색이 돌아오는 듯 자경이 새치름하게 대꾸했다. 방원이 어이없다는 듯 웃었다.

"일은 잘 마무리 하셨습니까?"

"중전이 말한 대로 했더니 모두 잘 되었소이다."

"아바마마의 화는 풀리셨습니까?"

"네. 궐로 돌아오신다고 하더이다."

부러 곧 올 거라는 말은 하지 않았다. 자경이 안다면 어떻게든 마중 나가려 할 것이기 때문이다. 나중에 알릴 참이었다.

자경 역시 이것저것 궁금한 게 많았지만 자세히 묻지 않았다. 한결 편안해진 얼굴만 봐도 모든 일이 순조롭게 잘 해결되었음을 짐작할 수 있었기 때문이다. 아마 그러니 뒤를 맡기고 이리 달려올 수 있었을 거다. 며칠 되지 않았는데도 한참 만에 보는 것 같은 방원의 얼굴을 물끄러미 보던 자경이 갑자기 방원의 손을 끌어 제 이마 위로 올렸다. 그러더니 그 손으로 이마를 쓰다듬도록 했다.

"제가 이리 누워 있는 동안, 아버님이 제 머리맡에 앉아서 그리 머리를 쓰다듬어 주셨습니다. 정신이 잠깐 돌아오면 물수건으로 입가를 적셔 주시고, 다시 잠들 때까지 머리를 쓰다듬어 주시더이다."

"부원군께서 궐을 지키신 게 아니라 중전을 지키셨구려. 잘 지켜 주셔서 감사하다고 선물이라도 보내드려야겠어요."

이제 비로소 완전히 마음이 놓인 건지 방원이 농을 건넸다. 자경이 싱긋 웃으며 말을 이었다.

"눈을 떴을 때마다 아버님이 없던 순간이 없었어요. 한잠도 안 주무셨는지, 한 끼도 안 드셨는지, 늘 아버님은 그 모습 그대로 그 자리에 앉아서 저를 돌보시더이다. 생각해 보니 어렸을 때도 그랬어요. 자식이 너무 많아서 어머님이 다른 자식들을 돌보느라 어쩔 수 없이 아픈 저를 떠날 때가 있었지만, 아버님은 늘 한 번도 떠나지 아니하시고 제가 나을 때까지 저를 봐주셨지요. 그게 당연한 줄 알고 자랐어요. 특별하다는 생각 같은 거 못했습니다. 너무나 당연히 아주 어릴 때부터 누리던 거라서요."

잠시 말을 멈춘 자경이 물끄러미 방원을 보았다. 가만히 보고만 있는데 어느새 자경의 두 눈에 눈물이 그득 고였다.

"헌데 전하를 보내놓고 아버님의 쓰다듬을 받으면서 누워 있으니, 이게 호사라는 것을 알겠더이다. 내가 호사를 누리면서 살았구나. 호사를 누리면서 호사를 누리는 줄도 몰랐구나."

자경의 눈에서 눈물이 흘렀다. 방원 역시 울컥하여 잠시 고개를 들어 천장을 보았다.

"전하께서 바라신 것도 이런 것일 텐데, 고작 이런 것에 불과한데 이게 얼마나 귀하고 애틋한 건지 몰라서 저는 무심했습니다. 미안합니다. 전하의 마음을 너무 헤아리지 못했어요. 지아비를 등 떠밀어 시아버지와 싸우게 내보내놓고 저는 정작 누워서 친정아버지의 지극한 병간호를 받아보니 알겠더이다. 전하에게 못할 짓 했어요. 잘못했습니다."

너무나 당연해서 방원이 자경의 꿈을 이해해주지 못했던 것처럼, 자경 역시 제가 누리던 게 너무나 당연해서 방원의 간절함을 이해하지 못했다. 방원이 저를 이해하지 못한다고 서운해 했는데, 돌이켜 보면 저 역시도 방원의 소원을 무시했다. 방원도 자경도 이미 자기가 가지고 있는 것은 소홀히 하고 갖지 못한 것만을 귀하게 여겼다. 그러면서 정작 상대가 자신을 이해해주지 못한다고 무작정 화만 냈다. 어리석었다.

잃을 지도 모르는 아이를 지키기 위해 배를 부여잡고 누워 민제의 간호를 받으면서 자경은 비로소 방원의 마음을 이해할 수 있었다. 그가 왜 그토록 아비의 정을 그리워했는지, 왜 그리 자식들에게 성실하며 좋은 아비가 되려 애를 썼는지 이해가 갔다. 너무나 무참히 그 모든 꿈을 짓밟아 버린 자신이 참으로 잔인했구나, 뒤늦은 후회가 들었다.

"고맙소, 이해해주어서. 그럼 됐어요. 중전이 알아주었으면 됐어요. 됐습니다."

방원이 자경의 손을 꼭 붙잡은 채 이마를 맞댔다. 두 사람이 잠깐 함께 호흡하며 숨을 골랐다. 방원이 자경의 젖은 얼굴을 닦아 주었다. 그때, 자경이 갑자기 인상을 찌푸리며 배를 감쌌다.

"왜 그러오? 안 좋아진 거요? 어의를 부를까요?"

"아니에요. 아닙니다, 그게 아니에요."

"그럼 왜 그럽니까? 뭐가 문제예요?"

자경이 방원의 손을 끌어 제 배로 가져갔다. 잔뜩 긴장한 방원의 손 아래 꿈틀, 움직임이 느껴졌다.

"움직여요. 움직였어요. 첫 태동입니다."

살아있다고, 괜찮다고 아이가 부모에게 화답한 것이다. 방원의 눈에서 다시 눈물이 흘렀다. 이번엔 자경이 손을 뻗어 눈물을 훔쳐 내

주었다.

"아이가 아비에게 건네는 첫 인사입니다. 잘 다녀왔다고 해주시어요."

울먹이며 방원이 자경의 아랫배를 쓰다듬었다. 다시 툭, 아이가 방원의 손을 건드렸다. 너무나 귀한 그들의 열두 번째 아이였다.

20장

왕가
王家

본래 행아가 궐로 들어온 까닭은 자경을 위로해주기 위함이었다. 상인과 송 씨가 그리 권하기도 했지만 행아가 보기에도 당시 방원은 기갈난 사람처럼 계집을 끊임없이 궐로 들이고 있어서 자경이 참으로 외롭겠구나 싶었다.

자경은 궐 안에서 홀로 고군분투 하는데 저 혼자 편히 사가에 머무는 것은 왠지 죄스럽단 생각에 결심한 일이었다. 만약 상황이 그보다 나았다면 행아는 결코 궐로 오지 않았을 것이다. 사가에 있는 동안 홀로 있는 행아가 신경쓰여 상인은 자주 드나들었고, 행아의 아들은 마치 상인을 아비처럼 따르며 자랐다. 가족이랄 순 없었지만, 상인이 여전히 저를 여인으로 보지는 않았지만, 그래도 아들과 상인이 함께 있는 모습을 보는 것만으로도 참으로 편안하고 따뜻했더랬다. 그래서 그 모든 것을 포기하는 것이 결코 쉽지만은 않았다.

허나 막상 행아가 궐로 들어온 뒤에 벌어진 여러 사건들로 인해 자경은 외로울 사이가 없었고 당연히 행아의 위로 같은 건 필요치 않았다. 잠시나마 서먹했던 방원과 자경의 사이는 조사의의 난에 뒤이은 자경의 회임으로 완전히 회복해서 이전과 다를 바가 없어졌던 것이다.

오히려 행아는 자경을 위로하는 대신 지금까지 해보지 못했던 내전의 여러 일들을 치르느라 정신없이 지내야 했다. 방원이 자경과 아이가 혹여나 잘못될까 봐 전전긍긍하며 꼼짝도 못하게 해서 자경이 해야 하는 일들은 모두 행아의 몫이 되고 말았던 것이다. 자경의 수많은 아이들을 챙기는 것도 모자라 자경이 해야 하는 공식적일 일 중 일부 역시 행아에게 주어졌다. 자경이 다른 후궁들에게 넘기면 그 후궁의 힘을 키워주는 일이 될까 봐 경계해서 내켜지 않는 일들이 모두 행아의 앞으로 떨어진 까닭이었다.

그나마 원자인 이제의 성균관 입학식만큼은 자경이 꼭 제 손으로 챙기고 싶어하는 바람에 행아는 그제야 한숨 돌리며 뒤로 물러날 수 있었다. 마침 자경의 산달이 가까워오면서 의원 역시 이제 별일 없을 거라고 하여 행아뿐 아니라 방원까지도 비로소 마음을 놓고 안도하여 자경이 원하는 대로 하도록 내버려두었다. 헌데 그게 화근이었다.

계미년 사월 여드레날, 원자인 이제가 성균관 입학식을 치를 때까지만 해도 자경은 아주 좋았다. 그날 따라 양 볼이 복숭아 빛을 띤 자경은 유달리 화사하게 아름다워서 도무지 산달이 코앞인 임산부라고 믿어지지 않을 정도였다. 자경은 아주 환하게 웃으며 원자의 입학식을 축하했고, 방원 역시 자경의 옆에서 뿌듯하게 그 모습을 지켜보았다. 신료들도 군왕으로 성장하기 위한 절차를 제대로 밟아가는 어린 원자를 기특해하며 응원했다. 거기다 부풀어 오른 자경의 배를 보며 왕실의 다복함을 축복했다. 행사를 잘 마무리하고 돌아올 때만 해도 별일 없을 줄 알았다. 자경이 조금 피곤해하기는 했지만, 막달의 산부이니 당연하다고 여겼다.

그날 밤, 예정일까지는 아직 한 달여가 남았음에도 진통을 느낀 자경이 급히 어의를 찾았다. 중간에 잃을 고비를 넘기고 겨우 건진 아이라 가뜩이나 회임한 내내 예민해하던 방원은 자경이 진통을 시작했다는 소식을 듣자마자 새벽임에도 곧장 중궁전으로 달려왔다. 이르게 시작된 진통은 난산으로 이어졌다. 꼬박 하루 동안 자경을 고생시키고 겨우 태어난 아이는 아들이었다. 허나 조산인 데다 난산이었던 만큼 태어난 아이는 건강하지 못했다.

유독 자식을, 그것도 아들을 많이 잃었던 경험 탓에 방원은 태어난 아이가 오래 살지 못할 것임을 직감했다. 어의는 삼칠일만 지나면 괜찮을 거라고 했지만 방원은 아이가 삼칠일을 넘기지 못하리라 여겼다. 그리고 방원의 예상대로 아이는 태어난 지 열흘 만에 세상을 떠났다.

자식을 잃는 일은 아무리 겪고 겪어도 결코 무심해질 수 없는 고통이었다. 허나 방원은 언제나 혼연하게 굴었다. 그것이 자경을 위로하는 가장 큰 방법임을 알고 있었기 때문이다. 방원은 늘 자경만을 챙겼다. 태어난 자식은 나중 문제였다. 방원이 그리 굴면 자경은 금세 자리를 털고 일어나곤 했다. 허나 이번은 아니었다. 자경은 쉬이 털고 일어나지 못했다. 비단 아이를 잃었기 때문만은 아니었다. 여러 일들이 겹친 데다 몸이 약해진 자경은 마음마저 약해지고 말았다. 몸과 마음이 지칠 대로 지친 자경은 아주 깊은 우울감에 빠져들었다.

"마마, 주상 전하 납셨사옵니다."

"모셔라."

유독 근래 행아의 처소에 자주 드나드는 것을 보고 속 모르는 이들은 드디어 기력 빠진 자경의 눈치를 방원이 보지 않게 되었다고 수군거렸다. 정말 속 모르는 이들의 말이었다.

"오셨사옵니까."

행아는 방원이 다시는 저를 안지 않으리라 확신했다. 열 계집 마다하는 사내는 없다지만 행아는 처음부터 방원이 원한 계집이 아니었다. 단 한 번의 실수로 인해 생긴 아들조차도 방원은 달가워하지 않았다. 자경에게서 본 자식이 아니면 본래도 썩 기꺼워하지 않았으나 행아의 아들은 유독 더 좋아하지 않았다. 애초에 행아 역시 방원에겐 정이 없었기에 딱히 상처받지는 않았다. 허나 사가에 있으면서 아들이 상인과 함께 지내는 걸 좋아하는 모습을 보자 마음이 쓰리긴 했더랬다.

"오늘은 어떠시더냐?"

"여전하십니다."

"수라상을 그대로 물리셨다던데."

"그래도 어제보다는 조금 더 드셨습니다. 의원이 올린 약도 드셨고요."

"매일 보는데 매일 더 마르는 거 같아."

"목구멍으로 무얼 아무리 넘겨본들, 마음이 편치 않으니 잡숫는 것이 살이 될 리 없지 않겠습니까."

자경이 아니었다면 돌아오지 않았을 궐이었다. 방원 역시 자경이 아니었다면 행아와 그 아들을 두고 보지 않았을 것이다. 자경을 위로하기 위해 들어온 궐에서 방원을 위로하는 모양새가 된 것이 좀 우습기는 했으나 결과적으로는 자경을 위한 일이었으니 들어와서 하기로 한 제 역할을 제대로 하고 있는 거긴 했다.

"벌써 몇 달째냐. 의원은 시간이 지나야만 한다고 하더니 이젠 피접을 내보내는 게 어떻냐고 하더라. 친정으로 잠시 보내라고 하던데."

"부원군 댁에서 마마는 편치 못 하실 겝니다."

"어이해서?"

"친정은 친정일 뿐이니까요. 혼인하여 가정을 이룬 여기가 마마의 집이지 친정이 마마의 집은 아니지 않습니까."

방원과 자경의 관계 때문에 민제와 그 가족들의 걱정이 얼마나 큰지 행아는 알고 있었다. 그런 상황에서 숟가락 잡을 기력조차 없는 자경이 피접을 갔을 때 그 집이 조용할 리 없었다. 조용하지 않은 곳에서 자경이 편히 쉴 수 있을 리 만무했다.

"허면 저대로 두고만 보라는 게냐? 언제 기운을 차릴지 알고! 저러다 영 맥을 못 추면 어쩌란 말이냐?"

방원이 초조해 어쩔 줄 몰라했다. 혹여나 조금이라도 잘못될까 봐 이리 마음 쓰는 사람이 불과 얼마 전까지만 해도 제 감정을 앞세워 고집을 부리며 자경을 외면했다는 것이 기막혔다. 허나 이제 와 그런 말들을 해봤자 소용없었다. 또 지금은 이래 본들 언제든 심사가 뒤틀리면 오늘은 까맣게 잊고 다시 또 싸울 두 사람이라는 것을 알고 있었다.

"정녕 방도가 없단 말이냐?"

자경은 스스로 일어나야 했다. 단 한 번도 타인의 의지가 자경을 움직인 적이 없었다. 자경은 언제나 자경의 의지와 판단만으로 움직였다. 자경이 스스로 결심하지 않는다면 아무리 방원이 초조해 본들 소용없는 일이었다.

"만약."

하지만 그때까지 기다리면서 마냥 내버려 둘 수만은 없었다. 방원이 범인이 아닌 것처럼 자경 역시 사가의 여인이 아니었다. 단순히 왕이고 국모라는 자리의 문제만은 아니었다. 방원이 아무리 자경만을 애달파 해 본들, 사가에서 단둘만 있을 때와 같을 수 없었다. 자경의 자리를 원하는 수많은 여인들이 궐에 있었다. 그래서 방원의 마음과는 다른 이유로 행아 역시 자경이 얼른 기운을 차리길 바랐다.

"정신없이 바쁘게 만드신다면 좀 낫지 않을까 싶습니다."

"정신없이 바쁘게?"

"자식들의 일로 그리 만드신다면 말입니다. 공주님들께서 혼인할 때가 되지 않으셨습니까. 딸 자식이 혼인할 때가 되면 제일 바쁜 것이 어미니까요. 공주님들이 혼인을 한다고 하면 중전마마께서는 움직일 수밖에 없으실 겝니다. 자연스레 몸을 움직이다 보면 지금보단 기력을 얻게 되시지 않을까 생각하옵니다만."

그럴 듯했다. 특히 방원이 왕이 된 뒤 처음 치르는 혼례이니만큼 자경은 여러모로 신경 쓸 일이 많을 수밖에 없을 거다. 첫째 딸은 방과가 왕이던 해에 혼인했다. 그때 비록 방원이 권력을 쥐고 있긴 했으나 아직 세자도 되지 않았을 때라 사가의 법도대로 혼례를 치루었다. 허니 이번이야말로 방원이 왕이고 자경이 중전이 되어 제대로 치르는 왕실의 첫 혼례인 셈이다. 그런 중요한 예식을 행아에게 맡길 리 없는 성품이니 어떻게든 몸을 움직여 일을 하려 들 거고, 그러다 보면 자연히 우울감을 떨칠 수 있을지도 몰랐다.

"허면 둘째 경정공주의 혼인을 추진토록 하지."

"한 해에 둘을 보내는 것이 궁궐의 예법에 어긋나지만 않는다면 셋째 경안공주님의 혼인도 함께 진행함이 어떨까 합니다. 허면 마마께서 더 정신없이 지낼 수 있지 않으시겠습니까."

"경안공주도?"

"예. 그리되면 올 한 해를 바쁘게 보내시게 될 터이니 자연히 내년 쯤은 기운을 차리시지 않으시겠습니까."

한 해에 둘을 치운다고 해서 크게 문제될 건 없었다. 먹고 살기 힘든 집이나 혼인하는 시기를 따지지 귀족 가문조차도 자기들 내키는 대로 하는데 심지어 왕실이었다. 게다가 며느리를 받는 것도 아니고 딸을 치우는 일인데 크게 시비거리가 되진 않을 거다. 잠깐 생각하던 방원이 이내 흔쾌히 고개를 끄덕였다.

"좋은 생각이구나. 그러자. 어차피 시집 보낼 때가 되기도 했지."

방에 들어올 때보다 썩 기꺼운 얼굴을 한 방원을 물끄러미 보던 행아가 머뭇거리다 입을 열었다.

"그리고 전하, 아뢰옵기 송구하오나."

"왜?"

"중전마마를 더 자주 찾아 주시어요. 자식 일로 바빠도 기력을 찾는 데는 도움이 되겠지만, 지금 중전마마에겐 전하의 애정이 가장 큰 힘이 될 것이옵니다. 마른 나무가 다시 푸른 싹을 돋우려면 수없이 물을 주고 또 주어야 합니다. 한 번 물을 주었다고 해서 곧장 살아나지 아니합니다. 허니 한두 번 들르시고 실망하지 마시고 지금처럼 꾸준히 자주 들러 주시어요. 그럼 아마 곧 마마께서는 기력을 회복하실 것이옵니다. 전하만이 그리 하실 수 있나이다."

방원이 새삼스러운 눈으로 행아를 보았다. 궐에 들어온 지 제법 시간이 지난 데다 자경 대신 여러 일들을 하느라 인이 박힌 모양인지 이제 제법 왕실의 여인다운 자태가 보였다. 자경만큼은 아니지만 귀족 가문 출신의 후궁들과는 비교해도 뒤지지 않을 모습이었다. 그러고 보니 이비 역시 모친의 출신에 비해서는 성품이 음전했다. 자경이 끼고돌며 이뻐해서 그리 된 줄 알았는데, 어쩌면 원래 그런 성정이라 자경이 예뻐한 걸지도 모르겠다 싶었다.

"그리 생각하느냐?"

"예. 중전마마께는 자식보다도 전하이시옵니다."

자경에게서 듣고 싶었던 말을 행아의 입을 통해 듣는다는 것이 조금은 씁쓸했다. 허나 아무 말도 듣지 못하던 때보다는 기운이 났다.

"알았다. 내 잊지 않으마."

"망극하옵니다."

자리에서 일어난 방원이 밖으로 나가려다 말고 몸을 비스듬히 돌려 행아를 보았다.

"오늘도 비가 왕자들을 돌보았느냐?"

"어찌 감히 비가 왕자님들을 돌본다고 말할 수 있겠나이까. 중전마마께서 은혜를 베푸시어 함께 어울릴 수 있도록 허락해주신 것이지요. 다만 비가 나이가 많으니 방자하게도 형 노릇을 하는데 그마저도 예쁘게 봐주시니 망극할 따름입니다."

이전부터도 자경을 대신해서 왕자와 공주들을 돌보는 건 거의 행아의 일이었다. 거기다 이젠 행아의 아들인 비까지도 자경과 방원의 어린 아들들을 가르치며 돌보고 있었다. 자경이 아파서 어쩔 수 없는 선택을 한 줄 알았는데 그게 아니라 둘을 믿고 맡기는 거구나 싶어서 방원은 비로소 마음이 놓였다.

"앞으로도 잘 부탁하마."

"망극하옵니다, 전하."

행아의 어깨를 두어 번 두드려 위로한 방원이 밖으로 나갔다.

"중궁전으로 갈 것이다."

방 밖에서 들리는 방원의 마지막 말에 그제야 비로소 마음이 놓였다. 진정으로 궐에 들어온 보람이 있었다. 행아가 싱긋 웃었다.

* * *

"엊그제 하나를 치웠는데 또 하나를 치울 준비를 해야 하다니."

달포 전 구월 열엿샛날, 자경과 방원의 둘째 딸 경정공주가 조준의 아들 조대림과 혼인하였다. 왕실의 첫 혼례답게 사치스럽진 않았으나 격조있고 예를 갖추어 엄격히 치렀다. 정신없이 일을 마치고 돌아서자마자 곧장 셋째 딸 경안공주의 혼례가 코앞이었다. 경안공주는 십이월에 권근의 아들 권규와 혼인하기로 약속되어 있었다.

"아들은 혼인을 치르면 며느리가 들어오는데 딸은 빠져나가는 것이라, 든 자리는 몰라도 난 자리는 안다더니 하나 빠졌는데도 이리 서운한데 둘이 빠지면 궐이 텅 빈 거 같지 않을까."

"서운하십니까."

"서운하지, 말이라구. 나 시집 갔을 때 우리 어머니 아버지가 이랬겠구나 싶구나. 게다가 나는 너랑 상인이까지 데리고 나왔으니 친정이 얼마나 썰렁했을까."

"얼마 지나지 않아 도련님들이 모두 혼인하지 않으셨습니까. 며느리들이 들어와서 괜찮으셨을 겁니다."

"허면 나도 얼른 며느리를 봐야 하나."

"이제 곧 보시게 되겠지요. 후사를 이어야 하니 왕실에서는 본래 세자의 혼인을 서두르지 않습니까."

"아직 제는 세자 책봉조차 받지 않았으니 벌써 혼례를 말하기는 이르지."

"곧 받게 되실 텐데요. 절차만 남았지 누구나 다 원자 아기씨께서 세자마마가 되실 거라고 생각하고 있지 않습니까."

친탁을 하여 성계를 쏙 빼닮은 외모에 활달하고 사내다운 성품인 이제를 누구나 다 예뻐했다. 장난치는 것을 좋아하고 책 보는 것보다는 사냥이나 말타기를 즐기는 것이 흠이라면 흠이었지만 아직 어려서 그러려니 여겼다. 무엇보다 영리하여 가르쳐준 것을 금세 익히는지라 기대하면 기대했지 염려하는 이는 없었다.

"아직 부족한 게 많아서 모를 일이지. 전하께 아들이 제 하나밖에 없는 것도 아니지 않느냐."

"저 보기엔 전하께 아드님은 원자 아기씨 하나밖에 없는 거 같습니다. 얼마나 예뻐하십니까."

무엇보다 이제를 향한 방원의 애정이 너무나 컸기 때문에 감히 그 누구도 이제 말고 다른 이를 세자로 생각하지 않았다. 수많은 자식 중 이제는 특히 방원과 자경에게 특별한 아들이었다. 위에 아들 셋을 잃은 뒤 겨우 얻은 아들인 데다가 이제 이후로 연이어 건강한 아들들이 태어났기 때문에 이제는 둘에게 장남인 동시에 복덩이였다.

방원의 애정뿐 아니라 방원과 자경의 돈독한 사이 역시 제의 지위를 공고히 하는 든든한 언덕이었다. 즉위 초 잠시 소원했던 둘의 사이는 언제 그랬냐는 듯 다시 좋아져서 방원은 최근 후궁들조차 멀리하며 자경만을 찾고 있었다. 혹자는 그것을 보고 뒤늦게 방원이 이제의 입지를 걱정하여 그리하는 것이라고 했지만. 그건 모든 관계를 지나치게 정치적으로 해석한 거에 불과했다. 둘의 애정은 이제 과거 잠저에서 지내던 시절만큼 회복되어 있었다. 기운을 찾은 뒤 한결 편안해진 자경의 얼굴을 보면 알 수 있었다.

"마마, 대전의 박 상궁이옵니다."

"들라."

대낮에 대전 상궁이 중궁전에 오는 일은 흔치 않았다. 급히 들어온 박 상궁을 보며 자경이 잠깐 걱정스러운 기색을 비추었다.

"무슨 일이냐?"

"마마, 황제께서 사신 황엄을 맞으실 준비를 하라고 하셨습니다. 중전마마께 보내오신 황제 폐하의 선물이 아주 많아서 사신이 직접 뵙고 전해드려야 한다고 하셨다고 하더이다."

무인년 윤오월에 주원장은 세상을 떠났다. 그 사실이 조선에 알려진 것은 구월 경이었다. 만약 주원장의 죽음이 조금 더 일찍 조선에 알려졌다면 역사는 또 달라졌을지도 모른다. 허나 이미 주원장의 죽음을 조선이 알았을 때는 무인정사가 일어나 방원이 권력을 잡은 뒤였다.

그리고 얼마 뒤 명나라에서 조선과 비슷한 일이 일어났다. 주원장이 죽은 뒤 손자인 주윤문이 황제의 자리에 올랐으나 기묘년 칠월 연왕이 거병하여 정난의 변을 일으킨 것이다. 그리하여 끝내 임오년 유월 연왕은 수도를 점령한 뒤 스스로 황제의 자리에 올랐다.

황제의 자리에 오른 연왕은 올해 사월 조거림을 보내 방원을 조선의 국왕으로 책봉해주었다. 이전에 방원이 사신으로 가서 연왕을 만나고 온 덕분에 조선은 주원장보다 한층 더 편하게 명나라를 상대할 수 있게 되었으니 참으로 다행이었다. 연왕 역시 찬탈한 황제 자리를 방원이 군말 없이 깍듯이 인정해주는 것에 대해 고마워했다. 그리하여 이번에 사신을 통해 연왕은 방원과 자경뿐 아니라 성계와 어린 원자에게까지 선물을 보내온 것이다.

"황제께서 내게 관복만 보내오신 게 아니란 말이더냐?"

"예. 수없이 많은 선물을 보내오셨다고 하더이다. 전하께서는 지금 사신을 맞이하기 위해 백관을 거느리고 서교에 나가 계시옵니다. 중전마마께옵서는 내전에서 사신을 맞을 준비를 하시라 이르셨나이다."

"알겠다. 준비하겠느니라."

자경의 대답을 들은 상궁이 인사하며 나갔다. 행아가 기쁜 얼굴로 자경을 보았다.

"이번 황제께서 전하를 아끼신다더니, 참말인가 봅니다."

"지난 황제는 변덕스러워서 참으로 어려웠는데, 이번 황제는 그런 성품은 아니라고 하니 다행이구나. 게다가 이리 다정히 챙겨주시니 고마운 일이 아니더냐."

좋아하던 자경이 좋은 생각이 떠오른 듯 무릎을 쳤다.

"잔치를 베풀어야겠구나."

"잔치요?"

"큰 선물을 가지고 먼 길을 온 사신들에게 잔치를 베풀어 그 노고를 치하해야 하지 않겠느냐. 너는 어서 수라간에 가서 잔치준비를 하라고 일러라. 전하께는 내가 말씀드리겠다."

"그리하겠습니다."

황제께서 내려주신 관복을 세 식구가 입고 사은한 뒤 문무백관들을 모아놓고 사신들에게 잔치를 베풀면 자경과 이제의 지위가 더 공고해 질 것이다. 황제가 방원뿐 아니라 자경과 원자까지 챙긴다는 것은 대단히 큰 의미였다. 감히 신하들이 헛된 생각을 하지 못할 것이며 후궁들 역시 언감생심 헛꿈을 꾸지 못하게 될 것이다. 기쁘고 뿌듯하고 울렁거리는 가슴을 내리누르며 자경이 급히 자리에서 일어났다. 행아에게 시켜두긴 했지만, 이것저것 빠짐없이 챙기려면 자경 역시 바쁘게 움직여야 했다.

* * *

황제가 자경에게 내려준 비단을 비롯한 각종 노리개와 여러 선물들은 화려하기 그지없었다. 허나 자경은 자신이 선물을 받은 것보다 원자가 태평관에 나가 직접 사신과 상견례한 것이 더 기뻤다. 자경은 황제가 내려준 관복을 입은 뒤 황제의 대궐이 있는 곳을 바라보고 사은했고, 방원은 관복을 입은 뒤 의정부 백관들의 하례를 받았다. 그리고 사신들에게 잔치를 베풀었다. 방원은 미리 말해두지 않았음에도 자경이 사신들을 위한 술상을 준비해둔 것을 보고 감탄했다. 황엄 역시 자경의 마음 씀에 감동했다.

"귀한 비단이니 경안공주의 예물로 써야겠습니다."

"황제께서 중전에게 내려준 귀한 비단인데 어찌 공주의 예물로 쓴단 말이오?"

"귀한 것이니 만큼."

"공주의 예물은 아비인 내가 해줄 몫이오. 비단이 아름답다면 장차 공주의 남편이 공주에게 해줘야 할 것이에요. 이 귀한 것은 중전께서 쓰세요. 중전의 몫입니다."

단호한 방원의 대답에 왠지 기분이 좋아져서 빙긋 미소 짓던 자경이 갑자기 머리를 짚었다.

"왜 그러시오?"

"갑자기 어지러워서."

"갑자기 왜 어지러워요?"

"조용히 하시어요. 사신들이 있습니다."

자경이 황엄의 눈치를 보며 목소리를 낮추었다. 주위를 두리번거리던 방원이 근처에 있는 하륜을 가까이 불렀다.

"왜 그러십니까?"

"중전께서 몸이 불편하셔서 먼저 일어나야 할 것 같소. 나 역시 중전을 따라가려 하니, 대감께서 사신들이 눈치채지 못하게 잘 접대해 주시오."

"전하께서는 계십시오. 저 혼자."

"대감께서 알아서 해주시오."

"걱정 마십시오. 잘 마무리 하겠습니다."

하륜이 호언장담하자 방원이 급히 자경을 일으켜 세웠다. 망설이던 자경이 눈치를 보며 자리에서 일어났다. 이내 방원과 자경이 자리를 빠져나갔다. 하륜이 뒤에 서 있던 상인을 가까이 불렀다.

"따라가서 무슨 일인지 알아 보거라."

"예."

상인까지 자리를 빠져나가자 하륜이 과장된 몸짓으로 황엄을 향해 다가갔다.

"이런 술잔이 비었습니다, 그려."

하륜이 부러 거나하게 취한 척 행동하며 사신들의 흥을 돋우면서 숙번과 영무를 향해 눈을 찡긋거렸다. 숙번과 영무가 하륜 가까이 와서 사신들을 에워쌌다.

"먼 길 오셨는데 손님 접대가 이리 소홀해서야 쓰겠소이까? 여봐라, 거 계집들이 옆에 딱 붙어서 수발들지 아니하고 무얼 하는 게야?"

부러 풍악을 크게 울리면서 술을 주거니 받거니 하자 여독이 다 가시지 않은 사신들은 금세 불콰하게 취했다. 그때 상인이 상기된 얼굴로 모습을 드러냈다.

"중전마마께서 회임하셨다고 합니다."

뜻밖의 소식에 사신을 접대하던 신료들 모두 멍한 얼굴이 되어 눈만 꿈뻑거렸다. 그때 술에 취해 있던 황엄이 갑자기 손뼉을 치며 유쾌한 웃음을 터뜨렸다.

"회임, 회임이라니! 황제 폐하께서 큰 선물을 또 주셨습니다."

"아, 하하하, 하하, 그런 모양입니다. 하하하하."

황엄의 말에 하륜이 뒤늦게 과장된 웃음을 터뜨렸다. 숙번이 얼른 동조했다.

"이 모든 게 황제 폐하의 은덕입니다."

"황제 폐하께 깊이 감사드린다고 전해주십시오."

다시 술잔이 돌았다. 이내 황엄을 비롯한 사신들이 곯아떨어졌다. 하륜이 기생들로 하여금 부축하여 그들을 별궁으로 옮기도록 했다.

자리를 파하고 돌아 나오면서 하륜이 혀를 내둘렀다.

"중전마마도 참 대단하시오. 아직도 회임을 하시다니 말이외다."

숙번이 옆에서 히죽거렸다.

"매번 중전마마의 회임만을 저리 기뻐하시는 전하도 참으로 대단하시지 않으십니까."

"요 근래는 후궁들도 찾지 않으신다면서요."

"원자 아기씨 때문에 부러 그러는 줄 알았는데, 회임 하신 걸 보면 그것도 아닌 모양입니다."

"두 분 사이에 낳은 자식이 몇입니까. 금실은 정말 기가 막힐 정도입니다."

"싸우실 땐 워낙에 내일 다시 안 볼 사람들처럼 그러하시면서, 참나."

"그거야 중전마마께서 조신하지 않으셔서 그런 거 아니겠습니까. 좀 나긋나긋하시면 훨씬 나으실 텐데."

"투기를 하네 어쩌네 해도 조강지처가 제일인 게지요."

"그러고 보니 죽은 아이까지 합치면 지금 벌써 열하나입니까, 열둘입니까."

"세다 말았소이다. 하도 많이 낳으셔서 원."

덧붙이는 조영무의 말에 다들 웃음을 터뜨렸다.

"그래도 아이 울음소리가 끊임없이 들리는 게 얼마나 기쁜 일입니까. 궐에서 훈기가 풍기는 건 우리 모두 기뻐해야 할 일입니다."

"당연한 말씀이지요. 아이가 태어나지 않는 궁은 죽은 궁이에요."

"이번에 태어나는 아이는 명이 좀 길었으면 좋겠습니다. 지난번에 아이를 놓치고 중전마마도 전하도 어찌나 상심하시는지 보고 있기가 참으로 저어했소이다."

"어의에게 일러 좋은 약을 지어 올리라고 하세요. 자식을 저리 낳는데도 매 양 난산이시라, 전하께서도 걱정이 크신 모양이더이다."

"벌써 전하께서 이르지 않으셨겠습니까. 중전마마가 회임하시면 얼마나 불면 날아갈 새라 쥐면 꺼질 새라 안달복달 못하시는데요."

"허면 당분간은 또 안 싸우시겠습니다."

신료들이 와그르르 웃음을 터뜨리며 궐을 빠져나갔다. 대여섯 걸음 떨어진 곳에서 민제가 수심 가득한 얼굴로 그들을 바라보며 서 있었다.

* * *

자경이 회임했음을 확인하자마자 방원은 곧장 어의에게 자경의 몸에 맞는 약재를 지어 올리라 일렀다. 거기다 상궁을 부르더니 경안공주의 혼례와 관련된 모든 일들을 효빈에게 보내라 명했다. 자경이 옆에서 펄쩍 뛰며 손사래를 쳤다.

"어찌 그러십니까."

"회임하지 않았습니까. 무리 하지 말라고 그러는 겝니다."

"아주 좋아요. 입덧도 없고 어의가 하는 말을 들으시지 않으셨습니까. 맥이 아주 또렷하답니다. 허니 이번엔 그리 걱정하지 않으셔도 됩니다."

"쓸데없는 소리 하지 말고 조심하도록 해요. 조심해서 나쁠 게 무에 있습니까."

"아무리 그렇다고 해도 중병 환자도 아닌데."

"어허, 말 들어요. 또 고생하려고 그러십니까."

단호한 방원의 태도에 자경이 어쩔 수 없다는 듯 한숨을 내쉬었다.

"걱정 말고 경안공주의 혼례 준비는 효빈에게 맡겨요. 경안공주도 효빈을 아주 잘 따르지 않습니까. 효빈이라면 자기 일처럼 공주의 혼례를 준비해 줄 겝니다. 아니 그렇습니까?"

"그렇긴 합니다만."

"이미 다 자라서 부인 품 떠나는 애는 이제 그만 신경 쓰고 뱃속에 있는 아이에게나 정성을 들이세요. 그 아이야말로 중전이 마음 써야 하는 아이입니다."

불안한 듯 거듭 당부하는 방원을 자경이 물끄러미 보았다.

"그리 좋으십니까?"

"뭐가요?"

"아이가 생긴 게 그리 좋으시냐고요."

"뭐 그리 당연한 걸 묻소이까? 자식이 생겼는데 당연히 좋지요."

"허나 이미 자식은 많으시지 않습니까."

"그래도 늘 자식이란 볼 때마다 좋습니다. 이번에 태어나는 아이는 누굴 닮을까. 어떤 성격일까. 태어나는 아이마다 다 다르니 새로이 태어날 아이는 또 어찌 다를까 기대되더이다."

말하는 동안 제 아이들을 하나하나 떠올리는지 기분 좋게 웃던 방원이 잠시 말을 멈추고 지긋이 자경을 바라보았다.

"고마워요, 내게 많은 자식을 줘서. 중전만 매번 이리 힘이 들고 나는 공으로 이 좋은 자식들을 얻는 것이 미안합니다."

"전하의 자식이기만 합니까. 제 자식이기도 한 것을요."

"우리 자식인데 중전만 힘들고 나는 힘이 안 드니 하는 말이지요."

"타고나길 계집과 사내가 다른데 어쩌겠습니까."

자경이 흔연히 답하며 미소 지었다. 아무리 많은 계집들이 아이를 낳아도 방원에게 기대되고 애틋한 자식은 자경이 낳은 아이들일 뿐이라는 것을 알고 있었다. 그래서 힘들어도 견딜 수 있었다. 어느 계집에게서 자식을 보건 똑같이 기뻐했다면 힘들여 아이를 낳는 일이 즐겁지 않았을 것이다.

"이번에 태어나는 아이는 딸이었으면 좋겠습니다."

아들은 유독 많이 잃어서 아마 딸이길 바라는 것일 게다. 자경이 차마 입 밖으로 말은 하지 못하고 금세 글썽해진 눈으로 방원을 보았다. 방원이 고개를 저으며 미소 지었다.

"무슨 생각을 하기에 표정이 그런 거요? 나는 그저 나이들어 보는 자식일수록 딸이 예쁘다길래 그러는 거외다. 게다가 이제 딸들을 다 시집 보내고 나면 얼마나 허전하겠소이까? 이럴 때 새로 어린 딸이 생기면 키우는 재미가 새록새록하지 않겠소? 그래서 그럽니다. 아들들은 여전히 우리 품에 끼고 있지만 더 이상 끼고 있는 딸들은 없으니, 새로 딸이 생겼으면 좋겠어요."

자경의 생각보다 훨씬 더 크고 깊은 방원의 마음과 배려였다.

"다 큰 딸들을 시집 보내놓고 이제 새로 생긴 어린 것이 목을 가누고 뒤집고 걷는 것을 보면 얼마나 예쁘고 기특할까, 생각만 해도 좋아요. 아니 그렇소이까?"

"그렇습니다. 그럴 것 같습니다."

"딸들 다 시집 보내고 우리 두 부부 허전하지 말라고 삼신할미가 보내주신 아이 같아요."

"허면 꼭 딸이어야겠습니다. 아들이면 서운하겠어요."

자경의 농에 방원이 웃음을 터뜨렸다. 넓은 방원의 가슴에 머리를 기대며 자경이 행복한 미소를 지었다.

* * *

갑신년, 방원이 바란 대로 넷째 딸이 태어났다. 아이는 울음소리가 약해서 한동안 걱정을 샀지만, 다행히 백일을 넘기면서 별 탈 없이 건강히 잘 자랐다. 딸 셋을 출가시켜 놓고 얻은 막내딸을, 방원은 마치 처음 자식을 본 사람처럼 예뻐 어쩔 줄 몰라 했다.

"오늘은 뒤집기를 하였다고요?"

수없이 많은 자식을 봤고, 그 자식들이 크는 과정을 자세히 살펴본 다정한 아버지였기에 보고 또 본 장면인데도 방원은 처음 보는 사람마냥 막내딸의 성장을 단 하나도 놓치고 싶지 않아했다.

"네, 오늘 뒤집기를 하였습니다."

"늦다고 걱정하더니, 거 보시오. 내 걱정할 거 없다고 하지 않았어요. 다 때 되면 하는 것을요."

"자식을 그리 많이 키웠지만 또 새로이 새끼가 태어나면 염려되고 걱정되는 것을 어쩝니까."

"하긴 그게 부모란 사람들이지요."

눈을 반짝이는 방원과 나란히 마주 앉아 막내딸을 보고 있으면 혼인한 후 첫 딸을 낳았던 이십 년 전으로 돌아간 기분이었다.

"자, 뒤집어봐라. 아가 아비를 봐야지?"

방원이 방바닥을 톡톡 두드리며 막내를 재촉했다. 오동통하게 볼살이 오른 뽀얀 아이는 벙긋벙긋 웃으며 온몸을 뒤틀더니 방원이 바라는 대로 몸을 뒤집어 주었다. 방원이 환하게 웃으며 아이를 끌어안았다.

"옳지, 잘한다. 어찌 이리 기특할꼬?"

"처음 보는 것도 아닌데 그리 좋으십니까?"

"말이라고요. 봐도 봐도 좋은 모습인데요. 이리 예쁜 모습이 얼마나 짧습니까. 이제 곧 당연하다는 듯이 뒤집고 기어다니고 앉고 걷고 뛰겠지요. 그럼 눈 깜짝 할 사이에 자라서 엊그제 시집 보낸 딸들처럼 부모 품을 떠날 거 아닙니까? 아름다운 순간은 참으로 짧아서 봐도봐도 좋고 봐도봐도 아쉽습니다. 이 좋은 모습을 자주 볼 수 있어서 내가 늘 중전에게 감사하답니다."

어르는 아비의 품에서 웃던 아이가 금새 손으로 볼을 부비며 인상을 찌푸렸다.

"이런, 배가 고픈 모양입니다."

"젖 먹을 시간이 되었어요."

자경이 유모를 불렀다. 밖에서 기다리고 있던 유모가 들어와서 곧 공주를 안고 나갔다. 나갈 때까지도 아쉬운 가득한 눈으로 방원이 공주를 보았다.

"아무래도 저 아이는 자식 중 제일 수줍은 성격일 거 같아요."

"왜 그리 생각하십니까?"

"배가 고파도 울지 않잖아요."

"호(祜)도 잘 울지 않았는 걸요."

"호가 울지 않는 건 성품이 느긋해서고 저 아이는 자기를 드러내는데 겁이 많고 소심해서 그래요. 허니 그대로 크면 수줍은 아이가 될 겝니다."

어느새 그리 자세히 보고 생각을 정리한 건지 신기할 지경이었다.

"계집애니 다행이군요. 수줍은 여인을 좋아하는 사내가 많으니까요."

"중전의 딸인데 수줍은 아이라니, 어디가서 주워왔단 소리 듣는 거 아닐까 모르겠어요."

"뭐라고요?"

발끈하며 눈을 흘기는 자경을 보며 방원이 호쾌한 웃음을 터뜨렸다. 이내 상궁이 찻상을 가지고 들어왔다. 잠시 차를 우리는 동안 두 사람은 말이 없었다. 자경이 잘 우러난 차를 방원에게 건넸다. 차를 한 모금 마신 뒤 방원이 말을 이었다.

"참, 세자의 학문이 날로 늘고 있어 스승들을 뿌듯하게 한다고 하더이다."

"그래요?"

"스승들 말로는 세자로 책봉된 뒤 책임감을 느끼는지 더 열심히 하는 거 같다고 해요."

"다행입니다."

이제는 지난 팔월 엿새날 드디어 왕세자로 책봉되었다. 어차피 절차만 남은, 이미 예정된 일이긴 했으나 그래도 확실히 세자로 책봉되고 나자 마음이 한결 편했다. 넷째 딸은 무사히 백일을 넘긴 데다 첫째 아들은 세자로 책봉되니, 자경의 입장에선 겹경사라 할만했다.

"전하."

거기다 방원은 여전히 후궁들을 멀리하며 자경만을 찾고 있었다. 벌써 이번 달에 달거리가 없었다. 단순한 불순이 아니라 회임일 거라고 자경은 예상하고 있었다. 아직 어의를 불러 확인하지는 않았지만 아마도 그 예상이 맞을 것이다.

"이제 한양으로 돌아가심이 어떠한지요?"

모든 상황이 순조롭자 자연스레 욕심이 생겼다. 자신감이었다. 이제 모든 것이 안정되었으니 이제 완벽한 조선을 만들고 싶었다. 그러기 위해선 개경을 떠나야 했다. 고려의 수도에서 고려 왕실의 건물을 쓰면서 조선이랄 수는 없었다. 자경은 그제야 비로소 무리해서라도 한양 천도를 결정한 성계의 마음을 알 것 같았다. 새 나라를 세웠다고 모두에게 확실하게 공표하는 가장 좋은 방법은 새로운 수도를 세우는 일이었다. 허니 완벽한 조선을 위해서는 한양으로 돌아가야 했다.

"갑자기 왜 그런 말을 하는 거요?"

"이번 달에 몸에 것이 없습니다."

자경의 말에 방원이 놀란 듯 입을 벌렸다.

"어의를 불러 확인하진 않았지만 아마도 아이가 맞을 겝니다."

"그럼 그게 우리 태몽이었나."

"태몽을 꾸셨습니까?"

"하얀 새 한 마리가 품으로 날아들었어요. 나는 시집간 아이 중 누가 혹 아이를 가졌을까 했지요."

"저희 꿈인가 봅니다. 흰 새라니, 곱고 단정한 아이가 나올 모양입니다."

"그런가 보오."

또다시 아이가 태어난다는 것이 기뻤다. 손자를 봐야 하는데 새로운 아이가 태어나는 게 좋다니, 한편으론 주책스럽다는 생각이 들기도 했지만 그래도 좋은 건 어쩔 수 없었다.

"얼마 전에 태어난 넷째 딸과 뱃속의 아이는 조선의 아이입니다. 조선이 세워지고 전하께서 보위에 오르신 뒤 태어난 완벽한 조선의 아이입니다. 허니 조선의 아이들을 조선의 수도에서 키우고 싶습니다. 그래서 한양으로 돌아가자는 겝니다."

아이 생각에 입이 벙긋 벌어졌던 방원의 얼굴이 금세 어두워졌다. 방원은 한양을 떠나 도망치듯 개경으로 돌아왔다. 이유는 간단했다. 한양의 궐 곳곳엔 형제들의 피가 뿌려져 있었다. 그때의 기억이 괴로워 견딜 수 없었다. 겨우 성계와의 사이가 이제 좀 나아졌는데, 거기 가서 괜한 기억을 들쑤셔서 성계가 다시 저를 저어할까 봐 걱정되기도 했다. 모든 게 별로 내키지 않았다.

"아바마마께서도 한양으로 돌아가길 원치 않으십니까."

"그래서 나는 더 싫어요. 아바마마께서 한양으로 돌아가시려는 이유가 무어겠소? 그리고 돌아가시면 제일 먼저 어떤 생각이 드실 거 같소? 이제 겨우 아바마마의 화가 누그러졌는데, 굳이 한양으로 돌아가서 다시 심기를 어지럽히고 싶지 않아요."

"걱정 마세요, 전하. 한양으로 간다고 하면 아바마마는 기뻐하실 겝니다. 다른 생각 안하실 거예요."

"어찌 그리 자신하시오? 그 궐로 돌아가는데 어찌 아무 생각이 안 들겠소?"

"아바마마께서 개국하자마자 제일 마음을 써서 한 일이 천도였습니다. 한양으로 천도하기 위해 아바마마께서 얼마나 공을 들이셨는지 잊으셨습니까? 완벽한 조선을 위해선 도읍이 한양이어야 합니다. 개경을 도읍으로 두고는 조선이라고 할 수 없어요. 아바마마 역시 그런 뜻에서 한양으로 돌아가길 원하시는 거예요. 이미 황제께서 전하와 우리 세자까지 인정한 마당에 이제 와 무슨 다른 생각을 하시겠습니까."

"아바마마께서 다른 생각을 안 하신데도, 그곳에 있다 보면 자연스레 다른 생각이 드실 거라니까요. 중전은 거기로 돌아가는 게 찝찝하지도 않아요?"

"산 사람이 무섭지, 죽은 귀신이 무에 무섭습니까. 저는 저희 아이들을 조선의 수도에서 키우고 싶을 따름입니다."

자경의 뜻을 모르지 않았다. 당장 한양으로 돌아간다면 성계 역시 반가워할 거다. 허나 방원은 돌아간 뒤가 걱정인 게다. 내키지 않았다. 좋은 기억이 단 하나도 없는 곳이었다. 거기로 돌아간 뒤 좋은 일들이 생기리라 기대되지 않았다.

"정 경복궁이 싫으시면, 새 궁궐을 지으시는 건 어떻습니까?"

"새 궁궐?"

"예. 경복궁이 아니라 새 궁궐을 지어 그곳으로 들어가면 전하께서 지금 염려하시는 일들이 해결되지 않겠습니까."

"사치한다는 말을 듣지 않겠소?"

"삼봉이 민심이 어지러워질 것을 경계하여 경복궁을 작고 소박하게 짓지 않았습니까. 태상왕 전하에 상왕 전하에 거기다 저희 식구까지 다 들어가기엔 그리 넉넉지 못합니다. 허니 새 궐을 짓는다고 해서 신료들이 감히 반대하지 못할 것입니다. 처음부터 경복궁만으로는 왕실의 많은 식구들을 다 감당하기 부족했어요."

새 궐을 짓는다면 사실 방원이 지금 하는 걱정의 대다수는 사라지긴 했다. 아마도 지금의 신료들도 경복궁을 드나드는 것은 여러모로 껄끄러울 것이니 새 궐을 짓는다고 하여 딱히 반대하지도 않을 것이다. 조선이 막 개국하였을 때보다는 민심이 많이 안정되었으니 궐을 짓는 게 그리 무리도 아닐 거다.

"생각해 봅시다."

언젠가 돌아가야 한다는 생각은 하고 있었다. 방원 역시도 조선의 수도를 개경으로 하고 싶은 마음은 없었다. 다만 여러 가지로 껄끄러워 최대한 뒤로 미루고 싶었을 따름이었다.

"무악을 수도로 하면 어떨까요. 하 대감은 아직 무악에 미련을 못 버린 모양이던데."

"아바마마께서 한양으로 정하셨어요. 이제 와 무악을 수도로 한다고 하면 아바마마께서 서운해하실 겁니다. 한양으로 가는 게 맞아요."

방원이 시무룩한 얼굴로 고개를 끄덕였다. 자경이 다정히 손등을 어루만지며 위로했다.

"일단 아바마마께 말씀드려 보세요. 좋아하실 거예요. 늙은 부모님의 뜻을 받드는 것도 자식된 도리로서 마땅히 해야 할 효입니다."

"알겠어요. 이해했습니다."

그래 어차피 옮겨야 한다면 차라리 성계가 살아있을 때 옮기는 게 나았다. 자꾸만 드는 불길한 예감을 떨쳐버리기 위해 방원이 숨을 크게 들이켰다.

★ ★ ★

방원이 한양으로 재천도할 것을 결정하자 성계가 매우 기뻐했다. 방원은 경복궁 근처에 이궁을 지을 것을 명했다. 어떤 마음에서 나온 명인지 능히 짐작할 수 있었다. 잠깐 하륜이 또다시 무악을 수도로 해야 한다고 주장했으나 금방 묵살 당했다. 한양으로 돌아 가고자하는 성계의 의지가 강했고 방원 역시 그 뜻을 받들고자 했기 때문이다.

이번에 방원이 천도하면 완전히 한양에 자리 잡으려 할 거라고 모두가 그리 여겼다. 그래서 개경의 귀족들은 한양으로 옮겨 앉을 준비를 하느라 바빴다. 이전처럼 두 집 살림을 하는 게 아니라 완전히 생활 터전을 옮기는 거였기 때문이다.

"이거이 부자의 일이, 남일 같지 않습니다."

무구가 찻잔을 내려놓으며 한숨을 내쉬었다. 무질 역시 고개를 끄덕이며 말을 보탰다.

"언젠가는 이런 일이 벌어질 줄은 알았지만 이리 빠를 줄은, 거기다 상대가 이거이 대감일 줄은 꿈에도 몰랐습니다."

한양으로 옮겨가기 전 방원은 고려 귀족이자 조선의 공신이 되어 기세가 등등한 신료들을 한 번 꺾어줘야 할 필요성을 느꼈다. 그리하여 선택된 것이 이거이와 이저 부자였다. 이거이는 장남을 성계의 맏딸인 경신공주와 혼인시켰고, 넷째 아들 이백강은 방원의 맏딸 정순공주와 혼인했다. 왕실과 겹사돈을 맺은 데다 난마다 모두 참여하여 공을 세운 공신이었다. 당연히 권력과 위세가 대단했는데, 그만큼 겸손함을 모르고 기고만장하여 구설에 오르는 일이 잦았다.

"그들의 행실이 평소에도 오만방자하였으니 언젠가는 벌어질 일이 아니었겠느냐."

한참이 지난 후에야 민제가 입을 열었다. 사랑채에 마주 앉은 세 부자의 표정은 어두웠고 목소리는 낮게 가라앉아 있었다.

"그렇다고 해서 어찌 그런 식으로, 그건 누가 봐도 누명이잖습니까."

몇 년 전 조영무가 이거이의 집에 갔을 때 이거이가 방원을 쳐내고 방과를 모시자고 했다고 조영무가 주장했다. 그리하여 불충죄로 이거이 부자는 하루아침에 내쳐졌다. 이거이는 억울하다며 결백을 주장하였으나 조영무는 단호했고 방원과 신료들은 조영무의 편에 서서 이거이를 엄히 다스려야 한다고 입을 모았다.

"누명이라는 것은 이거이 부자의 주장일 뿐! 조영무 장군의 말은 그렇지 않았다."

"다들 입 밖으로 꺼내어 말하지 않을 뿐."

"다들 입 밖으로 꺼내어 말하지 않는 일은 너희들도 말하지 않는 게다."

하륜 역시 뒤로 뇌물을 받았고 이숙번 역시 기고만장 했다. 하륜과 이숙번, 이거이 외에도 공신 중 시건방져서 문제가 된 자들이 여럿이었다. 허나 방원이 택한 건 이거이였다. 무구와 무질은 왜 하필 이거이인지 이해하지 못했으나 민제는 능히 방원의 속내를 짐작할 수 있었다.

이거이는 외척이었다. 외척을 내치는 것은 두 가지 이득이 있었다. 하나는 자신은 사위에게도 냉정한 공평한 군주라는 인상을 신료들에게 줄 수 있고, 하나는 불필요한 인척들이 날뛰는 것을 예방할 수 있다. 그래서 이거이가 선택된 것이다. 어쩌면 이거이는 왕실과 사돈인 것이 더 운수가 나빴다. 만약 이거이가 사돈이 아니었다면 오히려 그보다 더 건방진 행동을 했어도 살아남을 수 있었을 지도 모른다.

"너희도 행동거지를 조심하라. 남의 구설에 오르는 일은 절대로 만들어선 아니 된다."

"네."

"명심하겠습니다."

무구와 무질이 순하게 고개를 숙였다. 아까보다 분위기가 한층 더 무거워졌다. 찻잔을 내려놓으며 무구가 부러 목소리를 높였다.

"에이, 누이가 중전마마가 되어서 좋은 게 하나도 없습니다. 이럴 거면 필부의 아낙이나 하라고 할 것을요. 아버님은 좀 말리지 그러셨습니까."

부러 가볍게 던지는 말에 무질이 피식 웃었다. 허나 민제는 웃지 않았다.

"아이 하나를 키우는데 온 마을의 힘이 필요한 것처럼 훌륭한 자식 하나를 배출하기 위해선 때론 모든 식구들이 희생해야지. 너희 누이가 그만큼 훌륭하였다. 그래서 말릴 수 없었어."

아직도 귓가에 자경이 민제에게 대들던 목소리가 쟁쟁했다.

"따져보자면 전하를 위해서 그 형제들이 모두 희생한 셈이 아니냐. 매일같이 격구만을 하는 상왕 전하는 무에 그리 맘이 편하겠느냐. 그럼에도 가문을 위해 그러는 게지. 우리 역시 마찬가지다. 중전마마를 위해서 필요하다면 우리도 그래야 하는 게다."

"혹 이보다 더한 희생을 우리 가문에 요구할 수도 있다고 생각하고 계신 겝니까?"

무구의 말에 무질이 화들짝 놀랐다. 민제가 가만히 고개를 끄덕였다.

"나는 거기까지 각오하고 있다."

"이게 무슨, 무슨 말씀이십니까."

"너희도 각오해 두어라. 혹 너희가 희생된다 하더라도 그것이 긴 역사에서 필요한 일이라면 받아들여야 한다. 보기 흉한 꼴은 보이지 말아라."

"아버님!"

"포은의 죽음은 헛되지 않았어. 아직까지 선죽교엔 그의 피가 묻어있고 그 다리를 밟으며 모두 그를 떠올리니까. 삼봉의 죽음 역시 세월이 더 흐르면 포은처럼 모두가 기억하게 될 것이다. 결국 우리가 이리 열심히 사는 건 후대에 남기 위함이 아니더냐. 너희 누이가 국모로서 존호를 남긴다면 너희는 그를 도운 이들로서 인정받게 되는 게다. 그러면 된 거야. 부귀와 영화는 꿈결과 같은 한순간일 뿐이야. 이인임과 같은 삶과 포은과 같은 삶 중 어느 삶을 원하느냐? 그리 생각하면 간단한 일 아니더냐."

그럼에도 여전히 억울한 무질이 무어라 말하려는 순간 무구가 무릎을 지그시 눌렀다. 그리고 가만히 고개를 저었다. 무질이 입을 꾹 다물었다. 이내 조용히 차를 마시는 소리만이 방안을 채울 뿐이었다.

* * *

을유년 시월, 한양에 이궁이 완성되었다. 그리하여 그달에 방원과 자경은 개경에서 한양의 이궁으로 이어했다. 자경의 품에는 지난 칠월에 태어나 이제 갓 백일이 된 넷째 아들이 안겨 있었다.

아이는 아주 건강했고 태어난 아이 중 가장 인물이 좋았다. 방원은 넷째 딸처럼 넷째 아들을 예뻐했다. 개경에서 한양까지, 그리 먼 길도 아닌데 방원은 몇 번이나 중간에 쉬어가며 어린 아들이 괜찮은지 살폈다.

이궁은 경복궁과 달리 산세에 파묻혀 고즈넉하니 아름다웠다. 후원을 가꾸기 좋겠다며 자경은 기뻐했다. 새로운 곳에서 새롭게 시작하는 기분이라 자경은 들떠서 이곳 저 곳을 둘러보며 좋아했지만, 방원은 내도록 우울했다. 한양으로 돌아오자 역시나 예전의 기억들이 생생히 떠오른 까닭이었다. 궁을 바꾸면 좀 나을 줄 알았는데 아무 소용없는 일이었다. 제가 이럴진데 성계는 오죽할까 생각하니 마음이 더 불편했다.

"궐이 아주 아름답습니다. 좀 더 빨리 완성되었다면, 이 아이를 이곳에서 낳을 수 있었을 텐데요. 아까워요. 이 궐에서 태어난 아들이면 좋았을 텐데 말입니다."

남의 속도 모른 채 마냥 좋은 자경이 꼴 보기 싫었다.

"이 궐이 왜 늦게 완성되었는지 모르고서 하는 말씀이시오?"

괜히 뒤틀리는 말을 내뱉는 까닭은 속이 좁은 제 탓이었다. 알고 있었지만 어지러운 마음은 갈피를 잡기 어려워서 말투는 날카로웠고 표정은 사나웠다.

"올 초 계속 흉년이 극심했어요. 그 때문에 궐의 공사가 늦어진 것이고요. 가뜩이나 민심이 흉흉한데 천도를 강행한 것이 과연 옳은 일이었나 마음이 불편한데 어찌 그리 느긋한 소리를 하는 겝니까?"

억지 트집이었다. 가물긴 했으나 경기도와 풍해도 일부 지역이었지 전역이 아니었다. 그리고 그 정도 흉작은 지역에 따라 매해 일어났던 평이한 수준으로 그리 심각한 정도도 아니었다. 괜히 한양으로 천도한 뒤 싱숭생숭한 마음에 시비를 거는 것이다. 자경이 만만하니 그러는 거다. 차라리 우울해한다면 위로해줄 수 있지만 만만해서 쥐어 박히는 사람이 되고 싶진 않았다. 자경이 방원을 노려보았다.

"아무리 제 덕분에 앉은 자리라지만, 보위에 오른 지 벌써 몇 년인데 이리 심약하신 겝니까?"

"뭐요?"

"보이지 않는 곳에서 백성들이 나랏님을 욕하는 건 그리 큰 흉도 아니고 하늘이 무너질 정도로 큰일도 아닙니다. 비가 와도 비가 오지 않아도, 해가 뜨는 것도 바람이 부는 것도 책임 지는 자리가 본래 그 자리입니다. 그 정도도 견디지 못하면서 어찌 왕이라 할 수 있겠습니까. 그리 자신 없으면 물러 나세요. 차라리 어린 세자가 보위에 오르고 제가 대신 정치를 하는 게 낫겠습니다. 설마 제가 전하보다 못하겠습니까."

냉정히 쏘아붙인 자경이 돌아섰다. 제게서 등 돌린 자경의 모습에 눈이 시렸다.

결국 또 제자리였다. 조금은 이해 받은 줄 알았는데, 이해 받았다고 생각했는데 아니었다. 자경에게 방원의 상처는 너무나 가벼웠다. 고려해야 하는 문제도 아니었다. 방원이 상처를 오랫동안 핥고 또 핥는 것을 보면서 자경은 왜 귀찮게 빨리 딱지 떼지 않느냐고 화내고 있었다. 아직 아물지조차 않았는데, 여전히 진물이 흘러나오고 있는데 말이다.

왜 아직도 그리 아파하느냐는 말 대신 차라리 내가 정치하겠다는 대답이 나오는 아내라니, 자경 답다. 하긴 자경이 권력을 잡고자 한 것은 사내처럼 살고 싶었기 때문이니 대신 정치를 하고 싶을 것이다. 할 수만 있다면 말이다. 그리고 어쩌면 꽤 잘해낼지도 모른다. 자경은 매우 영리했고 이성적이었으며 필요에 따라 희생할 줄도 알았고 과거를 곱씹기 보단 앞으로 나아가는 성향이었다. 정치에 어울렸다. 방원은 언제나 자식들이 똑똑한 것도 제 덕이라기 보단 자경의 덕이라고 여겼다. 자경에 대한 서운함과는 별개로 방원은 자경을 아내이기 이전에 한 사람으로서 그 능력과 자질을 인정했다. 인정할 수밖에 없었다.

어린 세자를 보위에 올리고 대신 정치를 하겠다니 어쩌면 그게 자경이 마지막 목표인 걸까. 자경이 끝내 바라는 것은 방원이 왕이 되어 중전이 되는게 아니라 제 자식이 보위에 올라 스스로 정치를 하는 거였을까. 그렇다면 저는 정말 도구가 아닌가.

갑자기 등 뒤로 소름이 돋았다. 시작은 사랑이 아니었다 해도 지 아비로서 가장으로서 인정받고 있다고 생각했다. 상처를 굳이 더 들쑤시지 않은 것은 그런 마음이었다. 이십 년 넘게 살면서 서로를 애틋하게 여기는 줄 알았다. 하지만 만약 자경의 목표가 왕비가 아니라면, 방원은 정말 완벽한 도구였던 셈이다. 아이를 얻기 위한, 왕비 자리까지 가기 위한 도구 말이다.

그렇다면 이제 버림받은 일만 남은 것인가. 불현듯 떠오른 생각에 방원이 소스라치게 놀라며 급히 고개를 저었다. 지나친 논리적 비약이었다. 하지만 찝찝한 마음을 떨칠 수가 없었다. 문득 제 어미가 생각났다. 수많은 자식들을 낳고도 새파랗게 어린 계집에게 지아비를 빼앗기고 매일 밤 눈물지었던, 끝내 남편이 아니라 자식들에 의해 추존되었던 신의왕후 한 씨.

이제 내 차례인가. 새파랗게 어린 아들에게 모든 것을 빼앗기고 매일 밤 눈물 지을 팔자인 건가.

같은 상황이 아니다. 같은 처지가 아니다. 그리고 어미는 권력이 없어서 그런 꼴을 당했지만 방원은 권력을 쥐고 있다. 아무리 머릿속으로 반박을 떠올려 봐도 본능적으로 떠오르는 불안감을 잠재울 수는 없었다. 한 번 시작된 생각을 도무지 멈출 수가 없었다.

방원의 손에 권력을 쥐어준 것도 자경이었다. 작정한다면 그 권력을 다시 빼앗아 아들 손에 쥐어주지 못하리란 법도 없었다. 자경이 방원을 버리자고 마음 먹는다면 말이다. 유독 아들에 집착하던 자경의 모습이 떠올랐다. 어쩌면 처음부터 자경에게 아들이란 존재는 단순한 자식만은 아니었던 건지도 모른다. 약간씩 어긋나던 아귀가 이제야 제대로 맞아 들어가고 있었다.

버림받고 싶지 않았다. 비단 권력 때문만은 아니었다. 적어도 자경에게 마지막까지 사내이자 지아비이고 싶었다. 그마저 잃으면 방원이 지금까지 애써온 시간들과 자경과 함께 살아온 날들이 너무 허무했기 때문이다.

확인해야 했다. 진정으로 자경이 바라는 것이 무엇인지, 알아야 했다.

21장

옥사

獄事

　오동통하게 살이 오른 아이가 엉덩이를 씰룩이며 자리에서 일어났다. 뒤뚱거리며 어설프게 두어 걸음 걷던 아이는 이내 풀썩, 엉덩방아를 찧으며 넘어졌다. 쿵, 소리가 나는 걸 보면 꽤 아플만도 한데 아이는 오히려 재밌다는 듯 까르르 웃음을 터뜨렸다. 어린아이의 맑은 웃음소리가 방 안에 퍼져나가자 지켜보던 행아와 자경의 얼굴에도 미소가 걸렸다.

　"참 신기하지 않느냐. 같은 부모에게서 나온 아이들인데 어쩜 저리 성격이 다 다를까. 첫째는 넘어지자마자 자리에서 일어나서 다시 걸었고, 둘째는 넘어지기 전에 조심하면서 제자리에 앉았고, 셋째는 넘어질 거 같으면 손을 뻗어 안아 달라고 했거든. 근데 저 아이는 넘어지는 것조차 즐거운지 저렇게 앉아서 웃는구나. 인물도 넷 중 제일인데 성격마저도 저 녀석이 제일 좋을 모양이야."

　"공주님들도 성격이 모두 다 다르지 않습니까."

　"그러니 말이야. 다 다른 부모에게서 났다고 해도 믿을만큼 다른 것이 신기하지 않느냐. 자식을 이리 많이 낳았는데도 태어나는 자식들마다 새로우니 참 신기한 노릇이야."

열네 명의 아이를 낳았다. 그중 여섯 명의 아이가 죽었고 여덟 명의 아이가 살아남아 사남 사녀가 되었다. 단 하나도 죽지 않고 모두 살았다면 십남 사녀가 되었을 것이다. 그랬다면 아이들을 모두 세워두었을 때 참으로 근사했을 거다.

자경은 생각보다 꽤 자주, 놓친 아이들을 떠올리곤 했다. 특히 자식들이 예쁜 짓을 할 때 마다, 이전 자식들과는 다른 행동을 할 때마다 죽은 아이들이 생각났다. 그 아이들이 살았다면 어떤 모습을 보여주었을까, 어떻게 컸을까, 무엇을 좋아하고 싫어했을까, 어떤 성격이었을까, 누굴 닮았을까, 많은 것들이 궁금했다. 그리웠다. 자식은 가슴에 묻는 거라더니 아주 짧게 살다 간 아이라 할지라도 그 아이와 함께 했던 모든 순간들이 마치 어제 일처럼 선명하게 기억 속에 남아 있었다. 그래서 이렇게 살아남은 아이의 예쁜 모습을 보며 웃는 순간에도 종종 잃어버린 아이들이 떠올랐고, 그럴 때면 가슴 한쪽이 서늘하니 시렸다.

"터울이 지니 커가는 모습을 새로이 지켜보는 재미가 새록새록합니다."

"그렇지? 그래서 가끔은 둘째나 셋째에게 미안해. 세자를 낳고 연이어 태어나서 그 아이들은 이리 자세히 지켜봐주지 못한 것 같아. 아들 셋을 키워내기가 오죽 정신이 없었어야지."

"그땐 그랬지요. 거기다 또 유독 넷째 공주님과 넷째 왕자님이 제일 웃음도 많고 애교도 많아 예쁜 짓을 많이 하는 거 같아요. 막내라서 그런 걸까요?"

"늦게 태어난만큼 부모랑 지내는 시간이 짧을 수밖에 없으니 그런 거 아니겠나. 늦게 태어난 아이에게 주어진 부모와의 시간은 참으로 짧으니, 남은 부모의 시간들을 어떻게든 모두 제 몫으로 두려면 예쁜 짓을 할 수밖에 없겠지. 생각해 보면 너무 늦게 자식을 낳는 것도 자식에겐 참 미안한 일인 것 같아. 나는 이 아이의 어디까지 지켜볼 수 있을까. 첫째인 정순공주를 지켜 본만큼 이 아이를 봐주긴 힘들겠지. 그런 생각을 하면 참으로 미안해. 부모가 오래 살아주는 게 자식에겐 큰 버팀목인데 아무래도 이 아이가 원하는 만큼은 옆에 못 있어 줄 거 같아서."

가만히 행아가 고개를 끄덕였다. 어려서 어미를 잃은 행아였기에 자경의 말을 매우 잘 이해한 까닭이었다. 조용히 동의하는 행아를 자경이 물끄러미 쳐다보았다.

"자식을."

잠깐 말을 멈춘 자경이 머뭇거렸다. 그러다 이내 다시 말을 이었다.

"자식을 더 낳고 싶지는 않으냐."

"마마."

행아가 화들짝 놀랐다. 허나 자경은 흔연했다.

"이비 하나밖에 없는 것이 서운하지 않냔 말이다."

"어찌 그런, 무슨 그런 말씀을."

당황한 행아가 말까지 더듬거리며 어쩔 줄 몰라했다.

"전하를 사랑하지 않습니다."

겨우 정신을 수습한 행아가 단호히 대꾸했다.

"알아."

"헌데 어찌 그런."

"사내를 사랑하지 않는 것과 자식은 다르지. 이비는 이쁘지 않느냐."

그건 사실이었다. 방원을 사랑하지 않는 것과 별개로 이비는 예뻤다. 자식이 이런 것인가 가슴이 저릿할 만큼 귀했다. 비로소 저를 두고 떠날 때 제 어미가 왜 아무 말도 하지 못하고 끊임없이 울었는지, 울기만 했는지 알 것 같았다. 키우다 보니 이비의 아비가 누군지, 어찌 생겨난 아이인지 잊어 버린지 오래였다. 그저 이비는 행아가 열 달 품어 낳은 아이였다. 그뿐이었다.

"사람들은 우리를 보고 많이들 수군거리지. 나는 남들이 무어라 지껄이든 신경쓰지 않는다. 속 모르는 사람들이 하는 소리는 그저 밥상 위에 올라온 장아찌를 씹는 것과 다를 바 없으니까. 다만 나는 너만 신경 쓸 뿐이야. 세상 모두는 몰라도 나와 너는 알지 않느냐. 세상 모든 사람들이 나를 불쌍하다 해도 나는 네게 미안해 해야 한다는 걸 잊지 않아. 그래서 묻는 게야. 이비 하나만 의지하여 네가 살기가 고독하지 않을까 하여서 말이다. 이비는 곧 장가가면 궐을 떠나야 하는데 그럼 너 혼자 이 궐에 남을 텐데 그게 힘들 것 같아 마음 쓰여 그런다."

"제가 전하를 품지 않은 것처럼 전하 역시 저를 괴지 않으십니다. 저와 다시 동침할 리 없습니다."

"그건 과거고 지금 전하는 달라지셨다."

"전하가 달라지셨대도 저는 달라지지 않았습니다. 네, 이비는 예쁩니다. 사랑하지 않는 사내의 자식이라도 어여쁠 수 있더이다. 허나 그렇다고 하여 마음에도 없는 사내와 두 번 다시 같이 밤을 보내고 싶지 않습니다."

"사랑하지 않는 사내와 밤을 보내는 일이 아니라 자식을 얻는 일이라고 생각하면 되지 않느냐."

"아무리 예쁜 자식을 또 얻는 일이라고 해도 절대로 그러고 싶지 않습니다."

자경은 제가 방원을 사랑하지 않는다고 믿으니까 행아에게 그런 권유를 할 수 있는 거다. 자식을 낳기 전이었다면 사랑 없이 산다는 자경의 말을 행아 역시 믿었을 지도 모르겠다. 하지만 자식을 낳고 나니 알겠다. 사랑 없이 그 모든 행위를 그리 끝없이 반복한다는 건 불가능한 일이었다. 자경은 방원을 사랑했다. 인정하고 싶지 않거나 인정할 수 없는 일이라 고집을 부리는 것일 뿐 진정으로 사랑하지 않는다면 그리 많은 자식을 볼 수 있을 리 없었다. 자경은 진정으로 사랑하지 않는 사내와 동침하는 게 얼마나 고통스러운 일인지를 모르고 저나 행아가 비슷하다고 생각해서 저런 말을 하는 걸 테다. 전혀 다른데, 완전히 다른데 말이다.

"미안하다. 너한테는 늘 미안해."

"천한 계집이 왕의 여자가 되었습니다. 속내야 어떻든 계집으로서는 더 할 수없이 대단한 출세를 한 것인데 어찌 그러십니까."

저와 같이 종노릇을 하던 동무들의 소식을 간간히 들을 때가 있었다. 하나같이 좋지 못한 이야기들이었다. 현재 그들이 어찌 사는지 들을 때면 감히 제가 당한 일은 불행이라고 이름 붙이기조차 민망하단 생각을 종종 하곤 했다. 사가에서 상인과 이비가 함께 어울리는 모습을 지켜볼 때마다 그래, 이 정도면 행복하다, 살아있기를 잘했다 그랬었다. 궐에 들어온 뒤 그래도 이비가 왕의 아들이라고 대우받는 것을 보면 이것도 복이구나 싶었다.

"더 이상 그러지 마셔요. 마마께서 자꾸 그러시면 송구하여 몸둘 바를 모르겠습니다."

더할 수없이 귀한 자식을 얻었고, 사랑하는 사내를 가까이서 지켜보며 살 수 있다. 먹고 사는데 걱정 없고 사람들이 함부로 대하거나 무시하지도 않는다. 이만하면 되었다. 행아는 제 삶에 만족했다. 단 하나 상인이 저를 좀 봐주었으면 하는 마음은 여전히 있었지만, 상인이 다른 계집을 얻지만 않는다면 그마저도 견딜 수 있었다. 상인이 다른 계집을 얻지 않는 까닭이 저 때문이 아닌 다른 이유라 해도 괜찮았다. 당당히 상인을 제 것이라 주장할 수 있는 위치의 계집만 새로이 나타나지 않는다면, 마음으로 품는 것은 죄가 되지 않을테니 말이다.

"그래, 네 뜻이 그러하다면 다시는 말 꺼내지 않으마."

자경이 어찌 이러는지 알고 있었다. 한양으로 돌아온 뒤 방원과 자경의 관계는 도통 회복되지 않고 있었다. 후궁들만을 찾으며 자경을 찾지 않은 지 오래였을 뿐 아니라 심지어 얼마 전엔 덕수궁으로 거처를 옮기기까지 했다. 방원의 얼굴을 보지 못한 채 어린 자식들만을 돌보고 있자니 행아의 처지와 제 처지가 진정으로 꼭 같다는 생각이 들었던 모양이다.

"전하께 막내가 걷기 시작했다고 알려드리시지요. 좋아하실 텐데요."

"벌써 보셨을 걸. 덕수궁으로 나가셨어도 아이들은 꼬박꼬박 찾으시니 말이다."

자식이라면 자경만큼이나, 아니 자경보다 더 방원이 끔찍했다. 그래서 자경과 소홀해도 자식은 챙겼다. 순하고 잘 웃고 인물 좋은 막내를 자경이 예뻐하는 만큼이나 방원 역시 좋아했다. 후궁들이 더 어린 아들을 낳아도 방원에게 '막내'아들은 자경이 낳은 아들이었다. 그것만 봐도 끝내 방원의 마음이 어느 곳에 있는지 알 만했다.

"아무래도 어심이 어지러우신 모양입니다."

"그러신가보지."

"마음을 달래 주시지 그러십니까. 위로가 필요하신듯한데."

방원에겐 많은 계집이 있었다. 허나 아무리 많은 계집이 방원의 이불 속을 데워준다 한들, 방원의 마음을 데울 수 있는 계집은 자경 하나였다. 기갈난 사람처럼 계집을 얻고 얻다가도 끝내 자경에게로 돌아오는, 돌아와야만 하는 방원의 마음이 행아에겐 잘 보였다.

"대체 어찌 달래줘야 하는 것이냐? 나는 도무지 모르겠다."

허나 자경에겐 도통 방원의 속내가 보이지 않는 듯했다.

"나이가 어린 자식도 아니고 공부가 더 필요한 사람도 아니지 않느냐. 왕 노릇을 한지도 벌써 몇 년이냐? 헌데 대체 언제까지 그 어리광을 받아줘야 하는 게야? 내년이면 벌써 불혹이야. 어지간한 유혹에 흔들리지 않는 나이라는데, 아직까지 마음을 잡지 못하시면 어쩌자는 게야?"

자경은 셋째였고, 방원은 다섯째였다. 자경은 부모에게 제 존재를 드러내기 위해 언제나 손 들고 앞에 나오던 아이였고, 방원은 엄마의 치마꼬리에 매달려 수줍게 뒤에 숨던 아이였다. 둘은 어려서부터 그리 달랐다. 그리고 그리 다른 것이 커서도 이어졌다. 둘은 달라서, 저와 다른 서로의 모습을 사랑했다. 허나 그리 사랑했음에도 서로를 이해하지는 못했다.

"그래도 양위를 하겠다는 말씀을 거두신 것을 보면 마음을 다잡으신 것 아니겠습니까."

방원은 얼마 전 민제와 하륜, 이숙번을 불러 세자에게 양위하겠다는 의사를 밝혔다. 당연히 조정은 발칵 뒤집어지고 신료들은 모두 강하게 반대 의사를 내비쳤다. 며칠동안 신료들이 극심히 반대한 끝에 결국 방원은 양위 의사를 거두어들였다.

"처음부터 진심이 아니었을 텐데 그게 무에 놀라운 일이라고. 애초에 신료들에게 전하밖에 없다는 말을 듣고 싶어서 던져본 것에 불과하다고 하지 않았느냐."

양위 소식을 들은 행아는 사색이 되어 자경에게 달려왔으나 자경은 코웃음 쳤다. 그 역시 방원의 투정과 어리광의 일종이라고 본 까닭이었다. 세자 이제는 아직 어리고 많이 부족했다. 그런 이제에게 보위를 넘기겠다는 방원의 말을 진심으로 믿는 이는 단 하나도 없었다. 그저 느슨해진 신료들을 겁박하기 위한 수단 중 하나라고 생각했다. 아니나 다를까 모두가 반대하자 슬그머니 어쩔 수 없다는 듯 방원은 제 뜻을 거두어 들였다. 자경이 예상한 수순대로였다.

"한동안은 신료들이 왕의 눈치를 보며 꼼짝도 못하겠지. 그 꼴을 보려고 저 소동을 벌인 것 아니겠느냐."

"마마."

"나는 그것도 싫다. 왕의 자리가 애들 장난도 아닌데 그 자리를 걸고 하는 협박이라니 너무 경솔하고 가벼워. 마음에 들지 않아."

처음 양위 이야기가 나왔을 때 행아는 자경이 방원에게 가서 달래기를 바랐다. 민제 역시 넌지시 그런 뜻을 내비추었다. 자경은 단칼에 거절했다. 무엇을 바라고 그러는지 아는데, 바라는대로 해주기 싫다고 했다. 자경의 고집에 민제와 행아는 물러날 수밖에 없었다.

허나 행아는 여전히 안타까웠다. 눈에 빤히 보이는 수법이라도 해도 뭐 어떤가. 그렇게라도 필요하니 와달라고 한다면 가줄 수도 있는 일 아닌가. 사랑한다면 말이다. 제가 좋아하는 사람이 저를 같이 좋아해주기가 얼마나 어려운 일인데, 왜 서로 좋아하면서도 저리 억지를 쓰면서 서로를 생채기 내는지 도무지 모를 일이었다. 가슴이 갑갑해진 행아가 고개를 숙이며 낮은 한숨을 내쉬었다.

* * *

양위선언을 하면 당장에 자경이 달려올 줄 알았다. 허나 아니었다. 하루가 지나고 이틀이 지나도 자경은 아무런 반응을 보이지 않았다. 왜일까 고민하다가 뒤늦게 신료들의 행태를 보고 깨달았다. 신료들은 방원의 양위선언을 그저 '왕노릇'을 하는 것이라 여겼다. 진지하게 받아들이는 이는 하나도 없었다. 신료들이 이러할진대 하물며 자경이 방원의 양위선언을 듣고 놀라 달려오리라 기대한 것이 무리였다. 이대로는 고집을 부려본들 얻을 소득이 없었다. 방원은 일단 말을 물렸다. 신료들은 기뻐하며 천세를 외치고 물러갔다. 그리고 그날 밤, 방원이 은밀히 노내관을 불렀다.

"이것을 가져가서 세자에게 전해주어라."

"이것이 무엇입니까."

"옥새다."

다들 방원이 그저 한 번 내뱉는 말이라 생각하고 그 뜻을 맞춰주기 위해 반대하는 모양새를 취할 뿐이었다. 즉 방원이 반대를 원하니 반대를 해주는 거다. 자경 역시 다른 신료들처럼 생각하고 있을 게 분명했다.

"전하."

"이것이 진정 내 뜻이니 너는 거스르지 말고 즉시 행하라."

하지만 옥새가 간다면 이야기가 달라질 것이다. 옥새는 곧 권력의 상징이다. 옥새를 내어놓는다는 것은 방원이 그저 던지는 말이 아니라는 의미였다. 자신들의 눈앞에서 권력이 움직여도 과연 그리 초탈할 수 있을까.

"허나 전하."

"네 감시내관 주제에 방자하게 내 뜻을 거스르려는 것이냐?"

다른 이들은 궁금하지 않았다. 오로지 자경만이 궁금했다. 자경이 어찌 나올지 알고 싶었다.

"명을 행하겠나이다."

이전처럼 자경을 온전히 믿지 않았다. 믿을 수 없었다. 하지만 방원은 알고 있었다. 지독한 불신 뒤에 짙게 깔린 진짜 감정은 믿고 싶은 마음이라는 것을 말이다. 믿고 싶었다. 그 누구보다 가장 믿고 싶은 사람이었다. 그리고 믿을 수 있기를 바랐다.

"세자가 혹 거절하여도 너는 주고 그대로 돌아와야 한다. 지체하지 말거라."

헛된 짓인 줄 알면서도 혹시나 자경 외의 다른 계집에게서 위로를 얻을 수 있을까 하여 수없이 많은 여인을 품에 안았다. 허나 그 누구도 자경처럼 방원의 마음을 알아주는 이는 없었다. 얼굴이 예쁜 여자도 물찬 제비마냥 몸매가 좋은 여자도 춤을 잘 추는 여자도 노래를 잘 부르는 여자도 모두 만나보았다. 허나 아무도 소용없었다. 자경이 아니었다. 단지 그뿐이었다.

"예, 그리하겠나이다."

"허면 서둘러 행하라."

언제나 살면서 가장 바라는 것은 방원을 비켜갔다. 한때는 자경이 부러 그리 만들었다고 원망했다. 허나 우습게도 그런 와중에도 방원은 자경을 가장 원했다. 여전히 자경은 방원이 가장 바라는 것 중 하나였다. 그래서 모든 것은 다 놓쳤어도 자경만은 어떻게든 붙잡고 싶었다. 엎질러진 물은 주워 담을 수 없다는데, 오랫동안 미련스러웠던 천성을 버리지 못하고 방원은 또 뒤늦게 자경에게 이토록 미련스러웠다.

★ ★ ★

야밤에 일어난 옥새 사건으로 조정은 다시 발칵 뒤집어졌다. 세자 이제가 울며불며 옥새를 받들고 인정전에 가져다 놓았다. 신료들은 이전보다 더 극렬하게 반대했다. 방원은 굳건했다. 궐문을 걸어 잠그고 다시 옥새를 이제에게 가져다주었다. 이제는 두려워 어쩔 줄 몰라했다.

다시 며칠이 금세 지나갔다. 처음 말이 나온 날로부터 열흘이 다 되도록 방원은 명을 거두지 않았다. 그사이 수없이 옥새가 오갔다. 신료들 사이에서 슬슬 진짜 방원의 의중이 무엇인가 의심하는 목소리가 나왔다. 옥새를 가지고 왔다 갔다 하면서 내도록 마음 고생한 이제는 병에 걸릴 지경이었다. 드디어 자경의 인내심은 폭발했다.

"대체 언제까지 하실 것입니까?"

밤잠을 제대로 이루지 못하고 내도록 마음 고생하던 이제가 겨우 선잠이 들었다가 가위에 눌려 헛소리를 하다 울면서 일어난 날이었다. 깊은 밤, 드디어 자경이 방원을 찾았다. 숨소리는 거칠었고 발소리엔 분별이 없는 것이 누가 봐도 매우 화가 난 모습이었다.

"한 번 꺼낸 말을 쉬이 거두기 어려우니 며칠 정도는 계속하실 수 있다 생각하긴 했습니다만, 이건 해도 너무 하지 않습니까. 세자를 잡으려고 이러십니까?"

"양위하겠다는 내 뜻을 받으면 될 일이에요."

"그만하세요! 지금 세자에게 양위할 수 없다는 것은 누구보다 전하께서 잘 알고 계시지 않습니까."

"왜 양위할 수 없단 말이오?"

"세자가 정녕 그 뜻을 감당할만한 그릇이 된다 여기십니까?"

어린 시절과 달리 근래의 이제는 방원과 자경의 기대엔 미치지 못했다. 생긴 것도 친탁을 하더니 하는 행동에도 방과나 방간의 피색이 많이 비치어서, 앉아서 책을 읽는 것보다는 몸을 움직이는 것을 더 좋아했고 진득하기보다는 사내답고 활달했다. 흔히 말하는 장군감이었다. 왕가가 아니었다면 그 나름대로 특색있다 인정받고 예쁨받고 자랐을지 모른다. 허나 세자였기에 그 모든 건 고쳐야 하는 행동들이었다.

방원이나 자경은 많은 자식 중에서도 유독 큰아들을 사랑하였기에 신료들이나 스승들로부터 사소한 것까지 지적을 받는 이제가 때론 무척이나 안타까웠다. 허나 그것은 부모의 마음이고 왕과 중전으로서 보자면 세자인 이제의 자질이 걱정스러운 것도 사실이었다. 좀더 크고 철이 나면 이보다 나아지지 않겠냐며 서로 불안한 마음을 위로하면서 이야기 나눈 기억이 생생한데 양위를 하겠다니, 그 말을 온전히 믿을 수 있을 리 만무했다.

"내가 상왕이 되어 지도해주면 될 일이오."

"아직 장가도 안 갔습니다. 내명부를 비워 두자고요? 상왕으로 물러나시면 그 수많은 후궁들은 어쩌시렵니까? 중전은 없는데 상왕이 열댓이나 되는 후궁을 거느리시려고요? 아님 아직 새파랗게 젊은 계집들을 몽땅 다 절로 보내기라도 하시려고요? 그럼 외로워서 어쩌시려고요? 아님 상왕씩이나 되어서는 궐 밖에 나가 기집질을 하실 겝니까?"

"중전! 말을 함부로 하지 마세요!"

"왜요? 제가 뭐 틀린 말이라도 했습니까? 그만하면 이제 됐습니다. 확인할 만큼 하지 않으셨습니까. 신료들이 다 전하밖에 없다고 하잖습니까. 더 이상 무얼 바래 길게 고집을 부리시는 거예요? 그만하세요. 듣기 좋은 꽃노래도 한 시절이랬습니다. 길게 끌어서 뭐 좋은 이야기가 나올 거라고 이러십니까?"

"길게 끌어서 나올 안 좋은 이야기는 무얼 것 같소이까?"

"전하께서 하시는 말씀이 진정 아니냐, 허면 우리도 다음을 준비해야 하지 않느냐. 그런 말들이겠지요. 잊으셨습니까? 전하께서도 노력 끝에 얻으신 자리입니다. 처음부터 전하의 몫으로 주어진 자리가 아니란 말입니다. 본인이 기껏 얻은 자리를 내어놓겠다면, 주어진 자리를 내어놓겠다고 하는 것보다야 반대하는 목소리가 적을 수밖에 없을 거예요. 설마 그걸 바라시는 건 아니시겠지요? 진정으로 내어놓을 마음이 없으시면 이제 그만 하세요."

"내가 만약 진정으로 내어놓는다면 중전은 중전노릇을 못해서 슬프신가? 벌써부터 내명부 뒷방늙은이로 물러나긴 분한가. 아, 아니면 오히려 어린 세자의 뒤에 앉아 직접 정치를 할 수 있게 될 터이니 더 기쁘시려나?"

결국 이거였다. 이 말을 하려고 이 난리를 피운 거였다. 그릇이 어찌 이것밖에 안 될까, 기가 막혔다.

"그리 귀하다는 아들을 아프게 하면서까지 고작 확인하려던 게 이 거였습니까?"

자경이 방원을 야멸차게 노려보았다.

"네, 그럼 물러나세요. 전하께서 계속 이리 심약하게 구실 거면 차 라리 지금이라도 그만두시는 게 낫겠습니다. 아무리 어린 세자라도 전하보다는 진득하겠지요."

정말 듣고 싶은 말이 그거라면 못할 것도 없었다. 겁날 것도 두려 울 것도 없었다. 구차해지고 싶지 않았다. 죽으면 죽었지 저 손안에 서 뜻하는 대로 놀아나며 애원하는 일 같은 건 죽어도 하지 않을 참 이었다.

"그래요, 물러나세요. 물러날 줄 알고 대책을 세우지요. 대책을 세 우겠습니다."

"드디어 정치까지 하시겠다?"

"전하께서 하신 일인데 제가 못할 것도 없지요. 하루가 멀다 하고 계집을 갈아치우는데도 나라가 안 망했는데, 어린 세자와 제가 그만 못하겠습니까."

"이제 내가 쓸모없어진 게로군."

"쓸모 없어진지 오래 되었습니다. 여직 모르셨습니까?"

독하게 쏘아붙인 자경이 돌아섰다. 냉기가 나오는 뒷모습을 보고 있자니 허탈하여 방원의 뼛속이 시렸다.

결국 방금 한 말이 결국 자경의 진짜 속내일 거다. 저게 진심인 거 다. 온몸에 소름이 돋았다. 쓸만큼 썼고 더 이상 쓸모없어졌으니 이 제 버릴 작정인 거다. 버릴 기회만을 노리고 있는 게 분명했다.

여러 아들을 낳아주었고 아무 입 댈 것 없이 집안을 다스렸음에도 제 어미는 아비에게 버림받았다. 단지 더 이상 쓸모가 없다는 이유였다. 권력이 얼마나 비정하고 사람을 비참하게 만드는지 그 어린 시절부터 제 어미를 보면서 깨달았다. 그래서 가까이 하고 싶지 않았다. 언젠가 제가 제 어미처럼 누군가의 등을 보며 울게 되는 날이 올 것 같아서 그랬다.

"그게 중전이 진심인 게요?"

"저는 누구처럼 앞과 뒤가 다르지 않습니다. 빙빙 돌아 엄한 사람을 잡아가면서까지 제 속내를 숨기는 일 따윈 하지 않습니다."

헌데 그날이 이런 식으로 이렇게 오게 될 줄은 몰랐다. 이렇게 확인하게 될 줄은 몰랐다.

"잘 알겠소이다. 알려주어 고맙군."

이런 식으로 이렇게 밀려나진 않을 것이다. 제 어미처럼 버림받진 않겠다. 버림받기 전에, 차라리 버리겠다. 버림받을 수 없도록 먼저 버리면 될 일이었다. 불안하게 흔들리는 마음을 독하게 다잡으며 방원 역시 자경에게서 등을 돌렸다.

* * *

방원이 숙번을 불러 지난 밤 꿈 얘기를 하며 슬쩍 양위를 거둘 의사를 내비쳤다. 영리한 숙번이 재빨리 방원의 의중을 간파하여 그 비위를 맞추어주었다. 결국 방원은 옥새를 상서사에 갖다 놓으라고 하는 것으로 양위 의사를 거두었다. 그리고 두 번 다시 말을 꺼내지 않았다. 조정 신료들은 안도했다.

양위 소동 이후 한 계절이 지나가고 겨울이 되었다. 민제가 조용히 방원을 찾았다.

"전하, 근자에 한 번 저희 집에 들러 주시지요. 지난겨울에 담근 더덕주가 기가 막히게 익어서 맛보시게 하고 싶나이다."

민제가 사적인 자리를 청하는 것은 처음이었다. 방원을 왕으로 만드는 데 그 누구보다 큰 기여를 했음에도 불구하고 민제는 몸가짐을 삼가며 매우 조심했다. 그래서 종종 하륜이나 숙번이 방자한 행실을 할 때 사람들은 민제와 비교하며 손가락질하곤 했다. 그 정도로 민제는 입 댈 것이 없었다. 그래서 방원은 이전이나 이후나 민제를 한결같이 좋아했다.

"부원군께서 먼저 술자리를 청하시다니, 참으로 의외입니다."

"딸자식이 모자라니 아비가 백년손님에게 잘못을 대신 비는 게지요."

탓하는 말이 아닌데도 괜스레 뜨끔한 방원이 흘깃 민제를 보았다.

"그리고 저 역시 전하께 잘못을 빌 것도 있고요."

"무엇입니까."

"전하께서 처음 저를 불러 양위하겠다고 밝히던 날, 그날 오후 중궁전에 들렀습니다. 중전께서 궁금해 하실 것 같아서 제가 가서 자초지종을 설명해드렸나이다."

"그게 무슨 잘못이라고요. 부원군께서 아니 말씀 하셨다고해서 중전이 모르셨겠습니까."

"중전마마께 전하를 살뜰히 위로해드리는 것만이 마마께서 하실 일이라고 생각되어 말씀 올렸습니다만, 아무래도 제대로 하지 못한 모양입니다. 송구합니다."

"부원군께서 이러실 일이 아닙니다."

방원이 급히 고개를 저었다.

"귀한 자식일수록 엄히 키워야 한다는데 저는 그리 엄한 아비가

아니었습니다. 어려서부터 딱히 입댈 것 없는 자식인지라 어련히 알
아서 잘하겠거니 그리 생각한 것이 잘못이었나 봅니다."

"무슨 그런 말씀을 하십니까."

"다만 말씀드리고 싶은 것은, 중전마마는 저와 달리 제가 탐나고
욕심나는 것에 대해 너그럽기 보단 가혹하더이다. 넉넉한 형편이
긴 했으나 많은 형제 틈에서 자랐으니 아무래도 형제가 없는 집보다
야 모든 것이 부족했겠지요. 게다가 딸 셋의 막내고 그 아래로는 줄
줄이 사내 동생들이 태어났으니 자라면서 치일 수밖에 없었을 겝니
다. 그래서 중전마마는 늘 정말 갖고 싶은 물건에 대해서 그 누구보
다 엄격한 잣대를 들이댔습니다. 애초에 정말 갖고 싶은 게 아니면
탐내지조차 않았어요. 탐냈다가 갖지 못해서 울고불고 하는 것을 자
존심 상해하는 것 같았습니다. 그리고 엄격한 기준에 맞아 떨어지
는 정말 갖고 싶은 물건은 무슨 수를 써서든 끝내 손에 넣었고, 갖고
나면 더할 나위 없이 아주 귀히 여겼지요. 만약 중전마마께서 전하
께 여전히 무언가를 요구하고 화를 내고 투정을 부리신다면 그것은
전하가 여전히 중전마마에게 정말로 갖고 싶은, 그러나 아직은 갖지
못한 그런 분이라서 그러시는 걸 겝니다. 다른 뜻은 없을 것이니 부
디 마음에 담아두지 마시옵소서."

이런 이야기를 건네는 아비를 갖고 싶었다. 이런 이야기를 건네는
아비가 되고 싶었다. 방원이 저도 모르게 민제의 가까이 다가가 주
름진 손을 맞잡았다.

"사부."

"예, 전하."

"근자에 들르겠습니다. 꼭 들르겠습니다."

"예, 허면 부족함이 없도록 준비하겠나이다."

민제가 굽은 등을 깊이 숙여 절을 올렸다. 울컥한 방원이 눈물을 참기 위해 고개를 돌렸다.

* * *

십이월 십날, 방원과 자경이 민제의 집에 방문하여 잔치를 벌였다. 방원은 아주 기분 좋게 취해 민제에게 사부라고 불렀다. 그리고 민제에게 선달이라고 불러 달라 부탁했다. 민제는 망극해 어쩔 줄 몰라하며 방원을 선달이라고 불러주었다.

"제 술 한 잔 받으십시오, 사부."

"고맙네, 선달."

화기애애한 두 사람의 모습에 모두 웃음을 터뜨렸다. 자경 역시 오랜만에 느긋한 마음으로 언니, 동생들과 남동생들 올케 조카들의 안부를 나누며 매우 즐거워했다.

"구중궁궐이 갑갑하진 않습니까?"

"거기도 다 사람 사는 곳인데요. 벌써 거기서 산지가 몇 년인데 아직 갑갑해서 어쩌려고요."

"그래도 매양 볼 때 마다 걱정이 되는 걸요."

다들 자경을 보며 안색이 조금 나빠진 거 같다느니 이전보단 낫다느니, 살이 조금 빠진 거 같다느니, 볼살은 그대로라느니 말을 주고받았다. 구석구석 빠짐없이 살피며 자경의 안부를 묻는 모습을 멀찍이서 보던 방원이 씁쓸한 기분으로 술잔을 비웠다.

출가외인이라고는 하나 여전히 자경은 민제의 귀한 셋째 딸이었다. 여전히 자경은 가족들 한가운데 있었다. 처음 이곳에 왔을 때 그랬던 것처럼 여전히 방원은 외톨이었다. 심지어 이전보다 더 나빠졌다. 그땐 함주에 가족이 있었고 어머니가 있었지만 지금 방원에겐 아무도 없었으니 말이다.

"마마가 이리 앉아 있으니 옛 생각이 납니다."

"그때 우리 참 재밌었지요."

"우리 다 같이 지내던 그 시절이 제일 재밌었던 거 같습니다. 다시 돌아가고 싶어요."

"난 가끔 꿈을 꾼다네."

"마마도 그렇습니까?"

"그럼. 일전엔 동짓날 팥죽을 나누어 먹다가 쏟아서 어머니께 혼나고는 우는 꿈을 꾸다 깨었지."

"그때 참 그 별 거 아닌 걸 한 숟갈 더 먹겠다고 어찌나 싸웠는지."

"그땐 그게 세상에서 제일 중요한 일이었으니 그렇지."

언제나 이 다정한 가족이 부러웠다. 이런 다정한 가족을 원했다. 이리 다정한 가족의 일원이 되고 싶었다. 자경과 혼인하여 다정히 살면 그리 될 줄 알았다. 허나 아니었다. 여전히 자경은 이 다정한 가족의 사랑받는 셋째 딸이었고, 저는 손님이었다. 처음 이곳에 얼뜨기로 왔던 그때와 하나 다를 바가 없었다. 여전히 그랬다.

"무슨 생각을 그리 하십니까?"

"그저 사부 가정의 다복함이 부러워서요. 부러워서 그럽니다."

"저희 집이 어디 전하에게 감히 비교될 수 있겠습니까."

"그런 말씀 마셔요. 제가 언제나 늘 부러워한다는 것을 잘 알고 계시지 않습니까. 무엇과도 바꿀 수 없는 귀한 복이에요."

"망극하옵니다, 전하."

심지어 이제 방원은 모두 다 잃었다. 아무도 없었다. 성계가 있고 방과가 있다 해도 그저 허울 뿐, 진정한 관계라고 보긴 어려웠다. 이렇게 진정으로 저를 걱정하고 아무 사심없이 대하는 이들은 더 이상 방원의 곁엔 없었다. 굳이 따지자면 자경뿐이었다. 오로지 자경만이 예전이나 지금이나 한결같이 방원의 곁에 남아 있었다.

어쩌면 그래서 자경에 대해 방원이 그토록 확인하고자 하는 건지도 몰랐다. 자경의 온전한 애정이 방원에게 중요한 이유도 방원이 믿을만한 남은 이가 없기 때문이었다. 심지어 방원은 하륜의 비리에도 불구하고 그를 쳐내는 것조차 망설일 정도였다. 허니 자경에게 심정적으로는 이전보다 더 의존할 수밖에 없었다.

하지만 자경은 아니었다. 자경은 방원이 아니어도 괜찮았다. 궐 안에만 해도 행아가 있었고 궐 밖에는 든든한 가족들이 언제나 자경의 편이었다. 흔들리는 방원을 자경이 마음껏 비웃을 수 있는 이유는 아마 여기 있을 것이다. 자경은 방원의 불안함을 애초에 이해할 수 없었다. 이전이나 지금이나 그랬다. 그러니 그리 쉽게, 그 불안함을 이용하고자 마음먹을 수 있었을 거다. 그것이 방원의 뿌리 끝까지 뒤흔드는 중요한 문제라는 것을 전혀 모르니 말이다.

"술 한 잔 더 하시겠습니까?"

"예. 저도 한 잔 올리겠습니다."

방원과 민제가 사이좋게 서로의 잔에 술을 채운 뒤 잔을 비웠다. 술잔을 내려놓으며 눈이 마주치자 누가 먼저랄 것도 없이 미소를 지었다.

"저도 술 한잔 올리겠습니다. 전하."

"그럽세."

이번엔 무구가 방원의 잔에 술을 채웠다. 민제가 무구를 물끄러미 쳐다보았다. 걱정과 함께 염려와 애정이 담겨 있었다. 저런 눈으로 자식을 보는 아비를 가진 무구가 부러웠다. 아마도 무구 역시 자경처럼, 그게 얼마나 귀한 건지 모를 거다.

"저도 술 한잔 주시지요, 전하."

"그러지."

방원은 민제가 좋았다. 예나 지금이나 민제가 좋았다. 자경이 민제의 딸이어서 더 많이 사랑했다. 허나 자경을 제외한 민제의 다른 자식들은 민제처럼 좋지 않았다. 아마도 그건 처음 이곳에 왔을 때 받은 괄시를 잊을 수 없어서였을 것이다. 그 뒤에 아무리 좋은 일들이 생겨도 첫 기억은 절대로 잊어지지 않았다. 방원이 내도록 못나게 굴었으면 이들은 끝내 제 누이를 집으로 다시 끌고 왔을 지도 모른다. 그들에게 방원은 자경의 남편이어서 중한 사람인거지, 방원 그 자체로 중한 사람이었던 적은 없었으니 말이다.

민제가 없었다면 최악의 경우 이 가족에게 오래전에 제멋대로 쓰여지기만 했다가 버림받았을지도 모른다. 과거 성계가 한 씨에게 그랬던 것처럼 말이다. 아니, 성계가 방원을 필요할 때만 부르고 결국 아무 권력도 주지 않았던 것과 더 비슷하겠다. 그래, 그리되었을 거다. 바보같이 저는 그런 속내도 모른 채 그마저도 좋다고 했을 거다. 한때 방원은 그 정도로 자경에게 바보였으니 말이다.

"세자 저하도 함께 와서 온 가족이 나들이 하였다면 더 좋았을 텐데 말입니다."

"외가에서 자란 일을 기억하고 계실까요?"

"기억하고 계시다마다! 일전에 사촌들의 안부를 모두 물으시던걸."

"어쩜, 총명하셔라. 그 어릴 때 일을 다 기억하시고."

"암, 누구 아드님이신데."

하긴 앞으로도 버림받지 않으리라는 보장은 없었다. 자경이 그리 작정한다면 언제든 이 가족은 자경의 편에 서서 무슨 일이든 할테니 말이다. 이들은 방원을 왕으로 만든 게 아니었다. 자경을 왕비로 만든 거였지.

"쓸데 없는 소리!"

민제가 방원의 눈치를 보며 헛기침 했다. 방원은 술에 취한 사람처럼 몸을 흔들며 흥흥거리고 웃었다. 잠깐 긴장하던 무구와 무질이 이내 안도한 듯 웃음을 터뜨렸다. 방원은 조금도 취하지 않았다. 오히려 시간이 흐를수록 정신이 점점 맑아졌다.

과거 자경에게 언제든 처가를 쳐낼 수 있다고 했다. 허나 그건 홧김에 되는대로 내뱉은 말일 뿐 꼭 그리하여 자경을 저와 같은 고통을 느끼게 할 생각은 없었다. 여전히 민제는 모두가 입을 모아 말하는 좋은 사람이었고, 민제의 아들들의 행실 역시 문제 삼을 것이 없었기 때문이다.

"가마를 보낼 테니 궐로 오세요. 하룻밤 자고 가도 좋고요."

"어머, 그래도 되겠습니까."

"그럼요. 아니 될 일이 무에 있겠습니까."

하지만 행실과 상관없이 그래야 할지도 모르겠다. 물론 이런 두려움 역시 기우일지도 모른다. 하지만 이리 고민하고 생각하는 것 자체가 이미 방원이 지나치게 자경에게 의존하고 집착하고 있다는 증거였다. 그러는 까닭은 자경을 향한 방원의 애정이 돌아오지 않기 때문이었다. 방원의 가족은 자경과 그 자식들밖에 없지만 자경은 아니었다. 그래서 언제든 자경은 쉽게 방원에게 냉정해졌다. 그게 문제였다.

만약 자경 역시 외롭게 만들어 아무도 없이 된다면.

무서운 생각이었다. 방원이 술에 취한 척 급히 머리를 털어 생각을 떨쳐냈다.

만약 그리된다면 더 이상 자경 때문에 불안할 일은 없을 거다.

하지만 한 번 떠오른 생각은 쉬이 지워지지 않았다. 오히려 점점 더 덩치를 부풀려갔다. 어느새 방원이 몸을 흔드는 것조차 잊은 채 골똘히 생각에 잠겼다. 민제가 걱정스럽게 방원을 쳐다보았다.

* * *

더운 여름, 곱게 풀먹인 모시 옷을 입은 민제가 마루에 앉아 가벼이 부채질하며 먼 산을 바라보았다. 식혜를 가져온 송 씨가 민제의 앞에 내려놓았다.

"드셔요."

"고맙소."

민제가 식혜를 달게 마신 뒤 그릇을 내려놓았다. 그릇을 뒤로 밀어낸 송 씨가 민제의 옆에 앉았다. 해가 지느라 온 하늘이 온통 새빨갛게 불타고 있었다. 그 모습을 보고 있자니 방금 전에 와서 제 앞에서 한참을 울고 간 큰딸이 떠올랐다.

"조 서방은 어찌 될 거 같습니까."

비슷한 생각을 한 모양인지 송 씨가 조심스레 물었다. 나이를 얼마를 먹었든 자식은 자식이라, 오래전에 벌써 손녀를 본 머리가 희끗한 아이가 와서 울고 간 게 그렇게 마음이 쓰여서 하루 종일 아무 일도 할 수 없었다.

"쉬이 풀려나긴 어렵지 않을까 싶소."

지난번에 사신 황엄이 다녀갔을 때 방원은 명나라의 공주와 세자를 혼인시켜 혼맥으로 엮이면 양국의 관계가 더 돈독해지지 않을까 한다며 뜻을 내비추었다. 황엄은 황제께서도 좋아할 거 같다며 일을 추진해보겠다고 했다. 그리하여 방원은 세자의 혼례를 미루면서까지 기다렸으나 그 후 황엄은 아무런 말이 없었다.

황엄이 가타부타 아무 말도 하지 않는 것을 보고 방원은 우회적인 거절이라 여겼다. 황제의 거절을 차마 방원의 면전에 대놓고 말할 수 없어서 모른 척하는 거라고 말이다. 가운데 끼여서 이러지도 저러지도 못하는 황엄의 처지를 인간적으로 이해 못하는 바는 아니었지만 부탁을 받아놓고선 그저 뭉개고 있는 건 분명 예에 어긋나는 일이었다. 무시당했다는 생각에 분했지만 애써 아무렇지도 않은 척 마음을 가라앉히자마자 곧장 세자의 혼례를 진행했다.

그리하여 방원과 과거 동기인 김한로의 여식이 세자빈으로 내정되었다. 때맞추어 사신 황엄이 다시 조선에 왔다. 이전에 방원이 황엄에게 건넸던 말을 기억하고 있던 신료들은 명나라와 사돈 맺을 수 있는 기회를 이리 놓치는 게 아까웠다. 마침 황제에게 세자가 인사를 올리러 갈 예정이니 간 김에 혼례를 올리고 돌아오면 딱 맞지 않냐는 거였다. 그리하여 다시 신료들 사이에서 말이 나왔다. 그리하여 그들은 민제에게 달려갔다.

"대감께서 말릴 때 그 말을 들었으면 이런 일은 없었을 텐데."

민제는 단칼에 거절했다. 감히 자기가 나설 일이 아니라는 거였다. 허나 그들은 쉬이 포기하지 않았다. 그들은 다음으로 민제의 맏

사위 조박을 찾았다. 조박은 민제와 달랐다. 좋은 생각이라고 기뻐하며 조박은 다시 민제를 찾았다. 민제는 여전히 부정적이었다. 무구와 무질 역시 고개를 저었다. 그럼에도 그들이 포기하지 않자 어쩔 수 없이 민제는 그들과 하륜 대감을 연결시켜 주었다.

"처음 말이 나왔을 때 내가 청을 올렸다면 차라리 이런 일이 없지 않았을까 생각하오. 그랬으면 이 늙은 몸이 한 번 꾸중 듣고 말았을 텐데 말이오."

민제와 달리 하륜은 좋은 생각이라며 기뻐했다. 하륜이 동조하자 그들은 신나서 떠들어댔다. 결국 김한로의 귀에 그들의 작당모의가 들어갔다. 딸을 시집 보낼 준비를 하고 있던 한로에겐 청천벽력과도 같은 소식이었다. 한로는 제 억울한 처지를 토로했고, 한로의 한탄은 숙번을 통해 방원에게 전해졌다. 그리하여 처음 말을 꺼낸 공부와 이현 등을 비롯해 주도적으로 이야기를 끌어간 조박과 안노생 등등이 의금부에 잡혀 들어갔다.

"다 풀어주면서 어찌 조 서방만은 예외인지 모르겠습니다."

신문 끝에 상황을 모두 파악한 방원은 관련자들을 모두 석방했다. 허나 조박만은 양주로 쫓겨났다. 민제를 찾아온 맏딸은 매우 억울해하며 자경에게 달려가 따져 묻고 싶다고 했다. 민제는 그래선 안 된다고 아주 오랫동안 우는 딸을 달랬다.

"외척이잖소."

"외척이라고 하여 저희가 무슨 잘못을 저지른 건 아니지 않습니까. 하 대감 댁에 들어가는 뇌물이 끝이 없다고 하더이다. 헌데 어찌 저희만."

"그게 외척의 무게요. 아시잖소?"

두 사람의 눈이 마주쳤다. 송 씨의 눈이 불안하게 일렁였다.

"혹 그럼 이 일이 여기서 끝나지 않을 수도 있을까요?"

아무리 정치에 관여하지 않은 음전한 성품이라 한들 송 씨 역시 개경의 여인이었다. 입 밖으로 내어 말하지 않는다고 해서 모르는 게 아니었다. 자식들에게 혹여나 해가 갈까 꺼려서 조심했을 뿐이었다.

"대감."

"이게 시작일거요."

민제는 방원을 아꼈다. 그래서 그의 결핍을 마치 제 일인 양 가슴 아프게 여겼다. 허나 인간적으로 아끼고 가슴 아파하는 것과 정치는 전혀 다른 영역이었다. 방원의 결핍은 점차 날카로운 칼이 되어 제 집안을 겨누게 될 것이었다. 이리될 걸 알면서도 끝내 자경을 말리지 못했다. 자식이라 그랬다. 자식이 원하는 일이라 불행을 감수할 수밖에 없었다. 부모라서 그럴 수밖에 없었다.

"대감께서 말리실 수는 없으신 겝니까?"

"내 목숨을 바쳐 모든 것을 멈출 수만 있다면 나는 이 자리에서 당장이라도 목을 내어놓을 수 있소만⋯⋯."

어느새 목이 메었다. 민제가 숨을 골랐다.

"아마도 나만은 살려주실 거외다. 부인과 어린 손자들도 무탈하겠지요. 허나 다른 자식들은 무슨 수를 써도 힘들 거요."

가슴이 발아래로 내팽개쳐지는 것 같아서 송 씨는 눈을 질끈 감았다. 허나 울고불고하지 않았다. 어쩔 수 없는 일이라면, 일어날 일이라면 받아들여야 했다. 송 씨가 이내 개경 여인다운 흔연함을 보이며 자리에서 일어났다.

"저녁 준비 하겠습니다."

멀쩡하던 가문이 하루아침에 어떤 식으로 몰락해 가는지 수도 없이 보았다. 그래도 외척이라 경계하는 것은 명분이라도 있었다. 그리고 경계하는 대상인 된다는 것은 곧 자경의 자리는 안전하다는 의미였고 자경의 자식들로 보위를 이을 거라는 확답이었다. 그거면 되었다. 그거면 된 거다. 자꾸만 힘이 풀려 비틀거리려는 다리에 힘을 주며 송 씨가 천천히 걷기 시작했다.

* * *

죽 그릇을 받쳐 든 행아가 중궁전 앞에 섰다.

"마마, 효빈 들었사옵니다."

"들라."

행아가 안으로 들어섰다. 책을 읽고 있던 자경이 행아가 든 것을 보더니 고개를 내저었다.

"오 상궁이 또 쓸데없는 짓을 했구나."

"마마."

"손에 든 것은 밖에 두고 오너라. 냄새가 역하다."

단호한 얼굴이었다. 저럴 땐 누구의 말도 듣지 않는다. 행아가 하는 수없이 오 상궁에게 죽그릇을 맡기고 돌아왔다.

"걱정 마라. 굶어죽을 작정은 아니니까."

"허나 마마."

"곡기를 끊었다는 소문이 돌면 아니 되니 수라상은 받는다. 비우는 건 아랫것들이 하지만. 허니 네가 오늘 죽을 가져온 것도 아무도 몰라야 할 것이야."

핏기가 없는 얼굴은 새하얗게 질려 있었다.

"먹지 아니하면 동생들 일에 앙심을 품어 중전이 시위한다 하겠지. 투기에 속도 좁은 아녀자라고 잘난 유학자들이 씹어댈 게야. 지들이 하면 대의를 위함이고 내가 하면 사사로운 아녀자가 되는데 그 꼴을 두고 볼 수야 없지. 걱정 마라. 절대로 안 죽는다. 아프지도 않을 게다. 어의를 부를 순 없으니까."

조박이 귀양가고 한 달 뒤 무구와 무질의 죄를 청하는 상소가 올라왔다. 시작은 이화였다. 이화가 시작하였다는 것은 이미 그것이 방원의 뜻이라는 것을 뜻했다. 상소의 내용은 말도 안 되는 사사로운 트집에 불과했다. 첫째, 방원이 양위를 선언했을 때 무구와 무질의 표정이 밝았다는 것이다. 둘째는 임금에게 세자 이외의 다른 영특한 아들은 없는 게 낫지 않냐고 답했다는 거고 셋째는 이무에게 전하가 자신들을 의심하니 어쩌면 좋으냐 토로했다는 거였다.

셋 다 사실 별문제 될 게 없는 내용이었다. 허나 상소를 올린 자가 이화였다. 조정의 신료들은 기다렸다는 듯이 문제로 만들었다. 가볍게 처벌하라는 하륜에게 방원은 곧은 말이라고까지 몰아붙여 가면서 일을 키웠다. 그리하여 끝내 세자가 혼례를 치르기 전날 무구와 무질은 귀양을 갔다. 세자가 혼인하기 전날 말이다.

"차는 마신다. 가끔 차와 같이 올리는 다식을 먹기도 해. 그저 마음이 어지러워 곡기가 잘못 들어가면 체할 것 같은데, 체하면 병이 날 게 아니냐. 병이 나는 게 싫어 그런다. 걱정 말아라."

자경은 아무 내색 없이 이제의 혼례를 치렀고 곧 명나라로 떠나보냈다. 그리고 연이어 둘째 효령대군의 혼례까지 치렀다. 부러 바쁘게 움직이며 친정 일을 신경 쓰지 않으려 애썼다. 어차피 작정했다면 그리되고 말 것인데 왈가왈부해 본들 소득 없는 일에 기운 빼고 싶지 않았다. 무엇보다 자경이 그러기를 바라는 많은 이들의 뜻대로 해주고 싶지 않은 마음이 컸다. 어찌 우리 친정에게 그럴 수 있느냐 대놓고 억울해하며 태종에게 대들기를 바라는 이들이 많았다. 그게 그들이 원하는 소견 좁은 계집의 모습이니 말이다.

"그저 이대로 계실 것이옵니까."

"허면 어쩌겠느냐. 내가 움직이면 오히려 그게 빌미가 되는 것을."

그래서 가만히 있었다. 가만히 있던 자경이 겨우 한 일이라고는 무질의 처를 위로해주기 위해 궐로 부른 거였다. 헌데 고작 그 일을 가지고 사달이 났다. 그제야 자경은 그저 방원에게 넋두리하지 않는 것만으로는 충분치 않다는 것을 깨달았다.

끝내 무구와 무질은 서인이 되었다. 신료들은 거기에 그치지 않고 점점 더 큰 벌을 청했다. 자경마저 옴짝달싹 못 하게 되자 내도록 아무 말도 안 하던 민제가 나섰다. 민제는 방원에게 아들들을 더 멀리 귀양 보내 달라 청했다. 민제가 죄인을 자청하자 방원은 그제야 모든 것을 멈추었다.

"미욱한 신첩은 마마도 부원군 대감도 어찌 그러실 수 있는지 모르겠습니다. 어쩔 땐 전하보다 마마와 부원군 대감이 더 독한 것 같기도 합니다."

행아로서는 이해할 수 없는 일들이었다. 가슴이 답답하여 몇 번 상인을 불러 물어볼까 하다가 물어봐서 답을 들어본들 제가 감히 그 속을 다 짐작하긴 어려운 것 같아 그만 두었다.

"저라면 벌써 전하께 달려가 울고불고 난리를 쳤을 터인데, 이리 꼿꼿이 계실 수 있다는 것이 놀라울 따름입니다."

"마음은 더할 나위 없이 서운하지. 하루에도 열두 번씩 달려가 따지고 싶지. 허나 머리로는 이해한다. 머리로 이해하기에 마음을 다스릴 수 있는 게야."

방원이 외척을 정리하는 데 사감이 없다고 할 순 없었다. 사감이 섞여 있을 것이다. 허나 사감이 섞여 있다 해도 해야 하는 일이고 필요한 일이었다. 사감 없이 처리했다면 어쩌면 더 잔혹했을지도 모른다. 사감이 섞였기에 방원은 제 행동이 과연 정치적이기만 한지 확인하느라 하나하나 내딛는 걸음이 오히려 더뎠다.

도전은 신하들이 왕을 가르치면 된다고 생각했다. 그래서 이미 머리가 굵어져 제 고집을 세우는 왕자들 대신 아직 어려서 가르치는 대로 따라와 줄 유순한 방석을 세자로 세우길 원했다.

방원은 표면적으로 현명한 아들이 성계의 뒤를 잇는게 옳다는 기치를 내세웠다. 그래서 방석을 세자로 세운 건 도전이 사사롭게 권력을 탐해서였다며 도전을 반역죄로 몰았다.

난을 통해 보위에 오른 방원이 그 모든 게 단지 권력을 잡기 위해 저지른 짓이라는 비난을 받지 않으려면, 전혀 다른 방식으로 국정을 운영 해야 했다. 그래서 방원은 왕권을 강화하기 위해 최선을 다했다.

세자의 혼인 문제는 그러한 방원의 뜻을 보여주기에 적절한 사건이었다. 아비이자 왕인 방원을 빼놓고 세자의 혼인 문제를 신료들끼리 이야기 나누었다. 거기다 세자를 어린 시절 키웠다는 이유로 외척까지 나섰다. 만약 그대로 내버려둔다면 신하들은 민 씨 집안과 방원, 양쪽 눈치를 보게 될 게 뻔했다.

왕과 비슷한 힘을 가진 외척을 그대로 뒤선 난을 일으킨 방원의 논리는 힘을 잃게 되고, 권력에 눈이 멀어 형제를 죽이고 아비의 등에 칼을 꽂았다는 주장이 힘을 얻게 될 것이다. 자경은 방원이 그런 군주로 평가되는 것을 바라지 않았다. 그리되면 자경 역시 단지 친정 가문의 부와 명예를 위해 서방을 왕으로 만든 계집밖엔 되지 않기 때문이다. 고작 그런 계집으로 역사에 기록될 순 없었다. 그건 자경에게 큰 수치였다.

"감히 신첩은 가늠할 수도 없는 마음이옵니다."

"그래, 가끔은 나도 가늠할 수 없는 마음이고 싶다. 그러면 지금보단 좀 나을까."

허나 이해한다고 하여 마음이 편할 수는 없는 노릇이었다. 무질의 아내는 자경을 붙잡고 많이 울었다. 그리고 아내가 자경을 붙잡고 울고 간 죄로 끝내 무질은 서인이 되었다. 이해한다 해도 들끓는 마음을 가라앉히는 것은 쉽지 않았다. 괴로움이 가시지도 않았다.

"달려가 울고 소리쳐서 편해질 수 있다면 오죽 좋을까."

가장 괴로운 건 그저 아무것도 할 수 없는 것이었다. 너무나 이해하였기에 아무것도 할 수 없다는 것 말이다. 곡기를 제대로 넘기지도 못하면서 의연한 척 모든 국가의 행사를 내명부의 수장으로서 주관해야 했다. 제 안색을 살피는 후궁들 앞에서 더 꼿꼿하게 서서 아무렇지도 않은 척했다. 진정 네가 원한 게 이거냐고 울부짖는 마음에게 내가 원한 게 이거라고 고집스럽게 답했다. 그래야 했다. 그러지 않으면 지금까지 살아온 이 세월을 모두 부정해야 하므로.

"걱정 마라. 괜찮아질 게야. 할 일이 산적해 있지 않느냐. 곧 충녕의 혼인도 치러야 하고, 그러다 보면 동궁이 돌아올 거고 그럼 또 한 해가 훌쩍 지나가겠지. 시간이 흐르면 다 괜찮아 질게야."

민제가 심약해졌다는 소식을 들었다. 가슴이 내려앉는 와중에 한편으론 민제가 병석에 누워 있는 동안은 무구와 무질이 안전하겠구나 싶었다. 방원은 아마도 민제가 살아있는 동안은 무구와 무질을 어찌하지 못할 거다. 그리고 민제의 와병 중에는 무구와 무질에게 더 가혹한 벌을 내리지 못할 거다. 그럼 되었다. 그러면 된 거다.

손으로 구겨진 치맛자락을 애써 펴고 또 펴면서 자경이 숨을 골랐다. 주름진 곳도 없는데 자꾸만 편 곳을 펴고 또 펴는 자경의 손끝이 가늘게 떨렸다. 행아가 차마 더 지켜보지 못하고 고개를 돌렸다.

무자년 삼월, 봄은 온 지 오래고 벌써 날이 더워지려 하는데 중궁전은 여전히 겨울의 끝자락에 붙들려 있었다.

* * *

명나라로 갔던 세자가 돌아오고 한 달 만에 성계가 세상을 떠났다. 그리고 성계의 장례를 치르고 백일이 채 지나기 전에 민제의 병색이 짙다는 소식이 들려왔다.

늦은 밤, 자경이 방원에게 뵙기를 청했다. 건 일 년만이었다.

"늦은 밤 이리 마주하는 것은 오랜만이구려."

동생들이 옥사를 치르는 내내 자경과 방원은 만나지 아니하였다. 아들들을 장가보낼 때 부모로서 참석하느라 서로 얼굴을 마주한 적은 있지만 격식이었을 뿐 그 외 사담을 나눈 적은 없었다. 공적인 자리에서의 자경은 언제나 꼿꼿하고 안색에 변함이 없었다. 신료들이 놀라워할 정도였다. 원망의 말 한 마디 전하지 않고 조금의 내색도 하지 않는 바람에 방원은 자경을 위로할 수조차 없었다. 우습게도 서운해하면 안 되는 입장인 걸 알면서도 방원은 자경에게 서운했더랬다.

"내일 아버님 병문안을 가려 합니다. 상인이가 말하기를 아무래도 오래 남지 않은 것 같다고 하더이다."

"그렇다고 들었소."

젊은 시절 제가 갔던 사행을 이제가 다녀오는 것을 보면서 저 역시 물러날 날이 머지 않았구나 했더랬다. 거기다 성계에 이어 민제까지, 한 세대가 저물고 있다는 것이 실감났다.

성계와 민제는 온몸으로 시대의 격변을 겪으며 살아남아 새로운 시대를 열었던 세대였다. 그리고 그들의 유산을 방원과 자경은 물려받았다. 새 시대를 여는 데 한 역할을 했다고 자신하고 있긴 했지만, 따져보면 일부 도움이었을 뿐 결국 성계나 민제의 세대가 결심하지 않았다면 불가능했을 일이었다.

방원과 자경은 좋게 말하면 양쪽 모두에 걸쳐져 있었고 나쁘게 말하자면 사이에 끼인 이들이었다. 민제와 성계처럼 구시대를 청산하고 새 시대를 여는 데 적극적으로 임한 것도 아니었고, 왕자나 공주들처럼 완전히 새로운 시대에 태어나 새 시대의 문법으로 사는 것도 아니었다. 구시대에서 태어나 구시대의 관습으로 자라나서 새 시대의 후손들을 키워내야 했다. 그건 말처럼 쉬운 일은 아니었다. 성계와 민제의 죽음은 방원과 자경의 어깨에 더 큰 짐을 넘기고 가는 것과 다를 바 없었다. 어찌 살아야 할 것인가, 궁금할 때 더 이상 답을 구할 수 있는 어른이 없었다. 이젠 자신들이 어른이 되어 그 답을 줘야 했다. 과연 그들처럼 현명할 수 있을까, 자신할 수 없었다.

이런저런 생각을 곱씹는 사이 방원의 안색이 어두워졌다. 자경은 말없이 물끄러미 그런 방원을 바라볼 뿐이었다. 한참의 시간이 흐른 뒤 번뜩 정신을 차린 방원이 자경을 보았다. 그저 병문안을 간다고 알리려고 늦은 밤 이리 보자고 했을 리 없었다.

"혹시 나도 같이 가줬으면 해서 그 말을 하러 온 거요?"

"아닙니다. 전하께서 가시는 것은 그리 보기 좋은 모양새도 아닐 겝니다."

"허면 그저 중전이 가겠다고 고하러 온 거요?"

"부탁드릴 게 있습니다."

"무엇이오?"

"살날 얼마 안 남으신 아버님께서 마지막 가는 길에 자식들의 배웅을 받을 수 있도록 배려해주셨으면 합니다. 아버님 병구완을 하고 장례를 치르고 나면 동생들은 있던 곳으로 곧장 돌아갈 것입니다."

귀양 간 동생들을 잠깐이나마 불러올리고 싶다는 말이었다. 자경으로선 바랄 수 있는 원이었다. 무심히 고개를 끄덕이던 방원이 미간을 찌푸렸다.

"단지 그뿐이오?"

"네."

"단지 그뿐이라."

"허면 무엇을 더 바라야 하는 것입니까."

"부원군께서 아픈 것을 핑계 삼아 동생들을 구제해 달라고 할 수도 있을 텐데?"

빌어봤자 들어줄 것도 아니면서 방원은 자경이 빌기를 바랐다. 자경이 힘이 없다는 것을 의지할 게 저밖에 없다는 것을 이런 식으로 확인하고 싶은 거다. 그 마음이 괘씸했다. 저를 고작 그런 여자로밖에 안 보는 게, 그런 여자로 머물기를 바라는 게 서운했다.

"어떤 마음으로 외척을 정리하시는지 이미 다 아는데 어찌 감히 그런 청을 하겠습니까."

413

자경이 몸을 곧추 세운 채 눈을 내리깔았다. 조금도 지지 않겠다는 태도였다.

"다 안다고?"

"모르시리라 생각하십니까?"

하긴 모를 리 없는 여자였다. 허나 자신의 친정을 쳐내는 일에도 저리 냉혹할 줄은 몰랐다. 머리로는 알아도 마음으로는 인정하기 쉽지 않은 일인데 끝까지 흔들리지 않는 모습은 무서울 정도였다. 한 번쯤은 약한 모습을 보일 줄 알았다. 한 번쯤은 방원에게 기대 울 줄 알았다. 한 번쯤은 그저 사내로, 그저 계집으로 위로해주고 싶었다. 하지만 자경은 조금의 틈도 방원에게 허락지 않았다. 그 사실이 방원을 절망케 했다.

"그럼 말해 보시오. 내가 처남들을 불러들이자는 청을 들어줄 것 같소? 그리 내 맘을 다 알면 이 일도 능히 짐작하고 있는 것 아니오?"

"왕으로서는 허락할 수 없는 일이지만."

자경이 잠깐 말을 멈춘 뒤 방원을 빤히 쳐다보았다.

"스승인 아버님을 생각하면 허락해주실 수 있지 않을까 하여서 이리 온 것입니다. 아버님은 제게만 특별한 분이 아니라 전하께도 특별한 분이시니까요."

등뒤가 서늘한 대답이었다. 소름끼치게 정확했다.

무구와 무질을 귀양지에서 불러올리면 사간들이 난리를 칠거다. 허나 민제의 마지막 길에까지 방원이 모질 수는 없었다. 민제에게 방원이 차마 그럴 순 없었다. 그마저도 자경은 이미 다 알고 있다는 것이 징그러웠다. 저는 이 정도로 간파당하고 있는데 아직도 제 자리는 자경의 곁이 아니라는 게 화가 났다.

"특별한 분이라. 중전이 내 특별한 사람들에게 어찌 했는지 잊으셨소이까?"

자경이 움찔하여 방원을 보았다.

"내 아비의 앞에서 형제들을 죽이게 만들었어요. 그래놓고선 이제 중전의 아비 앞에서 형제들의 정을 그리고 싶습니까? 이기적이지 않소? 내 형제들은 그리 만들어 놓고 중전의 형제들은 챙기는 것이?"

"전하."

"허하지 않겠소. 돌아가시오."

"전하!"

"돌아가라고 하였소!"

"아버님에게, 아버님께 이럴 순 없음입니다. 아들들보다 전하를 더 아끼신 아버님이십니다. 저나 제 동생들은 몰라도 아버님께, 아버님께 전하가 어찌 이러실 수 있으십니까!"

방원이 자경에게서 몸을 돌렸다. 돌아선 등이 시렸다. 자경이 입술을 깨물며 자리에서 일어났다.

"모두가 전하와 혼인을 반대할 때 유일하게 찬성하신 분이 아버님이십니다. 저조차 전하의 미래를 낙관하지 못할 때 저를 위로하신 분입니다. 그런 아버님의 마지막이 이리될 줄은, 전하가 이러실 줄은 몰랐습니다."

이를 악문 자경이 밖으로 나갔다. 문 밖엔 도승지가 어물거리며 서 있었다. 그를 보자 자경이 미간을 찌푸렸다.

"이건 사담이다. 정사가 아니야. 헌데 네가 왜 여기 있는 게야? 왜 여까지 따라온 게야? 왜? 전하께서 내린 처분에 분개하는 계집이라고 기록하고 싶어서? 정치라곤 모르는 소견 좁은 계집이라고 쓰고 싶어서? 함부로 붓을 놀리지 마라. 새파랗게 어린 너보다 내가 더 먼저 정치를 하였다. 내가 아니었으면 네가 조정에서 녹을 받아먹고 있을 줄 아느냐!"

이딴 사내들이 투기에 미쳤고 친정 가문의 몰락을 이해할 수 없는 소견머리 없는 계집이라고 기록하는 것을 참을 수 없었다. 친정 가문의 몰락보다 역사에 그리 남는 것이 더 싫었다. 고작 사내들의 붓으로 자신이 멋대로 적혀지는 게 끔찍했다.

발을 구르며 일갈한 자경이 밖으로 나갔다. 방원이 인상을 쓰며 주춤거리는 도승지를 노려보았다.

"여기 왜 온 게냐?"

"상소문을 올리러 왔습니다."

"기록하였더냐?"

"애초에 기록하러 온 것이 아니라, 아무것도 기록하지 못하였나이다."

"물러나서도 아무것도 적지 마라. 어명이다."

"예."

도승지가 공손히 손을 모은 채 뒷걸음질쳐 밖으로 나갔다. 나가려는 도승지를 방원이 다시 불렀다.

"가서 중전께 전해라. 내가 허락하였노라고."

"네?"

"단지, 그리 말하면 아실 게다. 과인이 중궁의 부탁을 허하였노라고."

"예."

그래, 민제에게 제가 그리할 순 없었다. 자경에겐 얼마든지 잔인할 수 있지만 민제에게 그럴 순 없었다. 민제는 영원히 방원의 사부였다. 그리고 민제 앞에서 방원은 언제나 선달이고 싶었다.

방원은 민제가 저를 선달이라고 불러주는 게 좋았다. 말이 좋아 선달이지, 고작 진사시를 합격했을 뿐, 따져보면 사실 아무것도 아니었다. 나름 과거 시험을 통과했는데 아무것도 아닌 처지인 게 안쓰러우니 위로하기 위해 선달이란 그럴싸한 이름을 붙여준 거였다. 알지만 민제가 애정을 담아 선달이라고 불러주면서 저를 보고 웃으면 아무것도 아닌 게 아무것이 된 거 같아서 참 좋았다.

방원이 고작 진사시에 합격한 것으로도 성계는 뛸 듯이 기뻐했는데 거기에 혼인까지 이어지자 성계의 관심과 기대는 하늘 높은 줄모르고 치솟았다. 태어나서 아비에게 제가 제일이었던 건 그때가 처음이었다. 한동안은 그 기대에 미치지 못할까 봐 초조하고 두려워서 악몽을 꾸다 잠에서 깬 적도 많았다. 밤새 잠을 설친 다음 날 아침, 마주친 민제가 빙긋 웃으며 우리 이 선달 기침 하셨는가, 하면 비로소 마음이 편해졌다. 마른 땅의 단비마냥 달았다.

제가 아무것도 아닌 게 아니란 것을, 무언가 해냈고 해낼 수 있다는 것을 매일 아침 알려준 사람이 민제였다. 그 민제의 허락을 얻어 자경과 혼인까지 하게 되었을 때 제 가슴이 얼마나 부풀었던가. 단언컨대 그 해가 방원의 인생에서 제일 행복한 때였다. 제 인생에도 드디어 빛이 비추는 것 같다고 그리 느꼈었는데.

그랬는데 어찌 이리되었단 말인가.

방원이 보료에 몸을 기댄 채 괴롭게 눈을 감았다. 이 괴로운 심정을 세상에서 제일 잘 위로해줄 사람은 민제일 거다. 허나 민제에게 가서 투정 부릴 수 없었다. 이리 만든 건 누구도 아닌 저였다. 그래서 그럴 수 없었다. 이제 민제마저 세상을 뜨고 나면 투정부리고 싶은 사람마저 없어진다. 그땐 어찌 살아야 할까, 무엇을 이정 삼아 나아가야 할까, 생각하면 가슴이 답답했다. 서글펐다.

* * *

늦은 밤, 상인이 급히 효빈의 처소로 향했다.

"어쩐 일이십니까."

밤에 상인이 온 것은 처음이라 행아가 화들짝 놀랐다.

"긴히 드릴 말씀이 있어 보는 눈을 피해 이리 온 것입니다. 주위를 물러 주세요."

행아가 상궁과 나인들에게 눈짓했다. 금세 처소엔 상인과 행아, 단둘만 남았다.

"왜 그러십니까."

"전하께서 지신사 김여지를 불러 중전마마를 폐비하고 싶다고 밝히셨다고 합니다."

"네?"

"소식을 듣자마자 이리 달려온 것입니다. 폐비하고 새로 왕비를 세우는 길례를 논하라 하셨다고 하더이다."

무자년 구월 민제가 졸하고 이 년 뒤 경인년 삼월 끝내 무구와 무질에게 자진하라는 명을 내렸다. 그리하여 무구와 무질이 스스로 목숨을 끊었다. 자경은 혼연히 굴었으나 마음이 좋을 리 없었다. 당연히 두 사람 사이는 냉랭해졌다. 방원은 몇 번 동침하려 하였으나 자경이 거부했다. 마음이 동하지 않아 몸이 따르지 않는다는 거였다.

"지난 밤 아주 크게 다투긴 하셨습니다."

"왜요?"

"중전마마께서 또다시 합방을 거부하셔서."

"아무리 그렇다고 하여 어찌 이만 일로 폐비를 말씀하시는지 이해 가지 않습니다."

상인이 주먹으로 제 무릎을 내리치며 분개했다. 왕이 된 뒤 방원의 행보는 하나같이 상인이 이해하기 어려웠다. 마음대로 하자면 방원의 명을 거부하고 자경의 명만을 따르고 싶었으나 자경이 방원의 명을 따르라 한 까닭에 그럴 수도 없어 가슴 속에 화만 쌓이고 있었다.

"전하께선 중전마마께서 본인을 싫어한다 생각하셔서 서운하신 겝니다."

"어찌 그리 생각하실 수 있단 말입니까! 매일 밤 숨죽여 우시는데요."

"말하지 않고 내색하지 않으니 모를 수밖에요."

"그런다고 하여 어찌 모른단 말입니까."

"사내들은 모르더이다. 말하지 않고 내색하지 않으니."

씁쓸히 중얼거리며 행아가 물끄러미 상인을 보았다. 허나 상인은 화를 삭히느라 그런 행아의 눈빛을 눈치채지 못했다. 가만히 상인을 보던 행아가 자리에서 일어났다.

"제가 전하께 가보겠습니다."

"가서 어쩌시려고요."

"가서 어떻게든 하라고 제게 오신 것 아닙니까."

무심히 대꾸한 행아가 자리에서 일어나 상인을 스쳐 지나갔다. 폐비를 하겠다는 방원의 말이 진심일 리 없었다. 그저 그렇게라도 난리를 쳐서 돌아오는 반응을 보고 싶은 거다. 무구와 무질이 죽은 뒤 자경은 방원을 쳐다도 보지 않았으니 말이다. 차라리 화내는 모습이라도 봤으면 하는 그 마음을 이해할 수 있었다. 저 역시도 가끔 저

바위 같은 남자가 저를 향해 화라도 냈으면 싶을 때가 있으므로.

* * *

행아가 방원을 찾은 것은 처음이었다.

"왜 폐비한다니까 너더러 가보라더냐?"

"중전마마께옵서는 제가 이리 온 것을 모르십니다."

"그래? 쫓겨나도 숙이지 않으시겠다? 하긴 그래야 민자경 답지."

방원이 한껏 비아냥거렸다.

"자존심 하나에 그토록 바라던 자리를 놓치다니, 사랑하지 않는 사내를 택하면서까지 평생을 들여 노력했는데 말이다. 우습지 않느냐? 네 기분은 어떠하냐? 따지고 보면 네 인생 역시 중전 때문에 망친 게 아니냐?"

돌아오지 않는 애정에 뒤틀리는 마음을 누구보다 잘 알았다. 저 마음이 어떤 답을 원하는지 알고 있었다. 그 답은 자경밖에 해줄 수 없었다. 허나 위로 정도는 저도 해줄 수 있을 거다. 물끄러미 방원을 보던 행아가 천천히 입을 열었다.

"전하가 태상왕 마마의 자식이라서 전하를 택하신 게 아닙니다."

이게 대체 무슨 소리란 말인가. 방원이 놀란 얼굴로 행아를 보았다.

"저처럼 모자란 년이 감히 어찌 중전마마의 깊은 마음을 다 알겠습니까마는, 다만 단 하나 확실한 것은."

행아가 마른침을 삼키며 방원을 보았다.

"전하가 어느 집 자식이었든, 중전마마는 전하와 혼인하셨을 것입니다. 전하가 어느 가문의 아들이었든 중전마마의 선택은 전하였습니다. 다른 이는 몰라도 신첩은, 그것을 압니다."

방원의 어느 집 자식이었든, 자경은 방원을 택했을 것이다. 방원이 성계의 자식이기에 택한 다는 건, 그저 자신의 선택을 정당화하기 위해 뒤늦게 갖다 붙인 변명에 지나지 않았다. 자경은 그저 방원이어서 택한 거였다. 방원이어서 택했고, 방원이어서 왕으로 만들었다. 하물며 방원이 이인임의 자식이었어도 자경은 그리했을 거다. 방원을 사랑했으니까.

"헛소리!"

방원이 단호히 고개를 내저었다. 허나 이미 두 눈은 어지러이 흔들리고 있었다.

"네가 어찌 그것을 안단 말이냐?"

"중전마마를 가장 가까이서 오래 뫼신게 신첩입니다. 숨소리만 들어도 오늘 몸이 아픈지 아닌지 알 정도인데 심중을 어찌 모르오리까. 중전마마는 어려서부터 대단하셨습니다. 작정만 하셨다면 어느 사내랑 혼인했어도 그 사내를 최고로 만들 여장부셨지요. 그 욕심이 전하를 불편하게 한 것을 이해 못 하는 바는 아니지만, 전하가 태상왕 전하의 아들이라 혼인했다는 오해는 거두어 주시옵소서. 오롯이 전하여서 혼인한 것이옵니다."

행아의 말은 낮고 고요했으나 분명했다.

"그리고 전하가 어느 집 어떤 아들이었든, 중전마마는 전하를 보위에 올리셨을 겝니다. 차이를 정녕 모르시겠나이까?"

방원이 일렁이는 눈으로 행아를 보았다.

"전하, 중전마마께서는 밤마다 중궁전의 상궁 나인들을 모두 물려놓고서 혼자 우십니다. 그런지 오래되셨습니다."

"뭐라? 그게 정녕 사실이란 말이냐?"

421

"추호의 거짓도 없는 사실입니다. 직접 가서 확인해 보시어요."

언제나 자경은 방원을 야멸차게 대했다. 그래서 마음이 완전히 얼어붙어 버린 줄 알았다. 혼자 저리 무너지고 있으리라곤 꿈에도 몰랐다.

"많이 우십니다. 그리 길게 슬퍼하는 건 처음입니다. 저도 감히 위로하거나 달래지 못할 지경입니다. 허니 전하께서 행차해서 달래 주시옵소서."

"나는."

"사내 때문에, 사내의 등 뒤에서 우는 여자는 만들지 않겠다고 약조하시지 않으셨습니까?"

방원이 종종 자경에게 건넸던 말이었다. 단둘이 있을 때만 입버릇처럼 한 약조인데, 그것을 알고 있다니 정말 모든 것을 다 아는 사이가 맞는 모양이다.

"행차해 주시어요, 전하."

행아가 독촉하며 머리를 숙였다. 방원이 그제야 자리에서 일어났다. 왠지 눈앞이 아득해지는 기분이었다.

* * *

내전에서 멀찍이 물러나 있던 중궁전의 상궁과 나인들이 방원을 보고 소스라치게 놀라 달려왔다.

"전하, 어쩐 일이시옵니까."

"중전이 물러나라더냐?"

"예. 혼자 있고 싶으시다고 하셔서."

"매일 밤 이러느냐?"

"예. 매일 밤 그리 명하십니다. 제가 얼른 가서 고하겠나이다."

"되었다. 여기, 그대로 있어라. 너희들도 더 이상 따라오지 말고 이곳에서 기다려라."

대전의 내관들에게 일갈한 방원이 혼자 중궁전으로 향했다. 차마 더 따질 수는 없지만 걱정스러운 기색을 감출 수 없는 상궁이 발을 동동 굴리는 소리가 방원의 등 뒤를 울렸다. 허나 그런 것을 신경쓸 만큼 한가롭지 않았다. 아까 행아가 던지고 간 말이 너무나 충격적이었던 까닭이었다.

이성계의 아들이라서 선택한 게 아니다.

이성계의 아들이라 자경에게 간택되었다고 생각했다. 이성계의 아들이라서 간택되었고, 그리 간택한 제 남편을 왕으로 만들기 위해 피도 눈물도 없이 제 가정을 박살낸 여자라고 생각했다. 자신이 이용당했다는 사실에 분개했고, 집안이 파투났다는 사실에 분노했다. 그리고 그리 살았으면서도 저를 사랑하지 않는다는 것에 좌절했다.

그런데 그게 아니었단 말이지.

사랑한 게 아니라 이용당했단 사실에, 배신당했다고 아파했는데 그게 아니었다는 게 충격적이었다. 그럼 대체 이때껏 왜 그리 화를 내고 서로를 상처내지 못해 안달했던 것일까.

천천히 걸어 방원이 중궁전의 앞에 섰다. 안에서 희미한 울음소리가 새어나오고 있었다. 손끝이 발발 떨려왔다. 몇 번 손에서 놓친 끝에 방원이 문고리를 잡았다. 조심스레 문을 열었다. 자경이 엎드린 채 울고 있었다.

방원이 문을 조금 더 열고 안으로 들어섰다. 기척을 느낀 자경이 놀란 얼굴로 돌아보았다. 온통 젖은 자경과 두 눈과 마주쳤다. 자경이 소스라치게 놀라며 급히 방원에게서 몸을 돌렸다.

"나가십시오."

떨리는 목소리였다. 방원이 아랑곳하지 않고 자경의 가까이 다가와 몸을 돌렸다. 여전히 온 얼굴이 형편없이 흐트러져 있었다. 이런 모습은 처음이었다. 이렇게 우는 여자인 줄 몰랐다.

"나가세요."

"중전."

"나가세요!"

"왜 혼자 우는 거요? 왜 나한테 와서는 못 웁니까? 왜 나한테는 아무것도 보여주지 않으려는 거요?"

"계집질은 다른 계집에게 가서 하세요. 왜요? 왕이 되니까 신첩도 일개 계집으로 만들고 싶으십니까? 제가 전하의 발아래서 울부짖는 모습을 보고 싶으세요? 싫습니다. 싫어요. 죽으면 죽었지 그리 안 합니다. 그런 꼴은 못 보입니다."

손목을 비틀어 방원에게서 빠져나가려는 것을 방원이 다시 붙잡았다. 자경이 방원을 노려보았다.

"놓으세요!"

"일개 계집이면 왜 안 되는 거요? 나는 늘 중전 앞에서 일개 사내놈이고 싶은데. 일개 사내로 평생 중전과 해로하고 싶은데 대체 그게 왜 싫은 거요?"

자경을 보는 방원의 두 눈이 슬펐다.

"왕이고 중전이기 이전에 부부잖소. 계집과 사내잖소. 좀 더 편해질 순 없는 거요? 왜 아무 틈도 보여주지 않으려 하오? 왜 조금도 기대지 않는 거요? 왜 내가 기대려는 것조차 거부하는 거요? 우리 다 사람인데, 일개 계집과 일개 사내로 만나 혼인하여 가정을 이뤘는데! 언젠가는 다시 일개 계집과 사내가 되었다가 다시 흙으로 돌아갈 건데, 대체 왜, 왜 이리 힘들게 하는 거요?"

자경이 다시 울음을 터뜨렸다. 방원이 자경을 끌어안았다. 자경이 도리질 치며 방원을 밀어냈다. 방원이 다시 자경을 끌어안았다. 자경이 방원의 등과 가슴을 쉼 없이 때렸다. 방원은 묵묵히 맞아주었다. 한참 동안 울며 화를 내던 자경이 기운이 빠졌는지 방원의 품 안에서 축 늘어졌다. 방원이 자경을 좀 더 가까이 끌어안았다. 자경이 가만히 안겨왔다.

"나는 중전에게만 일개 사내이고 싶었어요. 지금도 그래요. 어찌 이리 내 마음을 몰라줍니까."

자경의 눈에서 다시 눈물이 흘러나왔다. 방원이 젖은 두 볼을 닦아 주었다. 자경이 부은 두 눈에 조심스레 방원의 입술이 내려앉았다. 자경의 두 팔이 방원의 목을 감쌌다. 천천히 자경의 몸이 뒤로 넘어갔다. 방원이 초를 끄기 위해 몸을 반쯤 일으켰다. 그사이 자경이 방원의 품으로 파고들었다. 허리를 반쯤 들었던 방원이 다시 급히 몸을 숙였다. 끝내 환한 불빛 아래 자경의 가슴이 드러났다. 방원이 마른침을 삼켰다.

* * *

방원이 길례의 일을 논하라 하고 얼마 지나지 않아 자경은 회임했다. 의논하던 하륜과 영무는 벙쪄서 기막혀 했다. 방원은 모른 척하며 어의를 불러 자경의 건강을 각별히 살피라 명했다.

임진년 유월 스물셋째날, 자경이 아들을 낳았다. 난산을 잘 보살폈다고 어의 양홍달은 검교 한성윤이 되었고 양홍적은 검교 공조참의에 오른 뒤 공신전까지 하사받았다. 아이가 태어나기 전부터 복자(卜者)를 불러 아들인지 딸인지, 아들이면 어쩌면 좋을지 물어가며 법석을 떨던 방원은 아들이 태어나자마자 아들을 성비전으로 보내겠다고 알렸다. 복자가 아들이면 궐 밖에서 키워야 명이 길다고 했기 때문이다.

허나 방원의 그런 정성에도 불구하고 아이는 백일을 넘기지 못했다. 거기다 그 아이를 낳은 이후 자경의 건강이 매우 나빠졌다. 마흔일곱의 나이에 무려 열다섯 번째 아이를 해산했으니 그럴 만도 했다.

방원은 자경이 편치 못한 것을 걱정하여 전전긍긍했다. 복자를 불러 거처를 어디로 정하면 좋은지 물은 후 여러 번 궁을 이어하기까지 했다. 유교 국가에서 복자에게 의지한 것도 놀라운 일인데 그것만으로도 부족해서 심지어 방원은 중들까지 불러 모아 자경을 위한 기도를 올리도록 시켰다. 그리하여 경사(經師) 스물한 명은 본궁에서 중 백여 명은 경회루에서 모여 불경을 읽으며 기도를 드렸다. 만약 기도를 올렸는데도 자경의 병에 차도가 없으면 절들을 모두 없애버릴 거라는 방원의 겁박에 중들은 팔뚝을 지져가며 필사적으로 애를 썼고 그 덕분인지 자경은 잠시 기력을 회복했다. 기분이 좋아진 방원은 상으로 회암사에 전지 백 결을 하사했다.

허나 좋아졌다 나빠졌다를 반복할 뿐 자경은 쉬이 자리를 떨치고 일어나지 못했다. 방원은 특별히 세자에게 명하여 잠시도 자경의 곁을 떠나지 않고 살피라고 했다. 거기다 무휼과 무회가 궐에 드나드는 것도 모른 척 눈감아 주기까지 했다. 어떻게든 자경만 나으면 된다고 여긴 까닭이었다.

"세자는?"

"잠시 밖에 나가셨습니다."

허나 세자는 진득하니 자경의 곁을 지키지 못했다. 오히려 온종일 자경의 곁을 지키는 것은 셋째 아들 충녕대군 이도였다. 자경이 잘 때는 책을 읽어가며, 정신이 들 때면 말동무를 해가며 이도는 자경의 곁에 머물렀다. 가끔 흐릿한 시선으로 이도의 얼굴이 보일 때마다 자경은 민제를 떠올렸다. 민제가 없는 자리를 민제와 닮은 아들이 메워주고 있는 것이 묘했다.

이도는 자식 중 유일하게 외탁하여 민제를 쏙 빼닮은 아들이었다. 성품도 민제와 같아서 책을 좋아하고 인내심이 강했으며 자신의 감정을 절제할 줄 알았고 무엇보다 정이 많았다. 생각해 보면 키우면서 딱히 이도에게 더 깊은 마음을 쏟지 않았는데 자식 중 가장 효자였다. 굽은 나무가 선산을 지킨다는 옛말이 이래서 나온 모양이다.

"숙부들은?"

"아까 세자 저하를 따라 나가셨습니다. 아마 긴히 나눌 말씀이 있었나 봅니다."

"그렇습니까."

"그래도 안색이 많이 나아지셨습니다."

수다스럽지는 않지만 다정한 아들이었다. 보면 볼수록 민제와 닮은 구석이 많았다. 자경이 새삼스럽게 이도를 빤히 쳐다보자 이도가 빙긋이 미소 지었다. 눈이 아래로 처지면 더 민제와 비슷해졌다. 그러는 사이 무휼과 무회가 돌아왔다.

"그럼 저는 잠시 측간에 다녀오겠습니다."

이도가 급히 자리에서 일어났다. 아마도 아까부터 가고 싶었는데 차마 자경을 혼자 둘 수 없어 오래 참은 듯했다. 민제가 죽은 뒤 이제 아프면 누가 저를 지극히 간호해줄까 했는데, 이도가 그 자리를 채워주고 있었다. 가슴이 뻐근할 만큼 감격스러웠다.

"세자와 무슨 이야기를 나누었더냐?"

무심히 건넨 질문인데 자경의 물음에 무휼과 무회의 안색이 변했다.

"무슨 일인 게야?"

아파 누워 있다고 해서 민자경이 어디 갈 리 없었다. 무언가 심상 찮은 일이 벌어졌음을 알아차린 자경이 힘겹게 자리에서 몸을 일으켰다.

"어서 말해라. 대체 무슨 소릴 한 게야?"

"마마."

"말하지 못하겠느냐?"

"그것이."

"내가 말하겠다."

무회가 입을 삐죽이며 물러나고 무휼이 나섰다.

"무회가 형님들이 억울하게 죽었다고, 저희를 잘 봐주십사 했답니다."

"대체 왜 그런 말을 했단 말이냐! 왜 이리 경솔해!"

"마마."

"그래서 세자는 무어라 하더냐?"

"저희 집안이 교만방자하여 일어난 일이라고 하더이다. 그랬더니 무회가 저하가 어느 집에서 자랐느냐고."

무휼의 말이 끝나기도 전에 자경이 비틀하였다. 무휼이 놀라서 자경을 부축했다.

"마마."

"물러가거라."

"마마."

"물러가서 죽은 듯이 있거라. 다시 부를 때까지 얼씬도 하지 마라."

무구나 무질은 터울이 얼마 지지 않아 자경과 같이 자랐다. 같이 자라며 아버지를 보고 배웠고 방원과 교류했다. 그래서 그네들은 정치에 대해 잘 알았다. 허나 무휼과 무회는 아니었다. 무구나 무질에 비해 그릇이 모자랐다. 경솔했다. 자경과 방원이 어떤 사람들인지 몰랐다. 늦게 본 자식이라고 민제가 마냥 예뻐하느라 가르치는 것을 소홀히 한 무회는 특히 더 그랬다.

무휼과 무회를 내보내고 자경이 쓰러지듯 자리에 누웠다. 잠시 후 조용히 문이 열리더니 이도가 방으로 들어와 자리했다. 자경이 눈을 가늘게 뜨고 이도를 보았다.

"대군."

"네, 어마마마."

"이만 가세요. 나는 좀 자야겠습니다."

"주무세요. 방해하지 않겠습니다."

"대군."

"아바마마께서 어마마마를 혼자 두지 말라고 하셨습니다. 형님께서 자리를 비우셨으니 저라도 있어야 합니다. 있게 해 주세요."

몸이 뒤틀린 이제는 어딘가로 내뺀 게 분명했다. 이제의 인물됨은 이도만 못했다. 이제를 사랑하여 차마 입 밖으로 그리 말하지 않았지만 방원도 자경도 알고 있었다. 알고 있어서 더 가슴 아팠다. 가장 귀하게 키운 자식이 모자라니 더더욱 사무쳤다. 이제가 이도만 했다면 무회의 말에 그리 받아치지 않았을 것이다. 그랬다면 무회가 그리 방자한 말을 내뱉지도 않았을 거고 저가 걱정할 일도 없었을 거다. 가슴이 답답한 자경이 뒤척였다.

"대군."

"불편하십니까."

"물러가면서 전하를 불러 주시오. 전하를 뵙고 싶어요."

"예."

방원을 보고 싶다는 말에 이도가 자리에서 일어나 조용히 밖으로 나갔다. 자경이 눈을 감았다가 떴다. 어느새 흘러내린 눈물이 자경의 양 볼을 타고 흘러내렸다.

* * *

"허니, 말이 나오기 전에 전하께서 처리하여 주시옵소서."

"누워요."

"전하."

"중전의 낯빛이 창백합니다. 보기 괴로우니 이만 누우세요."

방원이 자경을 달래서 자리에 눕혔다.

"남은 두 처남은 애초에 정치에 별 관심이 없고 그릇이 그만하지도 못한 인물들입니다. 그대로 내버려 둔다고 하여 그들이 세자에게 무슨 위해가 되겠습니까."

"세자가 문제를 삼을 겁니다."

"중전."

"그 말을 듣고 세자가 가만있을 성정이 아닙니다. 언젠가 문제 삼을 겁니다. 세자에게 처리되는 외삼촌들이 되는 건 싫습니다. 차라리 전하가 정리해주시어요."

벌써부터 이제는 행실이 적절치 못하여 방원에게 불려가 종종 혼이 나고 있었다. 그리고 그때마다 이제는 자신이 빠져나가기 위해서 다른 변명이나 핑계를 끌어오는 식으로 머리를 굴리곤 했다. 오늘 있었던 일 역시 후에 그리 이용될 수 있었다.

"두 아이가 경솔한 것도 사실이니, 벌을 내려도 합당합니다."

"그만 하세요. 그만 쉬어요."

방원이 다정히 자경의 손등을 쓸어내렸다. 자경이 가만히 방원을 올려다보았다.

"내가 먼저 문제 삼지는 않을 거외다. 허나 후에 무언가 문제가 되어 말이 나오면 그때 정리합시다. 그리고 이 정도 일 가지고 큰 벌을 내릴 수는 없음이에요. 알지 않습니까."

"어설프게 계속 말이 나오느니 깨끗이 정리하는 게 낫습니다. 그래야 저희 가문도 명분이 서지요. 어리석어 계속 왕실과 세자에게 문제가 되는 골치 아픈 가문이 되느니 차라리 전하의 손에서 깨끗이 정리된 외척으로 만들어 주세요. 그런 모양새가 더 나아요."

"과인더러 중궁의 동생들을 다 죽이라는 게요?"

"조카들은 거두어 주실 것 아닙니까."

"어리석긴 하나 큰 문제를 일으킬 이들은 아니에요."

"언젠가 문제가 생기면 전하께서 큰 문제로 만들어 주세요."

"대체 무엇으로? 이전의 두 처남과 이들은 다르잖소."

"민 씨 가문이 간악해서라고 하세요. 너무나 간악하여 불문곡직, 살려둘 수가 없다고요."

"중전."

431

"부디 차라리 간악한 이들이라 기록해 주세요. 어리석은 동생들을 둔 왕비는 되고 싶지 않나이다."

참으로 자경다운 부탁이었다. 방원이 씁쓸한 얼굴로 고개를 돌렸다. 자경이 천천히 눈을 감았다.

* * *

을미년 사월 엄치용이 민무회를 찾아가 국가를 상대로 한 자신의 노비 소송이 뇌물을 받은 하륜 때문에 억울하게 패소했다며 하소연했다. 무회는 충녕대군을 찾아가 사정을 알아봐 달라 부탁했고, 충녕은 방원에게 물었다. 방원은 대노했다. 결국 자경이 걱정하던 일이 벌어진 것이다.

무회의 처벌을 가지고 정국이 불안해지자 세자가 몇 년 전 이야기를 꺼내 들었다. 자경에게 들었던 이야기를 이제에게 다시 들으며 방원은 가만히 눈을 감았다. 이제 더 이상 돌이킬 수 없었다.

결국 칠월 무휼과 무회는 직첩을 빼앗기고 해풍에 안치되었다. 그 다음 해 병신년 일월, 무휼과 무회는 자진했다. 무구와 무질이 죽고 육 년 뒤였다.

이른 새벽, 닭이 울기도 전에 오 상궁 하나만을 데리고 조용히 궐을 나섰던 자경이 해가 채 뜨기도 전에 기운 없이 궐로 돌아왔다. 무휼과 무회의 죽음이 알려진 다음 날이었다. 가족들을 위로하려 일찍 궐을 나섰다가 문전박대당해 빨리 돌아온 것이다.

무휼과 무회의 처와 자식들은 자경에게 서운함을 숨기지 않았다. 송 씨 역시 아파서 일어날 수 없다며 자경을 보려하지 않았다. 결국 자경은 마루에 엉덩이 한 번 붙이지 못한 채 그냥 돌아와야 했다.

"마마."

기운 없이 도착한 중궁전 앞에는 상인이 서성이며 기다리고 있었다.

"이른 아침부터 어딜 다녀오시는 겝니까?"

"너는 이른 아침부터 어쩐 일이냐?"

상인이 곱게 접은 한지 두 개를 꺼냈다. 자경이 조심스레 펼치자 잘린 머리카락이 조금씩 들어있었다.

"자진하라는 명이 내리기 전에 두 분을 뵈러 다녀왔습니다. 그때 받아온 것입니다. 마마께 혹 위로가 될까 하여서요."

꾹꾹 눌러왔던 눈물이 그제야 터졌다. 자경이 바닥에 주저앉으며 울음을 터뜨렸다. 어쩔 줄 몰라 하던 상인이 손을 내밀자 그대로 온몸을 의지해왔다.

"마마."

"아아. 아아아."

몸을 가늘게 떨면서 자경이 오열했다. 머뭇거리던 상인이 다정히 자경의 어깨를 감쌌다. 상인의 가슴에 얼굴을 묻은 채, 그 가슴팍이 흠뻑 젖도록 자경이 울고 또 울었다. 상인이 다정히 자경을 위로했다.

멀리서 중궁전으로 들어서려던 방원이 두 사람의 모습을 보고 멈칫하며 걸음을 멈추었다. 고하려는 내관을 저지한 방원이 한참 동안 두 사람을 바라보다 조용히 돌아섰다. 겨울, 서늘한 바람 한 자락이 자경과 방원을 스쳐 지나갔다.

22장

강상인 옥

姜尙仁 獄

무술년 이월 넷째날, 방원과 자경의 사남이자 막내아들인 성녕대군 이종이 졸하였다. 늦게 얻은 까닭에 이제만큼이나 아낀 막내아들의 죽음에 자경과 방원은 아주 깊이 슬퍼하였다. 젊어서 어린 자식을 잃는 것과 나이 든 뒤 다 키워 혼인까지 시킨 자식을 잃는 것은 느낌이 전혀 달랐다. 단장이 끊기는 슬픔이 어떤 것인지 비로소 알 것 같았다.

이종은 너무나 사랑하여 혼인을 시키고도 궐 밖으로 내보내지 않은 아들이었다. 이제 다음으로 궐에서 가장 오래 데리고 있었던 아들인지라, 눈을 돌리는 곳마다 금방이라도 이종이 웃으며 나올 것만 같아 매우 괴로웠다. 그리하여 방원과 자경은 이종이 죽은 후 얼마 지나지 않아 곧 경복궁으로 이어했다. 허나 그것만으로는 충분치 않았다. 결국 두 사람은 한양을 떠나 개성 유후사로 향했다. 허나 유후사에서 오래 머물며 정사를 보기는 무리였다. 어가는 결국 경덕궁으로 돌아왔다. 머물 곳을 찾아 여러 곳을 전전해야 했을 정도로 방원

434

과 자경은 이종을 잃은 슬픔에서 쉬이 벗어나지 못했다.

오죽하면 신료들이 식사를 챙길 것을 간해야 할 정도였다. 방원도 방원이었지만 가뜩이나 몸이 약해진 자경이 이대로 맥을 놓을까 봐 걱정된 행아는 공주들에게 자주 궐에 들러 줄 것을 부탁했다. 공주들이 와서 수다를 떨며 차나 다과를 권하면 자경은 그제야 기운을 차리고 입에 무언가를 넣었다. 방원 역시 조정의 일을 보다가도 딸들이 중궁전에 와 있다고 하면 한달음에 달려왔다. 자식을 잃은 두 사람에게 위로를 주는 것은 살아남은 자식들이었다. 우스운 것은 이 와중에도 계속 태어나는 후궁의 자식들이 아니라 오로지 자경과 사이에서 낳은 자식들만이 방원에게 위로가 된다는 사실이었다.

"중궁전에 정순공주와 경정공주께서 드셨다 하옵니다."

"그래? 허면 오늘 차는 거기서 마셔야겠구나."

상소문을 들여다보던 방원이 오랜만에 기쁜 얼굴로 서둘러 자리에서 일어나 중궁전으로 향했다. 첫째와 둘째가 함께 온 것은 오랜만이었다. 하나만 봐도 기쁜데 한 번에 두 딸을 본다고 생각하니 걸음이 날아갈 듯이 가벼웠다.

중궁전에 도착하자 두 공주가 기쁜 얼굴로 방원을 맞았다. 딸들의 하례를 받으며 방원이 자경의 안색을 살폈다. 오랜만에 양 볼에 핏기가 도는 것을 보고 방원이 마음을 쓸어내렸다.

"그래, 모녀가 무슨 담소를 나누셨소?"

"정순공주가 곧 손녀를 볼 것 같습니다. 시집간 딸 아이에게 태기가 있다 합니다."

"무에요? 아니 그럼 우리에게 증손주가 생기는 것이오?"

"네, 그리될 듯합니다."

"공주가 시집가서 아이를 낳은 것이 엊그제 같은데, 증손주라니 믿기지 않소이다. 내리사랑이라는데 그럼 증손주는 손주보다 더 예쁠까요?"

"저는 저 아이가 할머니가 된다는 사실이 더 믿기지 않습니다. 어린 것을 품에서 떼어 시집 보낸 일이 엊그제 같은데요."

"그것도 그렇소이다."

오랜만에 방원과 자경이 마주보며 소리 내어 웃었다.

"그리 좋으십니까?"

"그럼, 기쁘지. 새로운 자손이 생기다니, 근자에 들은 소식 중 제일 기쁘구나."

방원의 말에 정순공주가 고개를 갸웃했다.

"세자 저하께도 기쁜 소식이 있지 않습니까?"

"세자에게?"

뜻밖의 말에 자경과 방원이 크게 놀랐다. 두 사람이 놀라는 것을 본 정순공주가 아차, 하는 얼굴로 뒤늦게 입을 다물었다.

"자세히 말해 보아라. 그게 대체 무슨 소리냐?"

"그것이."

정순공주가 쉬이 말을 잇지 못하고 머뭇거렸다.

"세자가 또 무슨 사고를 친 것이냐?"

"어마마마, 기쁜 소식이라지 않습니까."

곧장 튀어나오는 자경의 염려를 경정공주가 급히 달랬다.

"기쁜 소식인데 왜 말하길 망설이는 게야?"

자경의 재촉에 정순공주가 어렵게 입을 열었다.

"그것이 저는 어마마마와 아바마마께서 이미 알고 계신 줄 알았는

436

데 모르시는 걸 보니, 아무래도 제가 실수를 한 것 같아서."

"그러니 그게 무엇이란 말이냐? 답답하다, 어서 말해 보거라."

"근자에 세자궁에서 유모를 구한다고 하시기에 보내드렸나이다."

"유모? 유모라니? 빈궁에게서 그런 말은 듣지 못하였는데 대체 누구 아이란 말이냐?"

정순공주가 다시 입술을 깨물며 머뭇거렸다.

"어서 마저 말하라."

"어리의 아이라고 하더이다."

어리, 라는 말이 나오자마자 자경의 몸이 비틀했다. 경정공주가 급히 자경을 부축했다.

"어마마마."

자경이 경정공주의 팔을 밀어내며 몸을 바로 했다.

"어리가 대체 어찌 아이를 가졌단 말이냐? 쫓아 보낸 지가 언제인데!"

어리는 곽선의 첩이었는데 미색으로 소문이 자자했다. 어리의 소문을 들은 이제가 곽선이 자리를 비운 틈을 타서 그 아들을 겁박하여 어리를 취했다. 사실을 안 방원은 아연실색하여 어리를 비롯해 관련된 모든 이들을 쫓아냈고 이제에겐 대노했다. 이제는 울며불며 잘못했다고 반성문을 쓰고 다시는 그러지 않겠다고 종묘에 고했다. 그게 무려 일 년 전의 일이었다. 헌데 그 어리가 대체 어찌 아이를 가졌단 말인가.

"설마 지금까지 몰래 만나고 있었던 것이란 말이냐? 아직도 정신을 못 차리고?"

이제는 머리가 굵어진 뒤부터 끊임없이 여자 문제로 속을 썩였다.

가뜩이나 방원의 계집질에 질린 자경은 일찌감치 혀를 내두르며 학을 뗐고, 방원은 젊은 혈기에 그럴 수도 있다며 애써 눈감아 주었다. 기생들과 어울리는 것은 적당히 모른 척해주던 방원이었지만 남의 계집을 빼앗아 제 것으로 만든 것은 용납할 수 없었다. 그래서 유독 어리에 대해서는 엄히 다룬 것인데 그 어리를 아직까지 만나고 있다면 이건 보통 큰일이 아니었다.

"아는 대로 솔직히 모두 다 고하라."

엄한 방원의 명에 정순공주가 하는 수 없다는 듯 체념한 얼굴로 입을 열었다.

"신첩이 아는 바로는 부원군께서 세자 저하와 어리가 만날 수 있도록 도와주었다고 들었습니다. 부원군이 시켜 부부인께서 어리를 종비로 속여 궐로 데리고 들어와 세자와 만났다고 하더이다."

"공주는 그런 이야기를 들었으면 당장 전하께 고했어야지!"

"신첩은 전하께서도 알고 계시면서 모른 척해주시는 줄로만 알았습니다. 전하께서 저하에게는 유독 너그러우시니, 이번에도 눈 감아 주셨구나, 그리 여겼습니다. 설마 부원군께서 감히 전하의 눈을 피해 그런 일을 저지르리라곤 어찌 상상이나 했겠습니까."

방원은 이전에도 이제가 기생 때문에 속상해할 때 그를 달래 준 적이 있었다. 허니 방원이 어리도 결국은 허락해준 모양이라고 생각한 것도 크게 무리는 아니었다. 거기다 이제의 장인 김한로는 방원과의 과거 동기로 그해 장원 급제자였는데, 학문은 깊었으나 소심한데다 안전지향적이라 큰 야망이 없을 뿐 아니라 정치에도 미숙했다. 누가 봐도 감히 방원의 눈을 속이고 어떤 일을 저지를 수 없는 자였다. 따져보면 정순공주가 어림짐작하여 내린 판단이 꼭 잘못됐다고

만 할 수 없었다.

"아무리 그렇다고 해도 어찌 유모를 구해줄 때까지 한 마디도 먼저 알리지 않았단 말이냐."

타박하는 자경 앞에서 정순공주가 꿀 먹은 벙어리가 되어 고개를 숙였다. 언니를 안쓰럽게 보던 경정공주가 편을 들어주었다.

"근자에 궐에 들어와서 고할만한, 그런 상황이 아니었지 않습니까."

차마 성녕대군이라고 직접 말하지 못하지만, 그런 상황이 성녕대군을 뜻하는 것임을 짐작할 수 있었다. 가만히 있던 방원이 미간을 찌푸렸다.

"성녕대군의 일로 모두가 슬퍼할 때 세자는 어리와 놀아났단 말인가."

나지막한 방원의 읊조림에 정순공주와 경정공주가 움찔했다. 물끄러미 방원을 보던 자경이 두 공주를 향해 손을 내저었다.

"오늘은 이만 가거라."

눈치를 보던 두 공주가 절을 올린 뒤 서둘러 나갔다. 자경이 눈짓으로 상궁과 나인들도 모두 물러나도록 했다. 둘만 남자 자경이 방원의 가까이 다가갔다.

"전하."

"대체 저 아이를 어쩌면 좋을지 모르겠습니다."

아들 셋을 내리 잃은 뒤 얻은 아이였다. 그래서 다른 자식들보다 이제는 유독 귀하고 특별했다. 거기다 체격이나 외양이 성계를 많이 닮아서 더욱더 방원은 이제를 귀히 여겼다. 이제는 방원에게 너무나 모자란 자식이었다. 모자라는 걸 알지만 애정을 거둘 수가 없었다. 모자라는 것마저도 안타까웠다. 도무지 어찌할 수 없는 부정(父情)이었다.

"어리 문제가 터졌을 때 중전이 이제 그만 포기해야 하는 거 아니냐고 했는데, 그때 그 말을 따랐어야 했나 봅니다."

자경에게도 이제는 귀한 아들이었으나, 자경은 이제가 여자 문제를 제대로 맺고 끊지 못하는 것에 대해서 훨씬 더 날카롭게 반응했다. 모질게 크게 혼낸 적도 여러 번이었다. 허나 방원은 그마저도 서운해했다. 친탁을 한 이제의 행실에 대해서 자경이 떨떠름하는 것이 마치 저를 마음에 들지 않아 하는 것 같았기 때문이다. 그래서 더 기를 쓰고 방원은 이제를 감쌌다. 하필이면 이제가 제 식구들을 많이 닮은 까닭에 아무리 사고를 쳐도 쉬이 포기할 수 없었다. 어떻게 해서든 이제가 자경에게 그리고 신료들에게 인정받기를 바랐다. 이제가 인정받는 일이 꼭 저가 인정받는 일처럼 생각되었기 때문이다.

"충녕처럼 장인어른을 닮았으면 좋았을 텐데요."

이제는 방원과 자경이 가장 기대한 아들이었다. 특히 방원은 친탁을 한 이제가 자경과 신료들에게 인정받기를 바랐지만 부모의 기대와 아이의 현실은 별개였다. 하필이면 외탁을 한 이도의 행실은 바람직하여 자경 역시 이 문제를 이야기하는 것이 쉽지 않았다. 그나마 어리의 일이 터졌을 때, 자경이 크게 마음먹고 이제의 장래 이야기를 꺼냈지만, 그때조차도 방원은 괴로워했다. 자신이 성계의 마음에 들기 위해 눈치 보며 살아온 세월이 떠오르는 모양이었다. 방원은 아비라면 자식을 무조건 함함해하며 품어줘야 한다고 믿었다. 그렇기에 아들의 행실에 대해 왈가왈부하는 것이 옳은 일인지 모르겠다고 했다. 거기다 이제는 세 명의 아들을 떠나 보낸 뒤 얻은 특별한 자식이니 더 그랬다.

"내가 죄 많은 사람이라 후사가 뜻대로 되지 않는 걸까요."

"자책하지 마시어요. 그게 어찌 전하의 탓이란 말입니까? 자식 농사는 부모가 함께 짓는 것이에요. 세자에게 잘못이 있다면 의당 어미인 제 책임도 큽니다. 우리 둘 모두의 잘못이에요. 혼자만 그리 괴로워하실 게 아닙니다. 그리고 세상에서 제일 뜻하는 대로 안 되는 게 자식 일이라고 했습니다. 저희 친정 가문을 보세요. 남동생 중 아버님의 성에 차는 아들은 아무도 없었습니다. 자식은 본래 부모보다 잘나기 어려운 법이에요. 그러니 부모고 자식인 게지요. 세자는 다른 재능이 많습니다. 그리 기골이 장대하고 활을 잘 쏘고 말도 잘 타고 사내답고 인물 좋기도 어려워요. 게다가 풍류도 잘 알고 글도 잘 쓰고 장점을 열거하자면 끝이 없지요. 허니 우리가 사랑한 거 아닙니까. 다만 그것이 왕제로 적절치 않다는 것인데, 저리 다재다능한 아이를 억지로 세자 자리에 앉혀놓고 맞춰 살라는 것도 부모의 욕심일 수도 있어요. 내려놓아 주는 게 우리 아들에게 더 나은 일일지도 모릅니다."

자경이 다정히 방원을 달랬다.

"생각해 보면 우리도 부모님들 속을 썩인 자식들 아니었습니까. 제 아비가 제가 이리 살기를 바랐겠습니까. 아바마마께서 전하가 이리 살기를 바랐습니까. 부모의 뜻에 어긋난다 하여 꼭 잘못된 것이 아니지 않습니까. 부모의 기대대로 산다고 하여도 그 자식이 행복한 것도 아니고요. 적절치 못한 자리에 앉아 자식이 버거워한다면 그것을 치워주는 것도 부모가 할 일이에요. 그리 생각하세요. 뺏는 게 아니에요. 아이에게 맞는 자리를 찾아주는 겁니다."

자경이 하는 말 뜻을 모르지 않았다. 저 역시 단지 조선을 위해서

만이 아니라 이제를 위해서라도 마음을 결심해야 함을 알고 있었다. 허나 성계와 얽힌 기억이 자꾸만 방원의 발목을 잡았다. 그의 마음에 들려 했으나 끝내 성에 차지 않는 아들이었던 자신의 모습에 이제가 겹쳐지면 마음을 쉬이 다잡기 어려웠다. 어쩌면 제가 성계 앞에서 늘 마음에 들지 않는 아들이었던 것처럼 이제 역시 나름 노력하는데 저 모양인 것은 아닐까 싶어서 안타까움이 솟았다. 그럴 때면 한 번만 더 기회를 주고 싶었다. 조금 더 크면 나아지지 않을까, 나이가 더 들면 괜찮지 않을까, 자식을 보면 철이 나지 않을까 그러다가 여기까지 온 거였다.

"세자는 전하와 다릅니다."

"다르지만 같아요."

"아니오, 완전히 다릅니다. 전하께서 크게 마음을 다치실까 봐 차마 말씀드리지 못했습니다만."

자경이 차마 말을 더 잇지 못하고 머뭇거렸다. 방원이 두려운 눈으로 자경을 보았다.

"무슨 일이 있었습니까. 말해 보세요. 무슨 일이오?"

"성녕대군이 졸했을 때 세자가 궐에서 활 쏘는 놀이를 하였다고 하더이다. 혹여나 문제가 될까하여 상인이 말렸다가 오히려 크게 봉변을 당하여 돌아온 것을 행아가 보고 제게 알려주었습니다."

순간 눈앞이 아득해지면서 머리가 핑 돌았다. 방원이 머리를 짚으며 신음을 내뱉었다. 자경이 애달픈 시선으로 방원을 보았다.

"세상에서 세자를 어미인 저보다 사랑하는 사람이 또 어디 있겠습니까. 헌데 오죽하면 어미인 제가 이리 말씀드리겠습니까. 전하와 다릅니다. 전하와 같다면 어찌 제가 몰라보겠습니까. 오히려 제가 전하께 송구합니다. 귀한 자식일수록 엄히 키운다는데 어려서부터 너무 오냐오냐 한 것이 잘못인 건가, 외가에 보내 조부모의 품에서 마냥 어리게만 자라서 저 모양인 건가 생각할수록 가슴이 답답하여 차마 얼굴을 들 수가 없나이다."

울먹이는 자경을 보던 방원이 괴롭게 고개를 저었다.

"부원군이 가르치셨는데 우리보다 나으면 나았지 못할 리 없어요. 그런 생각은 할 거 없어요."

허나 그럼에도 정리하겠다는 말은 차마 나오지 않았다. 결국 방원이 괴로운 얼굴로 자리에서 일어났다.

"생각해 보겠소. 쉬이 결정할 일이 아니니 깊이, 많이 생각하겠습니다. 허니 중전은 세자를 다정히 대해 주세요. 어차피 모진 결정은 내 몫이니 중전이라도 세자를 마냥 다정히 어르고 달래 주세요. 엄부자모라 하지 않았습니까."

"그리하지요."

방원이 기운 없이 자리에서 일어났다. 자경이 조용히 그를 배웅했다.

멍한 얼굴로 터덜터덜 중궁전에서 걸어 나오는 방원 앞에 익숙한 얼굴이 다가와 인사했다. 상인이었다. 상인인 것을 확인하자마자 방원의 두 눈이 순식간에 사납게 변했다.

상인이 아니었다면 이제의 만행이 자경의 귀에 들어갔을 리 없다. 수습할 수 없는 일이면 모른 체하고 조용히 묻던가, 말릴 거면 제대로 말렸어야지, 감당하지 못할 일을 저질러서는 자경의 귀에까지 그 일이 들어가게 만들고 끝내 방원까지 알게 되었다는 것이 짜증스러웠다. 애꿎은 분풀이라는 것을 알지만 어쩔 수 없었다. 지금 방원의 심정은 누구라도 탓하고 싶었다. 헌데 그 상대가 만만한 상인이라니. 방원은 두 번 생각해 보지도 않고 와락 상인을 향해 성을 냈다.

"여긴 또 왜 온 것이냐? 무슨 쓸데없는 말을 지껄이려고 이리 온 게야?"

상인에 행아에 자경까지, 몇십 년이 지났음에도 그들이 여전히 함께라는 사실에 갑자기 부아가 치솟았다. 처가를 다 몰락시켰음에도 자경의 세계는 이토록이나 공고했다. 그러니 그리 쉽게 이제를 폐하라는 말도 할 수 있는 거다. 버림받거나 혼자되는 기분 따위를 자경이 알 리 없으니 말이다. 수염이 희끗해지는 나이가 되어서도 저는 그 기억에서 벗어나지 못해 아들이 잘못하고 있는 것을 뻔히 알면서도 마음을 결심하기가 이리 어려운데 자경은 여전히 저토록 냉정했다. 자경의 냉정함을 부추기는 건 이들의 존재일 거다. 그리 생각하자 화가 나서 견딜 수 없었다.

"네가 대체 뭐라고 중궁전을 이리 들락거리는 게야? 설마 중전이 시키는 게냐? 조정의 일을 알아 오라고?"

"전하!"

억울한 상인이 무어라 입을 열기도 전에 등 뒤에서 날카로운 고함 소리가 들려왔다. 자경이었다.

"대체 무슨 말을 하시는 겝니까."

달려온 자경이 방원과 상인의 사이에 끼어들었다. 그 모양새가 꼭 상인을 방원에게서 감추는 것 같아서 더 화가 났다. 여전히 저는 타인이었다. 갑자기 와락 신경증이 솟았다.

"아무리 사가에서부터 알고 지낸 인연이라고는 하나 가족도 아닌 자가 중궁전을 자주 드나드는 건 좋은 모양새가 아니에요. 자중하세요."

"전하!"

"추문에 휩싸이지 않으려면 자중하란 말입니다! 추문은 세자 하나로 족하지 않소이까?"

아연실색한 얼굴로 방원을 올려다보는 자경의 두 눈엔 실망감이 가득했다. 화가 나서 되는대로 내뱉고 난 뒤 방원이 뒤늦게 후회하며 몸을 돌렸다. 실수였다. 허나 사과하고 싶지 않았다. 이런 실수를 하게 만든 것은 결국 상인 때문이었다. 자꾸만 드는 미안한 마음을 방원이 애써 내리눌렀다.

* * *

어리가 이제의 딸을 낳았다는 소문이 돌면서 어리의 문제가 다시 수면 위로 떠올랐다. 세자가 남의 부인을 빼앗아 아이까지 낳게 하였으니 더 이상 방원이 적당히 넘어갈 수 있는 문제가 아니었다. 방원은 한로가 일을 이렇게까지 키운 것이 화가 났다. 이 상황이 될 때까지 그 누구도 이제에게 무어라 말하지 못하고 그가 하자는 대로 놀아나는 것이 기가 막혔다. 사실 따지자면 이제에게 그 정도의 권력이 주어진 것은 방원 덕분이었다. 방원이 이제를 그 어느 아들보다 총애한 까닭에 누구도 이제의 탈선을 감히 막을 수가 없었다. 허니 이제 와서 누군가를 탓하는 것은 부질없는 일이었다. 허나 왕이기 이전에 부모라, 방원은 자식의 일에 남 탓을 하게 되었다. 어쩔 수 없는 마음이 그랬다.

한로뿐 아니라 이제의 문제를 가벼이 여긴 황희를 비롯한 다른 신료들에게도 방원은 분풀이를 했다. 허나 방원이 그렇게 혼자 속 끓이는 와중에도 이제의 비행은 그치지 않았다. 앞에서는 잘못을 빌고 뒤로는 계속해서 어리를 찾았다. 방원은 알면서도 속아 주고 또 속아 주었다. 이제를 향한 방원의 인내심에 신료들조차 혀를 내두르며 차마 더 간하지 못할 정도였다.

"어쩌면 일국의 세자로 제를 가장 인정하지 못하는 것은 전하일지도 몰라."

자경이 한탄했다.

"일국의 세자라면 어찌 저런 행실을 용납할 수 있겠느냐. 용납할 수 없는 행실을 끝없이 용서해주는 것은 세자가 아니라 아들이기 때문이지. 전하께서 제를 세자가 아닌 아들로 취급하니, 제 역시도 자신이 일국의 세자라는 것을 잊을 수밖에."

"어찌 말리지 않으십니까."

행아가 조심스레 눈치를 살폈다.

"말릴 수 없는 일이다. 아비가 자식을 사랑하는 일을 어찌 말리겠느냐."

"자식에 대한 부모의 사랑은 마르고 닳지 아니한다는데요."

"자식에 대한 부모의 사랑은 그러하지. 허나 자식은 그런 부모의 사랑을 감히 짐작하지 못해. 부모의 속을 알지 못하는 자식은 점점 방자해지게 마련이다. 아마도 끝은 이제가 내게 될 게다. 전하께서는 끝내 마무리 짓지 못하실 테니까."

자경이 깊은 한숨을 내쉬었다. 무슨 짓을 해도 이제는 자경과 방원에겐 지극히 사랑하는 아들이었다. 이제가 세자가 아니라도 자경은 이제를 사랑했다. 이제가 세자 자리를 놓는다 하여 이제가 이제가 아닌 건 아니었다. 여전히 이제는 자경에게 끔찍한 아들이었다. 허나 방원은 세자와 이제를 혼동했다. 방원 때문에 이제 역시 세자와 아들 자리를 헷갈리고 있었다. 결국 실수는 나이가 어린 쪽에서 나오기 마련이다. 이제가 더 큰 실수를 저지르기 전에 방원이 정리해주길 바랐는데 그러지 못하고 끝까지 가야 한다는 것이 자경은 안타까울 따름이었다.

* * *

자경의 예상대로 끊임없는 방원의 인내에 이제는 점점 더 분수를 몰랐다. 그리하여 감히 방원에게 억울하다며 친히 지은 수서를 상서하였다. 방원의 여인들도 궐에 많은데 왜 자신의 어미만 가지고 문제 삼냐는 거였다. 방자하기 짝이 없는 내용이었다. 방원은 더 이상 참지 못하고 분노했다.

이제가 올린 수서를 손에 든 채 자경을 찾은 방원의 얼굴은 벌겋게 열이 올라 있었다. 읽지 않아도 그 내용을 알 만했다. 자경이 고개를 끄덕였다.

"뜻대로 하시옵소서."

"누구를 세자로 세우면 좋겠소?"

자경이 쉬이 대답하지 못하고 머뭇거렸다. 마땅히 왕제의 자질은 이도에게 있었으나 이도를 세자로 세우는 것이 과연 정치적으로 올바른 것인가 판단하기 어려웠다. 성계가 적장자를 세우지 않았다 하여 방원은 난을 일으켰다. 택현하기 보단 위계를 따르는 것이 길게 보자면 왕실을 평화롭게 하는 길이었다. 만약 이번에도 택현하게 된다면 앞으로 수많은 왕자들도 자신에게도 기회가 있다고 여길지 모르는 일이었다. 그리되면 끊임없는 내전이 반복될 위험이 있었다.

"순서대로 함이 옳지 않겠습니까."

"나는 충녕이 마음에 들어요."

자경 역시 그러했다. 허나 선뜻 그러자고 하기엔 또 이도가 민제를 유독 닮은 것이 걸렸다. 친탁을 한 이제를 폐하고 외탁을 한 이도를 세자로 세웠다가 훗날 방원의 심기가 뒤틀렸을 때 무슨 꼴을 당할지 알 수 없었다.

"만약 충녕대군을 세자로 세운다면 이번에도 택현하는 것인데, 그리되면 왕실의 질서가 어지러워지지 않겠습니까. 충녕이 아들을 하나만 낳는다면 모를까, 만약 아들을 여럿 낳게 되었는데 그들이 모두 권력을 탐한다면 나라가 평안치 않을 것입니다. 선례가 나쁘게 남을 수도 있음이에요."

방원 역시 그것을 염려하지 않는 바는 아니었다. 거기다 이도를 세자로 세우게 되면 자신이 성계를 향해 칼을 들었던 행위를 부정하는 것과 다를 바 없었다. 왕의 마음에 드는 왕자를 세자로 세우는 것이 부당하다고 칼을 들었는데 이제 제가 제 마음에 드는 아들을 세자로 만들려 하고 있으니 말이다. 만약 그리 세운 이도가 정치를 잘하지 못한다면 훗날 방원은 역사에 길이 남는 우둔한 군주가 될지도 모르는 일이었다.

"원손은 아직 어리니 신하들이 끼고 가르친다면 잘 자라지 않겠습니까."

"폐위된 이의 아들이라, 원손도 시달릴 수 있음이에요. 그리고 우리가 과연 원손이 왕이 될 때까지 살아줄 수 있을지도 생각해 봐야 합니다. 원손을 세자로 세웠는데 우리가 일찍 세상을 떠난다면, 결국 그 어린 것이 왕이 되었을 때 누가 실권을 잡게 되겠소?"

잘못한다면 여우 피하려다 호랑이 만나는 꼴이 될 수도 있었다. 자경의 미간에 깊은 주름이 졌다. 물끄러미 보던 방원이 머뭇거리며 입을 열었다.

"충녕에게서 장인어른이 보여요. 장인어른을 가장 많이 닮은 아들이에요. 생긴 것도 성정도 말이오."

자경이 두려운 눈으로 방원을 보았다.

"중전이 그랬잖소. 권력을 잡는 데는 무신의 힘이 필요하지만 유지하는 데는 문신이 필요하다고. 세자는 무신이지. 우리 가문의 자식이오. 허나 이제 더 이상 우리 가문은 필요하지 않아요. 조선은 이미 개국 된 지 오래고, 앞으로 할 일은 개국한 나라를 반석 위에 올려 천년이 갈 수 있도록 백년지대계를 세우는 일이오. 그런 일을 하는 데는 문신의 힘이 필요하지. 그래서 문신인 장인어른을 닮은 이도가 적임자일 것 같소이다."

어쩌면 오랫동안 이제를 붙들고 놓지 못한 것은 더 이상 자신의 아버지로 대표되는 자신의 가문의 특성이 이 나라 조선에 필요치 않다는 것을 인정하기 어려워서였다. 허나 인정해야만 했다. 더 이상 조선엔 이제와 같은 무인이 필요치 않았다. 조선에 필요한 것은 문인이었다. 그래서 이제는 세자가 될 수 없었다.

"전하."

"중전은 내가 무신 가문에서 태어난 문신이라서 나를 택했다고 했어요. 그 말을 이제 이해해요. 이제가 모자라서 버리는 게 아니에요. 다음 시대가 이제를 원하지 않기 때문에 그 시대가 원하는 이를 왕으로 세우는 것이 우리가 할 일이라 어쩔 수 없는 선택을 할 뿐인 게지. 이제를 사랑하기 때문에 오히려 우리가 해줘야 하는 일인 거예요."

걱정스러운 자경과 눈이 마주친 방원이 쓸쓸한 미소를 지었다.

"나는 장인어른과 같은 아버지를 갖고 싶었소. 혼인해서는 장인어른과 같은 아버지가 되고 싶었지. 허나 어느 것도 바라는 대로 이루어지지 않았소. 헌데 내게 장인어른과 같은 아들이 생겼어요. 나는 그 아들에게 우리의 미래를 걸어 보려 하오. 그래 보고 싶어요."

"신첩은 아무 말도 드릴 수가 없나이다."

자경이 차마 더 말을 잇지 못하고 고개를 떨구었다. 물끄러미 보는 방원의 두 눈에 어느새 눈물이 고였다.

* * *

무술년 유월, 방원은 이제를 폐하고 삼남 이도를 세자로 봉했다. 폐한 이제를 멀리 내보내야 한다는 신료들의 말에 방원은 허약해진 자경이 가까이 아들을 두고 싶어 한다며 한양 근처 광주에 머물도록 했다. 자경의 핑계를 댔으나 이제를 멀리 보내고 싶지 않은 것은 어심인 것을 짐작한 신료들이 더 이상 간하지 않았다. 이제를 폐한 뒤 방원이 소리 내어 우는 소리가 궐 밖으로 새어나올 정도였다. 이제는 방원이 사랑한, 너무나 사랑한 아들이었다. 그 아들을 폐한 것도 사무치는데 멀리 보내고 싶지 않은 게 당연했다. 모두가 그 마음을 이해했다.

세자에서 내려온 이제는 양녕대군이라 불렸다. 양녕은 방원이 지어준 거였다. 굳이 양보할 양자를 쓴 아비의 깊은 마음을 이제는 알지 못했다. 방원은 이제의 행실이 문제가 되어서가 아니라 시대가 이도를 원하기에 이제가 자리에서 물러나 준 것으로 모두가 알아주기를 바랐다. 그 정도로 이제를 향한 방원의 마음은 지극했다.

학문이 깊고 자질이 빼어나긴 했으나 일개 대군으로 있을 때와 세자는 전혀 달랐다. 왕제로서 교육받아야 하나 그러기엔 이도는 지나치게 아는 게 많았고, 나이도 많았다. 신하들은 어찌할 바를 모르고 방황했다. 방원은 제가 방과의 밑에서 했던 식으로 이도를 가르칠 작정을 했다. 세자로 오래 두기보단 왕으로 만든 뒤 상왕으로 올라가서 직접 가르치는 게 낫다고 본 것이다. 무엇을 제가 가지고 무엇을 어디까지 이도에게 넘겨줄 것인가, 방원은 그것을 고민하기 시작했다.

상인이 방원을 찾아온 것은 그때쯤이었다.

"무슨 일이냐?"

상인과 방원은 소홀해진 지 오래였다. 상인의 관직은 순금사 대호군에 불과하여 왕인 방원과 자주 만나기 어렵게 되면서 자연히 몸이 멀어졌고 민제의 가문을 정리하면서 마음에서도 멀어졌다. 상인은 민제의 사람이었다. 허니 민제의 가문이 몰락하는 것을 보면서 가슴 아프지 않을 리 없었다. 방원에 대한 원망이 깊을 거다. 방원은 찾지 않으면서 자경은 꾸준히 챙기는 것만 봐도 알 만했다. 그래서 어느 순간부터인가 방원은 상인을 보는 게 영 불편했다.

"신이 이만 벼슬을 사직하고자 합니다."

"물러나겠다고?"

"예."

"왜? 몸이 안 좋으냐?"

"그런 것은 아닙니다."

"헌데 어이해서 물러난다는 게야?"

방원의 물음에 상인이 답을 머뭇거렸다. 눈치를 살피는 상인을 보던 방원이 손짓하여 주변을 물렸다. 상인과 방원 단둘만 남게 되자 그제야 상인이 입을 열었다.

"전하께옵서 이제 곧 세자 저하께 양위하시려 한다고 들었습니다."

방원이 양위하려 한다는 것을 아는 이는 자경밖에 없으니 자경에게 들은 게 분명했다. 그 이야기를 벌써 상인이 알고 있는 게 화가 났다. 물론 상인은 입이 무거워 믿을 만한 인물이니 말이 새어나갈 것이 염려되진 않았다. 허나 아무리 그렇다 해도 상인이 벌써부터 알 필요는 없는 이야기였다.

"미욱한 신은 전하의 눈에 들어 과분한 벼슬을 받았나이다. 제 능력으로 얻은 자리가 아니니 물러나는 것도 전하의 허락을 구하는 것이 맞다고 생각되옵니다. 전하께서 주신 자리이니 전하께서 거두어 주시옵소서."

저는 방원의 사람으로 벼슬을 얻었으니, 세자가 보위에 올랐을 때 자신이 불편할 것을 염려해 미리 물러나겠다는 거다. 얼핏 보면 대단히 사려 깊은 제안이었다. 허나 방원은 못마땅한 얼굴로 눈을 가늘게 떴다.

"중전이 시키더냐?"

"아닙니다. 중전마마께옵서는 어린 세자를 잘 보필해 달라 부탁하셨습니다."

"헌데 왜 물러나겠다는 게야?"

"그릇이 되지 않는 늙은이는 이만 물러나는 것이 세자 저하를 위해서."

길게 늘어지는 상인의 말을 방원이 단호히 잘랐다.

"이제 중전을 모시고 싶으냐?"

상인이 움찔했다.

"내가 왕 노릇을 그만두면 이제 너도 다 때려치우고 중전이나 보고 살고 싶다, 그것이냐?"

"그것이 아니오라."

"내가 왕 노릇을 그만둔다 해도 병권은 그대로 가져갈 작정이다. 중전이 그리 말하지 않더냐?"

"그리 말씀하셨습니다."

"그런데도 너는 여기 와서 그만두겠다는 말을 지껄이는 게냐? 내가 병권을 가지는 만큼 거기 내 사람들이 여전히 있어야 하는데, 그걸 알면서도 물러나겠다고? 그러니까 너는 여전히 내 사람이 아닌 게로군. 아니, 한 번도 내 사람이었던 적이 없는 게야. 늘 중전에게 가기만을 원했을 뿐, 나는 아니었던 거야."

"전하. 그런 것이 아닙니다. 오해 마시옵소서."

상인이 극구 부인하며 이마를 바닥이 짓찧었다.

"소인이 경솔하여 전하의 심기를 어지럽혔나이다. 저는 다만 부족한 제가 너무 오래 나라의 녹을 먹은 것이 망극하여."

"너는 내가 그 자리에 앉혔다. 허니 그만두게 하는 것도 나만이 할 수 있어. 어디 감히 네놈 따위가 내 선택에 왈가왈부하는 것이냐."

날카롭고 사나웠다. 방원의 그런 태도는 처음이었다. 상인이 마른침을 삼켰다.

"물러가거라. 두 번 다시 이런 일로 나를 찾지 마라."

상인이 무어라 더 말하려 고개를 들었다. 둘의 눈이 마주쳤다. 방원의 두 눈엔 살기가 어려 있었다. 상인이 목구멍 안으로 하고 싶은 말을 밀어 넣으며 고개 숙여 절한 뒤 밖으로 남았다. 화가 난 방원이 상소문을 아무렇게나 바닥에 집어던진 뒤 씩씩거렸다.

용서할 수 없었다. 감히 방원이 왕의 자리에서 물러날 거란 말을 경솔히 상인에게 털어놓은 자경도, 그 말을 듣자마자 달려와 벼슬을 사임하겠다는 상인도. 이 모든 상황이 너무나 모욕적이었다. 그 긴 세월 얼마나 기만당했단 말인가, 생각하면 기가 찼다. 가만두지 않을 것이다. 절대로 가만두지 않을 거다. 방원이 이를 갈았다.

* * *

칠월, 방원은 측근들에게 세자에게 양위할 뜻을 밝힌 뒤 당분간은 비밀로 하라 당부했다. 그리고 상인을 병조참판에 제수했다. 갑자기 주어진 높은 자리에 상인은 당황했다. 두 사람 사이에 무슨 일이 있었는지 모르는 자경은 방원이 상왕이 되기 전 미리 자신이 일하기 편하도록 자신의 사람들을 요직에 앉히는 거라고 가벼이 생각했다. 상인은 이 자리가 자신의 무덤이 되리라 예상했다. 허나 관직을 거절할 수 없었다. 흔연히 넘기는 자경에게 자신이 죽을 거라는 말을 할 수도 없었다. 그저 주어진 몫이라면 겪어낼 도리밖에 없었다. 오랜 세월이 상인에게 가르쳐준 교훈이었다.

한 달 뒤 팔월, 방원은 세자에게 정식으로 양위했다. 그리하여 충녕대군이 보위에 오르고 방원과 자경은 상왕과 대비가 되었다. 방원은 주상이 장년이 되기 전까지는 친히 군사를 청단할 것이라 선언했다. 모두가 뜻을 받들어 복종했다.

군사만 다루겠노라 했지만, 이도는 즉위 후 거의 모든 일은 방원의 뜻에 따라 진행했다. 침착하면서도 고요한 성품은 보위에 오르고도 변함이 없어서 하나도 거슬리는 게 없어 방원을 흡족케 했다. 하나하나 다 물어보는 이도에게 방원은 답을 해주면서 개중 더 이상 묻지 않고 이도의 뜻대로 해도 되는 것들을 정해주었다. 영리하여 이도는 그럼 두 번 묻는 일이 없었다.

"명나라 사은사는 누구로 하면 좋겠습니까."

왜 방원이 세자를 폐하고 일찍이 보위를 물려주고 상왕이 되었는지 명나라에 알려야 했다. 전례에 없던 일이므로 잘못하면 오해를 사기 십상이었다.

"예민한 일이므로 반드시 친척이 가야 한다. 경녕군 이비와 함께 부원군 심온 대감을 사은사로 보내거라. 진심을 다 할 수 있는 사람으로 부원군 만한 이가 없을 것이다."

심온은 영리한 인물이었다. 정치력이 뛰어난데 야망도 컸다. 그래서 이도를 사위로 맞이한 후 그를 세자 자리로 앉히기 위해 물밑에서 꽤 노력하기까지 했다. 허니 황제에게 이 복잡한 상황을 잘 설명할 적임자였다. 하지만 아마도 이 일이 그를 쓰는 마지막이 될 것이다. 사행을 떠나는 심온을 배웅하며 방원은 그를 잘라낼 결심을 했다.

심온을 정리하기로 마음먹은 건 단지 정치력이 좋고 야망이 큰 인물이기 때문만은 아니었다. 무엇보다 심온은 아직 야망을 드러내지도 않았고 경솔한 행동거지를 하지도 않았다. 그럼에도 방원은 그를 정리해야 했다. 자신의 처가 때문이었다.

불과 얼마 전, 외척이 왕실에 위협이 될 수도 있다는 명목으로 방원은 처남들을 모두 자진케 했다. 그러니 심온도 똑같이 처분하는 것이 민제와 자경에 대한 최소한의 예의이자 배려였다. 뿐만 아니라 심온과 민제를 똑같이 다뤄야만 방원이 이전에 했던 그 모든 일들이 사감이 아닌 정치적인 행동이었다고 평가받을 수 있었다. 그래서 심온은 반드시 제거해야 했다.

심온은 영리한만큼 매우 조심스러웠기 때문에 꼬투리를 잡기 어려웠다. 허나 아무리 자신에게 엄격하다 한들 일가 친척들까지 모두 다 깔끔하기는 어려웠다. 심온의 동생 심정은 의흥삼군부에 있어 군사를 다루는 방원이 약점을 잡기 좋았다. 방원은 군사 일을 의논한 단 명목으로 심정을 자주 불렀다. 틈을 노리기 위함이었다.

"진법훈련은 게을리하지 않겠지?"

"예. 성실히 수행하고 있나이다."

심정은 단순하고 우직한, 전형적인 무인이었다.

"그대가 보기엔 군사와 관련된 일을 하는 자들이 모두 어떠한가? 혹 적절치 못한 자리에 앉은 이가 있는가?"

"소신이 어찌 조정의 다른 이들을 감히 평하겠나이까."

"괜찮다. 지금은 각자 다른 일을 하고 있긴 하지만 나라에 위험이 닥치면 결국 하나로 모여야 하는 군사들 아니더냐. 헌데 서로 뜻이 맞지 않아 하나가 되었을 때 삐걱거리면 안 될 일이야. 허니 화근이 될 싹은 미리 잘라내야지. 이런 일을 종친들이 정확히 말해주지 않는다면 내가 어찌 자세히 알 수 있겠느냐. 기탄없이 말해 보라."

심정이 쉬이 입을 열지 못하고 머뭇거렸다. 방원이 눈살을 찌푸렸다.

"무에 그리 망설이는 게야. 내가 하나하나 물어야 하는 것이냐. 그럼 어디 병판부터 말해 보라. 병판은 어떠하냐? 내가 사저에서부터 데리고 있던 이라, 과거에 급제한 이들만큼 배움이 깊지 못하여 과연 그 자리를 제대로 해내고 있는지 걱정스러운데 잘하고 있는가."

부러 가장 만만한 상인부터 시작하며 다소 깎아내렸다. 심정이 편히 아무 말이나 지껄일 수 있도록 하기 위함이었다.

"병조판서 강상인은 성실하고 우직한 사람입니다. 참된 장군이지요."

"단점은 없는가? 나와 가까운 사람이라고 무조건 칭찬만 하지 말고 솔직히 말해 보라. 정녕 아무런 단점이 없단 말인가?"

"그것이."

"다른 무엇보다 군사를 다루는 데 있어서는 추호의 거짓도 있어서는 아니 된다. 국가의 존망과 직결되는 일이기 때문이지. 그래서 내가 특별히 군사만큼은 주상에게 아직 넘겨주지 않은 것이야. 허니 솔직히 말하라."

거듭되는 방원의 재촉에 그제야 심정이 다소 안심한 얼굴로 입을 열었다.

"그것이 단점이라기보다는 좀 묘한 인물이라는 말들은 합니다."

"묘한 인물이라?"

"본래 무인이란 칼 잘 쓰고 술 잘 마시는, 사내 중의 사내 아닙니까. 의당 계집도 좋아하고요. 헌데 병판은 공적인 일 뿐만 아니라 사적인 일에도 지나치게 깔끔하여 기생집조차 출입하지 아니하거든요. 혹 술자리에 계집이 있어도 어울리는 법이 없어요. 혼인도 하지 않은 사내가 지킬 의리도 없을 텐데 저리 꼿꼿하게 구니 묘하다는 말이 나오지요. 내시나 중도 병판을 못 쫓아가겠다고들 농을 하곤 합니다. 단지 그뿐입니다. 아직 일하는 데 있어 단점을 발견하지는 못했나이다."

심정을 불러놓고 이런 이야기를 꺼낸 것은 심정이 말실수를 하게끔 유도하기 위함이었다. 이왕이면 방원과 가장 가까운 이에 대해 심정이 함부로 말한다면 그것을 핑계 삼아 심온에 심정까지 처리할 수 있으리라 생각했다. 이전에 방원이 양위 소동을 일으킨 뒤 무구와 무질을 정리한 것과 비슷한 방식이었다.

헌데 심정의 입에서 나온 상인의 평은 방원이 전혀 생각지 못한 거였다. 순간 멍해진 방원이 아무런 대꾸를 하지 못했다. 혹 제가 실수한 건가 싶은 심정이 어쩔 줄 몰라하며 방원의 눈치를 살폈다.

"상왕 전하."

심정이 저를 부르는 말에 그제야 방원이 번뜩 정신을 차렸다.

"전하."

"재밌는 평이구나."

"예."

"이만 물러가거라."

방원이 애써 굳은 얼굴을 풀며 심정을 내보냈다. 그리고 손을 내저어 주위를 물린 뒤 비로소 보료에 몸을 기댔다.

상인이 혼인하지 않은 것에 대해 단 한 번도 깊이 생각해 본 적이 없었다. 불우한 어린 시절 때문에 상인은 가족을 이루고 싶어 하지 않는다고 자경이 말했고, 방원은 그러려니 여겼다. 왜 지금까지 단 한 번도 상인이 혼인하지 않은 것을, 상인에게 계집이 없는 것을 의아하다고 생각해 보지 못했을까.

사지 육신이 멀쩡한 사내라면 짝을 찾는 게 당연한 이치였다. 짝을 찾고 자식을 보고 싶은 게 타고난 본능이었다. 헌데 상인은 굳이 짝을 찾지 않았다. 짝을 찾으려는 노력조차 하지 않았다. 지금까지 무심히 넘겼던 순간들과 상황들이 하나하나 떠올랐다.

혼인도 하지 않은 사내가 누군가에게 지킬 의리가 있다면, 누군가가 있어 절개를 지키는 거라면 어찌 되는 걸까.

방원이 급히 머리를 저어 잡생각을 떨쳐냈다. 허나 아무리 애를 써본들 한 번 떠오른 생각이, 찝찝한 기분이 사라질 리 만무했다.

혼인하지 않은 사내가 계집조차 멀리하고 제 몸을 정갈히 하고 있다. 몸이 아프거나 어디 모자란 것도 아니고 매우 건강하고 멀쩡한 사내가 자연스러운 이치를 거부하면서까지 그리한다는 것은 그럴 만한 이유가 있기 때문에 부러 애써 노력하는 것이다. 상인은 분명 누군가를 위해서, 누군가에게 절개를 지키고 있다. 그게 누구인지 확인해야 했다.

* * *

늦은 밤 사복을 입은 방원이 잠행을 나갔다. 왕 노릇을 내려놓으니 백성들 사는 모습을 가까이서 볼 수 있게 되었다며 매우 기뻐했다. 방원이 매우 기분이 좋아 보였기에 동행한 도승지와 내관들 역시 긴장을 풀고 방원이 가자는 대로, 하자는 대로 군말 없이 따랐다.

"내 오랜 벗의 집에 잠시 들리려 한다."

그곳이 어디인지 누구의 집인지 묻지도 않은 채 다들 방원의 뒤를 졸졸 따라갔다. 어두운 밤길을 한참 걸어 방원이 도착한 곳은 다섯 칸도 채 되지 않는 아주 작고 소박한, 누추함을 겨우 면한 어느 집 앞이었다. 담이 낮아 안이 훤히 들여다보였는데 불이 꺼진 것을 보면 이미 잠들었거나 사람이 없는 듯했다. 방원은 이리 오너라 소리도 없이 마치 제 집인 양 대문을 열었다. 걸쇠조차 걸지 않았는지 대문은 쉬이 열렸다. 방원은 도승지에게 호롱을 건네받았다.

"다들 여기서 기다리거라. 나는 내 벗을 만나고 올 터이니."

내시와 도승지가 잠깐 서로 눈치를 보다 이내 고개를 숙이며 복종했다. 유달리 기분 좋아 보이는 방원의 비위를 굳이 거스를 필요가 없다고 둘 다 판단한 것이다. 대신 그들은 주변의 경계를 서기로 하고 그 작은 집을 에워쌌다. 그러거나 말거나 방원은 아랑곳하지 않

459

고 성큼성큼 걸어 불 꺼진 방 안으로 들어갔다.

방엔 아무도 없었다. 호롱을 방 가운데 놓아두고 방원이 천천히 방안을 둘러보았다. 옷 몇 벌과 책, 그리고 칼 몇 자루와 한편에 자리한 이불 한 채가 살림살이의 전부였다. 더 자세히 둘러보고 말고 할 것도 없었다. 그나마 이 방에서 제일 사치품이라 할 만한 삼층장을 열어보던 방원이 이내 기막히다는 듯 웃었다. 장은 텅 비어 있었다. 이 정도로 아무것도 없을 줄은 몰랐다. 허탈했다.

이 집 주인인 상인은 오늘 숙직이었다. 숙직인 것을 알고 부러 나온 것이다. 헌데 이리 아무것도 없다니. 굳이 찾아온 스스로가 한심하게 느껴졌다. 대체 무슨 생각을 하고, 무엇을 바라고 여기까지 온 것인가. 부끄러웠다. 이유도 모른 채 밖에서 보초를 서는 이들을 보기 민망했다.

호롱을 들고 방에서 나가려던 방원이 무언가 떠오른 듯 멈춘 채 몸을 반쯤 돌려 서안을 보았다. 서책이 몇 권 올려진 서안엔 서랍이 두 개 달려 있었다. 설마, 하며 미간을 찌푸린 방원이 서랍을 슬쩍 열었다. 두 개의 서랍 중 하나는 비어 있었고 하나엔 나무로 만든 작은 함이 하나 들어있었다.

방원이 조심스럽게 함을 열었다. 삐뚤삐뚤한 수가 놓인 손수건, 더러워진 댕기, 부러진 비녀 조각, 금이 간 옥지환 등 얼핏 보면 함 안에 들어있는 물건들은 두서가 없는 버려진 쓰레기들을 모아놓은 것에 불과했다. 하지만 방원은 한눈에 그것들을 알아볼 수 있었다. 그건 모두 한때 자경의 것이었던 것들이었다. 자경이 쓰다 버린 물건들이었다.

평생 상인은 아주 올곧게 단 한 사람만을 위해 절개를 바쳤다. 그리고 종내는 절대로 들켜선 안 되는 이에게 그 사실을 들키고 말았다.

* * *

"마마, 마마."

상궁이 안에 고하기도 전에 행아가 중궁전 안으로 뛰어 들어왔다. 새하얗게 질린 얼굴이 금방이라도 죽을 사람 같았다. 행아의 낯빛을 확인한 자경이 크게 놀랐다.

"무슨 일이기에 이리 호들갑이냐? 혹 경녕군에게 무슨 일이라도 생긴 게야?"

"그것이 아니오라, 전하께서 갇힌 신료들을 고신하라 명하셨다 합니다."

전일 상인은 좌랑 채지지와 함께 옥에 갇혔다. 군사에 관한 일인데 상왕인 방원에게 아뢰지 않고 왕인 이도에게만 고했다는 죄목이었다. 소식을 들은 행아는 매우 놀랐으나 자경은 혼연했다. 상인을 핑계 삼아 심정을 엮고 거기에 심온까지 옭아매려 하는 거라고 예상한 까닭이었다.

방원이 심온을 가만 내버려두지 않으리라고 자경은 벌써부터 생각하고 있었다. 이전에 방원이 자신의 처가에 한 일이 단순히 사감이 아니라는 것을 증명하기 위해서라도 심온은 그와 비슷하게 혹은 그보다 더 잔혹하게 처리해야 했다. 꼼짝 없이 당해야 하는 심온이 안타깝긴 했으나 자경은 묵인했다. 친정 가문의 명예를 위해서라도 심온이 민제와 같은 처지가 되어야 했기 때문이다.

허나 심온은 영리한 사람이라 틈을 찾기 쉽지 않았고 더욱이 방원이 조정의 일에선 손을 떼고 뒤로 물러났으니 직접적으로 그를 문제 삼기는 어려웠다. 하지만 방원이 군사를 다루니, 군사 일을 하는 심정을 트집 잡은 뒤 심온을 끌어들이기는 쉬울 것이다. 심정과 심온을 잡기 위해 일단 만만한 상인의 행실을 트집 잡기 시작하는 거라고 자경은 그리 생각했다. 그래서 걱정하는 행아에게 별일 없이 곧 풀려날 거라며 안심시켰더랬다.

"고신이라니? 정녕 전하께서 고신을 하라 명하셨단 말이냐?"

"네. 그것도 죽지 않을 한도까지만 매우 엄혹히 다루라고 하셨다 합니다."

"무어라? 네가 어디서 잘못 들은 게 아니고?"

"몇 번이나 확인하였습니다. 추호의 거짓도 없는 사실입니다."

상인의 입에서 심정과 심온의 이름이 나오도록 유도하리라 생각했다. 단지 그것만 하고 나면 금세 풀려날 거라 믿었다. 헌데 고신이라니, 대체 왜 고신한단 말인가. 아무 죄 없는 애꿎은 이를 굳이 고신까지 해야 하는 연유가 무어란 말인가. 이해할 수 없었다. 방원이 하는 정치적 행위 중에 자경이 이해할 수 없는 것은 없었다. 무구와 무질의 죽음조차도 자경은 이해했다. 허나 이번 일은 도무지 납득하기 어려웠다.

"전하를 뵈야겠다. 대체 어찌된 일인지 직접 알아봐야겠어."

무엇보다 방원은 고신을 좋아하지도 않았고, 고신을 한다해도 제 사람들에게 행하는 경우는 거의 없었다. 측근들의 경우 행동이 불경하여 문제 된다 해도 벼슬을 빼앗거나 귀양 보내는 정도에 그쳤지 고신까지 하는 경우는 없었다. 제 사람에게는 유독 후한 방원이 이례적으로 고신까지 해가며 얻으려는 것이 대체 무엇인지 알아야 했다.

"그래서 그것 때문에 오신 게요? 이것 참 재밌군요. 동생들이 죽어나갈 때도 따지러 오지 않으신 분이 고작 강상인이 고신 좀 당했다고 내게 따지러 오시다니."

방원은 예민하고 날카롭고 신경질적이었다. 난데없는 적의와 방어적인 태도에 자경은 당황했다.

"결국 이 일은 부원군을 치고자 함이 아니십니까?"

"누가 그래요? 내가 부원군을 치려 한다고?"

"부원군을 치고자 함이 아니면 대체 왜 상인이를 잡아들이신 겝니까?"

"왕명을 무시했기 때문이오. 죄목을 제대로 듣지 못하였소?"

"전하!"

"동생들이 죽는 것보다 상인이가 고신 받는 게 더 안타까운 거요?"

대체 왜 자꾸 동생들을 들먹이며 비교하는지 모를 일이었다. 자경이 기막힌 얼굴로 방원을 노려보았다.

"동생들의 죽음은 납득할 수 있었습니다. 연유가 있었어요. 헌데 상인이가 고신 받는 것은 그 까닭을 모르겠으니 물으러 온 겝니다."

"왕명을 어겼어요!"

"부원군을 치려면 그 목적에 맞게 상인이를 다루세요. 고신까지 할 필요는 없지 않습니까. 대체 상인이를 그리 다루는 연유가 무엇입니까? 이해할 수 없어요."

"이해할 수가 없어요? 기쁘군요. 드디어 대비가 이해할 수 있는 일을 해냈다니 말이에요. 그 좋은 머리로도 이해할 수 없는 일이 생

463

겠으니, 참으로 갑갑하시겠습니다."

방원답지 않게 한껏 비아냥거리고 있었다. 본론은 말하지 않고 말을 빙빙 돌리며 시비를 거는 태도가 거슬려서 점점 자경의 언성이 높아졌다.

"상인이가 어긴 왕명이 고신까지 당할 정도로 큰일이란 말입니까? 거기다 누명까지 씌우셨잖습니까. 동생의 벼슬을 부탁했다고요? 상인이에게 동생이 어디 있습니까!"

"처남들에게 내가 애꿎은 누명을 씌울 땐 가만있으신 분이 난데없이 왜 상인이 일에만 이리 예민하게 구는 겝니까?"

"동생들과 상인이는 다르지 않습니까! 부원군을 잡기 위해 상인이에게 이렇게까지 해야 하는 까닭이 대체 무어란 말입니까. 상인이가 무엇을 그리 잘못해서요? 전하의 사람입니다! 전하의 사람에겐 너그러우시잖아요!"

"그 아이는 내 사람이 아니오."

받아치는 대꾸엔 조금의 온기도 없이 싸늘했다.

"한 번도 내 사람이었던 적이 없어요. 내 사람이 아니니 내 사람이 아닌 이들을 다루는 방식대로 다루는 것뿐입니다."

"억지 부리지 마세요. 상인이가 전하를 모신 세월이 얼마인데!"

"정 궁금하면 그 아이에게 직접 물어보세요. 그 긴 세월 정작 그놈이 모신 사람이 누구인지 말이오."

상인이가 감히 역모 따위를 꾸몄을 리가 없었다. 그런 애를 두고 대체 무에 뒤틀려서 저러는지 모를 일이었다.

"어떤 오해를 하시고 계시는지 모르겠습니다만, 그게 무엇이든 오해십니다."

"오해가 아니에요."

"허면 역모의 증좌라도 있단 말입니까?"

"역모까지 꾸밀 인물은 못되지 않습니까."

"허면 대체 왜 이러시는 겝니까!"

"왕명을 어겼어요!"

"전하!"

"그래요, 내가 전하요! 이 나라의 왕이었고 지금은 상왕인 내가 전하요! 대비는 전하가 아니란 말이오! 허니 조정의 일에 감히 왈가왈부하지 마세요."

이런 식으로 방원이 자경을 밀어냈던 적은 없었다. 사이가 나쁠 때도 이러지는 않았다.

"이만 나가보세요."

방원이 냉정히 자경에게서 몸을 돌렸다. 돌아선 등이 태산 같았다. 더 이상 말을 해본 들 소용없으리라, 자경이 체념했다.

"역사에 대체 어찌 기록되려고 이러십니까. 정녕 폭군으로 남고 싶으신 겝니까."

낮게 읊조린 자경의 말에 방원이 미친 사람처럼 웃음을 터뜨렸다.

"내게 감히 역사를 운운하다니."

몸을 반쯤 돌린 방원이 자경을 노려보았다.

"대비야말로 역사에 대체 어찌 기록되려고 상인이를 이리 감싸는 겝니까. 대비야말로 역사에 기록되는 일이 두렵지 않습니까."

이글거리는 두 눈엔 증오만이 가득했다. 자경이 질린 얼굴로 돌아섰다.

"상인이를 찾아가지 마세요. 어명이오."

어명을 어기고 상인이를 찾아가면 만만한 상인이가 저 화를 고스란히 당할 거다. 대체 왜 저러는지 두 사람 사이에 무슨 문제가 생긴 건지 궁금했지만 일단은 참아야 했다.

"설마 죽이진 않으시겠지요."

"모르지요. 고신 끝에 살지 죽을지는."

이런 식으로 상인이를 잃을 순 없었다. 자경이 떨리는 몸을 진정시키기 위해 치맛단을 움켜쥐었다.

* * *

숙직을 마치고 집에 돌아갔을 때, 함이 활짝 열린 채 밖에 나와 있었다. 누가 그런 짓을 했는지 굳이 알아보지 않아도 짐작할 수 있었다. 어이하여 이제야 제 집을 뒤져볼 생각을 했는지는 모를 일이었지만, 그것을 따질 수 있는 처지는 아니었다.

그날 이후 상인은 방원을 피했다. 왠지 얼굴을 마주 볼 수가 없어서 그랬다. 저를 보고 방원이 뭐라 할지 두려웠다. 자경에 대한 감정을 물으면 무어라 대답해야 좋을지 자신 없었다. 혹여나 모자란 저가 잘못 대답하여 자경에게 해가 갈까 걱정되기도 했다. 그래서 피했다. 왕명이 아닌 걸 알면서도 상인은 방원이 아닌 이도를 찾아 군사와 관련된 보고를 올렸다. 이도가 난처해하며 방원에게 가라 명했지만 듣지 않았다. 위험해지리라는 것을 알았다. 방원이 저를 가만두지 않을 것이다. 허나 어쩔 도리가 없었다.

의금부에 하옥된 이후 오히려 마음이 편했다. 바닥에 피가 흥건히 고이도록 고신 받았지만 참을 수 있었다. 보는 눈이 많으니 방원은 상인이 피하고 싶은 질문을 아무것도 하지 못할 것이다. 혹 여러 눈

466

들을 피해 제게 묻는다 해도 정신을 잃은 척하면 그만이었다. 이대로 죽어도 괜찮았다. 어차피 오래전에 죽었어야 할 목숨이었다. 이만하면 오래 살았다. 조금도 아쉽지 않았다.

정신을 잃었다가 깨어나길 수없이 반복했다. 그러는 사이 상인에게 붙은 죄명은 조금씩 늘어났다. 모두 누명이었다. 허나 상인은 억울하다고 하지 않았고 해명하려 애쓰지도 않았다. 방원이 원하는 답이 정해져 있는 물음은 그저 원하는 대로 답해주었다. 굳이 애써 지킬만한 명예도 목숨도 없었다. 이대로 제가 모든 것을 다 뒤집어쓰고 죽음으로서 누군가를 구할 수 있다면 그것도 나쁘지 않았다. 상인은 시키는 대로 고개를 끄덕였고 하라는 대로 답했다. 사실 무엇을 물었는지 제가 무어라 지껄였는지 기억나는 건 단 하나도 없었다.

정신을 잃을 때면 처음 자경을 만났을 때의 꿈을 꾸었다. 시체 썩는 냄새 때문에 집에 머물 수 없어서 뛰쳐나왔다. 먹을 것을 찾아 정처 없이 떠돌았지만 아무것도 없었다. 어딘지도 모른 체 돌아다니다 도저히 참을 수가 없으면 손에 잡히는 게 무엇이든 아무거나 입에 집어넣고 토하기를 끝없이 반복했다. 그러다 어딘지 모를 들판에서 정신을 잃었다.

눈을 떴을 땐 선녀처럼 생긴 예쁜 아이가 저를 들여다보고 있었다. 죽어서 극락에 온 건가 싶었다. 태어나서 착한 일 같은 건 한 적이 없는데 어찌 극락에 온 걸까, 스님들이 대신 빌어준걸까 그런 생각을 하며 다시 눈을 감았다. 그리고 또다시 눈을 떴을 땐 그 아이가 제 입에 미음을 흘려주고 있었다. 그것이 극락이 아니라 현실이라는 게 믿기지 않았다. 제가 살아남았다는 것을 믿을 수 없었다. 심지어 선녀처럼 예쁜 그 아이와 함께 지내도 된다니, 극락에 간 것보다 더 기뻤다. 그렇게 살았다. 그리 살아남았다. 허니 애초에 상인의 목숨은 제 것이 아니었다.

누군가 상인을 일으켜 세우더니 다시 꿇어 앉혔다. 유리 조각이 살을 파고들었다. 무릎 위로 무거운 돌이 얹어졌다. 비명을 지르던 상인이 피를 토했다. 방원이 다시 무언가를 물었다. 답할 수 없었다. 형이 더 거세졌다. 견디다 못한 상인이 끝내 뒤로 넘어갔다. 찬물이 그 위로 뿌려졌다. 일어나지 못했다. 고함을 지르고 몸을 흔들었으나 축 처진 몸은 더 이상 반응하지 않았다.

정신이 아득히 멀어지고 있었다. 이것이 죽음이구나, 이번에야말로 죽는구나 싶었다. 다시 눈을 떴을 때 그곳이 어디든 상인에겐 지옥이 될 터였다. 그곳이 어디든 거긴 자경이 없을 테니 말이다.

***

방원은 관련자 중 박습과 강상인을 원종 공신이라며 풀어주었다. 온몸이 걸레짝이 된 상인이 들것에 실려 집으로 돌아왔다. 자경이 행아를 통해 사람을 보내 상인을 돌보았다. 무인으로 오래 생활하여 육체가 강건한 덕에 약재를 쓰자 몸은 생각보다 빨리 나았다. 허나 의원은 속이 곯은 데다 본인의 의지가 없어 다시 일어나기 어려울 것이라 했다. 의원의 말대로 상인은 의식을 쉬이 회복하지 못했다. 숨은 붙어 있었으나 눈엔 초점이 없었다. 새벽에 몰래 나가 상인을 보고 돌아온 날, 행아가 숨이 끊어지도록 울었다. 자경은 차마 상인의 상태를 묻지조차 못했다.

상인을 벌해야 한다는 상소문은 끝없이 올라왔다. 직첩이 빼앗기고 노비가 되었다. 무구나 무질이 당한 것과 똑같은 수순이었다. 허나 무구나 무질보다 상인의 마지막이 훨씬 더 비참해질 게 자명했다. 방원은 상인을 끝까지 이용하여 심온까지 잡을 것이다. 누명을 씌워 자백을 받아야 하니 자진하라는 은혜를 베풀 리도 없다. 대체 무엇 때문에 상인에게 저리 화가 났는지 모르겠지만, 방원의 태도를 보건데 상인을 가장 고통스럽고 가장 끔찍하게 죽일 게 분명했다.

한 달이 지나 상인이 드디어 정신을 차렸다는 소식을 행아로부터 전해들은 날, 자경이 아무도 모르게 행아만을 데리고 궐을 빠져나가 상인에게로 향했다. 방원이 알면 가만두지 않을 거라고 행아가 걱정했으나 자경은 어차피 이리 죽으나 저리 죽으나 똑같으니 겁날 게 없다고 대꾸했다.

혹 누가 볼까 봐 호롱조차 켜지 못한 채 어두운 밤길을 더듬어 상인의 집에 도착했다. 행아가 밖에서 보초를 서기로 하고 자경이 혼자 안으로 들어갔다. 흐릿한 초 하나가 켜진 방 안에서 누워 있던 상인이 자경을 보고 놀라 자리에서 일어나려 했다. 자경이 급히 상인을 말렸다.

"그냥 있어라."

"마마, 어찌 이리 오신 겝니까. 전하께서 아시면 어쩌시려고요."

"아시면 죽이기밖에 더하겠느냐."

"마마."

"대체 뭐 때문에 네게 그리 화가 난 것인지, 나는 알 수가 없다. 혹 짐작가는 게 있느냐?"

잠깐 머뭇거리던 상인이 고개를 저었다.

"주상에게 물으니 네가 시키는 대로 하지 않았다면서? 왜 그랬느냐? 전하의 성정을 알면서 어이 그런 짓을 해?"

"죄인이 무슨 드릴 말씀이 있겠사옵니까. 마마의 심려를 끼쳐드린 것이 송구할 따름입니다."

물끄러미 상인을 보던 자경이 품에서 묵직한 주머니를 꺼내 건넸다.

"도망가라."

"마마."

"너는 어차피 죽을 거다. 전하가 너를 살려둘 마음이 없으시니까. 그것도 무구나 무질이처럼 곱게 죽지도 못한다. 살 한 점, 뼈 한 조각 안 남을 수도 있어. 나는 네가 그리되는 꼴은 못 본다. 도망가거라."

"제가 도망가면 그 화가 마마께 미치지 않겠습니까."

"상관없다. 도망쳐."

"그럴 수 없습니다."

"도망가래도."

"마마."

"상인아! 나를, 나를 비참하게 만들지 마라. 제발."

자경이 울음을 터뜨렸다. 상인이 몸을 일으켜 자경을 마주 보았다.

"동생들의 죽음도 참았다. 어머니와 아버지가 고통스러워하는 것도 견뎠다. 조카들이 올케들이 나를 사람 취급 안 해도 괜찮았다. 명분이 있었으니까! 허나 너는 아무런 명분이 없다. 이건 개죽음이고 무의미한 희생이야. 내가 끝내 너를 이리 만들려고 이 자리에 올랐단 말이냐? 너를 이리 끔찍하게 희생시켜 얻을 게 대체 무어란 말이냐! 대체 무슨 명분이 있어 네가 희생당해야 한단 말이냐! 전하가 왜 너를 이리 대하는지 나는 이해할 수 없다. 한 달 넘게 생각을 하고 또 해 봐도 알 수 없어. 이건 개죽음이다. 헛된 희생이야. 너를, 내 가장 가까운 이를 그리 만들 수는 없어. 행아가 그런 꼴을 당한 것도 기막혔지만, 그래도 그건 이유가 있었어. 하지만 너는, 네가 이런 꼴을 당하는 데는 아무 이유가 없지 않으냐! 왜 네가 이런 꼴을 당해야 해! 네가 무엇을 잘못했기에!"

상인은 혼인조차 하지 않았다. 자식도 없었다. 혈혈단신으로 자경과 방원에게만 충성했다. 그런 이를 이런 식으로 무참히 쓰고 버릴 수는 없었다. 이리 죽으면 상인은 대체 무어란 말인가. 자식들이 후에 소명해 줄 수도 없는데, 일가친척들이 기억해줄 수도 없는데, 대체 상인이 왜 이런 꼴을 당해야 한단 말인가.

"도망가라. 살아, 살아남아. 살아다오. 제발 내 인생을 내가 살아온 이 모든 삶이 헛된 것이라고 생각하게 하지 마라. 제발, 제발 살아다오, 제발."

방원이 수없이 많은 계집을 들일 때도, 동생들이 죽을 때도, 친정 가문을 몰락시키고 중전 자리에 오른 계집이라 손가락질받을 때도 견딜 수 있었다. 그 모든 건 명분이 있었으니 무너지는 마음을 억지로 붙든 채 버틸 수 있었다. 허나 상인의 죽음엔 아무것도 없었다. 아무것도 없는데 가장 참혹한 죽음을 맞이해야 한다는 게 이해가지 않았다. 왜 하필 상인이 그런 꼴을 당해야 하는지 납득할 수 없었다. 저와 가까운 사람이라는 이유만으로 이런 취급을 당할 순 없는 일이었다. 상인마저 이리되면 결국 자경은 이 중전 자리 하나를 위해서 가까운 이들을 모두 불행하게 만든 여자가 된다. 이 꼴을 보려고 그리 애쓰며 살아왔던가, 이건 자경에게 지나치게 참혹하고 잔인했다.

"마마."

"제발 상인아, 도망가. 도망가서 여자를 만나 자식을 낳고 평범하게 묻혀 살아. 아직 그럴 수 있지 않느냐. 응? 제발."

상인이 떨리는 손으로 자경의 눈물을 훔쳤다. 감히 얼굴에 손을 대는 것은 처음이었다. 자경이 상인의 손을 붙든 채 볼을 부비며 울었다. 가슴이 벅찼다. 되었다. 상인이 희미한 미소를 지었다.

"저는 이미 오래전에 들판에서 굶어 죽었어야 하는 목숨입니다. 제 어미와 아비와 형제들은 모두 그리 죽었습니다. 허나 저는 마마 때문에 이리 살아남아 감히 오를 수 없는 자리까지 올랐습니다. 저는 억울하지 않습니다. 제 삶이 헛되다고 생각되지도 않습니다."

"너는 네 잘못으로 죽는 것도 아니야. 부원군 심온 대감을 잡기 위한 미끼에 불과해. 대체 왜 네가 미끼로 이용되어야 한단 말이냐! 나는 네가 그리 가도록 두고 볼 수 없다. 그럴 수 없어."

"미천하여 언제 흙으로 돌아가도 하나 이상하지 않을 자가 무려 부원군 대감을 잡기 위해 이용될 수 있다니, 그로 인해 역사에 이름 석 자를 남기게 되다니, 이 얼마나 광영입니까. 이로써 저는 제 쓰임을 다한 것입니다. 이게 제게 주어진 삶입니다. 이런 삶도 있는 거예요. 허니 마마께서 이리 우실 일도 안타까워하실 일도 아닙니다."

"상인아."

자경이 도리질쳤다. 눈물이 그치지 않았다. 강상인이란 한 인간의 삶을 곱씹어볼수록 기막히고 억울하여 견딜 수 없었다. 이리 죽을 줄 알았으면 그 어릴 때 만나지 말았어야 했다. 만났더라도 모른 척 지나갔어야 했다. 살렸다 해도 거기 두고 개경으로 데려오지 말았어야 했다. 진작 행아와 혼인시켜 멀리 보내 버렸어야 했다. 생각하자면 후회할 것 투성이었다.

"모실 수 있어 더할 나위 없이 행복했나이다. 하찮은 이가 가는 길에 이리 울어주시니 광영입니다. 더 바랄 것이 없습니다. 부디 더 이상 마음 쓰지 마십시오."

"상인아, 제발."

애달픈 시선으로 자경을 보던 상인이 몇 번이나 망설이다 손을 뻗었다. 떨리는 손끝이 자경의 머리카락을 매만졌다가 이마를 타고 내려왔다. 콧등과 젖은 볼을 차례로 지나간 손이 자경의 입술을 스쳐 지나갔다.

"단 하나 더 바라는 것이 있다면, 다음 생에서 마마를 만날 때는 사내와 계집이었으면 좋겠습니다. 들판에서 굶어 죽어가는 개미 새끼보다도 못한 존재가 아니라, 어느 잘 사는 집 아들로 태어나 마마 앞에 단 한 번이라도 사내로 서 보고 싶습니다."

놀란 자경의 두 눈이 커졌다. 상인이 급히 고개를 숙였다.

"이제 가십시오. 누워야겠습니다. 몸이 더 버티지 못하겠나이다."

"상인아."

"그리고 다시는 찾아오지 마십시오. 전하께서 아시면 가만있지 않으실 겁니다. 뼈와 살이 다 으깨지고 나면 시신만, 시신만 거두어 주세요. 그럼 됩니다. 그거면 됩니다."

뚝뚝, 상인의 눈에서 떨어진 눈물로 요가 얼룩졌다. 차마 더 보지 못하고 자경이 뛰쳐나갔다. 입을 틀어막은 채 상인이 울음을 터뜨렸다.

* * *

십일월, 상인은 다시 잡혀 들어갔다. 그리고 그럴 수 없을 정도로, 이전과 감히 비교할 수조차 없을 정도로 매우 지독하게 고신당했다. 조선이 개국한 이후로 그리 참혹하게 죄인을 다룬 적은 처음이었다. 방원은 정적의 일가나 심지어 그 자식들에게조차 너그러웠다. 허나 상인을 다루는 데 있어서 방원은 누구랑 비교해도 뒤지지 않을 정도로 폭군이었다.

방원은 상인의 입에서 끝내 심온과 심정이 이름이 나오도록 만들었다. 상인은 방원이 원하는 대로 말해주었다. 상인의 입에서 심온의 이름이 나오자마자 상인은 곧 처형이 확정되었다. 거열형이었다. 이미 고문으로 너덜해진 육신이 갈기갈기 찢어졌다. 상인의 뼈와 살이 거리 곳곳에 흩뿌려졌다. 늦은 밤 행아가 나와 울면서 조각난 사체를 수습했다.

화장되어 나온 뼛조각을 갈자 고작 한 줌이었다. 이른 새벽, 교태전이 내려다보이는 인왕산에서 행아는 그것을 바람에 날려 보냈다.

"이제 더 이상 오라버니께 저는 계집이고 싶지 않습니다. 아무리 탐하여도 오라버니는 절대로 제 사내가 되지 않을 테니까요. 대신 다음 생에 저는 꼭 아씨로 태어날 겁니다. 그래서 오라버니께 꼭 아씨라는 말을 들을 겁니다. 오라버니가 저를 아씨라고 부르면서 평생 모시도록 만들 거예요. 꼭 그럴 거예요."

마지막 뼛가루를 바람에 날려 보내며 행아가 끝내 울음을 터뜨렸다. 가슴을 움켜쥔 행아가 자리에 주저앉아 울고 또 울었다. 깊은 산속 애달픈 행아의 울음소리가 퍼져나갔다. 멀리서 우는 행아를 보던 자경이 힘없이 돌아섰다.

* * *

살면서 많은 죽음을 겪었다. 부모가 죽었고, 형제들이 죽었고, 심지어 태어난 지 얼마 지나지 않은 자식들을 보낸 적도 여러번이었다. 허나 그 어떤 죽음도 상인의 죽음만큼 덧없지는 않았다.

아무리 생각하고 또 생각해 봐도 상인의 삶이 너무 기막혔다. 가장 사심 없는 이를 가장 의미 없이 죽였다. 심지어 자신의 잘못으로 인한 것도 아니고 다른 이를 죽이기 위한 미끼에 불과했는데 지나치게 끔찍하게 그를 대했다.

생과 사가 어찌 이리 덧없을 수 있는가. 그리 오래 살다 간 한 사람의 죽음이 어찌 이리 아무것도 아닐 수가 있는가. 상인의 삶을 곱씹을수록 무엇을 위해 그리 열심히 살았는지 알 수 없었다. 그리 열심히 살아서 본 끝이 이거라는 게 견딜 수 없었다. 역사에 상인은 그저 심온을 죽이기 위해 이용당한 신하로 한 줄 정도 기록되고 끝일 거다. 대체 그런 삶은 무엇이란 말인가. 무슨 의미가 있단 말인가. 맥이 풀린 자경이 비틀거렸다.

"이 새벽에 어딜 다녀오는 게요?"

열 발자국쯤 떨어진 곳에 방원이 서 있었다. 차마 더 보지 못하고 자경이 눈을 감았다. 이내 자경의 몸이 뒤로 넘어갔다.

"대비."

놀라서 달려온 방원이 쓰러지는 자경의 몸을 급히 껴안으며 안색을 살폈다.

"대비!"

털썩, 자경의 손이 바닥으로 떨어졌다.

종장
終章

신축년 오월, 자경이 학질에 걸렸다. 가뜩이나 건강이 좋지 않아 궐에 머물지 못하고 이곳저곳을 돌아다니며 요양하던 차에 학질까지 걸리자 효심이 깊은 이도는 어쩔 줄 몰라 했다. 각종 약재를 쓰고도 그것으로 모자라서 중들을 시켜 기도를 올리게 했을 뿐 아니라 아무에게도 알리지 않고 자경을 모시고 개경사로 피병을 가 손수 병 수발을 들기까지 했다. 방원이 그 사실을 뒤늦게 알고 크게 흡족하여 이도를 칭찬했다.

방원 역시 자경이 피병나간 곳에 머물며 간호했다. 허나 이도와 방원의 정성에도 불구하고 자경의 병은 차도를 보이지 않았다. 무당을 불러 굿까지 했으나 소용없었다.

"기력이 떨어지신 것보단 나으시려는 의지가 없으신 게 가장 큰 문제입니다. 먹어야 기운을 차리시고 병환을 이겨내실 터인데, 딱히 속에서 받지 않는 것도 아닌데 먹는 것을 거부하시니 어찌 약이 들겠습니까."

조심스럽게 건넨 의원의 말에 방원은 가타부타 아무런 대꾸를 하지 않았다. 그리고 문안을 온 신료들에겐 성녕대군을 잃고 지나치게 슬퍼한 것이 병이 되었다고 전했다.

온갖 수를 다 써도 자경의 병환에 차도가 없자 이도가 작정하고 자경에게 가 머물렀다. 방에서 나가지 아니하고 아무도 못 들어오게 하면서 극진히 정성을 쏟는 아들 앞에서 자경이 결국 졌다. 그리하여 자경이 드디어 수저를 잡았다. 수라를 들기 시작하자 병환에 차도를 보였다. 방원은 자경이 조금 나아진 듯하다며 창덕궁에 머물도록 했다.

허나 칠월 자경의 병은 다시 발했다. 방원은 마지막을 준비해야 함을 깨닫고 신료들에게 관곽 등의 일을 속히 준비토록 했다. 방원이 그러는 동안에도 이도는 내도록 자경의 곁에서 떠나지 않고 수발을 들었다.

"길게 아파서 주상을 이리 속 썩이는 것은 면목 없지만, 주상과 단둘이 이리 시간을 보내는 것이 즐겁기도 합니다."

"저도 그렇습니다, 어마마마."

자경은 자주 정신을 잃긴 했지만, 깨어 있는 동안에는 말이나 눈빛이 매우 또렷하여 평소와 다를 바 없었다. 자경은 정신이 들 때마다 이도에게 이런저런 이야기를 건넸다. 이도는 태어나 처음으로 온전히 자경과의 시간을 가질 수 있음에 기뻐했다. 아픈 자경의 곁에 오래 머무는 것엔 효심도 있었지만, 자식으로서의 이기심도 없다고는 할 수 없었다. 자경은 늘 형이나 동생의 몫이었지 이도의 것이었던 적이 없었다. 허나 지금의 자경은 이도 차지였다. 마지막으로 어머니의 애정을 흠뻑 받을 수 있어 한편으론 조금 기쁘기도 했다.

"어려서 형들에게 치이느라, 좀 커서는 동생들에게 밀리느라 주상을 내가 제대로 돌보지 못하였지요. 그런데도 이리 극진한 대접을 받으니 망극합니다."

"열 달 소중히 품어 낳아주시고 이리 건강하게 길러주신 것만으로도 그 은혜를 감히 무엇에 비하겠습니까. 그런 말씀 마시옵소서."

"왕 노릇 하기가 힘들지는 않습니까."

"소자는 많이 부족하지만 아바마마께서 많이 도와주셔서 괜찮습니다."

"중전도 이제 괜찮아졌습니까?"

"네, 염려해주신 덕분에 많이 나아졌습니다."

방원은 결국 심온을 사사했다. 뿐만 아니라 그 부인과 가족들마저 모두 노비로 만들었다. 심온에 비교하자면 민제나 그 아들들이 당한 것은 일도 아니었다. 사심이 들어가지 않아서 더 가혹했던 건지 아니면 상인의 죽음쯤은 아무것도 아니라는 것을 자경에게 보여주기 위해 더 가혹하게 굴었던 건지는 알 수 없었다.

그러고도 모자라서 방원은 많은 계집을 이도의 후궁으로 들였다. 중전의 입장에선 참으로 가혹한 시아버지가 아닐 수 없었다. 다행인 것은 이도와 중전의 금실이 그럴 수 없게 좋다는 거였다. 그렇지 않다면 아마 버티기 힘들었을 것이다. 자경이야 버틸 이유라도 있었다지만 누가 봐도 소박한 며느리는 난데없이 당한 봉변에 매우 고통스러워하는 게 눈에 보일 정도라서 무척 안타까웠더랬다.

"주상."

"예, 어마마마."

"아마 나는 이달을 넘기지 못할 겝니다."

"어마마마."

478

"주상의 효심이 부족해서가 아니에요. 사람의 힘으로는 못할 것이 없다지만 죽고 사는 것은 인력으로는 어쩔 수 없는 일이지 않습니까."

파리하게 마른 자경의 얼굴을 차마 더 보지 못하고 이도가 눈을 떨구었다. 자경이 손을 뻗어 이도의 손등을 매만졌다.

"그리 아쉬워하지 마세요. 부모가 자식보다 앞서가는 것이 자연의 순리입니다. 그러고 보면 나는 참 자연의 순리를 많이 어겼지요. 다섯이 넘는 자식을 내 앞에 보냈으니 말입니다."

"그런 말씀 하지 마시어요."

이도가 급히 고개를 저었다. 이도는 자경이 성녕대군 때문에 몸이 약해졌다는 방원의 말을 믿었다. 그래서 자경이 먼저 떠난 자식들 이야기를 하는 게 싫었다. 살아남은 자식들, 왕이 된 자신을 보고 좀 더 버텨주었으면 하고 바랐다.

"주상, 나는 매 순간 최선을 다해서 살았어요. 언제나 가장 좋은 선택을 하기 위해 노력했고 한 번 마음을 정하고 나면 두 번 뒤돌아보지도 않았지요. 미련 가진 일도 없어요. 다시 돌아가고 싶은 순간도 고치고 싶은 과거도 없어요. 아마 다시 돌아가서 살라고 해도 나는 이리 똑같이 살 겁니다. 이게 나한테는 최선이었으니까요."

"아바마마께서 말씀하시기를 어마마마의 공이 유 씨의 제갑(提甲)에 비교하면 더욱 중하다 하셨습니다. 어마마마가 아니셨으면 어찌 이 나라가 개국할 수 있었겠습니까."

방원이 그런 말을 했을 줄은 몰랐다. 기쁘고 뿌듯했다. 자경이 희미한 미소를 지었다.

"그래요. 내가 그리 했습니다. 허나 주상, 나는 여기까지예요. 내가 할 수 있는 건 여기까지입니다. 앞으로는 주상의 몫입니다."

"소자는 아직 미욱하고."

"그런 말씀 하지 마세요. 반드시 주상은 성군이 되셔야 합니다. 반드시 역사에 길이 남는, 요순에 비교되는 왕이 되셔야만 해요."

"어마마마."

"호랑이에게서 개의 아들을 나올 수가 없는 법이에요. 나와서도 안 되고요. 호랑이가 되고, 용이 되세요. 허면 상왕 전하 역시 호랑이가 되고 용이 됩니다. 아비를 호랑이로도 용으로도 만들 수 있는 건 자식뿐이에요. 주상이 성군이 되셔야만 전하께서 보위에 오르신 일이 손가락질받지 아니하십니다. 주상이 성군이 되셔야만 형제들을 죽이고 아비를 배반하여 보위에 오른 그 일이 이해받을 수 있어요. 그래야만 했구나, 그러길 잘했구나, 후대에 그런 평가를 받기 위해서는 반드시 주상이 성군이 되셔야 합니다."

똑같은 행동도 뒤에 어떤 결과를 가져오느냐에 따라 평가가 달라지게 마련이다. 이도가 성군이 된다면 방원의 행동은 어쩔 수 없는 일, 그럴 수밖에 없는 일, 결과적으로 잘된 일이 될 것이다. 허나 이도가 성군이 되지 못한다면 그저 권력에 미쳐서 아비를 배반하고 형제들을 죽인 왕으로 기록될 거다. 그리고 그건 자경 역시 마찬가지였다.

"주상이 성군이 되셔야만 외가와 처가의 몰락이 헛되지 않습니다. 주상이 성군이 되셔야만 상왕 전하뿐 아니라 내가 살아온 이 세월도 보상받을 수 있어요. 자식이 부모에게 해줄 수 있는 가장 큰 효도는 그 이름에 부끄럽지 않게 살아주는 겝니다. 후대에 부모가 받는 평가는 자식이 하기에 달린 거예요. 주상이 잘 살아야 내가 죽어서도 살아있을 수 있는 겝니다. 부디 창업을 도운 왕비로, 성군을 낳은 모후로 인구에 회자되게 해 주세요. 부탁합니다."

자경의 말을 이해할 수 있었다. 이도가 눈물을 흘리며 고개를 끄덕였다.

"주상을 보위에 올리기 위해 상왕께서는 형님인 양녕대군을 폐한 뒤 전하를 택현하셨습니다. 영리한 주상이 그게 어떤 의미인지 모르지 않겠지요. 주상이 잘못하시면 상왕 전하의 인생이 전부 다 오욕을 뒤집어쓰게 됩니다. 상왕 전하를 가장 가까이서 도운 나 역시 마찬가지예요. 허니 부디 잘해 주세요. 이게 내 유언입니다."

"어마마마."

이도가 바닥에 이마를 댄 채 울음을 터뜨렸다. 들썩이는 이도의 어깨를 자경이 다정히 어루만지며 위로했다.

"울지 마세요. 주상은 잘하실 겝니다. 주상을 믿어요. 주상은 외할아버지를 많이 닮으셨지요. 외할아버지는 누구의 입에도 오른 적이 없는 분이셨어요. 늘 몸가짐이 정갈하셨고 학문이 깊으셨으며 혜안이 있으셨어요. 외할아버지를 닮은 주상은 심지어 나와 상왕 전하의 아들입니다. 외할아버지보다 훨씬 더 잘하실 겝니다. 주상을 믿어요."

"송구합니다."

"마지막으로 소원이 하나 있는데 들어주시겠습니까?"

"마지막이라니요, 당치도 않습니다. 무엇이든 말씀해 주세요. 제가 할 수 있는 일이라면 뭐든 해드리겠나이다."

"내가 죽으면 존호를 받게 되겠지요."

"마마."

"나는 그 존호를 꼭 받고 싶었습니다. 계집은 태어나본들 이름을 가질 수가 없어요. 호적에조차 올리지 않으니까요. 그저 어느 부인 민 씨, 그게 다예요. 나는 그게 싫었어요. 존호를 꼭 받고 싶었습니다. 내가 태어나서 어찌 살았다는 걸 역사에 남기고 싶었어요. 그러기 위해 열심히 살았습니다."

그 이름 석 자가 무어라고, 그게 그리 갖고 싶었다. 호랑이는 죽어 가죽을 남기고 사람은 죽어 이름을 남긴다는데, 나도 사람이니까, 계집도 사람이니까 이름을 남겨야 한다고 생각했다. 무얼로 보나 보통 사내보다 훨씬 나은 자신이 단지 계집이라는 이유만으로 세상에 살다간 흔적도 없이 죽고 싶지는 않았다.

"헌데 생각해 보니 존호는 이름은 아니지 않습니까. 존호를 받는다 한들 내 이름이 기록되는 건 아니더이다. 그래서 청하니, 내 이름을 한 글자 넣어 존호를 만들어 주세요. 그렇게라도 나는 내 이름을 남기고 싶습니다. 부탁합니다."

"그리하겠나이다. 약조 드리겠나이다."

착하고 효성 깊은 아들은 반드시 자경의 부탁들 들어줄 게다. 누군가의 부인 민 씨, 로 끝날 수도 있는 삶이었는데 존호에 이름까지 역사에 남기다니, 이만하면 썩 괜찮지 않은가. 자경이 이도를 보며 오랜만에 아주 화사한 미소를 지었다.

***

칠월 아흐렛날, 자경의 병세가 매우 위독하여 방원이 치상할 일을 준비하라 일렀다. 그리고 방원은 종일 자경의 곁을 떠나지 않았다. 자경이 병석에 누운 후 방원이 그리 오래 자리를 지킨 것은 처음이었다.

"대비, 정신이 드오?"

오랜만에 보는 얼굴이었다. 자경의 병이 시작된 이후 방원은 자경이 자고 있을 때만 잠깐씩 다녀가곤 했다. 차마 병색이 완연한 자경을 마주 볼 수가 없었기 때문이었다. 자경이 아픈 것이 다 자기 잘못인 것 같아서, 기력을 잃어버린 채 시들어가는 게 다 제 탓인 것 같아서, 방원은 자경이 깨어 있을 때는 찾지 않았다. 자신 대신 자경을 돌보는 이도를 어여삐 여기면서 방원은 밖에서 제가 할 수 있는 일들을 했다. 그리고 종종 늦은 밤, 자경이 머무는 처소 앞을 서성이다 돌아가곤 했다.

"물을 줄까요?"

요즘 부쩍 자경은 방원의 꿈을 꿨다. 젊고 어린 방원이 자경의 꿈속에 찾아왔다. 그는 늘 웃고 있었고 활기찼으며 반짝이는 눈으로 자경을 바라보았다. 그 두 눈을 마주 보다 잠에서 깨면 가슴이 뛰었다.

"전하?"

"그래요, 나예요. 납니다."

흐릿한 시선 사이로 방원의 얼굴이 보였다 사라지기를 반복했다. 희끗한 수염이 난 주름진 사내의 얼굴이 낯설었다. 자경이 다시 눈을 감았다가 떴다. 청년의 방원이 나타났다가 금세 사라졌다. 다시 눈을 감았다 떴다. 처음 만난, 어린 그때의 방원이 나타났다.

그래, 일생을 함께한 사내다. 그 어린 시절에 만나 혼인하여 자식을 낳고 평생 해로했다. 그 어린 사내의 얼굴에 이리 깊은 주름이 지고 머리가 희끗해질 때까지 그와 고락을 함께했다. 그 긴 세월 동안 부부였다. 부부로 살았다.

울컥한 자경이 방원을 향해 손을 뻗었다. 방원이 급히 그 손을 붙잡았다. 저를 가만히 들여다보는 두 눈엔 걱정과 근심과 숨길 수 없는 애정이 가득했다. 언제나 저 두 눈엔 저가 담겨 있었다. 저 두 눈에 저만이 담겨 있던 때도 있었다. 저 눈 속에 담긴 제 모습이 좋았다. 저를 애틋하게 봐주는 게 좋았다. 그가 봐주는 저의 모습이 좋았다. 좋았다. 매 순간, 언제나 늘, 좋았다.

"왜 그러오? 어디가 불편하오? 어의를 부를까요?"

그게 그렇게 좋으면서도 좋았으면서도 방원을 사랑하지 않으려 애를 썼다. 세상에서 제일 똑똑한 천하의 민자경이 고작 사랑해서 남자를 택했다고 인정할 수 없어서 그랬다. 방원을 택한 제 마음은 사랑이 아니어야 했기에 방원을 사랑할 수 없었다.

모진 시간들을 버텨낼 수 있었던 것은 방원을 사랑하지 않는다고 믿었기 때문이다. 목적 때문에 택했으니 그 목적만 이룰 수 있다면 얼마든지 같이 살 수 있었다. 그가 마음에 변해도, 그에게 다른 계집이 생겨도 비참하지 않았다. 애초에 사랑하지 않았으므로 상할 마음 같은 것도 없다고 그리 생각했다.

"전하."

방원을 사랑이라고 해버리면 저는 자명고를 찢은 낙랑공주와 다를 바가 없었다. 그런 꼴은 너무 비참했다. 천하의 민자경이 사랑 때문에 이 모든 일을 감수했다고 인정하고 싶지 않았다. 그래서 절대로 방원을 향한 자경의 마음은 사랑이 아니어야 했다.

"그래요, 대비. 나예요. 여기 있어요."

하지만 정말 사랑이 아니었을까. 사랑하지 않으면서도 오로지 자리를 위해서 그를 택한 걸까.

사실 처음부터 알고 있었다. 아무리 애써 봤자 계집은 계집일 뿐 모든 영광은 사내가 갖고 자신은 그저 수없이 많은 계집 중 하나가 되고 말 것임을, 결코 사내 이방원에게 쏟아지는 찬사가 제게 쏟아

지지 않을 것임을 영특한 자경이 몰랐을 리 없다. 어쩌면 그를 대군으로도 왕으로도 만들지 않는 것이 여인으로서 평화롭고 행복하게 살 수 있는 길이었을 거다. 그는 좋은 남편이었고 좋은 아비였고 자신을 많이 사랑하였으므로, 범부로 늙어갔다면 끝내 좋은 관계가 되었으리라.

그럼에도 그리하지 않았다. 화려하게 살고 싶었기 때문이 아니었다. 이름을 남기고 싶다는 것도 이유의 전부도 아니었다. 스스로도 그런 줄 알았다. 그렇게 스스로를 속였다. 너무 영특하여 자경은 스스로를 속이면서도 속아 넘어가고 있다는 것을 몰랐다. 제 꾀에 제가 속아 넘어간다는 것은 이럴 때 쓰는 말일 거다.

"대비, 괜찮소?"

실은, 사랑했기 때문이었다. 자신의 욕심이 아니라 사랑하는 그가 가장 찬란해지기를 바랐다. 그를 위해 기꺼이 어둠 속에 머물러도 괜찮았다. 아니 어둠을 자청했다. 화려한 자신을 꿈꾼 게 아니라 그를 화려하게 만들어주고 싶었다. 그가 가장 높고 위대한 자리에 앉길 바랐다. 사랑해서, 사랑한 남자라서 그리 만들어주고 싶었다. 그랬던 거였다.

왜 이것을 이제야 깨닫게 되는 걸까. 왜 죽음을 앞두고서야 인정하게 되는 걸까. 인간은 어찌 이리 어리석은가. 열여섯, 그를 처음 보자마자 품은 그 마음이 무엇이었는지, 오늘에서야 비로소 알게 되다니.

"전하."

아니 어쩌면 열여섯도 아니다. 아홉 살, 처음 만났던 그때, 위험한 말이란 것을 알면서도, 두려운 눈으로 저를 올려다보면서도 저를 믿고 제 손을 잡아 오던 그때부터 이 어린 사내를 마음속 깊은 곳에 괴어둔 건지도 모른다. 뒤늦은 깨달음에 자경이 허탈한 미소를 지으며 방원의 손을 맞잡았다.

"사랑합니다."

방원이 미간을 찌푸렸다. 자신이 무슨 말을 들은 건지 이해할 수 없다는 얼굴이었다.

"뭐라, 방금 뭐라 하였소?"

"사랑하였습니다."

눈이 휘둥그레진 방원이 다급히 자경을 붙잡았다.

"대비, 정신을, 정신을 차려 봐요. 대비!"

자경이 느리게 눈을 감았다.

"대비!"

툭, 자경의 고개가 아래로 떨어졌다. 방원이 급히 자경을 껴안았다.

"대비, 대비! 정신을 차려 보시오! 대비! 여봐라, 거기 누구 없느냐! 아무도 없는 게냐!"

미친 사람처럼 고함지르며 방원이 자경을 품으로 끌어안았다. 내시와 상궁들이 놀라서 달려왔다가 다시 급히 밖으로 뛰어나갔다. 자경을 품에 안은 채 어쩔 줄 몰라하던 방원이 끝내 울음을 터뜨렸다.

"자경, 자경아, 자경아!"

별빛이 흩어지듯 귓가로 아련히 방원의 울음소리가 퍼져나갔다.

〈끝〉